# 香子《かおるこ》

## 二　紫式部物語

帚木蓬生《ははきぎほうせい》

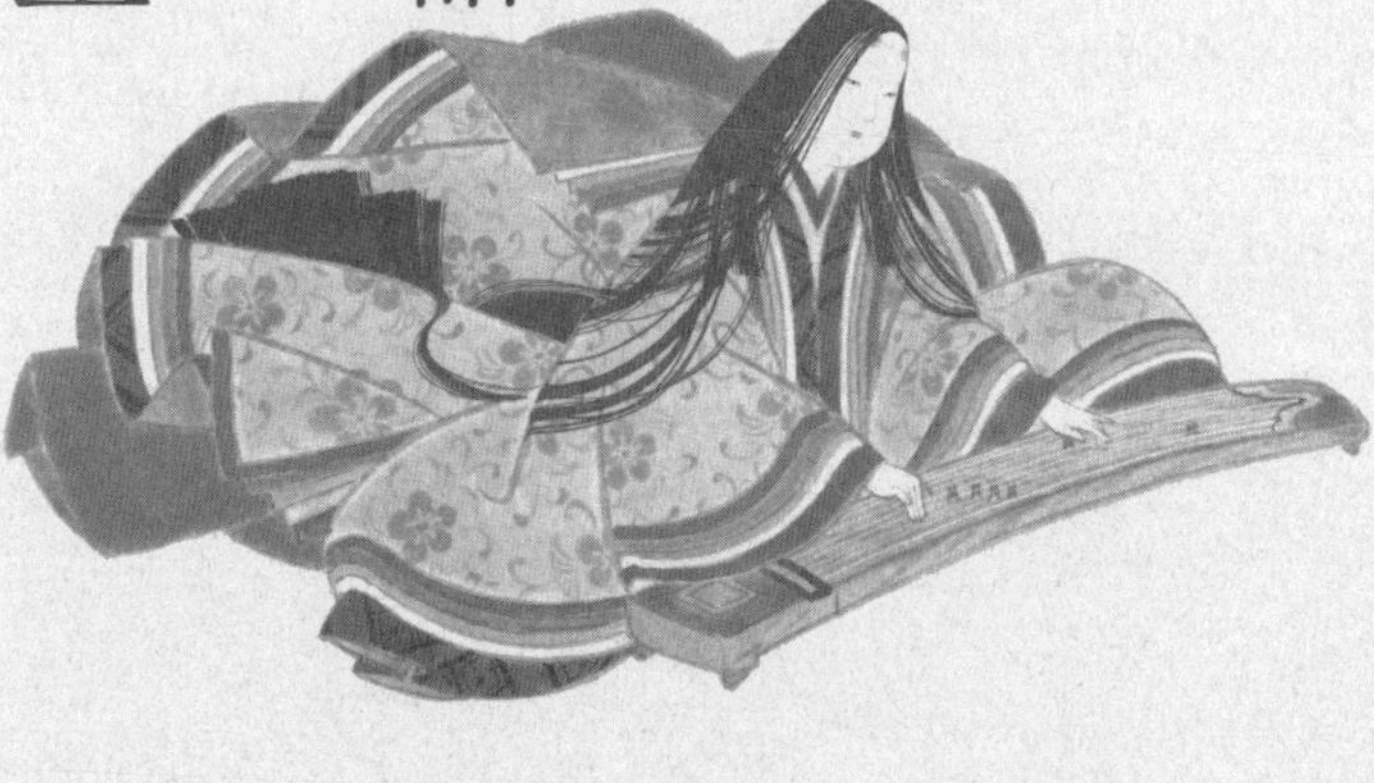

PHP

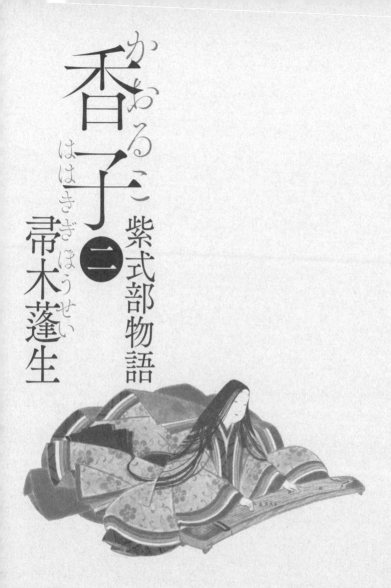

# 香《かおる》子《こ》（二）
## 紫式部物語

目次

# 香子（一）　目次

# 香子《かおるこ》（二）　紫式部物語

# 第十六章　神楽人長《かぐらにんじよう》

祖母君が『若紫』の帖の書写を終えて、料紙《りようし》を返しに来たのは夕暮れ近くになってからだった。

「ひと文字ひと文字書き写していると、香子《かおるこ》の息遣《いきづか》いまでが聞こえてくるようだったよ。わたしが涙しそうになったのは、あの末摘花《すえつむはな》の境遇《きようぐう》だね。どうしてあんな醜女《しこめ》に生まれたのだろう」

「すみません」

「お前が謝ることはない」

祖母君が笑う。「何から何まで古めかしくて、本人もそれに気づいていない。可哀想《かわいそう》といえば可哀想だけれど、わたしは末摘花を贔屓《ひいき》にしている。だって、あの御方《おかた》、確かに醜《みにく》い顔はしているけれど、汚《けが》れのない心を持っている。心美人だよ」

「そう思います」

「だから、見放さないでおくれ」

「はい」

「よかった」

祖母君が我がことのように胸に手を当てて喜ぶ。「わたしが浄書《じょうしょ》したものは、そなたの姉君が使っていた文机《ふづくえ》の上に置いている。姉君もきっと読んでくれているよ」

そう言って部屋を出ていく祖母君の足取りは、しっかりしていた。筆写が力を削《そ》ぐどころか、病《やまい》の気を遠ざけたようで、嬉《うれ》しくなる。

夕餉《ゆうがれい》を終えたあと、顔を出したのは妹の雅子《まさこ》だった。ひと抱えもある料紙を灯火《ともしび》の下《もと》に置く。

「姉君、すべて書き写しました」

「それは大変だったね」

「いいえ、まるで自分が物語の中にいるようでした」

書写を見ると、祖母君の字を手本にしたためか、よく似ている。紫の君の文字が、尼君の手に似ているのと同じだ。

「この可愛《かわい》い紫の姫君、幸せになるのでしょうね。夕顔《ゆうがお》みたいに死なせないで下さい」

あまりの単刀直入《たんとうちょくにゅう》さに、おかしくなる。

「紫の君には、ずっと生きてもらわなければならない」

「幸せに、ですよね」

「たぶん」

「よかった」

祖母君と同じようなことを言って、大事そうに料紙を胸に抱《いだ》いて戻って行った。

そんな返事をしたものの、物語の行方《ゆくえ》は相変わらず霧の中、いや闇の中だった。

日が落ちてから急に冷え込み、どうやら外は雪になったようだ。雪を見るたび、越前《えちぜん》にいる両親と惟規《のぶのり》が心配になる。十日ばかり前に届いた母君の手紙には、四年の任期がもう一年延びそうだと書かれていた。とはいえ、母君がそれを嘆いている節《ふし》は感じられない。おそらく、長かった散位《さんい》の苦労を知っているからだろう。任が続く間は、失職の懸念《けねん》がないからだ。

年が明けてからも、寒い日は続いた。そんななか、宣孝《のぶたか》殿の通いが以前よりは足繁《あししげ》くなった。十日に一、二度は通って来て、時には翌日昼過ぎまで堤第《つつみだい》に留《とど》まり、祖母君を喜ばせた。弟たちや妹も来訪を心待ちにしているようだった。

宣孝殿から聞く内裏《だいり》の様子は、父君の任官に無関係ではなく、思わず聞き入ってしまう。花山帝《かざんてい》から今上《きんじょう》帝に代替わりしてから、既《すで》に十三年が経とうとしている。幼かった帝《みかど》も、今は二十歳《はたち》になられている。奇妙にも、あの源氏の君と同じ年頃だった。

帝の正妻である定子《さだこ》様は帝よりも三歳年上で、兄の伊周《これちか》様と弟の隆家《たかいえ》様が左遷《させん》された長徳《ちょうとく》の変のあと、身籠《みご》った体で髪を切られた。完全な出家《しゅっけ》ではないので、帝はそれでもなお通われているという。宣孝殿の話によると、それこそ一途《いちず》な愛らしい。

とはいえ、妃《きさき》が半ば尼になったのを好機とみた周囲の公達《きんだち》が、娘をたて続けに入内《じゅだい》させていた。内大臣藤原公季《きんすえ》様が娘の義子《よしこ》様、右大臣藤原顕光《あきみつ》様が同様に元子《もとこ》様を、という具合だ。

半ば尼の姿で定子様が皇女脩子《こうじょながこ》様を産まれたのが、三年前だ。これがきっかけになって、定子様と皇女は内裏に招き戻された。同じ時期、入内していた右大臣の娘元子様が懐妊《かいにん》された。待ちに待った皇子《おうじ》誕生かと、最も喜ばれたのは、父君の右大臣だった。この顚末《てんまつ》を語るとき、宣孝殿の口はいつも以上に滑《なめ》らかだった。

「もちろん帝の母君詮子《あきこ》様も喜ばれた。元子様が内裏から出て里邸《りてい》に帰る際は、破格の輦車《てぐるま》を使われた。二十人近い女房《にょうぼう》たちがそれに従ったらしい。ところがだ。里帰りして臨月を迎えても、出産の兆《きざ》しがない。慌《あわ》てられたのは右大臣の顕光様で、必死に加持祈禱《かじきとう》を命じられた。それでも霊験《れいげん》がないので、妊婦を太秦《うずまさ》の広隆寺《こうりゅうじ》まで運ばれた。読経《どきょう》の甲斐《かい》あって、七日ばかりしてにわかに産気《さんけ》づかれた。腰を抜かしたのは居並ぶ僧官たちだよ」

「どうなりました」

思わず訊《き》いたのも、思わせぶりな宣孝殿の話上手《じょうず》のせいだった。

「出産で堂内を穢《けが》してはならない。しかし産気づいた妃を今更どこかに運び出せば、あとで何と噂《うわさ》されるかわかったものではない。それで堂内に急ぎ産屋《うぶや》と湯殿《ゆどの》を造った。僧たちも初めてのことなので、上を下への大騒ぎだ。そしていよいよ出産に至った。結果は水子《みずこ》だった」

宣孝殿が声を落とした。「右大臣の落胆《らくたん》は傍目《はため》にも気の毒なくらいだった。しかし一番身の縮む思いをされたのは、元子様自身だろう。それ以来、身を恥じて参内《さんだい》されず、あれから一年経つが、今も里に引き籠《こも》っておられるよ」

「帝も気落ちされておられるでしょう」

「それは間違いない。もうひとりの妃である義子様への帝の通いはないようなので、頼みは定子様になる。しかし、定子様は尼削《そ》ぎされている。とやかく噂する者は絶えない」

「あの道長《みちなが》様は、娘を入内させないのですか」

「如何《いかん》せん、まだ幼い」

宣孝殿が首を小さく振る。「その道長様も病がちで、去年の春、腰に痛みがあり、帝に出家を申し出られた」

「出家をですか」

　やっと手に入れた位《くらい》を、そう簡単に手放せるのだろうか。

「しかし帝はそれをよしとされず、邪気《じゃき》か物の怪《け》の仕業《しわざ》なので、耐えるようにと諭《さと》して、不動調伏《ふどうちょうぶく》で邪気祓《はら》いをされた。それでもなお、道長様は辞意を表明するため、書をしたためられた。自分に才覚なく、ここまでの位を与えられたのは父祖の余慶《よけい》のお蔭で、また姉君の詮子様が帝の母后《ははきさき》ゆえだったからで、二人の兄、道隆《みちたか》様と道兼《みちかね》様が早くに亡くなったのも、その任の重みに耐えられなかったからだ。自分も荷が重い。ま、ざっとこのように記されていたそうだ」

「それは本音でしょうか」

「さあ」

　宣孝殿が首を捻《ひね》る。「それでもなお、帝は、道長様の辞任を許されなかった。仮に、仮にの話だが、このとき道長様が出家されたり、あるいは病のために万が一のことがあったらば、その子女、子息の道は断たれたのも同然だったろう。娘の彰子《あきこ》様は十二歳、継嗣《けいし》の頼通《よりみち》様はわずか八歳に過ぎなかった」

「それを考えれば、道長様は何としてでも、大臣の位にしがみつかねばならなかったのではないでしょうか。たとえ病の床《とこ》にあってもです」

　言い募《つの》ると、宣孝殿が考える顔つきになる。

「そなたがそう言うなら、そうかもしれん。道長様が、帝の心証《しんしょう》を試されたとも解せる。いや、多分そうだろう。帝の意向をここで固めさせ、その絆《きずな》の強さを、内裏の上達部《かんだちめ》たちに知らしめるためだったかもしれない」

宣孝殿が今更のように頷《うなず》く。「ところがだ。去年の四月、帝が疱瘡《もがさ》にかかられた」

それは初耳だった。疱瘡なら我が身につまされる。

「この疫癘《えきれい》は内裏の公達を次々に襲い、母后の詮子様の他、中宮《ちゅうぐう》の定子様、帝が頼みとされていた右大弁《うだいべん》の藤原行成《ゆきなり》様も病身になった。そこで病が一段落したとき、帝は様々な恩赦《おんしゃ》を発せられ、そのひとつが、定子中宮の弟である隆家様の兵部卿《ひょうぶきょう》への取り立てだった。今年の正月十三日、長徳から長保《ちょうほう》に改元されたのも、すべてを改めるためだ」

「とすると、この先も帝と道長様の世になるのですね」

「今は、双方とも病が癒《い》えていると聞く。間違いなかろう」

「残る問題は、正妻の定子様がいつ男児を産まれるかでしょう」

もしそうなれば、帝にとっては慶事だろうが、道長様にとっては焦慮《しょうりょ》の種になる。

「それはそうだ。道長様にとって、定子様は目の上のたんこぶで、このまま本当の出家をしてもらいたいというのが本音に違いない。しかし定子様の出家があまりに早過ぎると、他の公達たちが次々と娘を入内させる。そこに男児が生まれては、たまったものでない。とすると、定子様がこのまま、三、四年、娘ばかりを産まれるというのが、道長様にしてみると都合がよい」

「そんなにうまく事が運ぶでしょうか」

道長様の思惑通りに世の中が進むなど、ありえない。「定子様のご様子はどんなでしょうか」

他人事《ひとごと》ながら気になるのが、後見《うしろみ》のない定子様の境遇だった。

「今は内裏に赴《おもむ》かれて、帝とは以前通りの睦《むつ》まじい間柄と聞いている。あの藤原行成様も病から脱して、定子様の許《もと》にたびたび行かれているようだ。ようやく元号の長保らしい、長く保たれる世が始まったと言える」

宣孝殿も満足げだ。「定子様に仕《つか》える女房たちも、粒揃《つぶぞろ》いで、機転《きてん》の利《き》く者ばかりのようだ。帝はそれらの女房たちとのやりとりも楽しみにされている。その賑《にぎ》やかさが、帝には、またとない慰《なぐさ》みになっている」

あたかも見て来たかのように話す、宣孝殿の様子が可笑《おか》しい。こちらが頷けば頷くほど、宣孝殿の弁説は冴《さ》える。

「それで今年は、内裏では管絃《かんげん》の催《もよお》しがいろいろ準備されている。私も踊りで忙しい」

「宣孝殿が踊りを」

これればかりは初耳だった。何かにつけて自慢話をほのめかす宣孝殿が踊るなど、これまで一度も口にしたことがない。多分に、自信がないからに違いない。

「ああ、私がやるのは、神楽《かぐら》だよ。庭に篝火《かがりび》を焚《た》き、次々と謡《うた》っては踊り、朝まで続く。最後は、神が天に帰って行くところで終わる。『星歌《ほしうた》』と言うが、そなたは聞いたことがなかろう」

神楽歌の一部なら、聞いた覚えがある。しかし「星歌」は知らない。

「それでは、最後のところだけ、ちょっと教えてやる。本当は踊ってもみたいが、今日は口ずさむだけにしておく」

勿体《もったい》ぶって宣孝殿が息を整えた。

〽きりきり

千歳栄《せんざいいよう》 白衆等《びゃくすとう》聴《ちょう》 説《せち》晨朝《しんちょう》 清《じょう》 浄《じょう》偈《げ》や
あかぼしは明星《みょうじょう》は
くはや
此処《ここ》なりや
何しかも今宵《こよい》の月の
ただ此処に坐《ま》すや
ただ此処に坐すや

「この歌に合わせて、ひとりの舞手が出て来て踊る。また同じ文句が繰り返されると、反対側から、別の舞手が登場して、二人で踊る。これが延々と続く。舞手も次々と変わるから面白い。それぞれ面をかぶり、飾り物をつけ、衣装《いしょう》も異なる」

「全体で何人くらいが謡って舞うのですか」

歌の文句はさておいて、舞人《まいびと》や楽人《がくにん》の様子が知りたかった。

「舞人と楽人を合わせて、所作人《しょさにん》と称する。そうだな、全部で二、三十人というところか」

宣孝殿が鼻の先を蠢《うごめ》かして答える。「この所作人は、神殿に向かって左側の本方《もとかた》と、右側の末方《すえかた》に分かれる。双方とも笏拍子《しゃくびょうし》を打つのは同じだが、本方は和琴《わごん》と神楽笛、末方は篳篥《ひちりき》を奏《かな》でる。それを束ねるのが、神楽人長《にんじょう》だよ。この神楽人長は、並の人間では務まらない。さしものそなたも、この辺りのことは知るまい」

「知りません」

正直に首を横に振る。催馬楽《さいばら》や東遊《あずまあそび》は見聞きしていても、神楽歌の詳細は無知に等しかった。

「さっきは最後のほうの神あがりの『星歌』の一部を詠《えい》じたが、その前に冒頭の『庭燎《にわび》歌』、神おろしの『採物《とりもの》歌』、神遊びの催馬楽曲《さいばらのきょく》がある。ちょっと詠じてみせようか」

「是非《ぜひ》聞きたいです」

興味を示すと、いよいよ上機嫌になるのが宣孝殿だ。

「それなら、まず出だしの『庭燎』から」

〽深山《みやま》には霰降《あられふ》るらし
外山《とやま》なる正木《まさき》の葛《かずら》
色著《づ》きにけり

「次は『採物歌』の中の『榊《さかき》』」

〽榊葉の香《か》をかぐわしみ
覓《と》め来れば
八十氏人《やそうじびと》ぞ
団居《まとい》せりける
団居せりける

「ここは本方が歌い、次に末方が」

〽おけ
　あちめ　おおおお

「その、あ、ち、め、とは何でしょうか」
「あちめは阿知女、あっちにいる女という意味だ」
「お、け、というのは何ですか」
「これは合いの手だろう。意味は知らない。次に本方が、『おけ』と謡って、今度は末方が続ける」

〽神垣《かみがき》の
　御室《みむろ》の山の榊葉は
　神の御前《みまえ》に茂り合いにけり
　茂り合いにけり

「この調子で、長々と続く。そして催馬楽曲になり、さっき言ったあちめが繰り返される。『あちめ　おおおお　しししし』という具合だ。このあと本方が詠じる」

〽宮人《みやびと》の大装衣《おおよそごろも》

膝通し

「そして末方が後を継ぐ」

〽膝通し
著《き》の宜《よろ》しもよ大装衣

「この催馬楽曲も、長々と続く。その中でも長いのが『総角《あげまき》』だ。ちょっと聞かせてやろう」
これが最後とばかり、宣孝殿が大きく息を吸う。

〽総角を早稲田《わさだ》に遣《や》りてや
其《そ》を思《も》うと　其を思うと
其を思うと　其を思うと　其を思うと

其を思うと　何もせずしてや
春日《はるび》すら　春日すら
春日すら　春日すら　春日すら

「これをもう一度繰り返して、最後が、『あいさ　あいさ　あいさ　あいさ』だ」

ようやく宣孝殿が息を継ぐ。

「よくわかりました。これらを謡って踊るうちに、夜が更《ふ》け、朝を迎えるのですね」

「その通り。舞人も楽人も、へとへとに疲れてしまう」

「見聞きするほうもですね」

「見物人は、居眠りができる。しかしこっちはそうもいかない。今は行幸《ぎようこう》の日に備えて、日々稽古《けいこ》ばかりしている」

そう言い置いて、宣孝殿はそそくさと帰って行った。

春になって、管絃と踊りの稽古は厳しさを増したようで、宣孝殿は通って来るたび、その様子を語る。本番さながらに、夕方から明け方まで、通しの稽古をする夜もあるらしい。舞人や楽人の衣装がどういうものかは、訊くたびに得意げに教えてくれた。

そして初夏が巡《めぐ》ってきたとき、月のものがなくなったことを知った。祖母君にそれを言うと、生きているうちに初孫《ういまご》を見られるのが嬉しいと口にする。さっそく越前の父君と母君に文《ふみ》を書いたのも祖母君だった。

祖母君同様に喜んだのは宣孝殿だ。おそらく五十歳近くにもなって、我が子を得るなど考えていなかったのだろう。何くれとなく気遣い、食べたい物を言うと、三日とあけずに持参してくれた。

「どうやら、私に神楽人長の役が回って来るようだ」

役目の重さよりも、嬉しさのほうが勝《まさ》っている口調で告げられた。「何しろ三十人近い所作人を束ねるのが、神楽人長だからね」

「おめでとうございます」

「そなたの懐妊を祝って、ちょっと舞ってみせようか」

「見てみたいです」

おだてると機嫌がよくなるのが宣孝殿だ。

「例えば、『韓神《からかみ》』では右手に榊を持って舞う。本来は舞うだけで、謡うのは楽人たちだが、ちょっと節もつけてみると、こうなる」

〽三島木綿《みしまゆう》肩に取り掛け
我《われ》韓神は
韓招《からお》ぎせんや
韓招ぎせんや

八葉盤《やひらで》を手に取り持ちて
我韓神の韓招ぎせんや
韓招ぎせんや

月明かりの下、優雅に舞う所作は、ひとりで見るには勿体ないくらいだった。

「これを闕腋束帯《けってきそくたい》姿で舞えば、一段とおごそかになる。そなたに見せてやれないのが、惜《お》しい」

「いえ、充分に想像がつきます」

これだけ話を聞き、実演してもらえば、実際その場に臨席している気分になる。暑さが増すにつれ、悪阻《つわり》に悩まされるようになった。祖母君と妹の雅子が、何くれとなく世話をしてくれるので助かる。

滅入《めい》りたくなる邪気を祓うためにも、物語の先を少しでも書き進めようと決心する。文机の上の料紙を見て、体に障《さわ》るのではと、祖母君は心配してくれた。しかし書き出すと、意外にも悪阻が忘れられそうだった。次の帖《じょう》の冒頭を、華やかな遊宴《ゆうえん》の場面にしたのもそのためだ。

朱雀院《すざくいん》の五十賀《いそじのが》を祝う桐壺帝《きりつぼ》の行幸は、十月の十日過ぎである。このたびはいつもと違って、さぞ素晴らしいものと期待されるのに、女御《にょうご》や更衣《こうい》たちはそれを見られないのを残念がるため、予行練習の試楽《しがく》が内裏の清涼殿《せいりょうでん》東庭で催される事になった。これは桐壺帝が、藤壺宮《ふじつぼのみや》が見られないのを気の毒がっての措置《そち》だった。

源氏の中将《ちゅうじょう》が舞ったのは、唐楽《とうがく》の二人舞の「青海波《せいがいは》」であった。相手は左大臣の長男の頭中将《とうのちゅうじょう》で、顔立ちや心遣いは人より抜きんでているものの、源氏の君と並ぶとやはり、花の傍《かたわ》らの深山木《みやまぎ》という感じだ。

西に傾く日の光が、鮮やかに射している時に、楽の音《ね》が一段と優雅に響き渡り、宴もたけなわの頃に、姿を見せた源氏の君の所作は、同じ舞の足拍子《あしびょうし》や顔の表情も、この世のものとは思われない程の見事さである。奏楽《そうがく》が一瞬止んだ時に、源氏の君が小野篁《おののたかむら》作の漢詩を詠じる美声が響き渡った。

桂殿初歳を迎え
桐楼早年に媚《こ》ぶ
花を剪《き》る梅樹の下
蝶燕画梁の辺

音声《おんじょう》があたかも、極楽にいるとされる妙《たえ》なる鳥の御《おん》迦《か》陵《りょう》頻《びん》伽《が》の声に似ており、その余りに趣《おもむき》豊かな舞いの手際《てぎわ》に、桐壺帝は涙を拭《ぬぐ》い、他の上達部や親王《みこ》たちもみんな涙した。

詠唱《えいしょう》が終わって、源氏の君が袖を翻《ひるがえ》す。それを待ち受けて演奏を再開する楽の音の華やかさに、源氏の君の顔の色合が一段と光り輝くように見えるので、東宮《とうぐう》の母である弘《こ》徽《き》殿《でん》女御は、源氏の君がこのように立派なのが気に入らない。「神などが空から魅了されて、神隠しに遭《あ》いそうな容姿で、全く以《もっ》て気味が悪い」と、けちをつけるのを、若い女房などは何と情けない言葉だと、聞き咎《とが》めた。

藤壺宮は、「わたしにあの大それた心のわだかまりがなかったなら、もっと素晴らしく見えただろうに」と思う。どこか夢のような心地がして、そのまま飛《ひ》香《ぎょう》舎《しゃ》には下がらず、清涼殿に留まり、桐壺帝の寝所《しんじょ》に仕えると、帝が「今日の試楽は、あの『青海波』につきますね。あなたはどう見ましたか」と訊くので、藤壺宮は返事に窮して「格別でございました」とだけ言上《ごんじょう》する。

「相手の頭中将も決して悪くありません。舞の仕方も手の使い方も、良家の子弟はやはり違っています。世に有名な舞人たちは、確かに上手ではありますが、しかしこのような、初々《ういうい》しくも若さに溢《あふ》れた芸風を見せる事はできません。試楽の日に、こんなにまですべてを出し切ってしまったので、本番の行幸当日に、紅葉《もみじ》の木陰で見せる舞楽《ぶがく》が、物足りなくなるかもしれません。これもあなたに見せるつもりで、準備したのです」と、桐壺帝は言った。
翌日、源氏の君から、藤壺宮に文が届き、「舞をどうご覧になったでしょうか。今まで味わった事のない辛《つら》い心地で舞いました」と書かれ、和歌が添えられていた。

もの思うに立ち舞うべくもあらぬ身の
　袖うち振りし心知りきや

物思いゆえに舞えるはずのない私が、袖を振って舞い切った心の内をおわかりになられたでしょうか、という熱い問いかけで、袖を振るのは相手の魂を招き寄せる動作であり、「畏《おそ》れ多い事でございます」と付記されていた。それに対する返事は、あの眩《まぶ》しい程に美しかった姿や顔立ちが胸に残っているため、藤壺宮はつれなくできずに、歌を詠んだ。

唐人《から》の袖振ることは遠けれど
　立ち居につけてあわれとは見き

唐の人が袖を振って舞ったという故事には疎《うと》うございますが、あなたの舞の一挙手一投足《いっきょしゅいっとうそく》は、本当に感慨《かんがい》深く拝見しました、という賛美で、「振る」には古が掛けられ、双方の歌は『万葉集』にある大海人皇子《おおあまのみこ》と額田王《ぬかたのおおきみ》の禁断の恋を歌った、茜《あかね》さす紫《むらさき》野《の》ゆき標野《しめの》ゆき　野守《のもり》は見ずや君が袖振る、を下敷にしていて、藤壺宮は、『後撰《ごせん》和歌集』の、燃えわたる嘆きは春のさがなれば　おおかたにこそあわれとも見れ、を響かせて、「おおかたな並々の思いではありませんでした」と書いていた。

限りなく見事で、こうした舞楽の故事にまで通じ、唐国の事にまで思いを巡らせていて、藤壺宮はもう今から、后にふさわしい風格が備わった歌を詠まれていると源氏の君は思い、つい顔をほころばせ、この返歌を持経《じきょう》のように、広げては、見続けた。

朱雀院への行幸には、親王たちを始めとして、世にある人は残らず供奉《ぐぶ》し、東宮《とうぐう》も加わり、例によって楽の船である龍頭鷁首《りゅうとうげきしゅ》の船が池を漕《こ》ぎ巡り、唐土《もろこし》や高麗《こま》の数多い舞曲は種類も多彩で、管絃の音色や鼓《つづみ》の音が、周囲に響き渡る。

帝は先の試楽の日の、源氏の君の夕日に映《は》えた姿が余りに美しかったために、却《かえ》って不吉に感じて、誦経《ずきょう》を方々の寺にさせたのを、聞く人も、もっともだと感じ入ったのに、東宮の母の弘徽殿女御のみは、「大袈裟《おおげさ》過ぎる」と憎らしく思った。

庭に垣《かき》のように円陣を作り、笛や琵琶《びわ》、その他の楽器を奏《そう》じて拍子《ひょうし》を取る四十人の楽人には、殿《てん》上人《じょうびと》のみならず、殿上を許されていない地下《じげ》の者も、特に秀でていると世間に知られている達人ばかりが揃えられた。参議《さんぎ》の宰相《さいしょう》が二人、左衛門督《さえもんのかみ》、右衛門督《うえもんのかみ》が左右の楽の行事を務め、舞の方の師匠《ししょう》たちも、世に優《すぐ》れた者たちをそれぞれに迎えて、各人が自宅に引き籠って稽古を重ねていた。

木高《こだか》い紅葉の陰に、四十人の垣代《かいしろ》が喩《たと》えようもなく見事に吹き立てる楽の音に、響き合うようにして松風が本当の深山下《みやまお》ろしかと思うくらいに吹き乱れ、色とりどりに散り交《か》う木の葉の中から、源氏の君の「青海波」が輝くようにして舞い出た光景は、本当に恐ろしいくらいに美しい。

挿頭《かざし》の紅葉も散り落ち、源氏の君の匂うような優艶《ゆうえん》さに、圧倒されたような感じがしたため、左大将が御前《おまえ》の菊を折って差し替えた。

日が暮れかかる頃に、わずかばかり時雨《しぐ》れて、空までが源氏の君の舞の見事さに、感涙にむせんでいるようである。源氏の君がその美しい姿で、様々に色変わりして見応えがある菊を冠《かんむり》に挿《さ》して、今日はまた技を尽くした退場前の入り綾《あや》の舞は、背筋が寒くなる程に見事で、この世のものとも思われない。何も理解できないはずの下人《しもびと》たちが、木の下や岩の陰、山の木の葉に隠れて見ており、多少なりと、ものの情趣《じょうしゅ》がわかる者は落涙《らくるい》した。

承香殿女御《しょうきょうでん》を母とする第四皇子が、まだ元服《げんぷく》前の童《わらわ》姿で、「秋風楽《しゅうふうらく》」を舞ったのが、源氏の君の「青海波」に次ぐ見物《みもの》だったため、この二つの舞で興趣《きょうしゅ》が尽きてしまい、他の事は目に映らず、却って興醒《きょうざ》めだった面もあった。

その夜、源氏の君は正三位《しょうさんみ》に、頭中将は正四位下《しょうしいのげ》に加階《かかい》され、上達部のしかるべき人みんなが昇進の喜びに浴したのも、大役を果たした源氏の君の恩恵《おんけい》である。これほどに人の目を驚かせ、心を歓喜させる源氏の君は、前世でどんな善行を積まれたのか、知りたい程だった。

藤壺宮は、この頃里邸《りてい》に退出したので、源氏の君は例によって、もしや逢う機会があるのではと、様子を窺《うかが》うのに熱心で、左大臣家からは足も遠のきがちになり、とやかく非難される。その上、あの紫の君を尋《たず》ね当てて引き取ったのを、「二条院では女を迎えられたようです」と言上した人がいたので、葵《あおい》の上は誠に不愉快に思った。

それに対して源氏の君は、「紫の君を引き取った事情を知らないので、葵の上がそう思うのも、もっともである。とはいえ、並の女のように素直に恨《うら》み言を言うのであれば、こっちも隠し立てをしないで話をして、慰めてやろうが、こんな風に思いも寄らない筋に、考えを巡らすのが不愉快で、これが私の浮気心のもとになっている。

確かに葵の上の容姿や気立《きだて》は申し分なく、不満に思う点はない。他のどの女よりも先に、夫婦になったのだから、大切に慕《した》う心は充分にある。それを葵の上はわかっていないので、私を恨まれるのだ。しかし最後には、必ずや思い直してくれるはず」と思った。

葵の上の堅実《けんじつ》で穏《おだ》やかな性分《しょうぶん》は、信頼するに足り、やはり正妻として、他の女にはない美点があった。

幼い紫の君は、とてもよい気立と器量であり、源氏の君に馴《な》れるに従い、無邪気《むじゃき》に源氏の君になついて側から離れない。

「当分は邸内の人にも、どういう人なのか知らせまい」と源氏の君は思い、このまま西の対《たい》に調度《ちょうど》を比類《ひるい》なく立派に整え、自身も東の対から明け暮れに渡って来て、様々な事を教え、手本を書いては習字をさせ、あたかも他所《よそ》に預けていた実の娘を引き取ったような気になっていた。紫の君のために、政所《まんどころ》の家司《けいし》などを始めとして、特別に仕える者も定めて、紫の君が何の不安もないようにしたので、惟光《これみつ》以外の者は不思議な事だと思う。あの父宮の兵部卿宮《ひょうぶきょうのみや》も、この件については全く知らなかった。

紫の君は、やはり以前の事を思い出す折には、尼君を恋い慕う事が多く、源氏の君が来ている間は気が紛《まぎ》れてはいるものの、夜になると源氏の君は時々はこっちに泊まるとはいえ、やはり方々の忍び歩きで忙しいのは相変わらずで、日が暮れると出かけるのを、後追いする時もあった。

源氏の君としては一層可愛く思う反面、二、三日は内裏に勤め、そのまま左大臣邸に赴《おもむ》いて不在になると、紫の君はしょげ返るため、可哀想で、母のない子を持っているような気になり、忍び歩きもゆっくりできないでいた。
北山《きたやま》の僧都《そうず》は紫の君の事を耳にして、合点《がてん》がいかないものの、大切に扱われている事は嬉しい気がし、源氏の君のほうでも、僧都が妹の故尼君の法事を営む時には、丁重《ていちょう》な弔問《ちょうもん》をした。

藤壺宮が退出している三条宮の里邸に、その様子が知りたくて、源氏の君が参上すると、王命婦《おうみょうぶ》や中納言の君、中務《なかつかさ》の君などの女房が対面した。他人行儀に扱われたのが心穏やかではなかったものの、気を鎮めて世間話をしていると、兵部卿宮が源氏の君の来訪を聞いて、参上する。

宮は実に優雅《ゆうが》な物腰で、色めかしく、しとやかなので、自分が女としてこの宮に逢ったら、さぞかし面白いだろうと、源氏の君は密《ひそ》かに拝見し、藤壺宮の兄であり、かつ紫の君の父だと思うと、親しみ深く感じられた。

細々《こまごま》とした話をしていると、宮の方でも、源氏の君の様子がいつもと違って親しみやすく、打ち解けているので、「見事なものだ」と感じ入り、まさかこれが婿《むこ》だとは思いも寄らず、「この源氏の君を女にして逢いたいものだ」と、色めいた内心を抱いている。

日が暮れて、兵部卿宮が藤壺宮の御簾《みす》の中に入るのを、源氏の君は羨《うらや》ましく思い、昔は父の桐壺帝の計《はか》らいで、側近くで、人づてではなく、何かと話せたのに、今はすっかり疎遠《そえん》にされるのが恨めしい。

しかしどうにも仕方がないので、藤壺宮に「たびたび参上しなければならないのですが、格別の用事の時以外はご無沙汰《ぶさた》しています。今後は、しかるべきご用がございましたら、どうか申し付けていただければ嬉しゅうございます」と、女房を介して堅苦しい口上《こうじょう》を述べて源氏の君が退出した。

王命婦もどう取り計らう事もできず、藤壺宮の方でも、以前より一層源氏の君との一件を、辛い事と思い、気を許さない様子である。王命婦は気後《きおく》れがして、いたわしくもあるので、二人の間を取り持つ事ができないまま、日は過ぎていった。「何とはかない宿縁《しゅくえん》だろうか」と、源氏の君も藤壺宮も尽きる事なく思い乱れた。

紫の君の世話をする少納言の乳母《めのと》は、「思いがけず、美しい二人の間柄を見る事になった。これも亡き尼君が、姫君の行く末を案じて、仏前の勤めで熱心に祈ったお蔭だろうか」と思う。その一方で、左大臣家の、正妻の葵の上は大変身分が高く、加えて源氏の君があちこちに通っているので、「姫君が本当に成人した折には、厄介《やっかい》な事が起こるのではないか」と心配するものの、源氏の君の寵《ちょう》愛《あい》ぶりが特別なので、将来は頼もしく安心していられそうだった。

紫の君の服喪《ふくも》は母方の場合は三か月で、尼君の死が九月下旬だったので、十二月下旬には喪服を脱がせてやる。母代わりだった祖母の尼君の他には、親もないまま育ったので、除服《じょぶく》後もすぐに派手な色の衣装に変えるのではなく、紅《くれない》、紫、山吹《やまぶき》色の無地の織物の小袿《こうちき》を着ていて、その姿は実に今風で可愛らしかった。

源氏の君は元旦の朝拝《ちょうはい》のために参内《さんだい》する前に、紫の君の部屋を覗《のぞ》いて、「今日から一歳増えて、大人らしくなったでしょうね」と言いつつ、笑《え》みを浮かべた様子は、実に素晴らしく、心が惹《ひ》かれる。

紫の君は人形を並べて忙しそうにしており、三尺の厨子《ずし》一対《つい》に、種々の道具を飾り並べていた。また源氏の君が人形のための小さな家を、いくつも作ってやったのを、辺り一面に散らかして遊んでいる。

「鬼やらいの追儺《ついな》をすると言って、犬君《いぬき》がこれを壊したので、直しています」と言って、さも大事件のように思っているので、源氏の君は「本当に何とも粗忽《そこつ》な人がやったのですね。すぐに直させます。めでたい今日は、不吉な事は慎《つつし》み、泣かないようにして下さい」と言って、出かけた。大勢の供人が従ってもののものしい様子を、女房たちが端に出て見物するので、紫の君も出て来て見送ったあと、人形の源氏の君を着飾らせて、参内させたりしていた。

その様子に少納言の乳母が、「せめて今年からでも、もう少し大人らしくして下さい。十歳を越した人は、人形遊びは嫌がるものです。こうして婿君を持たれたからには、奥方らしくおしとやかにしていて下さい。髪を梳《す》くのを嫌がられるのも困ります」と注意するのも、紫の君が遊びのみに熱中しているので、多少は苦言を呈そうと思ったからだった。

それを聞いた紫の君は心の内で、「そうか、自分は夫を持ったのだ。この人たちの夫はみんな醜いのに、わたしはこんなに若くて美しい人を夫にしたのだ」と、今初めて理解したのも、新年で年がひとつ加わった証拠なのだろうが、何事につけても幼い気配が目立つ。邸内の人々も不思議がりはしたものの、まさか源氏の君と夫婦の関係のない添い寝をしているとは思わなかった。

源氏の君が内裏を出て左大臣邸に赴くと、葵の上はいつものように固苦しい美しさで、心優しさに欠けていた。そのため、「せめて今年からでも、少し世間並にしようとする心根でおられるなら、どんなにか嬉しいでしょう」と、源氏の君が言う。

葵の上は源氏の君が他の女を二条院に迎えて、大事にしている事を聞いて以来、「きっとその方を大切な妻に決められたのだろう」と思い、頑《かたく》なさが加わるばかりであった。一段と気詰《きづ》まりがひどくなり、強《し》いて何も知らないふりをして、冗談を言う源氏の君の態度には、気強く反撥《はんぱつ》もできないので、型通りの返事をしている。

やはり他の女とは異なって大人であるのも、源氏の君より四歳年上だからで、この点では源氏の君も気後れがする程、女盛りの端正《たんせい》さがあった。

「この葵の上のどこに、不足の点があるというのだろう。自分の心が余りに浮ついているから、このように恨まれるのだ」と、源氏の君は自《おの》ずと反省をする。

同じ大臣でも、右大臣より世間の声望が重々しい父の左大臣と、内親王《ないしんのう》の北の方との間に、ひとり娘として生まれたので、この上なく大切に育てられた。そのために、気位《きぐらい》の高さは常識はずれであり、少しでも疎略《そりやく》に扱うと嫌な顔をするというのは、あがめ奉《たてまつ》られて育てられたせいであった。そこまでする必要はないのではないか、というのが源氏の君の考えであり、ここに二人の心の隔《へだ》たりがあった。

左大臣も、このような源氏の君の心を、恨めしいと思うものの、実際に対面する際は、恨みも忘れて、丁重に世話を焼く。翌朝、源氏の君が退出する頃に顔を出し、束帯《そくたい》姿の時に着用する石帯《せきたい》を、自ら持参して、源氏の君の後ろを直してやり、沓《くつ》をも手に取って揃えんばかりに、かしずくのは痛々しく、「この帯は内宴《ないえん》の際に使わせていただきます」と源氏の君が言うと、「その折には、もっとよいのがございます。これはただ目新しい趣向《しゆこう》なので、是非とも」と、左大臣は応じて無理に着用させた。

こうして万事につけ大事に世話をして、源氏の君の姿を見ると、左大臣は生き甲斐が感じられ、稀《まれ》であってもこうした人を婿として出入りさせ、眺《なが》められる喜びに優《まさ》るものはない、と思う程の源氏の君の素晴らしさだった。

年賀の拝礼の参賀については、源氏の君はそれ程多くの所には行かず、内裏と東宮、先帝の一院《いちのいん》くらいであった。その他には藤壺宮がおられる三条宮に参上すると、女房たちが「今日はまた格別に美しい姿です。年齢を加えるたびに、不吉なまでに素晴らしくなっておられます」と賞讃《しょうさん》するので、藤壺宮は几帳《きちょう》の隙間《すきま》から少しばかり見ては、心を痛めた。

出産が、十二月を過ぎてしまったのが心配であり、いくら何でもこの一月にはあるだろうと、三条宮に仕える人々も期待し、帝もしかるべき心づもりをしていたものの、その兆しもなくて一月も過ぎてしまった。物の怪のせいではないかと、世間の人も騒がしく噂するので、藤壺宮も辛くなり、「このお産で秘事が露見《ろけん》して、我が身の破滅になるのではないか」と、心配の余り、気分も苦しく病んでしまう。

源氏の君は益々、懐妊されているのは我が子ではないかと思う。事情を明かさないまま、病気平癒《へいゆ》の加持祈禱《かじきとう》を方々の寺でさせながら、この世は無情なので、藤壺宮との仲が、このまま、はかなく終わってしまうのではないかと、あれこれ思い悩んでいるうちに、二月十日過ぎに皇子が生まれた。

これまでの懸念《けねん》がすっかり消えて、帝も三条宮の人々も喜び、藤壺宮も「これからは命長く生きていかねば」とけなげにも思う。一方で、弘徽殿女御が呪《のろ》うような事を言っていると藤壺宮は耳にして、「ここでもし自分が死ねば、物笑いの種になる」と、気を強く持っていると、病も少しずつ快方に向かった。

帝が一日も早く若宮《わかみや》を見たいと思う心はこの上なく強く、源氏の君は、人々にも言えない秘密を抱えて、大層気になり、人がいない折を見計らって、「帝が大変待ち遠しく思っております。まず私が拝見してから奏上《そうじょう》致しましょう」と言上する。

藤壺宮は、「まだ生まれたばかりの見苦しさなので」と言って、見せないのも道理である。じつは若宮は、全く驚くばかりに、これ以上はない程に、誰が見ても源氏の君に生き写しであり、もはや隠しようもないので、藤壺宮は良心の呵責《かしやく》にさいなまれる。「誰かがこの若宮を見れば、過《あやま》ちがあったのではと不審に思い、密事に気づくのではないだろうか。この世の人々は些細《ささい》な事でも、何か疵《きず》を見つけようとやっきになる。どんなにか悪い噂が漏《も》れ出してしまうだろう」と、思い続けられて、我が身の悲運を痛感した。

源氏の君は時々、王命婦に会って、切ない胸の内を訴えるけれども、何の甲斐もなく、せめて若宮の様子を是非とも見たいと訴えるので、王命婦は、「どうしてそのような無理をおっしゃるのですか。そのうち自然と見る機会もございます」と応じる。

思い悩む点ではお互い全く同じであり、源氏の君としても憚《はばか》りの多い事なので、はっきりとは口にできず、「一体いつになったら、直接お話ができるのでしょうか」と源氏の君は言って、痛々しく泣きながら、歌を詠む。

いかさまにむかし結べる契《ちぎ》りにて
この世にかかる中の隔《へだ》てぞ

一体どのような前世で結んだ宿縁によって、この世であの方にも我が子にも会えない、この世の隔てがあるのだろうか、という嘆きで、「この世」に子の世を掛け、「こんな事はどうしても納得できない」と言うと、王命婦も藤壺宮の切ない様子を目にしているので、そっけない態度は取れずに返歌した。

見ても思う見ぬはたいかに嘆くらん
　こや世の人のまどうという闇

若宮を見ている藤壺宮も思い悩み、見ていないあなた様もどんなにか嘆かれているでしょう、これが世の人の迷う、子ゆえの闇なのでしょう、という歌意であり、「こや」に子やを掛け、『後撰和歌集』の、**人の親の心は闇にあらねども　子を思う道にまどいぬるかな、**を下敷にしていた。「おいたわしくも、心が休む暇《いとま》もない、お二人でございます」と、王命婦は小声で言上した。

源氏の君はこのように思いを伝えるすべもなく、帰途《きと》についた一方、藤壺宮は人の噂も嫌なので、源氏の君の訪問を迷惑だと思って、女房たちにも言い渡す。王命婦でさえ、昔親しくしていたようには気安く近づけず、人目に立たないように穏便《おんびん》に接しているものの、藤壺宮としては、密会の導きをした王命婦を気に入らないと思う面もあるので、王命婦としてもひどく心細く、心外に思う時もあった。


若宮は四月に参内した。生後二か月余りの月数にしては大きく育って、そろそろ寝返りもできる。驚く程に源氏の君と瓜《うり》二つの顔立ちを、帝はまさかとも思っていないため、他に比類のない者同士は、なるほどこんなにも似通っているのだろうと納得し、大切に思って、限りなく世話をした。

帝は源氏の君を最上の者だと考えていたのに、世間の人々が賛成しそうもなかったので、東宮にしてやれなかったのが残念であり、臣下には勿体《もったい》ない物腰や容姿に成人しているのを見ては、申し訳なかったと感じる反面、若宮が今こうして高貴な方の御腹《おはら》より源氏の君と同じように光り輝くように生まれたので、瑕瑾《かきん》ない玉と思って、大事にする。藤壺宮は帝が若宮を慈《いつく》しむ姿に、胸の晴れる暇もなく、不安な思いは変わらなかった。

例によって源氏の君が、藤壺の御殿の飛香舎で管絃の遊びをしている時に、帝が若宮を抱いて姿を見せた。「皇子たちは大勢いる。しかしこんな風に朝晩見ていたのは、そなただけです。そのため自ずからその頃が思い出されるのか、実にそなたに似ている。とても小さい頃は、ただもう、みんなこうしたものでしょうか」と源氏の君に言って、若宮をたまらなく可愛いと思っている様子だった。

源氏の君は顔色が変わる心地がして、恐ろしくも、勿体なくも、嬉しくも、情けなくも、様々な思いが胸に去来《きょらい》し、涙が落ちそうになる。若宮が声を上げて笑っているのが、恐ろしい程に可愛らしい。自分が若宮に似ているのなら、この身を大切にしたいと思うのも身勝手である。

一方の藤壺宮は何とも辛く、その場にいたたまれない気がして、冷汗も流れる。源氏の君は若宮を目にしたばかりに、却って乱れ心地になり、退出してしまった。

源氏の君は二条院に戻ると、自分の部屋で横になり、胸の内の苦しさを紛《まぎ》らしたあと、左大臣邸に赴く。前栽《せんざい》が一面に何となく青々としている中に、撫子《なでしこ》が美しく咲き始めているのを、一本折らせて、王命婦の許《もと》に多くの言葉を書き連ねた手紙を結び、歌を添えた。

よそへつつ見るに心は慰まで
露けさまさるなでしこの花

撫子の別名、常夏《とこなつ》の花に若宮をなぞらえてみても、心は慰められないまま、逆に袖がより露っぽくなるこの撫子の花です、という訴えで、「撫子《なでしこ》」つまり常夏の花の常（とこ）には、男女の交情を示す床が暗示され、「なでしこ」はまた愛（いと）し児《こ》に通じていて、「花と咲いて欲しいと願っていた私たちの仲ですが、それもままならなくなってしまいました」と付記されていた。

王命婦は機会を見つけて、藤壺宮に文を見せ、「ほんの少しでも、この花びらにご返事を」と言上すると、自身の心にもしみじみと哀愁《あいしゅう》が感じられるので、返歌をしたためた。

袖濡るる露のゆかりと思うにも
猶《なお》疎まれぬやまとなでしこ

あなたの袖を濡らす露の涙を思うと、やはりなお疎む気になる大和《やまと》撫子のわが子です、という戸惑《とまど》いで、墨色は薄く、途中で書き止めたような返歌を、王命婦は喜びつつ源氏の君に持参する。返事がないのはいつもの事なので、今回もあるまいと源氏の君は諦《あきら》めてぼんやり横になっていた時だったので、胸が高なり、嬉しさの余り涙がこぼれた。

しみじみと思い沈む心を抱いて横になっていても、やり場のない心地がするので、例によって、このような折の慰めに、西の対の紫の君の許に向かう。源氏の君はしどけなく乱れたままの髪の、垢抜《あかぬ》けた袿姿で、親しみを込めて笛を吹きながら立ち寄って目をやると、紫の君があたかも先刻の撫子の花が露に濡れているような感じで、物に寄り臥《ふ》している姿は美しく可憐《かれん》で、可愛さも溢《あふ》れんばかりである。

源氏の君が帰宅してもすぐに西の対に来なかったのが不満で、いつになくすねているのか、源氏の君が端の方に膝をついて、「こちらにおいで」と言ったのにも気づかないふりをして、『万葉集』にある、潮満てば入《い》りぬる磯の草なれや　見らく少なく恋うらくの多き、を口ずさんで、稀にしか訪れない源氏の君を恨み、袖で口元を隠した様子が、実に上品で可愛らしい。

「おや、憎らしくもそんな歌を口にされるようになりましたね。見飽きる程にいつも逢うのは、まずいものです。『古今《こきん》和歌集』に、伊勢《いせ》の海人《あま》の朝な夕なに潜《かず》くという　みるめに人を飽くよしもがな、とある通りです」と言って、女房を呼び、琴《こと》を取り寄せて、紫の君に弾《ひ》き方を教える。

「箏《そう》の琴は、十三絃ある中で、手前から二本目の細緒《ほそお》が切れやすいのが難点です」と、源氏の君は言って、低い平調に整え、ほんのちょっと弾いてみて、紫の君の方に押しやる。

いつまでもすねてはいられず、実に可愛らしく弾く有様《ありさま》は、小さい体なので、左手を伸ばして絃を押さえて揺らす手つきもけなげで、いじらしい。

源氏の君は笛を吹いて調子を取りつつ、教えてやると、紫の君は大変覚えが早く、難しい調子もわずか一度で習得する程で、万事に才能があって素晴らしい心映えを、源氏の君は、「これで望んでいた事が実現する」と思う。舞楽の「長保楽《ちようほうらく》」の破の部分である「保曽呂俱世利《ほそろぐせり》」という曲は、名前は妙だが、源氏の君が面白く吹くと、その笛に合奏する紫の君の技巧《ぎこう》はまだ幼いものの、拍子《ひようし》ははずさず、どことなく上手に聞こえた。

灯火《ともしび》を点《つ》けて、様々な絵を紫の君と一緒に眺めている時、今夜は外出すると源氏の君が前以《もつ》て言っていたので、供人たちが咳払《せきばら》いをして注意を引き、「雨が降りそうですので」と急がせるため、紫の君はいつものように心細くなって気が滅入り、絵を見るのもやめ、俯《うつぶ》してしまう。

それが大変いじらしく、髪も愛らしくこぼれかかっているのを、源氏の君は撫《な》でながら、「私が外出している間は、恋しく思いますか」と訊くと、頷く。「私としても、一日逢えないのは寂しいのです。しかしあなたがまだ幼いうちは、こうして出歩くのです。それは恨み事を言う人がいて、それが厄介なので、その人の機嫌を取るためでもあります。

あなたが大人になれば、もう他所《よそ》へは行きません。人の恨みを買うまいと思っているのも、長生きをして、思い通りにあなたと一緒に暮らしたいからです」と細々《こまごま》と言い聞かせる。

紫の君はさすがに気恥ずかしく、何とも答えられず、そのまま膝に寄りかかって寝てしまった。とても心苦しくなり、「もう今夜は出かけません」と言うと、女房たちがその場を立って、お膳を運んで来たので、紫の君を起こす。

「出かけない事にしました」と言うと、機嫌が直って、起きて一緒に夕餉《ゆうがれい》をとり、紫の君はほんの少し箸《はし》をつけて、「それでは、お休みなさいませ」と心配そうにしている。このような人を見捨てては、たとえ逃《のが》れられない死出の旅路であっても出かけられない、と源氏の君は思った。

こうして、紫の君の許に引き留められる折が重なって、その噂を耳にした人が左大臣家に伝えると、「それは一体誰なのでしょう。こちらに失礼な振舞というものです。今まで名も知られない人であるし、源氏の君を放さず、まとわりつくのは、上品で教養のある女ではないでしょう。宮中でかりそめに情けをかけた人を、ひとかどの人として二条院に迎えたので、人聞きが悪いと思って隠しておられるのにちがいない。どうやら分別に欠ける幼い人のようです」と、女房たちもみんなで噂をしていた。

帝もこれを聞いて、源氏の君に、「気の毒に、左大臣が思い嘆いているのも道理です。まだあなたが若輩《じゃくはい》の頃、左大臣は懸命にあなたの世話をしていました。それがわからない年頃でもないでしょう。それなのに、どうして情けない仕打ちをするのでしょうか」と言い聞かせる。

源氏の君は畏れ入った様子で、返事もしないいため、帝は、左大臣家の葵の君が気に入らないのだろうと、可哀想にもなり、「それにしても、源氏の君は色事に現《うつつ》を抜かしているようには見えない。この辺の女房にせよ、あちこちの女にせよ、浅い仲ではないと人から見られ、噂が立つ風でもない。それなのに、人の知らない女の所を忍び歩いて、どうしてこれ程までに人に恨まれたりするのでしょうか」と、側の女房などに言った。

帝は年配ではあっても、女に関する見方は厳しく、水司《もいとりのつかさ》や膳司《かしわでのつかさ》に仕える采女《うねめ》や、御匣殿《みくしげどの》で雑用をする女蔵人《にょくろうど》までも、容貌と才気のある者を、特に引き立てて気にかけていたので、趣味教養に秀でた宮仕人《みやづかえびと》が多かった。源氏の君がちょっとでも言葉をかければ、よそよそしくされる事など滅多にない。源氏の君は慣れてしまったのだろうか、なるほど不思議に浮気はされないようだと思い、試みに女房が冗談に色事を言上しても、源氏の君は冷たくはない程度にあしらい、本気で深入りはしないので、生真面目《きまじめ》過ぎて、物足りないと思っている女房もいた。

ひどく老齢の典侍《ないしのすけ》で、家柄も高くて才気があり、上品で声望はあるものの、ひどく浮気心の強い性分で、男関係ではだらしがない女がいたので、源氏の君は、こんなに年を取っても、どうしてこんなにまでふしだらなのだろう、と興味をもった。試みに言葉を掛けてみると、典侍の方では源氏の君にとって自分は不似合でもないと思っているようなので、あきれたものだと感じながら、それでもやはりこんな女も面白いと、逢った事もあった。

これを人が聞くと、相手が老齢なので、源氏の君にとっては外聞が悪く、そのためすげなく扱われているのを、典侍はひどく薄情だと恨んでいた。

典侍は、清涼殿西廂《にしびさし》にある御湯殿《おゆどの》の間《ま》で、帝の湯浴《ゆあ》み後の朝の調髪をしていて、それがすむと、帝は装束に奉仕する者を呼んで、朝餉《あさがれい》の間に中座した。そのまま残った典侍はひとり、普段よりはきれいで、姿や髪の形も優艶《ゆうえん》で、衣装もその着こなしも、華やかで好ましく見えるのを、源氏の君は、どうしてこうも若作りをしているのかと、苦々《にがにが》しく思う。

とはいってもそのまま放ってはおけず、裳《も》の裾を引っ張って驚かすと、実に派手な絵が描かれている夏扇で顔を隠して振り向き、思いをこめた目で源氏の君を見る。

その瞼《まぶた》はすっかり黒ずんで凹《へこ》み、髪の毛はほつれ乱れているため、源氏の君は年には似合わない扇の派手なのを、自分の扇と取り替えて、改めて見ると、赤い紙の、顔に照り映《は》える程の濃い色の所に、木高い森の絵が金泥《きんでい》で塗りつぶすように描かれている。

その端の方に、筆遣いはいたく年寄りじみてはいても、多少の風情《ふぜい》はあり、「森の下草が老いてしまったので」と書き流しているのも、『古今和歌集』の、**大荒木《おおあらき》の森の下草老いぬれば　駒もすさめず刈る人もなし**、を響かせるためで、下草も枯れたので、馬も食わず、人も刈らないという意味であった。

源氏の君は、「嫌な事を書いている。別の書き方があろうものを」と、苦笑いして、「森こそ夏の、というわけですか」と返した。古歌《ふるうた》にある、**時鳥《ほととぎす》来鳴くを聞けば大荒木の　森こそ夏の宿りなるらめ**、をほのめかすためで、あなたという森は、男という時鳥が次々と宿っているのではありませんか、という皮肉であり、あれこれ冗談を言うのを、誰かが見つけて、似つかわしくもないと思うかもしれないと、気になるが、当の源《げん》典侍は全くそうは思わず、色っぽく詠歌《えいか》する。

君し来《こ》ば手《た》なれの駒に刈り飼《か》わん
　さかり過ぎたる下葉なりとも

あなたが来て下さるのなら、手馴れの馬に刈り取って食べさせましょう、盛りを過ぎた下草ではありますが、という求愛で、『後撰和歌集』の、我が門のひと群薄《むらすすき》刈り飼わん　君が手なれの駒も来ぬかな、を踏まえていて、詠じる様子も、この上なく色っぽいので、源氏の君も返事する。

笹分けば人や咎めんいつとなく
　駒なつくめる森の木隠《こがく》れ

笹を踏み分けて行ったら人が咎めるでしょう、いつでも他の馬が馴れて集まる森の木陰ですから、という揶揄《やゆ》で、『蜻蛉《かげろう》日記』にある、笹分けば荒れこそまさめ草枯れの　駒なつくべき森の下草、を暗示していて、「それが面倒なので」と断って、源氏の君が立ち去ろうとする。

それを、源典侍は引き留めて、「まだこのような切ない思いをした事はありません。ここで見捨てられると、今更ながら我が身の恥になります」と言って大袈裟《おおげさ》に泣くのも、『万葉集』の、黒髪に白髪交じり老ゆるまで　かかる恋にはいまだあわなくて、を響かせていた。

「いずれ便りをします。あなたを思いながらです」と源氏の君が言って、振り切って出たのも、『拾遺和歌集』の、限りなく思いながらの橋柱《はしばしら》　思いながらに仲や絶えなん、が念頭にあったからで、仲は絶えてしまうかもしれないと、ほのめかした。源典侍は強いて追いすがり、「どうせわたしは橋柱です」と恨み言で応じたものの、古歌の、**思うこと昔ながらの橋柱　古**《ふ》**りぬる身こそ悲しかりけれ**、を引歌にしていた。

帝は着替えが終わって、襖《ふすま》の隙間から覗き見して、似つかわしくない仲だなと大層面白がって、「源氏の君に好き心がないのを、いつもみんなが困っているようですが、さすがにあなたを見過ごす事はできなかったようですね」と言って笑う。源典侍は多少は気恥ずかしいものの、『古今和歌六帖』に、**憎からぬ人の着すなる濡**《ぬ》**れ衣**《ぎぬ》**は　いとひがたくも思おゆるかな**、とある如《ごと》く、憎からぬ人のために、濡れ衣さえ着たがる例もあるので、むきになって弁解もしない。

女房たちも「思いもよらぬ仲だ」と噂しているのを、頭中将が聞きつけ、女にかけては目がない性分だったが、「まさかあの源典侍までは気が回らなかった」と思うにつけ、いくつになっても止まない源典侍の浮気心を、見届けたくなったので、最後には懇《ねんご》ろな仲になってしまった。

この頭中将も、並の人とは全然違って立派なので、源典侍はあの冷淡な源氏の君の代わりとして慰みにと思い、親しくなっていたものの、逢いたいのは何といっても源氏の君ひとりだったようで、何とも常識はずれの好き心であり、頭中将との仲はごく内密にしていた。源氏の君は二人の関係に気づかず、源典侍は源氏の君を見つけては、とかく恨み言を口にするため、年寄りなのが痛々しく、いつかは慰めてやろうと思うものの、その気になれないまま日数も経った。

ある日、夕立が来て、そのあとに涼しくなった宵の闇の紛れ歩きに、内侍所《ないしどころ》がある温明殿《うんめいでん》付近をうろうろしていると、この源典侍が実に見事に琵琶を弾いていた。

帝の御前でも、男たちの管絃の遊びに加わったりしており、勝る者がいない程の名手である。つれない源氏の君を恨めしく思って弾いていたため、一層しみじみと聞こえ、催馬楽《さいばら》の「山城《やましろ》」を美しい声で謡《うた》っていた。

〽山城の狛《こま》のわたりの瓜作《うりつくり》
なよや
らいしなや　さいしなや
瓜作
瓜作　はれ
瓜作我を欲《ほ》しと言う
如何《いか》にせん　なよや
らいしなや　さいしなや
如何にせん
如何にせん　はれ
如何にせん　なりやしなまし
瓜たつまでにや
らいしなや　さいしなや
瓜たつま
瓜たつまでに

瓜作りの農夫から求愛されて心乱れる女の歌で、源氏の君を諦めて、いっそ農夫の妻になろうかとの思いが託され、想起されるのは、白楽天《はくらくてん》の「夜歌う者を聞く」であった。

月明かりの下、隣の船から女が謡う美声が響いて、ついつい耳を傾けてしまったという漢詩で、源典侍が声だけは誠に美しいのが源氏の君は気に入らない。白楽天が漢詩に表した鄂州《がくしゅう》にいたという昔の人も、こんな美声だったのだろうかと、つい聞き入って考えていると、源典侍が突然弾くのをやめて、とても思い悩んでいる様子なので、催馬楽の「東屋《あずまや》」を謡って近付く。

〽東屋の真屋《まや》の余《あまり》の
其《そ》の雨 灌《そそぎ》
我立ち濡れぬ殿戸《とのど》開かせ
鎹《かすがい》も戸ざしも有らばこそ
其の殿戸我閉《さ》さめ
押開いて来ませ　我や人妻《ひとづま》

と、源氏の君が小声で謡いながら近寄ると、源典侍が「どうぞ開けて入って下さい」と、謡い添えたのも、並の女と違って男を誘うのに熱心で、詠歌もする。

**立ち濡るる人しもあらじ東屋に**
**うたてもかかる雨そそきかな**

わたしを訪ねて来て、軒の雨垂れに濡れる人はよもやいないでしょう、この東屋に疎ましくも降りかかる雨滴です、という恨みからの誘惑であり、源氏の君は、「自分ひとりが源典侍のこんな恨み言をなぜ聞かねばならぬのだ。厭《いと》わしい、何でこんなに執拗《しつよう》なのか」と感じながらも返歌する。

人妻はあなわずらわし東屋の
真屋《まや》のあまりも馴れじとぞ思う

人妻は何とも煩《わずら》わしい、東屋の軒先にも、馴れ馴れしく近付くまいと思います、という拒否で、そのまま通り過ぎてしまいたかったが、それでは余りに可哀想だと思い直して、源典侍に従って多少の冗談を言い交わしてみると、通常とは違った目新しい気分になった。

頭中将は、源氏の君がいつも真面目ぶって自分を非難するのが憎らしいため、源氏の君が知らん顔をして、こっそり人目を忍んで通う場所がいくつもあるらしいので、何とかして現場を見つけてやろうと思い続けていた。そんな折に、まさに源典侍と一緒にいるところを見つけたので、何とも嬉しく、こうした機会に少しばかり驚かせて、「懲《こ》りましたか」と言うつもりで、じっと様子を窺った。

風が冷やかに吹いて、夜がようやく更けていく頃、源氏の君が少しうとうとしかけた時を見計らって、頭中将がそっとはいると、気を許す気分にもなれず寝入っていなかったので、すぐに気がついた。

しかしまさか頭中将だとは思わず、今もって源典侍を忘れられないでいる修理大夫《すりのかみ》だろうと見当をつけ、思慮分別のある大人に、こんな老女との交わりを見つけられるのは体裁が悪いので、「これは煩わしい事になりました。情人が来るのは蜘蛛《くも》の振舞でわかっていたでしょうに。私をだますとは情けないです」と、源氏の君が言う。

男の訪れがある時は、それに先立って蜘蛛が動き回って巣を張ると信じられていたからで、『古今和歌集』にも、**我が背子《せこ》が来べき宵なりささがにの　蜘蛛の振舞かねてしるしも**、とある通りで、源氏の君は直衣《のうし》だけを手にして屛風《びょうぶ》の後ろに身を隠した。

頭中将はおかしさをこらえて、源氏の君が立てた屛風に近寄り、ばたばたと音を立てて屛風を畳み寄せ、大きな音を立てる。源典侍は老女ではあってもひどく気取って、色めいた人で、以前にもこうして情交の場面で邪魔がはいった事があったので、心の内では大層慌てながらも、源氏の君をどんな目に遭わせるのかと、心配の余り、ぶるぶると体を震わせつつ、頭中将にしっかり取りすがった。

源氏の君はこのまま誰とも気づかれないまま、出てしまいたいと思うものの、直衣も着ていないだらしない恰好《かっこう》で、冠《かんむり》も歪《ゆが》んだまま駆け出して行く自分の後ろ姿を考えると、醜態《しゅうたい》に見えるはずなので、出て行くのがためらわれた。

頭中将の方は、何とか自分だと気づかれまいと思って、無言のまま、怒り狂った様を装い、太刀《たち》を引き抜く。源典侍は「あなた様、どうかお許しを」と、前に回って手をすり合わせるので、頭中将は危《あや》うく吹き出しそうになる。好き心から若々しく振舞っている上辺《うわべ》はよいとしても、五十七、八の女が、見栄《みえ》も忘れて大声を上げつつ、何とも素敵な二十歳《はたち》の若い公達の間で、おろおろしている姿は、誠に不恰好であった。

頭中将がこうして自分ではないように装って、恐ろしい様をしてみせるのを、源氏の君は目ざとく頭中将だとわかって、こっちの正体を知ってわざとしていると、気抜けして、おかしくもあり、太刀を抜いている腕を摑《つか》まえて、強くつねったため、頭中将は忌々《いまいま》しく思いつつも笑い出した。

源氏の君は、「まさか本気ではないでしょうね。冗談にも程があります。ともかく、直衣だけは着ますから」と言うが、頭中将は着せまいとして直衣を摑み、放そうとしない。源氏の君は、「それなら二人とも同じ恰好に」と言って、頭中将の帯を解いて脱がせようとすると、頭中将は脱ぐまいとして抗《あらが》い、押し合い圧《へ》し合いしているうちに、直衣のほころびがはらはらと切れてしまったので、詠歌する。

**つつむめる名やもり出《い》でん引きかわし**
**かくほころぶる中の衣に**

あなたが包み隠そうとしている浮名《うきな》が、滑り出てしまう事でしょう、引っ張り合ってこんなにもほころんでしまった二人の仲であり、直衣です、という懸念《けねん》であり、「つつむ」には衣を包むのと、浮名を包み隠すが掛けられ、「ほころぶ」も縫い目が解けるのと、隠し事が外に漏れるのを掛けていた。「ほころんだ直衣を上に着たら、人目に立ちましょう」と、頭中将が言い添えたのも、『古今和歌六帖』の、**紅《くれない》の濃染《こぞめ》の衣下に着て　上にとり着ばしるからんかも**、を踏まえていて、源氏の君も返歌する。

**かくれなきものと知る知る夏衣《なつごろも》**

きたるをうすき心とぞ見る

浮名は人目から隠しおおせないと知りつつも、薄い夏衣を着てやって来たあなたを、薄情だと思います、という恨み心で、「きたる」は着たると来たるを掛け、「うすき」も衣が薄いと心が薄いの両意があり、二人共、何ともぶざまな恰好になって退出した。

源氏の君は情事の現場を見つけられたのが、口惜《くちお》しくてたまらないまま眠りにつき、源典侍は、あきれ果てた一件だったと思いつつ、あとに残っていた指貫《さしぬき》や帯を、翌朝届けさせ、和歌も添えた。

うらみても言うかいぞなき立ち重ね
引きて返りし波のなごりに

いくら恨んだとて何の甲斐もありません、お二人が揃って帰ったそのあとでは、という詠嘆で、「恨《うら》み」は浦見、「効《かい》」は貝、「立ち」は太刀が掛けられ、「返す波」を昨夜の二人の騒動に喩《たと》えつつ、「涙の川も涸《か》れて底が露《あらわ》です」と書き添えたのも、古歌の、別れての後ぞ悲しき涙川　底もあらわになりぬと思えば、を踏まえていた。これを見た源氏の君は、厚かましい口上《こうじょう》で、憎らしいと思ってはみたものの、昨夜の途方に暮れていた姿を可哀想に思い、返歌する。

荒だちし波に心は騒がねど
寄せけん磯をいかがうらみぬ

荒々しかった波に心は動じませんでしたが、その波を寄せつけたはずの磯を恨まずにはおれません、という恨み節で、「騒」ぐは波が騒ぐと心が騒ぐが掛けられ、「うらみ」も恨みと浦見を掛け、「荒々しい波」は頭中将の喩えであった。届けられた帯は頭中将の物で、自分の直衣よりも色が濃いと思って確かめると、自分の端袖《はたそで》もちぎられていて、「実に見苦しい。好色事《すきごと》に現を抜かす者は、こんなにもみっともない結果になりがちなのだろう」と思って、一層慎む事にする。

そこへ頭中将が宿直所《とのいどころ》から、源氏の君の端袖を包んで届けさせ、「これをまず縫いつけて下さい」と言わせる。「どうやってこれを持っていったのだろう」と源氏の君は不愉快で、「もしこっちが頭中将の帯を手にしていなかったら、仕返しができなかった」と思いながら、その帯を同色の紙に包んで、歌を贈った。

**中絶えばかごとやおうとあやうさに**
**はなだの帯を取りてだに見ず**

もしあなたと源典侍との仲が絶えたなら、私が恨まれる心配があり、このはなだの帯を手に取っては見ません、という弁解で、「かごと」は恨み言の意と、帯の金具の鉸具（かこ）に掛け、催馬楽の「石川」の「石川の　高麗人《こまうど》に　帯を取られて　からき悔《くい》する　如何《いか》なる　如何なる帯ぞ　縹《はなだ》の帯の中は絶えたる　かやるか　やるか　中は絶えたる」を基にしていた。頭中将も折り返して返歌する。

君にかく引き取られぬる帯なれば
かくて絶えぬる中とかこたん

こうしてあなたに取られた帯ですので、こんな具合で絶えてしまった仲だと、恨みます、という戯《たわむ》れの遺憾で、「帯」は源典侍を指していて、「この恨みからは、もはや逃れられませんよ」と添え書きされていた。

日が高くなって、二人はそれぞれ、清涼殿の南廂にある殿上の間に参上する。

源氏の君は大変落ち着き払い、昨夜の一件を知らぬ顔をしているので、頭中将はひどくおかしくてならない。その日は公事《おおやけごと》の奏上や宣下《せんげ》が多いため、頭中将が格式ばり、生真面目な顔をしているのを見て、源氏の君も苦笑せざるを得なくなっていると、頭中将が誰もいない折に近寄って来た。

「隠し事はもう懲りたでしょう」と言って、いかにも得意げな横目遣いをするので、「いえいえ、懲りるなど、とんでもありません。立ったままで、逢えずに帰った人こそ気の毒です。真面目な話、辛い世の中です」と、『古今和歌集』の、**犬上《いぬがみ》の鳥籠《とこ》の山なる名取川　いさと答えよわが名漏らすな**、に拠《よ》って、「鳥籠の山なる」を互いに言い合って、口止めを誓い合った。

その後、頭中将が折を見てはこの一件を口にして冷かす材料にするので、源氏の君はこれもあの煩わしい老女のせいだと懲りたのだろうか、源典侍が相変わらず色事の恨みを言いかけてくるので、これは災難だと思って逃げ回っていた。頭中将は妹の葵の上にはまだ告げ口はせずに、しかるべき時に脅《おど》しの種にしようと思っていた。

帝の、源氏の君に対する寵愛が格別なので、高貴な方々を母とする親王《みこ》たちでさえ、出しゃばらずに控え目にしているのに、頭中将のみは対抗心を露にして、些細《ささい》な事でも意地を張る。

この頭中将のみが葵の上と同腹である。源氏の君とて帝の子というだけであり、この自分も、同じ大臣であっても帝の信頼が並々でない左大臣を父とし、母は帝の妹で内親王《ないしんのう》であり、この上なく大切にされているので、さして源氏の君に劣る身分ではないと思っていた。人柄もこうあるべきだという点で整っており、欠点もなく、女に関する競い合いは、全く奇妙なくらい激しかった。


七月に、藤壺宮はいよいよ立后《りっこう》し、源氏の君は参議の宰相《さいしょう》になり、帝は譲位《じょうい》の心づもりを固くして、藤壺宮に生まれた若宮を次の東宮《とうぐう》にしようと思うものの、その後見《うしろみ》をすべき人がいない。母である藤壺宮の兄弟はみんな親王で、皇族が国政を司《つかさど》る事は不都合である。

せめて母宮を確実な地位に据えて、若宮の後見にと帝は考えていた。

弘徽殿女御が益々心穏やかでないのも、もっともであり、帝は「もう少しすれば、今の東宮が帝位に就きます。そうするとあなたはその母として、間違いなく皇太后《こうたいごう》の位に昇ります。安心して下さい」と説得した。確かに東宮の母として二十年余りになる弘徽殿女御をさし置いて、藤壺宮を后にするのは難事であり、例によって、世間の人々も穏やかな事ではないと噂していた。

藤壺中宮《ちゅうぐう》が参内《さんだい》する夜のお供に、源氏の宰相の君も参上した。

同じ后の中でも、藤壺中宮は先帝の后腹の内親王であり、玉のように光り輝いていて、その上、帝の類稀《たぐいまれ》な寵愛を受けているため、人々も特別に心をこめて仕えている。源氏の君の耐え難い心の中では、御輿《みこし》の中にいる藤壺中宮の姿が思い浮かび、益々手が届かない気がして、焦慮《しょうりょ》にかられて、独詠する。

尽きもせぬ心の闇にくるるかな
　雲居《くもい》に人を見るにつけても

尽きる事のない心の闇に目がくらみます、手の届かない宮中にはいるあの方を見るにつけても、という概嘆《がいたん》であり、「雲居」には空の意と宮中が掛けられ、『後撰和歌集』の、人の親の心は闇にあらねども　子を思う道にまどいぬるかな、を下敷にし、藤壺中宮を思う心と、我が子を思う心が重ねられていた。

この若宮は、成長するにつれて、源氏の君と見分けがつかない程に瓜二つになるので、藤壺中宮は大層辛い様子であるが、それに気づく人もいないようだった。なるほどどのように作り変えたとしても、源氏の君の美質と異なる美しさなどはありえず、美しいものは似るのが当然なので、あたかも月と日の光が空を巡っているようだと、世間の人々も思っていた。

◇

◇

この「紅葉賀《もみじのが》」の帖《じょう》で、老女の源典侍を登場させたのは、若い光源氏と頭中将による老女を巡る恋争いを、面白おかしく描《か》くためだった。年老いても女の好色は燃え尽きない点を強調するのに、滑稽《こっけい》味《み》を加えたのが、すんなりいったかどうかはわからない。今までの光源氏の恋には、末摘花《すえつむはな》を別として、おかしさが足らなかったので、もうひと押ししたかったのだ。

日に日に暑くなっていく毎日を、「紅葉賀」の帖の浄書に努めた。浄書しているうちに、藤壺宮の懐妊《かいにん》と出産が自分と重なった。

　浄書を終え、いつものように祖母君の部屋に持って行く。

「あの続きかい」

　祖母君の顔がぱっと明るくなる。「読ませてもらっていいのだね。このわたしが、この世で最初の読み手になっていいのだね」

「そんな大それたものではないです」

　顔赤らむ心地で首を振る。

　祖母君はその日は日がな一日、自室に籠って「紅葉賀」を読まれた。簀子《すのこ》に出ると、その声が聞こえる。

「姉君、兄君がなにか忙《せわ》しげに行ったり来たりしているのはどうしてか、わかりますか」

　昼近くになって顔を出した妹の雅子が言った。

「そう言えば、この暑いのに、簀子の辺りをうろついていた」

「あれは、それとなく、祖母君の読む声を聞いているのです」

「馬鹿馬鹿しい」

「姉君が、いつかは読ませてくれると言っていたのに、読ませてくれないので、せめて少しでも耳に入れたいのです」

「惟通《これみち》と定暹《さだのり》には読ませないことに決めている。越前にいる惟規《のぶのり》も同じ」

「可哀想に」

　妹が同情する。「実は、これまでの帖は、ひと通り書き写して、越前に送ってあるのです。今度の新しい帖も書き写して越前に送ります」

「それはありがとう」

驚くほかない。

「父君、母君にも続きを読んでもらおうと思ったのです。もしかしたら、兄の惟規殿も読まれているかもしれません」

妹がすまなそうに打ち明ける。

「それは仕方がない」

いくら何でも、そこまで駄目《だめ》だとは言えない。

「だって面白いものですから。わたしの知らないことばかり書いてあるので」

興奮気味に言い置いて、妹が出て行く。見送ると、弟の定暹は庭に出、惟通は祖母君の部屋近くの簀子にいて、庭を眺めている。夏の庭だから何の風情もない。妹が教えてくれたように、それとなく祖母君の声を聞いているのだ。

昼過ぎになって、祖母君が「紅葉賀」の帖を大事そうに抱えてやってきた。笑顔なのでほっとする。

「香子、本当に面白かった」

坐るなり言う。「ついに、この藤壺宮、源氏の君の子を産まれたのだね。この赤子《あかご》が次の次の帝になるとしたら、これはまたその先が思いやられる。どうなるのだろうね」

「さあ、それはわかりません。藤壺宮は、我が子の成長を見届けなければならないし、源氏の宰相は遠くから、それを見守るしかありません」

「どうなるのか」

祖母君までが首をかしげる。「それにしても、この色好み老女の典侍、六十近いのに元気だね。源氏の君は、十八か九だろう」

「そうです」

「頭中将は、葵の上の兄だから二十四、五だね」

「そうなります」

「とすると源典侍は、二人よりも三十五から四十歳も年上になる。親子というより、祖母と孫の年の開きがある。本当に、こんなことがあるのだろうか。あまりに滑稽なので、笑ってしまったけど」

「あれは宣孝殿から聞いた話なので、おそらく本当です。でなければ、書けません。宣孝殿も若い頃から色好みなので、この手の話には詳しいのです」

「そうかい」

「内侍所《ないしどころ》に詰めている内侍は四人いて、そのうちの一番の年増《としま》が、若い頃から男出入りが激しかったらしく、今もって色事には目がないそうです。名前は源典侍です。源氏の君にも通じるので、そのままにしました」

「本名でいいのかい。もし本人の耳にでもはいったら、一大事だよ」

祖母君が苦笑する。

「その心配はないです。物語については、一切、宣孝殿には話していませんから」

「なら、わたしも黙っておくよ。これ、あと二、三日、預かってもいいかい」

「どうぞ、どうぞ」

祖母君を見送るとき、庭の方を見ると、弟二人の姿はなかった。やはり立ち聞きしていたのだ。

夏が終わり、秋を迎える頃になると、悪阻《つわり》が激しくなった。訪れてくる宣孝殿も、何かと気遣ってくれる。時には、悪阻に効くという煎《せん》じ薬も持参した。これも、今まで何人もの女をはらませた知恵だと思うと、おかしくなる。しかし薬草の効《こう》からか、冬の気配がする頃には、悪阻もおさまった。

十月初め、宣孝殿は自分が神楽人長に推挙されたと、得意顔で報告した。神楽の技量もさることながら、それなりに人望もあるのに違いなかった。その後のひと月、宣孝殿の通いが途絶えたのも、神楽の仕上げに打ち込んだためと思われた。

実際に宣孝殿の晴れの舞台になったのは、十一月十一日だった。二日後に顔を見せた宣孝殿は、見るからに面《おも》瘦《や》せしていた。稽古続きと、本番に向けての緊張で、十日ばかり食が細くなっていたらしい。磊々《らいらい》な宣孝殿でもそうかと、少し気の毒になる。

「神楽人長がこんなにも大役だとは思わなかった」

「それで、首尾《しゅび》よくいったのですか」

「評判は上々で、苦労の甲斐はあった。しかし二度とやりたくはない」

夜通しの神楽は、さすがに体にこたえたに違いなかった。それでも、腹の中の子の成長は楽しみでならない風だ。

「おそらく、私の最後の子供になる。どうか、つつがなく過ごしてくれ。誕生は、来春だな」

「三月半ばかと思います」

「楽しみだ」

その夜、宣孝殿は例によって内裏の出来事を話してくれた。内裏もこのところ様変わりしているようだった。

「この十一月一日、道長様が娘の彰子《あきこ》様を入内《じゅだい》させた」

「彰子様は、おいくつになられましたか」

「十二歳だから、まだ幼い。皇子を産まれるまでには、あと七、八年はある。先は長い」

宣孝殿が遠くを見やる目つきになる。

「向後《きょうご》の手習いや学びはどうされるのでしょうか」

「それはもう、お付きの女房たちに頼るしかない。道長様の邸《やしき》でそれをやられたという話は聞かない。こう言っては罰当たりになるだろうが、蝶よ花よとして育てられたのではなかろうか。手習いなど後回しになっていたはずだ」

そこへいくと、中宮の定子《さだこ》様は違ったらしい。入内したのは十四歳だったのに、もうひとかどの学びと手習いはすませてあった。母君の貴子《たかこ》様があの高階《たかしな》家の出だったから、自ら教え、漢文の素養《そよう》も小さい頃から身につけさせた。ま、平たく言えば、為時殿がそなたを訓育したのと同じだ」

「おだては無用です」

ぴしゃりと言ってやる。

「加えて、定子様は入内してからも、女房たちに、選《え》りすぐりの才人ばかりを集められた。帝がぞっこん中宮を寵愛されたのも、人柄の良さと美しさに加えて、類稀《たぐいまれ》な素養を身につけておられたからだろう。従って、彰子様も、これから先、それらの女房たちに勝《まさ》るとも劣らない才媛《さいえん》を集めなければ、到底太刀打ちできない。道長様もそれは百も承知のはず」

聞いていて気になったのは、道長様の娘の話よりも、定子中宮のほうだった。

「いったん出家された定子様は、どうしておられますか」

帝の寵愛は依然として中宮の定子様に向けられているとすれば、その去就《きょしゅう》に興味が湧く。

「第二子の出産が間近に迫っている」

「そうですか。男子誕生となれば、その皇子が次の帝になるのでしょうか」

「いや、そうとは限らない。帝になるには、何としても後見人が必要だ。その点、定子様に父君は既に亡く、兄弟君二人もかつて咎められた経緯《いきさつ》があるので、後見としては弱い。無理だろう。道長様としては、何としても早く彰子様に皇子を産んでもらいたいに違いない。しかしこればかりは」

「天のみぞ知るですね」

定子中宮に同情を覚えつつ、口にした。

# 第十七章　宇《う》佐《さ》使《づかい》

　それから四、五日して訪れた宣孝《のぶたか》殿は蒼《あお》い顔をしていた。雪が散らつく夕刻なので寒気が強く、手が、かじかむ。蒼い顔はそのせいばかりではなかった。

「実は、宇佐使《うさづかい》を命じられた」

　浮かぬ顔で宣孝殿が言う。

「それは栄誉《えいよ》なことです」

「出発は月末になる。例の神楽《かぐら》の出来が上々だったのが禍《わざわい》して、白羽《しらは》の矢が立った。栄誉どころか、ありがた迷惑だ。本音《ほんね》は誰にも言えぬがね」

「宇佐使など、願ってもなれないのですから」

「いや、気になるのは、そなたの出産に間に合うように帰京できるかどうかだ」

「たとえ間に合わなくても、生まれた子は無事に育っているはずです。ここは後顧《こうこ》の憂《うれ》いなく、お務めを果たされるべきです」

「筑前《ちくぜん》からやっと戻って来たかと思えば、賀茂祭《かものまつり》で踊らされ、山城守《やましろのかみ》を兼任したあとは神楽人長《にんじょう》で苦労し、今度はまた九州下《くだ》り。溜息《ためいき》が出る」

宣孝殿がわざとらしく大きな息を吐く。

「散位《さんい》でいるより、よほどましです。父君など、越前守《えちぜん》に任じられる前、十年ほど散官《さんかん》でした」

「確かに。あの頃の為時《ためとき》殿は、実に気の毒だった」

「それに比べると、宣孝殿は任官に途切れがありません。以《もっ》てよしとすべきでしょう。何といっても宇佐使は勅使《ちょくし》ではありませんか」

「それはそうだが」

励まして、少しは憂《う》さが晴れたようだった。

宣孝殿が下向《げこう》する頃には、悪阻《つわり》はとっくに去り、膨《ふく》らむ腹にも慣れてきた。何よりありがたいのは、妹や祖母君があたかもお付きの女房《にょうぼう》のようにかしずいてくれることだった。

凍《こご》えるような日、あるいは雪が深々と降る日など、脇息《きょうそく》に寄りかかりつつ、物語を書き進めた。あくまでも遅々《ちち》とした筆の運びだったが、何日も筆を執《と》らずにおくよりもましだった。

二月の二十日《はつか》過ぎ、南殿《なでん》の桜を賞《め》でる宴《うたげ》が開かれた。藤壺 中宮《ふじつぼのちゅうぐう》と東宮《とうぐう》の御座所《おましどころ》は玉座《ぎょくざ》の左右に設けられ、二人が参上し、弘徽殿 女御《こきでんのにょうご》は、藤壺中宮がこのように自分よりも上座《かみざ》にいるのが、気に入らないものの、じっとしておられず、宴にはやはり出席した。

当日は晴天で、空の様子や鳥の声も心地よさそうで、親王《みこ》たちや上達部《かんだちめ》を始めとして、詩文の道に長じた人々は、探韻《たんいん》をする。帝《みかど》の命《めい》で儒者が献じた韻字《いんじ》を書いた紙を、鉢に入れて庭の文台《ぶんだい》に置き、各自そこから紙を探り取り、その韻字と官名を奏上《そうじょう》し、その韻字を脚韻《きゃくいん》として作詩をするのだ。

源氏の宰相《さいしょう》は、「春という字をいただきました」と言う声までが、例の如《ごと》く、人とは異なり、次の頭中将《とうのちゅうじょう》は、人が源氏の君を見る目が、自分を見る目とは違っているのを苦々《にがにが》しく感じてはいたが、実に見苦しくなく、沈着で、声の調子も堂々として立派であった。

そのあとに続く人々はみんなびくびくして、気後《きおく》れしている者が多い。殿上《てんじょう》を許されない地下《ぢげ》の者で作詩に優《すぐ》れているとして選ばれた文人は、帝や東宮の学才が深く秀でており、作詩に関して優秀な人が大勢いるので、気恥ずかしい余り、広々として晴れやかな庭に進み出る際、冷静さを失い、作詩は容易でも、振舞は苦しそうである。一方、老齢の文章博士《もんじょうはかせ》たちが、身なりはみすぼらしいが、いつもの行事なので場慣れしているのも、どこか感慨深く、あれこれと帝は興味深く感じた。

舞楽《ぶがく》は言うまでもなく、滞《とどこお》りなく準備されていて、ようやく夕日が沈む頃、唐楽《とうがく》の「春鶯囀《しゅんのうてん》」が趣《おもむき》豊かに舞われたので、源氏の君の紅葉賀《もみじのが》の折の舞を思い出した東宮は、挿頭《かざし》の桜花を下賜《かし》して、しきりに舞を請《こ》う。源氏の君は拒《こば》めずに立ち上がり、ゆるやかに、袖を翻《ひるがえ》す部分をほんの少し舞うと、比類《ひるい》なく素晴らしく見えた。左大臣は、源氏の君が葵《あおい》の上に冷たいのを恨《うら》む心も忘れて落涙《らくるい》する。

「頭中将もどうでしょう。早く舞うように」と、帝からの仰せもあったので、頭中将はやはり唐楽で女楽《じょがく》の「柳花苑《りゅうかえん》」を、もう少し長く舞い、こういう事もあろうかと心づもりをしていたのか、実に見事で、帝から禄《ろく》としての御衣《おんぞ》が下された。人々は珍しい事だと思い、そのあと上達部がみんな順もかまわず次々に舞ったものの、夜にはいってからは特に上手下手《じょうずへた》の見分けもつかなくなった。

出来上がった漢詩を披露《ひろう》する際にも、源氏の君の作品は、読み上げ役の講師も一気に読み上げられない程に見事なので、一句毎《ごと》に声を高くして読んでは賞讃した。専門の文章博士たちは心の内でいたく感服し、帝とても、こうした催《もよお》しの折は、源氏の君をまず一座の光として見ているので、深く感動する。

藤壺中宮は、このような源氏の君の様子を目《ま》のあたりにして、東宮の母である弘徽殿女御が源氏の君を毛嫌いしている理由がわからず、一方で、また自分がこのように源氏の君に心惹《ひ》かれるのも情けないと、自ら反省させられ、胸の内で独詠《どくえい》する。

大方《おおかた》に花の姿を見ましかば
露《つゆ》も心の置かれましやは

無邪気《むじゃき》な心で、花のような源氏の君の姿を見るのであれば、露ほどの気がかりもなく、その素晴らしさを褒《ほ》め称《たた》えられたのに、という複雑な心境だった。

夜がすっかり更《ふ》けた頃に宴は終わり、上達部たちは各自退出し、藤壺中宮や東宮も帰った。辺りが静かになった時分に、月が実に明るく射し出て趣があるので、源氏の君は酔い心地のまま、立ち去り難く思っている。

清涼殿《せいりょうでん》の帝に近侍《きんじ》する宿直人《とのいびと》たちも眠っているため、こんなふとした時にこそ、ひょっとすれば思いがけない機会も生じるかもしれないと思い、後涼殿《こうりょうでん》の北にある藤壺の飛香舎《ひぎょうしゃ》付近を、特に細心の注意をして窺《うかが》い歩いた。

しかし、手引きをしてくれる女房の局《つぼね》の戸も閉まっていたので、嘆息して、このままでは諦《あきら》めがつかず、清涼殿の北にある弘徽殿の細殿《ほそどの》に立ち寄ると、第三の間《ま》の戸口が開いていた。弘徽殿女御は、清涼殿の自分の部屋に、宴のあとそのまま参上したので、ここは人が少ない様子であり、奥の枢戸《くるるど》も開いていて、人の気配もなかった。

こうした油断から男女の間違いは起こるのだと思いつつ、そっと三の口から細殿に上がって、中を覗《のぞ》くと、女房たちはみんな寝ているのだろうが、非常に美しい声の持主で、並の身分とは思えない女が、古歌《ふるうた》の、**照りもせず曇りもはてぬ春の夜の　朧月夜《おぼろづきよ》にしくものぞなき**、と、口ずさんでこちらに来る。とても嬉しくなって、咄嗟《とっさ》に袖を摑《つか》まえると、女は恐がっている様子で、「これはどうした事でしょう。どなたですか」と言うので、「何も嫌がらなくてもいいでしょう」と答えて、歌を詠《よ》みかけた。

深き夜のあわれを知るも入《い》る月の
　朧《おぼろ》げならぬ契《ちぎ》りとぞ思う

深い夜更けの風情《ふぜい》を、あなたがおわかりになるのも、入る月の朧げゆえでしょうか、その月に誘われてこうして逢うのも、並々ならぬ契りだと思います、という誘惑であり、「夜」に男女の仲を示す世を掛け、入る月の「朧」と朧げならぬ契りが掛けられていた。源氏の君はその女を、枢戸の内側から抱いて出て、細殿に下ろして枢戸はしっかり閉じてしまった。

女が思いもよらぬ事にあきれている様子が、実に可憐《かれん》で人好きがし、女は恐さに震えつつ「ここに人が」と声を出すのに対して、源氏の君は、「私はすべてが許されています。人を呼んだところで無駄です。ここはじっとしていて下さい」と言うその声で、女は源氏の君だとわかって少し心を鎮《しず》めた。

女は困ったと思うものの、「ここは情を解しない、無骨《ぶこつ》な女とは見られないようにしよう」と考える。源氏の君は酔い心地がいつもとは異なっていたのか、このまま契らないのは残念で、女の方も若くて上品で拒む心も知らないまま、許してしまう。

源氏の君は、可愛《かわい》い女だと感じ入っているうちに、夜が程なく明けていき、慌《あわ》ただしい心地になり、ましてや女はあれこれと思い乱れているようであった。「是非《ぜひ》とも名前をおっしゃって下さい。どうやって便りをしましょうか。これきりで終わってしまおうとは、まさか思っていないでしょうね」と源氏の君が訊《き》くと、女は和歌で答えた。

憂き身世にやがて消えなば尋《たず》ねても
　草の原をば問わじとや思う

不幸なわたくしが、このままこの世から消えてしまったならば、名乗らなかったからといって、墓である草の原を捜してまで尋ねようとはしないでしょうね、という激しい問いかけであった。そう詠《うた》いかける様子は若々しく清らかなので、源氏の君は「もっともです。私の言い方が間違っていました」と謝って返歌した。

いずれぞと露の宿りを分かん間《ま》に
小笹が原に風もこそ吹け

何処《どこ》なのかと、あなたの住まいを探している間に、世間に噂《うわさ》が立って、二人の仲が割《さ》かれるのではないかと心配していたのです、という弁明で、「小笹が原」は世間の噂の喩《たと》え、風が露を吹き散らすのは、仲を絶えさせる事を暗喩《あんゆ》していた。

「ご迷惑にお思いでなければ、私も遠慮はしません。もしやこのまま消えてしまうつもりではないでしょうね」と言い終わらないうちに、女房たちが起きて騒ぎ、清涼殿の弘徽殿女御の局と、行ったり来たりする気配が至る所でするので、どうする事もできない。お互い扇《おうぎ》のみを、契りを交わした証拠として交換したあと、退出した。

源氏の君の内裏《だいり》での宿直所である、淑景舎《しげいしゃ》の桐壺《きりつぼ》では、女房たちが数多く仕《つか》えていて、中には目覚めた者もいるので、こうした朝帰りを、「全く熱心な忍び歩きです」と互いに突き交わして、寝たふりをする。

源氏の君は自分の部屋にはいって横になったものの、眠られず、「美しい人であった。弘徽殿女御の妹の誰かだろう。まだ男女の仲を知らなかったので、五の君か六の君だろうか。大宰帥《だざいのそち》の宮の北の方や、頭中将が大して大切にしていない四《し》の君などは、美人だとは聞いている。却《かえ》ってその方々だったら、今少し面白くなる。六の君は、父の右大臣が東宮に差し上げるつもりのようだったが、その君だったなら、これは気の毒な事になる。

相手が右大臣家の姫君となると、面倒な事だ。捜そうにもはっきりしない。あれきりで別れてしまおうとは、思っていない様子だった。文《ふみ》を交わす手立を考えないまま、どうして別れてしまったのか」と、あれこれ思い悩むのも、未練が残っているからであった。

一方で、あの藤壺中宮の周辺の様子は、夜の警戒は厳重であり、「さすがに比類なく奥床《おくゆか》しく、慎《つつし》み深い」と、思わず比べてしまう。

その日は、大宴会のあとに催される小宴会の後宴《ごえん》で、源氏の君は箏《そう》の琴を弾《ひ》き、昨日の公式行事よりも打ち解けて、優雅で趣深かった。藤壺中宮が暁《あかつき》のうちに清涼殿の局に参上したため、源氏の君は、「そうすると、あの有明《ありあけ》の月の夜に逢った朧月夜《おぼろづきよ》の女が、今頃は退出してしまうのではないか」と上《うわ》の空になる。

万事に手抜かりのない良清《よしきよ》や惟光《これみつ》に、様子を窺わせていたので、源氏の君が帝の御前《おまえ》から退出した時に、「たった今、女人《にょにん》が出入りする内裏の北門から、あらかじめ物陰に停《と》めてあったいくつもの牛車《ぎっしゃ》が出て行きました。弘徽殿女御の実家である右大臣家の人々がいた中に、四位《しい》の少将や右中弁《うちゅうべん》などが急いで出て来て、牛車を送って行きました。それが弘徽殿女御の退出だったようです。その他、相当な方々の物らしい牛車が三両程ございました」と言上《ごんじょう》したので、胸が高鳴った。

「どうやって、どの姫君かを確かめたものか。父の右大臣が聞きつけて、大仰《おおぎょう》に婿《むこ》扱いされたら、どうなるか。まだ相手の事情が摑めないのが面倒ではある。しかし、このまま相手が誰だかわからないのも、残念ではある。どうしたものか」と、ぼんやりと思いに耽《ふけ》り、横になっていた。

一方で、「紫の君はどんなにか寂しく思っているだろうか。もう逢わずに何日にもなる。さぞかし胸塞《ふさ》がっているに違いない」と、しみじみ思い出す。とはいうものの昨夜、証拠として取り交した檜《ひ》扇《おうぎ》は、表が白で裏が紫の桜襲《さくらがさね》で、紫の面に霞《かす》んだ月を描き、それが水に映っている趣は、ありふれてはいるものの、持主のたしなみと人柄が偲《しの》ばれる。使い馴《な》らしてあり、あの女が「草の原をば」と言った面影《おもかげ》が心に残るため、和歌を詠んだ。

世に知らぬ心《ここ》ちこそすれ有明の
月のゆくえを空にまがえて

今まで体験した事もない切ない心地がするのも、有明の月の行方《ゆくえ》を空に見失ってしまったからだ、という感慨で、「有明の月」はかの朧月夜の君を指し、それを扇に書きつけ、傍《かたわ》らに置いていた。

「それにしても、左大臣邸にも長らく、赴《おもむ》いていない」と、源氏の君は思うものの、紫の君も可哀想《かわいそう》なので、二条院に戻ってみると、実に可愛らしく成長して、美しさと利発さは群を抜いていた。このまま欠点がないように、自分の望み通りに、教育してみようと思う反面、男による養育なので、多少男馴れする面が生じるかもしれないのが、気がかりではある。

ここ何日かの話をしたり、琴を教えたりして、時を過ごしたあと、夕方になって出て行くのを、紫の君は、「いつものお出かけだ」と残念に思いながらも、近頃はうまく躾《しつ》けられて、無闇と後を追って、まとわりつくような事はしない。

左大臣邸に赴いても、葵の上はいつものようにすぐには対面してくれないので、源氏の君はひとり思いを巡《めぐ》らして、箏の琴を少しまさぐって、催馬楽《さいばら》の「貫河《ぬきがわ》」を謡《うた》う。

〽貫河の瀬々《せぜ》の柔《やわ》ら手枕《たまくら》

柔《やわら》かに寝る夜はなくて
親離《さ》くる妻《つま》
親離くる妻は増してるはし
しかさらば
矢矧《やはぎ》の市《いち》に靴買いにかん
靴買わば線鞋《せんがい》の細底《ほそじき》を買え
さし履《は》きて上裳《うわも》取り著《き》て
宮路《みやじ》通わん

親に仲を割かれた女が、尚《なお》も男を思い続け、男が靴を買ってやると言うので、それではその靴を履いて、あなたに逢いに行きます、と、葵の上の冷たさとは逆に、女が男を慕ういじらしさが謡われていた。

声を聞きつけた左大臣が顔を出して、先日の花の宴の感興《かんきょう》が優れていたと、興奮気味に「私はこの高齢に至るまで、四代の帝に仕えて参りました。しかしこのたびのように、詩文が頭抜《ずぬ》けて優れ、舞も曲も管絃《かんげん》もすべてが整い、命が延びる思いがしたのは初めてです。その道の名人たちが多い今の時世に、その匠《たくみ》たちをあなたが詳しく知り、指図をなさったからでしょう。

かつて仁明《にんみょう》天皇の世に百十三歳の翁《おきな》が召されて『長寿舞』を舞い、詠じた、**翁とてわびやはおらん草も木も　栄《さか》ゆる時に出《い》でて舞いてん**、という歌の如く、この老人までもつい舞い出してしまいそうでした」と言上した。

源氏の君は、「いえ特別な準備などはしておりません。ただ近衛《このえの》中将の役目として、楽や舞の名人たちを、あちらこちらから捜し求めたまでです。何事にも秀でている頭中将が舞った『柳花苑』こそは、誠に後世の手本になると見ました。ましてや、栄えゆく御代《みよ》の春に、左大臣自らが立って、舞われたならば、さぞや当代の誉《ほま》れになったでしょうに」と応じる。

すると、左中弁や頭中将もやって来て、高欄《こうらん》に背中をもたせて坐りつつ、思い思いに楽器の調子を整え、合奏になったので趣は尽きなかった。

一方、朧月夜の女君《おんなぎみ》は、夢の如くはかなかったあの逢瀬《おうせ》を思い出して、ひどく思い嘆いて考えもまとまらず、東宮への入内《じゆだい》は四月頃だと、父の右大臣が心づもりをしているため、全く何と対処していいのかわからない。源氏の君とても、あれがどの姫君かも見分けられないまま、まして自分を認めてくれていない右大臣一家と、関わりを持つのも具合が悪く、どうしたものか考えあぐねていた。

三月の二十日過ぎ、右大臣邸での弓の競射会に、上達部や親王《みこ》たちが大勢招かれ、弓の試合のあとに引き続き、藤の宴が催された。桜の花の盛りは過ぎていたものの、『古今和歌集』の、**見る人もなき山里の桜花　ほかの散りなんのちぞ咲かまし**、を教えられていたのか、遅咲の桜が実に美しい。新造の邸を、弘徽殿女御腹の内親王たちの裳着《もぎ》の日のために、美しく飾りつけられており、派手好みの家風から、万事が華麗《かれい》に整えられていた。

右大臣は、先日、内裏で対面した折に源氏の君も招待していたのだが、来邸してもらえないのが残念で、藤の宴が見映えがしなくなるため、息子の四位の少将を迎えにやらせ、和歌を添えた。

**わが宿の花しなべての色ならば**

## 何かはさらに君を待たまし

私の家の藤の花が、ごく並の美しさであれば、ことさらあなた様を待ち受けないのですが、という勧誘で、我が邸の藤の見事さを誇っていた。源氏の君はちょうど宮中にいた折だったので、帝にこれを奏上すると、「えらく自慢顔ですね」と笑って、「わざわざの迎えですから、早く行くといいでしょう。弘徽殿女御腹の内親王たちも育っている邸です。あなたを全くの他人とは思っていないでしょう」と、勧めた。

源氏の君は装束《しょうぞく》を整えて、すっかり日が暮れて、右大臣が待ち焦がれる頃になって参上すると、唐織《からおり》で薄絹の直衣《のうし》は、表が白で裏が蘇芳《すおう》色の桜襲《さくらがさね》で、裾を長く引いた下襲《したがさね》は赤紫の葡萄染《えびぞめ》であり、他の招待客はみんな束帯《そくたい》の袍衣《ほうい》姿なので、ひとりだけ直衣なのは皇子《おうじ》らしく、目立った。かしずかれて入室した姿は実に素晴らしく、花の美しさも負ける程であり、管絃の遊びも実に面白く演じて、夜が少し更けていく頃に、源氏の君はひどく酔ってしまったふりをして、それとなく席を立つ。

寝殿《しんでん》には、弘徽殿女御腹の女一の宮と女三の宮がいて、その東の対《たい》から寝殿の東側の戸口に、源氏の君は出て、下長押《しもなげし》に坐って柱に寄りかかっていた。藤の花はこちらの角に咲いているため、どの格《こう》子《し》も全部上げて、女房たちが端近くに坐り、その袖口や裾が、踏歌《とうか》の行事の折が思い出されるように、わざと御簾《みす》の下から押し出されているので、似つかわしくないと思いつつ、何よりもまず、藤壺中宮の住まいである飛香舎の奥床しさが思い起こされる。

「気分が悪いのに、酒を強《し》いられて困っております。恐縮ですが、こちらの内親王方であれば、私を物陰にでも隠して下さいますね」と言って、妻戸《つまど》口の御簾の中に上半身を入れた。

「まあ、困ります。身分の低い者であれば、何とか口実をつけて高貴な親戚に頼って来ると聞いておりますが、あなた様なら」と、戸惑《とまど》う様子を見ると、重々しくはないものの、並の若い女房たちではなく、上品でたしなみのよい様子が窺われた。

室内に薫《た》き染《し》める空薫物《そらだきもの》がひどく煙たく、衣ずれの音も特にはっきりと聞こえるようにしており、奥床しく静謐《せいひつ》さには欠ける。あくまでも今風の派手好みの邸であり、高貴な内親王方が藤の花を見物されるというので、この戸口に席が設けられていたようだ。

源氏の君は、場所柄、不躾《ぶしつけ》な振舞はできないものの、さすがに興《きょう》を覚えて、「あの折の女君はどなただろうか」と思って、胸を膨《ふく》らませて、催馬楽の「石川」の帯を扇に替えて謡う。

〽石川の高麗人《こまうど》に
扇をとられて辛《から》き悔《くい》する
如何《いか》なる
如何なる扇ぞ
縹《はなだ》の扇の中は絶えたる
かやるか　やるか
中は絶えたる

故意にゆったりとした調子で口にして、長押に寄りかかって坐っていると、誰かが「どうして帯が扇に替えられているのでしょう。変な高麗人です」と答えた。この女ではないとわかり、返事をしないまま時々嘆息をする気配がする方に、源氏の君は近寄り、几帳《きちょう》越しに手を捉《とら》えて、歌を詠みかけた。

あずさ弓いるさの山にまどうかな
　ほのみし月の影や見ゆると

月の入るいるさの山辺《やまべ》で迷っています、いつかほのかに見た月がまた見えるかと思って、という呼び掛けで、「あずさ弓」は「射る」の枕詞《まくらことば》であり、今日の催事である弓の試合も暗示し、「月」を女に喩えて、「どうしてこうなのでしょうか」と、当てずっぽうで言うと、相手の女はたまらない心地になったのか、返歌があった。

心いる方ならませば弓張《ゆみはり》の
　月なき空にまよわましやは

お気に召す所であれば、たとえ月のない空であっても、迷わないのではないでしょうか、という問いかけで、「いる」は射るを掛け、「月なき」には、不似合いの意のつきなしを掛けており、その声はまさにあの女のものだったので、源氏の君は再会の喜びをかみしめた。

この「花宴《はなのえん》」を書き上げると同時に、立ち居を重ねるのが苦しくなった。年の瀬が迫るにつれ、体には重さが加わった。あたかも、常に何かの荷物を抱えて歩くような足取りだ。簀子《すのこ》から廂《ひさし》に上がるにも力がいる。まして坐ってから立ち上がるときには、自らに掛け声を要した。

そんな不自由さを何かと補ってくれるのが妹であり、祖母君だった。病身の祖母君は、初孫《ういまご》の顔を目にするまでは死ねないという思いらしく、ひと頃よりも元気さが増していた。

宇佐に下った宣孝殿からは、ひと月に二回ほど文が届き、宇佐での暮らしぶりと共に、身籠《みごも》った体を案じていた。宇佐には正妻も伴って下向しているはずであり、それに気兼ねしながらの手紙には違いない。いかにも宣孝殿らしい、まめ心だった。年が明けての二月頃には帰京できる旨《むね》が書かれ、それなら出産に間に合うのは確かで、ひとまず安心する。

文は越前からも届き、父君、母君ともに身を案じてくれていた。これには、祖母君の様子や、弟二人、妹のことなどを書きつけて、返事を怠《おこた》らなかった。年末に届いた父君の文には、越前からの帰京は再来年春頃と記されていた。生まれて来る子が、ちょうどよちよち歩きをし始めている頃にあたる。もちろんそれは、出産が何事もなく終わり、赤子《あかご》の育ちもよいという条件が重ならなければならない。

◇　◇

新しい年を迎えた元旦に、堤第《つつみだい》で宴の真似事《まねごと》をした。祖母君が琴《きん》の琴《こと》を持ち出し、妹が習いたての和琴《わごん》、惟通《これみち》が越前で覚えた琵琶《びわ》、定暹《さだのり》が笛を手にしたので、身重《みおも》の体で、箏《そう》の琴を添える。選んだのは、もちろん催馬楽の「新年《あたらしきとし》」だった。

〽新しき年の始《はじめ》にや
かくしこそ　はれ
かくしこそ仕え奉《まつ》らめや
万代《よろずよ》までに
あわれ　そこ良しや
万代までに

これを二度繰り返したところで、惟通がもう一曲と言って、同じ催馬楽の「鶏鳴《とりはなきぬ》」を謡い出す。

〽鶏は鳴きぬ　というかさ
桜丸《さくらまろ》がしか物を押しはし
来《きた》り居《い》てすれ
汝《な》が子生《な》すまで

当然、下世話な戯歌《ざれうた》だった。それは大目にみて謡って奏《かな》で、庭先や簀子で聞いていた家人《けにん》たちも大喜びだった。

新しい年を迎えて、改めて筆を執ったのは、一月半ばだ。物語をわずかでも進めるべきで、右大臣の六の君と光源氏の再会から、少し時を経た二年後の物語にした。光源氏は二十二歳になっている。

正妻の葵の上は二十六歳だ。

前年に帝が譲位《じょうい》して桐壺院になり、東宮が践祚《せんそ》して、御代が改まって以来、源氏の君は何事も億劫《おっくう》になり、加えて宰相中将から参議《さんぎ》兼右大将《うだいしょう》に昇進して、身分の重さも加わって以来、軽薄な忍び歩きも慎んでいた。あちこちの通い所の女君たちは、待ち遠しさの嘆きが募《つの》り、『古今和歌集』に、**我を思う人を思わぬ報いにや　わが思う人の我を思わぬ**、とあるように、その報いからか、源氏の君は自分につれない藤壺宮の心を、尽きる事なく嘆いている。

その方が、今は以前にも増して、譲位のあとの桐壺院の、いつも側に付き添っているので、あたかも臣下の夫婦のようだと、このたび皇太后《こうたいごう》になった弘徽殿女御は不快に思っていて、桐壺院の許《もと》ではなく内裏にばかりいる。藤壺宮は競う相手もいなくなって、いかにも心穏やかそうであった。

桐壺院の方も機会あるたびに、管絃の遊びを世間の評判になる程に盛大に催し、譲位後の今の様子の方が却って素晴らしく見える。ただ離れて暮らしている東宮を特に恋しく思い、その東宮に後見《うしろみ》役がいないのを不憫《ふびん》に感じて、源氏の大将に万事を依頼したので、源氏の大将は内心、気が咎《とが》めるものの、嬉しく感じた。

一方で、あの六条御息所《ろくじょうのみやすどころ》を母に持つ、故前東宮の姫君が、伊勢《いせ》の皇太神宮《こうたいじんぐう》に奉仕する斎宮《さいぐう》になったので、御息所は源氏の君の心にも頼れそうにないため、十三歳の斎宮が幼いのが懸念《けねん》されるのを口実にして、自分も一緒に伊勢に下ってしまおうかと、以前から考えていた。

こうした事情を桐壺院も耳にして、源氏の君に対し、「御息所は亡き東宮が、殊《こと》の外《ほか》、寵愛《ちょうあい》していた方です。それなのに、あなたは、軽率にも並の女のように扱っているそうで、実に気の毒です。私はあの斎宮も、自分の皇女《こうじょ》たちと同列に思っています。それを考えると、疎《おろそ》かに遇してはいけません。心の赴くままに好色じみた事をすると、世間から大きな非難を受ける事になります」と言って、機嫌が悪い。

自らの心の内を照らしても、なるほど桐壺院の言う通りだと源氏の君は納得し、恐縮するほかない。桐壺院が「相手に恥をかかせないように、どなたも穏便に扱い、女の恨みを買ったりしてはなりません」と付言したので、もし藤壺宮への自分の大それた思いと所業を桐壺院が知れば、一体どうなるのかと恐ろしく、怯《おび》えながら退出した。

またこのように桐壺院までが聞きつけて、注意されたため、御息所の名誉のためにも、自分のためにも、好色めいた事は心苦しく、源氏の君は、御息所が気の毒な人だとは思うものの、二人の間柄を公《おおやけ》にするには至らない。御息所としても七歳も年上である事に気後れがして、打ち解けない様子であり、源氏の君もそれに乗じて遠慮している風に振舞って過ごす。桐壺院も噂を聞き、世間の人々も知らない者はいない程になってしまっているので、源氏の君のさして深くもない愛情を、御息所は深く嘆いていた。

こうした御息所の噂を聞いて、桃園式部卿宮《ももぞのしきぶきょうのみや》の娘で、かつて源氏の君が朝顔の花を添えて歌を贈った朝顔の姫君は、御息所の二の舞は踏むまいと、心に深く思っていた。これまで交わしていた形ばかりの返事も、今はほとんどないものの、無愛想で憎らしい素振《そぶ》りは見せない朝顔の姫君の心遣いに、やはりこの人は他の人とは異なって優秀だと、源氏の君は思っていた。

左大臣家の葵の上は、こんな具合にどっちつかずの源氏の君の心を、不快には感じるものの、余りに大っぴらで包み隠さない様子を、非難してもどうにもなるはずはなく、深くは恨まず、懐妊のためか弱々しく、気分も優れず、いかにも不安げであった。

源氏の君は、結婚九年目の事でもあり、この初めての懐妊の感慨は一入《ひとしお》で、左大臣家の人々を始めとして誰もが嬉しく思う反面、もしもの不吉な場合を考えて、様々な物忌《ものいみ》をさせる。この間、源氏の君は一層心の休まる暇《いとま》もなく、御息所の事を疎略《そりゃく》にするつもりはないものの、訪れは途絶えがちになった。

その頃、賀茂《かも》神社に奉仕する斎院《さいいん》も退下《たいげ》し、代わって、母である弘徽殿皇太后腹の女三の宮が新しい斎院になった。この姫君は、父の桐壺院と皇太后が特別に大切にしていたので、斎院という特別な身分になったのを誠に辛く思ったけれども、他の姫君に適任者はいなかった。

その儀式は定式通りの神事ではあっても、盛大なものになり、賀茂祭当日には規定の公式行事以外にも、神事が加わる事が多く、見所充分となった。

これも斎院の人徳と思われ、祭当日以前に斎院が賀茂川で禊《みそぎ》をする御禊《ごけい》の日は、大臣、大納言、中納言、参議及び三位以上の公卿《くぎょう》が、決めた人数で供奉《ぐぶ》する事になっているが、今回は世評が高くて容姿に秀でた者たちすべてが召集《しょうしゅう》された。下襲《したがさね》の色や表袴《うえのはかま》の模様、馬や鞍《くら》まですべてが整えられ、加えて帝の特別な下命《かめい》である宣旨《せんじ》によって、源氏の大将も奉仕する仕儀になった。

大路《おおじ》の両側に立てる祭見物の牛車の人々も、前以《もっ》て充分な配慮をしていたのだが、内裏から賀茂河原に通じる一条大路は、牛車の列で恐ろしいまでに混雑の極みにあった。あちこちに設けられた桟敷《さじき》は、各自が思い思いに心を尽くした飾りに、牛車や桟敷の簾《すだれ》の下から出す女房の出衣《いだしぎぬ》の袖口までが、見物の対象になった。

左大臣家の葵の上は、こうした物見遊山《ものみゆさん》の出歩きなどほとんどしない上に、今は懐妊のために気分も優れず、賀茂祭を見物するつもりはなかった。とはいうものの、若い女房たちが「どうでしょう、わたしたちが忍んで見物しても、見映えがしません。並の人たちでさえ、今日の見物では、いの一番に源氏の大将殿を、身分の低い山賤《やまがつ》までもが見たいと考えているようです。遠国《おんごく》から妻子を引き連れて上京している者さえいるというのに、見物されないのはいかにも残念です」と言う。それを、葵の上の母である大宮《おおみや》が聞いて、「今日は気分も少し良いようです。仕えている女房たちも物足りなく思っております」と説得して、にわかに触れを回して、見物に行く事になった。

日が高くなった頃、外出の支度《したく》も特別な風にはせずに出かけると、物見車が立錐《りっすい》の余地もない程に立ち並んでいるため、美しい装いの左大臣家の葵の上一行の牛車は前に進めない。身分のある女房たちの牛車がびっしりと並んでいる中で、車副《くるまぞい》などの供人がいない牛車を無理に立ち退《の》かせると、奥の方に、格式の低い網代車《あじろぐるま》で少し古びてはいるものの、下簾《したすだれ》の様子は趣が感じられ、車中の人々はひどく奥に隠れてはいても、出衣としてほのか見える袖口や裳《も》の裾、童女の汗衫《かざみ》など、すべての色合が誠に美しく、それでいながら、わざと人目を忍んでいる様子が歴然としている牛車が二両あった。

その供人たちが「これは決して軽々しく立ち退かせるような牛車ではありません」と頑《かたく》なに主張して、手を触れさせまいとするが、葵の上側の供人たちも引き下がらない。若い者同士お互いに酒に酔い痴《し》れているため大騒動になり、とても手がつけられず、葵の上側の前駆《さき》で、分別のある者たちが「そんな手荒な事は、すべきではなかろう」と言って制止したものの、どうにもならなかった。

斎宮の母である御息所は、この時、物思いに沈んでいる心の慰《なぐさ》めにもなる気がして、人目を忍んで見物に来ており、気づかれないようにしていたが、自《おの》ずと誰であるかが葵の上側の供人に露見《ろけん》してしまう。葵の上側の供人が、「たかが通い所の女が乗る牛車に、大きな顔をさせない。源氏の大将の威光を頼りにしても無駄というもの」とののしるのを、当の源氏の大将方の者も葵の上側の供人として加わっており、御息所を気の毒だとは思うものの、中にはいって仲裁するのも煩《わずら》わしく、知らん顔をする。

そのうちに、葵の上側の牛車が何両も割り込んで来たため、御息所の牛車はその後方に押しやられて、何も見えなくなってしまった。御息所が不快に感じるのはもちろんであり、こうして人目を忍んで来たのが露見してしまったのも無念でならず、榻《しじ》もへし押られ、轅《ながえ》もほかの車の轂《こしき》に立てかけられているため、見るも無残で、残念至極《しごく》であり、「これでは何のために出かけて来たのか」と思われるものの、今更なすすべはなかった。

御息所は見物をやめて帰ろうとしたが、抜け出す隙間《すきま》もなく、出られずにいる時に、「行列が来た」という声がする。やはり恨めしい人でも通り過ぎるのを心待ちされ、これも女心の弱さなのか、『古今和歌集』にある、**笹の隈檜隈川《くまひのくまがわ》に駒とめて　しばし水かえ影をだに見ん**、よりも見えず、源氏の大将がすげなく通過して行く姿を、ほんの少し見ただけに、却って種々の物思いが深まった。

一方の源氏の大将は、例年以上の趣を凝《こ》らした牛車が立ち並び、我も我もと乗り込んだ、女たちの袖口がこぼれ出ている下簾の隙間の方々に対して、さりげない顔をしつつ、微笑しながらちらっと視線を投げかける折もある。左大臣家の葵の上の牛車は目立つので、その前では真面目な顔をして通り過ぎ、源氏の君の供人たちもかしこまって恭《うやうや》しく通るため、全く無視された御息所は、自分の有様《ありさま》をこの上ない屈辱だと思って独詠した。

影をのみみたらし川のつれなきに
身の憂きほどぞいとど知らるる

影を映したのみで流れ去る御手洗川《みたらしがわ》のように、つれないあなたの姿を、遠くから見ただけの我が身が、一層辛く感じられます、という嘆きであった。自ずと落涙するのを女房たちから見られるのも体裁が悪い反面、目にも眩《まぶ》しいくらいのあの姿や顔立ちが、この晴れ舞台で一段と照り輝いているのを見なかったら、さぞかし残念だったろうとも思った。

行列に供奉する人々は、身分に応じて装束や持ち物を実に見事に整えていて、その中でも上達部の人たちは立派であるものの、やはり源氏の大将ひとりの輝くばかりの美しさには、みんなが圧倒されていた。大将の臨時の随身《ずいじん》に、六位の蔵人《くろうど》で右近衛府の将監《ぞう》があたる事は異例で、特別の行幸《ぎょうこう》の際だけであるものの、今日はその蔵人の将監が仕え、その他は随身たちも顔立ちや姿を眩しいくらいに整えている。

このように、世間からこの上なくかしずかれている源氏の大将の有様は、草木も靡《なび》き従わない者はいないくらいであった。壺装束《つぼしょうぞく》姿の賤《いや》しくはない女どもや、世を離れた尼たちも、各自が前のめりの恰好《かっこう》で見物に出ており、これも普段であれば「余りにもみっともない恰好だ」と責められるとはいえ、今日は無理もない折であり、老いて口がすぼみ、髪を衣の中にたくし込んでいる賤しい女たちが、手を合わせて額に当てては源氏の君を拝んでいるのも、おこがましくてみっともない。

同様に下賤《げせん》の男までもが、自分の顔がどうなっているのかも知らずに、満面の笑《え》みをたたえ、源氏の君が全く見向きもしないはずの下級受領《ずりよう》の娘までが、精一杯飾り立てて各自牛車に乗り、気取って身構え、心配りしているのも、それぞれに面白い見物になっていた。

そうであれば尚更《なおさら》の事、源氏の君が忍んで通っているあちこちの方々は、人知れず物の数にも入れてもらえない嘆きを募らせた。

朝顔の姫君の父である桃園式部卿宮は、桟敷で見物していて、「誠に眩しいばかりになっていく源氏の君の器量だ。神などが魅入《みい》って妙な事にならなければいいが」と、不吉な思いにかられた。同行している朝顔の姫君も、長年の間、文を送り続けてくる源氏の君の心映えが、並の人とは違っているので、ましてこうまでも素晴らしいお方だと感じられるため、心は惹かれるものの、これ以上は親しくつきあおうとは思わず、側付きの女房たちが口々に源氏の君を称えるのが、聞き苦しかった。

斎院が賀茂神社に参拝する祭の当日、左大臣家の葵の上は見物しない。源氏の大将は、あの日の車争いの一部始終を言上する人があったので、実に気の毒で、けしからぬ事だと感じた。「葵の上は重々しい人柄だけれど、残念ながら、情味に欠け、そっけない面がある。自分ではそう感じなくても、そうした妻妾《さいしよう》という間柄では、互いに気遣うのが普通だろうが、そこには考えが及ばない。そのため、下々の不心得者たちが次々に狼藉《ろうぜき》を働いたのだろう。御息所は心映えが、こちらが気後れする程奥床しいので、さぞかし不快な思いをされたに違いない」と、同情を寄せて御息所を訪問する。

とはいえ、斎宮がまだ御息所の里邸で潔斎《けつさい》の暮らしを送っているので、榊《さかき》への憚《はばか》りを理由にして、打ち解けて対面する事はないため、源氏の君は道理だとは思う反面、「何ともやるせない。このように葵の上も御息所も、互いに角《つの》を突き合わせてもらいたくないものだ」と、ついつい呟《つぶや》いてしまう。

祭の当日、源氏の君は左大臣邸を離れて二条院に戻り、祭見物に出かけるため、紫の君がいる西の対に赴いて、惟光に牛車の準備を命じた。

「女房たちも同行なさいますか」と言いつつ、紫の君がいかにも可愛らしく身支度をしているのを、微笑しながら眺《なが》めて、「さあ、あなたも行きましょう。一緒に祭を見るのです」と言う。髪が常よりもさらに美しく見えるのを、源氏の君は自らの手で掻《か》き撫《な》でてやり、「長い間、髪削《そ》ぎはしなかったのですね。今日は髪を削ぐにもいい日柄です」と言って、陰陽寮《おんみょうりょう》の暦《こよみ》の博士を呼ぶ。

ふさわしい時刻を調べさせている間に、「まずは女童《めのわらわ》たちから前に出るように」と言って、女童たちの美しい姿を見る。

誠に可愛らしく髪の裾をみんなさわやかに切り揃えていて、それが模様を浮織にした綾織《あやおり》の浮紋《うきもん》の表袴《うえのはかま》に垂れかかっている様が鮮やかであった。

源氏の君は紫の君に向かって、「あなたの髪は私が削ぎましょう」と言い、「とても豊かな髪です。これから先、どうなっていくのでしょう」と、切り揃えるのに苦労する。「髪の大変長い人でも、額《ひたい》髪《がみ》は少し短めのようです。しかしあなたのように、全く後《おく》れ毛がないのは、余りにも風情がありません」と言いつつ削ぎ終わり、「千尋《ちひろ》」と祝福の言葉を口にする。少納言の乳母《めのと》はしみじみとありがたく感じ、源氏の君は紫の君に歌を詠みかける。

　　はかりなき千尋の底の海松《みる》ぶさの
　　生いゆく末はわれのみぞ見ん

測るのも不可能な千尋もの深い海底の海松房が伸びていくように、あなたの髪の伸びていく先は、私のみが見届けましょう、という祝福祈願であり、紫の君も返歌を書きつける。

千尋ともいかでか知らんさだめなく
　満ち干る潮ののどけからぬに

千尋の海の底まで見届けると言われますが、わたくしにはその深さがわかりません、定めなく満ち干《ひ》る潮のように、浮《うわ》つくあなたの心ですから、という皮肉で、利発であるとはいえ、いかにも幼い可愛らしさを、源氏の君は実にいいと感じた。

この日も一条大路は、物見の牛車が隙間なくひしめいていて、近衛府の馬場《うまば》の御殿《おとど》付近まで来ても牛車を停める所がない。

源氏の君は、「上達部たちの牛車ばかりで、何とも物騒がしい所だ」と思って、牛車の歩みを緩《ゆる》めさせると、見映えの悪くない女車の、溢《あふ》れんばかりに人が乗っている中から、扇を差し出して、源氏の君の従者を呼び寄せ、「ここに停めてはどうでしょうか。場所を空《あ》けさせます」と言上させた。

「一体どんな好色な女だろう」と源氏の君は思いつつ、場所も適当な辺りのため、牛車を寄せさせ、「どうやってこの場所を得られたのでしょうか。羨《うらや》ましいです」と言うと、趣味のよい檜扇の端を折って、和歌が添えられていた。

はかなしや人のかざせるあうひゆえ
　神のゆるしの今日を待ちける

空《むな》しいものです、祭人が髪に挿《さ》している葵にちなんで、あなたと逢う日を、神の許しを得て待っていたのに、という誘いであり、「あうひ」には葵と逢う日が掛けられていた。「注連縄《しめなわ》の内に入れないように、あなたにはもう手を出せません」と書いている筆跡を見ると、あの源 典 侍《げんないしのすけ》のものであり、「これは何ともがっかりで、今風に若やいでいる」と、憎らしい気がして、そっけなく、返歌した。

かざしける心ぞあだに思おゆる
八十氏人《やそうじびと》になべてあうひを

葵を髪に挿したあなたの心は、何ともいい加減に思えます、誰彼となく逢う日の葵祭なのに、私に言い寄るとは、というあしらいであり、源典侍はこれを冷たいと思って、返歌した。

くやしくもかざしけるかな名のみして
人頼めなる草葉ばかりを

口惜《くちお》しくも髪に挿してしまった葵です、逢う日というのは名ばかりで、空しい期待を抱《いだ》かせる草葉です、という落胆であった。

源氏の君が誰かと同乗していて、簾さえも上げないので、残念がる人々は多く、「先日は尊い姿をすっかり見せていたのに、今日は気儘《きまま》な外出なのでしょう。中にいる人は誰だろう。同乗している人が並の女であるはずはない」と推量している。

当の源氏の君は、「さっきの歌の応酬《おうしゅう》は、不充分な挿頭《かざし》争いになってしまった」と不満に思う一方で、源典侍は厚顔ではあるものの、やはり女が牛車に同乗しているのに気後《きおく》れがして、ちょっとしたやりとりをするのにも、腰が退《ひ》けた。


御息所は、物事を思い悩む日が、いよいよ積み重なり、源氏の君に見捨てられるのも覚悟はしているものの、もうこれで終わりだと見限って伊勢に下るのも、余りにも心細く、世間の噂でも物笑いになりそうな気がしていた。かといって、京に残るのも、誰もが自分を軽《かろ》んじているように思われて、心安らかでなく、『古今和歌集』に、**伊勢の海に釣する海人《あま》のうけなれや　心ひとつを定めかねつる**、とあるように、自分は釣りの浮きのように、心を定められずに浮いているだけだと、起きても寝ても思い悩み、心地もどこか浮いたような気がして、病悩《びょうのう》がちだった。

他方で源氏の君は、御息所の伊勢下向については、娘に同行するなど、あるまじき事とは思うものの、反対はせずに、「員数《いんずう》にもはいらない私を見るのも嫌になり、見捨てられるのも道理ではあります。しかし今は、どうしようもない私に対して、最後まで目をかけていただくのが、浅からぬ配慮ではないでしょうか」と、秋波《しゅうは》を送ってくるので、御息所の不安定な心地も少しは和《なご》んだ。だが斎院の御禊《みそぎ》の日の賀茂川の荒瀬のように、葵の上側の手荒な仕打ちによって、いよいよ万事が心悩ましくなり、思い詰めていた。

左大臣家では、葵の上が物の怪《け》らしい気配に襲われて苦しんでいるため、誰もが思い嘆き、源氏の君は出歩きをするのは不都合であり、紫の君がいる二条院には時々しか赴かなかった。何と言っても重々しい正妻という点では、特別に思っている葵の上が、滅多にない懐妊という慶事も加わっての病悩なので、源氏の君も心苦しくなって、御修法《みしほ》その他を自分の部屋で何度も行う。

物の怪や生霊《いきりょう》が多数出て来ては、様々に名乗り出る中に、全く憑坐《よりまし》に乗り移らず、ひたすら葵の上の体に密着して、仰々《ぎょうぎょう》しく苦しめる事もないが、片時も離れる時もないのがひとつあって、法力《ほうりき》に優れた験者《げんじゃ》たちにも屈伏せず、その執念《しゅうねん》深さは尋常《じんじょう》でなかった。

源氏の大将が通っていた所をあれこれと考え合わせると、「あの御息所と二条院の紫の君辺りが、並々の思い入れではないようだ。それだけに葵の上への怨恨《おんねん》の思いも、尋常ではなかろう」と、女房たちはひそひそ話をしており、左大臣は陰陽師などに占いをさせたが、それが誰とも言い当てられない。

物の怪といっても、特に葵の上を根深い宿敵《しゅくてき》と申す者もなく、亡くなった乳母に恨みを持つ霊魂や、左大臣家の血筋に取り憑《つ》いた代々の魂魄《こんぱく》などが、葵の上の弱り目に、不明瞭な形で、交互に顔を出してくる。葵の上はひたすら声を上げて泣く。時には胸を反り返らせては、実に堪え難そうな悶《もだ》え方をするので、一体どうなるのかと、周囲は不吉に思い、悲しみのうちに右往左往《うおうさおう》している。

桐壺院からの見舞も立て続けに来て、祈禱《きとう》の事まで言及されるのも畏《おそ》れ多く、このまま亡くなるのはいかにも惜しい身であり、このように葵の上が世の中であまねく惜しまれているのを聞いて、御息所は心穏やかではなかった。ここ数年はさほどでもなかった競争心が、つまらない車争いによって、御息所に妬みが芽生えたのだが、左大臣邸ではそこまでの考えは及ばなかった。

こうした思い乱れのため、御息所は気分がどうしても優れず、常のようではなく、斎宮とは別の場所に移って、御修法をさせていると源氏の君は聞いて、「どんな心地でおられるのか」と気の毒がり、気を奮《ふる》い立たせて訪問する事を決める。

いつもとは異なる外出なので、ひどく忍んだ姿で赴き、心ならずの無音や不行届きを謝罪したあとで、患《わずら》っている葵の上の病状も訴えた。「私自身はそれ程気にしてはいません。しかし親たちは大袈《おおげ》裟《さ》に戸惑っていて、胸塞がります。ここはもうどうなるのか最後まで見届けるしかありません。そこをあなたが万事穏やかに理解して下されば、私としても大変嬉しいのです」と説明する。御息所がいつもよりは悩ましい様子にしているのを、もっともな事だと源氏の君は思い、いとおしくなった。

逢瀬をもったものの、お互いしっくりとはいかないまま迎えた朝、退出する源氏の君の姿の素晴らしさを目にして、御息所は源氏の君を振り切って伊勢に下向する事を考え直そうかと思った。しかし重々しい正妻の葵の上が、この上、出産でもすれば、源氏の君の愛情は益々そちらに傾くに違いなく、そうなれば源氏の君の心はその方ひとりに落ち着くはずである。こうやってひたすら待ちながら生きていくのも、心が晴れず、こうして逢ったがゆえに、却って妙に悩みが甦《よみがえ》ってくる思いがしているところに、夕暮れ時に手紙だけが届いた。

ここ数日、少し容態《ようだい》が落ち着いていたのが、急にひどく苦しそうにしております。放っておかれず、そちらには伺えません。

いつもの口実だと、御息所は見て、和歌で返事をした。

**袖濡《ぬ》るる恋路とかつは知りながら**

下《お》り立つ田子《たご》の身ずからぞ憂き

袖が濡れる恋路は泥《こいじ》とわかっていても、泥の中に下り立った農夫のように、恋路に踏み入ったわたしは、悲しい身の上です、という嘆きで、「恋路」に泥が掛けられて、「『古今和歌六帖』に、くやしくぞ汲《く》みそめてける浅ければ　袖のみ濡るる山の井の水、とあるように、辛い恋が山の井の水と言われるのも道理で、多情の人に迂闊《うかつ》にも心を許してしまった」いう文面も添えられていた。

源氏の君はその筆遣いを見て、「やはり筆跡は多くの女たちの中でも抜群だ」と思い、一体、世の中はどうなっているのだろうか、気心も顔立ちも色とりどりで、棄《す》てていいような女はなく、かといって、これひと筋にと思い定めてしまえるような女もいないのが辛く、暗くなってから御息所に返事を届けた。

袖のみが濡れるとは、何の事でしょうか。思いやる心は深いとは言えますまい。

と前書きして和歌を添えた。

浅みにや人は下り立つわが方は
　身もそぼつまで深きこいじを

あなたが下り立ったのは浅みなのではないでしょうか、私がはまり込んでいるのは、全身が濡れそぼつ程の泥ならぬ恋路なのです、という反論で、「いい加減な理由で、この返事を自分から申し上げているのではありません」と書かれていた。

左大臣家では、物の怪が入れ替わり立ち替わり現れて、葵の上は苦しむ。この御息所の生霊とか、御息所の亡き父の大臣の霊だと言う者もいると聞いて、御息所がつらつら思い続けていると、「我が身ひとつの悲しい嘆きは疑いようがない。しかし他人《ひと》の不幸を願う心など微塵《みじん》もない。とはいえ、物思いのために遊離《ゆうり》してしまう魂はあると聞いている」と考えてみると、思い当たる節《ふし》はあった。

ここ数年来、様々な悩みを余す所なく味わってきていながら、これほどはくじけなかったのに、あの些細《ささい》な車争いの折に、人が自分を蔑《さげす》み、無き者のように扱った御禊以後、浮遊してしまった心が、もはや鎮め難くなっている。多少うとうとする時に、あの葵の上と思われる人物が大変美しい装いでいる場所に行き、あれこれと掻き回し、現《うつつ》とも思えないような、猛々《たけだけ》しくも荒々しい錯乱《さくらん》した心が頭を出し、乱れ狂う姿が、自分の夢にたびたび出て来た。

「何という事だろう。『古今和歌集』に、身を棄てて行きやしにけん思うより　ほかなるものは心なりけり、とあるように、この身を置き去りにして、魂が抜け出て行ったのだろうか」と、思いいたる。

御息所は正気を失ったような感じになる時があり、そうでなくとも、他人の噂になると悪《あ》し様《ざま》にしか言いふらさない世の中なので、自分の例など恰好の材料になりそうで、そうなれば誰もが噂するはずであった。

「この世を去ったあとで怨《うら》みを残すのは、世の常だ。それですら他人の身の上話として聞いても罪深く、忌《いま》わしい。まして現に生きている我が身に対して、薄気味の悪い噂を立てられるとすれば、何たる宿世《すくせ》だろうか。もはやこれから先、あの薄情な源氏の君の事など、気にすまい」と考え直す。それでもやはり、古歌に、思わじと思うも物を思うなり　思わじとだに思わじやなぞ、とあるように、源氏の君に惹かれている我が心ではあった。

御息所の娘である斎宮は、昨年中に内裏の初斎院《しょさいいん》に入るはずだったが、様々な支障《さわり》が生じて、この秋になってようやくそこに入り、九月には恒例通りに、そのまま嵯峨野《さがの》にある斎宮の仮宮の野宮《ののみや》に移る事になっていた。

その際の二度目のお祓《はら》いの準備が待ち構えているはずなのに、御息所は呆然《ぼうぜん》としていて、臥床《がしょう》がちなので、斎宮付きの宮人たちはそれを一大事として、祈禱を様々に施《ほどこ》した。重病というわけではないまま、無為《むい》の月日が過ぎて行き、源氏の君もひっきりなしに見舞を寄越すものの、やはり思いの勝《まさ》る葵の上が、ひどく苦しんでいるため、その心配で心の休まる暇がなかった。

まだその時期でもなく、誰もが油断していたところ、葵の上が急に産気《さんけ》づいて苦しみ出したので、一段と熱心な祈りを、数を尽くして施したにもかかわらず、例によって取り憑いた執念深い物の怪がひとつだけあって、全く憑坐に移らないため、尊い験者たちも珍しい事だと持て余す。

さすがにきびしく調伏《ちょうぶく》されたその物の怪が、痛々しげに泣き詫《わ》びて、「少し祈りを緩めて下さい。源氏の大将に申し上げたい事がありますす」と訴えたので、女房たちは「やっぱりそうか。何かわけがあるのだろう」と、源氏の君を葵の上の側近くの几帳辺りに入れてさしあげる。葵の上があたかも臨《りん》終《じゅう》のような容態にあるので、死ぬ前に遺言もあるのではないかと思われ、父の左大臣も母の大宮も少し座を遠くに移した。

加持祈禱の僧たちが、声を抑えて法華経《ほけきょう》を読んでいるのも、大変尊く、源氏の君が几帳の帷子《かたびら》を引き上げて目をやると、葵の上は実に美しく、腹部がひときわ高くなった姿が臥床していた。他人が見たら心が動揺するに違いなく、ましてや夫である源氏の君が惜しく悲しいと嘆くのは道理であった。

白装束の装いも華やかで、髪が大層長くて多いのを引き結び、傍らに添えてあるのも、取り澄ました日頃とは違う姿で、いたわしくも可愛らしいと、源氏は思いつつ、手を握って「あんまりです。こんな辛い目に遭わせないで下さい」と言って、あとは言葉を継げずに泣く。葵の上はいつもの厳しい、こっちが恥ずかしくなる程の凛《りん》とした眼差《まなざ》しではなく、実にうっとりと気怠《けだる》そうに、源氏の君をじっと見つめているうちに、涙がはらはらとこぼれ落ちたので、源氏の君は浅からぬ愛情を感じた。

葵の上が余りにもひどく泣くため、いたわしい両親との別れが辛く、またこうして対面している自分との惜別《せきべつ》も、悲しんでいるのだと源氏の君は思い、「どうかそこまで思い詰めないで下さい。こんな状態であっても、必ず乗り越えられます。仮にうまくいかなくても、必ずや逢う世はあるので、対面は叶《かな》います。左大臣や大宮にしても、深い縁ですので、三世を巡っても切れません。きっと再会は叶うのだと思って下さい」と慰める。

すると、「いえいえ、そうではありません。我が身が調伏されて苦しいので、少し緩めてもらおうと思って、心ならずも参上したのです。物思いをする人の魂は浮かれ出るもののようです」と、親しげに言って詠歌した。

なげきわび空に乱るるわが魂《たま》を
結びとどめよしたがえのつま

嘆き悲しんで宙をさ迷うわたくしの魂を、衣の前を合わせた内側の下前の褄《つま》を結ぶようにして、あなたが繫《つな》ぎ留めて下さい、という懇願であり、その声や気配は、葵の上その人とは思えない程変わっていた。源氏の君が妙だと感じて思い巡らすと、まさしくあの御息所そのものであり、愕然《がくぜん》とする。

これまで人が御息所の生霊ではないかと噂するのを、不埒《ふらち》な者が口にする事で、聞くに耐えないと思って否定してきたものの、こうして目の前に確かに見てしまうと、「世の中にはこういう事があったのだ」と、嫌悪感にかられる。「何とも悲しい」と思いつつ、「そう言うあなたは誰ですか。はっきりと言いなさい」と問うと、返事もまさに御息所その人なので、もはやあきれ果てたという言い方ではおさまらず、呆然としていると、女房たちが側近くに寄って来たため、気が気でない。

少し葵の上の声が鎮まったので、小康《しょうこう》が得られたのだと思い、母の大宮が薬湯《やくとう》を持って来て、背後から抱き起こした。

やがて若君《わかきみ》が生まれて一同限りなく嬉しがったものの、憑坐《よりまし》に乗り移らせた物の怪どもが悔しがって、悶《もだ》え苦しむ様が実に騒々しく、後産《あとざん》がまたひどく不安なので、言い尽くせないくらい多くの願を立てたお蔭か、後産も平穏無事にやりおおせた。そして、比叡山《ひえいざん》の座主《ざす》以下、誰それといった尊い僧侶たちも、満足顔で汗を押し拭《ぬぐ》いながら、急いで左大臣邸から退出した。

多くの人が心配の極みにあった、ここ数日の余韻も多少収束《しゅうそく》して、今となってはもう大丈夫だろうと思いながら、祈禱を再び始めてはいたが、さしあたってのみんなの関心事は若君である。競ってあやしたりして、のんびりくつろぐ中で、桐壺院を始めとして、親王方や上達部が全員贈って来る出産祝いの品々が、滅多にない程に豪華であった。誕生の日から三日、五日、七日、九日目の夜毎に、産養《うぶやしない》の贈物を見せては大騒ぎをし、男児なので、その折の行事も華やいで見事だった。

一方の御息所は、こうした左大臣家の様子を聞いて、心穏やかではなく、少し前までは大変危ない状態だとみんなが言っていたのに、「よりによって安産とは」と、ふと思い、妙な事に自分が自分でなかった気分を、つらつら思い起こす。

衣に、邪気祓いの修法《ずほう》の際に焚《た》く、芥子《けし》の香《かおり》が染みついていて、怪訝《けげん》に思いながら、米の研《と》ぎ汁で髪を洗い、衣装《いしょう》も差し替えてみたのに、やはり芥子の香は残っていた。我が身ながら疎《うと》ましく、ましてや人がどのように言ったり思ったりするだろうと思えば、他人には打ち明けられぬ事であり、我が胸ひとつにしまい込んで嘆いているうちに、心の乱れはいよいよ強くなった。

源氏の大将は、心地も少し鎮まり、あきれた思いがしたあの時の問わず語りも不快だったと思い出しながら、御息所を訪れない日が積み重なったのも、心苦しく思う。かといって間近で対面するのは、やはり不快な感じがしそうで、御息所には気の毒であるが、種々思い合わせて手紙のみを送った。

重病だった葵の上の産後の余病が油断できず、みんなが懸念する中、当然ながら源氏の君はどこへも出かけない。しかし依然として葵の上は体調が優れないようなので、平素通りにはまだ対面できない。

若君が余りに不吉なくらいに可愛く見えるため、今から実に大切に世話をする源氏の君の様子は並々でなく、左大臣もやっと念願が叶った気がし、若君の誕生を誠に素晴らしいと思う反面、葵の上の様子が快方に向かっていないのが気がかりであった。これも、あれ程ひどかった病状の名残《なごり》だろうと考えて、さして思い悩み続けなかった。

若君の目元の愛らしさが、東宮に瓜《うり》二つなのを見て、源氏の君はまず東宮を恋しく思い出す。ついにこらえきれず、東宮邸に参上するつもりで、「内裏にも長く伺っておりません。気になるので、久しぶりに出仕《しゆっし》致します。つきましては、少し近い所で葵の上とお話ししたいのです。几帳越しでは、余りの心の隔てでしょう」と恨みながら言うと、女房は、「仰せの通りです。お二人方は、ひたすら体裁をつくろっていればよい仲ではありません。今はひどく衰えておられますが、物を隔てての対面ではよくないでしょう」と応じる。

源氏の君の席を葵の上が横臥《おうが》しているすぐ側に設けてくれたので、そこにはいって話をする。

葵の上は時折返事をするのにも、やはりひどく弱々しいものの、もう死んだも同然だと覚悟を決めていた一時期の状態を思い起こすと、夢のような心地がした。危篤《きとく》に近かった折の事など話していると、あの、もはや絶命かと思われた葵の上が、息を吹き返してぽつぽつと口にした葵の上に取り憑いた物の怪の言葉を思い起こして、厭わしく思う。「いえ、申し上げたい事は大変多いのですが、まだ気忌《けだる》そうなので」と言いつつ、「薬湯《やくとう》を飲んで下さい」と源氏の君が世話をやくのを、女房たちはそんな事をいつ覚えられたのだろうかと、感激して見ていた。

実に美しい人が、いたく弱り果てて、生死をさ迷っているような有様で休んでいる姿は、ひどく可憐で痛々しく、髪は一筋たりとも乱れてはおらず、髪のかかった枕の付近は、この世にありえないほどに美麗《びれい》であった。

「ここ数年、自分はこの人のどんなところに不満を抱いていたのだろうか」と源氏の君は思い、奇妙な程に葵の上をじっと見つめ、「これから桐壺院の御所に伺い、すぐ帰って参ります。こうして直接あなたと対面できるのを嬉しく存じます。大宮がずっと付き添っておられたので、そこに割り込むのも気が咎め、遠慮しておりました。どうぞこれからは気をしっかり持って、いつもの御座所《おましどころ》で過ごして下さい。あまりに子供っぽくされているので、治りが遅れているのです」と言い置いて、誠に美しく衣装を着替えて退出していく姿を、葵の上はいつも以上に物狂しい目でじっと見送りながら臥していた。

秋の除目《じもく》である司召《つかさめし》が近く、左大臣も参内し、子息たちもそれぞれに昇進を期待して、左大臣の側を離れずに、みんな引き続いて邸を出た。

左大臣邸が人少なになり、静かになった時、葵の上は急に例の如く、胸を咳上《せきあ》げて、悶《もだ》え苦しみ、殿方《とのがた》たちが出仕した内裏に急報する間もなく息絶えてしまった。誰もが足も地につかない感じで宮中を退出したため、官吏を任命する除目の夜だったにもかかわらず、こうした支障《さわり》があっては仕方なく、すべては帳消しとなった。

喚《わめ》き騒いでも既に夜半頃なので、比叡山の座主やその他の僧都《そうず》たちを招こうにも間に合わない。今となっては、もう快方に向かっていると思って油断していた折に、不意討ちの出来事が生じたので、邸内の人々はあたふたと物にぶつかりつつ慌てている。方々からの見舞の使者が詰めかけても取次はできず、邸内は大揺れに揺れ、当惑ぶりは恐ろしい程であった。

これまで物の怪がたびたび死の境をさ迷わせたため、これも物の怪の仕業《しわざ》かと、葵の上を寝かせたまま、二、三日様子を見たものの、体が変じていく様子は明らかで、もはやおしまいだと諦めた時は、誰もみな悲嘆に暮れた。

源氏の大将は、この悲しい事態に、あの物の怪の一件が加わって、男女の仲というものをひどく厭《いと》わしく感じて、重要な筋からの弔問《ちょうもん》も、心塞がれるとして暗鬱《あんうつ》としていた。桐壺院も思い嘆いて弔問を送ったので、左大臣にとっては却って光栄でもあり、嬉し涙と悲しみの涙で、涙の乾く暇もない。

人が勧めるので、生き返るかもしれないと、大がかりな密教《みっきょう》の秘法をあれこれと試したが、もう残る手立てはなくなる。一方で遺骸《いがい》が傷《いた》んでいく様を目《ま》のあたりにして、尽きせぬ思いはするものの、何の効果もなく数日が経過したので、もはやこれまでと、鳥辺野《とりべの》に遺体を運んでいく時の悲しみは、もう筆舌《ひつぜつ》に尽くし難い。

あちらこちらからの葬送の人々や、寺々の念仏僧たちで、広大な野原は立錐《りっすい》の余地もない程になり、桐壺院はもちろん、藤壺宮、東宮からの使者や、その他の方々の使者が入れ替わり立ち替わり参上し、尽きる事のない弔問が行われる。

左大臣は立ち上がれず、「こんな老いの果てに、若い我が子に先立たれ、腰が抜けたまま生きていかねばならない」と恥じ入りながら泣くのを、多くの人が悲痛な面持《おももち》で貰《もら》い泣きした。夜通し実施された盛大な儀式だったものの、ほんの少しのはかない遺骨のみを形見にして、夜明け近くに帰途についた。

源氏の君は、世の常ではあっても、人の死はこれまでは夕顔の死くらいで、多くを経験していないからか、この上なく悲しまれる。八月二十日過ぎの有明月《ありあけのつき》なので、空の風情も趣に欠け、左大臣が『後撰和歌集』に、**人の親の心は闇にあらねども　子を思う道にまどいぬるかな**、とあるように、暗《あん》澹《たん》としている姿を見て、身に沁《し》みて感じられ、『古今和歌集』の、**大空は恋しき人の形見かは　物思うごとにながめらるらん**、と同様に、空を見上げて独詠した。

のぼりぬる煙はそれと分かねども
　なべて雲居のあわれなるかな

昇った火葬の煙は、どれがそれかはわからないけれども、雲のたなびく空がしみじみと慕わしく感じられる、という詠嘆だった。

左大臣邸に帰り着いても、源氏の君はなかなか眠られず、葵の上のここ数年の有様を思い起こす。「最後には必ずや、この私を見直して下さるものと、気長に考えていた。そのため浮ついた遊びをしていたのを、葵の上は耐え難いと思われていたに違いない。とうとう生涯にわたって、私を親しみ難い者と思ったまま亡くなられた」と、悔やまれる事が次々と思い出されるものの、もはや後の祭で、鈍色《にびいろ》の喪服を身に着けるのも、夢の心地がした。

「もし私が先立っていたなら、私の三か月の服喪と違って、一年の重服《じゅうぶく》なので、もっと喪服を色濃くされただろう」と考え、再び独詠する。

限りあれば薄墨衣《うすずみごろも》浅けれど
　涙ぞ袖をふちとなしける

きまりがあるため、着ている薄墨衣の色は薄いが、涙が袖の色を淵のように深い藤色にしてしまった、という感慨で、「ふち」に淵と藤が掛けられていた。

その念誦《ねんず》する姿は一段と優雅で、経を密《ひそ》かに読みつつ、華厳経《けごんきょう》の「法界三昧普賢大士《ほうかいさんまいふげんだいじ》」と唱えている様子は、勤行《ごんぎょう》に慣れている法師よりも優れていて、若君を見ては、『後撰和歌集』に、**結びおきしかたみのこだになかりせば　何に忍ぶの草を摘まし**、と、「かたみ」に筐（かたみ）と形見、「こ」に籠と子が掛けられているのを思い浮かべ、一層の涙の露に濡れながら、「もしこのような形見さえもなかったら、どうなっていた事か」と思い直して心を慰めた。

一方で、葵の上の母の大宮は、そのまま起き上がれず、命も危いように見えるため、周囲は再び慌てふためいて、祈禱をさせる。

時ははかなく過ぎてゆき、七日毎《なぬかごと》の法事の準備もさせたものの、余りに思いの外《ほか》の死去なので、悲しみは尽きない。世間並の出来のよくない子でさえ、死ねば親は嘆くはずであり、まして大宮にとって葵の上はただひとりの娘で、他に娘がいない事さえ不満に思っていたため、掌中《しょうちゅう》の玉《ぎょく》が砕け散ったかの如《ごと》く茫然自失《ぼうぜんじしつ》だった。

源氏の大将は、二条院にさえ、少しも帰らず、心の底から思い嘆き、供養《くよう》のための仏前の勤行を熱心に行いながら、日々を送る。あちらこちらの方々には、手紙だけを書き送った。

あの御息所は、娘の斎宮が左衛門府にある初斎院にはいったので、自分もそこに籠ってさらに厳粛な潔斎《けっさい》をしており、源氏の君は便りをするのも憚《はばか》られた。憂きものと思った世の中すべてが厭わしくなった。「こういうこの世の絆《ほだし》となる子供さえ生まれなかったら、念願の出家姿になっていたろうに」と思う一方、二条院の西の対にいる紫の君が寂しくしている様子が、ふと思いやられる。

夜は御帳台《みちょうだい》の中に独り寝をし、近くに宿直《とのい》の女房たちが控えているとはいえ、やはり物足りなく、『古今和歌集』に、**時しもあれ秋やは人の別るべき　あるを見るだに恋しきものを**、とあるように、死別の寂しさから寝覚めがちであった。声の優れた僧ばかりを選んで、念仏を唱えさせる明け方は、特に切なくて耐え難かった。

深い秋の風情が増す中で、風の音が「心底身に沁みる」と感じられ、慣れない独り寝を明かしかねていた夜明け方の、霧の立ちこめている時に、誰かが菊の咲きかけた枝に濃い青鈍《あおにび》の紙に書かれた手紙をつけて、そっと置いて立ち去っていった。

「料紙《りょうし》の色といい、菊の葉の色といい、弔問にふさわしい」と感じ入って見ると、御息所の筆跡だった。「お便りを差し上げないまま日が過ぎました。これがわたくしの胸の内でございます」と書かれ、和歌が添えられている。

人の世をあわれときくも露けきに
おくるる袖を思いこそやれ

人の生涯がはかなくも悲しいと聞いて、涙に暮れておりますが、後に残されたあなたの袖は、どんなにか濡れている事かと拝察致します、という弔慰《ちょうい》で、「聞《き》く」に菊が掛けられ、「霧が立ち込めている今の空模様を見て、感慨を抑え難くなりましたので」と付記されていた。

源氏の君は、「いつにも増して優雅に書いておられる」と思い、さすがに下に置きにくそうに眺めるものの、「葵の上の死とは全く関係のないふりをした弔意だ」と、厭わしく感じられる。かといって、このまま文のやりとりを絶やすのも気の毒で、御息所の評判が悪くなるのも懸念されて、「亡くなった人は、とにかくそうなる運命だったのだろう。しかし御息所の生霊が、葵の上に取り憑《つ》いたのを見聞きしたのは確かだ」と、無念に思われるのは、我が心ながら、御息所に対する思いを翻《ひるがえ》すまでには至らない。

「斎宮の潔斎にも支障が出るのではないか」と思い迷った挙句《あげく》、せっかくの手紙に返事をしないのは薄情に思われるので、鈍色がかった紫の紙に、「すっかりご無沙汰《ぶさた》しております。気にはかかりながら、服喪の者から、潔斎に同行しておられるあなたへの文は遠慮されるので、その辺りの心情はお汲みいただけるはずです」と書いて、返歌を添えた。

とまる身も消えしも同じ露の世に
心おくらんほどぞはかなき

生き残る身も逝《い》く身も、同じように露の如くはかないこの世の中に、心を執着《しゅうちゃく》させるのはつまらない事です、という説諭《せつゆ》で、「やはり執着はお忘れ下さい。この返事をご覧にならないかもしれないので、誰が見てもいいように書いております」と付記した。

御息所は六条京極《きょうごく》の自邸にいて、こっそりとこの手紙を見て、源氏の君がそれとなく生霊の事をほのめかしている様子を、やましく思い、良心の苛責《かしゃく》から「やはりそうか」と感じて、誠にやりきれなく感じる。

「我が身は、この上なく辛いものだったのだ。生霊となって葵の上の命を奪ったというような噂が立っては、桐壺院はどう思われるだろうか。桐壺院と亡き夫である東宮とは、同腹の兄弟の中でも、大層仲が良かった。娘の斎宮の件に対しても、故東宮は心から桐壺院に願い出ていたし、桐壺院も亡き弟の身代わりとして、斎宮の世話を致します、といつもおっしゃっていた。このわたくしにも、このまま内裏で暮らしなさい、とたびたび勧めて下さった。

しかしそれでは桐壺院の寵愛を受ける事になり、とんでもない事と思って辞退したのだ。それなにこうして思いがけなくも、年甲斐《としがい》のない物思いをして、とうとう源氏の君との浮名を流してしまうとは」と思い悩み、やはりいつもの様子とは違っていた。

とはいうものの、御息所はその暮らしぶりからして、奥床しく教養深いという事で昔から名高い方だったので、斎宮が野宮《ののみや》に移る時にも、趣に富む華やかな住まいにしていた。そのため、殿上人《てんじようびと》の中でも風流を好む者は、朝夕の露を踏み分けて、野宮に通うのをその頃の仕事にしていると聞いて、源氏の君は、「それは当然の事だろう。御息所は充分なたしなみを心得られている。この後、仮に世の中に見切りをつけて、斎宮と一緒に伊勢に下られたら、きっと寂しくなる」と、さすがに憂慮《ゆうりよ》された。

法事は営み終えたものの、源氏の君は四十九日《なななぬか》の正日《しようにち》までは左大臣邸に籠っていて、その初めての寂しい生活を人は気の毒がった。かつての頭中将の三位中将《さんみのちゆうじよう》は、いつも側に参上しては、世の雑事や真面目な話、あるいはいつもの好色じみた事を話してやって、しきりに慰める中で、あの源典侍を笑い話の種にする。

源氏の君は、「それは可哀想です。あのお年寄りをそこまで馬鹿にするとは」と諫《いさ》めながらも面白がり、あの十六夜《いざよい》の月がはっきり見えなかった秋、源氏の君が初めて末摘花《すえつむはな》を訪れて、頭中将に見つかった事や、様々の好色めいた話を、御息所の件についても残らず口にして、その挙句の果てには、はかない人の世の事にも話が及んで、ついつい涙を催した。

時雨《しぐれ》が降って情趣深い日暮れ時に、三位中将が、鈍色の直衣や指貫を薄い色に衣更《ころもが》えして、誠に逞《たくま》しく清新な、見る者が気後れするような様子で参上した。源氏の君は西の妻戸の高欄に寄りかかって、霜枯れの前栽《せんざい》を眺めて物思いに耽っている最中であり、風が荒々しく吹き、時雨がさっと降りかかった折には、涙も競い合って落ちる気がして、劉禹錫《りゅううしゃく》の漢詩をひとりごちっていた。

庾令楼《ゆれいろう》の中に初めて見し時
武昌の春の柳は腰支《こしばせ》に似たり
相逢うしも相失うしも尽《ことごと》く夢の如《ごと》し
雨となり雲となりにけんとや今は知らず
鄂渚濛々《かくしょもうもう》として烟雨微《えんうひそか》なり
女郎の魂は暮雲を逐《お》うて帰る
只応《ただまさ》に長く漢陽の渡りに在《あ》るべし
化して鴛鴦《えんおう》と作《な》り一隻《いっせき》にして飛ばん

その頰杖《ほおづえ》をついた姿に、三位中将は「もしも自分が女であったなら、この人を残して亡くなったあとも、魂は必ずやこの世に留まってしまうだろう」と思いながら、色好みの心でじっと源氏の君を見つめつつ側に坐る。
源氏の君はしどけなくくつろいだ姿のまま、直衣の紐だけを締めて襟元を正している。その直衣は真夏のままの濃い紫色で、紅の艶《つや》やかな下襲を重ねて、地味な服喪の装いであるのが、却って見飽きない感じがして、三位中将も誠にしみじみとした眼差しで、時雨の空を眺めて詠歌する。

雨となりしぐるる空のうき雲を
いずれの方《かた》と分きてながめん

雨となって時雨《しぐ》れる空の浮雲の、どれを亡き妹の雲だと見分けて、眺めるべきなのか、という慨嘆で、『文選《もんぜん》』にある宋玉《そうぎょく》の漢詩、「妾《しょう》は巫山《ふざん》の陽《みなみ》、高丘《こうきゅう》の阻《そ》に在《あ》り、旦《あした》には朝雲と為《な》り、暮れには行雨と為る、朝々《ちょうちょう》暮々《ぼぼ》陽台の下《もと》にあり」を念頭に置いて、「神女《しんにょ》の行方はわかったものの、我が妹の魂の行く先はないのだろうか」と独り言のように口にしたので、源氏の君はそれに和して返歌する。

見し人の雨となりにし雲居さえ
いとど時雨にかきくらす頃

亡くなった妻が雲となり雨となった空までも、時雨が一層暗くしている今日この頃だ、という悲嘆で、その有様からも、源氏の君の葵の上に対する浅からぬ思いが伝わってくる。

三位中将は、「不思議だ。この何年もの間、さほど深くもなかった愛情を、桐壺院は気にかけておられた。父の左大臣のもてなしや、母の大宮の血筋からしても、妹との縁が切れるはずはなく、そのため見捨てられるはずはなく、それで気の進まないまま、しぶしぶ妹と暮らしている有様が、時折痛々しく見えた。しかし本当は、重要かつ大事な妻として、特別に思われていたようだ」と、今になって理解し、いよいよ口惜しく、万事につけて光が消え失せた気がして、胸塞がった。

源氏の君は、枯れた下草の中に、竜胆《りんどう》や撫子《なでしこ》の花が咲いているのを折らせて、三位中将が帰ったあとで、若君の乳母《めのと》である宰相《さいしょう》の君を使いにして、大宮に文を送り、和歌も添えた。

**草枯れのまがきに残るなでしこを**
**別れし秋のかたみとぞ見る**

下草の枯れた垣根に残る撫子の花を、過ぎ去った秋の形見と思って眺めましょう、という慰撫《いぶ》で、「撫子《なでしこ》」は若君、「秋」は葵の上を指し、「若君の美しさは、亡き人に劣ると思いますか」と付記してある。なるほど、無邪気に笑う顔は実に可愛らしく、手紙を貰った大宮は、吹く風にさえ散る木の葉よりはらはらと落ちる涙のため、文を手にする事もできずに返歌した。

**いまも見てなかなか袖を朽《く》たすかな**
**垣ほ荒れにしやまとなでしこ**

今もこうして若君を見て、却って袖を涙で濡らしています、荒れた垣根に咲く大和《やまと》撫子のような若君です、という哀歌で、『古今和歌集』の、**あな恋し今も見てしが山がつの　かきほにさける大和撫子**、を下敷にしていた。

源氏の君は、やはりひどく所在なく、朝顔の姫君ならば、そのご気性から「今日の時雨の風情の哀れさは、よくわかっているだろう」と推《お》し量られるので、もう暗い時分なれども、文を送る。手紙の途絶えが久しいのがもう普通になっているので、女房が姫君に特に気兼ねもせずに見せると、時雨の空の色の唐《から》の紙に、和歌が記されていた。

わきてこの暮こそ袖は露けけれ
もの思う秋はあまた経ぬれど

ことさら今日の夕暮れは、涙で袖が濡れています、物思う秋は幾度も経験したのですが、という哀《あい》愁《しゅう》で、「毎年、時雨は降っていましたが」と書き添えられているのも、古歌の、神無月《かんなづき》いつも時雨は降りしかど　かく袖ひつる折はなかりき、を下敷にしていて、入念な筆遣いがいつもよりは見所があるので、女房たちも「このまま見過ごしはできないでしょう」と言上する。姫君自身もそう思うので返事をしたためる事にし、「服喪中なので、とてもこちらからは文を差し上げられませんでした」と書いたあとに、返歌を添えた。

秋霧に立ちおくれぬと聞きしより
しぐるる空もいかがとぞ思う

秋霧の頃に、北の方様に先立たれたと聞いた時から、時雨の空を眺めても、胸中いかばかりだろうかと案じておりました、という弔問であり、「立ち」には葵の上の発ちと、霧が立ちを掛けていて、ほのかな墨の色で、上品かつ奥床しかった。

源氏の君は、「実際につきあって、それ以前にも増して素晴らしいと思える人は、なかなかいない世の中だ。冷やかな人こそ逆に心惹かれるもので、朝顔の姫君もそうだ。つれないけれども、しかるべき折々の風情を看過《かんか》しない。これこそが、愛情を最後まで持続させる道だろう。血筋に優れ、かつ風流さも度が過ぎて、余りに人目につくようになると、難点が生じてしまう。紫の君はそんな風には育てたくない」と思う。

「紫の君も寂しい思いをして、私を恋しがっているに違いない」と、忘れる時はないものの、ただ母親のいない子を家に残しているような心地がして、会わずにいると気がかりで、それでも妻ではないので、どう思っているのかと、心配しないですむのは、気楽であった。

すっかり日が暮れてしまったので、源氏の君は灯火《ともしび》を近くに点じさせ、しかるべき女房たちのみ、近くに呼んで話をさせる。

そのうちの中納言の君という女房は、数年来、人目を忍んで寵愛してきた召人《めしうど》ではあるものの、この服喪の間はさすがに色事には無縁であり、その態度を中納言の君は、優しい心だと尊重している。

源氏の君も通常の話し相手として、優しく声をかけ、「こうして服喪している間ずっとここにいたので、以前にも増して、そなたたちとも親しくなりました。ちょうど古歌に、**みなれ木の見なれぞなれて離れなば　恋しからんや恋しからじや**、とある通り、これから先、恋しくないという事にはなりません。妻との別れの悲しみは言うまでもなく、あれこれ考えると、堪え難い事が多過ぎます」と言う。

女房たちは一層泣いて、「あの悲しいどうしようもない出来事は、申し上げるまでもなく、今でも目の前が暗くなる心地が致します。特にあなた様の心が、なんの名残もないように、この邸を離れてしまうのは」と、全部を言上できずにいる。源氏の君は可哀想にと、みんなを見渡して、「きれいさっぱり名残がないようになど、どうしてできますか。どうもこの私を薄情者だと誤解しているようです。気の長い人さえいれば、この私がどんな人間か見届けられるでしょう。しかし、人の命は本当にはかない」と言って灯火をぼんやりと眺めている目元が、涙に濡れている様は実に美しい。

亡き葵の上が、特に可愛がっていた小さな女童《めのわらわ》で、両親もおらず、大層心細そうにしているのを、道理だと源氏の君は思って、「あなたは、もうこれから先、私を頼りにしなければなりません」と言うと、女童は激しく泣く。服喪中なので小さい衵《あこめ》を他の人よりも黒く染めていて、その上に黒い汗衫《かざみ》や、黒味を帯びた黄色の、これも服喪用の萱草《かんぞう》色の袴《はかま》を身に着けているのも可愛らしい。

源氏の君は「葵の上に仕えていた頃を忘れられない人は、遺児の若君を見捨てずに仕えて下さい。妻の生前をすっかり忘れて、あなたたちまでが離散してしまえば、私が若君を訪問する手がかりも、いよいよなくなります」と、女房たちみなに、変わらぬ心で左大臣家に仕えてほしいと言う。

しかし女房たちは、「さてどうだろうか。源氏の君の訪れは、今まで以上に間遠になるに違いない」と思うと、いよいよ心細く、他方で左大臣は、女房たちの身分に応じて差をつけながら、ちょっとした愛用の品や、本当に形見となるような遺品を、改まった形にならないように配慮して分け与えた。

源氏の君は、こんな風に呆然と過ごしてもいられないと反省して、桐壺院へ参上する気になった。牛車を出して、前駆《さき》の者が参集する頃、ちょうど時機を見計らったような時雨が降りかかり、木の葉を散らす風が慌ただしく吹き乱れる。

別れを惜しんだ女房たちは、わけもなく心細くなり、少しの間、乾く暇もあった袖がまた涙で湿っ

宮に挨拶の文を送った。

人々はこの上なく物悲しくなり、左大臣も大宮も、改めて今日の別れに悲しみを感じ、源氏の君は大
受けようと、各自出て行った。源氏の君との関わりが今日が最後の日になるはずはないものの、残る
た。源氏の君は、夜はそのまま二条院に帰って泊まる予定なので、侍所《さぶらいどころ》の家来たちもそちらで待ち

桐壺院が心配しているとおっしゃるので、本日参上致します。少しの間の外出になりますが、よくも今日まで生き長らえてきたと、思い乱れております。直接のご挨拶も却って辛くなりましょうから、そちらへは参上致しません。

手紙を読んだ大宮は、いよいよ悲しくなって、涙で目も見えず、心も沈んで返事もできなくなり、左大臣もすぐにやって来て、涙を拭う袖を放せないでいるので、見ている人々も貰い泣きする。

源氏の大将は、この世の無常を様々に思いやり、涙する様も哀れを誘い、心も深く沈んではいるものの、優美な姿は相変わらずであった。

左大臣はようやく心を鎮めたあと、「年を重ねると、ちょっとした事でも涙もろくなります。まして今は、涙の乾く暇もなく、心は乱れて落ち着けません。人の目にも、非常に取り乱し、気弱い姿に映っておりましょう。これでは桐壺院にも参上できかねます。お話のついでに、その旨をお伝え下さい。残りが少ない命の老いの果てに、我が子に取り残されたのが、辛《つろ》うございます」と言いつつ、強いて心を平静に保とうとしている姿がけなげである。

源氏の君もしきりに鼻をかんで、「後《おく》れたり先立ったりする時の定めなさは、『古今和歌六帖』に、

末の露もとの雫《しずく》や世の中の　後れ先立つためしなるらん、とある如く、人の世の常でございます。それでいて今の心の乱れは、もう喩《たと》えようがありません。桐壺院にも、この有様を奏上致しますゆえ、院におかれてもおわかり下さるはずです」と言上する。

左大臣も、「それでは時雨も止みそうもないので、日の暮れないうちに」と、退出を促《うなが》した。

源氏の君が辺りを見回すと、几帳の後ろや襖《ふすま》障子《しょうじ》の向こうなどの開け放されている所に、女房が三十人ほど、ひとかたまりになり、鈍色の濃い薄いのとりどりの喪服を着て、みんなひどく心細そうに、袖を涙で濡らしながら集まって坐っている。

左大臣は、「あなたがお見捨てにならないはずの若君も、こちらに残っております。いくら何でも、何かのついでには、こちらにお立ち寄り下さるものと信じて、心を慰めております。しかし、思慮の浅い女房などは、もはや今日限りで、この古巣を見捨ててしまわれるのだと思い、ひたすら沈み込んでいます。故人との永久《とわ》の別れの悲しみよりも、今まで時折馴染《なじ》みつつ仕えて来た年月の尊さが、ここで途切れてしまうのを、より嘆いておるようです。

それも無理からぬ事です。あなたは我が家に、ゆっくりと打ち解けて下さる事はございませんでした。でもいつかは、馴れ親しんで下さるものと、あてにもならない事を心待ちにしておりました。それも空しくなった今、誠に心細い夕べでございます」と言って、また泣く。

源氏の君は、「それは、いかにも浅慮《せんりょ》な女房たちの嘆きです。今はこうでも、本当にいつかは事情が変わるものと思い、のんびり過ごしていた間は、自然に足が遠のいていた時分もありました。しかし今は逆に、どうした理由で、ここへの来訪を怠《なま》けたりするでしょうか。そのうち必ずやご理解いただけるものと存じます」と、言い置いて出ていくのを、左大臣は見送り、源氏の君と葵の上がいた部屋に戻ると、室内の調度や装飾以下、何ひとつ昔と変わっていないものの、蟬《せみ》の抜け殻のような空しい心地になる。
御帳台の前には、硯《すずり》などが置きっ放しになっていて、書き捨てられた反故《ほご》が落ちていたのを、左大臣が取り上げて、涙を押し絞って眺めているのを、若い女房たちには、悲しい中にもおかしがる者もきっといるはずだ。源氏の君が趣深い古い詩歌の数々を、漢字を草書《そうしょ》にも楷書《かいしょ》にも、様々な書体で書き散らしているのを、左大臣は「見事な筆遣いだ」と感嘆して、空を仰いで眺める。
今後は源氏の君が婿として通わなくなるのが残念なのか、反故の中に、「旧《ふる》き枕故《ふる》き衾《ふすま》、だれともにか」と書かれているのは、白楽天《はくらくてん》の「長恨歌《ちょうごんか》」の一節、「鴛鴦《えんおう》の瓦は冷やかにして霜華《そうか》重《おも》く。翡《ひ》翠《すい》の衾《しとね》は寒くして誰とか共にせん」からであり、脇に歌が書きつけられていた。

なき玉ぞいとどかなしき寝し床《とこ》の
あくがれがたき心ならいに

今も亡き人の魂が、さぞやこの床から離れ難く思っているはずで、そう考えると益々悲しく、共寝をした床から離れ難いのが、二人の心の習慣だった、という回想であり、またもうひとつ、やはり「長恨歌」の一句をもじって「霜の花白し」と書いた横にも、歌が書かれていた。

君なくて塵《ちり》積もりぬるとこなつの
露うち払い幾夜寝ぬらん

あなたが亡くなって塵が積もっている床に、涙の露を払いのけ、一体幾夜の独り寝を過ごしたのだろう、という悲嘆で、「常《とこ》」と床が掛けられ、「露」にも常夏《とこなつ》の露と涙の露が掛けられ、『古今和歌集』の、**塵をだに据えじとぞ思う咲きしより妹《いも》とわが寝《ぬ》るとこなつの花**、を下敷にしている。先日、大宮への歌に添えて贈った常夏の撫子だろうか、もはや枯れて反故の中に交じっていた。

左大臣は源氏の君の筆跡を大宮に見せて、「言ったところで甲斐はありません。このように子に先立たれる悲しい例は、世間にないわけでもありません。そう思って無理に諦める一方で、親子の縁が長くなく、こうして親の心を苦しませるように、前世から決まっていたのだと考える事にしています。しかしそれは死別よりも、却って恨めしい因縁《いんねん》だと思いつつ、悲しみを鎮《しず》めています。

それでもこうして日が経つにつれて、悲しさは耐え難くなり、その上、源氏の大将が、今は限りと、赤の他人になってしまわれるのが、残念で実に悲しく思われます。一日二日も訪問されず、途絶えがちだったのを、不満で胸の病む思いをしておりましたが、今後、朝夕の光のようなあなたを失ってしまえば、どうやってこの世で生き長らえましょうか」と、声も押し殺さずに泣く。

大宮の御前《おまえ》に仕える女房たちも、大変悲しく、一斉に泣き出してしまう有様も、無性《むしょう》に寒々とした夕べの景色だった。

若い女房たちは、あちこちに集まり、自分たち同士で、しみじみとした心打つ話をし合って、「左大臣がおっしゃっていたように、若君の世話をするのが、心の慰みになるのかもしれません。しかし本当に張り合いのない、まだ幼い形見の若君です」と言う者もいれば、「ちょっと里に下がって、また参上しましょう」と言う者もいて、互いに別れを惜しみながら、それぞれが胸の思いをかみしめた。

　源氏の君が桐壺院に参上すると、院は心の内で「ひどく面痩せてしまっている。長い間、服喪の勤行に精進《しょうじん》していたからだろうか」と気の毒がって、御前で食事をさせたり、あれこれと世話をしてやる様子は、しみじみと勿体《もったい》ない限りである。

　源氏の君が藤壺宮の部屋に参上すると、女房たちは珍しがって姿を見せ、藤壺宮も王命婦《おうみょうぶ》を通じて、「わたくしまでも、悲しい思いをしております。あなた様も時が経つにつれて、どんなにか辛い思いをされておりましょう」と伝言させた。

　源氏の君は「この世の無常は、頭ではわかっておりましたが、目の前であの方の死を見たために、厭わしい事が多く、種々に思い乱れております。そんな中、たびたび下さったお便りには、心を慰められ、今日まで何とか持ちこたえております」と言う。

　そんな折でさえも、もともともっている憂愁《ゆうしゅう》の性質に加えて、葵の上の死が加わって、いかにも痛々しい様子であり、表着《うわぎ》に無紋の袍《ほう》、鈍色の下襲で、冠の後ろに付ける纓《えい》を巻いている喪服姿は、華やかな装束姿より優雅であり、幼い東宮の許にも久しく伺っていない懸念を藤壺宮に言上して、夜が更けてから院の御所を退出した。

　二条院では、隅々まで掃き清めて、男も女もみんな源氏の君の帰着を待っていて、まずは上﨟《じょうろう》の女房たちがすべて参上して、我も我もと着飾って化粧をしているのを目にして、あの左大臣邸では居並ぶ女房たちが沈み込んでいたのを思い起こして、しみじみとした心地がするまま、装束を着替えて、紫の君のいる西の対《たい》に赴く。

冬用に替えられた部屋の飾りや調度が鮮やかで、美しい若い女房や童女も、身なりや姿をきれいに整えており、これは少納言の乳母の采配《さいはい》が万全である印なので、その心遣いが嬉しかった。

紫の君は大変可愛らしく身づくろいしていて、源氏の君が、「久しく会わないうちに、実に大人らしくなりました」と言って、短い三尺の几帳を引き上げて見ると、横を向いて恥ずかしがっている紫の君の様子は、全く欠点がなく、灯火に照らされる横顔や髪の有様などが、あの心の底から思慕《しぼ》している藤壺宮に瓜二つになっているようで、非常に嬉しい。

近く寄って、紫の君に会わないで気がかりだった間の種々の話をしてやる。「留守の間中の話をゆっくり話して聞かせたいのですが、今は服喪から戻ったばかりなので、縁起も悪いでしょう。しばらく東の対で休んでから、またここに参上します。今後はもう、途絶える事なく、ずっとあなたと会うつもりです。私に飽きて、うるさくて嫌だと思うようになるかもしれませんね」と言って聞かせる。

少納言の乳母は嬉しい言葉だと思うものの、やはりまた紫の君が見捨てられるのでは、と心配している。というのも、源氏の君には、忍んで通う身分の高い方が多くいて、再び面倒な女君《おんなぎみ》が現れて、亡くなった方の代わりになるのではないかと思うのも、少納言の乳母として小憎らしい気の回し方だった。

源氏の君は自分の部屋に戻って、中将の君という女房に、慰みに足を揉《も》ませて休み、翌朝には、若君のいる左大臣邸に手紙を送ると、左大臣家からは、しみじみと哀れな返書が届き、読むのも悲しさが募った。

手持ち無沙汰のまま、物思いに沈みがちであっても、これといった目的のない出歩きも億劫であり、外出したくもない。紫の君が万事につけ望み通りに成長し、ひたすら立派に見えるので、これなら夫婦の契りを結んでも、不似合な年嵩《としかさ》ではなかろうと思って、対面するたび、それとなく結婚をほのめかしつつ、機会を捉えて意向を伺おうとしたものの、紫の君は全く何の事かわからない様子だった。

所在のないまま、西の対に渡って、碁《ご》を打ったり、偏《へん》を示して旁《つくり》を当てたり、逆に旁を示して偏を当てる偏つぎの遊びなどをして、一日を過ごしているうち、紫の君は、気性が利発で愛敬《あいきょう》も備わり、ちょっとした遊びの中にも可愛らしい妙手を披露《ひろう》する。結婚を考えていなかった間は、ただ可愛さのみだったのが、今となってはもはや我慢ができない。何も知らない紫の君には不憫であるものの、どういう成行きがあったのか、もともと二人は同じ御帳台に同衾《どうきん》していたので、いつからそういう男女の関係になったのか、傍目《はため》には見分けがつかないまま、源氏の君は早く起きて、紫の上が一向に起きない朝があった。

女房たちは、「一体どういう理由で、こんなに遅くまで休まれるのでしょうか。いつもと違って気分が悪いのかも」と嘆いていると、硯を御帳台の内側に入れて、源氏の君は東の対の自室に戻ってしまった。

紫の上は、女房たちがいなくなった隙に、やっと頭をもたげると、枕許に、引き結んだ文があるので、何気なく開けると、源氏の君の新婚の翌朝に出す後朝《きぬぎぬ》の文で、和歌が添えられていた。

あやなくも隔てけるかな夜を重ね
　さすがに馴れし夜の衣を

わけもなく契りを結ばずに、夜の衣を隔てていました、これまで共に寝る夜を幾夜も重ねて、馴れ親しんだ仲なのに、という愛の確かめであった。筆に任せての書き流しのようで、紫の上としては源氏の君に、こんな下心があろうとは思いも寄らなかったので、「どうしてこんな好色な人を、今まで頼りになる方と思っていたのだろう」と、驚きあきれるばかりだった。

源氏の君は、西の対に昼頃やって来て、「気分でも悪いのでしょうか。どんな心地なのですか。今日は碁も打たずにいて、どこか寂しい感じがします」と言って、御帳台の中を覗く。

紫の上は一層衣を引きかぶって寝ており、女房たちは引き下がっていたので、紫の上の側に寄って、「どうしてこんなにそっけなくするのですか。思いの外に、ひねくれているのですね。みんなが変に思いますよ」と源氏の君は言って、夜具を引きのけると、紫の上は汗びっしょりになっていて、額も髪も涙でひどく濡れていた。

「これは大変。涙を流すなどとは不吉極まります」と言って、様々に機嫌を取ろうとするものの、紫の上は本当に辛いと思っていて、ひと言も口をきかない。

「そうですか、もう決して会いません。何とも不愉快です」と源氏の君は恨みつつ、硯箱を開けてみるが、返歌ひとつ入っていないので、「うぶな人だ」と可哀想になり、一日中御帳台の中にはいりっ放しで、慰めてみるものの、容易に不機嫌が解け難いのも、余計に可愛さが増した。

その夜はちょうど十月初亥《い》の日で、邸の者が亥の子の餅《もち》を提供した。無病息災と子孫繁栄を祈り、多産の猪の子形に作られているが、やはり喪中でもあるので、大袈裟ではなく、紫の上の許だけに、美しい飾り付けの檜破籠《ひわりご》に入れ、種々の趣向を凝《こ》らして差し出した。

それを見た源氏の君は南表に出て来て、惟光を呼び、「この餅を、ここまで大仰に多くしないで、明日の夕暮れに、紫の上に差し上げなさい。今日は縁起の悪い亥の日だから、日柄が悪いです」と微笑しながら言う様子に、察しの良い惟光は、なるほどそうだったのかと、新手枕《にいたまくら》に気がつく。さりげなさを装って「確かに、例の愛敬始めの餅は、良い日を選んで召し上がるべきです。明日は子《ね》の日で、子《ね》の子の餅はいくつ用意したらよろしいでしょうか」と、生真面目に言上する。

「その三分の一でいいです」と源氏の君が答え、惟光が万事を心得て座を立った様子に、「実に物馴れている」と感心した。惟光は誰にも言わず、自ら精を出す程の熱心さで、自分の家で餅を作った。

源氏の君は、紫の上の機嫌を取りかねていて、今初めてどこからか盗んで連れて来た人のような気がして、実に面白いと思いつつ、「長年ずっと、心の底から可愛いと思ってきた度合も、今の心地に比べると天と地の差だ。人の心というものは不思議で、今では紫の上と一夜でも別れると、たまらなく辛いだろう」と感じずにはいられない。

惟光は夜がすっかり更けるのを待って、源氏の君が命じた餅を持って参上し、少納言の乳母は年輩者なので、紫の上が恥ずかしがるのではないかと気を回して、その娘の弁《べん》を呼び出し、「これをこっそり紫の上に献上して下さい」と言いつつ、餅を入れた香壺《こうご》の箱をひとつ、弁に手渡す。そして、「これは間違いなく枕元に差し上げるべき祝儀《しゅうぎ》の品です。決してあだ（疎略《そりゃく》）にしてはなりません」と言うので、弁は惟光の言葉を曲解して、「あだなどという浮気めいた事は、まだ経験しておりません」と言って受け取った。

それを聞いた惟光は、「いえ、今の好色めいた言葉がよろしくないのです。紫の上の御前で、そんな言葉は口にしないとは思いますが」と注意を促す。

弁は若い女房なので、事情をきちんとわからないまま、香壺の箱を持って行って、紫の上の枕元の几帳から差し入れ、源氏の君はいつものように、三日夜《みかよ》の餅《もちい》のしきたりを紫の上に教えてやった。

女房たちは、こうした事情を知らないままであり、翌朝この香壺の箱が下げられていたので、紫の上に身近に仕える女房だけは、二人の結婚に関して、思い当たる事がいくつもあるのを理解した。祝いの餅をのせる皿も、いつの間に用意されたのか、足を花の形に彫った花足《けそく》の台も実に美しく、餅も特別に心を込めてきれいに作られていた。

少納言の乳母は、まさかここまで、三日夜の餅の儀を正式にしてもらえるとは思っていなかっただけに、こうした源氏の君の配慮が、しみじみとありがたく、行き届かぬ事のない源氏の君の心遣いに、誰よりも先に泣いてしまったが、女房たちは、「それは源氏の君のやり様《よう》は確かに嬉しい。しかしここは内々に、わたしたちに下命《かめい》して下さればよかった。あの惟光殿も差し出がましい事をなさる」と、ひそひそ言い合った。

こうした契りのあとは、源氏の君も内裏や桐壺院にちょっとの間、参上している時でさえも、気が落ち着かず、紫の上の面影が頭にちらついて恋しく、妙な心だと我ながら思う。

これまで通っていた方々の女君からは、忘れられないための恨めしげな便りが届き、その中には気の毒だと感じる方もあるとはいえ、源氏の君は新手枕の相手がひたすら気にかかって、「一夜なりとも逢わずにいられないのは、『万葉集』にある、**若草の新手枕を枕《ま》きそめて　夜をや隔てん憎くあらなくに**、と同じだと、つい思われる。

他の女君への忍び歩きは全く億劫になり、そこはもう気分が優れない風を装って、「世の中がとても辛いと思う時期を過ごしております。これが終わってから、会いに参上します」とのみ、いつもの返事をして日を過ごした。

弘徽殿皇太后は、妹の朧月夜が帝に近侍する御匣殿《みくしげどの》に任命されたあとも、まだ源氏の大将のみに心を寄せているのを、「なるほど、それもよかろう。あそこまで重々しかった本妻も亡くなられたので、仮に源氏の大将と我が娘が懇《ねんご》ろになれば正妻になるやもしれず、どうして残念な事があろうか」と、父の右大臣が言うのを、何とも憎らしいと思う。「御匣殿として宮仕えを立派に勤め上げれば、見劣りする事もなかろう」と考えて、朧月夜の入内を胸の内で熱望していた。

当の源氏の君も朧月夜を並の人だとは思っていなかっただけに、宮中に出仕するのは残念ではあるものの、当座は紫の上以外の女君に心を寄せるつもりなどない。「どうして他の女に迷う事などあろうか。人生は短い。このまま我が心は紫の上に寄せてしまおう。女の恨みを受けてはならない」と思い、他の女君に心を移す事は、危険であり、また懲り懲りした気分になっていた。

例の御息所は、気の毒ではあるものの、一生頼りにする正妻となれば、必ずや自分が気兼ねしなければなるまい、この数年来同様に、通い所として大目に見てもらえるならば、しかるべき折々に便りをし合う相手としてはふさわしい、と思いつつ、御息所を捨てる気はなかった。

二条院にいるこの紫の上を、「今まで世間には、どういう素姓《すじよう》の人かも知らせていない。これではどう見ても見劣りがする。父君である兵部卿宮には知らせておくべきだろう」と考え、裳着《もぎ》の儀式を、人には広く知らせはしなくても、並々ならぬ様子で準備するのは、さすがに類のない配慮だった。

当の紫の上はすっかり源氏の君を嫌いになり、「これまで長年ずっと頼りにしていたのに、とんだ心得違いだった」と、ひとえに口惜しく、源氏の君が冗談を言っても、辛くて迷惑な事だと思って塞《ふさ》ぎ込む。これまでの様子とは打って変わっているのを、源氏の君は面白がる反面、可哀想にも思い、「長年、あなたを大切にしてきた私の本心をわかってもらえず、『万葉集』に、**み狩《かり》する雁羽《かりは》の小野の櫟柴《ならしば》の　なれは益《ま》さらず恋こそ益され**、とあるように、馴れて下さらない心が、何とも恨めしいです」と、不平を言っているうちに、年も改まった。

元日は、例によって源氏の君は桐壺院にまず参上したあとに、内裏や東宮も訪れて、その後、左大臣邸を訪れた。左大臣は新しい年だというのに、大宮を相手に昔話の数々を話しながら、寂しくも悲しいと思っているところへ、源氏の君の訪問があったので、涙をこらえようとしても堪え難い様子であった。源氏の君は、ひとつ年が加わって二十三歳になったせいか、重々しい感じが加わり、以前よりも美しく見える。

左大臣の部屋を出て、亡き葵の上の部屋にはいると、女房たちも久しぶりの対面で涙を抑えきれない。源氏の君が若君を見ると、すっかり成長してよく笑うので、しみじみと愛らしく感じる一方で、目元や口元が、まるで東宮そっくりなので、人が疑うと困ると、懸念もされた。部屋そのものは、調度や飾りも以前と変わらず、衣桁《いこう》にかけてある婿用の衣装は例年通りなのに、亡き妻の装束が並んでいないのが、何ともやるせなかった。

大宮からの言付けがあって、「今日は元日なので、涙を懸命にこらえておりますけれど、こうしてお越しいただいて、ますます涙に暮れます」と言ったあと、「以前同様に用意したあなた様の衣装も、この幾月かはいよいよ涙にかすみ、目が塞がってよく見えません。これまでは亡き娘が選んでいたのに、今年は老いの目での見立てなので、見栄《みば》えがよくないのではと、懸念されます。しかし今日だけはやはり、この冴《さ》えない衣に着替えて下さい」と言って、大層心を込めて作った数々の衣を、衣桁の物にさらに重ねて、差し上げる。

是非とも今日は、源氏の君に着ていただこうと大宮が思った下襲《したがさね》は、色も織りも尋常ではない特別製なので、大宮の厚意を台無しにしてはよくないと思って、源氏の君が着替えていると、「もしここに私が訪ねて来ていなかったら、大宮は残念だったろう」と思われて、いたわしさが増す。

返事には「古歌に、新しき明くる今年を百年《ももとせ》の　春や来ぬると鶯《うぐいす》ぞ鳴く、とあるように、私にも春が来た旨を、あなた様に真っ先に見ていただこうと考えて、参上致しました。とはいえ、ついつい思い起こされる事ばかり多く、言葉では充分言い尽くせません」として、和歌を添えた。

あまた年今日あらためし色ごろも
　きては涙ぞふる心地する

長い間、毎年ここで着替えた美しい色の衣を、今日ここに来て、着てみて、涙が降るほどにこぼれ落ち、新しい年なのに昔を思い出します、という感傷で、「来《き》て」に着て、「古《ふ》る」に降るが掛けられ、「とても心を鎮める事ができません」と書き加えると、大宮からの返歌があった。

新しき年ともいわずふるものは
　ふりぬる人の涙なりけり

新しい年にもかかわらず、降るものは、年古《ふ》りてしまった、わたしの涙だったのです、という哀《あい》傷《しょう》で、「降《ふ》る」に古るが掛けてあり、やはり、どの方にとっても通り一遍《いっぺん》の悲しみではなかった。

◇　◇

身重《みおも》な体をいたわりながら、やっとの思いで「葵」の帖を書き終える。興が赴くままに筆を走らせ、図らずもこの帖で、光源氏にとって重々しい二人の女が身近から消えてしまった。ひとりは、光源氏がまだ若い時から、密かに通っていた六条御息所だ。大臣の娘ではあっても前東宮妃で、夫の死後は桐壺帝への入内も予定されていた程の身分の高さである。

もうひとりは言うまでもなく、左大臣を父として、桐壺帝の妹である大宮を母とする葵の上だ。年上の正妻なので、光源氏にとっては御息所同様に、身軽に振舞うには足枷《あしかせ》になる。

この足枷は、今となって思えば、物語の足枷でもあった。光源氏が盗むようにして連れて来た紫の上が、このままでは一生を日陰者として終えなければならない。それでは光源氏の動きも鈍ってしまう。

結局のところ、御息所の生霊《いきりょう》によって、葵の上は産後の肥立《ひだ》ちが悪くて絶命する。一方の御息所も世間の噂に耐えられず、娘の伊勢下向に従って、京を出てしまう。いわばこれは、二人が相討ちで、表舞台から姿を消したのだ。人々の悲しみをよそに、作者としてはどこか暗雲が晴れたような気がしている。

話は少し遡《さかのぼ》るが、はるばると西国《さいごく》から宣孝《のぶたか》殿の手紙が届いた。

宇佐の鄙《ひな》ぶりと不便さを細々《こまごま》と書きつけ、どうしてこんな場所に宇佐使という奉幣使《ほうへいし》を事ある毎に送らねばならないのかと、不満たらたらだった。こんなぼやきが帝の耳にでもはいれば、それこそもっと遠い島に配流《はいる》されるに違いなかった。

文末には、決して上手とは言えない和歌が添えられている。

宇佐づかいこの世のうさをしりながら
　あい見る春を思いやるかな

「宇佐」と憂さを掛け、「知《し》り」と尻を掛けて、この役目が早く終わることを念じた歌だろう。

さらに手紙の末尾に「いつならん」と書いているのは、我が子の出産がいつなのか知りたいのだ。しかし、その下の余白に、腹のつき出た身重の女が文机《ふづくえ》に向かう姿が描かれているのには、あきれるのを通り越して、笑いそうになる。いかにも宣孝殿らしい戯絵《ざれえ》だった。

返事を出さないわけにはいかず、そっけなく歌のみを書き送る。

世にあればうさこそまされ身の重さ
　かこちがちなる踏みなれぬみち

下敷は、『古今和歌集』の、世にふれば憂さこそまされみ吉野の　岩のかけ道ふみならしてん、だった。そこに、宇佐も捨てたものではないという意味をこめていた。手紙の末尾に、「やよいなるべし」と書き加え、三月が出産だと知らせた。

書き上げた「葵」の帖の草稿を祖母君の部屋に持って行く。その日一日、祖母君がいつものように読むのを、惟通《これみち》と定暹《さだのり》が代わる代わる簀子《すのこ》に出て来て、聞き耳を立てた。

翌日の昼過ぎ、祖母君が草稿を大事そうに抱えて姿を見せた。もう「葵」の帖は筆写し終わり、今は妹が書写していると言う。

「面白かったし、悲しかった。情愛が真に通わないまま、子が生まれ、母君の産後の肥立ちが悪くて亡くなるなど、涙なしには読めない帖だったよ」

祖母君がしみじみと言う。「そしてこの赤子の将来も、思いやられる。これで左大臣殿が亡くなるとしたら、もはや一家の凋落《ちょうらく》は明らかだからね。代わりに勢いを増すのは、帝の母君を出した右大臣家だろうよ」

「そのような気がします」

「そして香子《かおるこ》、もうひとつ気になるのは、源氏の君のこれからだよ。どこか不吉なものを感じてしまう」

「やはり、そうですか」

祖母君の指摘は図星に近かった。書き写しながら、紙背《しはい》に感じるところがあったのだろう。

「源氏の君の世に並びない美質は、確かにわかる。ところがそこに、どうしても危《あや》うさを感じてしまう。源氏の君を最も嫌っているのは、帝の母である弘徽殿皇太后だろう。自分をさしおいて中宮になった藤壺宮を、宿敵だと思っている。そして今は、藤壺宮の子が東宮だ。現帝を早々と廃して、東宮を帝にしたがっていると、皇太后は帝に讒言《ざんげん》することもできるからね。今後が思いやられる」

確かに祖母君の言う通りで、いずれ光源氏が苦境に落とされる気配は感じる。それがどういう展開になるかは、この先、形を成してゆくはずだった。

「浄書《じょうしょ》したものは、さらにもう一部書き写して、越前に送るからね。為時殿《ためとき》も母君も読むのを楽しみにしているようだよ」

祖母君がにっこり笑った。

# 第十八章　出　産

宣孝《のぶたか》殿の帰京は二月中旬で、内裏《だいり》に出仕《しゅっし》した数日後、堤第《つつみだい》を訪れた。祖母君や弟二人、妹への土産《みやげ》を忘れていないのは、相変わらずの如才《じょさい》なさだった。

「そなたへの土産はない。この私が土産だ」

笑ったあと、小さな布袋を差し出す。中には勾玉《まがたま》が入っていた。色からして翡翠《ひすい》に違いない。

「古代の出土物《しゅつどぶつ》だよ。どうやら大昔は、こういう物を細工して、安産を願ったらしい」

どうやって手に入れたのか。おそらく宇佐使《うさづかい》の地位を利用したのに違いない。こうした役得は当然あっただろうし、その心遣いはありがたかった。

共寝しながら、腹に耳を当てて飽かずにいるのも、宣孝殿の天真爛漫《てんしんらんまん》さだった。

三月にはいると、立振舞《たちふるま》いが大儀《たいぎ》になった。出産を控えて、祖母君と妹、下女《げじょ》たちは準備に大童《おおわらわ》だった。

産気《さんけ》づいたのは三月十五日の朝で、すぐさま用意された部屋に入り、天井《てんじょう》から吊り下げられた太《ふと》綱《づな》に摑《つか》まった。脇にいるのは祖母君で、この励ましがどんなに心強かったことか。妹は蒼《あお》い顔をして、下女たちの後ろから見守るのみだ。

ああ、こんなにも産みの苦しみが酷《こく》なものかと思ううち、書きつけた葵《あおい》の上の苦しみがわかった。あれは物の怪《け》だけの仕業《しわざ》ではなく、出産そのものの難業でもあったのだ。

物の怪などこの提第にいるはずもなく、何くそと息《いき》んだとき、ふっと力が抜け、赤子《あかご》の声がした。

「香子《かおるこ》、でかしたよ。元気な女の子だよ」

祖母君の声を聞き、涙が出た。できることなら男の子より、女の子のほうが欲しかったのだ。男は何かと育てるのに苦労が多い。女であれば、自分の歩いた道を辿《たど》らせばいいからだ。

後産《あとざん》の始末も祖母君がしてくれ、顔の汗を拭《ぬぐ》ってくれたのが妹だった。

「お姉様、おめでとうございます」

さっきの蒼い顔とは打って変わった、半泣きの顔で言ってくれた。

無事の出産は、その日の夜に、使いが走り、宣孝殿に知らされた。翌日、産着《うぶぎ》や襁褓《むつき》などが山のように贈られて来た。唐紙《からかみ》に大きな字で「賢子《かたこ》」と書かれ、下の方に「そなたの子なれば」と小さく記されているのも、宣孝殿らしい。

一日二回、赤子に湯浴《ゆあ》みさせる儀式も、七日間、祖母君が采配《さいはい》して続けられた。

そしていよいよお七夜《しちや》の産養《うぶやしない》の夜、宣孝殿が来て、祝宴が開かれた。惜しくも二年前に亡くなった伯父《おじ》の為頼《ためより》殿の長子、伊祐《これすけ》殿も出席してくれて、久方ぶりに提第が賑《にぎ》やかになった。こうした宴席には場慣れしている宣孝殿が、あたかも以前からの知己《ちき》のように伊祐殿と語り合う光景は、見ていて微笑《ほほえ》ましかった。

ここに父君の次兄である為長《ためなが》殿がいればと惜しまれた。為長殿と宣孝殿とは若い頃行き来があったようで、しばしその話が出た。為長殿の最後の任務は陸奥守《みちのくのかみ》で、無念にもそこで没してから二十年以上にはなる。

「陸奥という国は、受領《ずりょう》にとって旨《うま》みのある地のようです」

宣孝殿が遠回しに言うと、伊祐殿が応じた。

「亡き叔父《おじ》は、そこで相当な蓄財をしたようで、妻子は今以《もっ》て安らかな暮らしをしております」

「それに比べると私などは筑前《ちくぜん》でした」

宣孝殿が不満げに言う。「筑前守で、大宰少弐《だざいのしょうに》を兼ねておりました。その上に大宰大弐《だいに》がいますので、何もできません」

「しかし、大宰府といえば、かの道真《みちなが》公が流謫《るたく》された由緒《ゆいしょ》ある土地ではないですか」

「いくら由緒があっても、蓄財とは無縁です」

宣孝殿が言って、一座が大笑いになる。任地での様子に興味を持ったらしく、惟通《これみち》と定暹《さだのり》が二人からいろいろ聞き出す。

「宇佐使も、仕事は儀式ばかりで、財とは無関係でした。亡くなった為頼殿が赴任《ふにん》されたのは確か」

「はい、八年前に摂津《せっつ》守に任官し、五年ばかりいました」

「**わくらばに問う人あらば須磨《すま》の浦に　もしおたれつつわぶとこたえよ**、の国ですな」

宣孝殿が『古今和歌集』にある在原行平《ありわらのゆきひら》の歌を引いて問う。

「あの須磨は、都からすると、ひどく遠い所に思えますが、一日半で行けます。すべて船ですから、難渋《なんじゅう》はしません。山崎津《やまざきのつ》から淀川《よどがわ》を下って、半日で難波《なにわ》の河尻《かわじり》に着きます。そこから船を換えて、海岸沿いに進み、輪田泊《わだのとまり》までは小一日《こいちにち》、またそこで小舟に乗り換え、一刻《いっとき》ばかり西に行けば、須磨です」

聞いていて、あの有名な行平が隠れ住んだ地が、意外と近いのに驚く。これもすべて船旅のゆえに違いない。

「ほのぼのとあかしの浦の朝霧に　島がくれゆく舟をしぞ思う、の明石《あかし》も近いのでしょう」

伊祐殿に訊《き》いてみる。「あかし」は明石と明しを掛けていた。

「その歌にある明石は、播磨国《はりまのくに》です。隣国とはいえ、須磨とは目と鼻の先です。いつか行くべきですよ、宣孝殿と」

言われて宣孝殿は、「そうですな」と答えて言葉を濁した。そんな時が来るなど、ありえない気がした。とはいえ、須磨と明石については、伯父の為頼殿から何度か聞かされ、興味を持った。何といっても、行平の歌の舞台なのだ。

そして最後の九日目の産養がすんだあと、驚いたことに、かつて出仕した具平親王《ともひらしんのう》から祝儀《しゅうぎ》が届いた。「香子の子を祝す」と題した、七言絶句《しちごんぜっく》までが添えられており、読んでいるうちに涙が出た。

季移色褪前庭桜
聞慶事思往時鶯
行遇残華感変幻
独考賢女晩春情

季移り色褪《いろあ》せる前庭の桜
慶事聞きて往時の鶯《うぐいす》を思う
行く残華に遇《あ》い変幻を感ず
独り考う賢女晩春の情

涙の奥に、具平親王の温顔《おんがん》と、その北の方の延子《のぶこ》様の毅然《きぜん》としたお姿が思い出された。北の方はそれでいて謙虚《けんきょ》であり、年下の受領の娘から何かを学ぼうとされていたのだ。

さらに、どこまでもお優しい、具平親王の母君で、村上《むらかみ》天皇の妃《きさき》である荘子女王《そうしじょおう》がおられた。一緒に仕《つか》えていた琵琶《びわ》の上手《じょうず》な掌侍丞《ないしのじょう》の君や、琴が得意な少将の君もいた。年齢からして二人とも里に帰っているに違いない。染色と縫物に長《た》けていた六位の君は、まだ出仕の身だろうか。それともどこかに縁づいているだろうか。

考えてみるとあれは二十歳《はたち》になる前のことで、今となっては懐しさのみが募《つの》る。あの千種殿《ちぐさどの》の日々がなければ、書き綴《つづ》っている物語も書きようがなかった。

すぐさまお礼の返事をしたため、その中に、目下《もっか》物語を書き進めている旨《むね》を書きつけた。

**身をうしと思うこの身にあらたなる**
**いのち加わり生きる世としる**

『古今和歌集』の、**身をうしと思うに消えぬ物なれば　かくても経ぬる世にこそ有りけれ**、を下敷にしていた。

返歌を贈ったあとに、あの頃の具平親王の厚情《こうじょう》に対して、わずかでも恩返しをするなら、今書き進めている物語を進呈《しんてい》するしかないと思いつく。うら若い娘が出しゃばったことをするのにも目をつぶり、父君に向かって「そなたはとてつもない才女を持ったのう」と、事ある毎《ごと》におっしゃったのは具平親王だった。

人は褒《ほ》められると、本当にそうかと思い、猪でも木に登ってしまうという。それが自分だった。猪が木に登って書いているのが、この物語なのだ。

幸い乳母《めのと》を頼む必要もないほどに、乳の出はよく、賢子に乳を含ませたあとは、少しばかり文机《ふづくえ》にも向かえた。赤子の面倒をよく見てくれたのは祖母君と妹だった。この頃の祖母君は二、三年前の体の不如意《ふにょい》が嘘《うそ》のように、元気さを取り戻していた。

この年の夏は、殊《こと》の外《ほか》厳しく、五月の長雨が終わったとたん、うだるような暑さになった。開け放った格子《こうし》から吹き込む一陣の風には、身も心も救われる感じがした。

無心に乳を飲む賢子も首が据わり、暑さにもめげず、小さな手足を動かし、時折、笑顔を見せてくれる。そんなとき、どことなく宣孝殿の風貌《ふうぼう》に似ていると思った。このまま大人びていくにつれ、宣孝殿にそっくりになったらどうなるのか、想像しただけでおかしくなる。

とはいえ、宣孝殿は決して醜男《ぶおとこ》ではなく、愛敬《あいきょう》のある顔だった。ところが賢子がすやすやと眠っている顔は、祖母君や妹によると母親そっくりだという。笑うと父親、眠ると母親似というのも妙な話で、なお、おかしくなる。目を醒《さ》ましてじっとしているときの顔が、両親が入りまじった表情になるのだろう。

そんな賢子がどこまでも可愛《かわい》いらしく、宣孝殿は、早くも日の暮れかけに訪れて、我が子をあやし、翌朝は寝姿を確かめてから帰って行く。十日に一度くらいの通いは、宣孝殿にしては足繁《あししげ》くの来訪であり、これも賢子のお蔭かもしれなかった。ともかく五十歳にもうすぐ手が届こうという宣孝殿にしてみれば、最後の子であるのは間違いなかった。

折々の寝物語に、宣孝殿は内裏《だいり》の様変わりを話してくれた。四か月ほど前、帝《みかど》に入内《じゅだい》していた道長《みちなが》様の娘、彰子《あきこ》様は晴れて中宮《ちゅうぐう》になられたという。そして昨年十一月、帝の第一皇子《おうじ》である敦康《あつやす》親王を産まれた定子《さだこ》様は、皇后の地位に就《つ》かれたらしい。

「女御《にょうご》に過ぎなかったわが子の彰子様を、なるべく早く正妃《せいひ》である中宮に昇らせるというのは、初めから道長様の悲願だった。それがようやく成就《じょうじゅ》したことになる。これには、帝の母で道長様の姉でもある詮子皇太后《あきここうたいごう》の働きかけもあったようだ」

宣孝殿が重ねて言う。「そのため、今まで中宮だった定子様は皇后宮になられた。しかも、出家落飾《らくしょく》した身で皇子を産んだと、陰口を言う者は後を絶たない」

「ともあれ、その第一皇子が、ゆくゆくは東宮《とうぐう》になられますね」

「それはそうだ。帝としては待ちに待った皇子誕生だ。しかし、敦康親王が東宮になったとしても、そのまま将来の帝になられるかはわからない。道長様としては、彰子様になるべく早く皇子を産んでもらいたいところだろう。しかし、如何《いかん》せん、彰子様はまだ十三歳、二十一歳の帝にとっては余りにも幼な過ぎる。対する定子様は二十四歳、帝が定子様に執着《しゅうちゃく》されるのももっともだ。そして今また、定子様は懐妊《かいにん》されているそうだ。道長様も詮子様も、気が気でならないだろう。その心労からか、道長様はお体の具合がよくないらしい」

「まだ老齢ではないのでしょう」

「三十五歳だから働き盛りだ。といっても、以前から病弱な方だから、周囲では心配する者も多い。亡き兄の道兼様の霊が取り憑《つ》いていると言う者もいるし、左遷《させん》された定子様の兄弟、伊周《これちか》様と隆家《たかいえ》様の生霊《いきりょう》の仕業《しわざ》だと噂《うわさ》する者もいる。気弱になっている道長様は、最近、伊周様を内大臣に復帰させて欲しいという旨を、帝に上奏《じょうそう》されたらしい。そして今、かの詮子皇太后も病が篤《あつ》いと聞いている」

話上手な宣孝殿の口にかかると、内裏の緊迫ぶりが、手に取るように伝わる。

「伊周様が内大臣に復帰されるのですか」

「しかし、そうなると内大臣が二人になる。左大臣はもちろん道長様で、右大臣は帝に娘の元子《もとこ》様を入内させている顕光《あきみつ》様だ。ひょっとすると道長様は、すべてを昇進させ、自分は関白《かんぱく》になることを目《もく》論《ろ》んでおられるのかもしれない」

思わず訊《き》いていた。

「病《やまい》の身で、それができるでしょうか」

「そう思うことで、自分を奮《ふる》い立たせておられるのだろう。ともかく、あの方は元来好運に恵まれた人だから」

宣孝殿が断言する。

この夏以降、猖獗《しょうけつ》を極め出したのが疫病《えきびょう》だった。あちこちで修法《ずほう》や加持祈禱《かじきとう》が行われた。ようやく酷暑《こくしょ》が一段落した八月中旬、都は暴風雨に見舞われた。大風が去っても雨は三日にわたって降り続き、鴨川《かもがわ》の堤《つつみ》が切れた。堤第にとって幸いしたのは、切れた場所がやや下流の二条大路《おおじ》の東側だったことだ。それでも庭には濁流が流れ込んで池のようになった。水がすっかり引いたのは月末だった。

疫病と洪水で宣孝殿の通いが途絶えがちになるなか、ようやくこれまで書き綴った物語の浄書《じょうしょ》を終えたのが九月初旬だ。書き写す間に、拙《つたな》い文を数十か所にわたって直した。ここを直すと、その先も直さずにはおられず、我が意を得た文に至るのは難しい。ええい、これまでと適当なところで諦《あきら》めるしかなかった。

筆写し終えた物語は、水害見舞の言葉も添えて、具平親王に届けさせた。

返書が届いたのはわずか五日後で、千種殿も被害に遭《あ》い、庭と池の区別がつかなくなり、海のようになったと書かれていた。今もまだその修理が続いているという。末尾に漢詩が添えられているのも、具平親王らしかった。

賀貴著
長保二年迓晩秋
驚読春秋洵優秀
想遶千種殿研鑽
待望大将君帰趨

貴著を賀す
長保《ちょうほう》二年晩秋を迓《むか》え
驚いて読む春秋《しゅんじゅう》洵《まこと》に優秀
想いは遶《めぐ》る千種の殿研鑽《けんさん》
待ち望む大将君の帰趨《きすう》

大将君というのは光源氏のことで、この物語の先が待たれるという具平親王の真情が表されていた。掛値なしに嬉しかった。

よく見ると七言絶句の下に、小さく「香子の物語、荘子女王ならびに室に手交《しゅこう》す」と付記されていた。となると、延子様と荘子女王にも、回し読みされるのだ。嬉しい半面、面映《おもは》ゆい気にもなる。

秋が深まる頃、賢子も這《は》い回るようになり、その見張り役は妹の雅子がしてくれた。祖母君が手を叩《たた》く方向を認めて、賢子が必死に這って行くのを眺《なが》めていると、この堤第が赤子を中心にして動いているのがよくわかる。

庭では、弟二人が下僕《げぼく》たちを指揮して、庭を整えさせている。

そんな折、具平親王から大量の料紙《りようし》が送られて来た。上質の筆と墨、さらには対馬産《つしまさん》の硯《すずり》までも添えられている。文には、荘子女王、延子様ともに物語が気に入り、手分けして女房《にようぼう》たちに書写させている旨が記されていた。

益々面映ゆくなる。かといって、やめて下さいとは言えず、もはや物語がひとり歩きしていくのを見守るしかなかった。

新しい硯と墨、そして筆と料紙が揃ったからには、物語の先を書き進めざるを得なくなる。娘のはしゃぐ声、庭で下僕たちを采配《さいはい》する弟たちの声を聞きつつ、料紙に向かった。

斎宮《さいぐう》の伊勢下向《いせげこう》が近づくにつれ、御息所《みやすどころ》はいよいよ心細くなる。身分が高く、近寄り難いと源氏の君が思っていた、左大臣の娘である正妻が亡くなったあと、今度は御息所が代わって正妻になるのかもしれないと、世間の人々も取沙汰《とりざた》をし、野宮《ののみや》に仕える人たちも期待に胸を膨《ふく》らませていたにもかかわらず、その後は逆に、源氏の君の通いはぷっつりと途絶え、驚く程冷淡な扱い方になったのを見て、本当に自分を憎いと思っているのだろうと、今度こそわかったので、すべての未練を打ち捨てて、斎宮と一緒の下向を決心した。

斎宮の下向に親が付き添う先例はないものの、誠に手放し難い、まだ十四歳の斎宮なので、それを理由にして、この際、源氏の君との間に距離を置こうと御息所は決心する。一方の源氏の大将は、さすがに今、御息所が遠くに行ってしまうのが残念なので、手紙だけは情を込めて書き、たびたび届けさせるものの、対面は今更あってはならない事だと御息所は思っている。源氏の君からは何とも不快な女だと思われているようだし、そうなると自分の悩みも増えるに違いなく、ここは何事も我慢だと自分を奮い立たせていた。

御息所は、元の六条京極《きょうごく》の自邸には、ほんの短い間帰る折は時々あっても、非常に内密にしているため、源氏の大将はそれを知る事ができずにいる。一方の野宮は神域であり、気安く訪問できる所でもないので、気になりながらも月日は過ぎて行く。そのうち、桐壺《きりつぼ》院が格別重い病ではないとはいえ、体調が優《すぐ》れないで苦しむ時がしばしばあり、源氏の君としては一層気の休まる暇《いとま》もなく、御息所から気嫌いされるのも恨《うら》めしく、また他人から見ても、情け知らずと思われないかと気がかりなので、気を取り直して紫野《むらさきの》の野宮を訪れた。

九月七日の頃で、伊勢への出立はもう今日か明日かに迫っていると、御息所は気忙《きぜわ》しく思っているところへ、源氏の君からは、ほんのわずかでいいのでという手紙が何度もあった。さあどうしたものかと迷った挙句《あげく》、控え目過ぎるのも源氏の君に申し訳なく、物を隔てての対面ならばよかろうと、人知れず心待ちにしていた。

源氏の君が、遥かな野に分け入ると、すぐさま情趣《じょうしゅ》に心を奪われ、秋の花はすべて衰え、浅茅《あさじ》が原も枯れ果て、嗄《か》れ嗄《が》れに鳴く虫の音がする。ちょうど『拾遺和歌集』に、**琴の音《ね》に峰の松風かようらし　いずれのをより調べそめけん**、とある如《ごと》く、松風がごうごうと吹き合わせ、何の音色《ねいろ》かも聞き分けられないくらいに楽器の音が途切れ途切れに聞こえてきて、実に情趣深い雰囲気だった。

親しい前駆《さき》は十余人で、随身《ずいじん》も大仰《おおぎょう》な姿ではなく、誠に忍びやかにしているとはいえ、特に気配りをしている源氏の君の衣装は、実に見事である。供人《ともびと》の中でも風流を解する者たちは、場所柄もあってしみじみと感じ入り、源氏の君の胸の内も、どうしてここをしばしば訪れなかったのだろうかと、これまで過ぎてしまった時間を口惜《くちお》しく思う。

ちょっとした小柴垣《こしばがき》を外囲いにして、板葺《いたぶき》の家がそここにあっても、本当の仮普請《かりぶしん》であり、樹皮がついたままの黒木《くろき》の鳥居《とりい》が、やはり神々《こうごう》しく見渡されて、軽々しい心を拒《こば》むようにも見え、神官たちがここかしこで咳払《せきばら》いをしつつ、自分たち同士で話をしている様も、他の場所とは様子が異なる。神事のための火焼屋《ひたきや》の火がかすかに光り、人の気配も少なく、ひっそりとしていて、ここで物思いに沈んでいる御息所が、月日を送っていたのだと思うと、同情を禁じ得なかった。

源氏の君は、北の対《たい》の一角に立ち隠れて、来訪の意を告げさせると、ふと管絃《かんげん》の音が止み、奥床《おくゆか》しい立ち居の音が様々に聞こえ、種々の取次を介しての挨拶《あいさつ》ばかりがある。御息所自身は対面しそうもない様子なので、源氏の君はひどく残念がり、「こうした外出も、今は似つかわしくない身分になってしまいました。それを察して下さるなら、このように標《しめ》の外に置いた扱いをなさらないで下さい。胸の内にわだかまっている思いを、晴らしとうございます」と、心を込めて言う。

女房たちが「本当に、見ていても辛いほど、立ったままでおられます。それが気の毒です」と言上《ごんじょう》するため、御息所は「さあ、どうしようか。女房たちの手前、このままにしておくのも見苦しい。かといって源氏の君の望み通りに対面するのも、年甲斐《としがい》がない。出て行って対座するのも、今更気が引ける」と思う。実に気が重いものの、冷やかに扱う程に気強くはないので、溜息《ためいき》をつきながら、いざり出て来る気配は、非常に情趣に富んでいた。

源氏の君は、「こちらでは、私を簀子《すのこ》に入れるぐらいのお許しはございましょうか」と言って上がり、坐ると、華《はな》やかに射し出た夕月の光の下で、立振舞《たちふるま》うその姿は、比類《ひるい》なく美しい。

これまでの幾月もの御無沙汰《ごぶさた》を、細々《こまごま》と言上するのも体裁が悪く、神事に用いる榊《さかき》を少し折って持参していたので、御簾《みす》の下から差し入れ、「この榊の葉は、『後撰和歌集』に、ちはやぶる神垣山《かみがきやま》の榊葉は　時雨《しぐれ》に色も変わらざりけり、とあるように、変わらない私の心の道標《みちしるべ》です。だからこそ、『拾遺和歌集』に、ちはやぶる神の斎垣《いがき》も越えぬべし　今は我が身の惜しけくもなし、とある如く、神の斎垣を越えてやって参りました。それなのにこうした疎略《そりやく》な扱いは情けのうございます」と言上すると、御息所が和歌で応じた。

神垣はしるしの杉もなきものを
　いかにまがえて折れる榊ぞ

この野宮の神垣には、目印になる杉もないのに、どう間違えて折った榊なのでしょうか、という軽いいいなしであり、『古今和歌集』の、我が庵《いお》は三輪《みわ》の山もと恋しくは　とぶらい来ませ杉立てる門《かど》、を下敷にしていて、すかさず源氏の君も返歌する。

少女子《おとめご》があたりと思えば榊葉の
　香をなつかしみとめてこそ折れ

神に仕える少女がいる辺りと思ったため、榊葉の香が懐しくなり、尋《たず》ね求めて折ったのです、という弁明で、ともに『拾遺和歌集』の、少女子が袖振る山の端垣《みずがき》の　久しき世より思いそめてき、と、榊葉の香をかぐわしみとめ来れば　八十氏人《やそうじびと》ぞまといせりける、を響かせていて、不躾《ぶしつけ》だと憚《はばか》られるものの、源氏の君は御簾の内に上半身を入れて、下長押《したながし》に寄りかかって坐った。

源氏の君としては、当初は近寄り難かった御息所に、思いのままに逢えるようになり、御息所も自分に心を寄せるようになってからの長い年月は、次第にのんびりとなり、熱心さが消え、紫の上を二条院に引き取って以来、通いは益々途絶え、さらに例の生霊《いきりょう》事件があって以後は、愛情も冷めていった。ついにはこうして疎遠《そえん》な仲になったものの、いざ久々に対面をすると、昔の事が次々と思い起こされて、胸に迫るものがあり、種々思い乱れて、過去とこの先の未来がどうなるのか、心細くなって感極まり、涙する。

御息所は、内心で悩んでいる事を見せまいと、心を包み隠してはいるものの、耐えられない様子であり、それが源氏の君には痛々しく感じられ、伊勢下向を思いとどまるように勧める。

月も沈んでしまったのか、趣《おもむき》のある空を眺めながら、源氏の君が自らの恋心を口にするうちに、御息所も種々の胸の中のわだかまりや恨みも立ち消えになり、ついに源氏の君に身を任せ、ようやく今度こそはと、断ち切っていた未練も、やはり思っていた通りにぐらつき、心が千々《ちぢ》に乱れた。

殿上人《てんじょうびと》の若い公達《きんだち》たちが連れ立って、あれこれ立ち去りにくそうにしていた庭のたたずまいも、実に情趣豊かで、難点などない。源氏の君と御息所が、もはや思い残す事なく語らい合った仲睦《なかむつ》まじさは、筆舌《ひつぜつ》に尽くし難く、次第に明けゆく空の気配は、わざわざ作り出したような後朝《きぬぎぬ》の空であり、源氏の君は詠歌する。

あかつきの別れはいつも露けきを
こは世に知らぬ秋の空かな

暁《あかつき》の別れはいつも涙の露に濡《ぬ》れるのですが、今朝《けさ》は全くこれまでとは異なる秋の空です、という詠嘆で、「露けき」には朝露の湿っぽさと涙が掛けられ、「世に知らぬ」には、これが永遠の別れになるかもしれないという予感も暗示されていた。

源氏の君が辛そうに、御息所の手を握って出立をためらっている様子は、実に優しく、風がとても冷やかに吹き、松虫の鳴き嗄らした声も、別れの悲しさを心得ているようであった。さして物思いのない者でも、その虫の音を聞き逃《のが》し難そうであるのに、ましてやどうにもならないくらいに悲しみに溢《あふ》れる二人の心の乱れでは、返歌もしにくそうだったが、御息所がようやく歌を詠《よ》む。

大方の秋の別れもかなしきに
なく音《ね》な添えそ野辺《のべ》の松虫

普通の秋の別れでも悲しいのに、鳴く音をこれ以上添えないでおくれ、野辺の松虫よ、という哀切《あいせつ》な願いで、「泣《な》く」と鳴くを掛けていて、源氏の君は御息所の伊勢下向を止める事ができず、悔み事は多いものの、どうしようもない。

明けゆく空も都合が悪くなるので、そのまま退出すると、露は深く、涙も止め難かった。

御息所も、対面する前の気丈さはなくなり、逢瀬《おうせ》の余韻《よいん》がしみじみと心に沁《し》み、物思いに沈んでいた。ほのかに見た月明かりの下での源氏の君の姿や、まだ残っている匂いなどに、若い女房たちはつくづくと心を奪われ、過《あやま》ちでもしでかそうな勢いで、源氏の君を褒《ほ》め上げ、「伊勢への下向が、どんなに大切な旅だとしても、このような立派なお方を見捨てて行くのは、残念です」と、関係もないのに涙ぐんでいた。

源氏の君の後朝の文が、いつもよりも情趣が深いので、御息所の心も傾きそうだが、ここで改めて迷うべき事ではないので、文の甲斐はない。源氏の君は、さほど深く思っていない事でさえも、恋のためにはうまく言い飾る性分《しょうぶん》であり、ましてや並々の愛人と同列には考えていなかった御息所が、こうして別れて行くのが残念で、かつ気の毒だと思い悩みつつ、御息所の旅の装束《しょうぞく》や女房たちの衣装の他、何やかやの道具などを、異例な程の高価な品々を贈ったのにもかかわらず、御息所は別離に胸が塞《ふさ》がって感激もない。

下向の時が近づき、軽々しく浮名《うきな》ばかり流した嘆かわしい我が身の有様《ありさま》を、源氏の君は今更のように起き臥《ふ》し嘆くばかりだった。

斎宮が、不明瞭《ふめいりょう》だった出立が、このように定まっていくのを子供心にも無邪気に嬉しく思うのとは裏腹に、世間の人は母親の付き添う下向を、先例のない事だと非難したり、同情したりして、様々に取り沙汰しているようで、何事も人からとやかく言われない身分は気楽なものだが、世に抜きんでた人の身辺は何かと窮屈だった。

九月十六日に野宮を出た一行は、桂川でお祓《はら》いをし、常の儀式よりは厳格に、斎宮一行を伊勢まで送る四人の長奉送使《ちょうぶそうし》や、他の上達部《かんだちめ》も、帝は身分が高く声望のある者を選出し、そこに桐壺院の心遣いも加わって格式高くなる。

野宮を出立する頃、源氏の大将が例のように尽きない事を縷々《るる》言い送り、斎宮には「言葉にするのも畏《おそ》れ多い御前なので」と書いた文を木綿《ゆう》に付けて、『古今和歌集』の、**天《あま》の原ふみとどろかし鳴る**

神も　思う仲をばさくるものかは、を暗示して、「鳴る神さえも恋仲を裂かないのに」と記して、和歌を添えた。

八洲《やしま》もる国《くに》つ御神《みかみ》も心あらば
　飽かぬ別れの仲をことわれ

八島を守る国つ神も、もし思いやりがあるならば、納得できない別れをする二人の仲を勘案して下さい、という祈願で、「そう思いますと、何とも心ゆかぬ気分です」と書かれており、大変忙しい時ではあるものの、斎宮の返歌を、斎宮寮《さいぐうりょう》の女官《にょかん》の長である別当《べっとう》が代作した。

国つ神空にことわる仲ならば
　なおざり事をまずやたださん

国つ神が空からごらんになって裁く仲であれば、実《じつ》のないあなたの言葉を真っ先に糺《ただ》すでしょう、という諫《いさ》めだった。

源氏の大将は、宮中での別れの儀式や出立の様子を見たいので、内裏に参上したいと思うものの、御息所に捨てられておきながら見送るのも、体裁《ていさい》が悪いため思いとどまり、何もする事がなく物思いに沈んでいた折に、斎宮の返歌が届いたので、何とも大人びた歌だと、微笑《ほほえ》んで見て、心が動く。普通とは違って、恋の厄介《やっかい》事には必ず興味を覚える性癖があるからで、いつも見る事ができた幼い頃の姿を、これで見納めになるのは残念ではあるものの、帝の譲位《じょうい》や崩御《ほうぎょ》によって斎宮も交代するため、また対面する事もあるに違いないと思う。

奥床しく趣のある様子なので、今日は群行を見物するための牛車《ぎっしゃ》が多くなり、源氏の君は昼をかなり過ぎてから内裏に参上する。御息所は御輿に乗る際に、かつてこうして輿に乗ったのは、東宮妃であった頃であり、父の大臣はいずれ皇后の位《くらい》に就くものとして、大切に世話をしてくれたものの、今はこのように衰退して、晩年になってからは内裏を見るのも無性に悲しい。十六歳で東宮に入内し、二十歳で死別し、またこうして三十歳になって内裏の九重《ここのえ》を見るのは感慨深く、詠歌する。

そのかみを今日はかけじと忍ぶれど
　心のうちにものぞかなしき

その昔を今日は気にはしないと思ってこらえてみても、やはり心の中では種々悲しいものがある、という悲哀だった。

斎宮は十四歳になっていて、実に可愛らしい姿を、端正《たんせい》に装っていたので、本当に近寄り難く見えた。帝はその美しさに心を動かされ、別れの櫛《くし》を挿《さ》してやる時、しみじみとあわれさを感じて落涙《らくるい》する。

斎宮の退出を待ち構えるために、八省院《はっしょういん》に立ち列《つら》ねている女房たちの多数の牛車からは、衣装の袖口が色とりどりに出され、目新しくも心憎い風情《ふぜい》があり、女房たちと恋仲である殿上人たちもそれぞれに別れを惜しむ。暗くなる頃に出立になり、二条大路から洞院《とういん》の大路を曲がると、そこは源氏の君の私邸である二条院の前である。源氏の君は誠に感慨深く思われ、榊に付けて歌を贈った。

ふり捨てて今日はゆくとも鈴鹿河《すずか》
　八十瀬《やそせ》の浪に袖は濡れじや

今日、私を振り捨てて行っても、伊勢の鈴鹿川を渡る頃には、多くの浅瀬に立つ波に袖が濡れないでしょうか、という未練で、大層暗く物騒がしい折なので、翌日、逢坂《おうさか》の関を越えた辺りで、御息所からの返歌があった。

鈴鹿河八十瀬の波に濡れ濡れず
　伊勢までたれか思いおこせん

わたくしの袖が八十瀬の波に濡れているか否《いな》か、遠い伊勢まで誰が思いやってくれるでしょうか、という反論で、その筆跡は華麗で味わい深いため、歌にもう少し情緒を加えたなら更に良くなるのにと、源氏の君は思った。

霧が大変深い、風情のある夜明け方に、源氏の君は物思いに沈んで独詠する。

行く方《え》をながめもやらぬこの秋は
　逢坂山を霧な隔てそ

御息所の行く先を見つめておこう、そのためにも逢坂山を霧が隠してしまわないで欲しい、という祈りであった。紫の上がいる西の対にも赴かず、誰のせいでもなく自分自身がしでかした事なので、物寂しく、呆然と物思いに沈んで日を暮らし、一方の御息所の旅の空は、どんなにか心の乱れる日々であろうと思いを馳《は》せる。

桐壺院の病は、十日になってから大変重くなり、世の中に惜しまない人はなく、帝も心配して、見舞のために院に行幸《ぎょうこう》すると、桐壺院は衰えた容態《ようだい》ながらも、東宮の今後について何度も念を押す。その次には源氏の大将に関して、「私が生きておりました世と同様に、大小の事も包み隠さず、何事についても東宮の後見《うしろみ》役と思って下さい。年齢は重々しくなくても、世を治めるのには何の支障《さわり》もないと思っています。

高麗人《こまびと》の観相《かんそう》によっても、必ず世の中を治める事のできる人だと明らかでした。ですから面倒な事が起こるのを恐れて親王にせず、臣下にして朝廷の補佐役に就かせようと思ったのです。その意図をどうか無になさらないで下さい」と、しみじみと胸を打つ遺言はあれこれと多かった。

ここで女の作者が伝えるべき事ではないので、こうして一部のみでも書き記すのは気後《きおく》れがするくらいである。帝も実に悲しいと思い、決して遺言には背《そむ》かない旨を繰り返し言上する。その容貌《ようぼう》も大変清らかで美しく、年齢と共に立派になっているのを、桐壺院は嬉しくも頼もしく眺めていたが、規定によって帝は急いで帰らねばならず、心残りは多かった。

東宮も帝と一緒に見舞を、と思われたものの、騒々しくなるので、日を変えて源氏の大将と共に院に参上する。東宮は五歳という年齢の割には大人びて可愛らしく、日頃から積もっている恋しさから、無邪気に嬉しいと思いながら桐壺院を見上げる様子は、実にいじらしい。藤壺宮が涙に沈んでいるのを目にして、桐壺院は千々に心が乱れ、東宮には様々な事を諭《さと》して聞かせるものの、幼いため充分には理解できないのが、心もとなく悲しいと思う。源氏の大将にも、朝廷に仕えるにあたっての心構えや、東宮の後見人となるべき事を、繰り返し述べた。

夜が更《ふ》けてから東宮と源氏の大将は帰途につき、残る人もなく供としてそれに従っている様は、行幸に何ら劣らず、まだ飽き足らないと思っているうちに帰ってしまうのを、桐壺院は大変辛く感じた。

弘徽殿大后《こきでんのおおきさき》も参上しようとしたものの、藤壺宮がいつも付き添っているのに遠慮して、躊躇《ちゅうちょ》しているうちに、桐壺院はひどく苦しむ事もないままに崩御した。足も地につかないくらいに途方に暮れる人も多い。

桐壺院は帝位を退《しりぞ》いたあとも、世の政《まつりごと》を治めていたのは、在位中と同じであり、帝は二十六歳とまだ若く、外祖父《がいそふ》の右大臣は実に短気で意地が悪いため、この世の中もその心のままになってしまうのではないかと、上達部や殿上人はみんな思い嘆いて危惧《きぐ》した。

藤壺宮と源氏の大将は、他の人々以上に悲しみが深く、七日毎《ごと》の法事で、追善供養《ついぜんくよう》に勤める姿は、大勢いる親王たちの中でも、特に心がこもっていた。当然ながら、それが実に痛々しいと世の人々は評し、喪服に着替えている様子も、源氏の君は完璧《かんぺき》なまでに美しく、また悲しそうである。去年は正妻の死、今年は父院の死と、打ち続く不幸を経験して、すっかりこの世が空しいと感じて、これを機に出家しようと思うものの、それを妨げる足枷《あしかせ》は多かった。

四十九日《なななぬか》の法事までは、院に仕えていた女御や更衣《こうい》などは、みな院に残って集まっていたが、過ぎてしまうと各自散り散りに退出した。

十二月二十日なので、一面に広がって世の中を曇らせるような空模様になり、まして藤壺宮の心の内はそれ以上に晴れず、弘徽殿皇太后の気性はわかっているので、このあとこの世の中がその心のままになるはずで、そうなれば自分が住みにくくなるのは確実であった。これまで長年親しんできた桐壺院の様子を思い起こさない時はなく、みんなそれぞれが他の所に退出していく時には、この上なく悲しかった。

そこで藤壺宮は里邸《りてい》の三条宮に戻る事になり、同腹兄の兵部卿宮《ひょうぶきょうのみや》が迎えに参上《さんじょう》する。雪が舞い散って風も激しく、院の内は少しずつ人影が少なくなって、ひっそりとしている時、源氏の大将もこちらに参上して、昔の話を語り合っていると、御前の五葉《ごよう》の松が雪にしおれて、下葉が枯れているのを目にして、兵部卿宮が詠歌する。

**かげ広み頼みし松や枯れにけん**
**下葉散りゆく年の暮《くれ》かな**

木陰が広いので、頼りにしていた松は枯れたのだろうか、下葉が散っていく年の暮れです、という感慨で、「松」を桐壺院に、後宮《こうきゅう》に仕えた人々を散っていく「下葉」に喩《たと》えていた。何程の事もない歌なのに、折が折なため、何となく心に沁みて、源氏の大将の袖は涙で大層濡れてしまい、池が隙間《すきま》なく凍っているのを見て、返歌した。

さえわたる池の鏡のさやけきに
　見なれしかげを見ぬぞ悲しき

一面に凍った池は鏡のように澄んでいるのに、見なれた人の面影《おもかげ》を見られないのは、悲しい事です、という懐旧《かいきゅう》の思いであり、「かげ」は桐壺院の姿を意味し、『大和《やまと》物語』にある歌、池はなお昔ながらの鏡にて　影見し君がなきぞ悲しき、を下敷にしていた。思いつくままに詠んだ思慮の浅い歌であり、藤壺宮付きの女房である王命《おうみよう》婦《ぶ》も和歌を添える。

年暮れて岩井《いわい》の水もこおりとじ
　見し人かげのあせもゆくかな

年が暮れて岩井の水も凍りつき、見なれた人影もまばらになっていきます、という詠嘆で、その場で他にも詠まれた歌は多いものの、ここですべてを書き記す余裕はなく、藤壺宮が三条宮に帰る儀式は以前通りであっても、気のせいか、しみじみと悲しかった。里邸であるはずの三条宮が却《かえ》って旅先のような気がして、里住みが絶えていた年月の長さを痛感させられた。

年は改まったものの、諒闇《りようあん》のために新春の行事も中止され、華やかな事はなく静かで、ましてや源氏の大将は胸が塞いで引き籠《こも》っていた。

正月の除目《じもく》の頃などには、桐壺院の御代《みよ》はもちろん、ここ数年変わらずに、源氏の大将の門付近は官職を得ようとする者たちで、隙間がない程混み合っていた馬や牛車が、今年は少ない。宿直《とのい》して仕える者が減ったため宿直物の袋もほとんど見えず、特に親しい家司《けいし》たちのみが、特に急ぐ用事もなく、手持無沙汰《てもちぶさた》にしているのを見て、これから先はどうなるのだろうかと思いやられて、寂しさは一入《ひとしお》だった。

朧月夜《おぼろづきよ》の御匣殿《みくしげどの》は、二月に後宮女官を束ねる尚侍《ないしのかみ》になった。桐壺院の服喪中にそのまま尼になった前尚侍の代わりであり、上品で人柄も誠に優れているため、女房たちが大勢いる中でも、特に帝の寵愛《ちょうあい》を受けていた。

弘徽殿皇太后は里邸に住まいがちで、参内する際の局《つぼね》には梅壺《うめつぼ》の凝華舎《ぎょうかしゃ》を用いているため、弘徽殿には今は尚侍の君《かん》と呼ばれる朧月夜が住んだ。前にいた登花殿《とうかでん》が北の方に奥まって陰気だったのに対し、弘徽殿は晴れ晴れしく、女房たちも数えきれない程に集まり、今風にして華やいではいるものの、心の中では、思いもよらなかった源氏の君との契りの数々が忘れ難く、悲しんでいた。それでも、ごく内密に文を交わしているのは以前通りであり、世間の噂にでもなったら大変だと、源氏の君は懸念しつつも、いつもの性癖から、今になって情愛はより深まっていた。

桐壺院の在世中こそ、影をひそめていた弘徽殿皇太后の気性の激しさが、ここに至って露《あらわ》になり、あれこれ思い詰めていた事の仕返しをしてやろうと考えているようであった。何かにつけて不都合な事ばかり起こってくるので、こうなるだろうと思っていた源氏の君も、経験した事のない世の辛さに、人前に出る気もしなくなる。

左大臣もげんなりした心地のまま、特に内裏にも参上しない。今上帝《きんじょうてい》が東宮の時に、亡き葵《あおい》の上を入内させずに、源氏の君に縁付けた左大臣のやり口を、皇太后は根に持っており、好ましく思っていない上に、左大臣との仲も元からよそよそしい。桐壺院の御代《みよ》には、自分の思い通りにやれたのに、時勢が移ろった今は、右大臣が我が物顔で振舞っているのを面白くないと左大臣が考えるのも、道理ではあった。

源氏の大将は、昔と変わらずに左大臣邸に通い、亡き葵の上に仕えていた女房たちにも、昔以上に細やかな情愛を注ぎ、若君をこの上なく愛育してくれるため、左大臣はしみじみと身に余るありがたい心だと思って世話してやる事の数々は、以前同様であった。源氏の君としても、桐壺院のこの上ない寵愛のために、余りにも物騒がしい程に忙しそうに見えたのが、通っていた数々の場所も、次第に途絶えがちになる。軽々しい忍び歩きもつまらなく思えて、沙汰《さた》止《や》みになり、今は実にゆったりとしていて、こうあるべきだという様子になっていた。

二条院の西の対《たい》にいる紫の上の幸せを、世間の人々も褒《ほ》めそやし、少納言の乳母も心の内で、これこそ亡き尼君の祈りの効験《こうけん》だと思っていた。一方で、父の兵部卿宮とも思いのままに文を交わし、正妻腹でこの上なく立派だと自認している姫君は陰の存在になり、妬《ねた》ましげな事が多く、紫の上の継母《ままはは》である北の方が心穏《おだ》やかでないのは、昔物語にあるように、いじめられた継子《ままこ》が貴公子と結婚して幸せになる筋書通りではあった。

賀茂《かも》神社の前斎院《さいいん》が、桐壺院の服喪のために退いたので、朝顔の姫君が代わりとして位に就く。通常は賀茂の斎院には帝の孫の内親王《ないしんのう》がなるものの、適当な内親王がいないために、朝顔の姫君が斎院になってしまい、源氏の君としては、長い年月の間も依然として心は離れなかったのに、こうして特別な身分になってしまったので、残念に思い、朝顔の姫君付きの女房の中将に、便りをするのは以前通りで、斎院への手紙も絶えない。源氏の君は、昔とは一変した境遇《きょうぐう》をものともせずに、はかない関係を暇に任せて、あちらこちらと思い悩んでいた。

帝は桐壺院の遺言を違《たが》えずに、源氏の君に親しみを抱いてはいるものの、まだ若い上に心遣いが優し過ぎて、強いところがないため、母の皇太后や祖父の右大臣がそれぞれやる事には、反対できず、世の政も意のままにはならなかった。

不愉快な事ばかり多くなる一方で、朧月夜の尚侍《かん》の君とは密《ひそ》かに心が通じているので、無理だからといっても仲が長く途絶える事はない。内裏の中央と東西南北に五つの壇《だん》を設けて、五大尊を安置して物の怪調伏《ちょうぶく》の修法《ずほう》が始まり、帝が慎《つつし》んで后妃を遠ざける隙を窺《うかが》って、いつものように夢のような睦言《むつごと》を言うため、かつてを思い出させる細殿《ほそどの》の局に、尚侍付きの侍女《じじょ》である中納言の君が、源氏の君をうまく隠し入れた。

細殿は廂《ひさし》の間で簀子がなく、人目も多い頃なので、源氏の君は、いつもより端近くに感じられた。朝夕に源氏の君の姿を見る人でさえ見飽きないくらいなので、ましてやごく稀《まれ》にのみ実現する対面は、どうして並ひと通りではない。尚侍の君の様子もなるほど見事な美しさの盛りで、重々しい態度には不足があるものの、柔らかい物腰や若々しい華やぎは、逢瀬に申し分なく、契りの喜びは深かった。

間もなく夜が明けゆく気配がする頃、すぐ近辺で「宿直奏《とのいもうし》がここにおります」と、声をつくろう者もいて、自分の他にもこの辺りに忍び込んでいる、宿直奏を受ける近衛司《このえつかさ》がいるに違いない、意地悪な同僚が居場所を教えて、宿直奏を送ったのだと源氏の大将は思う。おかしくはあるものの、自分はその上司なので厄介《やっかい》ではあり、この声はあちらこちらを巡回して、夜明け前の「寅《とら》ひとつ」を言うのが聞こえ、尚侍の君が詠歌した。

心から方々袖を濡らすかな
あくとおしうる声につけても

我が心ゆえに、あれこれ涙で袖を濡らします、夜が明ける声と、あなたがもう飽きたと教える声を耳にして、という嘆きで、「あく」に明くと飽くを掛け、その有様は心細そうで可憐《かれん》であり、源氏の君もたまらず返歌する。

嘆きつつわがよはかくて過ぐせとや
胸のあくべき時ぞともなく

嘆きながら私はこの一生を過ごすのでしょうか、胸の内が満たされる時もなく、という嘆きで、「よ」に世と夜、「あく」に開くと明くを掛けていた。安穏《あんのん》とした心地もしないままに退出すると、まだ月が残っている夜明け方であり、深く霧が立ち込め、非常に身をやつした姿でいる身のこなしも、逆に似るものもない上品さであった。

ちょうどその時、帝の承香殿《しようきようでん》女御の兄である藤《とう》少将が、藤壺から出て、月が少し影になっている立蔀《たてじとみ》の脇にいたのを、源氏の君は気づかないまま通り過ぎたのも、気の毒であり、藤少将があとで誰かに告げ口をする恐れが生じていた。

こうして朧月夜の尚侍と密会しても、自分から離れて薄情にしている藤壺宮の心を、一方では立派だと思う反面、自分の心がどうしてもそこに向いてしまうのが辛く、恨めしいと感じる折が多かった。対して藤壺宮は、内裏に参上するのも窮屈で体裁も悪いので、内裏に残っている東宮と会えないのが気がかりであり、他に頼れる人もないため、万事につけて源氏の君を頼りにはしていた。

とはいえ源氏の君は今もって例の困った好き心が止まないので、ともすれば驚かされる事もたびたび生じており、亡き桐壺院が、微塵《みじん》も二人の関係の気配に、気がつかずに終わったのを思い返すだけでも、ひどく恐ろしいのに、今また改めてそんな噂が立ち始めて、自分の身はともかく、東宮を廃するような動きが起こりはしないかと思うと、さらに恐ろしさが加わる。祈禱までさせて、源氏の君の恋慕《れんぼ》を思いとどまらせようとしながら、逢うのを避けていたにもかかわらず、どのような機会を捉《とら》えてか、思いがけなくも源氏の君が近づき、用心深く策を巡《めぐ》らしていたため、気づいた女房もなく、夢のような逢瀬になった。

源氏の君が大層言葉巧みにかきくどいたものの、藤壺宮は実に冷たくあしらった挙句の果てに、胸の苦しさを訴えたので、近侍《きんじ》していた王命婦や、中宮の乳母子《めのとご》でもある弁《べん》などが驚いて介抱《かいほう》すると、源氏の君はこの上なく辛くも恨めしく思い、過去も未来も真っ暗になった気がし、正気もなくしたまま、すっかり夜が明けてしまい、退出できなくなってしまう。

藤壺宮の体の不調に驚いた女房たちが、近くに参上して出入りするため、源氏の君はどうしていいかわからないまま、塗籠《ぬりごめ》の中に押し込まれ、源氏の君の何枚もの表着《うわぎ》を隠し持っている王命婦と弁は、実に気が気ではなかった。藤壺宮は何もかもが辛く苦しいと思って上気《じょうき》し、息も荒いので、駆けつけた兄の兵部卿宮や中宮大夫が、「加持祈禱の僧を早く呼びなさい」と言って騒ぐのを、源氏の大将は全く冷や冷やしながら聞いていて、ようやく日が暮れる頃に藤壺宮は回復された。

源氏の君がこうして塗籠に閉じ込められているとは、藤壺宮は全く知らないまま、王命婦や弁も宮に心配をかけまいと思って、その旨を告げなかった。

藤壺宮は夜の御座《おまし》から昼の御座にいざりながら出て来ると、多少気分もよくなったようなので、兵部卿宮も安心して退出し、御前は人少なになる。日頃側近くで親しく使っている女房も少なく、誰がここかしこの几帳《きちょう》や屏風《びょうぶ》の後ろに控えており、王命婦は「塗籠に隠している源氏の君を、どうやって連れ出そうか。今夜もまた宮様の具合が悪くなったらお気の毒だ」と、弁と囁《ささや》き合って、困りはてていた。

源氏の君は、塗籠の妻戸《つまど》が細目に開いているのを、そっと押しやって、屏風の後ろの隙間に沿って移動すると、そこから藤壺宮の姿が見えるため、滅多にない事と、涙を流しながら見つめる。

藤壺宮が「まだ苦しい。このまま命が尽きるのかしら」と言いつつ外を見やっているその横顔は、喩えようもなく優美であった。

果物だけでもと女房が差し上げた物が前に置かれたが、それが盛られた見事な箱の蓋《ふた》にも、宮は見向きもせず、我が身の運命をひどく悩んでいる様子である。

静かに物思いに耽《ふけ》っている姿は実にいたわしく、髪の生え具合や頭の形、髪の垂れ下がった形、この上ない優艶さなど、あの西の対の紫の上と異なる所がない。源氏の君は、紫の上と北山《きたやま》で会って六年が経つのも忘れていたのに、あの折と同じく驚く程似ていると、感じ入りつつ見ていると、多少は屈した心が晴れる思いがした。

気品豊かで、こちらが気恥ずかしくなるような美しさも、紫の上とは別人のようには見えないものの、やはり昔から尽きせぬ思いを寄せてきたせいか、藤壺宮は他と違って、年とともに大層美しくなり、もはや並ぶ者もないと思うと、心が乱れ、源氏の君はそっと御帳台《みちょうだい》の中に入る。自分の衣の褄《つま》を引いて衣《きぬ》ずれの音を立てると、気配がはっきりし、薫香《くんこう》がさっと匂ったので、藤壺宮は源氏の君だとわかって、思いがけなくも恐ろしくて、そのまま顔を隠してひれ伏してしまう。

源氏の君は「どうか、こちらを向いて下さい」と言って、耐え難いまま宮を引き寄せると、宮は着ている衣を滑《すべ》らせて脱ぎ残し、いざって逃れようとしたが、思いもよらず髪が源氏の君の手に握られていたので、実に情けなく、宿縁《しゅくえん》の程が思い知らされて、たまらなく悲しかった。

源氏の君も長い間、藤壺宮への思いを押し鎮めていた心が乱れて、前後不覚になりつつ、泣く泣く恨み言を言上するが、宮は本当に厭わしいと思って、返事もせず、ただ「気分がとても悪《わる》うございます。気分が良くなれば申し上げましょう」と応じる。

源氏の君は尽きずに恋しい胸の内を言い続けるので、宮もやはり嬉しいと思う心が混じってはいても、過去の密通は確かにあったが、またそうなっては口惜しいので、源氏の君の心をなだめながら、うまく身をかわしているうちに、今夜も明けていく。

源氏の君としてもここで従わないのも畏れ多く、気後れがする程に気高《けだか》い藤壺宮の様子に、「こうやって直接の対面だけでも、時折あれば、ひどい悲しみも晴らす事ができます。大それた心などありません」と、宮を慰《なぐさ》める。ありふれた並の逢瀬でも心に沁みるのに、ましてこうした不義の交わりになると、情感も深まり、心の震えは喩えようもなかった。

すっかり夜が明けてしまうので、王命婦と弁は強い口調で、源氏の君に退出を促す。藤壺宮が半ば死んだようにしている様子が可哀想なので、源氏の君が、「私がまだ世に生きていると、あなた様が耳にされるのも恥ずかしいので、このまま死のうと思います。それでもこのあなたへの思慕《しぼ》が罪障《ざいしょう》になって往生《おうじょう》はできますまい」と言上する様も、恐ろしいまでに思い詰めており、それを詠歌した。

逢うことのかたきを今日に限らずは
　いまいく世をか嘆きつつ経ん

逢瀬の難しさを今日に限らないとするならば、これから先のいくつもの世で、嘆きを繰り返して過ごす事でしょう、という悲嘆で、「これはあなたの往生の妨げにもなりましょう」と言上したので、さすがに藤壺宮も深々と嘆息して返歌する。

ながき世のうらみを人に残しても
　かつは心をあだと知らなん

これから先の世にもずっと続く恨みを、わたくしに残しても、他方ではあなたの心も軽くていい加減なものだと自覚して下さい、という反論で、源氏の君の贈歌にある「かたき」から敵を連想し、音が同じ「仇」を通じて「あだ（徒）」という言葉を使い、「いまいく世」を「ながき世」と言い換えて、そんな長い世を口にする割には、心は徒だと切り返していた。

源氏の君に誠意がないように、故意に言い紛らしている様子は、素晴らしいと思うものの、宮の思いは自分にとっても苦しいので、茫然自失《ぼうぜんじしつ》の態《てい》で退出した。

何の面目《めんぼく》があって再び対面できようか、もはやこちらが不憫《ふびん》で可哀想だと藤壺宮が思ってくれるのを待つだけだと源氏の君は考えて、文も送らず、内裏や東宮にも参上せず、ひたすら引き籠る。

起きても寝ても、ひどい仕打だった宮の心が、はしたなくも恋しく悲しいため、気力もなくしてしまったのか、思い詰めて体調も悪くなる。わけもなく心細く、何故《なぜ》生き長らえているのか、この世に生きているからこそ辛さも増すのだと、出家を思いたつ一方で、紫の上が可愛らしく、心から自分を頼りにしているのを、振り捨てる事はとても難しかった。

藤壺宮も、あの不意の逢瀬の苦しみの名残から、気分が優れない。源氏の君がこうもわざとらしく籠って、訪問も消息もないのを、王命婦は気の毒に思い、藤壺宮としても東宮の将来を考えると、源氏の君の心が冷たくなるのも困る。もしこの世を憂《う》きものと思って、源氏の君が一途《いちず》に出家を決心する事でもあれば、東宮の後見がなくなって一大事である。とは思うものの、今後も源氏の君の懸想《けそう》が続くなら、悪い噂が必ずや漏れ伝わり、皇太后がわたくしの位に不快さを抱いているので、それからも退いてしまおうという気になる。

あの桐壺院が自身の死後を思って東宮の後見として、このわたくしを中宮として立后《りっこう》させた思慮深さが、通り一遍《いっぺん》でなかったのが思い出される。他方で、今は万事が昔と違って変わりゆく世であり、『史記《しき》』には、漢の高祖《こうそ》が皇后を遠ざけて戚夫人《せきふじん》を寵愛したものの、高祖の死後、皇后は復讐《ふくしゅう》のために、戚夫人の手足を断ち、眼をくりぬき、耳を焼き、しゃべれなくなる薬を飲ませ、厠《かわや》に閉じ込めたと書かれているが、それ程ではないにしても、必ずや人の笑いものになる事は起こりそうな身の上だと思う。

この世が厭わしく過ごしにくくなっているので、出家を決心したものの、東宮に対面する前に、尼姿になるのは誠に心苦しいので、人目につかないようにして内裏に参上した。

源氏の大将は、宮中行啓《ぎょうけい》ほどの重要な行事でなくても、これまでは充分に配慮していつも供奉《ぐぶ》していたのに、今回は気分が優れないのを理由にして、藤壺宮参内にも供はしない。家臣を送って行啓に奉仕させたものの、すっかり気が滅入り、塞いでいるのだと、事情を知る王命婦や弁は気の毒に思った。

東宮は実に可愛らしく成長していて、母宮の来訪が久しぶりなので嬉しく思って、まとわりつくのを、藤壺宮はいとおしいと思って見守り、出家の決心は揺らいでしまうものの、内裏の中を見渡すと、世の有様は情けない程に移ろっている。

皇太后の心の内も誠に煩《わずら》わしく、こうして内裏に出入りするのも体裁が悪く、何かにつけて心苦しく、東宮の将来も気がかりで不吉さが感じられた。

思い乱れた挙句、「こうして会わないうちに、姿形が今とは違ったら、どう思いますか」と言うと、東宮は母宮の顔をじっと見つめて、「あの式部《しきぶ》のようにですか。どうしてそうなりましょうか」と笑って言う。

「式部は年を取って皺《しわ》が増したのです。そうではなく、髪が短くなり、黒い衣を着るのです。ちょうど、夜居《よい》の僧のようになるのです。こうしてお目にかかるのも、大変稀になります」と藤壺宮が言って泣くので、東宮は真顔になって、「長い間ここにいらっしゃらない時は、恋しくてなりません」と言いながら涙をこぼす。

気恥ずかしいと思って横を向くと、その髪はゆらゆらと美しく、目元が優しく匂うように美しい様は、成長するにつれて、あたかも源氏の君の顔を抜いて移し替えたようであり、歯が少し虫歯になって、口の中が黒ずんでいるのを見せながら微笑んでいる、その色艶のよい可愛さは、女として見たいくらい気品があって美しい。藤壺宮としては、ここまで源氏の君に似ているのが辛く、これこそが唯一の欠点だと思われるのも、世間がこれを見てうるさく取り沙汰するのではと空恐ろしく感じるからであった。

　源氏の大将は、東宮を心の底から恋しく思うものの、藤壺宮の冷淡な心を、時々は自分でも思い知るようにさせようと考え、逢うのを必死でこらえているうちに、傍目《はため》にもみっともないくらい、する事がなくなる。秋の野の見物も兼ねて、紫野にある雲林院《うりんいん》に参詣《さんけい》を決め、亡き母の桐壺更衣の兄である律師《りっし》の僧正が籠っている僧坊で、経文《きょうもん》を読み勤行《ごんぎょう》するつもりで、二、三日滞在していると、心に沁みる事が多かった。

　紅葉《もみじ》が次第に一面に色づき、『古今和歌集』に、秋の野になまめきたてる女郎花《おみなえし》　あなかしがまし花も一時《ひととき》、とあるように、秋の野が実に優雅で、住み馴れた我が邸《やしき》も忘れそうに感じられる。学才のある法師たちをすべて呼び出して、経文の意味を問答させていると、場所柄のせいで、世の無常が一層胸に迫り、夜を明かしても、やはりあのつれない藤壺宮を、古歌に、天《あま》の戸をおしあけ方の月見れば　うき人しもぞ恋しかりける、とある如く、自《おの》ずと思い出した。

　明け方の月光の下で、法師たちが閼伽《あか》を供えるために、器をからからと鳴らす音が響き、菊の花や濃い薄い紅葉を折り散らしているのも、取り立てて言う程ではないものの、仏道の生活は、この世でもはかないものではなく、後の世もまた頼もしそうなのに、我が身は何とも味気なく、身を持て余していると源氏の君は感じていた。
律師が実に尊い声で、「一々光明《いちいちこうみよう》、遍照十方世界《へんじようじつぽうせかい》、念仏衆生《ねんぶつしゆじよう》、摂取不捨《せつしゆふしや》」と『観無量寿経《かんむりようじゆきよう》』の一節を、長く伸ばして勤行しているのが、大変羨ましく、自分も出家できない事はないと思うものの、紫の上が気にかかって思い出される。出家もままならず、いつもと違って何日も逢わずにいるため、文だけは頻繁に送った。

この俗世を捨てて行けるかどうか、試している途中です。とはいえ所在なさが慰めようもなく、心細さが募るばかりです。まだ仏典の教義について、律師に聞きそびれた事があり、ここに留まっています。あなたはどうされていますか。

と、厚い陸奥国紙《みちのくにがみ》に打ち解けた様子で見事に書かれ、歌も添えられていた。

**浅茅生《あさじう》の露の宿りに君をおきて**
**よもの嵐ぞ静心《しずごころ》なき**

浅茅生の露のようなはかない家に、あなたを残しつつ、四方《よも》の嵐を聞く私は心もそぞろです、という嘆息で、情愛細やかな手紙に紫の上も涙を流しながら、白い紙に返歌を書いて贈った。

**風吹けばまずぞ乱るる色変わる**

浅茅が露にかかるささがに

風が吹くと、枯れて色変わりした浅茅にかかる蜘蛛《くも》の糸は乱れますが、それがわたくしです、という我が身のはかなさが吐露《とろ》されていて、「筆遣いは益々上手になっている」と、源氏の君は独り言を言う。常時手紙のやりとりをしているため、紫の上の筆跡が自分のそれに大層似ており、多少優美で女らしい面が加わっていて、「万事につけ、悪くはないように育て上げたものだ」と満足する。

ここと同じ紫野にある斎院は近く、吹き通う風も同じなので、源氏の君は朝顔の斎院に手紙を送る。朝顔の斎院付きの女房である中将の君に、「こうして旅の空に身を置いていますが、恋の物思いから身も心もさ迷い出ているのを、朝顔の斎院はご存知ないでしょう」と、恨み言を書きつけ、斎院宛の和歌を贈った。

かけまくはかしこけれどもそのかみの
秋思おゆる木綿襷《ゆうだすき》かな

こうして口に出して言うのは憚られますが、あの昔の秋が自然と思い出される木綿襷です、という恨みであり、「かみ」に神を響かせ、「木綿襷」は神官が肩に掛ける襷で、ここでは斎院を指し、『伊勢物語』の、いにしえのしずのおだまきくり返し　昔を今になすよしもがな、を下敷にして、「昔を今に取り戻せたらいいのに、やはり無駄でしょうが、それでも古歌に、とり返すものにもがなや世の中を　ありしながらの我が身と思わん、とある如く、取り返したいものです」と、いかにも馴れ馴れしげに、唐《から》の浅緑《あさみどり》の紙に記し、榊に木綿をつけて、表面だけは神々《こうごう》しく仕立てて送る。

中将の君からは「気の紛れる事がなくて、昔が思い出される所在なさに任せて、あなた様を偲《しの》び申し上げる事は多いものの、もはや甲斐なく」と、くどくどしい文面が届き、斎院は木綿の返歌を書き付けていた。

そのかみやいかがはありし木綿襷
　心にかけて忍ぶらんゆえ

その昔、あなたと如何《いか》なる仲だったのでしょう、あなたが心にかけて偲んでおられると言うわけは何でしょうか、という反論で、「かみ」に神を響かせ、「近い世には尚更、近い仲でもございません」と、書かれた筆跡は巧みで、万葉仮名の草書体も上手になっていて、まして容貌も年とともに美しさを加えていくだろうと想像すると、恐ろしくも心動かされ、一年前の秋に、野宮《ののみや》に御息所を訪問して別れの悲しみに浸《ひた》ったのが思い出された。

今年の秋も妙に同じようなものだと、見苦しくも神を恨み、自分が無理をすれば結婚もできた年齢の頃は、のんびりと構え、朝顔の君が斎院になって恋心が募るとは、不思議な心である。朝顔の斎院も、こうした源氏の君の性根を知っているので、時々の返事はあまり疎略にできないと思う。

源氏の君は、天台《てんだい》六十巻の経典を読破し、不明な箇所を律師に解釈させつつ、逗留《とうりゆう》を続けるので、雲林院ではこの源氏の君の参籠《さんろう》を大した栄誉に感じて、これも日頃の勤行の成果で、仏に面目《めんぼく》が立ったと、身分の低い法師までが喜び合う。

源氏の君もこうして静かに無常の世を思い続けていると、帰京も億劫《おっくう》になってしまいそうだが、二条院に残している紫の上が気になるのが足枷《あしかせ》になって、長逗留《なが》もできない。

寺には誦経のための布施《ふせ》を数多く与えて出立すると、上から下までの僧たちや、近辺の山里人にまで、物を与え、尊い功徳《くどく》事の限りを尽くして出立すると、それを見送るべく、こなたかなたに身分の低い柴刈人も集まり、しきりに涙を流しつつ、源氏の君を見ようとする。父桐壺院の喪に服している源氏の君の牛車は、車輪の轅《ながえ》も黒塗りで、喪服に身をやつしているため、明瞭には見えないものの、かすかな有様は察せられ、世に比類《ひるい》ないものと思った。

紫の上は数日の間に、益々大人びて美しくなった感じがし、一層落ち着いた物腰になり、源氏の君との仲が、夫婦としてどうなっていくのだろうかと思っている様が心苦しくも可愛い。その底で源氏の君の藤壺宮への思いが、あれこれ乱れるのが表面にはっきり出るのだろうか、かつて紫の上が歌に、「源氏の君の心が変わる」旨を詠じたのが、今になって思いやられてけなげであり、いつもより も情感深く語り合った。

山の土産《みやげ》として持って来た紅葉は、二条院の庭の紅葉と見比べると、『古今和歌集』に、**白露も時雨もいたくもる山は　下葉残らず色づきにけり**、とあるように、特に深く染めた露の心も見過ごし難く、もどかしさも体裁が悪いので、通り一遍の挨拶を藤壺宮に送り、王命婦の許《もと》に文を送った。

藤壺宮が参内されたのを珍しいと感じつつ、東宮に関わる事が気にかかり、落ち着かなくなり、仏道修行の勤めに出かけました。それを途中でやめるのは不本意だと思っているうちに、数日が経ってしまいました。紅葉はひとりで見ると、『古今和歌集』に、**見る人もなくて散りぬる**

奥山の　紅葉は夜の錦なりけり、とあるように、錦の色が暗くてわからないように思います。どうか折を見てご覧になって下さい。

文に添えられた紅葉の枝はなるほど素晴らしいので、藤壺宮がじっと見ていると、枝に小さく結びつけた恋文があるのに女房たちが気づき、言上する。藤壺宮の顔色が変わり、源氏の君にこうした好き心が絶えないのも、疎《うと》ましく、あのような思慮深い人が、惜しい事にこのように、不用心な事を時々付け加えるのを見て、女房たちも不審がるに違いないと、不快に感じ、紅葉の枝を瓶《かめ》に挿させて、廂の間の柱の下に押しやった。

大方の宮廷の用事や、東宮に関する事など、藤壺宮は形式張った返事だけを送るので、何とも賢明で、かつ冷静だと源氏の君は恨めしく思うものの、これまで万事につけて世話をしてきているため、ここでそれをやめて、人が妙だと見咎《みとが》めでもしたら大変なので、藤壺宮が内裏から三条宮に退出する日に、内裏に赴いた。

まず帝の御前に参上すると、公務のない折だったため、昔や今の話を申し上げる。帝は顔立ちも桐壺院によく似ていて、多少優美な気配が加わり、優しく柔和《にゅうわ》であり、お互い桐壺帝の皇子として懐しさを感じていた。

源氏の君と尚侍の君の関《かん》係も、まだ絶えていない事を帝も聞いていていて、今始まった事であれば目くじらも立てようが、前からの交情であるなら、不似合ではない二人の間柄だと、不問にするつもりでおり、雑多な話や、漢学の道でまだよくわからない事の数々を尋ねる。他にも和歌のやりとりにまつわる好色じみた話に花を咲かせるついでに、昨年の九月、大極殿《だいごくでん》での斎宮との櫛《くし》の儀では斎宮の容貌が美しかったと、帝が話すので、源氏の君も心が打ち解け、その数日前に野宮の六条御息所の所を訪問したしみじみとした曙《あけぼの》の気配も、すべて言上した。

九月二十日の更待月《ふけまちづき》が、ようやく輝き出して、趣のある時分になり、帝が「こんな折は管絃《かんげん》の遊びでもしたくなります」と言うので、「今宵《こよい》は藤壺宮が里邸に退出なさるため、お供を致します。他に宮を後見する者もおらず、東宮の御縁から、気の毒に思いまして」と源氏の君が言上する。

「東宮を私の養子にするようにと、桐壺院が遺言されたので、特別に配慮してきましたが、今は殊更《ことさら》そこまでする必要もないと感じています。東宮は筆遣いなど格別に優れているようです。何事にも不充分で行き届かない私の面目を、あなたが施《ほどこ》してくれます」と謙遜《けんそん》して言うため、「東宮がされる事は大体に於《お》いて、聡明で大人びてはいるものの、まだまだ幼いままでございます」と源氏の君は応じて、その様子も申し上げた。

退出する際に、弘徽殿《こきでん》皇太后《のこうたいごう》の兄の藤《とう》大納言の息子で、蔵人頭《くろうどのとう》の頭弁《とうのべん》という、時勢に乗って、もはや世の中で悩み事もないのだろう若者が、妹のいる麗景殿《れいけいでん》の方に行く途中、源氏の大将の前駆《さき》が先払いを目立たないようにするのを見て、しばらく立ち止まる。そして、『文選《もんぜん》』の一節で、謀叛《むほん》を企《くわだ》てても成功の見込みはない、という意味の「白虹《はっこう》日を貫けり。太子おじたり」と、聞こえよがしに、ゆったりと口ずさむ。

源氏の君は全く顔を背けたくなるものの、咎め立てはできかね、皇太后の意向は実に厄介で煩わしいという噂は聞こえてくるものの、頭弁以外にも右大臣側の人々が、大きな態度をする折が数々あるので、面倒に思いつつ、ひたすら何げない態度を装った。

藤壺宮の在所に赴いて、「帝の御前にいて、今まで夜を更かしておりました」と、宮に言上すると、月が実に華やかなので、昔はこのような時には、桐壺院が管絃の遊びをして、華やかな夜を過ごした事を藤壺宮は思い起こし、同じ内裏でありながらも、様変わりした事が多く、悲しいので詠歌する。

九重《ここのえ》に霧や隔つる雲の上の
　月をはるかに思いやるかな

宮中に幾重《いくえ》にもかかる霧が隔てているのだろうか、雲の上の月を遥かに心配しているのです、という懸念で、「九重」には幾重と宮中が掛けられ、「霧」は右大臣家の人々、「月」は帝を指し、右大臣方の専横《せんおう》によって、帝の思いが遮《さえぎ》られているのを嘆いていた。王命婦を介して源氏の君に伝えると、藤壺宮のいる御座所《おましどころ》が遠くないため、その様子がほのかであっても、慕《した》わしく聞こえるので、源氏の君はつい、日頃の恨みも忘れてまず涙が落ち、返歌する。

月影は見し夜の秋にかわらぬを
　隔つる霧のつらくもあるかな

月の光はこれまで見た秋の夜と変わりませんが、隔てている霧が何とも辛いものです、という嘆きで、「見し夜」は故桐壺院の在世当時を指し、「隔つる霧」は、他ならない藤壺宮の冷淡さを当てこすっていて、「霞《かすみ》も仲を隔てる点では人の心と同じです」と、古歌の、山桜見にゆく道を隔つれば　霞も人の心なりけり、と、『後拾遺和歌集』にある、山桜見にゆく道を隔つれば　人の心ぞ霞なりける、を響かせて言上した。

藤壺宮は、東宮と別れるのが名残惜しく、様々な事を言って聞かせるものの、東宮がさして深く心に留めている風ではないのが気がかりだった。いつもは早く寝る東宮は、今夜は藤壺宮が退出するまでは起きていようと思っているようで、別れを恨めしいと感じているものの、さすがに後を慕《した》っては来ない様子を、藤壺宮はいじらしく感じた。

源氏の大将は、あの頭弁が口ずさんだ事を思い出して、藤壺宮や朧月夜との密通に罪悪感を抱いて、今の世の中が面倒になる。朧月夜の尚侍の君にも、文を送らないまま久しくなり、初時雨が早くも降りそうな気配のある十月の初旬、どのように思案したのか、尚侍の君から歌が届いた。

木枯らしの吹くにつけつつ待ちし間《ま》に
　おぼつかなさのころも経にけり

木枯らしの吹くたびに文を待っている間に、待ち遠しさの月日が過ぎてしまいました、という恋心であり、女からの贈答歌は珍しく、この時節柄、源氏の君は心を動かされる。無理をして忍んで書き贈ってくれた心情がいとおしく、使いの者を引き留めて、唐《から》の高級な紙を多数入れている厨子《ずし》を開けさせて、上品な物を選び出した。筆も念入りに用意しているあでやかな姿を見て、側に侍《はべ》る女房たちは、「どなたへの手紙だろうか」とつつき合う。

源氏の君は「文を送っても甲斐がなく、懲《こ》りてしまい、ひたすら我が身が辛いので、そのうちに」と、『後撰和歌集』の、数ならぬ身のみもの憂《う》く思《おも》おえて　待たるるまでになりにけるかな、を念頭に置いて、返歌する。

あい見ずてしのぶるころの涙をも
なべての空のしぐれとや見る

逢わないでこらえている時の涙をも、通り一遍の時雨ではなく、あなた以上に思って眺めています、という恋情であり、「心が通っていれば、物思いに耽って眺める長雨の雲も、どんなにか心が晴れ、憂さを忘れるでしょう」と、情をこめて書き送った。このように源氏の君の心を惹《ひ》こうとして手紙を寄越す女君《おんなぎみ》も多いようだが、それに対しては通り一遍の返事をするのみで、心に深くは思わなかった。

やがて藤壺宮は、故桐壺院の一周忌の法事に続き、法華《ほっけ》八講《はっこう》の法会《ほうえ》の準備に取りかかる。故院の命日である十一月初めの国忌《こき》の日に大雪が降り、源氏の君は藤壺宮に弔問の歌を贈った。

別れにしきょうは来れども見し人に
ゆきあうほどをいつと頼まん

桐壺院と死別した日は巡ってくるものの、来世《らいせ》の再会はいつと思えばいいのでしょうか、と問いかける歌で、「ゆき」には行きと雪を掛けていて、藤壺宮の方でも今日は物悲しい日であり、返歌が届けられた。

ながらふるほどはうけれどゆきめぐり
　きょうはその世に遇《あ》う心ちして

生き長らえる間は辛いとはいえ、一周忌の今日はご在世中の御代に出会う気がします、という感慨で、「ふる」と「ゆき」に、降ると雪が掛けられていて、その筆跡は取り繕《つくろ》う面はなく、上品かつ典雅であった。その書風も当世風ではないものの、余人よりは上手で、源氏の君は今日は宮の事は気にせずに、雪の雫《しずく》の涙にくれつつ、勤行を続けた。

いよいよ十二月の中旬、藤壺宮主催の法華八講が営まれ、用意された経巻は、宝玉《ほうぎょく》で飾られた軸、沙《しゃ》や絽《ろ》の薄絹の表装、それを包む竹の帙《ちつ》など、世にまたとない趣で整えられ、華麗さは眩《まぶ》しいほどで、仏像の飾りや、絹の敷物や花を彫った机の覆いなども美しく、極楽を思わせた。

第一日は藤壺宮の父帝、第二日は同じく母后《ははきさき》の御料《ごりょう》が行われ、三日目がいよいよ故桐壺院のために重要な法華経第五巻が講じられた。右大臣方に気兼ねしている上達部《かんだちめ》も、この日ばかりは数多く参集し、今日の講師のために集められた僧も選《え》りすぐられた者ばかりで、読経《どきょう》の声も尊く、『拾遺和歌集』に、**法華経をわが得しことは薪《たきぎ》こり　菜摘み水汲《く》み仕えてぞ得し**、とある文言を、唱える言葉も威厳に満ちている。親王《みこ》たちの捧げ物も数多いものの、源氏の君が供えた細工物の素晴らしさは格別だった。

最終日、藤壺宮は終《つい》の願いとして、出家を仏前に伝えたので、兄の兵部卿宮と源氏の君は驚愕《きょうがく》して、「何たる事」と思い、兵部卿宮が御座所に入って問いただしても藤壺宮の決心は固い。その事情を説明し、法会が終える時分に、比叡山延暦寺《ひえいざんえんりやくじ》の天台座主《てんだいざす》を呼んで、受戒《じゅかい》する予定である旨を伝えた。

伯父の横川《よかわ》の僧都が近くに参上して、いよいよ肩の辺りで、髪を削ぐ段になると、三条宮の人々は驚き騒いで、不吉なくらい泣き声が満ちる。何という事のない老い衰えた人でも、今はこれまでと、出家をする際は不思議と悲しいものなのに、ましてや藤壺宮の場合は、前以てそんな素振《そぶ》りは見せていなかったので、兵部卿宮もいたく泣いた。参上している人々も、法会そのものも心に沁みて尊かったので、みんな袖を濡らしつつ、帰って行った。

故桐壺院の親王たちは、藤壺宮が院の寵愛を受けていた頃の様子を思い返すと、いよいよ心が動かされて悲しくなり、全員が見舞の言葉を言上する。源氏の大将はその場に残り、心の内を言葉に表して伝える方法もなく、途方に暮れるばかりだったが、どうしてそんなに悲しむのかと、人が怪しむといけないので、他の親王たちが退出するのを待って、藤壺宮の御前に参上した。

ようやく人々が静まって、女房たちがすすり泣きをして、しきりに鼻をかんでは、所々に寄り集まっている。月は満月に近くて明るく、雪が光っている庭の景色にも、昔の事が偲ばれて、源氏の君には耐え難いものがあったが、ようやく心を鎮めて、「どうしてこんなに急に、出家を思い立たれたのでしょうか」と訊くと、「今初めて思い立ったのではございません。先刻の落飾《らくしょく》の際の大騒ぎに接すると、出家の心が鈍ってしまいそうでした」と、藤壺宮はいつものように王命婦を通じて伝える。

御簾《みす》の中からは、多数集まって仕えている女房たちが、衣ずれの音を気遣い、静かに身じろぎしながら、慰めようもない悲しげな様子が漏れ聞こえて来て、無理もない、悲しいのも当然だと、源氏の君が聞いている。風が激しく吹き荒れて、御簾の中の匂いは、実に奥床しい、冬の香である黒方《くろぼう》の香が染みついたもので、仏前に供する名香《めいこう》の煙もほのかに漂い、そこに源氏の君の匂いも混じって、誠に素晴らしく、極楽浄土もこのようなものかと思い浮かべられる有様であった。

程なく東宮の使者も到着すると、出家を告げた時の東宮の反応を藤壺宮は思い出し、固い決心も揺らぐ思いがして、東宮への返事も、最後までは口にできないため、そこは源氏の大将が言葉を加えて対処した。

そこにいる誰もが、心の動揺を抑え切れないでいて、源氏の君も、胸に思い浮かぶ事の数々を言い出せずに、歌を詠む。

月のすむ雲居をかけて慕うとも
この世の闇に猶《なお》やまどわん

月の澄む空を心にかけて、あなたの後を慕うとしても、この世の煩悩《ぼんのう》の闇、子を思う親の心の闇に迷うでしょう、という躊躇《ためらい》であり、自分も宮の後を追って出家したいが、東宮を後見しなければならず、それはできないという内心を響かせていて、「すむ」に住むと澄む、「この」には此のと子のを掛け、『後撰和歌集』にある、人の親の心は闇にあらねども　子を思う道にまどいぬるかな、を下敷にしていた。「こんな具合に思っても甲斐はなく、あなたが出家を決心された恨めしさは、この上なく辛いものです」と源氏の君は言上し、女房たちが近くに仕えているため、様々に去来する心中の思いを口にできず、胸塞がっていると、藤壺宮の返歌があった。

おお方のうきにつけてはいとえども
いつかこの世を背きはつべき

この世全体が辛いので、出家をしますが、いつになったら子を思う親の闇から抜け出して、この世を捨てられるでしょうか、というやはり迷いであり、「この」に此のと子のを掛け、源氏の君が贈歌で使った「澄《す》む」とは逆に、「わたくしの心は濁って煩悩が捨て切れません」と言い添えられた返事の一部は、取次の女房が付け加えたのかもしれず、源氏の君は悲しみだけが募るので、苦しい胸の内を抱えながら、三条宮を退出した。

二条院の自邸に帰っても、源氏の君は東の対の自分の部屋に、ひとり横になり、眠られもせず、世の中が厭わしくなる反面、東宮の事のみが心配であった。故桐壺院は東宮の後見にするつもりで、藤壺宮を中宮にしたのだが、藤壺宮は世の中の辛さに耐えられなくなり、もはや位に留まってはおられず出家したので、ここで「自分まで東宮を見捨てたら、どうなる事か」と、源氏の君は思い惑《まど》われつつ、夜を明かす事が多くなる。

こうなった今は、仏道方面の数々の品を調《ととの》えてやろうと思い立ち、年内の完成を急がせ、王命婦も宮に従って出家したので、そこにも思いを込めて見舞をしたが、それがどんな品々で、どんな歌が詠まれたかは省略する。

源氏の君が三条宮を訪問するのも、今では気兼ねはなくなり、藤壺宮が自ら話をする折もあり、源氏の君の宮に対する思いは決して薄くならないままであるが、出家した今となっては、もはや密接な間柄ではなくなった。


年が改まって、故桐壺院の諒闇《りょうあん》の喪も明け、内裏《だいり》では正月の年中行事も華やかになる。二十日頃には、帝主催の宴《うたげ》が行われ、仁寿殿《じじゅうでん》で詩会が催されたあと、内教坊《ないきょうぼう》の舞妓《まいこ》が舞を献じ、清涼殿《せいりょうでん》の東庭での男踏歌《おとことうか》や、紫宸殿《ししんでん》南庭での女《おんな》踏歌が演じられた。

藤壺宮は、人から聞いて、しみじみと昔を思い出しつつ、ひっそりと勤行をし、後世の事ばかりを思う。それによって、源氏の君の懸想《けそう》や自分の位の煩わしさからは遠ざかったように思われ、通常の念誦堂《ねんじゅどう》のみならず、別に建てた御堂《みどう》が、西の対の南側の少し離れた場所にあるので、そこに渡って、特に念を入れて勤行をしていた。

そんな折、源氏の君が参上すると、三条宮は年が改まった印などなく、邸の中は静かで人の出入りは滅多になく、役人たちの中で親しい者のみが、うなだれている。そう思ってみるからか、暗い思いに悩んでいるとはいえ、白馬節会《あおうまのせちえ》だけは以前と変わらず、帝から下賜《かし》された白馬を女房たちが見物した。

上達部《かんだちめ》たちはこの三条宮を避けて、居場所に困る程多数、二条大路を挟んだ向かい側の右大臣邸にこぞって集まるのも、当然ではあるものの、藤壺宮が寂しく思う時などに、源氏の君があたかも千人にも匹敵《ひってき》するような華やかな様子で、親しみをこめて来訪するのを見ると、女房たちはわけもなく涙ぐんでしまう。
源氏の君は、実にしんみりとした様子で、少し付近を見回して、すぐには言葉を発しない。様変わりした住まいは、御簾の縁《ふち》や几帳も青鈍色《あおにびいろ》で、隙間からほのかに覗く、女房たちの薄鈍色や、赤味を帯びた濃い黄色の梔子色《くちなし》の袖口が、却って目に鮮やかで、奥床しく、一面に解け出している池の薄氷や、岸の柳の芽吹く兆《きざ》しのみは季節を忘れてはいなかった。
それらをぼんやり眺めていた源氏の君が、『後撰和歌集』の、**音に聞く松が浦島今日ぞ見る　むべも心あるあまは住みけり**、を、ひそやかに口ずさんでいる様は、優艶《ゆうえん》そのもので、さらに詠歌を加えた。

**ながめかるあまのすみかと見るからに**
**まづしおたるる松が浦島**

長海布《ながめ》を刈る海人《あま》の住み処《か》を見るだけで、物思いに沈む尼の住み処に見えて、潮に濡れるように涙に濡れる松が浦島だ、という感慨で、「ながめ」に長海布と眺め、「あま」に海人と尼、「見る」に海松（みる）を掛けていた。住居は奥深くもなく、すべて仏間にしているため、手狭であり、近くにいた藤壺宮の返歌も、直接耳に届いた。

**ありし世のなごりだになき浦島に**
**立ち寄る浪のめづらしきかな**

昔の気配さえ消えてしまったこの浦島のような住まいに、立ち寄ってくれるあなたが貴く感じられるという謝意で、「立ち寄る浪」は源氏の君を指していた。源氏の君は涙をこらえたものの、落涙してしまい、それを世を思い澄ましている尼君たちが見ているかもしれず、体裁が悪く、言葉少なに退出した。

それを見ていた老女房たちが、「実に比類なく、年齢を重ねるに従い、立派になられた。かつて桐壺院在世の間は、何の不平不満もなく、まさに世に栄えて、当代一の優れた人として、この人の世が本当にわかるようになられるのだろうかと、周りの者は心配していた。しかし今は、誠に心を落ち着けて、取るに足らない些少《さしょう》な事まで、情実を加えるようになっておられ、おいたわしい」と、声を上げて泣きながら源氏の君を褒めるのを聞いて、藤壺宮も昔を思い出す事が多かった。

春正月に行われる県召除目《あがためしじもく》の頃、この藤壺宮の三条宮に仕える人々は、当然貰えるはずの官職も得られず、通常のしきたりからしても、宮の年給として当然なされるべき位階昇進もないため、悲しむ者が実に多かった。

通常、御封《みふ》は止まらないのに、出家を理由にして、食封《じきふ》が減給される事が多く、万事前以て諦めていた俗世ではあるものの、仕える人々が頼りなさそうに悲しがっている様子を見て、藤壺宮の心は時折動揺する。我が身はもはやないものとしても、東宮の治世のみは平穏であって欲しいと思い定め、勤行に励み、人知れず悩み、東宮が不義の子であるという罪障《ざいしょう》を、自身の仏道修行によって、軽くしてもらうべく必死に祈る事で、自らを慰めていた。

源氏の大将もその有様を見て、もっともだと納得し、自邸の二条院でも三条宮同様に、仕える人々は冷遇されているため、世の中を情けなく思って、引き籠っていた。

左大臣も、公私にわたって一変した世の中に、何となく気が重くなり、辞表を出したところ、帝は亡き桐壺院が左大臣を大切な後見人とみて、末長く国の重鎮にすべきだと遺言したのを思い、左大臣を手放したくないので、致仕《ちじ》の辞表をそのたび毎に受理しなかった。

ところが、左大臣は無理に辞退して、自邸に引き籠ってしまった。今ではひたすら右大臣家の一族のみが事ある毎に栄進するようになり、国の礎石《そせき》と目されていた左大臣が、こうして俗世間から隠遁《いんとん》してしまったので、帝も心細く、世の人々も道理を解する人はみんな嘆いた。

左大臣の子息たちはみんな、人柄が良くて、世にも重用《ちょうよう》されて、屈託なさげであったが、この頃になって格別に勢いが衰え、かつての頭中将《とうのちゅうじょう》は今は三位《さんみ》中将となり、今の世の中になって塞ぎ込んでしまう。正妻である右大臣家の四《し》の君には、以前通り稀にしか通わず、冷たくしているので、右大臣は三位中将を心を許した婿たちの数の中にも入れず、思い知れということか、今回の司召《めしつかさ》からも漏れてしまった。

三位中将自身はさして気にもせず、源氏の大将もこうして静かにしているし、もともと世の中は、頼りないものと思っていて、源氏の大将が冷遇されているし、まして自分も当然だと思う。常に二条院に通っては、漢学や管絃の遊びも共にし、昔も競い合っていたのを思い出しながら、今も些細な事でも、張り合っていた。

源氏の君は、春と秋の国家安泰《あんたい》を願う読経は無論、臨時でも様々な法会を催し、右大臣家から冷遇されて暇になった文章博士《もんじょうはかせ》を招いて、漢詩作りや韻塞《いんふた》ぎなど、慰み事をいくつも行う。出仕は滅多にせず、心に任せて遊び呆《ほう》けているため、世間では、朝廷に不満があってての事だろうと、邪推《じゃすい》する向きもあるようだった。

夏の雨がのどかに降って暇な折に、三位中将が、漢詩集を供人に多数持たせて参上したので、源氏の君の邸でも書庫を開けさせて、まだ開いた事のない多くの厨子《ずし》の中の、珍しく由緒《ゆいしょ》ある古詩集を少し選び出させた。漢詩文を専門とする人々を、表立ってではないが多数招いたため、殿上人や大学寮《りょう》の文章博士や文章生《もんじょうしょう》が、実に多く集まり、三位中将の右、源氏の君の左の二組に分けて競い合わせる。

賭物《かけもの》の数々を目当てにして、二組が比類ないくらいに競い合い、韻を易しい字から難しい字へと少しずつ塞いでいくにつれ、難解な韻の文字が実に多くなり、世評の高い文章博士が迷っている箇所を、源氏の君が時折口に出して当てる様は、本当にこの上ない学才の深さが明白であった。人々は「どうしてこうも、すべての面で優れておられるのだろうか。やはり、こうなるはずの宿縁《しゅくえん》があって、万事が人よりは抜きん出ておられるのだ」と褒め上げ、最後には右が負けてしまった。

二日ばかりが過ぎて、三位中将が勝負に負けた罰としての饗応《きょうおう》である負態《まけわざ》を催し、大袈裟にはならないようにして、美しい檜破籠《ひわりご》の数々に食物を入れて供した。賭物も種々あって、今日もいつものように多くの人を呼んで、漢詩を作らせていると、前庭に下りる階段《きざはし》付近にある薔薇《そうび》がほんの少し咲いて、春秋の花盛りの頃よりもしっとりとして趣がある頃なので、みんなでくつろぎながら管絃の遊びを始める。

三位中将の子息で、今年初めて童殿上《わらわてんじょう》する八、九歳の子が、実に美しい声の持主であり、笙《しょう》の笛も上手に吹くので、源氏の君は大いに可愛がって遊ぶ。この子が四の君腹の次男であり、右大臣家の外孫《そとまご》でもあるので、世間の人々が抱いている期待も並々でなく、特に大切に世話をしてやる。
才気のある性格で顔立ちもよく、遊びが多少乱れていく頃に、催馬楽《さいばら》の「高砂《たかさご》」を声に出して歌うのが誠に可愛らしく、源氏の大将は表着を脱いで、褒美《ほうび》として与えた。

いつもより遊びに興じている源氏の君の顔の色艶《いろつや》の美しさは喩《たと》えようもなく、薄物《うすもの》の羅の直衣《のうし》とその下に単衣《ひとえ》を通して透けて見える素肌の様子も実に美しい。遠くからそれを拝した年老いた博士たちは、それぞれ涙を流して坐り、「高砂」の末句の「あわましものを　さゆりばの」が謡《うた》われる時に、三位中将が源氏の君に盃《さかずき》を差し出して詠歌した。

それもがとけさひらけたる初花に
おとらぬ君がにおいをぞ見る

それがあればいいなと願われて、今朝開いた薔薇の初花にも劣らない、あなたの美しさです、という讃美で、「それもが」と「けさ」「初花」は三つとも「高砂」の中にある歌詞で、『古今和歌集』の、我はけさういにぞ見つる花の色を　あだなるものと言うべかりけり、を響かせていて、源氏の君は微笑しながら盃を受けて、返歌する。

時ならでけさ咲く花は夏の雨に
しおれにけらしにおうほどなく

時節からはずれて今朝、咲く花は、夏の雨に萎《しお》れてしまったようです。咲き匂う時もないままに、という謙遜《けんそん》で、もうこれ以上は飲めませんという意味を含ませ、一連のやりとりは、白楽天《はくらくてん》の律詩中の一句「階の底の薔薇は夏に入って開く」を下敷にしていた。源氏の君がはしゃぎながら、三位中将の歌を茶化したのを、中将は口に出して咎めつつ、無理に酒を勧めた。

この場で披露された歌の数々は、すべて源氏の君を褒め称えるばかりで、源氏の君自身も胸の内で自信たっぷりになり、『史記』の魯周公世家《ろしゆうこうせいか》の一節「我は文王《ぶんおう》の子　武王《ぶおう》の弟　成王《せいおう》の叔父《おじ》なり。我天下に於《おい》て亦賤《またいや》しからず」と口ずさむ。その名乗り方は優美ではあるが、成王を東宮に擬《ぎ》してはいるものの、源氏の君はその叔父ではなく、実父なので、この点だけは何とも弁明しがたく、その将来についても気がかりである。兵部卿宮《ひようぶきようのみや》も常に赴いていて、管絃の遊びに秀でているため、恰好の遊び仲間になっていた。

その頃、朧月夜《おぼろづきよ》の尚侍の君が、内裏《だいり》から右大臣邸に退出したのも、長く瘧病《わらわやみ》に悩んでいて、祈禱を気兼ねなくするためであり、修法《ずほう》を始めた結果、快方に向かった。

誰もが嬉しく思っている時に、いつものように滅多にない機会だからと、互いに言い交わして、無理な形をものともせずに、源氏の君は夜な夜な通う。尚侍の君は実に女盛りで、明るく華やかさがあったのが、少し病を得て、ほっそりと痩《や》せており、それが却って魅力を添えていた。

弘徽殿皇太后《こきでんのこうたいごう》も、やはり右大臣邸に下がっている折で、恐ろしい環境ではあるものの、そんなびくびくした逢瀬に心《こころ》惹かれるのが源氏の君の性分なので、人目を忍んで逢う回数は重なっていった。

様子に気がついた女房たちもいるようだが、厄介事なので皇太后には言上せず、また右大臣も思いもよらない事なので知らずにいた頃、雨が急に降り出して、恐ろしく雷も鳴り響く暁《あかつき》に、右大臣家うろたえ、尚侍の君の側近くに集まって来た。

源氏の君は困り果てて、退出するすべがないまま夜がすっかり明け果ててしまうと、御帳台の周囲にも女房たちがぎっしりと詰めかけて坐っており、源氏の君は驚愕《きょうがく》して胸がつぶれ、わけを知っている中納言の君たち二人が、どうしたものかと心を悩ませた。

雷が止《や》んで雨も少し小降りになった頃、右大臣がやって来て、まずは皇太后がいる寝殿《しんでん》に赴いたのを、尚侍の君が急に強くなった村雨《むらさめ》の音のために気づかずにいた。右大臣は無遠慮に廂の間にはいって来て、母屋《もや》の御簾を引き上げるなり、「具合はどうですか。昨夜の大変な空模様のため、心配になりながらも、参上しませんでした。息子の中将や皇太后宮職の亮《すけ》などは、伺ったでしょうか」と言う。

その様子が、何とも早口で軽々しいのを、源氏の大将は耳にして、ふと左大臣の様子と思い比べて、似ても似つかない人品《じんぴん》だと、つい苦笑したくなり、軽率な振舞を責めたくなる。

当惑した尚侍の君は、そっと御帳台から出て、外に膝行《しっこう》すると、顔がひどく赤らんでいるので、右大臣はまた病気が出たのではないかと思って、「どうして顔色がいつもと違うのでしょうか。物の怪《け》の仕業でしょうか。もっと修法を続けるべきでした」と言いつつ、尚侍の君の様子を見る。薄《うす》二藍《ふたあい》の帯が体にからまって外に引き出されたのを右大臣は発見し、おかしいと思うと、手習をしたような懐紙《かいし》も几帳の下に落ちていて、「この男物の帯と懐紙は何だろう」と、心は動転する。「これは誰の物ですか。見慣れない物です。渡して下さい。手に取って誰の物か調べます」と右大臣が詰め寄ったので、尚侍の君も後ろを振り向いて、懐紙がそこにあるのに気がついた。

取り繕うすべもなく、返答のしようもなく、尚侍の君が茫然自失《ぼうぜんじしつ》しており、我が子ながら恥ずかしいと思っているはずなので、右大臣たるもの、ここはそっとしておくところなのに、性急で遠慮のない性格から、種々思いやる事もなく、懐紙を手に取るなり、几帳から中を覗き込む。

そこには実にしなやかに、うろたえもせずに添い臥している男がいる。今になってようやく顔を隠して、知らん顔をしているため、右大臣はあきれ果て、心外極まりないものの、相手が平然としているので、気後れがし、目も眩《くら》む感じもして、懐紙を手にしたまま寝殿の方に戻って行った。

残された尚侍の君は正気も失せる気がして、死にそうな有様であり、源氏の大将も「困った事態になった。とうとう不用意な振舞が積もり積もって、世の非難を受けるに違いない」と思いつつ、尚侍の君が可哀想になり、いろいろ慰めた。

右大臣は思った事をすぐ口に出してしまう性分で、その上に老いのひがみまでも加わり、とにもかくにも、ありのままを、寝殿にいる弘徽殿皇太后に話し、「かくかくしかじかの、とんでもない事が生じました。これは紛れもなく源氏の大将の筆跡です。そもそも事の始まりは、親の目を盗んでの逢瀬でした。人柄に免じて全ての罪を許そうと考え、正妻の葵《あおい》の上が亡くなったあとは、二人の結婚もよかろうとさえ思ったのです。

ところが、こちらの意向は無視して、失敬な態度に終始し、面白くないと思っていたのです。しかしこれもそうなる宿縁かと思い、たとえそうしたことがあったとしても、帝は決して見捨てはされないはずと、かねてからの望み通り出仕させたのです。しかしやはり、入内前に男と通じたという理由から、ちゃんとした女御《にょうご》にはなさらず、尚侍《ないしのかみ》という役職になってしまいました。それが物足りなく、無念に思っていたところに、この有様です。

源氏の大将も、男の常とはいっても、実にけしからぬ性根《しょうね》の持主です。あの朝顔《あさがお》の斎院《さいいん》にも、無遠慮に言い寄り、密かに文を交わしているようで、怪しいと人から聞いた事もあります。こうした所業は、帝のためのみならず、源氏の大将ご自身のためにもよくないはずで、まさかそんな無分別な事はされないだろうと思っていました。ましてや、今は世の識者や天下の人々を従わせている有様は比類ないので、源氏の大将の心を疑わなかったのですが」と訴えた。

これを聞いた皇太后は、大変に気性が激しいため、不機嫌そのものになり、「帝の事を、誰も彼もが軽くあしらっておりました。辞任した左大臣も、大切に育てた一人娘を、兄である東宮には差し出さず、弟の源氏の君が元服《げんぷく》する際の添臥《そいぶし》として取っておいたのです。また妹の尚侍《かん》の君も、宮仕えさせようと心づもりしていたのを、その前に源氏の君が横取りしてしまい、みっともない結果になりました。

それで、誰もがあの大将に、妹を嫁にしてもらおうと思っていたのに、そのあてがはずれて、こうして宮仕えさせたのです。それが気の毒で、尚侍《ないしのかみ》であっても女御にも劣らない身分にしてやり、あのいまいましい大将の鼻を明かしてやろうと考えておりました。

ところが妹はやはり、こっそりと、自分の心が本当に靡《なび》く方に逢っているのでしょう。朝顔の斎院についても、同じ事でしょう。どうやら、大将は東宮の治世に望みをかけるのが格別な余り、今上帝をないがしろにしているのです」と、冷たく決めつけた。

右大臣はさすがに困り、言ってしまった事を後悔して、「まあまあ、ここはしばらくの間、ここだけの話にしましょう。帝にも奏上《そうじょう》しないで下さい。このような密会をしても、帝からは見捨てられないと思っての行為でしょう。あなたが内々に注意をして、それでも懲りなければ、この罪はひとえに私が背負います」と、穏やかに取りなしたものの、皇太后の機嫌は直らない。

妹の尚侍の君と自分が、このように同じ邸にいて、隙もないはずなのに、遠慮もなく、ずかずかと侵入して来るのは、源氏の君がこちらを軽《かろ》んじているように感じられ、益々もって許し難い。これは源氏の大将を陥《おとしい》れるための策の数々を、実行に移すには願ってもない機会だと、皇太后は意を固めた。

◇　◇

ここまで「賢木《さかき》」の帖を書き終えて、大きな溜息をつく。物語の起筆から、常に我が意の赴くままに振舞って来た光源氏の前途に、何かしら暗雲が立ちこめ出した感じがする。しかしその暗雲がどのようなものなのかは、今は全く見当がつかなかった。

相変わらず月に一、二度は通って来る宣孝殿《のぶたか》には、書き上げた草稿は見せなかった。見せよと言っても見せてもらえないのがわかっているのだろう、宣孝殿も一切、物語については口にしなくなった。

代わりに、「この師走《しわす》の十六日、定子《さだこ》皇后が亡くなられた」と言った。

皇后が第三子を身籠られているとは聞いていた。安産ではなかったのだ。

「第三子は女児で、兄の伊周《これちか》様や弟の隆家《たかいえ》様たちが立ち会われていた。しかし後産《あとざん》がうまく運ばなかったようだ」

宣孝殿が無念そうに言う。「行年《ぎょうねん》二十四で、まだまだ若かった。立后してから十年、帝は、寵愛がひとかどでなかっただけに、悲嘆そのものらしい」

「そうなると、これから先は、道長《みちなが》様の娘の彰子《あきこ》様の時代に移るのですね」

「それはそうだが、道長様も体の不如意《ふにょい》があるようだ。それに定子皇后が出産されるのと日を同じくして、帝の母君である詮子皇太后《あきここうたいこう》の住まわれる東三条院が全焼している。帝にとっては、実に忌《い》まわしい師走になってしまった」

沈んだ顔をしていた宣孝殿も、我が子賢子《かたこ》の這う姿を見ては喜び、抱きあげては頬ずりして赤子を泣かせた。

定子皇后のおごそかな葬送の様子を、宣孝殿が語ってくれたのは、年が明けてからだった。

「皇后の亡骸《なきがら》は火葬ではなく、土葬になった。葬儀そのものは十二月二十七日の夜半、鳥辺野《とりべの》で催された。実は私も参列した。いや、当然、末席だよ」

何事に対しても首を突っ込みたがる、宣孝ならではの物見遊山《ものみゆさん》だったのだろう。確かあの日は、前日から雪が降ったり止んだりしていた。

「遺体は六波羅蜜寺《ろくはらみつじ》に安置されていたので、そこから金銅《こんどう》飾りの牛車に乗せられて、鳥辺野に造られた霊屋《たまや》まで運ばれた。柩《ひつぎ》はそこに置かれた。もちろん伊周様たちが付き添われた」

「帝は参列できませんね」

「そうだ。帝たるもの、忌むべき葬送は、内裏から思いやるしかない。その折に、帝の詠まれた歌が今は広く知られている」

「どんな歌でしょうか」

帝自らの御作となれば是非とも知りたい。

「それにはまず、定子皇后が残された歌三首を知る必要がある。皇后は自らの迫り来る死を覚悟されていたようだ。几帳の紐《ひも》に遺書があるのに、伊周様が気づいた。葬儀は火葬でなく土葬にするように説かれ、まず第一首はこうだ。

　よもすがら契《ちぎ》りしことを忘れずは
　　恋いん涙の色ぞゆかしき

またとない恋歌と思うが、どうだろう」

宣孝殿自身が感嘆を込めて言う。

確かに恋情に溢れた歌で、ちょっと真似《まね》はできそうもない。毎夜契ったことをあなたが忘れないのであれば、わたしが死んだあとに、あなたの流す血色の涙が見たい、という意味だろう。この歌を見せられたときの帝の涙は、想像に難くない。

「二首目は、どんな歌でしょうか」

「第二首も悲しい。

　知る人もなき別れ路に今はとて
　　心細くも急ぎ立つかな

死出《しで》の旅に出る寂しさと悲しさが詠み込まれている」

宣孝殿が自分で頷《うなず》く。死に行く道に知人などあるはずがない。ひとりで心細くも旅立つしかない路なのだ。

「そして最後の歌がまた胸を打つ。

煙とも雲ともならぬ身なれども
草葉の露をそれと眺めよ
ここに土葬して欲しい願いが出ている」

「いい歌です。死を確かに感じ取った人の強い意志を感じます」

三首の歌からだけでも、定子皇后の人柄が偲ばれた。帝に甘える心と、決然と別れを告げる芯の強さを合わせもった方なのだろう。何よりも、歌に品性と瑞々《みずみず》しさが感じられる。

「火葬でないので煙にも雲にもならない。草葉の露を見たとき、それがわたくしだと思って下さい
――。なるほど、煙はひとときだけれども、露は毎朝のように立ち現れる。この皇后の三首を前以て知っていれば、鳥辺野への葬列がより一層身に沁みたのだが」

「それでも、宣孝殿が皇后の葬列に参加されたのは、功徳《くどく》でした」

「ふとその気になっただけだが、日頃から定子様の噂を耳にしていて、いい方だと思っていたからだろう」

しみじみと宣孝殿が言う。

「それで、帝の歌はこうだ。

野辺までに心ひとつは通えども
我が御行《みゆき》とも知らずやあるらん

宣孝殿は帝の歌を二度口にする。「御行」は、深雪（みゆき）であり、そなたの霊屋に降り積もっている雪は私の御行だ。しかしそなたはもう、それもわからず眠っているだろう――。まさしくここにも、帝の后を恋うる真情が込められていた。

「あとに残されたのが、幼い皇子と皇女《こうじょ》たちですね」

「敦康《あつやす》親王は、まだ三歳だ。後見としては定子皇后の兄の伊周様と、弟の隆家様しかいない。二人ともいったん咎めを受けた方なので、大きな力はない。だから親王の前途は決して明るくない」

宣孝殿が一瞬顔を曇らせる。「何年かあとに、道長様の娘である彰子中宮に皇子が生まれれば、世の中の流れははっきりする」

聞いていて、内裏の勢力の拮抗《きっこう》の推移が、書いている物語の左大臣家と右大臣家そっくりだと思わざるを得なかった。

# 第十九章　死別

年が明けて二月を迎える頃、京では再び疫癘《えきれい》が力を奮《ふる》い出した。一月に届いた父君の手紙には、二月の末か三月に、任期が果てて帰京する旨《むね》が記されていた。手紙には、はやり病《やまい》のことは書かれていなかったので、越前《えちぜん》までは、まだ疫癘も足を延ばしていないのだろう。

心配なのは、この病のはびこる都に父君や母君、弟が立ち戻って来ることだった。とはいえ、こうした司召《つかさめし》は神の声に等しく、拒めない。

父君たちを迎えるにあたって、堤第《つつみだい》はにわかに活気づく。最近、再び寝込みがちだった祖母君も活気づいて、妹や家人《けにん》たちを使って、屋敷の隅々まで磨かせた。

そんな人の動きが、二歳になった賢子《かたこ》は面白いらしく、よちよち歩きながらついて回る。簀子《すのこ》から下に落ちでもすれば一大事なので、必ずひとり見張り役が必要だった。その役は末弟の定暹《さだのり》が買って出てくれた。この定暹の気性《きしょう》はどこまでも穏《おだ》やかで、子守役にはもってこいだった。

父君たち一行の到着は三月十日だった。日が傾きかけた頃、先駆《さきが》けの家人が知らせてくれた。その家人は何里《り》も駆けて来たのだろう、「あと半刻《はんとき》で着きます」と言ったきり、土間《どま》にへたり込んだ。そのあと湯殿《ゆどの》と厨《くりや》は大忙しとなった。

暗くなる頃、まずは惟規《のぶのり》と家司《けいし》たち、そのあと母君が乗る牛車、そして騎乗の父君が到着した。帰着した家司と迎える家人が、お互い無事を確かめ合っている。父君と母君がまず相見たがったのが賢子で、代わる代わる抱き上げる。最後に惟規が抱いたとき、とうとう賢子が泣き出した。あやしてくれたのが妹の雅子《まさこ》で、紙で作った小太鼓《こだいこ》を叩《たた》くと泣き止んだ。

父君と母君がことさら喜んだのは、祖母君が気丈《きじょう》にも先頭に立って出迎えてくれたことだった。母君とは手を取り合って語り合ううち、二人とも涙目になった。父君から留守中の労をねぎらわれたときは、涙を催《もよお》しそうになる。

「それにしてもわしたちの留守中に、結婚と出産、大変だったな」

「これも祖母君のお蔭です。父君と母君不在の堤第では、ひとえに祖母君が家の重しでした。こうしてみんなが無事に帰り着いた今、ほっとされているのがわかります」

そう言ったあと、この安堵《あんど》が祖母君に禍《わざわい》するような気がした。

「香子《かおるこ》が書いた物語に、文《ふみ》を添えて送ってくれたのも、そなたの祖母君だった」

「はい」

祖母君は、書写した一冊は、亡き姉君のためと言っていた。父君にも送ったとすれば、その一冊は雅子が書き写したものに違いなかった。

「いやあ、面白かった。越前では、みんなで読んだ」

「母君の他にも誰か」

「惟規と、あの神主《かんぬし》だ。神主は刀自《とじ》たちに書写させたあと、返してくれた。今頃は、そなたの物語、越前でも引っ張りだこのはずだ。惟規も気に入っていたし、そなたの母君も、続きが読みたいと言い、京に戻る嬉《うれ》しさと、物語の先を読みたいのが一緒になっていた。今頃、祖母君にせがんでいるのではないかな」

父君が大仰《おおぎょう》に言う。

越前で読まれるのはいい。母君が読んでくれるのもありがたい。しかし、惟規が読んだとなると、まだ読んでいない惟通《のぶみち》と定暹にあれこれと吹聴《ふいちょう》するに違いない。それが気になる。

「読んでいて、あの源氏の大将の行く末が懸念《けねん》された。あの、日の出の勢いが、この先続くとは思えない。必ずや、周囲のやっかみ、顰蹙《ひんしゅく》を買う」

「そう思います」

「読む方は、楽しみつつも、どこか薄氷《はくひょう》を踏む思いがしている。宣孝殿《のぶたか》はどう言われているかな」

「宣孝殿には見せていません」

「何と」

父君が驚く。

「どこか非難されそうで。それにあの方は、こうした物語の類《たぐい》には疎《うと》いように思います」

寄越した手紙に赤い点をつけて、血の涙だと書いたり、憎たらしい絵を添えたりする人だ。読んで、何かひとつでもけちをつけられると腹が立つ。

「そうはいっても、何かの巡《めぐ》り合わせで、書写したものが宣孝殿の手に渡るやもしれない」

「それはそれで仕方ありません」

答えつつも、内裏《だいり》のしきたりや、今の事情を教えてくれたのは宣孝殿だったことを思い出す。宣孝殿がいなければ、内裏の話をここまで立ち入っては書けなかったのだ。

翌日の宴会には、故為頼《ためより》殿の子息の伊祐殿、そして宣孝殿も見えて、堤第は一挙に花が咲いたように華やいだ。

ちょうど庭の梅も見頃を迎えていて、父君や従兄に請《こ》われるまま、管絃《かんげん》の遊びになった。祖母君が琴《きん》の琴《こと》を持ち出し、母君から言われて和琴《わごん》を受け持たされた。母君は箏《そう》を前に置き、三人で合奏をする。三曲ばかり弾《ひ》き終えると、惟規が笛を、惟通が琵琶《びわ》を出して、五人での演奏になる。たまりかねたのか、自ら催馬楽《さいばら》を謡《うた》い出したのが定暹だった。

〽梅が枝《え》に来居《きい》る鶯《うぐいす》や
春かけて　はれ
春かけて鳴けども
いまだや雪は降りつつ
あはれ　そこよしや
雪は降りつつ

定暹がまともに謡うのを聞くのは初めてだった。定暹が宣孝殿から口移しに教えてもらっているのを、垣間見《かいまみ》たことはあった。元来が美声の持主なので、改めて聞かされて父君と母君は大喜びだ。気を良くした定暹は、振りをつけ、謡いながら踊り出す。

〽あな尊《とうと》
　今日の尊さや
　古《いにしえ》も　はれ
　古もかくや有りけんや
　今日の尊さ
　あはれ　そこ良しや
　今日の尊さ

　おそらく宣孝殿からの伝授に違いなく、宣孝殿も定暹の動きにいちいち頷《うなず》いては一緒に謡い、酒盃《しゅはい》を傾けている。

　酒宴は遅くまで続き、その夜、宣孝殿は酔ったまま、わが子の賢子に添い寝した。

「これでそなたの家も安泰《あんたい》で、この先は栄《さか》えていくばかりだ」

　眠っている賢子にそっと言う。「しかし見るたびに、賢子はそなたに似て来る。裳着《もぎ》の頃には瓜《うり》二つになるのではないかな」

「いいえ、祖母君は、宣孝殿によく似ていると常日頃言われています」

「そうかな」

「父君に似なくてどうしますか」

　言われて、宣孝殿は頭を掻《か》いた。

五年ぶりに、堤第は活気を取り戻した。庭の梅が桜に変わる頃、また文机《ふづくえ》に向かう。

人に知られない、自分の所業《しょぎょう》の果てによる悩み事は、以前からのものではあったが、このような世間一般の移り変わりを見ると、煩《わずら》わしさが増し、源氏の君の心の乱れはいや増し、先行きが心細く、世の中すべてが嫌になるものの、世を捨てる事もできず、思い切れない諸事情が多々あった。

故桐壺院《きりつぼいん》の女御《にょうご》だった麗景殿《れいけいでん》という方は、皇子も皇女もないまま、院が崩御《ほうぎょ》したあとは、以前にも増して気の毒な暮らしになっていたが、その庇護者《ひごしゃ》の源氏の大将に大事に守られて生活していた。その妹の三の君とは、かつて源氏の君が内裏辺りで逢瀬《おうせ》を持ち、その縁を大切にする性分《しょうぶん》から、忘れはしないものの、特別扱いもしないため、三の君は心の底から悩んでいた。

同じ頃に源氏の君も世の中すべてに憂《うれ》いを感じていたため、ふとこの三の君を思い出して、我慢ができなくなり、五月雨《さみだれ》の空が見事に晴れて、雲の絶え間に出かける気になった。

これといった支度《したく》もせずに、目立たない姿で、先払いもなく、人目を避けて中川《なかがわ》付近を通り過ぎると、小ぢんまりとした家で、趣《おもむき》のある木立《こだち》もあり、よい音色の筝の琴をあずまの調子に整えて、合奏して賑《にぎ》やかに弾いているのが耳に留まる。

門に近い所なので、牛車から少し身を乗り出して中を見ると、桂《かつら》の大木を吹き過ぎる風に、葵《あおい》と桂で冠《かんむり》を飾る葵祭の頃をふと思い出し、何となく辺りの風情《ふぜい》に心を惹《ひ》かれているうちに、かつて一度だけ逢った女の家だと気がつき、平静でおられなくなった。

あれから随分時が経ってしまったので、ここで不意に訪問するのも気が引け、かといって素通りもできないと躊躇《ちゅうちょ》していたその時、時鳥《ほととぎす》が鳴きながら空を移って行き、訪れを誘うような按配《あんばい》は、『古《こ》今《きん》和歌集』にある、夜や暗き道やまどえるほととぎす　わが宿をしも過ぎがてに鳴く、そのもので、牛車を押し寄せて、例によって惟光《これみつ》を邸内に赴《おもむ》かせ、歌を贈った。

をち返りえぞ忍ばれぬ時鳥
　ほの語らいし宿の垣根に

昔少しだけ通ったこの家の垣根に、帰って来た時鳥が恋しさに耐えられずに鳴いています、という追憶《ついおく》しての懸想《けそう》であり、自分を時鳥に喩《たと》えていた。

寝殿《しんでん》らしい家屋の西の端《つま》では、女房《にょうぼう》たちが控えていて、その声に聞き覚えのあった惟光は、咳払《せきばら》いをして様子を窺《うかが》ってから取次を頼み、源氏の君の歌を差し出すと、若々しい女房たちの気配がして、一体誰からの文《ふみ》だろうと怪訝《けげん》そうであり、返歌が届いた。

時鳥言問《ことと》う声はそれなれど
　あなおぼつかな五月雨《さみだれ》の空

時鳥が訪れて鳴く声は、確かにあなたの声ですが、五月雨の空が曇っているため、はっきりとはわかりません、という知らんふりで、そのつれなさに惟光は、わざと知らんふりをしていると見て、古《ふる》歌《うた》の、花散りし庭の木の葉も茂りあいて　植えし垣根も見こそわかれぬ、を念頭に置いて、「いやこれまでです。庭木が繁《しげ》って、以前に植えた垣根もわからなくなりました」と言い捨てて出て行く。

女の方では相手にされなかったのが恨《うら》めしく、切ないと思っていて、一方の源氏の君は、やはりそうだろう、長い間訪れなかったので、別の男でもできたのに違いないと思い、つれなさも道理なので、それ以上は何もできない。

このような身分の女としては、筑紫《つくし》の大弐《だいに》の娘で五節《ごせち》の舞姫に選ばれた女が可憐《かれん》だったと、まず思い出され、どんな女に対しても、心が平穏ではいられず、苦しそうである。年月が経っても、やはりこうして、昔逢った女には情けをかけるのを忘れないので、これが却《かえ》って多くの女たちの物思いの原因になった。

目的地の麗景殿の里邸《りてい》では、思っていた通りに人も少なくて静かであり、世の移り変わりが感じられ、まずは女御の部屋で、昔話をしんみりとしたのも、麗景殿女御はほんの少しだけ、源氏の君の亡き母である桐壺更衣《こうい》を知っており、また藤壺中宮《ふじつぼのちゅうぐう》とも会った事があるためであり、話を聞いているうちに夜もすっかり更《ふ》ける。

二十日の更待月《ふけまちづき》が昇る頃には、高い木立の影が一段と暗く見え、近くの橘《たちばな》の香も昔通りに懐しく匂い、女御の様子も、年配者ではあるものの、どこまでも配慮が行き届き、気品があって優美であった。桐壺院の特段の寵愛《ちょうあい》はなかったものの、親しさやいとおしさを感じておられた昔が、次々と思い出されて、つい源氏の君は涙する。

すると、先刻の家の垣根で鳴いていたその鳥とおぼしき時鳥が、同じ声で鳴くので、源氏の君は自分の後を追って来たのかと思い、風情にかられて、『古今和歌六帖』にある、**古《いにしえ》のこと語らえばほととぎす　いかに知りてか古声のする**、と、小声で口ずさんで、詠歌《えいか》する。

橘の香《か》をなつかしみ時鳥
花散る里を尋ねてぞ訪《と》う

昔の人を思い出させる橘の香りが懐しく、時鳥は花散里《はなちるさと》のこの印を探して訪れました、という懐《かい》旧《きゆう》の情で、自らを「時鳥」になぞらえており、『万葉集』の、**橘の花散る里のほととぎす　片恋しつつ鳴く日しぞ多き**、や、『古今和歌集』の、**五月《さつき》待つ花橘の香をかげば　昔の人の袖の香ぞする**、を下敷にしていた。

「故桐壺院の昔の忘れ難い心を慰《なぐさ》めるために、やはりここに参上すべきでした。確かにこの上ない悲しみが紛《まぎ》れる事も、また一方で悲しみが加わる事もありました。人は時勢の流れに従うものなので、故院の頃の昔語りを、わずかでも語り合える人も少なくなりました。その点では、あなた様は私以上に、所在ない寂しさを感じておられるのではないでしょうか」と言上《ごんじよう》すると、今更言っても仕方のないこの時勢で、物悲しさを感じているような様子が、まざまざと感じられ、女御の人柄ゆえに、源氏の君の感慨は一入《ひとしお》深く、返歌が示された。

人目なく荒れたる宿は橘の
花こそ軒の端《つま》となりけれ

訪れる人もなく荒れたこの家で、橘の花だけが軒端《のきば》に咲いて、あなたを誘うよすがになりました、という喜びで、源氏の君を時鳥に見立てていて、「端」は端とよすがが掛けられ、やはりこの方は格別に優《すぐ》れておられたのだと、源氏の君には思われた。

寝殿の西面《にしおもて》には、昔通っていた妹の三の君が住んでいるため、さりげなく目立たないように赴いて覗《のぞ》くと、源氏の君の訪問は実に久々の事なので、その姿は新鮮で、世にも類《たぐい》なき美しさであり、花散里の三の君は、途絶えていた通いの恨めしさも忘れてしまいそうで、源氏の君が何やかやと、いつものように親しげに話を切り出すのも、決して口から出まかせではないようだった。

たとえ短い間でも逢う女君《おんなぎみ》はみんな、世間一般の身分ではなく、各自が何の取柄《とりえ》もないというような風でもないため、気に障《さわ》る事もなく、自分も相手も気心を通じ合わせて、年月を過ごしている。こうした途絶えがちな仲を気に入らないと思う女君は、心変わりするのも道理で、世の習いでもあると、源氏の君は思い定めている。あの中川の女も、それからすると、心変わりをしてしまった部類だった。

◇　◇

この「花散里」の帖は、短いながらも風情よく書けたと、我ながら満足する。それに、ここで初めて登場させた花散里という女は、奥床《おくゆか》しさと光源氏への思慕《しぼ》が、これまでの女たちとはどこか違うような気がする。思いがけない人物に、自分が書いた物語の中で出会ったのも不思議だった。

四月上旬に宣孝殿が通って以来、しばらく訪れが途絶え、ようやく月末になってから、便りが来て、宣孝殿の死去を知らされた。死因は京を席捲《せっけん》している疫癘だと言う。もう火葬も無事に終えたらしく、あまりに突然の別れに、腰が抜けた。

かぎりなき雲居《くもい》のよそに別れしを
声をかぎりに呼ぶも空しき

頻繁《ひんぱん》の訪れはなかったものの、もはや会えないと思うと、ひとつひとつの逢瀬が限りなく貴く感じられた。あるときは、宣孝殿の剽軽《ひょうきん》さを軽蔑《けいべつ》もし、重々しさを望んだ日もあった。しかし今から思えば、あの明朗さと気安さ、そして滑稽《こっけい》ぶりが、余人《よじん》にはない美点だったことがわかる。加えて、宮中の様々な催しやしきたりについて教えてくれたのも宣孝殿だった。それが物語を書くのにどれほど有益だったか。

それなのに、草稿の一枚さえも見せなかったのも今となっては悔やまれる。少しでも揶揄《やゆ》されるのを恐れたせいでもあった。宣孝殿の軽口《かるくち》を嫌ったのだ。

申し訳なかった。いかに辛《から》い批評であっても、宣孝殿のひと言を聞いておけば、これから先の指針になり得たかもしれない。もはや甲斐《かい》もない。せめて、宣孝殿に見せなかったこの物語を、最後まで書き進めるのが、夫への弔《とむら》いだろう。

ひとりそう思い、流れ落ちる涙を拭《ぬぐ》った。

消えぬ間の身をも知る知る朝顔の
露と争う世を嘆くかな

朝顔の露のように早々と消えてしまった夫を、自分もはかない身の上と知りつつも嘆いている、それが我が胸の内だった。

若竹の生い行く末を祈るかな
　この世を憂《う》しと厭《いと》うものから

この世を憂えている自分も、残された子の行く末を祈っている、これが真情ではある。

数ならぬ心に身をば任せねど
　身に従うは心なりけり

自分がとるに足らない人間であるのはわかっている。しかし、この苦しみにもそれなりに応じてくるのが心だった。この心こそを目印にして、これから先、生きて行こう。今はそう思うしかない。

心だにいかなる身にか適《かな》うらん
　思い知れども思い知られず

とはいえ、この心がどんな我が身にぴったりそぐうものなのか、わかっていそうでわからない。このわからないままの道を、ゆっくりとぼとぼと歩いて行くしかなかった。

宣孝殿の訪れがなくなった堤第は、どこか光の足りない邸《やしき》になってしまった。父君も母君も、そして祖母君も、ことさら宣孝殿の思い出話を避けているようだった。惟通と定暹は、宣孝殿とのつきあいが長かっただけに、落胆ぶりは傍目《はため》にも明らかだった。

五月になって、長雨が続く折、祖母君がにわかに弱り、修法《ずほう》などを催す間もなく他界した。あたかも、宣孝殿の後を追うような、にわかの死出《しで》の旅に、悲しみが深まり、またしても堤第全体が降り続く雨の下で静まり返った。

思えば、この堤第を常に支えてくれたのは祖母君だった。まだ幼い頃に亡くなった母君がどんな人だったのかは、書いている物語の中の光源氏と同じくわからない。思いやろうにも、記憶の底から浮かび上がって来ない。それを聞かせてくれたのが祖母君だった。歌をよく詠《よ》み、箏の琴が上手《じょうず》で、家事全般に長《た》けた刀自《とじ》であったという。

祖母君が聞かせてくれた母君の姿は、弟の惟規や、異腹の弟としても惟通にも貴重だったはずだ。それがなくては、母君のことは全くわからなかっただろう。

そしてまた祖母君がいたからこそ、継母《ままはは》にあたる今の母君も、まるで我が子のように前妻の子四人を育て、我が子である定暹や妹の雅子と何ら分け隔てなく接してくれたのだ。

父君と母君が不在の間、宣孝殿との婚姻を取り仕切ってくれたのも祖母君だった。祖母君との対話を楽しみにして、宣孝殿が通って来てくれた面もある。

そして何より、源氏の君の物語を書き続けるとき、祖母君の励ましがどれほど心強かったか。そなたが物語を書くのを何より望んでいたのは、若くして亡くなった姉君だと言い続けてくれた。書いた草稿を嬉しそうに読み、なおかつ浄書《じょうしょ》もしてくれていると知れば、書く手を止めるわけにはいかなかった。言い換えれば、この物語は、祖母君に向けて書いたのかもしれない。

その祖母君がいない。宣孝殿も忽然《こつぜん》と薨《みまか》ってしまわれた。死は世の習いとはいえ、残された者は、茫然自失《ぼうぜんじしつ》するしかない。

妹を亡くしたときの小野篁《たかむら》の歌にある通り、泣く涙雨と降らなん渡り川　水増さりなば帰り来るがに、だった。わが涙が川となって溢《あふ》れてくれ、妹が三途《さんず》の川を渡れなくなって、この世に帰って来てくれるだろうから、という心境は実によくわかる。

二人の死出の旅を見送ったあと、堤第は一年の喪《も》に服した。もはや、物語を書き続けようにも、気力がない。この年の夏の暑さは格別で、一陣の風が吹く折など、涼《りょう》を求めて簀子《すのこ》に出る。涼風《すずかぜ》に乗って、物語を読む祖母君の声を聞いたような気が、一瞬する。しかしそれは幻の声だった。

夜は夜で、寝苦しいとき、通って来る宣孝殿の足音や衣《きぬ》ずれの音で目を醒《さ》ます。これもまた幻の音だった。

「香子や、祖母君の供養《くよう》として、物語の先を書いてはどうだろうか」

そんな折、母君からそっと言われて我に返った。考えてもみなかったことだった。亡き祖母君が願っているのも、それかもしれない。同時に宣孝殿の姿も思い出された。意地を張る心から、宣孝殿には物語の内容は伏せていた。その償《つぐな》いのためにも、ここは書き継ぐべきかもしれなかった。

ようやく再び筆を執《と》るようになったのは、夏が去る頃だった。様々に、かつて亡き伯父《おじ》の為頼殿から聞いた須磨《すま》の有様《ありさま》が思い出された。

為頼殿の話で改めて教えられたのは、五位以上の者は、京外《けいがい》への居住が禁じられていることだった。理由なくして、逢坂《おうさか》、山崎《やまざき》、淀《よど》、大江山《おおえやま》を境とする山城国《やましろのくに》の外に出ることはご法度だった。例外は参詣《さんけい》のための旅で、石山寺《いしやまでら》、春日《かすが》、長谷《はせ》、住吉《すみよし》、金峯山《きんぶせん》、那智《なち》などがそれにあたる。山荘への閉《へい》居《きょ》も、白川《しらかわ》、山科《やましな》、嵯峨《さが》、宇治《うじ》などに限られる。

この禁令によれば、須磨は畿外《きがい》となり、退隠《たいいん》できない地になる。できるとすれば、出家の身分が必要となる。

「そうなると、どんな場合に、須磨への居住ができるでしょうか」

そう訊《き》いたとき、播磨国守《はりまのくにのかみ》も務めた為頼殿の答えは明解だった。

「それは左遷《させん》だろうね。流罪《るざい》に代わる罪として扱われている。その罪は何といっても、謀叛《むほん》の疑いだ。昔の例で言えば、橘奈良麻呂《たちばなのならまろ》の乱のときの藤原豊成《とよなり》様だ。右大臣から大宰員外帥《だざいいんがいのそち》に左遷された。しかし病《やまい》を口実に難波《なにわ》に留《とど》まり、八年後に政敵だった藤原仲麻呂《なかまろ》様が死去すると赦《ゆる》された。そなたも知っての通り、右大臣だった菅原道真《すがわらのみちざね》公は、大宰権帥《ごんのそち》にされ、配所で亡くなっている。死後、本官《ほんかん》に復して、従二位《じゅにい》から正《しょう》一位に加階《かかい》された」

そんな亡き伯父君の話に加えて、思い起こされたのが、亡くなる前に宣孝殿から聞いた話だった。

「五年ばかり前に、宮廷反逆の罪で大宰権帥に左遷された、内大臣の藤原伊周《これちか》様については知っていよう。ところが発病と出家を口実にして、播磨国に留まることを許された。しかしあとで密《ひそ》かに入京したのが発覚して、とうとう大宰府に送られた。そのうえで翌年、召還《しょうかん》されて赦《ゆる》されたのも有名な話だ」

「その左遷の場合、位は剝奪《はくだつ》されるのでしょうか」

この問いにも、宣孝殿の答えは明解だった。

「官位を剝奪するのは除名《じょめい》と言い、無位無官《むいむかん》になる。この根拠となるのは、殺人や反逆の縁座《えんざ》、さらに謀反《むへん》、謀大逆《ぼうだいぎゃく》、謀叛《むほん》・悪逆《あくぎゃく》・不道・大不敬《だいふけい》・不孝・不義《ふきょう》の八虐《はちぎゃく》の罪などで、よほどの場合でしかない。最も重い罪は、八虐の第一とされる謀反で、このときは未遂《みすい》であっても斬刑《ざんけい》に処せられ、父子も没官され、財産も剥奪《はくだつ》される。さらに祖孫兄弟まで遠流《おんる》になる。実際に死刑になったのは、天平《てんぴょう》元年の長屋王《ながやおう》の変、同じく天平十二年の藤原広嗣《ひろつぐ》の乱、天平宝字《ほうじ》期の藤原仲麻呂の乱、延暦《えんりゃく》期の藤原種継《たねつぐ》暗殺などに関わった者のみになる」

「それはもう二百年以上前の出来事ですね」

「そうだね。それ以降は位はそのままの左遷ばかりだ。このときも、その後に大赦《たいしゃ》や、一部の地方に限って罪を赦される曲赦《きょくしゃ》が行われる。即位や立太子、改元などの慶事があったり、逆に皇族の病気や疫病、旱魃《かんばつ》などの凶事のときに下される」

宣孝殿の説明でわかったのは、左遷の遠流であっても位はそのままであり、赦免《しゃめん》が往々にして行われるという事実だった。

# 第二十章　四十賀《しじゅうのが》

一家が喪《も》に服して半年後、帝《みかど》の母君である、東三条院詮子《あきこ》様の四十賀《しじゅうのが》が催《もよお》された。このために新しく制作される屏風《びょうぶ》に、漢詩を添えるべく、父君に依頼があった。

堤第《つつみだい》に送られて来たのは、屏風絵の下絵であり、そこには管絃《かんげん》の遊びの様子が描かれていた。一晩、漢詩を考えて、翌朝、父君は喪服を替え、下絵を持って東三条院に赴《おもむ》いた。帰宅したのは夜も更《ふ》けた頃らしく、朝餉《あさがれい》のとき、四十賀の様子を聞くことができた。

「四十賀とはいえ、この祝事は、病《やまい》に臥《ふ》しがちな詮子様を励ますためだった」

「と言いますと」

母君が訊《き》く。

「もちろん、詮子様のお姿を拝見することはできなかった。御簾《みす》の奥で、病の床《とこ》から体を起こされて、管絃の音や、舞を垣間見《かいまみ》られたらしい」

父君があくまでも暗い表情で答える。

「それで、屏風絵に揮毫《きごう》されたのは、その管絃の音を聞きながらでございますか」

訊いたのは惟規《のぶのり》だった。

「そう。ほのかに笛の音《ね》や琴《こと》の音色《ねいろ》が響く廂《ひさし》で、筆を執《と》らされた。しくじりは許されない。上げた格《こう》子《し》からは簀子《すのこ》越しに、庭が望めた。初冬の景色の中にも、やや秋が残っていて、ようやく月が出る頃だった。白い玉砂利《たまじゃり》の上で、男舞《おとこまい》と女舞《おんなまい》が繰り広げられていた。実に幽玄《ゆうげん》なる美しさで、そなたたちにも見せてやりたかった」

聞きながら具平親王《ともひらしんのう》の千種殿《ちぐさどの》を思い起こす。父君が赴いた邸《やしき》は、元はといえば、詮子大后《おおきさき》の長兄、故藤原道隆《みちたか》様の屋敷だから、千種殿よりは豪勢《ごうせい》なたたずまいのはずだ。父君の興奮が想像できる。

「それで、書かれたのはどういう漢詩でございましたか」

惟通が訊く。

「定暹《さだのり》、ちょっと筆と墨を」

父君から言われて定暹が文箱《ふばこ》と料紙《りょうし》を持ってくる。墨をすったのは妹で、墨を含ませた父君の筆先は、一気呵成《いっきかせい》だった。

祝四十賀鳳池清　四十賀を祝いて鳳池《ほうち》清く
紅葉舞来渡水程　紅葉《もみじ》の舞い来たりて水を渡る程
越階粧奢風柔送　階《きざはし》を越えて粧の奢《おご》りて風柔らかに送り
下廊簪揺月相迎　廊を下りて簪《かんざし》の揺れて月相迎《あいむか》う

踏歩黄毯紅裾転
跳舞白砂玉履軽
此地猶応真勝地
招客総奉祝賀声

黄毯《たん》を踏み歩む紅《くれない》の裾《すそ》は転び
白砂を跳び舞う玉履は軽やかし
此地は猶応《まさ》に真の勝地たるべし
招客総じて祝賀の声を奉《たてまつ》る

父君から促《うなが》されて、惟通が読み下す。

「まるで、祝賀の音曲《おんぎょく》が聞こえてくるようですし、華やかな舞が見えるようです」

母君の言う通りだった。これほどの漢詩が書ける父君を誇りたくなる。

「香子《かおるこ》、どうだろうか」

父君が顔を向ける。

「本当に美しい漢詩です。皇太后《こうたいごう》様も喜ばれたと思います」

正直に答えると、父君がほっとした顔になる。思い出されたのは、まだ父君が散位《さんい》の頃、千種殿にたびたび招かれた日々だった。あのときの学びが、父君の才を高めたのは間違いない。

あの頃の座の中心は具平親王とその師だった慶滋保胤《よししげのやすたね》様だ。後に慶滋様が書かれた『日本往生《おうじょう》伝《でん》』と『十六相讃《じゅうろくそうさん》』の二冊は、源信《げんしん》様の『往生要集《おうじようようしゅう》』とともに、宋《そう》の国に送られたという。それほどまでの漢文の才を有されていたのだ。

荒れた京の様子を詳細に記した漢文の『池亭記《ちていき》』を書かれたのは、千種殿でお会いする少し前だったのだろう。父君からその写しを見せられて、びっくりしたのを思い出す。まるで漢の書を読むような流暢《りゅうちょう》な筆の冴《さ》えだった。幼くしてあのような碩学《せきがく》の人とお会いできたのは僥倖《ぎょうこう》そのものといえた。

そうした懐しい思い出が甦ったためか、久しぶりに筆を執《と》り、物語の先を書き進めた。

源氏の君は、世の中の情勢が煩《わずら》わしく、居心地《いごこち》の悪い事ばかり多くなったので、努めて知らないふりを続けていても、これ以上に悪い事が生じるような気がしていた。

あの須磨《すま》は、昔こそ人の住んでいる家もあったが、今は人里離れて寂しい限りで、海人《あま》の家さえも稀《まれ》であるとは聞いていて、確かに人が多く俗っぽい所の住まいは不本意であるが、かといって都から遠く離れるのも、都の事が気になると、心の底から悩んでいる。

万事の来《こ》し方と行く末を思い続けていると、悲しい事が実に様々であり、憂《う》き世だと思い棄《す》てた世の中も、今はこれまでと都を後にして行くのだと思うと、本当に棄て難《がた》い事が多い。その中でも紫の上が日を経るにつれて、益々嘆いている様子が、可哀想《かわいそう》で胸が締めつけられ、『古今《こきん》和歌集』に、**下の帯の道はかたがた別るとも　行きめぐりても逢わんとぞ思う**、とあるように、一度別れても必ず再会できる場合であっても、一日二日の間、別々に過ごす時々でさえも、不安であり、紫の上も心細く思っている。

今度は何年と期間が定められた旅ではなく、『古今和歌集』に、**わが恋は行方《ゆくえ》も知らず果てもなし　逢うを限りと思うばかりぞ**、とある如《ごと》く、再会を期して別れて行くとしても、定めなきこの世なので、そのまま永遠の別れになる旅になるのではないかと、大変悲しくなるため、密《ひそ》かに同行させようかと思う時もある。

あのような海辺の、波風以外には訪れる人もない所に、こんな可愛《かわい》い人を連れて行くのも、不都合であり、自分の心にとっても心配の種になるはずだと、考え直す一方で、紫の上は「どんなに辛《つら》く苦しい旅路であっても、一緒に行きたいものです」と、それとなく心の内を明かし、恨《うら》めしいと思っている。

あの花散里《はなちるさと》の所にも、源氏の君が通うのは稀《まれ》であっても、今の心細く寂しい暮らしを、源氏の君の後見《うしろみ》で保てているので、この先どうなるのか、花散里が思い嘆いているのも道理である。その他にも、源氏の君が出来心で逢って、通った女君《おんなぎみ》たちの中でも、人知れず将来を心の底から懸念《けねん》する人も多かった。

世間の噂《うわさ》になったら再びどんなに取り沙汰《ざた》されるのかと思うと、自身のためにも身を慎《つつし》むべきではあるが、出家した藤壺宮《ふじつぼのみや》からも、人目を忍んで、絶えず文《ふみ》が届く。源氏の君は、昔こうして自分が藤壺宮を思うように、宮が自分に思いを寄せ、愛情を見せて下さっておればと、かつての薄情《はくじょう》を思い出し、やはりこれは様々に物思いの限りを尽くすべき、辛くも苦しい前世からの宿縁《しゅくえん》だと感じた。

三月二十日過ぎの頃に、源氏の君は都を離れ、誰にも出立がいつかも知らせず、ただ側近くに仕《つか》えて馴《な》れ親しんだ者のみ、七、八人ばかり供に連れ、実にひっそりと邸を出、しかるべきいくつかの所には、手紙だけを忍んで差し出した。自分の事をしみじみと思い出してくれるように、心を尽くして書いた手紙は、見所《みどころ》のある文面であったはずだが、その折の悲嘆に暮れた心地の乱れで、どのような内容だったかははっきりしない。

この出立の二、三日前に、源氏の君は夜闇に紛れて、左大臣邸に赴いた。網代車《あじろぐるま》の粗末な牛車《ぎっしゃ》を女車《おんなぐるま》のようにしつらえて、隠れるようにして訪れるのも、夢のような気がする。亡き葵《あおい》の上《うえ》の部屋は、実に寂しく荒れた感じがし、遺児である若君《わかぎみ》の乳母《めのと》たちや、昔仕えた者のうち里に下がらず邸《やしき》に残った者たちは、みんなこのような源氏の君の来訪を珍しいと思って集まる。

対面すると、特に思慮深くない若い女房《にようぼう》たちでさえ、世の無常が思い知らされて、涙に暮れている。若君は本当に愛らしく、はしゃいで走り回り、源氏の君は「長く会わないでいたのに、私を忘れないでいるのが不憫《ふびん》ではある」と言って、抱いて膝に乗せると、つい涙を禁じ得ない。

左大臣もこちらに赴き、源氏の君と対面して、「あなた様が寂しく家に籠《こも》っておられた間、とりとめもない昔話でもするため、参上しようと思っておりました。しかし病を理由にして朝廷には出仕《しゆっし》せず、左大臣の位《くらい》も返上したため、私事で気儘《きまま》に歩いていると、悪い評判も立ちかねません。今は世の中に遠慮するべき身ではございませんが、情け容赦《ようしゃ》のない世の中が恐ろしゅうございます。

このような、あなた様の身の上を拝見するにつけ、長生きが辛く感じられます。天と地を逆さにしても、思いも寄らなかったあなた様の有様《ありさま》を目にしますと、万事が苦々《にがにが》しく感じられます」と言って、はらはらと落涙《らくるい》する。

源氏の君は「ああした事もこうした事も、すべてが前世の報《むく》いなので、突き詰めれば、ただただ我が身の不運でございます。私のようにはっきりとは官職も爵位《しやくい》も剝奪《はくだつ》されず、些細《ささい》な事件に連座して、勅勘《ちよつかん》を受けて謹慎《きんしん》中の者が、普通に世の中で暮らすのは、中国では罪深い事とされているようです。私を遠流《おんる》に処すべきだという決定がなされたとも聞いております。余程重罪に相当するのでしょう。

自分の身の潔白を信じて、知らん顔をして過ごすのも、誠に憚《はばか》りが多うございます。ここは、これ以上の大きな恥辱《ちじよく》を受ける前に、都から逃《のが》れ出ようと思い立ったのでございます」と、切々と言上《ごんじよう》する。

左大臣は、昔の話や故桐壺院《きりつぼ》の事や、生前に遺言として言い残された事を話し、直衣《のうし》の袖を目から離さず、涙するので、源氏の君も涙をこらえられず、若君が無邪気に歩き回って、誰にもはしゃいでいるのを見て、一層不憫だと思う。

左大臣は「亡くなった娘の事は、これまで片時も忘れた事はなく、今に至るまで悲しんでおります。このたびの思いがけない事は、もし娘が生きておれば、どんなにか深く嘆いた事でしょう。よくぞ短命であった、こんな悲しい目を見ずにすんだ、と思って慰《なぐさ》めております。幼い若君が、こんな年寄の中に残って、父君に馴れ親しむ事ができない月日が長く続くのではないかと、それが心配で、何よりも悲しゅうございます。

昔の人も、本当に罪を犯した場合でも、こうした処罰は受けませんでした。とはいえ、やはり前世の因縁《いんねん》からか、他国の朝廷でもこのような例は多うございます。しかし、それも人がそういう訴えをしてから、処罰が下されたのです。今回の沙汰《さた》については、どう考えても思い当たる節《ふし》がないのです」と、多くの話を口にした。

三位中将《さんみのちゅうじょう》も来てくれて、酒を飲み交わすうちに、夜も更けたので、源氏の君は泊まる事にして、女房たちを側に呼んで話をさせる。誰にも増して密かに情けをかけている、召人《めしうど》の中納言の君が、口には出せずに悲しそうにしているのを不憫に思い、みんなが寝静まった時に、中納言の君だけを招いて、親しく契《ちぎ》り、このために泊まった面もあった。

夜が明けるので、まだ夜が深いうちに帰る用意をすると、有明《ありあけ》の月が実に美しい。花の木々が少しずつ盛りを過ぎ、少し芽吹いた樹木の影が白砂の庭に映り、霧がかかり、辺り一面が霞み、秋の夜の風情《ふぜい》にも数段優《まさ》る様子であった。

源氏の君が隅の間の高欄《こうらん》に寄りかかって、しばらく庭を眺《なが》めて、物思いに沈んでいると、中納言の君が、見送るつもりなのか、妻戸《つまど》を押し開けて控えている。源氏の君は「次の逢瀬《おうせ》は、考えると実に難しい。こんな別れがあるとは思いもせず、いつでも会えた頃には、のんびり構えて過ごしたのに」と言うと、中納言の君は返事もできずに泣くばかりだった。

若君の乳母である宰相《さいしょう》の君を介して、左大臣の北の方である大宮《おおみや》からの挨拶《あいさつ》が届けられ、「直接お話し申し上げたいのですが、悲しみで真《ま》っ暗《くら》に暮れた心地を鎮めようとしているうちに、今に至りました。あなた様が夜も暗いうちにお帰りになるのも、これまでとは様変わりしたのを感じます。可哀想な若君が寝入っている間に、どうか急いでお帰り下さい」と言うので、源氏の君も、泣きながら歌を詠《よ》む。

鳥辺山《とりべやま》もえし煙もまがうやと
　海人の塩やく浦見《うらみ》にぞ行く

亡き葵の上を荼毘《だび》に付した鳥辺山の煙に似ているかと思い、海人が塩焼く煙を見に須磨の浦に、これから行きます、という別離の情で、「浦見」には恨みが掛けられていて、源氏の君は返事というでもなく、口ずさむ。「暁《あかつき》の別れは、このように心苦しいものでしょうか。わかって下さる人もありましょう」と言うと、宰相の君は「いつも別れという文字は嫌なものですが、今朝《けさ》はとりわけ、類《たぐい》なく疎《うと》ましく感じられます」と応じて、涙声になり、文字通り悲嘆に暮れている。

源氏の君は大宮に、「お話ししたい事も、胸の内に多々ありますが、今はただ悲しみに胸が塞《ふさ》がっております。どうかご推察下さい。寝入っている若君に今会ったら、この辛い都から離れがたくなってしまいます。ここは気を強く持って、急ぎ退出致します」と言上された。

源氏の君が帰るのを、女房たちが覗《のぞ》きながら見送ると、西に傾きかけた月が誠に美しいので、源氏の君の姿は一層優艶《ゆうえん》で、物思いに沈んだ様子は、虎や狼《おおかみ》でさえも泣いてしまいそうである。ましてや十二歳で左大臣家に婿《むこ》入りした時から、今の二十六歳まで、馴染《なじ》んで見てきた方なので、現在の喩《たと》えようのない境遇を残酷だと思っていて、そこに大宮からの返歌があった。

亡き人の別れやいとど隔たらん
　煙となりし雲居《くもい》ならでは

あなたが須磨に下ると、亡き娘とは益々隔《へだ》たってしまいます、娘が煙となって雲になった都の空から別れて行くのですから、という別離の悲しみであり、女房たちも源氏の君との別れに、故葵の上との別離の悲しみを添えて、悲嘆は尽きず、源氏の君が帰ったあとも、不吉なまでに泣き合った。

二条院に帰ると、源氏の君の住む東の対《たい》の女房たちは、昨夜は一睡もできなかった様子で、あちこちに集まって、時勢の変化に戸惑《とまど》っていて、親しく仕えている者たちは皆、供をする準備のため、家族との別れを惜《お》しんでいるのか、家司《けいし》たちの詰所である侍所《さむらいどころ》には、ひとりもいない。

その他の者は、源氏の君を見舞うのも訪問するのも、きつく右大臣方から咎《とが》められ、煩わしい事が多いので、世間は冷たいものと源氏は思い知る。かつては所狭しと集まっていた馬や牛車も跡形もなく消えて、食物を盛る台盤《だいばん》にも一部は埃《ほこり》がつき、畳も所々裏返しにされていて、今でさえこうだから、ましてやこれから先はどれほど荒れていくだろうかと思われる。

西の対の紫の上の許《もと》に赴くと、格子も下ろさずに、紫の上が思いに沈んで夜を明かしていたので、簀子などに童女《わらわめ》たちが寝ていて、今ちょうど起き出して騒ぎ出す。その白い袿《うちき》の宿直《とのい》姿で、可愛らしく坐っているのを見て、源氏の君は心細くなり、年月が経てば、これらの童女も、いつまでもここには勤められず、散り散りになって行くだろうと、普段は気にもかけない事まで、目に留まった。

源氏の君は紫の上に、「昨夜は左大臣邸で別れの挨拶をしているうちに、夜が更けてしまいました。例によって、妙な事を考えたのではないでしょうね。こうしている間だけでも、ずっと側にいたいと思うのですが、こうして都を離れる段になると、自然と心苦しい事が多くなり、ひたすら家に籠ってばかりではおられません。無常の世ですから、人から薄情な者と見限られてしまうと、困った事になります」と言う。

紫の上は「こんな目に遭《あ》うよりほかに、思いがけない事とは、どんな事がありますか」とのみ答えて、悲しいと思い沈んでいる様子が、人とは違うのも当然ではあった。

父の兵部卿宮《ひょうぶきょうのみや》は、昔から紫の上を粗末《そまつ》に扱っていて、ましてや今は世評を気にして便りもせず、見舞にも来ないので、これを女房たちがどう思っているのかが紫の上は恥ずかしく、却《かえ》って父君に知られずにいた方がよかったと思う。継母《ままはは》が「急に訪れた幸せが、たちまち消えていくのは、不吉です。大切に思っている生母と祖母に死別し、今度は婿《むこ》と離別です。何と不運な人」と言っているのを人づてに聞いて、紫の上は実に情けなく、こちらからは父に文も送らない。源氏の君以外に頼る人はおらず、本当に哀れな有様だった。

その源氏の君は「どうしても朝廷の赦《ゆる》しが下らないまま歳月が経つようであれば、『古今和歌集』に、いかならん巌《いわお》の中に住まばかは　世の憂きことの聞こえこざらん、とあるように、たとえ巌の中であっても迎えに来ます。しかし今はそうした事を世間の人が聞くと、まずい結果になります。朝廷から謹慎《きんしん》を命じられた者は、明るい月日の光さえ見てはならず、気安い振舞をしても重罪になります。私に過《あやま》ちはありませんが、前世の因縁からこうした事も生じるような予感がするのです。

ましてこういう時に、愛する人を同行させるのは、前例がありません。今はただひたすら物狂おしい世の中です。これ以上に忌々《いまいま》しい事も生じるかもしれません」と、紫の上に諭《さと》して、日が高くなるまで一緒に寝た。

程なく、源氏の君の異母弟で大宰府《だざいふ》の長官である帥宮《そちのみや》と、三位中将その他が参上したので、源氏の君は会うつもりで起きる。無位無官《むいむかん》なので、無紋《むもん》の平絹《ひらぎぬ》で親しみ易く感じられる直衣を着て、地味《じみ》にしているのが、却って素晴らしく、鬢《びん》を直そうとして鏡台《きようだい》に向かうと、面痩《おもや》せした姿が、我ながら上品で華麗《かれい》なので、「すっかりやつれてしまいました。この鏡の中の姿のように、痩せているのは、悲しい事です」と言う。

紫の上は目に涙を一杯浮かべて、こちらを見ていて、その様子が実に耐え難く、源氏の君はつい詠歌する。

身はかくてさすらえぬとも君があたり
去らぬ鏡の影は離れじ

我が身はこうしてさすらいに出ますが、あなたの傍《そば》にある鏡に映る私の姿は、あなたの側を離れないでしょう、という慰撫《いぶ》で、「影は離れ」には、かけ離れを響かせ、『古今和歌六帖』の、身を分くることの難さにます鏡　影ばかりをぞ君に添えつる、を下敷にしていて、紫の上も返歌する。

別れても影だにとまるものならば
　鏡を見てもなぐさめてまし

別れてしまったあとも、姿が鏡に留まるのであれば、鏡を見て慰める事ができましょうが、という反論で、柱の陰に隠れて坐り、涙を見せまいとする紫の上の有様は、やはりこれまで会った多くの女君の中でも、比類《ひるい》がないと思わずにはいられない程、美しかった。

帥宮はしんみりとした話をして、日の暮れる頃に退出した。

花散里《はなちるさと》の邸では心細く思って、絶えず源氏の君に手紙を送るのも道理であり、あの麗景殿女御《れいけいでんのにょうご》の妹の三の君にも、もう一度会わなければ薄情と思われるので、源氏の君はその夜に出かけて行こうとしたものの、余り気が進まず、すっかり夜が更けてから訪問する。

女御は「このように人並に扱っていただいて、ご訪問下さり、誠に感謝に堪えません」と、縷々《るる》礼を述べ、その様子はひどく心細そうで、これまでひとえに源氏の君の援助で生活して来ただけに、今後はいよいよ荒れて行く様が想像できた。すでに邸内も人の気配がなく、月が朧《おぼろ》に出て来て、庭の池も広く、樹木の影も深くて寂しげであり、都を離れて住む須磨の巌の中の暮らしが思いやられる。

西面《にしおもて》にいる三の君の花散里は、源氏の君の訪れはあるまいと、塞ぎ込んでいた。情緒《じょうちょ》深い朧な春月夜に、月光が優艶に射し込む中を、源氏の君がその身動きと同時に生じる匂いは比類ないほど気品に溢《あふ》れ、音もたてずに入って来たので、花散里も少しいざり出て、そのまま月を見ながら話をした。

そのうちに、明け方近くになり、源氏の君は「短い夜です。これくらいの対面すら、再びできまいと思うと、何事もなく過ごした年月が悔やまれます。これまでも、これから先も、無実の罪で流される私の身の上は、世の例《ためし》になるはずです。思えば確かに、何となく心の落ち着く時もありませんでした」と、過ぎ去った昔の事を話した。

鶏が何度も鳴くため、人目を憚《はばか》って急いで退出すると、例によって源氏の君の帰りが、月の入り時になぞらえられて悲しく、花散里の濃紫の衣装《いしょう》に月光が映る。『古今和歌集』に、あいにあいて物思う頃の我が袖に　宿る月さえ濡るる顔なる、とある如く、涙に濡れる顔で、花散里は詠歌する。

月影の宿れる袖はせばくとも
　とめても見ばや飽かぬ光を

月光が宿るわたくしの袖は狭くても、あなたを引き止めて、見飽きる事のない光を見たいものです、という別れの悲哀《ひあい》で、「月影」と「光」は源氏の君を、「袖」は花散里を指していて、悲嘆に暮れているのがいたわしく、源氏の君は返歌して慰める。

行きめぐりついにすむべき月影の

しばし曇らん空ななかめそ

しばらく曇っていても、月は大空を巡《めぐ》ってついには澄むように、私が須磨に退居しても身の潔白が晴れれば、またこの花散里に住むので、心配するには及びません、という慰めで、「すむ」には月が澄む、身の罪が晴れる、ここに住むが含意《がんい》されていた。『後撰和歌集』に、**行く先を知らぬ涙の悲しきは　ただ目の前に落つるなりけり**、とあるように、行く先がどうなるかわからない涙が、心を暗くします」と言い置いて、明け方の暗い時刻に帰って行った。

二条院に戻ると、源氏の君は万事を処理し、親しく仕えて時勢に靡《なび》かない者だけを、二条院の用事を執務《しつむ》する上役と下役に定め置き、須磨行きに供をする者は別に選び出す。須磨の山里の暮らしの道具として、必要な物だけを、ことさら飾らずに質素にして、しかるべき漢書や『白氏文集《はくしもんじゅう》』のはいった箱、さらに琴《きん》の琴《こと》ひとつを加え、立派な調度《ちょうど》や華やかな装束《しょうぞく》などは何ひとつ持たずに、賤《いや》しい山里の人のようにした。

残る源氏の君付きの女房たちを始めとして、万事を紫の上に任せ、所有している荘園《しょうえん》や牧場《まきば》は言うに及ばず、しかるべき所領《しょりょう》の証文もすべて紫の上に渡す。それ以外の、邸内にある倉の並んだ一画の御倉町《みくらまち》や、財宝を収納する納殿《おさめどの》の事は、少納言の乳母を源氏の君は頼り甲斐《がい》のある者と見込んでいるので、親しい家司をその下につけて、あれこれと指図して、紫の上の采配《さいはい》がうまくいくように、委任した。

源氏の君の召人だった中務《なかつかさ》や中将などの女房たちは、つれないもてなし方とはいえ、会っている折は慰められていたものの、これから先は何を頼りにすべきかわからないようである。源氏の君は

「命のある限り、ここにまた帰って来るやもしれません。それまで待とうと思う者は、紫の上に仕えなさい」と言って、上臈《じょうろう》の女房も下臈《げろう》の女房も、紫の上に仕えさせた。

若君の乳母や花散里にも、風雅な贈物をするのは言うまでもなく、日々雑貨についても気を配って贈った。

朧月夜《おぼろづきよ》の尚侍《ないしのかみ》にも、無理な算段をして、手紙を送り、「お便りを下さらないのも、道理ではありますが、今はこれまでと、世を捨てる折の憂さも辛さも、比類なく感じます」と書いて、和歌を添えた。

逢う瀬なき涙の川に沈みしや
流るるみをのはじめなりけん

逢う瀬のないのを悲しんで、流した涙の川に沈んだのが、こうして流される身の始めだったのでしょう、という後悔でもあり、「流るる」に泣かるるを掛けて、流罪をほのめかし、「水脈《みお》」には身をを掛け、「思い出す事のみが、罪から逃れられない私の過ちです」と書き添えた。途中で文を紛失する恐れもあるので、詳しくは書いていないため、受け取った尚侍《かん》の君は悲しく思い、我慢はしたものの、涙が袖から溢れるのも並大抵ではなく、返歌する。

涙川うかぶ水泡《みなわ》も消えぬべし
流れてのちの瀬をも待たずて

川面《かわも》に浮かぶ泡がたちまち消えるように、わたくしも悲しみの涙にくれて死んでしまうのでしょう、将来の再会を待つ事もなく、という悲嘆で、「水泡」に自分を喩えており、その朧月夜が涙ながらに書き乱した筆跡は、誠に見事であった。

源氏の君はもう一度対面できず仕舞《じまい》になってしまうのが無念ではあるものの、思い返して、嫌な人々が多い右大臣家でもあり、朧月夜が並大抵ではなく人目を忍んでいるはずなので、強《し》いて文を送る事はしなかった。

明日が出立という日の夕方に、源氏の君は故桐壺院の墓参《はかまいり》に出かけ、北山《きたやま》に詣《もう》でた。月末の有明月の頃なので、まず藤壺宮の邸に参上すると、宮は側近くの御簾の前に席を設け、自ら話し出す。東宮の事を大変心配している旨《むね》を述べ、お互い思慮深い二人なので、交わされる話は万事心に沁《し》み入るようであった。

源氏の君は、藤壺宮の優しく美しい姿が昔のままなので、辛かった昔の仕打も、それとなく恨み言をお伝えしたいものの、今さら言っても不快に思われるだろうし、自分の心も今一層激しく乱れそうだから、耐え忍ぶ。「このような思いもかけない身の罪については、確かに思い当たるひとつの事がありましす。ついては天の咎めも恐ろしく思われます。惜《お》しくもない私の身は亡い者としても、どうしても懸念されるのは東宮です。東宮の御代《みよ》が安らかであれば本望《ほんもう》です」とのみ言上したのも道理だった。

藤壺宮もすべて理解して、心が動揺して返事もできず、源氏の大将が万事の事柄をかき集めて思い続け、泣く姿は優美《ゆうび》そのものである。「これから桐壺院の御陵《ごりよう》に詣でます。何か伝言はございませんか」と言上すると、藤壺宮はすぐに返答をしかねて、無理に心を鎮めてから、詠歌した。

見しはなくあるは悲しき世の果てを
背きしかいもなくなくぞ経る

かつて一緒に暮らした桐壺院は亡く、今生きている源氏の大将は悲しい目に遭っている世の果てを、出家して憂き世を捨てた甲斐もなく泣き泣き日々を送っています、という慨嘆で、「なく」に泣くを掛け、下敷は小野小町《おののこまち》の歌、あるは無く無きは数そう世の中に　あわれいずれの日まで嘆かん、であった。二人共に心が乱れて、胸中に浮かぶ事柄を充分に言い表わせないものの、源氏の君は返歌する。

別れしに悲しきことは尽きにしを
またぞこの世の憂さはまされる

桐壺院とお別れした時に、悲しい事はもう終わったと思っていたのに、再びこの世の憂さが勝《まさ》ります、という懸念で、「この世」に子の世を掛けて、東宮の境遇を心配していた。

源氏の君は月の出を待って、供にはただ五、六人ばかり、下仕《しもづか》えの者も親しい者のみを連れて、馬に乗って出かける。言うまでもなく昔の様子とは違っているので、誰もが悲しがる。

その中に、あの賀茂祭《かものまつり》の斎院御禊《さいいんごけい》の日に、臨時の随身《ずいじん》として仕えた右近将監《うこんのぞう》の蔵人《くろうど》が、当然得られるはずの五位《ごい》の位にも昇れず、挙句《あげく》の果てに殿上人《てんじょうびと》も除籍され、右近将監の官職も奪われて、面《めん》目も失ったので、須磨への供のひとりに加えられていた。下賀茂《しもがも》の社《やしろ》を見渡す辺りまで来て、ふと昔が思い出され、馬から下りて源氏の君の馬の口を取って詠歌する。

ひき連れて葵《あおい》かざししそのかみを
　思えばつらし賀茂の瑞垣《みずがき》

供をして葵を冠《かんむり》に挿《さ》したあの時を思いますと、賀茂の御社《みやしろ》の加護《かご》もなかったようで、恨めしいです、という無念さで、源氏の君もそれを聞いて、右近将監が他の者たちより抜きん出て華やかだったのを考えると可哀想になる。馬から下りて、社の方を拝み、賀茂の神に暇乞《いとまご》いの歌を詠んだ。

憂き世をば今ぞ別るるとどまらん
　名をばただすの神にまかせて

辛い都に今こそ別れを告げます、あとに残る評判は、名を正すという糺《ただ》すの森の神に任せます、という祈願で、右近将監は、感激しやすい若者なので、その姿を身に沁みて素晴らしく、神々《こうごう》しいと思う。

桐壺院の御陵に参拝すると、在世中の有様が目の前の事のように思い起こされる。帝という限りなく高位の方でも、亡くなってしまえば、言いようもなく口惜《くちお》しい存在であり、源氏の君がすべての事を泣く泣く訴えても、その是非《ぜひ》の道理についての判断を承《うけたまわ》る事はできないのであり、あれ程、熟慮して下命《かめい》した遺言は、どこに消え失せたのだろうかと、残念でならない。

墓は道の草が生い繁《しげ》り、分け入るうちにいよいよ露に濡れて、月も雲に隠れて、森の木立は鬱蒼《うつそう》として物寂しくなる。帰って行く方角もわからない気がして、墓の前で拝んでいると、生前の姿がはっきりと見えたので、思わず寒気を感じながら、源氏の君は詠歌した。

なきかげやいかが見るらんよそえつつ
　ながむる月も雲隠れぬる

亡き父君は今の私をどう見ているだろうか、父君だと思って眺める月も、雲に隠れてしまったという失望で、「なきかげ」は桐壺院の魂を指していた。

夜明け近くになって帰宅し、東宮にも文を送る。藤壺宮が自分の代理として、王命婦《おうみようぶ》を東宮に仕えさせているので、その部屋宛に「今日都を離れます。もう一度参上しないままになったのが、他の多くの嘆き以上に辛く感じられます。万事推《お》し量《はか》って、東宮に言上して下さい」と伝えて歌を添えた。

いつかまた春の都の花を見ん
　時失える山賤《やまがつ》にして

いつまた春の都の花を見るのでしょうか、落ちぶれ果てた山賤の身で、という自嘲《じちょう》で、我が身を山賤になぞらえ、手紙を桜の花がわずかに散り残った枝に結んでいた。

王命婦が「この通りでございます」と言い、差し出して見せると、東宮は八歳の幼い心ながらも、真剣な顔になり、王命婦が「ご返事はどう致しましょうか」と伺うと、「しばらく会わないだけでも恋しいのに、都を遠く離れてはどんなにか、と言いなさい」と応じた。

王命婦は何とも幼い返事だとは思うものの、『古今和歌集』にある、**時しもあれ秋やは人の別るべき　あるを見るだに恋しきものを**、を思い浮かべ、しみじみと悲しさを感じ、源氏の君と藤壺宮が逃れられない恋に悩んだ往事の事や、二人共わざわざ苦しまなくて過ごせたはずの世の中なのに、自分たちから求めて、こうした嘆きの結果になった事が口惜しく、ひとえに自分ひとりの責任であるかのように感じる。

源氏の君に対しての返事は、「何とも申し上げようもございません。東宮には確かに言上しました。心細そうに思われている様子が、大変可哀想です」と、心が乱れる取りとめもない書きぶりで、返歌を添えた。

**咲きてとく散るは憂けれどゆく春は**
**花の都を立ち帰り見よ**

桜が咲いてあっという間に散るのは残念ですが、春は去ってもまた巡って来るので、あなた様も再び花の都に帰って来て下さい、という願望であり、『古今和歌集』の、**光なき谷には春もよそなれば**

咲きてとく散るもの思いもなし、を念頭にしていて、「また時節が巡ってくれば」と書き加えた。

東宮御所では悲しい話をしながら、みんなが忍び泣きをし、ひと目でも源氏の君を見た人は、このように気落ちした有様に同情して、嘆かない者はいなかった。ましていつも仕えて来た者は、源氏の君を知らない下働きの女や、便器の清掃に従事する御厠人《みかわやうど》まで、滅多にない程の庇護《ひご》を受けていたので、これから先、しばらくの間でも姿を見かける事もないのだろうかと、思い嘆いた。

一般の世間の人とて、この源氏の君の不運を当然だと思う者はおらず、源氏の君は七歳の時以来、桐壺帝の側に夜も昼も侍《はべ》っていて、奏上《そうじょう》する事で実現しなかった事などなく、こうした源氏の君の恩顧《おんこ》に浴しなかった人はおらず、恩恵を喜ばない者もなく、身分の高い上達部《かんだちめ》や、太政官《だいじょうかん》の判官《じょう》である弁官《べんかん》などの中にも、そうした者は多い。それ以下の者でさえ、無数にいるので、みんな承知はしているものの、今の厳しくも恐ろしい世の中を憚って、わざわざ訪問する人はいない。

世を挙げて惜《お》しみ、陰では朝廷を謗《そし》り恨むとはいえ、我が身を棄てて訪れても逆効果だと思うに違いなく、このような時勢下では、みじめで恨めしく思える人が多くなり、源氏の君は世間は実に薄情だと、万事につけて思う。

その日は、日がな紫の上に静かに話をして、例によって夜明け前の暗いうちに出立する。狩衣《かりぎぬ》の旅装束は粗末にした源氏の君が、「月が出ました。ここはやはり、多少とも端の方に出て、見送って下さい。これから先、どんなにか伝えたい事が沢山増える事でしょう。一日二日稀に会わない時でも、不思議と心が塞ぐのに」と言って、御簾を巻き上げて端の方に誘う。

紫の上は泣き沈んでいたのを、気を取り直して、いざって出て来ると、その姿が月光に映えて実に美しく、源氏の君は、自分がこうしてはかない都を離れて行けば、紫の上がどれほど心細く暮らすのだろうかと、心配で悲しい。沈み込んでいる上に、今何か言えば益々気落ちするに違いなく、さりげなく詠歌する。

生ける世の別れを知らで契りつつ
命を人に限りけるかな

生きている間に別れがあるとは知らず、命のある限りは、あなたと共に暮らそうと約束したのですが、という悔恨《かいこん》で、「本当にはかない誓いでした」と、故意にさりげなく口にすると、紫の上も返歌した。

惜しからぬ命にかえて目の前の
別れをしばしとどめてしかな

惜しくもないわたくしの命と引き替えに、目前のこの別れを、しばしの間でも引き留めたいものです、という願望で、いかにもそれが真情であろうと、察しはついて、見捨て難いのは山々だけれど、夜が明けては不都合なので、源氏の君は急いで馬で出立する。

しかし道中ずっと、紫の上の面影《おもかげ》が目に浮かんで離れず、胸も塞がれつつ、伏見《ふしみ》で舟に乗って淀川《よどがわ》を下り、難波《なにわ》で一泊する。翌朝、舟で難波を出て、昼の日が少し傾く頃に須磨の浦に到着すると、ほんのちょっとした外出でも、このような旅は初めての事なので、心細さも面白さも、すべてが珍しい。古歌《ふるうた》に、わたのべや大江の岸にやどりして　雲居に見ゆる生駒山《いこまやま》かな、と歌われた、淀川下流の大江殿《おおえどの》と言われた所は、すっかり荒れ果てていて、松のみがその目印として残っており、源氏の君はたまらず詠歌した。

唐国《からくに》に名を残しける人よりも
行く方《え》知られぬ家居《いえい》をやせん

楚《そ》の国で後世に名を残した流罪《るざい》の人、屈原《くつげん》よりも、私は行方の知れない侘《わ》び住まいをするのだろうか、という不安で、渚《なぎさ》に打ち寄せては返る波を目にして、京を離れて東国《とうごく》に下る在原業平《ありわらのなりひら》が、途中で詠んだ歌、いとどしく過ぎゆく方の恋しきに　うらやましくも返る波かな、を口ずさむ有様は、世間で言い古された古歌ではあっても、どこか耳新しく聞こえるので、供の人々はひたすら悲しいと感じる。

源氏の君が振り返って見ると、行き過ぎた方角の山は霞んで遥か遠くに見えて、『白氏文集《はくしもんじゅう》』に「十一月の長至《ちょうし》の夜　三千里の外遠行の人　若《も》し独り楊梅館《ようばいかん》に宿る事を為《な》すとも　冷枕単床《れいちんたんしょう》一病身ならん」にある如く、三千里の外に来たような心地がして、『古今和歌集』に、わが上に露ぞ置くなる天《あま》の川　とわたる舟の櫂《かい》の雫《しずく》か、とあるように、櫂の雫の如く流れ落ちる涙はこらえ難く、たまらず源氏の君は詠歌する。

古里《ふるさと》を峰の霞は隔つれど
　ながむる空は同じ雲居か

古里である都は、霞が隔てて見えないが、今私が眺める空は、都人《みやこびと》が眺める空と同じだろうか、という感傷で、何もかもが胸に切々と迫る。

住まうべきところは、在原行平《ゆきひら》中納言が勅勘《ちょっかん》によって須磨に謫居《たつきょ》した際に、わくらばに問う人あらば須磨の浦に　藻塩《もしお》たれつつ侘《わ》ぶと答えよ、と詠んで、涙を流しつつ侘び住まいをした近くにあった。海辺からは少し奥に入った、しみじみとした物寂しい山中で、垣根の様子からして珍しく、茅葺《かやぶ》きの家や、葦《あし》で葺《ふ》いた廊《ろう》のような家屋など、趣《おもむき》深く造られている。土地柄に合った住まいは風変わりで、このような流謫《るたく》の時でなければ、情趣《じょうしゅ》深かろうと思い、昔の気儘《きまま》な忍び歩きを思い起こした。

近くのあちこちの荘園の管理人を呼んで、源氏の君はしかるべき用事を命じ、あの良清朝臣《よしきよのあそん》が側近の家司として采配を振るのも感慨深く、わずかの間に、見栄《みば》えよく造作し、庭の遣水《やりみず》を深くし、植栽も配し、今こそ静かな心地で落ち着くと、どこか夢のようであった。

摂津《せっつ》の国守《こくしゅ》も、源氏の君の親しい家来筋の者なので、密かに心を寄せて奉仕する。こうした旅住まいにもかかわらず、人が多くて騒がしいものの、まともな話し相手はいないので、源氏の君は見知らぬ国に来たような気がして、ひどく気が沈み、これから先の年月を、どう過ごしたらよいか心配になった。

ようやく暮らしが落ち着き、長雨の頃になって、源氏の君は京に思いを馳《は》せ、恋しい人が多く、紫の上が悩んでいた様子、東宮の事、若君が無邪気に遊ぶ姿などを始めとして、あちこちの人々を思い出す。
京に使いを出したが、二条院の紫の上に差し出す手紙と、藤壺宮への文は、長々と書き続けられず、涙に暮れるばかりで、藤壺宮へは歌を添えて、少しばかり言葉を加えた。

**松島《まつしま》のあまの苫屋《とまや》もいかならん**
**須磨の浦人しおたるるころ**

松島の海人《あま》であるあなた様はどのように過ごされておりますか、須磨の浦の私は涙に暮れるばかりです、という沈んだ消息文で、「松」に待つ、「あま」に海人と尼を掛け、『古今和歌六帖』の、**君惜しむ涙落ちそうこの川の　汀《みぎわ》まさりて流るべらなり**、を下敷にして、「いつとはなく常に悲しみに暮れ、来《こ》し方行く先も真っ暗で、涙の水嵩《みずかさ》が増すばかりです」と付記した。
朧月夜の尚侍《ないしのかみ》へは、例によって侍女《じじょ》の中納言の君への私信のようにして送り、和歌を添えた。

**こりずまの浦のみるめのゆかしきを**
**塩焼くあまやいかが思わん**

性《しょう》懲《こ》りもなくまた逢いたいと思っていますが、あなたはどうお考えですか、という恋心で、「懲《こ》りずま」に須磨、「みるめ」に見る目を掛け、『古今和歌六帖』の、**白波は立ち騒ぐともこりずまの　浦**

のみるめは刈らんとぞ思う、を下敷にし、その他にも心を尽くして書き添えた言葉の数々は、読み手の想像通りであった。

左大臣にも、宰相の乳母宛てにも手紙を書き、我が子の養育に際しての注意を記した。

京では源氏の君の手紙をそれぞれに読んで、心を乱す人々が多く、二条院の紫の上は読んだまま起き上がる事もなく、涙も尽きないくらいに恋しがるため、仕える女房たちも慰めかねて、お互い心細く思う。

源氏の君が使い馴らした道具や、常に弾《ひ》いていた琴、脱ぎ捨てた衣装の匂いなどに接するたび、紫の上が今はこれまでと、世を去った人のように思うので、少納言の乳母は、紫の上の祖母の兄である僧都《そうず》に祈禱《きとう》を依頼する。僧都は源氏の君と紫の上双方に対して、修法《ずほう》を行い、「このように思い嘆いておられる紫の上の心を、どうか鎮めて下さい。悩みのない二人の仲にしてあげて下さい」と、気の毒がりながら祈禱した。

紫の上は、源氏の君の旅先での夜着《よぎ》を用意してやり、無地平絹《むじひらぎぬ》の直衣《のうし》や指貫《さしぬき》が、いつもの衣装とは違って悲しく感じられる。源氏の君が二条院を去る時に、「この鏡の私の姿は、あなたの側を離れないでしょう」と言った通り、その面影はいつも身から離れずにいるものの、何の甲斐もなく、源氏の君が出入りした付近や、寄りかかっていた真木柱《まきばしら》を見ても、胸が塞がる。

様々に思いを巡らすことができて世慣れした人でさえ、そうであるものの、ましてや紫の上は源氏の君に馴れ親しんで、父母代わりとなって育てられたので、いよいよ恋しさが募《つの》るのも道理であった。本当に亡くなったのであれば、言っても仕方がないので、少しずつ忘れていくだろうが、須磨は聞けば距離は近いものの、いつまでと期限が定められた別れではないので、悩みは尽きない。

藤壺宮も、東宮の将来のためにも、源氏の君の境遇を思い嘆くのは言うまでもなく、前世からの因縁の深さを考えると、いい加減には思われなかった。もう何年も世間の噂を憚って、多少でも好意がある様子を見せれば、人が見咎めないかと、ひたすら自らの心を抑え、源氏の君の深い恋慕にも気づかぬふりをして、無愛想にしてきたものの、これほど厳しい世間であるのに、誰ひとりこの事を噂する者がいない。

これも源氏の君の慎重な振舞のお蔭で、一途《いちず》な思いを表には出さず、他方では目立たないように隠していたのを、今になってしみじみと恋しく、思い起こされてならず、源氏の君への返事には今少し心をこめて、「この頃は一層思いも深くなります」と書き、歌を添えた。

　塩垂るることをやくにて松島に
　　年ふるあまも嘆きをぞつむ

涙を流す事を役目にして、松島で年月を送る海人である尼も嘆くばかりです、という悲嘆で、「やく」には役と塩を焼く、「嘆き」には塩を焼く投げ木を掛けていた。

朧月夜の尚《かん》侍の君の返事は、多少の文言《もんごん》に和歌が添えられ、中納言の君の手紙の中に入れられていた。

　浦にたくあまたにつつむ恋なれば
　　くゆる煙よ行く方ぞなき

須磨の浦で塩を焼く海人でさえ、恋は多くの人の目を忍ぶものであり、わたくしの恋はくすぶる煙となって、行く末もありません、という禁じられた恋の嘆きで、「あまたに」に数多（あまた）に、恋《こひ》の「ひ」に火を、「くゆる」には燻（く）ゆると悔ゆるを掛けていた。中納言の君の文には、朧月夜が嘆いている様子が詳しく書かれていて、いとおしいと感じる節々が思い起こされて、源氏の君はしみじみと涙に暮れた。

紫の上からの手紙は、源氏の君が特別に心をこめた文への返事なので、心打たれる内容になっていて、歌が添えられていた。

浦人のしほくむ袖にくらべみよ
　波路へだつる夜の衣を

須磨の浦で塩を汲《く》むあなたの袖と比べて下さい、波路を隔てて泣いているわたしの夜の衣と、という恋しさの嘆きで、「へだつ」には波路を隔てる意と、夜の衣を隔てるの意を掛け、「夜」には波が寄るを掛け、「浦人」は源氏の君をなぞらえていて、文と共に届けられた品々の色合や、仕立のし方が誠に美しかった。

紫の上が何事も見事にこなして、欠ける点など一切ないので、源氏の君は改めて、雑事にあれこれとかかわらずに暮らせる今、平穏無事に一緒に暮らせたはずなのにと思うと、実に口惜しい。夜も昼も紫の上の面影が眼前に浮かんで、耐え難い程なので、やはりここは紫の上をこっそりここに迎えようと思ったが思い直して、どうしてそんな事ができようか、こうした辛い世だからこそ、せめて罪を贖《あがな》おうと思い、そのまま精進《しょうじん》をして、明け暮れ勤めに励んだ。

左大臣家からの文には、若君の事が書かれていて、一層悲しくなるものの、いずれ会えるだろうし、致仕大臣《ちじのおとど》や大宮などの頼もしい人々がいるので、心配無用と思う。その一方で、『後撰和歌集』に、**人の親の心は闇にあらねども　子を思う道にまよいぬるかな**、とあるように、我が子の事を思う時には、分別《ふんべつ》もなくしがちだった。

こんな折、伊勢《いせ》に下向《げこう》した斎宮《さいぐう》へも、源氏の君からの使いがあり、その返礼として御息所《みやすどころ》からわざわざ使者が参上した。御息所の手紙には心のこもった見舞の言葉が書かれ、その言葉遣いや筆跡は、誰よりも優艶《ゆうえん》で、たしなみの深さが窺《うかが》われた。

とても現《うつつ》の事とは思われない暮らしぶりを窺い、無明《むみょう》長夜《じょうや》の中で悪夢を見ている心地が致します。とはいえ、そちらで長い年月をお過ごしにはならないだろうと、推察しております。罪深いわたくしのみは、再びお会いするのも、まだ遠い先の事でございましょう。

と書かれていて、和歌が添えられていた。

**うきめ刈る伊勢をの海人を思いやれ**
**藻塩垂《もしおた》るという須磨の浦にて**

辛い日々を送っている伊勢の海人であるわたくしを思いやって下さい、あなたが涙を流していると いう須磨の浦で、という悲しい訴えで、「うきめ」には浮き布（め）と憂き目が掛けられ、『古今和歌集』の、わくらばに問う人あらば須磨の浦に　藻塩たれつつわぶと答えよ、を下敷にしていた。「万事を思っても心乱れるこの世の中は、これから先どうなっていくのでしょうか」と、多々記されていて、末尾はもうひとつの和歌で締め括《くく》られていた。

**伊勢島や潮干《しおひ》の潟《かた》にあさりても**
**　いうかいなきは我が身なりけり**

伊勢島の干潟《ひがた》で貝を漁《あさ》っても、言う甲斐もないのはわたくしでした、という自嘲《じちょう》で、「効《かい》なき」を貝なきに掛けていた。

御息所が筆を置いてはまた筆を執って、しみじみと心の内を書き続けた手紙は、白い唐《から》の紙を四、五枚ばかり巻き継いであり、見事な墨付きだった。

源氏の君としては、若い頃から思い親しんできた御息所ではあっても、その生霊《いきりょう》が葵の上に憑《つ》いて命を奪った一件で、嫌になったいきさつから、御息所も嫌気がさして別れる気になり、伊勢に下ったのだと思うと、今になって申し訳なく畏《おそ》れ多い気がするだけに、こうした折の御息所からの手紙が、胸に響く。

その使者までも懐しく感じて、二、三日逗留《とうりゅう》させて、伊勢の話をさせて聞き入る。若々しく利発な従者であり、こうした寂しい侘び住まいなので、従者としても、自《おの》ずから近くで目にする源氏の君の姿や顔立ちに感激して、涙を流しており、源氏の君は御息所への返書をしたため、その内容の詳細は想像に任せるとして、大意は次のように記されていた。

このように都を離れるべき身の上だとわかっておれば、いっその事、あなたの後を追って行けばよかったのにと思います。所在《しょざい》なく心細いままに、歌を二首添えます。

**伊勢人の波の上こぐ小舟にも**
**うきめは刈らで乗らましものを**

伊勢のあなたが波の上で漕《こ》ぐ小舟に私も、乗ればよかった、須磨での辛い暮らしなどせずに、という悔恨を、やはり「うきめ」には、浮き布と憂き目が掛けられ、下敷になっているのは、風俗歌《ふうぞくうた》の「伊勢人《いせびと》」で、「伊勢人はあやしき者をや　何《な》ど言《て》えば　小舟に乗りてや　波の上を漕ぐや」だった。

**海人がつむなげきの中に塩垂れて**
**いつまで須磨の浦にながめん**

いつまで私は須磨の浦で涙を流しながら、物思いに沈むのでしょうか、という慨嘆で、「なげき」を嘆き、「須磨」に住むを掛け、「お会いできるのが、いつともわからないのが、限りなく悲しくなります」と付記していた。このように源氏の君は、どなたとも後顧《こうこ》の憂いがないように文を交わした。

花散里《はなちるさと》の邸で、悲しいと思う胸の内を、姉の女御と妹の三の君がそれぞれに書き綴《つづ》った手紙を、源氏の君が目にすると、その風情のある趣も珍しく、どちらの手紙も、繰り返し見ては心を慰めているものの、それも物思いの種になり、花散里の歌に見入る。

荒れまさる軒のしのぶをながめつつ
　しげくも露のかかる袖かな

益々荒れていく軒の忍草《しのぶぐさ》を眺めながら、わたくしの袖は涙でしとどに濡れます、という嘆きで、「忍《しの》ぶ」には慕うの意を掛け、「ながめ」には眺めと長雨を掛けていて、読んだ源氏の君は、いかにも葎《むぐら》以外には頼るものもない様子で暮らしているのだろうと、気の毒になる。長雨で築地《ついじ》が所々崩れたと聞いて、京の二条院の家司に命じて、都近辺の国々の荘園の者を集めて、修理をさせるべく采配した。

朧月夜の尚侍《ないしのかみ》は、源氏の君との件で世間の物笑いになり、すっかりしょげ返っていたものの、父の右大臣が非常に可愛がっていた姫君なので、熱心に、娘の弘徽殿皇太后《こきでんのこうたいごう》や帝《みかど》に穏便な処置を奏上し、尚侍という身分は正式な女御や御息所でもなく、通常の宮仕えであると思い直してもらい、不愉快な源氏との一件で厳しい措置《そち》も行われたのだが、今回帝のお許しが出て参内《さんだい》する仕儀《しぎ》にはなった。

それでも、なお朧月夜の心に染み込んでいる源氏の君への思慕は消えなかった。

七月になって朧月夜は参内し、帝の寵愛《ちょうあい》は相変わらず深いので、人々の誹謗《ひぼう》も気にせず、例によって清涼殿《せいりょうでん》内の側近くに常に侍らせ、様々な恨み言を言ったり、一方では心を寄せて愛情を誓ったりした。その様子や顔立ちも実に優美で美しいとはいえ、源氏の君を思い出す事の多い朧月夜の心の内は何とも畏れ多い事である。

管絃の遊びのついでに、帝が「あの人がいないのが誠に物足りません。私以上に他の人々もそう思っているでしょう。何事にも光が消えた感じがします」と言い、「桐壺院が言い残された心に背《そむ》いてしまいました。必ずや罪を受けるでしょう」と涙ぐむので、朧月夜も貰《もら》い泣きを禁じ得ない。

帝は「世の中は生きていても、面白くありません。そう考えると、長生きしようなどとは一切思いません。もし私が死ぬような事があれば、あなたはどう思いますか。須磨にいる源氏の君との別れほど、私との別れを気に留めてもらえないのが悔しい事です。

恋しいままに死んだあとでは逢えないのだから、この世でこそあなたに逢いたいという趣旨の古い和歌がありますが、それは全く以《もっ》て物の道理を解しない人が詠んだのでしょう」と言う様子は、とても心惹《ひ》かれ、物事を本当に深く思っている有様が感じられる。

朧月夜がはらはらと涙を流すと、「その涙は一体誰のためでしょう」と帝は言い、「今まであなたに、皇子《おうじ》が生まれていないのが寂しいです。桐壺院が言われた通り、今の東宮を私の養子にして守ろうと思ってはいますが、よくない事が起こりそうなので、心配しています」と呟《つぶや》く。この帝の意向に背いて政《まつりごと》を牛耳《ぎゅうじ》っている人々がいるのに対して、帝はまだ若く、強気な面もないので、こんな時に源氏の君がいたらいいのにと、朧月夜は胸の内で思った。

須磨では、いよいよ心をしみじみとさせる秋風が吹くようになり、海は多少遠いけれども、在原行平中納言が、旅人は袂《たもと》涼しくなりにけり　関吹き越ゆる須磨の浦風、と詠んだという浦風に荒れる波の音が、夜毎《よごと》に間近に聞こえて、比類なく心に沁み入るのは、こうした所の秋だった。

源氏の君は、側近くの者が誠に少なく、みんな寝静まっている頃に、ひとり目を覚まし、ちょうど『白氏文集』に、「遺愛寺《いあいじ》の鐘は枕を攲《そばだ》てて聴き　香炉峰《こうろほう》の雪は簾《すだれ》を撥《は》ねて看る」とあるように、枕から頭を上げて、四方《よも》の激しい風の音を聞くと、波がすぐ近くまで押し寄せてくる気がして、涙が落ちるのも気づかないまま枕が浮くばかりに落涙する。琴《きん》を少し弾いたものの、我ながら実に物悲しく聞こえるので、弾きやめ、詠歌した。

恋いわびて泣く音にまがう浦波は
　思うかたより風や吹くらん

都恋しさに堪えかねて、泣いているように聞こえる浦波の音は、恋しく思う都の方から風が吹くからだろうか、という感傷であり、源氏の君の詠歌の声に、人々はそぞろ目を覚まして素晴らしいと感心して、何をするわけでもないのに起き出して、みんな涙ぐんでいる。

本当にこれらの供人たちは、胸の内でどう思っているだろうか。自分ひとりのために、片時も離れ難い親兄弟《はらから》や、おのおの大事に思っている家族と別れて、このように一緒にさ迷っていると思うと、可哀想であり、自分までが沈み込んでいるのを見せると、一層心細くなるに違いないので、昼は何くれと冗談を言って気を紛らす。

退屈しのぎに様々な色の紙を継ぎ合わせて、古歌を手習いし、珍しい唐の綾織物に様々な絵を気儘《きまま》に描く。屏風《びょうぶ》の表の絵も見事な出来映えで、昔は人から聞いた海や山の様子を、都から遠く思いやったものだが、今は目の前に、思っていた以上の見事な海辺の景色があるので、またとない素晴らしさで描かれていた。

供人は「近頃の名人と言われる絵師の千枝《ちえだ》や常則《つねのり》を呼んで、墨絵に彩色させたい」ともどかしがり、源氏の君の親しくも立派な様子に、供人たちは田舎《いなか》の憂さも忘れ、側近くに仕えるのを嬉しく思い、四、五人はいつも近くに侍っていた。

前栽《せんざい》の花が色とりどりに咲き乱れ、趣のある夕暮れに、源氏の君は海が見渡せる廊《ろう》に出て、佇《たたず》んでいると、その姿の不吉なまでの美しさは場所柄この世のものとも思われない。白い綾《あや》の柔らかな袿《うちき》に、表が薄紫で裏が青の紫苑襲《しおんがさね》の指貫《さしぬき》を着て、濃い紫の直衣《のうし》に、帯をしどけなく結んだくつろいだ様子で、「釈迦牟尼《しゃかむに》の弟子のなにがし」と唱えて、ゆるやかに読経《どきょう》している声は、この世に喩えるものがないくらいであった。

沖合を舟が何艘《そう》も、大声で歌いながら漕いで行くのが聞こえ、その舟影がかすかに小さな島が浮かんでいるように見えるのも、心細い感じではあるものの、雁《かり》が列を連ねて鳴く声が楫《かじ》の音に似ているのも、ちょうど『白氏文集』に「晴虹橋影出《せいこうきょうえいい》で　秋雁櫓声来《しゅうがんろせいきた》る」とあるのと、そっくりであり、源氏の君は物思いに沈みつつ眺める。涙がこぼれるのを払う手つきが、黒檀《こくたん》の数珠《じゅず》に映《は》え、それを見て、古里の女を恋しく思う供人たちは、みんな心を慰め、源氏の君の詠歌に聞き入る。

初雁は恋しき人のつらなれや
旅の空飛ぶ声の悲しき

初雁は都の恋しい人の仲間だろうか、旅の空を飛ぶ声が悲しい、というこれまた感傷であり、まずは良清が詠歌した。

かきつらね昔のことぞ思おゆる
　雁はその世の友ならねども

連なった雁を見ると、次々と昔の事が思い起こされます、雁は当時の友ではありませんが、という望郷の思いで、民部大輔《みんぶのたいふ》の惟光《これみつ》も詠じる。

心から常世《とこよ》を棄てて鳴く雁を
　雲のよそにも思いけるかな

自ら常世を捨てて鳴いている雁を、自分とは無関係と思っていたのに、今は切実に雁が身近に感じられます、という嘆息で、雁は、海の彼方《かなた》の不老不死の仙境《せんきょう》である常世に棲《す》む鳥とされている。あの免官された前右近将監《うこんのぞう》も唱和する。

常世出でて旅の空なるかりがねも
　列《つら》に後れぬほどぞ慰む

常世を出て旅の空を飛ぶ雁も、仲間に後れない間は、心が慰められます、という感慨で、「友にはぐれてしまったら、どんなにか心細いでしょう」と言う。この前右近将監は、父親が常陸介《ひたちのすけ》になって下《くだ》ったのにも同行せずに、須磨まで源氏の君の供をして来ていて、内心では悩んでいるはずだったが、意気軒昂《いきけんこう》に振舞って、平然としていた。

月が実に華やかに出たので、今宵《こよい》は十五夜《いざよい》だったと、源氏の君は思い出して、清涼殿の殿上《てんじょう》の間《ま》で催される管絃の宴《うたげ》が恋しくなり、都のあちこちにいる女君たちも、月を眺めているだろうと思いやられ、月の顔ばかりじっと見つめている。白楽天《はくらくてん》が左遷《させん》されて、遠くにいる親友を偲《しの》んで詠んだ漢詩、「銀台金闕《きんけつ》夕べに沈々たり　独り宿《しゅく》して相《あ》い思いて翰林《かんりん》に在《あ》り　三五夜中《さんごやちゅう》新月の色　二千里外《がい》故《こ》人《じん》の心」と口ずさむと、例によって供人たちは涙を禁じ得ない。

源氏の君は藤壺宮が、ここのえに霧やへだつる雲の上の　月をはるかに思いやるかな、と詠んだ折の事が、言いようもなく恋しく、当時の事を様々に思い出して、つい声を上げて泣く。供人が「夜も更けました」と言上しても、寝室には入らず、詠歌した。

見るほどぞしばしなぐさむめぐりあわん
　月の都は遥かなれども

月を眺めている間は、しばしでも心が慰められる、月の都が遥か遠くにあるように、再び都に帰るのは遠い先の事であるけれども、という胸中であり、「月の都」は、月の中にあるとされる月宮殿《げっきゅうでん》を指し、あの『竹取物語』の姫君が戻って行ったのもそこだった。

　この夜、源氏の君は、今上帝《きんじょうてい》が大変親しく昔話をしてくれた時の様子が、亡き桐壺院に似ていたのを、恋しく思い出して、菅原道真《すがわらのみちざね》公が配流《はいる》先の大宰府《だざいふ》で詠じた詩、「去年今夜清涼に侍《じ》す　秋思の詩篇独《ひと》り腸《はらわた》を断つ。恩賜《おんし》の御衣は今此に在り　捧持して毎日余香を拝す」を口ずさみながら奥にはいった。今上帝から下賜《かし》された衣は、文字通りに身から離さず、傍に置いて、詠歌する。

　　憂しとのみひとえにものは思おえで
　　　ひだりみぎにも濡るる袖かな

　帝をひたすら辛い人とばかりは思えず、辛さと懐しさの双方の涙で、左右の袖が濡れてしまう、という感慨で、「ひとえ」には一重を掛けていた。

　その頃、五節《ごせち》の君の父である大宰大弐《だいに》が上京した。勢力もあって一族の数も多く、娘も大勢いて仰々《ぎょうぎょう》しいため、北の方は姫君たちを引率して船で上京し、浦づたいに逍遥《しょうよう》しながらやって来た。須磨は他の所よりも趣があるので心惹かれ、特に源氏の大将が隠遁《いんとん》しておられると聞いて、わけもなく好奇心のある若い娘たちは、船内にいてもあれこれと緊張して、改まった心地になる。

　ましてや、かつて五節の舞姫を務めて、源氏の君の目に留まり、情を交わした五節の君は、そのまま通り過ぎるのも残念なのに、琴《きん》の音が風に乗って遠くから聞こえてくる。場所柄や源氏の君の身分、琴の音色の心細さが重なり合って、情緒《じょうちょ》を解する者はみんな泣き、大宰大弐は手紙を送った。

大変遠い所から上京したあとは、早速に伺って都の話でもお伝えしたいと存じておりました。ところが思いがけなくも、このようにお暮らしの住まいの前を通り過ぎ、誠に勿体《もったい》なく、悲しい限りです。知り合いの者や、しかるべき誰彼《たれかれ》などが多く迎えに来ているため、窮屈《きゅうくつ》だと思い、憚りもあろうかと、今回はお伺いできません。改めて参上致します。

そして、代わりに息子である筑前守《ちくぜんのかみ》が参上する。源氏の君が蔵人に取り立てて世話した人だったので、源氏の君の境遇を実に悲しく辛いと感じるものの、周りに見ている人がいるので、世評が立つのを気遣い、長居もできない。源氏の君は「都を離れてからは、昔親しかった人々とも会うのが難しくなりました。そこをこうして立ち寄って下さり、感謝に耐えません」と言い、大宰大弐への返事も同様にする。

筑前守は泣きながら帰り、源氏の君の様子を語って聞かせたので、大弐以下、迎えの人々まで、不吉なまでに涙し、五節の君は内密に別の使いに命じて文を送り、歌を添えた。

琴の音にひきとめらるる綱手縄《つなてなわ》
たゆとう心君知るらめや

琴の音に引き留められて、船を引く綱手縄のように、揺れ動くわたしの心をあなたはおわかりでしょうか、という恋情で、「引《ひ》く」に弾くを掛け、『古今和歌集』にある、いで我を人な咎めそ大舟のゆたのたゆたにもの思うころぞ、を下敷にして、「こんな好き好きしい心を、どうかお咎めなさいませんように」と付記してあったので、源氏の君は苦笑しながら読む。その様子は見ている者が気恥ずかしくなる程美しく、源氏の君はさっそく返歌した。

心ありてひきての綱のたゆたわば
　うち過ぎましや須磨の浦波

あなたが私を思って心を揺り動かすのであれば、どうしてこの須磨の浦を素通りできるでしょうか、という問いかけで、『古今和歌集』の、思いきや鄙《ひな》の別れに衰えて　海人の縄たき漁《いざ》りせんとや、を下敷にして、「ここで漁をする事になろうとは思いもよりませんでした」と付記してあった。

かつて道真公が左遷されて下った折、明石《あかし》の駅長《うまやおさ》が余りに嘆くので、道真公が「駅長、驚くなかれ、時の変改を、一栄一落是春秋」と慰めた故事では、駅長でさえも貴人の別れを悲しんだのだから、ましてや五節の君は手紙を貰って、ここに残りたいと心から思った。

都では、月日が過ぎるにつれて、帝を始めとして、源氏の君を恋しく思う折が増え、ましてや東宮はいつも思い出しては、密かに泣くので、それを見る乳母、それ以上に王命婦《おうみようぶ》は本当に可哀想だと思った。

出家した藤壺宮は、東宮の事が不吉な結果になりはしないかと心配していたのに、源氏の大将がこのように放浪の身になったのを、心の底から嘆く。

源氏の君の兄弟である親王たちや、親しい仲だった上達部《かんだちめ》は、当初は須磨へ便りを送る向きもあり、心に沁みる漢詩文を交わして、源氏の君の出来映えが世間に称賛《しょうさん》される。それを耳にした弘徽殿皇太后は厳しく非難し、「朝廷の勘当《かんどう》を受けた者は、人並の食事をするのも難しいというのに、あの源氏の君は、風流な家に住んでいます。その上で世の中を悪く言って難詰《なんきつ》しています。あの『史《し》記《き》』にある如く、鹿を馬と言ったとかいうよこしまな人と同じように、源氏の君は間違っています。それなのに世間の者は追従《ついしょう》しています」と言っているとの悪い噂が聞こえてきたので、煩わしくなり、源氏の君に手紙を差し出す人は皆無《かいむ》になった。

二条院の紫の上は、時が経つにつれて、心の慰められる折もない。東の対《たい》で源氏の君に仕えていた女房たちもみんな、西の対に移って来た当初は、紫の上を軽々しく思っていたが、側に仕えて馴れるに従い心惹かれて、優美な様子や、日々の暮らしも立派で、思慮《しりょ》深いので、暇を取って去る者はいない。身分の高い女房には、紫の上がちらっと姿を見せる事もあって、源氏の君が心を寄せる数多くの女君たちの中で、紫の上が格別に寵愛されるのも当然だと、女房たちは感じている。

源氏の君は、須磨滞在が長くなるにつれて、紫の上を迎えなければとても耐えられないように思うけれど、自分でも信じられない運命だと痛感するこの住居に、どうして紫の上を連れて来られようか、いかにも不似合いだと考え直した。万事が都とは様子が異なり、源氏の君を見知りもしなかった下働きの者など今まで見た事もなかったので、不躾《ぶしつけ》に感じられ、思いがけず我が身が勿体ないと思う。

近くで立ち昇る煙を海人が塩を焼く煙だとばかり思っていたのは、住まいの後方の山中で柴というものをいぶす煙だと初めて知って、珍しく思って詠歌した。

山賤《やまがつ》のいおりに焚《た》けるしばしばも
　こと問い来なん恋うる里人

山賤の小屋で焚く柴ではないが、恋しい都の人々がしばしば文を寄越して欲しい、という願望で、「しば」は柴としばしばを掛け、『古今和歌集』にある、**須磨の海人の塩焼く煙風をいたみ　思わぬ方にたなびきにけり、**を念頭に置いていた。

冬になって雪の降り荒れる日、空模様が格別に物寂しいと思いに沈み、気の向くままに琴を弾き出し、良清に謡《うた》わせて、民部大輔の惟光が横笛を吹いて遊宴《ゆうえん》になる。源氏の君も心をこめて趣のある曲を弾くと、供人たちは他の楽器の合奏をやめて、みんな涙を拭《ぬぐ》った。

源氏の君も、昔、漢《かん》の元帝《げんてい》が匈奴《きょうど》に遣わしたという王昭君《おうしょうくん》の故事を思いやって、元帝はどんなにか辛かったろうか、この世で自分が愛している人を、遠くに手放す事になればどうなるのか、そう思うと自分の身にも起こる事のように不吉な感じがして、王昭君を詠んだ大江朝綱《おおえのあさつな》の漢詩の一句、「胡《こ》角《かく》一声霜の後の夢　漢宮万里月の前の物思い」を口ずさむ。

月が実に明るく射し込んで、はかない旅の御座所《おましどころ》は奥の方まで照らされて、ちょうど三善善宗《みよしぜんそう》の漢詩の一句に、「暁《あかつき》になんなんとして簾の頭《ほとり》に白露をなす　夜宵《よもすがら》床の底《もと》に青天を見る」とあるように、床の上に夜中の空が見え、沈みかけた月の光が大変明るく見えるので、道真公が大宰府で詠んだ七言絶句の「月に代りて答う」の終句、「ただこれ西に行くなり　左遷にあらず」を、ひとりごちて自分も独詠した。

いずかたの雲路に我も迷いなん
月の見るらんこともはずかし

この先、私はどこの空に迷って行くのだろうか、西に行く月から見られていると思うと恥ずかしい、という逡巡《しゅんじゅん》で、例によって眠れない暁の空を、千鳥《ちどり》が悲しく鳴くのを眺めやって、さらに独詠する。

友千鳥もろ声に鳴くあかつきは
ひとり寝ざめの床《とこ》も頼もし

群をなす千鳥が一斉に声を合わせて鳴く暁は、ひとり寝覚めている身には頼もしく思える、という諦念《ていねん》で、他に起きている人もいないので、繰り返しひとりごちて臥した。夜深いにもかかわらず起きて手を洗い、念誦《ねんじゅ》をする。それが供人には珍しく、かつ尊いものに思えるので、仕えるのを辞して、京の家にわずかの間も帰れずにいた。

近くにある明石の浦は、他国とはいえ須磨からは這《は》って行けるくらいの距離なので、播磨守《はりまのかみ》の息子である良清は、前播磨守の明石入道《にゅうどう》の娘を思い出して、手紙を送ったものの、娘からは返事もない。代わりに父の入道が「言上すべき事がございます。少しだけでもお会いしたいのですが」と言って来たが、良清は娘との結婚を承諾《しょうだく》しないのだから、こっちから出向いて空《むな》しく帰って来る後ろ姿はみっともないと思い、気が沈んで出かけずにいた。

この入道は、我がひとり娘については、途方もない高望みをしていて、播磨の国内では国守《こくしゅ》の一族だけが尊いものとされているようだが、偏屈者《へんくつもの》である入道は、全くそうは思わないまま年月を過ごしていた。

あの源氏の君がこうして須磨におられると聞いて、娘の母君に対して「桐壺更衣《こうい》が産みなされた源氏の君が、朝廷の謹慎令《きんしんれい》によって須磨の浦におられるそうです。これも我が娘の思いがけない宿縁です。是非ともこの機会に、娘を源氏の君に差し出したいと思います」と言うと、母君が「それは、とんでもない事です。京の人の話では、源氏の君は高貴な妻をたくさん持っておられるそうです。その上、密かに帝の妃とまで過《あやま》ちを犯して、世の中を騒がせたのです。そんな方が、どうしてこんな賤しい田舎娘に心を寄せて下さるでしょうか」と反論する。

入道は立腹して、「あなたにはわからないでしょう。私には強く念じている事があるのです。どうか、そのつもりでいて下さい。折を見て、ここに迎えましょう」と、自信ありげに言うのも、頑固一徹《がんこいってつ》に見える。

入道は邸《やしき》を眩《まぶ》しいくらいに飾り立て、娘を大事にするので、母君は「どうしてどうして、いかに立派なお方であっても、うちの娘にとって初めての結婚に、そんな罪を受けて流されて来た人を、婿《むこ》になどできかねます。たとえ娘をお目にかけたとしても、心に留めて下さるのならいいのですが、それは冗談にしてもありえません」と言い張るので、入道はぶつぶつと不平を並べる。

「罪にあたるという事は、唐土《もろこし》にも我が朝廷にも、このように世評も高く、何事も人より抜きん出た人には、必ず起こり得ます。源氏の君が、どのようなお方であるか、あなたは知らないでしょう。亡き桐壺更衣は、私の叔父《おじ》で按察大納言《あぜちのだいなごん》だった人の娘です。大変優れているという評判が立ち、大納言が宮仕《みやづか》えに出されたのです。すると帝が殊《こと》の外ご寵愛になって、並ぶ者がない程だったので、周囲の嫉妬《しっと》が重なり、とうとう亡くなられたのです。

しかしこの源氏の君がお生まれになったのは、大変な慶事です。女は志《こころざし》を高く持つべきです。いくら私がこんな田舎人だとしても、娘に関しては源氏の君はお見捨てにはならないでしょう」と言い張った。

この明石入道の娘は、秀でた容姿ではないものの、優しく気品があり、情を解する人格は、身分の高い人に引けを取らない。そして我が身の有様を取るに足りないものと思い知っており、高貴な人は自分を物の数にも入れないはずだが、だからといって身分相応の結婚など決してしたくない、長生きして自分を大切にしてくれている両親に先立たれたら、尼にでもなろうか、それとも海の底に入水《じゅすい》でもしようかと考えていた。

それをよそに、父の入道は仰々しく娘の世話をして、年に二度は住吉《すみよし》神社に参詣《さんけい》させ、神の霊験《れいげん》を胸の内で頼みにしていた。

須磨では、年が改まってから日が長くなり、何もする事がなく無聊《ぶりょう》な頃、昨年植えた若木の桜がほのかに咲き初め、空の模様もうららかなので、源氏の君は様々な事が思い出され、泣く事が多くなった。二月二十日過ぎに、去年三月に離京した折、いたわしいと思った人々の様子が、大変恋しく思い起こされ、今頃は紫宸殿《ししんでん》の左近《さこん》の桜も盛りだろうか、そう言えば七年前の桜花の宴での桐壺院の姿や、今上帝が大層若やいで、なまめかしく、自作の漢詩を口ずさまれた事があったと、思い出されて独詠した。

いつとなく大宮人《おおみやびと》の恋しさに
　桜かざしし今日も来にけり

いつとは限らず大宮人が恋しく思われるのに、昔、桜の花をかざして遊んだ日がまた巡って来た、という感慨で、古歌の、**ももしきの大宮人はいとまあれや　桜かざして今日もくらしつ**、を下敷にしていた。

源氏の君が退屈さを持て余している頃、左大臣家の三位中将《さんみのちゅうじょう》は、今は参議《さんぎ》である宰相《さいしょう》になり、人柄が大変優れているので、世の信望も厚いものの、世の中がしみじみと物悲しく、面白くなく感じていた。何かの折毎《ごと》に源氏の君が恋しく思い出されるので、噂が立って罪にあたる事になっても構うものかと考えて、突然須磨を訪問して、源氏の君をひと目見るなり、『後撰和歌集』に、**うれしきも憂さも心はひとつにて　分れぬものは涙なりけり**、とある如く、嬉しさと悲しさがひとつの涙になってこぼれ落ちた。

源氏の君の住まいは、全く唐風で、白楽天の律詩「香炉峰の下に新たに山居を卜《ぼく》し　草堂初めて成る時に　偶《たまたま》　東壁に題す」の中の一句「五架三間なり新草堂は　石の階《きざはし》と松の柱に竹編める墻《かき》」の通り、絵に描いたようで、竹を編んだ垣根を巡らし、石の階段や松の柱は簡素ながら風情がある。

源氏の君は山賤のように、薄紅の黄色かかった袿《うちき》の上に青鈍《あおにび》の狩衣、指貫という姿であり、質素でことさら田舎じみた風にしているのも、却って素晴らしく、見た目にも微笑されるくらいに美しい。使っている調度《ちょうど》も、かりそめの品々で、御座所も丸見えであり、碁《ご》、双六《すごろく》の盤、調度、弾棊《たぎ》の道具なども田舎風に作られ、念誦《ねんじゅ》の道具も整い、熱心に勤めをしている様子が窺え、食事はわざと土地柄に合わせて、興趣《きょうしゅ》があるように作られていた。

海人が漁を終えて貝類を持参して来たのを、源氏の君は呼んでじっくりと見て、海辺で長年暮らす生活振りに関して、質問をすると、種々不安な身の上の辛さを、海人たちがとりとめなく口にする。自分とて同じ事であり、何の違いがあろうかと、しみじみと見入り、禄《ろく》の衣を下賜《かし》してやると、海人たちは古歌に、**須磨の浦にあさりする海人のおおかたは　かいある世とぞ思うべくなる**、とある通り、生きていた甲斐があると思っている。

馬を近くに立たせて、向こうの倉のような小屋の中にある稲藁《いなわら》を、下仕えの者が取って食わせるのを、三位中将は、物珍しいと眺めつつ、催馬楽《さいばら》の「飛鳥井《あすかい》」を謡う。

〽飛鳥井に宿《やどり》はすべしや　おけ
　蔭《かげ》もよし水《みもい》も冷《さむ》し
　御馬草《みまくさ》もよし

謡い終えると、この幾月もの間に積もり積もった話を、泣き笑いしながら語って聞かせる。「若君が何もわからずに無邪気でいる悲しみを、父の致仕大臣は明けても暮れても嘆いております」と言うと、源氏の君は耐え難い心地になる。二人の話は尽きる事もないので、その詳細は省くとして、白楽天が親友の元稹《げんしん》と五年ぶりに再会し、語り明かした時の詩の一節に「語りて天明に到るも竟《つい》に未《いま》だ眠らず」とあるように、夜通し一睡もせずに漢詩を作って過ごした。

そうは言っても、世間の評判を気にして、三位中将は急いで帰る事にすると、なまじ再会したため、却って別れが辛くなり、盃《さかずき》を傾け、前述の白楽天が元稹と再会した際に贈った詩の数節を、共に口ずさんだ。

酔悲灑涙春杯裏
吟苦支頤暁燭前
莫問龍鍾悪官職
且聴清脆好文篇

酔悲《すいひ》涙を灑《そそ》ぐ春杯《しゅんはい》の裏《うち》
吟苦頤《あご》を支う暁燭《ぎょうしょく》の前
問う莫《な》かれ龍鍾《りゅうしょう》たる悪官職
且《しばら》く聴く清脆《せいぜい》たる好文篇《こうぶんへん》

酔うも悲しく春の酒に涙を注ぎ、詩を口にするのも辛くて、夜明けの灯火《ともしび》の前で頬杖《ほおづえ》をつく。聞いてくれるな、悪い官職にあった頃の事を。まずは清澄《せいめい》な素敵な作品に耳を傾けよう、という大意なので、供人たちも涙を流し、各自があっという間に別れる事を惜しんでいるようであった。

朝ぼらけの空に、雁が列を成して飛んで行くのを眺めて、源氏の君は詠歌する。

古里をいずれの春か行きて見ん
　うらやましきは帰るかりがね

古里の都を、いつの春に帰って見るだろうか、羨《うらや》ましいのは帰って行く雁のあなたです、という羨《せん》望《ぼう》で、道真公の漢詩、「旅雁を聞く」の中の「枕を攲《そばだ》てて帰り去る日を思量《しりよう》すれば　我は何れの歳《とし》とか知らん　汝《なんじ》は明春《みようしゆん》なり」を下敷にしていて、宰相中将は尚更《なおさら》出立しにくくなって、返歌する。

**飽かなくにかりの常世《とこよ》を立ち別れ**
**花の都に道や惑わん**

心残りのままに、雁のような私は常世に別れて都に帰りますが、途中で道に迷いそうです、という惜別《せきべつ》で、「かり」には雁と仮を掛けていて、雁が帰っていく故郷が常世だった。

宰相中将からは、しかるべき都の土産《みやげ》が趣味がよさそうに整えてあるので、源氏の君はこうしたありがたい訪問への礼として、黒駒《くろこま》を贈ったのも、古歌に、**我が帰る道の黒駒心あらば　君は来ずとものおのれいななけ**、とあるからであった。「勅勘を蒙《こうむ》った私からの贈物など、不吉に思うかもしれませんが、『文選《もんぜん》』の古詩に『胡《こ》馬《ば》は北風に嘶《いなな》く　越鳥《えつちよう》は南枝《なんし》に巣くう』とあるように、馬は風に当たるときっといなくでしょう」と源氏の君は言う。

見ると世にも稀な名馬のようであり、「形見として思い出して下さい」と言って、見事な名の通った笛を贈る程度にして、人が咎めそうな事は、互いに慎んだ。

日が次第に高くなって気忙《きぜわ》しいので、宰相中将が後ろを何度も振り返りながら帰るのを、見送る源氏の君の心は、なまじ会わなければよかったと思う程に乱れる。宰相中将が「いつまた再会できるでしょうか。いくら何でも、このままの別れであるはずはございません」と言うと、源氏の君は詠歌で応じる。

雲近く飛びかう鶴《たづ》も空に見よ
　われは春日《はるひ》の曇りなき身ぞ

雲の近くを飛び交う鶴のように、宮中にいるあなたも見て下さい、私は春日のように曇りのない潔白な身です、という弁明ではあったものの、「このように帰京を期待しながら、私のような境遇になった者は、道真公のような昔の賢人でさえ、満足に再び世に復帰するのは難しかったのです。私もまた都との境を見ようとは思っておりません」と言うので、宰相中将も返歌する。

たづかなき雲居にひとりねをぞ泣く
　翅《つばさ》並べし友を恋いつつ

鶴が一羽、空で友を恋しがって鳴いているように、私も頼る人もなく、宮中でひとり泣いています、いつも一緒だった友を恋しがって、という郷愁で、「たづかなき」は、おぼつかない意のたづきないを鶴が鳴くに掛け、鳴鶴《めいかく》は、『詩経《しきょう》』に「鶴は九皐《きゅうこう》に鳴き　声は天に聞こゆ」とある如く、賢人が重用《ちょうよう》されずに野《や》にある事の喩えであった。

宰相中将は、「かたじけなくも親しくしていただいて、『拾遺和歌集』に、思うとていとしも人にむ

つれけん　しかならいてぞ見ねば恋しき、とあるように、却って親しく思った事が悔しく感じられる折が多くございます」と言上して、しんみりと別れる話をする間もなく帰ったので、源氏の君はその後、一層悲しく物思いに沈んで日を暮らした。

三月初めの巳《み》の日に、「今日は、このように心配事のある人は禊《みそ》ぎをなさるとよいです」と生半可《なまはんか》な知識を持った人が勧めるため、源氏の君は海辺の情景も見たくなって出かける。大層粗略な幔幕《まんまく》のみを張り巡らして、摂津国《せっつのくに》に通って来ていた陰陽師《おんみょうじ》を呼んで、祓《はら》いをさせると、舟に大きな人形《ひとがた》を乗せて流す。それを見た源氏の君は我が身になぞらえて、つい独詠する。

知らざりし大海《おおうみ》の原に流れ来て
　ひとかたにやはものは悲しき

思いもかけなかった、この人形《ひとがた》のように見知らぬ大海原《おおうなばら》に流れ来て、一方《ひとかた》ならぬ悲しい目に遭うとは、という感慨で、「ひとかた」には人形と一方を掛けていた。じっと坐っている源氏の君の姿は、海辺の晴れ晴れした所で、言いようもなく立派に見え、海はうらうらと一面が凪《なぎ》であり、その先が果てもなく広いのに、自らの来し方や行く末が次々と思いやられて、独詠する。

八百《やお》よろづ神もあわれと思うらん
　犯せる罪のそれとなければ

八百万《やおよろず》の神々も私を哀れと思ってくれるに違いない、私にはこれといって罪はないのだから、という申し開きで、言い終えると、急に風が吹き出し、空も真っ暗になったので、まだ御祓《おはら》いも終えられないまま、みんなで立ち騒ぐ。

催馬楽の「妹《いも》が門《かど》」に「妹が門　夫《せな》が門　行き過ぎかねてや　我が行かば　ひじかさの　ひじかさの雨もや降らなん　しでたをさ　雨宿《やど》り　笠宿り　宿りてまからん　しでたをさ」とあるように、肘をかざして防ぐような肘笠雨が降り出して、いよいよ慌《あわ》ただしくなる。

みんな帰ろうとするが、笠を準備する暇《いとま》もなく、そうした気配もなかったのに、何もかもが吹き飛ばされ、またとない大風である。波がすさまじい様で荒々しく立ち、人々の足も地につかず、海面は夜具の衾《ふすま》を張ったように光に満ち、雷が鳴り、稲妻が光り、今にも落雷しそうな気配がして、やっとの思いで帰り着いた。

供人たちは「こんな目に遭うのは初めてだ」「風が吹くには前兆があるのに、こんな急な嵐は珍しい」と言い惑うものの、嵐は止まず、雷は鳴り響き、雨は当たる所を突き破ってしまいそうな勢いで降る。こうしてこの世が滅びてしまうのかと、供人たちが心細くうろたえる傍で、源氏の君は落ち着き払って読経《どきょう》をする。

日が暮れると雷は少し鎮まったものの、風は夜になっても吹き、供人は「雷が止んだのも、様々に立てた願《がん》の力に違いない」「もうしばらく、このままだったら、波にさらわれて海に沈むところだった」「高潮というものによって、あっという間に人の命がさらわれるとは聞いていたが、全くこんな事は初めての経験だ」と言い合った。

夜明け方、みんな休んでいたので、源氏の君も少し寝入ったところ、誰とも知れぬ人が出て来て、「どうして宮からお召しがあるのに参上しないのか」と言って、自分を捜し回っている様子が見えたところで、夢だとわかって目を覚ます。さては海の底の龍王《りゅうおう》は美しい物を好むので、自分に目を付けたのだと思い当たり、ひどく気味悪くなって、この住まいが耐え難く感じられた。

◇　◇

この「須磨」の帖《じょう》を書くのには、二か月を要した。須磨にはもちろん行ったことはない。伯父《おじ》の為《ため》頼《より》殿から聞いたくらいの知識だけで、書き綴るのは難しいので、手許《てもと》に『白氏文集』や『詩経』、道真公の漢詩集を置いて参考にした。

かって西国《さいごく》に下る際に、必ず通らねばならなかった須磨の関は、人馬や宿で賑《にぎ》わったらしい。それが廃《すた》れたのは、国守の赴任《ふにん》が陸路から海路に変わったからだ。だからこそ須磨には駅舎もなくなり、人馬どころか海人でさえも稀になった。しかしあくまでも畿内《きない》であり、光源氏が自らに課した流謫の地としては最適だった。

とはいえ、このままずっと光源氏を須磨に留めていては、物語の進展がない。この点で、「若紫」の帖で、北山詣でのときに、やや唐突ながらも、良清に一徹者《いってつもの》の明石入道について、光源氏の耳に入れたのは、いい着眼だった。

供人たちも、男ばかりが住まっている須磨には飽き飽きする頃だ。どこかもっと明るい、女っけのある場所に移りたいに違いない。恐ろしいまでの暴風雨が、その浮いた心を一層浮き立たせたと言える。

# 第二十一章　法華八講《ほっけはっこう》

「須磨《すま》」の帖を清書《せいしょ》しかけた十二月の末、父君から東三条院の詮子大后《あきこおおきさき》が崩御《ほうぎょ》されたと聞かされた。四十賀《しじゅうのが》から二か月も経っていない、余りにも早い死去だった。これによって今上帝《きんじょうてい》は十年前の父君の円融帝《えんゆうてい》の死に続き、母君までも亡くされたのだ。

「帝の後見《うしろみ》はいよいよ脆弱《ぜいじゃく》になる」

そう言う父君の言葉には実感がこもっていた。

年が改まっても、堤第《つつみだい》はまだ昨年からの喪《も》に服して静まり返っていた。その喪に服すように、弟の定暹《さだのり》が正式に仏門にはいった。三井寺《みいでら》に棲《す》む僧都《そうず》が京を訪れるたび、定暹がその講筵《こうえん》に列していると、祖母君から聞いたのは、越前《えちぜん》から戻ったときだった。その後も時折、十日ばかり堤第を留守にして、三井寺詣《もう》でをしていたのだ。一家から僧籍にはいる者を出すのは誉《ほま》れではあった。しかし定暹が去ったあとの堤第は、一層服喪の感が深まった。

時折、故為頼《ためより》殿の長子である伊祐《これすけ》殿が姿を見せてくれるときのみ、ようやく明るさがもたらされた。内裏《だいり》に出入りしている伊祐殿によると、内裏も同様に詮子大后の喪にはいって、あたかも暗雲がたち込めているようだと言う。

「天下を仕切られているのは、父母共に亡くされた帝《みかど》と、左大臣の道長《みちなが》様の二人だけになっています。いかんせん、帝は二十三歳、道長様も病《やまい》がちで、ひと頃の勢いはありません」

「道長様の娘の彰子《あきこ》様はおいくつになられる」

父君が訊《き》く。

「十五歳です。まだ皇子《おうじ》を産まれる齢《よわい》ではありません。それに帝はまだ亡き定子《さだこ》様への思いを引きずっておられるようです。彰子様へは思いが向かないのでしょう」

「定子様がお産みになった皇子はどうなりましたか」

常々気になっていたことを訊いた。

「敦康親王《あつやすしんのう》はまだ四歳です。帝はこの親王を頼みにされているようです。寵愛《ちょうあい》された定子様が残した、たった一人の皇子なので、無理はありません」

「やはり乳母《めのと》君が育てているのでしょうか」

訊いたのは母君だった。

「いえ、養育されているのは定子様の末の妹にあたる御匣殿《みくしげどの》です。定子様の生前から、頼まれてお世話しておられましたが、瀕死《ひんし》の床《とこ》にあったとき、養育を託されたと聞いています」

さすがに内裏についてては、再び散位《さんい》になった父君よりも、伊祐殿のほうが詳しかった。「それで、帝はこの御匣殿の許《もと》によく通われるようになり、懇《ねん》ろの仲になられたようです。ご懐妊《かいにん》の噂《うわさ》もあります。無理からぬことでしょう。定子様の妹君ですから、どこか人となり、面影《おもかげ》なりが似ているでしょうから」

「それでは、あの道長様が面白くないのでは」

どちらかと言えば、道長様の肩を持つ父君が問う。

「もちろんです。それで昨年、すぐさま敦康親王を引き取られ、着袴《ちゃっこ》の儀も彰子様の許で盛大に行われました」

「それは内裏が焼ける前なのか」

父君が確かめる。

「焼失の四、五日前です。しかし内裏は三年前に焼け、その翌年に新しい内裏が建てられたばかりです。それが再び焼失の憂《う》き目に遭《あ》ったのです。それで今は、帝の一条院《いちじょういん》が仮の内裏となっています。そこに帝も彰子様も、親王と共に仮住まいされています。この先、御匣殿に皇子でも生まれれば、道長様も頭が痛いはずです。何といっても、彰子様はまだ幼いですから」

伊祐殿は父君と違って、道長様に肩入れしているようには見えない。「まだこれから、ひと波瀾もふた波瀾もあると、下々《しもじも》の私たちは見ています」

そう言ってから、こちらに向き直った。

「ところで香子《かおるこ》殿、あなたの物語の続きを、あなたの母君の書写で読ませてもらいました。なるほど先日、須磨のことをあなたが訊いたのもそのためだったかと、合点《がてん》がいきました。あの光源氏、須磨へ流謫《るたく》の身になったのですね。行ったこともないあなたが、須磨の情景を過不足なく描いています。大したものです」

「亡き伯父《おじ》君からも聞いておりましたから、知ったかぶりです」

「それはそうでしょうが、実にいいです。心の友である三位中将《さんみのちゅうじょう》、いや宰相《さいしょう》中将とのやりとりは、身に沁《し》みました。死んだ父が読んだらさぞ喜んだでしょう」

伊祐殿が少ししんみりとする。「ところで光源氏は、龍王《りゅうおう》の誘いを恐れて須磨から退去する事を決めたように読みましたが、行く先は例の入道が住まう明石《あかし》でしょうか」

「そう考えております」

「そうなると、これは内裏の規定を破ることにもなります。須磨と明石は、それこそ目と鼻の先の距離ですが、須磨は畿内《きない》、明石は畿外です。確かに少し昔は明石も畿内とされていました。しかし延喜《えんぎ》式《しき》以後、ここ四十年は畿外にされています。光源氏が畿外に移るとなれば、禁制を犯すことになり、さらなる咎《とが》めも覚悟しなければなりません」

「そう覚悟させます」

「なるほど。そうなると、いよいよ面白くなる」

伊祐殿がどこか満足げに頷《うなず》く。

「香子の物語については、先日、病を得ておられる慶滋保胤《よししげのやすたね》様を見舞った折に、耳に入れておいた」

父君が言う。「ほう、あの香子殿が、と大層喜ばれていた。書写したものをさし上げてもいいが、病床にあっては失礼にもあたるのでやめた」

慶滋様の消息を聞かされて、あの千種殿《ちぐさどの》での事がまたもや思い出される。

「今、おいくつでしょうか」

「七十歳になられる」

そうすると、あの頃は五十二、三歳だったのだ。晩年ではあっても働き盛りだったというべきだろう。

「慶滋様が著された『池亭記《ちていき》』と『日本往生極楽記《おうじようごくらくき》』は、必ずや後世に残る傑作です」

伊祐殿がきっぱりと言い、父君が何度も頷いた。

その年の十月二十二日、東三条院詮子大后の法華八講《ほっけはっこう》に、弟の定暹《じょうせん》が奉仕することになった。出家《しゅっけ》してから間もないのに、一条院の内裏に参上できたのは、定暹にとっても堤第にとっても名誉な出来事と言えた。

その法華八講の話を聞かされたのは、翌月初旬、定暹が堤第を訪れた折だった。

「法華経《ほけきょう》八巻の書写は、四人の貴人が分担されました。帝の他に、具平《ともひら》親王、道長様、そして藤原行成《ゆきなり》様です。それぞれ二巻ずつです」

定暹が口にした四人の貴人のうちに、具平親王が含まれていたと知って、心が震える。久しぶりに耳にした懐しい親王のお名前だった。若い頃は、そんな高貴な方とはさして思わず、親しく口をきいていただいたのが、今では畏《おそ》れ多くて顔が青くなる。その後、具平親王には書き写した物語はお贈りしていない。今となっては、それも躊躇《ちゅうちょ》された。

慶滋保胤様の死去の報が堤第にもたらされたのは、十月の末だった。若い頃に受けた恩を忘れてはいけないと、我が身に鞭《むち》打って、この年の暮れまでに、「須磨」の帖《じょう》に続く「明石」の帖も書き終えた。

なおも雨風は止まず、雷も鳴り鎮まらないまま数日が過ぎて、源氏の君は益々辛《つら》くなり、情けなさが募《つの》り、来《こ》し方や行く先が悲しくなり、ひたすら弱気になる。

「どうしたものか。こんな有様《ありさま》だからといって、都に帰るのも、まだ朝廷の赦《ゆる》しがなくては、物笑いになってしまう。もっと奥の山を求めて、姿をくらますべきなのか」と思う反面、「波風に恐れを成して逃げたと噂になれば、これまた死後にまで、軽々しい評判を残してしまう」と悩み、夢の中にも、例の奇妙な姿の者が現れて、自分にまつわりつくようであり、雲の晴れ間もなく、明け暮れる日が重なって、都の事も気がかりであった。

「このようにして我が身はいたずらに滅びていくのだろうか」と、心細く思うものの、頭を上げる事もできそうにない空の荒れ模様に、わざわざ訪ねて来る者もいない。

こうした暴風雨の中、二条院からの使いが、実にみすぼらしい哀れな姿で、ずぶ濡《ぬ》れになりながらやって来た。途中、道ですれ違っても、人か何かの区別もつかないで、追い返すに違いない賤《いや》しいこの男を、源氏の君は睦《むつ》まじく感じられる。

そんな自分が情けなく、気が塞《ふさ》いでいる我が心の内を思い知りつつ、文《ふみ》を見ると紫の上からで、「あきれんばかりに降り止まないこの頃の空模様です。その上、空までが閉じ塞がった心地がして、長雨に、あなたを眺《なが》めやって慕《した》う心は晴れません」と書かれ、歌が添えられていた。

浦風やいかに吹くらん思いやる
　袖うちぬらし波間なきころ

須磨の浦では海風がどのように吹いているだろうかと思いやられ、わたくしも涙に袖を濡らさない時などありません、という恋情《れんじょう》で、その他にも、心を打つ悲しい事が書き連ねられているので、源氏の君は手紙を開くなり、一層、川の水嵩《みずかさ》が増す程に涙が溢《あふ》れてくる。『土佐《とさ》日記』の、**行く人もとまるも袖の涙川　汀《みぎわ》のみこそ濡れまさりけれ**、や、『古今和歌六帖』の、**君惜《お》しむ涙落ちそいこの川の　汀まさりて渡るべらなる**、の通りで、目の前が真っ暗になるような心地がした。

使者は「京でも、この暴風雨は誠に不吉な事の予兆《よちょう》だとされ、国の安泰《あんたい》を祈る仁王会《にんのうえ》が実施されると聞いております。内裏に参上される上達部《かんだちめ》も、すべての道が途絶して、政《まつりごと》も全く滞《とどこお》っております」と、はっきりせず、たどたどしく話をする。

源氏の君は京の事だから余計気にかかり、御前《おまえ》に呼んでじかに質問すると、「この通り、雨が休みなく降り続き、風も時々吹き出して、もう何日にもなります。これは前例のない事だと、みんな驚いております。全くこのように、地の底まで突き抜けるような雹《ひょう》が降り、雷も鎮まらない事は、これまでございませんでした」と、心底恐れ驚いている顔つきはひきつっており、源氏の君は心細さがいよいよ増した。

このようにしてこの世は終わるのだろうかと、源氏の君が思った翌日の暁《あかつき》から、風が激しく吹き荒れ、潮が高く満ちて、波の音の荒々しさは、巌《いわお》も山もすべて呑《の》み込まんばかりの勢いであった。雷が鳴り響き、稲妻《いなずま》が光る光景は、言いようもなく恐ろしく、今にも頭上に落ちかかるのではと思われる。その場にいる供人すべてが気丈さを失い、「自分は一体どんな罪を犯して、こんな悲しい目に遭うのだろうか。父母にも会わず、いとおしい妻子の顔も見ないで死ぬのではなかろうか」と嘆く。

源氏の君は心を鎮めて、「自分が何程の過《あやま》ちを犯したからといって、この渚《なぎさ》で命が終わるはずはない」と、気を強く持とうとするものの、誰もが騒いでいるので、種々の色の幣帛《みてぐら》を供えさせて、「住《すみ》吉《よし》の神は、この辺りを鎮《しず》め護《まも》っておられます。本当に衆生《しゅじょう》を救う神であられるのであれば、助けて下さい」と、多くの大願《たいがん》を立てた。

供人《ともびと》たちはそれぞれ自らの命はどうでもよく、源氏の君が、こんな境遇で命を落としかねない有様が実に悲しく、勇気を奮《ふる》い起こして、多少なりとも気の確かな者は、「我が身に代えても、君の御身《おんみ》を救おう」と大声を上げ、声を合わせて神仏に祈る。「源氏の君は帝王の宮の奥深い所で育ち、様々な楽しみに驕《おご》った生活をされました。しかしその後、源氏の君の深い慈愛《じあい》は、大八洲《おおやしま》に行きわたり、苦しみ沈む者たちを数多く救われました。

今、何の報《むく》いによって、かくも異常な波風に命を失われるのでしょうか。天地の神様、どうか物の道理をお示し下さい。罪なくして罪にあたり、官位も位《くらい》も奪われ、あの道真《みちざね》公の自詠《じえい》、『家を離れて三、四月　落涙百千行　万事皆夢の如《ごと》し　時々彼の蒼を仰《あお》ぐ』にある如く、家を離れ、都を去っておられます。

明け暮れ、心が安らぐ時もなく嘆いておられるのに、加えてこんな悲しい目に遭い、命が尽きようとするのは、前世の報いでしょうか。それともこの世で犯した罪でしょうか。神仏が明敏《めいびん》であられるなら、どうかこの苦しみを止めて下さい」と源氏の君と供人は祈り、源氏の君は住吉神社の方角に向かって、様々の願を立てた。

また海の中の龍王や多くの神々にも、源氏の君が願を立てると、いよいよ雷鳴が轟《とどろ》き、源氏の君の御座所《おましどころ》に続く廊《ろう》に、雷が落ち、炎が上がる。たちまち廊が焼け落ち、誰も正気を失って思い惑《まど》う。背後の方にある大炊殿《おおいどの》に源氏の君を移すと、上下の区別なく人々で混雑していて、大声で泣き叫ぶ声は雷にも劣らない。空は墨をすったように真っ暗なまま、日も暮れた。

ようやく風がおさまり、雨脚《あまあし》も静かになって、星の光も見える頃になると、この御座所が源氏の君に似つかわしくないのが申し訳なく、寝殿《しんでん》に移っていただこうとしたものの、「焼け残った廊の方も無惨な有様で、多くの者が足音を響かせて、騒いでおります。御簾《みす》もすべて風に吹き散らされてしまいました。夜を明かしてからにしましょう」と、供人たちが考え合っている。

その間、源氏の君は念仏《ねんぶつ》を唱えつつ、思いを巡《めぐ》らすものの、気は落ち着かないまま、月が昇って、潮が近くまで打ち寄せて来た跡も、はっきりと見え、まだその余波が寄せては返す荒々しい様子を、柴の戸を開けて眺めている。

この近辺には、物事の内実を知って、来し方行く先の事も考えて、あれこれと天変の意味を解する陰陽師《おんみょうじ》もいない。賤しい海人《あま》たちが、高貴な人がおられる所だと言って、集まって来て、聞いてもわからない言葉で、しゃべり合っているのも、実に異様であるとはいえ、追い払う事もできない。海人たちが「この風が今しばらく止まなかったならば、高潮がこの辺を襲って、跡形もなくなっていただろう。神様の助けも並々なものではなかった」と言うのを、源氏の君は聞きつけて、本当に心細いというだけではおさまらず、詠歌する。

海にます神のたすけにかからずは
潮の八百会《やおあい》にさすらえなまし

海におられる神のご加護《かご》がなければ、私は潮の流れの集まる渦巻の中に漂っていたでしょう、という戦慄《せんりつ》で、「海の神」は住吉の神、もしくは海龍王の神で、「八百会」は潮の流れが集まって渦巻く所を指していた。

終日響き渡った雷鳴の騒ぎの中で、気丈《きじょう》にしていた源氏の君もさすがに疲れ果て、ついうとうとする。粗末な御座所なので、ただ物に寄りかかって坐っていると、亡き桐壺《きりつぼ》院が生前のままの姿で、夢枕に立ち、「どうしてこのような粗末な所にいるのですか」と言って、手を取って立たせる。そして「住吉の神の導きのままに、早速に舟出して、この浦を立ち去りなさい」とおっしゃるため、源氏の君は心底嬉《うれ》しくなり、「畏れ多いお姿にお別れして以後は、様々に悲しい事のみが多く生じました。そのため今は、この渚に身を捨て去ろうかと思っておりました」と奏上《そうじょう》する。

亡き桐壺院は「それはあるまじき事です。これはわずかな罪の報いに過ぎません。自分が帝位にあった頃、政《まつりごと》の上では過ちはしなくても、神仏に対する罪は自《おの》ずと犯しました。その罪の償《つぐな》いをあの世で果たすのに忙しく、この世を顧《かえり》みる暇《いとま》がなかったのです。しかしそなたがひどい苦しみに遭っているのが見え、こらえきれなくなり、海に入って渚に上がり、ここに来たのです。大いに疲れましたが、このついでに、今上帝に奏上すべき事柄があるので、急いで都に上ります」と言い置いて立ち去られた。

源氏の君はたまらなく悲しく、「お供を致します」と泣いて、見上げると、人影はなく、月の顔のみがきらきらと輝き、夢とは感じられず、桐壺院がそこにおられる心地がして、空に雲が情趣《じょうしゅ》豊かにたなびいている。源氏の君は長年夢の中でさえも会えなくて、恋しく思っていた父院の姿を、ほのかではあっても、確かにこの目で見た事が、記憶にしっかり残って、「私がこのように悲しみの極みにあり、命が尽きようとするのを助けるために、天を翔《と》んで来られたのだ」と、ひたすらありがたく思う。

よくぞこうした災難があってくれた、おかげで父院にお目にかかれたと、夢の名残《なごり》が頼もしく、限りなく嬉しく、ついつい胸が一杯になって、却《かえ》って心が惑い、現実の悲しい事も忘れてしまい、「夢の中で、どうして返事を今少し申し上げなかったのか」と、心が晴れない。再び夢に見るのではないかと思い、無理に寝入ろうとするものの、全く眠れないまま、明け方になった。

すると渚に小舟が着いて、二、三人の者が、源氏の君のこの旅の宿を目指してやって来るので、供人が何者かと問うと、「明石の浦から参りました。前《さき》の播磨守《はりまのかみ》で、新たに出家して入道になった者が、お迎えの舟を用意致しました。源《みなもとのよしきよしょうなごん》良清少納言が仕《つか》えておられるなら、対面して、事情を申し上げたいのです」と答える。

良清は驚き、「あの入道は、あの播磨国の知己《ちき》で、長年親しくしております。しかし私事《わたくしごと》の面で、いささかお互いが納得できない事がございまして、特に便りを交わさないまま久しくなっています。波の騒ぎに紛れて、どのような事情があるのでしょうか」と、首をかしげる。

源氏の君は夢の事も思い合わせて、「すぐに会いなさい」と勧めたので、良清は舟まで行って、入道と会ったものの、あれ程激しかった波風なのに、「いつ舟を出したのだろうか」と不可解だった。

入道は「去る三月一日の夢に、異様な者が出てきて、お告げをしたのです。信じ難い事とは思いましたが、十三日にあらたかな霊験《れいげん》を示してみせる、舟の準備をしておき、必ずや、雨風が止むと同時に、須磨の浦に舟を漕ぎ寄せよ、と言い残したのです。

それで試しに舟の用意をして待っていたところ、ものすごい雨風と雷が起こって、はっと気がついたのです。他国の朝廷でも、『史記《しき》』を始めとして、夢を信じて助ける例が多く記されております。私の言い分をお取り上げなさらなくても、三月十三日のお告げを無にせず、この旨《むね》を申し上げようと、舟を出したのでございます。

するると、不思議な風が舟の周りだけにそよそよと吹いて、この浦に着いたのです。誠に神のお導きに相違ございません。こちらでも、もしや心当たりの事がございましょうか。大変恐縮ではございますが、この旨を源氏の君に申し上げて下さい」と言う。

良清が入道の話をこっそり言上《ごんじょう》すると、源氏の君は考えを巡らす。夢といい現《うつつ》といい、種々の面で不穏《ふおん》な事続きで、神仏のお告げと思われる事を、来し方行く末を思い合わせて、「この迎えは本当に神の助けかもしれない。それなのに、後世の人が聞いて非難するのを危惧《きぐ》して、これに背《そむ》けば、今まで以上に物笑いの種にされるだろう。現世の人の意向でも、背くのは心苦しい。些細《ささい》な事でも、慎《しん》重《ちょう》に考え、自分よりも年長か、あるいは位が高く、時勢の信頼が今一段と優《まさ》る人には、靡《なび》き従い、その意向をじっくり考えるべきである。

謙遜《けんそん》を第一にすれば間違いがない、と昔の賢人も言い残している。私はこのように命が消えんばかりの、世に例のないような目に遭った。今更《いまさら》、後々の評判をつぶしたとしても、大した事でもない。夢の中で父院の教示があったのだから、ここはもう何事も疑う必要はない」と思って、返事を口にする。

「知らない国で、滅多にない苦しみの限りを味わいましたが、都から手紙を寄越す人もいません。ただ、遠い空を行く方もなく巡る月日の光のみを、都からの友と思って眺めておりました。そんな折に、『後撰和歌集』に、**波にのみぬれつるものを吹く風の　たよりうれしき海人《あま》の釣舟**、とある如く、嬉しい迎えの舟を寄せて下さいました。明石の浦に静穏《せいおん》に暮らせるような物陰はございましょうか」と言うと、入道は限りなく喜び、礼を言って、「ともかく、夜が明けてしまわないうちに、舟にお乗り下さい」と答える。

源氏の君は親しく近侍《きんじ》しているいつもの四、五人ばかりを供として、舟に乗ると、例の不思議な風が吹いて、飛ぶようにして明石に着く。須磨から明石までは、這《は》ってでも渡れる程度の距離であり、わずかな時間ながらも、やはり奇妙な風の心ではあった。


なるほど、明石の浜は格別の趣《おもむき》があり、人の往来が多い事のみが源氏の君の願い通りではないものの、入道の所有地は海辺にも山隠《やまがくれ》にもあった。四季折々の趣を愛《め》でられる渚の苫屋《とまや》もあれば、勤《ごん》行《ぎょう》をしつつ、後の世の事を沈思するのにふさわしい山川のほとりには、念仏三昧《ねんぶつざんまい》を行う立派な堂が建つ。この世の営《いとな》みの用意には、秋の田の稲を収穫して納め、余生を送るのに充分な稲の倉町《くらまち》があり、いずれも折につけて見所があるように集めてある。

この頃、娘などは高潮を恐れて、岡の麓《ふもと》の宿に移して住まわせていたので、源氏の君は浜の館《やかた》に、心安く暮らす事になった。

源氏の君が舟から牛車《ぎっしゃ》に乗り換える頃、日が少しずつ昇ってきて、入道はかすかに拝見するや、老いを忘れ、寿命が延びる気がして、満面の笑《え》みで、まずは住吉の神を拝む。月日の光を手中に得たような気がして、懸命《けんめい》に世話の限りを尽くすのも当然であった。

浜の館は場所は言うに及ばず、館の趣向や庭の木立、前栽《せんざい》の有様、えも言われぬ入江の水は、絵に描けば、未熟な絵師は描き表す事は不可能と思われる。これまで幾月も過ごした須磨の住まいと比べると、こちらの浜の館はこの上なく明るく、好ましい部屋の調度《ちょうど》も申し分なく調《ととの》えられ、入道の暮らしぶりはなるほど、都の高貴な人の邸《やしき》と異なる所はなく、むしろ華やかさと優艶《ゆうえん》さは、入道の方が優《すぐ》れていた。
源氏の君は少し心が鎮まったので、京に文を送るつもりで、かつて京から下って来た紫の上からの使者が、「とてつもない旅に出て、ひどい目に遭った」と泣き崩れ、今まで須磨に留《とど》まっていたのを呼んで、身に余る褒賞品《ほうしょうひん》を多く与えて帰京させる。
その他の親しい祈禱僧《きとう》や、しかるべき所々にも、近頃の様子を詳しく知らせてやり、藤壺宮《ふじつぼのみや》だけには、世にも類《たぐい》のない形で命が助かった旨を伝えた。暴風雨の最中に二条院の紫の上から届けられた文への返事は、一気呵成《いっきかせい》には書けず、筆を置いては何度も涙を拭《ぬぐ》いながら書く源氏の君の有様は、やはり格別のものがあった。

重ね重ね何度も辛い目を味わい尽くした我が身ですので、今はもうこの世を捨てて出家しようと思う心が募ります。しかしながら、「鏡を見て慰《なぐさ》めます」と言ったあなたの面影が、目から離れる時さえないのに、こうして再会しないまま出家はできかねます。それを思えば、この頃の夥《おびただ》しい悲嘆の数々は、どうでもいい気がします。

そう記して和歌を添えた。

はるかにも思いやるかな知らざりし
　浦よりおちに浦伝いして

遥か遠くから、あなたを思いやっております、見も知らなかった須磨の浦から、さらに遠くの明石の浦に来て、という嘆息《たんそく》であった。「まだ夢の内にいるような心地です。その夢心地のままに書いた文なので、間違いが多いでしょう」と、本当にとりとめもなく書いているのを、傍《そば》から覗《のぞ》き見をしたくなるものの、源氏の君の紫の上への愛情の深さは、全く喩《たと》えようもなく深い、と供人たちは感じながら、誰もが各自、京の家族宛に、心細い思いをしているといった内容の手紙を、使いの者に託しているようである。

悪天候が続いた空模様も、今はすっかり晴れ上がり、漁をする海人たちも古歌《ふるうた》に、**あさりする与謝《よさ》の海人《あまびと》ほこるらん　浦風ぬるく霞《かす》みわたれり**、とある如く、誇ったように威勢がよい。須磨は実に心細く、岩陰に海人の小屋も稀《まれ》だったのに対して、明石は人が多くて嫌だったが、須磨とは違った趣が多々あって、源氏の君は万事につけ、心が慰められた。

明石入道が勤行に励む姿は、なるほど確かに俗念とは無縁のようだったが、ただこのひとり娘の身の振り方に苦慮しているようで、傍目《はため》にも気の毒なくらい、時折、源氏の君にその憂《うれ》い事を言上する。

源氏の君も、その娘が美しい人だと聞いていたため、こうして思いがけなく、明石まで辿《たど》り着いたのも、「しかるべき前世の因縁《いんねん》があるのだろうか」と思えるものの、やはりこのような苦境に身を沈めている間は、仏道修行以外は考えまい。都の紫の上も、ここで好き心を起こせば、約束を破ったと思うだろうし、気恥ずかしくもあるので、自分からは気のあるような気配は見せない。

とはいえ、折に触れて、「その娘の気立てや心遣いは、並々ではないようだ」と内心で考え、逢いたいと思わぬわけではなかった。

明石入道は遠慮深く、源氏の君の許には自分からは滅多に参上せず、離れた下屋《しものや》に控えていて、その実、明け暮れ源氏の君の世話をしたく、このままでは物足りないので、「何としてでも願いを叶《かな》えたい」と念じて、神仏に一心に祈願している。年齢は六十歳くらいで、大層清らかで好ましい風体《ふうてい》をしていて、勤行のために痩《や》せ細り、人品《じんぴん》が高貴なためか、多少偏屈《へんくつ》で、耄碌《もうろく》した面はあるものの、故実《こじつ》をよく知っており、賤しからず風雅《ふうが》な心も持っているので、源氏の君は昔の物語をさせて、耳を傾けていると、退屈さもしのげる。

長年公私にわたって暇がなく、見聞した事もなかった世間の古い出来事も、少しずつ明石入道が話すので、「こうした場所で、こうした人物と会わなかったら、どんなにか物足りない思いをしたろうか」とまで、興味深く思う事もあった。

明石入道はこうして源氏の君に馴《な》れてはいっても、実に気高《けだか》く、こちらが気恥ずかしくなる程の立派な源氏の君の様子に、ああは言ったものの、気が引けて、自分の考えを思う通りには言上できないのを、「もどかしくも残念だ」と、娘の母と言い合って嘆いていた。

当の娘自身は、普通の身分の人でさえも、見苦しくない男は見当たらない、こんな田舎《いなか》で、世の中にはこんな人もおられるのだと思って、源氏の君を見かけただけに、我が身の身分の程が思い知らされて、到底及びもつかない人だと考えていた。両親がこのように事を運ぶのを聞いて、「ふさわしくない縁談だ」と感じて、何事もなかった今までよりも、複雑な胸の内だった。

四月になったので、明石入道は衣替《ころもが》えの装束《しょうぞく》や御帳台《みちょうだい》の帷子《かたびら》などを、趣があるように調え、万事を懸命に世話をしているのを、源氏の君はそこまでする必要はないのにと思いながら、明石入道の人柄が、あくまで誇り高く、気品もあるので、大目に見てやる。

京からは、ひっきりなしに便りが届き、のどやかな夕月夜《ゆうづくよ》に、海の上が明るく見渡されるのも、住み馴れた二条院の池の水と見間違うくらいで、言いようのない恋しさで、やるせないような気になる。ただ目の前に見えるのは淡路島《あわじしま》で、古歌にある、**淡路にてあわと遥かに見し月の　近き今宵《こよい》は所からかも**、を、源氏の君は口ずさみ、歌を詠《よ》む。

**あわと見る淡路の島のあわれさえ**
**残るくまなく澄める夜《よ》の月**

古い歌に詠まれた淡路島の島影のみならず、詠み人の切ない心までも、隈《くま》なく照らし出す今宵の澄んだ月だ、という感慨で、源氏の君は長く手を触れなかった琴《きん》を、袋から取り出して、少し弾《ひ》き鳴らすと、その姿を目にした供人たちも心が昂《たかぶ》り、悲しみに浸《ひた》る。

秘曲の「広陵《こうりよう》」を、ある限りの技を尽くして弾き澄ますと、近くの岡辺の家でも、琴の音が松風の響きや波の音と一緒になって聞こえる。風流を解する若い女房《にようぼう》は、身に沁《し》みて感じ、何の曲かもわからないあちこちの山賤《やまがつ》も、心が浮き立って、潮風に当たって風邪《かぜ》をひくのものともせず、浜をうろつき回り、明石入道も耐え難くなって、供養法《くようほう》の勤めも中断して、急いで参上した。

明石入道は「全く以《もつ》て、捨て去った俗世を改めて思い出しそうでございます。来世では生まれたいと念じている極楽の有様が、自ずと想像できる今夜の風情《ふぜい》です」と、泣く泣く褒《ほ》め称《たた》えた。源氏の君も、折々の宮中での管絃《かんげん》の遊びや、その人あの人の琴や笛の音、あるいは謡《うた》いぶり、その時々に世間から称賛された自身の事、帝を始めとして多くの人が自分を世話してくれた事など、人々の有様や、自分の様子を思い起こすと、夢心地になるため、琴を掻《か》き鳴らす音色《ねいろ》も物寂しく聞こえる。

老いた明石入道は涙を禁じ得ず、岡辺の家屋に琵琶《びわ》や箏の琴を取りに行かせ、自ら琵琶法師になって、実に趣のある曲を一、二曲弾いたあと、箏の琴を勧めた。源氏の君が少しだけ弾くと、明石入道は源氏の君が色々な面で長じていると感嘆する。

たいしたことのない音色でも、それにふさわしい折には素晴らしく聞こえるものだが、遥か彼方《かなた》まで遮《さえぎ》る物のない海辺、却って春秋の花や紅葉《もみじ》の盛りの頃よりは、少しばかりこんもりと繁《しげ》っている木陰が、優美であり、水鶏《くいな》が鳴いたのは、古歌の、**まだ宵にうちきてたたく水鶏かな　誰《た》が門鎖《かどさ》して入れぬなるらん**、に似て、風趣を感じさせた。

音色も比類《ひるい》ない程に素敵な琴を、明石入道が心に沁みるように弾き鳴らす。源氏の君は心惹《こころひ》かれて、「箏の琴は、女が優しく気軽に弾くのが趣があります」と、一般の事として言うと、明石入道は娘の事かと勘違いして微笑《びしょう》しつつ、「あなた様が弾かれる以上に心が惹きつけられる音色は、どこにもございませぬ。私は、延喜《えんぎ》の醍醐《だいご》天皇の奏法を弾き伝えての、四代目にあたります。こういう拙《つたな》い身の上なので、俗世の事は棄《す》て忘れておりました。
とはいえ、何かひどく気が晴れない折は琴を掻《か》き鳴らしております。すると不思議にもそれを真似《まね》する者がいまして、それが自然にあの醍醐帝の奏法に似通《にかよ》っております。山臥《やまぶし》が聞き間違えて、松風の音を娘の琴と思っているのかもしれません。是非《ぜひ》ともそれを、そっと聴かせとうございます」と言上しながら、身を震わせて落涙しているようだった。

源氏の君は「古歌に、**松風に耳なれにける山臥は　琴を琴とも思わざりけり**、とあるように、私の弾く琴など琴とも聞こえない所で弾いてしまい、残念ではあります」と言って、琴を押しやって、

「不思議と昔から箏の琴は、女が奏法をうまく会得《えとく》します。例えば嵯峨《さが》天皇の伝授で、女五の宮が天下の名手《めいしゅ》でした。しかしその流儀では、特に奏法を伝える人はいません。今、世に名高い人々とて、通り一遍《いっぺん》の腕前でしかありません。こちらで、そうした本物の流儀を弾き伝えておられるとは、誠に興味をそそられます。是非とも聴きとうございます」と言う。

明石入道は「お聴きなさるのに、何の憚《はばか》りがございましょうか。あの白楽天《はくらくてん》の『琵琶引《びわいん》』にも、琵琶の名手だった名妓が、年長《とした》け色衰えて商人の妻となり、古い曲を弾いて、船中の作者を感激させたとあります。琵琶は、真の音色を弾きこなす人は、昔は滅多にはいませんでした。ところが娘は、ほとんど滞る事なく、心に沁みる奏法を見事に弾きこなします。一体どのようにして身につけたのでしょうか。その琵琶の音が、荒い波の音に交じるのは悲しく思われるものの、積もる嘆かわしさが、それで紛れる折々がございます」と、夢中になって言うので、源氏の君は興味を持って、箏の琴を琵琶に取り替えて渡すと、入道は確かに巧みに弾く。

明石入道は、今の世では聴かれない奏法を身につけており、手さばきは中国風であり、左手で絃を押さえて揺《ゆ》する「揺」の音色が深く澄み、ここは伊勢《いせ》の海ではないものの、催馬楽《さいばら》の「伊勢の海」を声の良い人に謡わせ、源氏の君も時々拍子《ひょうし》を取って声を合わせると、入道は箏の琴を弾きながら褒め称える。

〽伊勢の海の清き渚《なぎさ》に潮間《しおかい》に
濱《なのりそ》藻や摘《つ》まん
貝や拾わんや

明石入道は菓子や果物を物珍しい形に作って差し出し、供人たちにも酒を無理に勧めて、日頃の憂さを忘れる夕べになった。

夜がすっかり更《ふ》けて、浜風が涼しく吹き、月が西の空に傾くにつれ、空は一段と澄み渡り、静かになっていくので、入道はつい自分の身の上話を心残りなく言上する。この明石の浦に住み始めた頃の心積りや、後の世のために勤行を重ねている様子をぽつぽつと話し、問わず語りに我が娘の事を口にするので、源氏の君はおかしくなるものの、さすがに気の毒に思って耳を傾ける。

明石入道は、「誠に申し上げにくい事ではございますが、あなた様がこうして思いがけない田舎に仮にでも移って来られたのにも、理由があるような気が致します。というのも、私は長年、老法師として神仏に祈願を重ねており、それを神仏が不憫《ふびん》と思われて、あなた様にしばらくの間、迷惑をかけているのだと思うのです。

実のところ、住吉の神に祈願して、もう十八年になりました。娘が幼い頃から、思うところがございまして、毎年春と秋には欠かさず、住吉詣《もう》でをしております。昼夜の六時の勤行では、自分の極楽往生の願いはそれとして、ただこの娘については高い望みを叶えて下さいと祈っております。

前世の因縁が拙《まず》くて、このような口惜《くちお》しい山賤《やまがつ》になってしまいました。父親は大臣の位まで昇ったのに、私は自らこんな田舎の民《たみ》になってしまったのです。こうして子孫が次々と衰えていけば、末はどんな身の上になるのか、それを思うと悲しみに耐えられません。

しかしながら、この娘については、生まれた時から期待するところがございました。どうにかして都の高い身分の方に嫁がせたいと、心から思っております。そのため、こうした身分なりに、娘への求婚を断って恨《うら》みを買い、辛い目に遭う事も多くございます。

とはいえ、少しも苦しいとは思いません。私の命ある限りは、貧しいながらも親として娘を大事に育てます。そしてこのまま私が先立てば、波間に身を投げて死になさいと遺言しています」と、そのまま語るのも気が引けるような事を、泣きながら言上する。

源氏の君もいろいろと悲しい目に遭っている折なので、身につまされて、涙ぐみつつ聞き入った。

源氏の君は、「道理に合わない罪を着せられて、思いも寄らぬ他国にさすらうのも、一体何の罪かと不可解に思っておりました。しかし今宵のお話を聞き合わせてみると、なるほど、深い前世の因縁だったと、しみじみ感じます。どうしてこのように明白に理解されていた事を、今まで話して下さらなかったのでしょうか。都を離れた時から、無常の世の中を苦々《にがにが》しく思い、勤行以外の事には目もくれずに、月日を送っているうちに、心も衰えてしまいました。

そういう姫君がおられるとはかすかに聞きながらも、私のような役立たずは、不吉な者と思い棄てておられるのだろうと、気が滅入《めい》っておりました。それでは案内して下さるのですね。心細い独り寝の慰めにも」と言うので、明石入道は限りなく嬉しがって詠歌する。

ひとり寝は君も知りぬやつれづれと
　思いあかしのうらさびしさを

独り寝の寂しさは、あなた様もおわかりでしょう、所在なく明石の浦で夜を明かす娘の寂しさも思いやって下さい、という懇願で、思いあかし、あかしのうら、うらさびし、の三つが掛けられ、「ましてや、長い年月、娘の事を心配してきた私の心中を推《お》し量《はか》って下さい」と言上する様子は、身を震わせてはいるものの、さすがに教養に溢れていた。源氏の君は、「そうは言っても、浦住まいに馴れているあなたの娘も、私程の寂しさではないでしょう」と言って詠歌する。

旅衣うらがなしさにあかしかね
　草の枕は夢も結ばず

明石の浦の旅寝の悲しさに、夜を明かしかねて、夢を見る事もできません、という承引《しょういん》で、「うらがなしさ」には衣の裏を、「あかしかね」には明石を掛け、「夢も結ばず」は、女との共寝を暗示していた。源氏の君の打ち解けた様子は、実に魅力に満ち、言いようのない美しさであり、このあとも明石入道は数限りない事を言上し、一層愚直《ぐちょく》で偏屈な性分が明らかになった。

明石入道はやっと願いが叶った気がして、すっきりした心地でいたが、翌日の昼頃、源氏の君は岡辺の家に文をやり、娘が立派な様子なので、こんな人目の少ない田舎に、思いの外《ほか》の人が籠《こも》っているものだと、心配りをして、高麗《こま》の胡桃《くるみ》色の紙に、並々でない入念な筆遣いで和歌を書きつけた。

おちこちも知らぬ雲居《くもい》にながめわび
　かすめし宿の梢《こずえ》をぞとう

ここもかしこもわからないまま、空を眺めて物思いに沈んでおりますが、父君がほのめかしたあなたの家の梢を目当てにして、便りを差し上げます、という求愛で、『古今《こきん》和歌集』の、**思うには忍ぶることぞ負けにける　色には出《い》でじと思いしものを**、を下敷にして、「思いを抑えきれなくて」と書き添えていた。

明石入道も人知れず源氏の君の文を待つつもりで岡辺の家に来ていたところ、思った通りになったので、使者を照れ臭いほど歓待《かんたい》して、酔わせているが、娘からの返事が遅い。明石入道は娘の部屋にはいって、急《せ》かしたものの、娘は全く聞き入れず、実に立派な手紙で、返事も気後《きおく》れがして、源氏の君の身分と我が身の上を考えると、比較にならないので、気分が悪いと言って横になってしまった。明石入道は説得できないまま、自分で返事を書いた。

誠に畏れ多い事でございますが、娘にとっては、『古今和歌集』に、**うれしきを何につつまん唐衣《からごろも》　たもとゆたかに裁《た》てといわましを**、とある如く、田舎じみた袖の袂《たもと》に嬉しさを包み切れないのでしょう。全く見る事もできない程の勿体《もったい》ないお言葉です。実に古めかしい言上でございますが。

そう記して和歌を添えた。

**ながむらん同じ雲居を眺むるは**
**思いもおなじ思いなるらん**

あなた様が眺めているのと同じ空を、娘も眺めています、思いが同じだからでしょう、という代弁で、白色の厚い陸奥国紙《みちのくにがみ》に書かれた文字は、古風な筆遣いではあるものの、文面には趣がある。なるほど、明石入道は好き心があると感じ、そこまでしなくてもいいものをと源氏の君は思った。明石入道は、使いに並々でない美しい裳《も》を与えた。

翌日、源氏の君は「代筆の手紙など貰《もら》った事がありません」と書いて、和歌を添えた。

いぶせくも心にものをなやむかな
やよやいかにと問う人もなみ

気が塞《ふさ》いで悩んでおります、どんな具合ですかと尋《たず》ねてくれる人もいないので、という訴えで、「古歌に、恋しともまだ見ぬ人の言い難み　心にもののなげかしきかな、とあるように、まだ逢った事もないあなたを恋しいとも言いかねて」と書き添え、今回は実にしなやかな薄い鳥の子紙に、美しく書いていた。

若い女でこれに感激しないなら、余程内気な人であり、明石の君は見事だと思うものの、比較にもならない我が身の上を考えると、何の甲斐《かい》もないので、こうして源氏の君が自分の事を知ったのに涙ぐむ。例によって返事をする気にはなれないものの、明石入道にせがまれて、香を深く薫《た》き染《し》めた紫の紙に、墨付も濃淡をつけ目立たないように、返歌を書いた。

思うらん心のほどややよいかに
まだ見ぬ人の聞きかなやまん

わたしを思って下さるあなた様の心の程度はどれくらいでしょうか、まだ逢っていないあなた様が、わたしの事を聞いただけで悩むとは、という反問で、筆遣いや文面は、都の高貴な人と比べても、さして劣らず、貴人らしい感じがした。

源氏の君は京の事が思い起こされて、明石の君の手紙に趣があると見るものの、頻繁《ひんぱん》に文を送るのも人目があるため、二、三日置きに、無聊《ぶりよう》な夕暮れや、風情ある明け方などの時々に、女も同じように情趣を感じていると思われる時刻を見計らって、手紙を交わしてみる。

相手は源氏の君に対しても見劣りはせず、その思慮深さと気位《きぐらい》の高さからしても、是非逢いたいと思う反面、良清がその女を自分のもののように言っていたのもしゃくであり、また長年心を寄せていたらしいのを、目の前で落胆させるのも気の毒であった。女が進んで仕えるために参上するのであれば、召人《めしうど》として出仕《しゆつし》させるのもよかろうと思うものの、女は高い身分の人よりも、ひどく気位が高く、憎らしい程の対応なので、互いに意地の張り合いといった様子で日が過ぎていった。

一方で源氏の君は、このように須磨の関を隔てていると、京の紫の上の事が、益々気になる。「どうしようか。この恋しさは、『古今和歌集』に、ありぬやとこころみがてら逢い見ねば　戯《たわむ》れにくきまでぞ恋しき、とあるように、戯れのようなものではない。こっそりとこちらに迎えようか」と、気弱になる時々もあるが、「いくら何でも、このまま年を重ねる事はなかろう。今更迎えても外聞が悪かろう」と、思いを鎮めた。

その年、朝廷に神仏のお告げが度重なり、不穏な事が多かった。須磨に暴風雨があった三月十三日、雷が響き、稲妻がひらめいて、雨風が吹き乱れる夜、今上帝の夢の中に亡き桐壺院が現れ、清涼殿《せいりょうでん》の階段《きざはし》の下に立って、怒りの形相《ぎょうそう》でこちらを睨《にら》みつけるので、今上帝は恐縮していると、桐壺院が多くの事を口にし、それも源氏の君に関する事であった。

今上帝は怯《おび》えて、このように成仏《じょうぶつ》できていない桐壺院がおいたわしくなり、弘徽殿皇太后《こきでんのこうたいごう》に言上すると、「雨が降り、空が荒れる夜は、思い込みからそうした事が起こります。軽々しく恐れ驚く事ではありません」と諭《さと》される。しかし、桐壺院からじっと睨まれた時に、目が合ったせいか、眼疾《がんしつ》にかかり、耐え難い程に苦しんだので、眼病平癒《へいゆ》のための物忌《ものいみ》を、宮中でも皇太后邸でも、数限りなくさせた。

すると、右大臣から太政大臣《だいじょうだいじん》になっていた外祖父《がいそふ》が没し、亡くなっても仕方のない齢《よわい》ではあったものの、それ以後も次々と不穏な出来事が起こる。弘徽殿皇太后も、原因不明の病《やまい》を患《わずら》って、日に日に衰弱していく有様なので、今上帝も様々に嘆いて、「やはりあの源氏の君が罪もないのに、あのような境遇《きょうぐう》に沈んでいるのであれば、必ずやその報いがありましょう。ここに至っては、以前の位を授けようと思いますが」と、たびたび言上する。

皇太后は、「そうすれば、世間から軽はずみだと評されましょう。罪を恐れて都を去った人を、三年も経たないうちに赦《ゆる》すのは、世の人々もどうであろうかと、噂するに違いありません」と、厳しく反対するため、月日はそのまま経って、二人の病もそれぞれに重くなっていく。

明石ではいつものように秋になって、『後撰和歌集』に、言わで思う心ありその浜風に　立つ白波のよるぞわびしき、とあるように、浜風が身に沁みて独り寝も実にやりきれなく、源氏の君は明石入道に折につけて話を持ちかける。「何とかして人目を忍んで、娘をこちらに参上させなさい」と言い、自分から先方を訪ねる事はさらさらない。

明石の君もまた自ら参上するなど、もっての外で、「つまらない分際《ぶんざい》の田舎女は、一時、地方に下《くだ》って来た男の甘い言葉に乗せられて、こうやって軽々しく契《ちぎ》りを結ぶと聞いている。源氏の君も自分を人の数にも入れて下さらないだろう、そうなると自分は大変な悩みを抱える破目《はめ》になる。こんな風に及びもつかない高望みをしている両親も、自分が未婚の間は、将来にひたすら当てにならない期待をかけていても、いざ結婚となると大変な重荷になろう」と思う。

そして「ただこうして源氏の君が明石の浦におられる間、文のやりとりができるだけでも、大変な幸せと言うべきだろう。長い間、噂にだけは聞いていたが、そんな人の有様をちらりとでも拝見しようとは、思いの外だった。それなのに、こんな所に住まわれ、面と向かってではないが一瞥《いちべつ》でき、世にも比類ないと聞いていた琴の音も、風のまにまに聴き、明け暮れの暮らしぶりもつぶさに知り得ている。

その上に、このようにわたしを世間並の娘とお思いになって、文を下さるとは、こんな海人《あま》の中に零落《れいらく》した身の上には、過分な事である」と思って、益々我が身が恥ずかしくなり、契りを結ぶなどという事は思いも寄らない。

親たちは、長年の祈りが叶う事を願いつつも、不用意に娘を会わせて、源氏の君が人並に扱ってくれなかった時に、娘がどれ程の悲嘆《ひたん》を味わうだろうかと、将来を考えると、不吉に思われて、「源氏の君は立派な人だとは思うものの、娘が不幸になっては耐え難い。目に見えない神仏に頼んでしまった、源氏の君の心も、娘の宿縁《しゅくえん》もわからないままに」と、繰り返し思い悩む。

源氏の君は、「『古今和歌集』に、**波の音の今朝《けさ》からことに聞ゆるは　春のしらべやあらたまるらん**、とある如く、この頃の波の音に合わせて、あの琴の音を聴きたいものです。そうでなくては、この季節の甲斐もありません」と、常に明石入道に言う。

明石入道は密《ひそ》かに吉日《きちじつ》を見計らって、母君がとかく心配するのを聞き入れないまま、弟子たちにも知らせず、自分の一存で立ち働き、娘の部屋を輝くばかりに整えて、八月十三日の月が華やかに昇る頃に、『後撰和歌集』にある、**あたら夜《よ》の月と花とを同じくは　あわれ知れらん人に見せばや**、を引いて、月と一緒に娘も賞《め》でるように勧めた。

源氏の君は出家の身で好き好きしいとは思ったものの、直衣《のうし》を着て身なりを整え、夜が更けてから出かけると、牛車は明石入道が比類なく見事に作っていたが、仰々《ぎょうぎょう》しいので馬に乗り、惟光《これみつ》たちのみを供に連れて行く。

岡辺の家は、海辺からやや遠くはいった所にあり、途中、周辺の浦々を見渡して、古歌の、**思うどちいざ見にゆかん玉津島《たまつしま》　入江の底に沈む月影**、とあるように、いとおしい人と一緒に見たい、入江に映る月影を目にして、まず恋しい紫の上の事が思い出されて、そのまま馬を引いて都に向かいたいと思って、独詠する。

秋の夜のつきげの駒《こま》よわが恋《こ》うる
雲居を翔《かけ》れ時の間《ま》も見ん

秋の夜の月毛《つきげ》の馬よ、月と同じように私が恋しい思いで眺める空を翔《か》けてくれ、束《つか》の間でもいいので恋しい人を見たい、と思う憧憬《しょうけい》で、「月《つき》」と月毛の鴾（つき）を掛けていた。

岡辺の家の造作は、庭に樹木が繁り、実に見所のある住まいであり、海辺の家が豪華で趣があるのに対して、岡辺の家は物寂しく住んでいる有様で、ここに住めば、物思いをしつくせそうだと、しみじみと感じられた。法華三昧《ほっけざんまい》を修する三昧堂《さんまいどう》が近くにあり、鐘の音《ね》が松風と響き合って、物悲しく聞こえ、岩に生えている松の根の張り具合にも、風情がある。

前栽では秋の虫が声を限りに鳴いていて、源氏の君は邸内のあちこちのたたずまいを眺めた。娘を住まわせている所は、入念に磨《みが》き上げられ、源氏の君の訪問に備えて、月の光が射し込む真木《まき》の戸口が、わずかに押し開けられている。

源氏の君がためらいつつ、何とか言葉をかけると、明石の君はこんなに近くで会うまいと、心で深く思っていただけに、何となく嘆かわしく、打ち解けようとしない。源氏の君は「これは大層な一人前の貴人らしい振舞だ。そう簡単には会えない高貴な身分の女でも、このくらい言い寄ると、強情に拒《こば》みはしないのが通例だった。自分がこのように落ちぶれたので、侮《あなど》られているのだろうか」と、恨めしくなり、様々に思い悩む。「ここで無理強《じ》いするのも、よろしくない。かといって、根比《こん》べに負けるのもみっともない」と思い乱れて、恨み言を口にする様子は、本当に情趣を解する人に見せたい程であった。

明石の君の近くの几帳《きちょう》の紐《ひも》が触れて、箏の琴が鳴ったのも、明石の君が身辺を片付けずに琴を弾いていた様子が窺《うかが》われて、興趣深く、源氏の君は「このいつも噂に聞いている琴を聴かせて下さい」

と言い寄って、歌を詠む。

　むつごとを語りあわせん人もがな
　　憂き世の夢もなかば覚《さ》むやと

睦言《むつごと》を語り合える人が欲しいのです、この憂き世の夢が半ばは覚める事があろうかと思いまして、という泣き落としで、すぐさま明石の君は返歌した。

　明けぬ夜にやがてまどえる心には
　　いずれを夢とわきて語らん

明ける事のない夜の闇に、そのまま迷っているわたしには、どちらを夢だと区別してお話しできましょうか、という戸惑いで、そのほのかな物腰は、伊勢《いせ》に下向《げこう》した御息所《みやすどころ》にそっくりだった。

明石の君は何も知らずにくつろいでいたため、動転してどうしていいかわからず、近くの部屋の中にはいって、掛金を閉めたので、戸はびくともせず、源氏の君は押し入る事はしないでいたが、いつまでも待っていられないので、強引に押し開けてはいって、新手枕《にいたまくら》を交わした。

明石の君は大層気品のある人柄で、体もすらりと細く、こちらが気後れしそうな感じで、無理に契った因縁を考えると、源氏の君は深い愛情を覚え、近付く事でその愛情も強くなった。いつもは嫌な夜も、すぐに明けた気がし、人に知られまいとして、気忙《きぜわ》しく、心を込めて再会を約して帰途についた。

源氏の君からの後朝《きぬぎぬ》の手紙が、実に人目を忍んで今日あったのも、無意味な気の回し方である。明石入道の方でも、この契りは何としても秘匿《ひとく》しておこうと考えて、慣習通りに使者を盛大に歓待できないのが残念であった。

このあとは、源氏の君も人目を忍びつつ、時々は訪れた。浜の館から岡辺の家までは、少し距離があるため、口さがない海人の子たちがうろついているので、足繁《あししげ》くは訪問できない。明石の君は「やはり思った通りだ」と嘆き、明石入道も極楽往生《ごくらくおうじょう》の願いを忘れて、ひたすら源氏の君の訪れを待つばかりで、出家の身なのに、今更、俗世の事で心を乱されているのも気の毒ではあった。

源氏の君は、二条院にいる紫の上が、風の便りにでもこの契りを耳にして、出来心にしても、隠し立てをしたと疎《うと》まれるのは辛《つら》く、体裁《ていさい》が悪いと感じるのも、愛情の深さの表れである。こうした女遊びを紫の上が気にして恨んだ時々の事を思い起こすと、「些細《ささい》な戯れの浮気であっても、紫の上は恨みに思うだろう」と反省させられ、昔を今に取り返したい心地で、明石の君の様子を見つつ、紫の上に対する恋しさを鎮められず、いつもよりは心をこめて手紙を書き、この事をほのめかした。

そういえば、かつて自分でも思いがけなかった、取るに足らない浮気事で、あなたから恨まれた事がありました。それを思い出すだけでも、胸が痛むのに、また不思議な、はかない夢を見ました。こうして聞かれもしないのに白状するのも、何事も隠し立てをしない、私のあなたに対する深い愛情からです。誓いは忘れません。

そう書いて、「何事につけても」を付記して和歌を添えた。

しおしおとまずぞ泣かるるかりそめの
　みるめは海人のすさびなれども

あなたの事を思うと、まず泣いてしまいます、その女とのかりそめの出会いは海の慰み事ではありますが、という弁明で、「しお」には塩、「かり」には刈り、「みるめ」は海松布（みるめ）と見る目が掛けられていた。

これに対する紫の上の手紙は、浮気を気にしていないように可愛《かわい》らしく、「隠しきれなくて打ち明けて下さった夢の話については、思い当たる節《ふし》も多々ありますが」と書かれ、返歌が添えられていた。

うらなくも思いけるかな契りしを
　松より波は越えじとぞ思う

わたくしは疑う事なく信じておりました、心変わりはしないというあなたの約束を、という悲しみで、『古今和歌集』の、**君をおきてあだし心をわが持たば　末の松山波も越えなん**、を下敷にしており、おっとりした文面の中に、心が穏やかでない様子が表れていて、源氏の君は可哀想に思い、文を手放す事なく見入って、その後長い間、忍びの通いもしなかった。

明石の君は懸念《けねん》していた通りになったので、今になって、かつて父の入道が言っていたように、本当に海に身投げしたい心地がしていた。「老い先が短かそうな親のみを頼って、いつかは人並になれる身の上だとも思わなかった。しかしそうやって何とはなしに過ごした年月の間、心を悩ました事など少しもなかった。それが今は、男女の仲にこんなに思い悩んでいる」と、以前から想像していた以上に、何につけても悲しく感じるものの、上辺《うわべ》は穏やかに振舞って、体裁よく源氏の君を迎えた。

源氏の君は明石の君をいとおしいと、月日が経つにつれて、恋情が増す一方で、大事な紫の上を気にしながら年月を過ごし、こちらの事を案じているだろうと、実に心配になり、独り寝が多くなる。絵を様々に描き、折々の思いも書き付け、紫の上に送って、その返事を書き込めるようにすると、出来映えは人の心を打つに違いない。どうやって二人の心が通い合うのか、紫の上も心細くて悲しくなる折々に、同様に絵を描いては集め、そのまま自分の日記のようにしていた。さてこれから先、一体どういう風になる運命なのだろうか。

年が改まり、内裏では帝の病が続き、世間でもあれこれ取沙汰《とりざた》されており、帝の皇子は二歳になったばかりで幼く、母君は右大臣の娘である承香殿女御《しょうきょうでんのにょうご》で、譲位《じょうい》は東宮《とうぐう》にしようと意図するものの、その後見人《うしろみ》として政《まつりごと》を行う人物がいない。思い当たるのは源氏の君で、今配流《はいる》の身であるのが実に勿体なく不都合なので、帝はついに、母である皇太后の諫言《かんげん》に背《そむ》いて、赦免《しゃめん》の決定を下す。

昨年から物の怪《け》に悩んでいた皇太后も病は癒《い》えず、神仏の悪いお告げも続き、世の中は不穏なままで、帝が謹慎《きんしん》していた効験《こうけん》で、一時は良くなっていた眼病も、この頃になるとまた重くなっており、何となく心細くなってたまりかねた帝は、七月二十日過ぎ、源氏の君に対して帰京の宣旨《せんじ》を下した。

いつかはこうなると思っていた源氏の君は、にわかにもたらされた宣旨を嬉しく思う一方で、この明石の浦が離れがたく、入道もこの帰京は当然と思いつつ、胸が塞がるものの、源氏の君に栄光があってこそ、自分の悲願は成就《じょうじゅ》するのだと思い直した。

この頃、源氏の君は毎晩のように明石の君の許に通い、六月頃から明石の君は気分が優《すぐ》れなかった。別れなければならない今になって、明石の君の様子が、一層いとおしく感じられ、「不思議と物思いが去らない我が身の上だ」と思い乱れる。

明石の君ももちろん悲しみに沈むのも道理で、源氏の君も二年前の春に思いもかけず、都を離れる悲しい旅路に出たものの、「いつかは再び都に戻るだろう」と、悲しみの中にも希望を持っていたとはいえ、実際に京へ出立する今になって、もはや再度明石を訪ねる事はあるまいと思うと、しみじみとした心地になる。

供人たちは身分に応じて、それぞれに喜び、京からも出迎えの人々が参上して、なごやかな雰囲気になる中で、主《あるじ》の明石入道は涙に暮れ、そのうちに月が改まって、八月になった。

ちょうど季節柄、趣のある空の様子になり、源氏の君が「どうして自分の事ながら、今も昔も軽率な事に身を任せるのだろうか」と、あれこれ思い惑うのを、明石の君との事情を知る供人たちは、「これはいつもの癖で、困った事だ」と見て、文句を言う。「この何か月もの間、まるで周囲には素振《そぶ》りも見せず、こっそりと時折通う冷淡さだった。しかしこの頃は、生憎《あいにく》と愛情が深まり、却って明石の君を嘆かせている」と、互いにつつきあい、例の良清《よしきよ》少納言は、明石の君と源氏の君の逢瀬《おうせ》のきっかけを作った事を、供人たちが囁《ささや》き合うのが、面白くなかった。

出立が明後日《あさって》という頃になって、源氏の君は余り夜が更けないうちに訪問する。はっきりとはまだ見ていない明石の君の顔立ちではあるものの、教養があって気高い様子なので、思いの外に素晴らしい人だと思って、見捨て難くて残念であり、しかるべき扱いにして、京に迎えるつもりで、その旨を述べて慰めた。

源氏の君の顔や姿は、改めて言うまでもなく、足かけ三年もの勤行で、すっかり面痩《おもや》せしているのも、言いようもなく見事な美しさで、辛そうに涙ぐんで、しみじみと将来を約束する有様は、ただこの程度の出会いでも幸いとして諦《あきら》めてもいいとさえ思われるものの、源氏の君が素晴らしいので、明石の君は我が身の程を考えて悲しみは尽きない。

波の音に秋風が響き合うのも格別に心に響き、塩焼きの煙がかすかにたなびいて、風趣充分であり、源氏の君は詠歌する。

このたびは立ち別るとも藻塩焼く
　煙は同じかたになびかん

今回は別れ別れになっても、塩焼く煙が同じ方向に靡くように、いずれは京に迎えます、という慰《い》撫《ぶ》で、「このたび」にこの旅を掛けていて、明石の君も返歌で応じた。

かきつめて海人のたく藻の思いにも
　今はかいなきうらみだにせじ

海人が藻をかき集める如く、わたしには物思いが重々ありますが、今はかいがないので恨みなどしません、という諦念《ていねん》で、「藻の思い」には物思い、「かい（効）なき」に貝なき、「うらみ」に浦見が掛けられていた。

明石の君ははらはらと涙を流し、言葉は少ないものの、しかるべき返事は心をこめて言上する。源氏の君が常々聴きたがっていた琴《こと》の音《ね》を、明石の君が全く聴かせなかったのを、源氏の君はひどく恨んで、「それではあなたへの思い出の形見としてひと言、いやひと琴でも」と言って、京から持参した琴《きん》の琴を取りにやらせる。

特に趣のある曲をほのかに掻き鳴らすと、深夜の澄んだ琴の音色は比類なく見事で、明石入道は我慢できずに、箏の琴を取って御簾《みす》の中に差し入れた。明石の君も大層涙を誘われて、自ずからその気になったのか、忍びやかに弾く様は、大変気品がある。藤壺宮の琴の音は、当代に比べようもない程、当世風に素晴らしいと、聴く人はみな心動かされて、姿まで想像される点で、この上なく美しい琴の音色だったが、この明石の君のどこまでも澄み切った音色は、醍醐天皇からの相承《そうじょう》というだけあって、聴く者が妬《ねた》ましく思う程であり、源氏の君の心にさえも、初めて心を動かされるような奥床《おくゆか》しさがあった。

まだ聴いていない曲を、もっと聴きたいと思うところで弾きやめるので、源氏の君は物足りなく感じて、「この何か月もの間、どうして無理強《じ》いしても聴こうとしなかったのだろうか」と残念がる。心の限り、行く先々の約束をして、「この琴は、また一緒に合奏する時までの形見として、置いて行きます」と言うと、明石の君は言うともなく、ふと和歌を口ずさんだ。

**なおざりに頼め置くめるひとことを**

尽きせぬ音《ね》にやかけてしのばん

琴を形見という、いい加減な約束のように思えるあなたの一言を、終始泣きながら心の内で思い出すでしょう、という恨み言で、「音」は琴の音、「置く」に琴を残し置く、「一言《ひとこと》」に一琴を掛けており、源氏の君も恨めしく思って返歌する。

逢うまでのかたみに契る中の緒《お》の
調べはことに変らざらなん

再会するまで形見として残して置くという、琴の中の緒の調べと同じく、私たちの仲も、別の調子には決して変わりません、という誓いで、「かたみ」に形見と「かた（互）み」を、「中」に仲、「こと」に異（こと）と琴を掛けていた。「この琴の音の調子が変わらないうちに、必ずやお会いしましょう」と、安心させたものの、明石の君が別れに際して、その苦しさに咽《むせ》び泣くのも道理ではあった。

出立の日、まだ明けやらぬうちに、岡辺の家を出て、京から迎えに来た人々の騒がしいなか、源氏の君は上《うわ》の空の心地のまま、人目を忍んで明石の君に歌を贈った。

うち棄てて立つも悲しき浦波の
名残いかにも思いやるかな

「立つ」は発（た）つと立つ波を掛け、あなたを残して旅立つのも悲しく、あなたもこの浦でどんなに嘆くのか、思いやられます、という悲しみで、明石の君もすぐに返歌して来た。

年経《へ》つる苫屋《とまや》も荒れて浮き波の
　帰るかたにや身をたぐえまし

長年暮らしたこの苫屋も荒れて辛い今、あなたの帰るのを追って、寄せては返すこの波間に、身を投げてあなたを追って行きたい、という絶望で、思ったままの心が詠まれていた。源氏の君は我慢していた涙がぼろぼろとこぼれ、事情を知らない人々は、「やはりこんな住まいでも、何年か住み馴れると、これで最後と思えて、悲しいのだろう」と思いやり、事情を知っている良清は、「源氏の君も大変なご執心《しゅうしん》のようだ」と、いまいましく思っていた。

大方の人々は嬉しいものの、なるほど今日を限りにこの明石の浦と別れるとなると、しみじみとした心地になり、それぞれ涙を流して詠み交わした歌があったと聞いているが、ここに書き記すまでもない歌だった。

明石入道は、今日の出立の準備を怠《おこた》らず、盛大に整え、いつの間にか、下々《しもじも》の供人にまで珍しい旅《たび》装束《しょうぞく》を用意しており、源氏の君の衣装《いしょう》はことに素晴らしく、衣を入れる櫃《ひつ》の数も多く、都への土産《みやげ》にすべき贈物も風流で、隅々まで行き届いた、心のこもった品々になっていた。今日、源氏の君が着る狩衣《かりぎぬ》には、明石の君が詠んだ歌が添えられていた。

寄る波にたちかさねたる旅衣《たびごろも》
しほどけしとや人のいとわん

わたしが縫った旅衣は、涙に濡れていると、嫌になるのでしょうか、という別れの言葉で、「たち」と裁ちが掛けられ、それに気がついた源氏の君も返歌する。

かたみにぞ換《か》うべかりける逢うことの
日数隔《ひかずへだ》てん中の衣を

お互い形見として着物を交換しましょう、再会の日数が私たちの仲を隔てていますから、という慰《い》撫《ぶ》で、「かたみ」には互（かた）みと形見、「中」には仲が掛けられていた。中衣《ちゅうえ》は下着と表着《うわぎ》の間に着る衣で、源氏の君は今まで着ていた装束を脱ぎ、「心がこもっている狩衣なので」と言いつつ、明石の君が自ら縫い上げた旅衣を身に着け、今まで着ていた衣を明石の君に贈る。明石の君が益々思いを深めるに違いない形見の品で、源氏の君の匂いが染み移っているのを、心に沁みて恋しがらずにはいられない。

明石入道は「今は俗世を捨てた身なので、今日の出立の見送りの供はできかねます」と言上して、べそをかくのも気の毒で、若い人の笑うなかで詠歌する。

世をうみにここらしおじむ身となりて
なおこの岸をえこそ離れね

世を嫌って長年この浦に暮らす身となったのに、なおこの世を捨てられません、という未練で、「うみ」は憂みと海を掛け、「この岸」には子がほのめかされている。明石入道は、「娘を思う親心は、『後撰和歌集』に、人の親の心は闇にあらねども　子を思う道にまどいぬるかな、とある如く、一層闇に惑うようですので、国境《くにざかい》までしかお見送りできません」と言上した。そして、「出家の身で色めかしい事ではございますが、娘の事を思い出していただける折でもありますれば」と、意向を伺う。

源氏の君も実に物悲しさを感じ、所々赤味を帯びた目元の辺りが、言いようもなく美しく見え、「見捨て難い懐妊の兆《きざ》しもあるようなので、今すぐにでも私を見直して下さるはずです。ただ、この住み処《か》を見捨てるのが辛いのです、どうすべきでしょうか」と言って、詠歌する。

都出《い》でし春の嘆きに劣らめや
年経る浦を別れぬる秋

都を出た時の春の嘆きに比しても、幾年も暮らしたこの浦を去る秋は、一層悲しいものです、という悲嘆で、「年経る浦」は老いた入道を暗示していて、源氏の君が涙を拭うので、明石入道は呆然となって涙を流し、起坐《きざ》するのにもよろよろとしていた。

明石の君本人の心地も、喩えようのないくらい悲しく、こんな様子を人に見せまいとして我慢はするものの、自分の運命の拙《つたな》さが原因なので、どうしようもない。源氏の君に見捨てられる恨みとて、晴らしようがないのに、その面影が頭から消えずに忘れ難いため、精一杯できるのは、溢れる涙に身を沈める事のみであった。

母君も慰められずに困り果てて、「どうしてこんなに気を揉《も》む結婚を思いついたのだろうか。すべては変わり者のあなたのせいで、それに従ったわたしの間違いだった」と言うので、明石入道は、「黙りなさい。源氏の君がお見捨てにならない懐妊の筋があるので、それなりのお考えがあるはずです。気を鎮めて、せめて薬湯《やくとう》でも飲みなさい。縁起でもない事を口にすべきではありません」と言って、部屋の片隅に寄りかかる。

乳母や母君は入道の偏屈《へんくつ》な性分をあげつらい、「何とかして思い通りの身の上になるのを見たくて、長い歳月を楽しみに過ごし、ようやく願いが叶うと、頼もしく思っていました。その矢先に、結婚早々の別れなど、何と気の毒な事でしょう」と嘆くのを見ると、明石入道はいよいよ娘が可哀想で、一段と呆《ほう》けたようになった。

昼間は一日中寝て暮らし、夜はすっくと起きて、「数珠《じゅず》の行方《ゆくえ》がわからなくなった」と言いつつ、素手《すで》をすり合わせて仏を仰ぐので、弟子たちにも馬鹿にされる。月夜に庭に出て、誦経《ずきょう》しながら徘徊《はいかい》していたところ、けつまずいて遣水《やりみず》に倒れ込み、風情のある岩の角に腰を打ちつけて怪我《けが》をし、寝込んでいた間は、少し気も紛れた。

源氏の君は、祓《はら》いの名所である難波《なにわ》の方に渡って、お祓いをし、住吉の神にも、無事の帰京に関して、改めて願解《がんほど》きの御礼を申し上げる旨を、使者を遣わして伝える。突然の帰京で、源氏の君の身辺は窮屈《きゅうくつ》なので、自らは今度は参詣《さんけい》せず、特別の遊覧もせずに、急いで都にはいった。

二条院に着くと、都の人も供人たちも、夢心地で再会し、喜んで泣いて大騒ぎである。紫の上も、生きていても甲斐がないと諦めていた命ではあったものの、再会を嬉しく思う。この間に紫の上は実に美しく大人びて非の打ち所がなく、心労のために多過ぎる程だった髪が少し減ったのも、大変素晴らしく、源氏の君は「こうしてこれからは、一緒に暮らすのだ」と安心した。

一方で、心残りのままに別れて来た明石の君が悲しみに暮れていた様子が、自然に心苦しく思いやられ、やはりいつになっても、この好き心の面では、気が休まる時はないようである。明石の君の事を紫の上に伝えると、その思う様子が浅からず見えるため、紫の上は心穏やかでないまま、さりげなく、『拾遺和歌集』の、**忘らるる身をば思わず誓いてし　人の命の惜しくもあるかな**、を引いて、「忘れられる我が身より、神に愛を誓ったあなたの命の方が心配です」と、皮肉を言う。

源氏の君は、それをいとおしくも可愛いと思い、『古今和歌集』に、**陸奥《みちのく》の安積《あさか》の沼の花かつみ　かつ見る人に恋いやわたらん**、とあるように、他方でこうして会っていてさえも見飽きない紫の上の様子に、どうして長い年月を会わずに過ごしたのかと、改めて世の中が恨めしくなった。

やがて源氏の君は元の官職が改まり、定員外の権大納言《ごんのだいなごん》になった。源氏の君に連座して官位を奪われた人々も、しかるべき者はみんな、元の官職に復して、宮中に復帰を許され、枯木に春が巡って来た心地がし、めでたしめでたしだった。

帝から召されて、源氏の君が参内《さんだい》し、御前に伺候《しこう》すると、その姿は以前にも増して素晴らしく、女房たちは「こんな人がどうしてあのような辺鄙《へんぴ》な田舎に何年も追いやられていたのだろう」と今更ながら首をかしげる。その中でも桐壺院時代から仕えていた、年増《としま》の女房たちの感嘆はそれ以上で、改めて泣き騒いでは褒《ほ》め称《たた》えた。

帝も恥ずかしく感じて、装束を格別に整えて対面したものの、お加減が常でなく、やつれは隠せないが、昨日今日は多少気分がよく、しみじみと対話を重ねるうちに夜に至る。十五夜の月が美しいので、帝は過ぎ来し方を次々と思い出し、涙に暮れ、何となく心細くなり、「あなたが去って以来、管絃の遊びもせず、かつて聴いたあなたの楽《がく》の音《ね》も途絶えたまま久しくなりました」と言うので、源氏の君もしみじみとわが胸の内を歌に詠む。

**わたつ海《み》にしなえうらぶれ蛭《ひる》の子の**
**脚《あし》立たざりし年は経にけり**

海辺で落ちぶれ果ててあわれに過ごした月日でした、という感慨であり、いざなぎ、いざなみの二神が蛭子《ひるこ》を生み、三年経っても足が立たなかったという故事を詠んだ大江朝綱《おおえのあさつな》の歌、**かぞいろはあわれと見ずや蛭の子は　三年になりぬ足立たずして**、を下敷にしていた。帝も気の毒に思い、恥ずかしく思って返歌する。

**宮柱《みやばしら》めぐりあいける時しあれば**
**別れし春のうらみ残すな**

こうやって再会の時が来たのですから、都に別れて須磨に下った春の恨《うら》みは忘れて下さい、という依頼で、いざなぎ、いざなみの二神が宮柱を巡って国を生んだという故事神話を踏んでいた。返歌した帝には相変わらず優美さが漂っていた。

源氏の君は、故桐壺院追善の法華八講《ほっけはっこう》を催す準備の傍《かたわ》ら、東宮《とうぐう》にお目通りすると、すっかり成長した東宮は久方ぶりの再会を喜ぶ。漢学などの学問にもこの上なく才を発揮している様子で、世の中を治めるのに、何の心配もなく、賢く見えた。しばらく日を置いて心を鎮めてから、藤壺宮にも対面して、問われるまま、須磨での生活を語った。

程なく、明石に戻る供人がいるというので、紫の上にわからないようにして、明石の君にも心をこめた文を届け、「波の打ち寄せる夜々はどのようにお過ごしですか」と尋ねて歌を添えた。

**嘆きつつあかしの浦に朝霧の**
**立つやと人を思いやるかな**

明石の浦には、あなたの嘆きが朝霧となって立つのではありませんか、そんなあなたを思いやっています、という思慕《しぼ》で、「あかし」は明石の浦と嘆き明かしを掛けていて、『古今和歌集』にある、**ほのぼのと明石の浦の朝霧に　島がくれゆく舟をしぞ思う**、と、『万葉集』の、**君が行く海辺の宿に霧立たば　吾《わ》が立ち嘆く息と知りませ**、も匂わせていた。

大宰大弐《だざいのだいに》の娘で、かつて五節《ごせち》の舞姫だった女は、源氏の君への恋心も覚める心地がして、どうにもなるものではないが、名を伏せて、ただ目配せを使者にさせて、文を置きに行かせた。

須磨の浦に心を寄せし舟人の
　やがて朽《く》たせる袖を見せばや

須磨であなたに心を寄せた者ですが、涙で朽ちたわたしの袖を見せたいものです、という諦めで、すっかり上達した筆遣いを見た源氏の君は、よくぞあの五節の君が文を寄越したと驚き、返歌する。

かえりてはかごとやせまし寄せたりし
　名残《なごり》に袖の干《ひ》がたかりしを

却って私の方から恨み言を言いたいくらいです、あなたが下さった文の名残で、私の袖はいつまでも乾かなかったのに、という恨みで、「かごと」は恨み言であり、「帰《かえ》りて」に却りてを重ね、『後撰和歌集』の、いたずらに立ちかえりにし白波の　なごりに袖のひる時もなし、を踏まえていた。かつてとても可愛いと思った五節の君なので、思いがけない手紙に一段と懐しく思い出しはしたものの、源氏の君はこの頃はそうした軽率な忍び歩きは、全く慎《つつし》んでいた。

花散里《はなちるさと》にも、ただ手紙だけを送るのみであり、源氏の君の心がはっきりわからないまま、恨めしげだった。

# 第二十二章　御堂七番歌合《みどうしちばんうたあわ》せ

「明石《あかし》」の帖《じょう》を書き終えて、ここまでの十三帖を書き綴《つづ》る中で、思わず笑ってしまったのは初めてだった。それも尋常《じんじょう》な笑いではなく、書きながら笑い転げてしまったのだ。その声を父君か母君にでも聞かれたら、どう弁明しようかと心配したほどだ。筆を走らせながら笑うなど、通常はありえない。源氏の物語に精魂を傾ける余り、気が触れたのではないかと、余計な心配をかけてしまう。

そうでなくとも、両親ともにわたしが物語に入れ込み過ぎるのを案じておられる。父君など、筆を執《と》る姿を見て、無理はするなと声をかけて下さる。

とはいえ、腹の底から笑って、肩の力が抜けた気がする。もう一度読んで、笑ってもいいのかもしれない。

それはとりも直さず、明石入道《にゅうどう》が光源氏《ひかるげんじ》の出立後、悲嘆の末に耄碌《もうろく》してしまう件《くだり》だ。昼に寝てしまうので、夜は眠れなくなり、夜中にさ迷い出てしまう。その挙句《あげく》、数珠《じゅず》の置き場さえ忘れてしまって、素手《すで》をこすり合わせて仏を拝むので、弟子たちから嗤《わら》われてしまう。暗い中、誦経《ずきょう》しながら庭を徘徊《はいかい》してけつまずく。趣《おもむ》き充分の岩で腰を打ち、寝込む破目《はめ》になり、これが幸いして休息に至るというくだりだった。

これはそのまま、三井寺《みいでら》からしばし堤第《つつみだい》に帰ってくれた弟の定暹《じょうせん》から聞いた話だった。僧の中には年老いた余り、そんな失策をする行者《ぎょうじゃ》がいるという。さもあらんと思ったので、頭の隅に残っていたのだ。でなければ、こんな話を思いつくはずはない。

定暹が読めば、これは自分が語って聞かせた通りの話ではないかと、笑うに違いない。当の行者が仮に読めば、自分そっくりだと、首をかしげるかもしれない。

とはいえ、この物語が三井寺まで広まるはずはないので、杞憂《きゆう》に過ぎない。


「光源氏、やっと赦《ゆる》されて都に戻って来たね」

「明石」の帖を読み終えた母君が言った。「これで光源氏は、ひと回りも二回りも大きくなった気がする。その反面、明石の君とお腹の中の子はどうなるのだろうね。その子が男か女で、その先は天と地ほどに違ってくる」

まともな母君の問いを、はぐらかすわけにはいかなかった。

「女の子です。たぶん」

「そうだろうね。光源氏は、もう二人の男の子がいる。ひとりは正妻の葵《あおい》の上が産んだ子、もうひとりは藤壺宮《ふじつぼのみや》との密通の子で、東宮《とうぐう》になっている。父に似て学才があるようだし、これから光源氏がその後見《うしろみ》になっていく。こうなると、明石の君に生まれる姫君は、光源氏にとって初めての女の子だよ。決してないがしろにはできない。どうなっていくのだろう」

「それはまだわかりません」

いつものように歯切れの悪い返事になった。

「そうだろうねえ」

母君も納得する。「ともかくこのあと、雅子《まさこ》にも読んでもらい、二人で浄書《じょうしょ》する。いいね」

異存などあるはずがない。妹の雅子には、執筆している間、娘の賢子《かたこ》の世話をしてもらっていた。

この頃では、どちらが母親かわからない。それもそのはず、四歳の娘にとって、実の母親は暇さえあれば文机《ふづくえ》の前に坐《すわ》っている。二六時中《にろくじちゅう》、娘の側にいる妹のほうが母親に映るのだ。申し訳なかった。

年が改まっての五月、父君が道長《みちなが》様の七番歌合せに招かれるという栄誉《えいよ》が舞い込んで来た。越前《えちぜん》から戻って二年、ずっと散位《さんい》なので、二年前の東三条院詮子《あきこ》様の四十賀《しじゅうのが》に、屏風《びょうぶ》歌を奉じて以来の誉《ほま》れでもあった。

父君にとっては、今をときめく道長様からわずかでも目をかけてもらっているのが、何よりも励みになっているように見えた。

父君の話では、帝《みかど》は病《やまい》から回復されたようで、石清水八幡宮《いわしみずはちまんぐう》や賀茂《かも》神社に行幸《ぎょうこう》をされていた。二年前に焼亡した内裏《だいり》はまだ完成せず、帝と彰子《あきこ》中宮、そして敦康親王《あつやすしんのう》は、一条院に滞在されているという。

「道長様はいくつになられますか」

「四十少し前だ。嫡男《ちゃくなん》の頼通《よりみち》様が、今年の二月に元服《げんぷく》された。これで後継ぎもでき、ひと安心だろう。あとは彰子中宮様に皇子《おうじ》ができれば、この世はこれから先、道長様が背負って行かれる。彰子様は十六歳になられる。まだ二、三年は待たねばなるまい」

歌合せに招かれただけに、父君の口ぶりは道長様に肩入れしていた。

新調した正装に身を包み、飾りを華やかにした牛車《ぎっしゃ》で堤第を出るとき、母君や弟たちと妹とともに見送った。帰宅したのは夜も更《ふ》けてからで、酔いも加わって父君は上機嫌だった。歌合せは首尾よくいったと言う。

「一条院は内裏のすぐ脇にある。小振《こぶ》りとはいえ、仮の内裏にふさわしく調度《ちょうど》も奥床《おくゆか》しく整えられていた。子細《しさい》は明日」

それだけ言うと、ふらつく足でそのまま母君に支えられて寝所《しんじょ》にはいった。

父君がどんな漢詩を献じたかは、翌日に聞かされた。

「題は、『雨は水上の線たり』だった。韻《いん》は『浮《ふ》』だったので、こう書いた」

惟通《これみち》が墨をすった硯《すずり》に筆先をつけ、父君が一気に書きつける。

暮雨濛々池岸頭　　暮の雨は濛々《もうもう》たり　池の岸の頭《ほとり》
更為水上乱線浮　　更《さら》に水の上の乱れたる線となりて浮かぶ
経従潭面霑難結　　経《つら》ぬること潭面《たんめん》よりして霑《うるお》いて結び難し
曳自波心脆不留　　曳《ひ》くこと波《は》心《しん》自《より》して脆《もろ》くして留まらず
細灑応争漁浦藕　　細《こま》やかに灑《そそ》ぎては争うべし漁浦《ぎょほ》藕《はちす》と
斜飛欲貫釣磯鉤　　斜めに飛びては貫かんと欲す釣磯《ちょうき》の鉤《つり》を
誰知流下沈潜客　　誰か知らん流下沈潜の客《かく》
霜縷数茎夏裏秋　　霜縷《そうる》数茎《すうけい》夏の裏《うら》の秋

一、二度つっかえながらも、見事に読み下したのは惟規《のぶのり》だった。「潭面」とはもちろん水面で、「波心」は池の水を指している。「藕」は蓮《はす》であり、「霜縷数茎」とは、頭髪に白いものが何本か見えているのを表していた。

「どうだろうか」

父君が今度は惟通に顔を向けた。

「降り注《そそ》ぐ雨を、蓮の糸や釣糸のようだとしているのが、優《すぐ》れています。流れの下で漁をする翁《おきな》の髪にも、雨が降りかかって白く見え、夏というのに秋のようだと形容しているのも、意表をついています」

弟は答えたものの、その形容の仕方が多少こじつけめいているような気がした。

「この漁師は為時《ためとき》殿自身とも思われます」

母君が言うと、父君はにっこりと頷《うなず》き、感想を求めるようにこちらを見た。

「父君の他に、どのような方がおられたのでしょうか」

「源伊頼《これより》殿と菅原宣義《すがわらののぶよし》殿だった」

父君が答える。「伊頼殿は、あたかも蚕《かいこ》が池の面《おもて》に糸を吐くよう、しだれ柳が岸辺で糸を垂らしているようだと歌われた。一方、宣義殿は、雨脚がまるで機織《はたお》り女《め》の布のようで、雨が織物をしているようだと見られた。二人とも風情《ふぜい》のある漢詩をものされた」

それはどうやら本心のようだった。とはいえ、二人の詩人が詠んだのは眼前の風情のみではなかったか。それに比べると、父君の作品のほうが深みがあったのではないだろうか。母君の指摘した点が、父君の詩の眼目なのだ。

「道長様も満足げだった。御簾《みす》の奥からは、帝と彰子中宮様も見聞きしておられた」

父君が少し鼻をうごめかす。「それでだ、香子《かおるこ》、道長様から、そなたを出仕《しゅっし》させてはくれまいかと言われた。彰子中宮様の女房《にょうぼう》としてだ。道長様としては、娘の教育のためにも、ふさわしい女房が欲しいのだろう。これぱかりは娘の意向次第ですのでと、恐縮しつつお答えした」

「中宮様への出仕など、身に余ります」

咄嗟《とっさ》に答えていた。頭を掠《かす》めたのは具平《ともひら》親王邸に出仕した若き日のことだった。あれは弱冠《じゃっかん》十六歳で、世の中の右も左もわからなかった頃だ。親王と北の方の延子《のぶこ》様、そして荘子女王《そうしじょおう》がこの上なくよくしてくださったので、何とか務めは果たせた。そのお蔭で、貴人たちの暮らしぶりを間近に見ることもできた。それが物語を書く際に、どれほど役立ったか。あの出仕の経験がなかったら、源氏の物語は書けなかったと、今は言い切れる。

とはいえ、あれから十五年が経っている。この齢《よわい》での出仕、それも内裏では、全く質を異《こと》にする。

「既《すで》に中宮様の周囲には、ふさわしい女房が数多くいるはずです。その末席《まっせき》を汚《けが》すのは、考えてみるだけで堪《た》え難いように思います」

「それはそうかもしれん」

父君も半ば納得したように頷く。「ところで、驚かされたことがもうひとつあった。道長様が香子の物語を読まれていた。左大臣ともあろうお方がだ。どの辺りまでかは知らない。彰子中宮様の女房たちが、こぞって書写しているそうだ」

「それは光栄な」

母君が単純に喜ぶ。「しかしどの筋を経て、内裏まで伝わったのでしょうか」

「おそらく、具平親王の母君、荘子女王辺りからではないかと思います」

道長様に近いとなれば、そうとしか考えられない。

「荘子女王ならありうる。いやしかし、具平親王ご自身かもしれない」

父君が首を捻《ひね》る。「ともかくこれは、香子にとって悪いことではない。胸を張っていいぞ」

聞いて気が動転する。中宮様の女房たちの間で物語が広まっているとなれば、いよいよ出仕などありえない。

「それでだ」

父君が向き直る。「香子がこれまで書き終えた物語を浄書し直して、道長様に献呈《けんてい》しようと思う。そなたの出仕を断る口実にはできる。目下《もっか》、物語を書き継いでおりますゆえ、どうかご放念のほどを、と申し開きができる」

「それは、左大臣も喜ばれるはずです」

母君までも乗り気だった。「わたしでよければ、手元に残しているものを、今一度書写します。雅子に手伝わせてもいいですし」

「わたしの手でよければ、心をこめて浄書します」

賢子の相手をしていた妹の雅子が答える。

「そうだな。ここは男手《おとこで》で筆写するよりも、女手《おんなで》のほうがふさわしかろう。出来上がった時点で、一条院内裏に届けさせよう。彰子中宮様も、もしかすると読まれるかもしれない。ともかく道長様にとっても、またとない贈物になるはずだ」

そこまで言われては、反対するすべもなかった。気恥ずかしさは募《つの》れど、物語にとってはありがたいことには違いない。

「姉君、どうもこの頃、源氏の君の従者惟光《これみつ》の出番が少ないように思います。もっと出して下さい」

そう言うのも、惟通が母君か妹にせがんで、源氏の物語を読んでいる証拠だ。とはいえ、どこまで読んだかは知らない。

「私も同感です。良清《よしきよ》なぞ、どうでもよい従者です」

惟規までが惟光贔屓《びいき》になっているのも、同じ惟の字を名に持っているからだろう。思いつきでしたことが、思わぬ手柄になっていた。

「はいはい、わかりました」

笑いながら答えた。

それから十日くらいかけて、母君と妹は「桐壺《きりつぼ》」から「明石」まで、十三帖を書写し、父君に渡したようだった。父君はそれに漢文を添えて道長様に贈呈し、あろうことか、その返しが、大部な料《りょう》紙《し》だった。あたかも、もっと書き継いでくれと言われているようで、どっしりと肩の荷が重くなる。もはやここは、牛歩《ぎゅうほ》の如《ごと》く書き進めるしかなかった。

亡き父君の桐壺院が夢枕に立って以来、源氏の君は桐壺院の事を心に懸《か》けて、何とかして、あの世で苦しんでおられる罪を救おうと嘆いており、帰京後は、まずその準備をして、十月に追善供養《ついぜんくよう》のための法華八講会《ほっけはっこうえ》を催《もよお》した。それに世の人々が従い、靡《なび》いて仕《つか》えるのは、昔の通りであった。

弘徽殿皇太后《こきでんのこうたいごう》は、重病の時でも、とうとう源氏の君を、失脚させられないままに終わった事が無念の極みであったが、今上帝《きんじょうてい》は故桐壺院の遺言が気にかかり、何かしら報《むく》いがあると思っていたので、源氏の君を元の官位に戻してからは心も軽くなった。

時々悪化していた眼疾《がんしつ》も、軽くなったとはいえ、何となく長生きしそうもない気がして心細く、在位も長くないと思いつつ、源氏の君を常に呼び寄せる。源氏の君が参上《さんじょう》すると、政《まつりごと》に関する事柄を素直に語って、故桐壺院の望んでいた通りの状態になったため、世間の大方の人々も慶事だとして喜んだ。

帝は近々退位する意向を固める一方で、朧月夜《おぼろづきよ》の尚侍《ないしのかみ》が心細そうに身の振り方を嘆いているのを、大変不憫《ふびん》に思い、「あなたの父である太政大臣《だいじょうだいじん》が亡くなり、姉の弘徽殿皇太后も、体が優《すぐ》れず、重病です。その上、私の命も、残り少ない気がします。そうなると、気の毒ながら、あなたもこれまでとは打って変わった境遇になりましょう。

あなたは昔から、源氏の君より私を低く見ておられた。とはいっても、私の方の愛情はまたとないくらい、深いのです。ですから、一途《いちず》にあなたの事がいとおしく思われます。私より優れているあの方が、再びあなたを望み通りに世話をしたところで、私の並々ならぬ愛情には匹敵《ひってき》すまいと、思うのも辛《つら》いものがあります」と言って泣く。

朧月夜は顔を赤くし、溢《あふ》れんばかりの可愛《かわい》らしさで涙をこぼすため、帝は朧月夜が源氏の君と密会を重ねた過失を、すべて忘れて、しみじみと見入り、「どうしてあなたは、皇子を産んで下さらなかったのですか。それが残念です。因縁《いんねん》の深いあの人のためには、近々子をお産みになるだろうと思うと、無念の極みです。しかし身分は定まっているので、その子は臣下《しんか》でしかありません」と、今後の事までも言及するので、朧月夜は本当に恥ずかしく悲しく思う。

帝の顔立ちも優れて美しく、限りなく深い愛情が、年月とともに強まるかのように扱ってくれるので、源氏の君が申し分なく素晴らしい人ではあっても、それほどは愛してくれなかった様子や心の内が、様々にわかってくるにつれ、自分は物心がつかないまま、どうしてあのような騒ぎを起こして、自分の評価を落とすだけでなく、あの人にも迷惑をかけてしまったのだろうと、本当に辛い身の上を痛感した。


翌年の二月に、東宮の元服の儀があり、十一歳ではあっても、年齢の割には大きく、大人びて美しく、まるで源氏の大納言《だいなごん》の顔を、そっくり写し取ったように見える。二人が眩《まぶ》しいまでに輝き合っているのを、世間の人々が素晴らしいと称《たた》えているのを、母である藤壺《ふじつぼ》宮は全くはらはらする思いで、心を痛める一方、帝は東宮が立派だと見て、譲位《じょうい》の意向を親身になって告げた。

同じ月の二十日過ぎに、譲位が突然行われたので、弘徽殿皇太后は慌《あわ》てふためく。帝は「価値のない身分になったので、ゆっくりと心穏《おだ》やかにお目にかかれる事を願っております」と言って慰《なぐさ》める。新たな東宮には、右大臣の娘である承香殿女御《しょうきょうでんのにょうご》腹の皇子が立った。世の中は改まって、前代とは違った今風の事が多くなり、源氏の大納言は左右大臣に次ぐ内大臣《ないだいじん》に昇進した。これも左右の大臣の数が定まっていて欠員がないため、令外《りょうげ》の大臣として加わったのだった。

源氏の内大臣は、さっそく摂政《せっしょう》として政を担当すべきなのを、「そうした重職はとても務まりません」と辞退し、亡き正妻葵《あおい》の上の父であり、左大臣を辞した致仕大臣《ちじのおとど》こそが摂政をなさるべきですと主張すると、致仕大臣は「病を得て官を辞したのに、いよいよ老齢となって、立派な政はできません」と、承諾《しょうだく》しない。

　異国でも事変が多くて、世の中が不安定な時には深い山に隠棲《いんせい》していた人でも、世が治まると、白髪を恥じずに出仕した例が『史記《しき》』にはあり、それを聖賢《せいけん》としたので、病ゆえに辞退した官職であれば、代が変わって、改めて就任するのに、何の支障《さわり》もなかろうと、朝廷でも個々の上達部《かんだちめ》も判断した。またそうした前例もあったので、断りきれず、致仕大臣は六十三歳の身で太政大臣になった。

　太政大臣は、世の中が気に入らず前職を辞したが、再び以前のように華やかになったので、その子息たちも不遇の身からみんな出世をする。故葵の上の兄で、かつての頭中将《とうのちゅうじょう》の宰相《さいしょう》中将は権中《ごんのちゅう》納言《なごん》になり、かつての右大臣で、後に太政大臣となって没した人の四女である正妻、四《し》の君腹《きみ》の姫君が十二歳になったので、新帝に入内《じゅだい》させるつもりで大事に育て、あの「高砂《たかさご》」を謡《うた》った次男も元服させて、実に思い通りの世の中になる。夫人たちに多くいた子供たちも、次々と成長して賑《にぎ》やかになっていくのを、源氏の内大臣は羨《うらや》ましく思った。

　葵の上腹の若君《わかぎみ》は、誰よりも格別に可愛らしく、内裏と東宮に童殿上《わらわてんじょう》すると、大宮《おおみや》や太政大臣は娘の葵の上が早逝《そうせい》した悲しみを、改めて嘆いてはいるものの、葵の上の没後も、源氏の大臣の威光《いこう》によって、万事がうまく運ばれ、長い間不遇だった名残《なごり》もないくらいに栄《さか》えた。

　源氏の君の心遣いは今も昔も変わらず、何かの折節《おりふし》には必ず訪問し、若君の乳母《めのと》たちやその他の女房たちで、長年の留守の間にも辞めずに仕えていた者には、しかるべき折にみんな、結婚相手の世話をしてやるなどの援助の意向を忘れないので、幸せな人々が多くなった。

　二条院でも同様に、源氏の君の帰京を待っていた女房たちを、殊勝《しゅしょう》な者と見なして、長《なが》の悲しみを晴らしてやりたいと思い、中将や中務《なかつかさ》のような召人《めしうど》には、身分に応じて情けをかけてやるので、暇もなくなり、他の女君《おんなぎみ》への忍び歩きはしない。二条院の東にある邸《やしき》が故桐壺院の遺産だったため、格別に立派に改築し、二条東院として、花散里《はなちるさと》のような薄運《はくうん》の女君たちを住まわせるつもりで、修繕《しゅうぜん》した。

その一方で、懐妊《かいにん》していた明石の君の痛々しい様子はどうなったのか、源氏の君は忘れる時もなく、公私共に多忙なせいで、思うままに手紙も送れなかったが、三月の初旬に、出産はこの頃だろうかと推測して、ひとり心を痛めて、使者を送る。使いはすぐに帰参して、「十六日でございました。女児が無事に生まれました」と報告した。源氏の君は、初めての娘の誕生だと思うと、並々の喜びようではなく、「どうして都に迎えて、お産をさせなかったのだろうか」と、残念がった。

かつて、星の運行によって人の運勢を占う宿曜《すくよう》が、「御子《みこ》は三人です。帝と后《きさき》が必ず揃《そろ》ってお生まれになります。三人の中で帝、后以外の子は、太政大臣になって、人臣の位《くらい》を極めるでしょう」と勘《かん》文《もん》した事柄が、ひとつひとつ実現するようであった。

前々から源氏の君がこの上ない位に昇り、天下を治めるはずだという占いは、あれほど有能な多くの相人《そうにん》たちが揃って口にした事ではあるが、このところはずっと長年、身辺の煩雑《はんざつ》さからすべて諦《あきら》めていたのに、今上帝がこうして即位して、願いが叶《かな》って嬉《うれ》しいと思う。相人が心配していた源氏の君自身の即位については、全く以《もっ》てあってはならない事と思い、「父の桐壺帝は多くの皇子たちの中で、自分を格別に寵愛《ちょうあい》されたが、臣下にする事を決められた聖断を考えると、自分は帝位には無縁だったのだ。今上帝がこうして帝位に就《つ》かれた事実は、真相は誰も知らないとはいえ、相人の予言は間違いではない」と胸の内で考える。

今と行く末の事を思うと、「これもすべて住吉大神《おおかみ》の導きだ。本当にあの明石の君も、世にも並大抵でない宿縁《しゅくえん》があった。偏屈者《へんくつもの》の明石入道も、身分不相応《ふそうおう》な望みを持っていよう。そうであれば、畏《おそ》れ多い后の位にも就くべき人が、あのような見苦しい片田舎《かたいなか》に生まれたというのも、気の毒かつ勿体《もったい》ない事でもある。しばらくしたら、京に迎えよう」と思って、二条東院を急いで造作するように、催促《さいそく》した。

他方で、明石のような田舎では、乳母《めのと》も見つけにくいだろうと、源氏の君は危惧《きぐ》して、故桐壺院に仕えた宣旨《せんじ》の娘で、父は宮内卿《くないきょう》の宰相で亡くなって、母の宣旨も亡くなり、心細い暮らしをする中で出産したと聞いたので、その娘につてがあって、何かの機会にその話を言上した女房を源氏の君は呼び、その娘を乳母にする事を決める。

娘はまだ未熟で何の考えもない人で、日々人も訪れない荒れた家に、物思いがちに心細く暮らしていたため、深くも考えず、源氏の君に繫《つな》がる事は、ともかくめでたいと思って、喜んで仕える旨《むね》の返事を、仲介の女房を通して言上した。

その日、用事のついでに源氏の君は、人目を忍んで来訪すると、娘は承諾したものの思い乱れていたが、源氏の君の訪れが畏れ多くて、万事を思い慰めて、「御意《ぎょい》の通りに致します」と言上する。

出立には支障のない日だったので、源氏の君は急ぎ発《た》たせ、「明石への下向《げこう》はわけのわからない、思いやりのない事のように思えるかもしれませんが、これには格別な理由があっての事です。私自身も、思いがけない侘《わ》び住まいで、気が滅入《めい》る日々を過ごしました。それを同じ例と思って、しばらくの間、辛抱《しんぼう》して下さい」と、事情を詳しく説明する。

この新しい乳母は、時折帝に仕えていたものの、源氏の君は顔を覚えていたものの、今はすっかりやつれていて、家も言い様もなく荒廃しており、それでも元は公卿《くぎょう》の大きな邸だったので樹木が不気味《ぶきみ》に繁《しげ》り、こんな所にどのようにして暮らしていたのだろうと思われた。

当の乳母の態度がはつらつとして若々しいので、源氏の君はそのまま見過ごせず、何かと冗談を口にして、「明石へはやらずに、取り返したい思いもしますがどうでしょう」と言うと、乳母は「どうせなら、側《そば》近くに仕える事ができれば、辛くて悲しい身の上も慰められます」と答えて、源氏の君を見上げるので、源氏の君は詠歌する。

かねてより隔てぬ仲とならわねど
別れは惜《お》しきものにぞありける

以前から隔てなく親しくしていた仲ではないが、別れるのは名残惜しいものです、という感慨で、「心惹《こころひ》かれるまま、後を追って行きたい」と言うと、乳母はにっこりと笑って返歌した。

うちつけの別れを惜しむかごとにて
思わん方に慕《した》いやはせぬ

急にわたしとの別れが惜しいというのは、言い訳で、本当は恋しい人の方に行きたいのではありませんか、という皮肉で、臆《おく》せずに答えたのを、源氏の君は大したものだと感心した。

乳母は牛車《ぎっしゃ》で京の中を行き、源氏の君は特に親しくしている家来に供をさせ、ゆめゆめ他言《たごん》しないように口固めをした。守り刀の御佩刀《みはかし》やしかるべき品々を所狭しと隅々まで配慮し、乳母にも例がない程の心遣いの品々を怠らない。

明石入道が姫君を大事にしている様を思いやると、ついつい微笑《ほほえ》みたくなり、またしみじみと心苦しくも姫君の事が気にかかるのも、深い愛情からであった。明石の君への文にも、姫君をおろそかに扱わないように、重々注意を促《うなが》して歌を添えた。

いつしかも袖うちかけんおとめ子が
　世を経て撫《な》づる岩の生《お》い先

私も早くわが袖に包んで愛撫《あいぶ》してやりたい娘の将来は、天女《てんにょ》が撫で続けて朽《く》ちない岩のように、生い先は長いでしょう、という言祝《ことほぎ》で、『拾遺和歌集』にある、**君が世は天《あま》の羽衣《はごろも》まれにきて　撫づとも尽きぬ巌《いわお》ならなん**、を下敷にしていた。

乳母は伏見《ふしみ》から舟に乗り替え、淀川《よどがわ》を摂津《せっつ》まで下り、そこから先は馬で急いで、明石の浦に着くと、明石入道は乳母の到着を待ち受けていた。源氏の君の配慮を喜び恐縮するのはこの上なく、京の方角に向かって拝み、源氏の君のありがたい厚意《こうい》を痛感すると、姫君がいよいよ大切だという事を、恐ろしいまでに思い定める。

この姫君が本当に不吉なまでに可愛いのは比類《ひるい》がなく、なるほど、源氏の君が畏れ多いくらいの思いやりから、大事に育てようと考えたのも無理はないと、乳母は姫君を見て思う。自分がこんな田舎まで下って来て、夢のような気がしていた嘆きも、かき消えて、姫君が実に愛らしく、いとおしく思えて世話をした。

今や子持ちになった明石の君も、源氏の君と別れて以来、何か月も物思いに沈み、気力も弱り、生きていようとも思われなかったのが、この源氏の君の采配《さいはい》によって、少し心が慰められる。床《とこ》から頭をもたげて、使者にこの上ない歓待《かんたい》をすると、使いが「急いで帰参《きさん》しますので」と迷惑がるため、明石の君は思う事を少し書いて返歌を添えた。

ひとりして撫づるは袖のほどなきに
覆《おお》うばかりの蔭をしぞ待つ

わたしひとりで姫君を撫でて育てるには、袖が狭くて無力ですので、あなたの覆うばかりの大きな庇護《ひご》を待っております、という願望で、『後撰和歌集』の、大空に覆うばかりの袖もがな　春咲く花を風にまかせじ、を下敷にしており、これを読んだ源氏の君は、不思議なくらい姫君が気にかかり、早く見たいと思った。

源氏の君は、紫の上には、明石の君の事をはっきりとは言っていなかったので、他から耳にはいるとややこしくなると思い、「こういう事だそうです」と白状する。「何とも不思議とうまくいかないものです。そうあって欲しいと願うあなたのところには、その兆《きざ》しはなくて、思いの外のところに生まれたのが口惜《くちお》しいです。女の子ですので、気に入りません。このまま放っておいてもいいのですが、見捨てるわけにもいきません。呼びにやってあなたに見せましょう。憎まないで下さい」と言う。

紫の上は顔を赤らめて、「それは心外です。いつも嫉妬《しっと》じみた事で忠告される自分の性格が、自分ながらつくづく嫌になります。嫉妬心などは、いつ身につけたのでしょうか」と恨《うら》むので、源氏の君はにっこり笑って、「本当に誰が教えたのでしょうか、不思議です。私の考えもしない事まで勘《かん》ぐって、嫉妬されてしまうと、悲しくなります」と言って、涙ぐむ。

紫の上は、長年互いに恋しく思っていた胸の内や、折々の手紙のやりとりを思い起こして、万事、源氏の君のこうした事は、当座の慰み事に過ぎないのだと思って、嫉妬心を打ち消した。

源氏の君は「この明石の人をこれほど気にして便りをするのは、考えるところがあっての事です。今話すと、またあなたが誤解するでしょうから」と、途中で言いさしてから、「明石の君の人柄が麗《うるわ》しく見えたのも、明石という場所ゆえだったかもしれません。目新しかった面もあります」と話す。しみじみとした夕方の塩を焼く煙や、明石の君が話した事柄を、あからさまではないが、その夜に明石の君の顔立ちをほのかに見た事、琴の音に情緒があった事も、すべてに魅了されたように語って聞かせた。

紫の上は「自分はこの上なく悲しく嘆いてばかりだったのに、源氏の君は、はかない慰めとはいえ、心を分けていたのだ」と思うと、心が乱れ、「わたくしは、わたくしひとりなのです」と背を向けて物思いに沈み、「昔は愛し合った仲でしたのに」と、ひとり言のように溜息《ためいき》をついて詠歌する。

思うどちなびく方《かた》にはあらずとも
われぞ煙に先だちなまし

あなたと明石の君が思い合っているのと同じ方向でなくとも、その藻塩《もしお》の煙より先に、わたくしはこの世から先立ちたい、という悲嘆であった。「何を言うのですか。いやな事を」と言って、源氏の君は返歌する。

誰により世をうみやまに行きめぐり
絶えぬ涙に浮き沈む身で

私は一体、誰のために、辛いこの世を、海や山にさすらって、絶えない涙に浮き沈みしたのでしょうか、という反論で、「海《うみ》」に憂（う）みを掛けていて、「何とかして私の本心をわかって下さい。その日まで命があるかどうかはわかりませんが。ちょっとした事でも他人から恨まれまいと思うのも、ただあなたひとりを思っているからなのです」と言って、源氏の君は箏《そう》の琴《こと》を引き寄せる。

試し弾《び》きをしたあと、紫の上に弾くように勧めたものの、あの明石の人が琴が上手《じょうず》というのもしゃくで、手を触れない。性分《しょうぶん》からして実におっとりして、しとやかではあっても、執念《しゅうねん》深い面があって焼餅《やきもち》をやくのが、逆に可愛らしく、腹を立てているのも、愛敬《あいきょう》があって相手のし甲斐《がい》があると思った。

五月五日が、姫君の五十日《いか》の祝いの日にあたると、源氏の君は人知れず日数を数えて、姫君の様子をしみじみと知りたくなり、「京であれば、何事も盛大に世話ができて、嬉しいだろうに、残念だ。

あんな田舎に、可哀想《かわいそう》な様子で生まれてしまった」と思う。男君であれば、ここまで気にかけるはずはなく、姫君なので勿体なく不憫で、自らの宿世《すくせ》もこの姫君の誕生のためにこそと、放浪したのだと思われた。

使者を送り、「必ずや、その日に着きなさい」と命じたので、使いは五日に明石に到着し、源氏の君の心遣いも例のない程の見事さで、実用向きの贈物もあり、和歌も添えられていた。

海松《うみまつ》や時ぞともなき蔭にいて　何のあやめもいかにわくらん

姫君はいつもひっそりと海辺で暮らし、今日が五十日の祝日で、菖蒲《しょうぶ》の節句の日であるのをわかっているだろうか、という祝言《ことほぎ》で、「海松《うみまつ》」は姫君を指し、「あやめ」に菖蒲と文目（あやめ）、「いか」に五十日を掛けており、「心が体から離れて、そちらに行きそうです。やはりこのまま、そこで過ごさせるわけにはいかず、上京を決意して下さい。ともかく今後の心配は何もいりません」と書かれていた。

明石入道は例によって嬉し泣きし、こうだからこそ、生きている甲斐もあったと、涙に暮れるのも道理だった。明石入道の家でも、万事を盛大に五十日の祝いの準備をしていたものの、この源氏の君の使者が来なければ、闇夜の錦《にしき》のように甲斐なく日も暮れるはずであった。

乳母も、この明石の君が申し分のない立派な人なので、話し相手にふさわしく、田舎暮らしの慰めにした。明石入道も、つてを頼って、この乳母にさして劣らない女房を京から迎えているものの、すつかり落ちぶれた宮仕えの女房たちで、『古今和歌集』に、いかならん巌《いわお》の中に住まばかは　世の憂きことの聞こえこざらん、とあるように、巌の中にでも隠れ住もうとしていた者が、ここに落ち着いたという有様《ありさま》であった。

そんな中で乳母は実に大らかにして気位《きぐらい》は高く、聞き甲斐のある京の世間話や、源氏の内大臣の様子と、世の声望の素晴らしさを、女らしい憧憬《しょうけい》からとめどなく話す。

明石の君も、なるほどこのくらい源氏の君が思い出して下さるほどの形見の姫君を、よくぞ産んだものだと、我が身に自信を持った。

源氏の君の手紙も一緒に見ると、乳母は心の内で、「全く、このような幸運も世の中にはあるものだ。恨めしいのは我が身の上だ」と思い続けるものの、「乳母はどうしていますか」と、手紙で源氏の君が細《こま》やかに尋《たず》ねてくれるのも、畏れ多く、万事につけ気が晴れる。明石の君は、源氏の君に文を送った。

数ならぬみ島がくれに鳴く鶴《たづ》を
　今日もいかにと問う人ぞなき

人の数にも入らないわたしの許《もと》で、育っている姫君を、今日五十日の祝いに、どうしているかを尋ねてくれる人は、あなた以外におりません、という感謝で、み島の「み」に身を響かせ、「いか」に五十日を掛けていた。「何につけても心が沈む有様ですが、このようなたまさかの慰めにすがって生きている事が、心細いです。本当に姫君の事で、安心できるようにしていただければと思います」

と、衷心《ちゆうしん》から言上した。

源氏の君は手紙を何度も読んで、「哀れな事よ」と長々と独り言を言うので、紫の上はそれを横目で見て、『古今和歌六帖』の、み熊野の浦より遠《おち》に漕ぐ船の　われをばよそに隔てつるかな、を念頭に、「わたくしはのけ者にされました」と、そっと呟《つぶや》いて物思いに沈んでいる。

源氏の君は、「そこまで勘繰《かんぐ》る必要はありません。昔の事が忘れ難くて漏《も》らす独り言なので、聞き捨てて下さい」と恨み言を口にして、手紙の上包みのみを見せる。その筆遣いは実に優美で、高貴な人にも勝《まさ》っているようで、こんな風に優れているので、源氏の君が忘れ難いのだと、紫の上は思う。

こうして紫の上の機嫌を取りなしている間に、花散里への通いが途絶えてしまったのは残念で、朝廷の仕事も多忙で、窮屈《きゆうくつ》な身分であり、世間の目も憚《はばか》らねばならず、花散里の方から何か目新しい便りがない間は、気にかけずにいた。

五月雨《さみだれ》の降る所在ない頃に、公私共に暇な折に、思い立って訪問すると、花散里はたとえ源氏の君が訪れなくても、万事に配慮して世話してくれるのを頼みにして、日々を過ごしているだけに、世間によくあるようにすねて逆恨《さかうら》みするような事はない。源氏の君としては気楽だったものの、この数年の間に、邸はいよいよ荒れ果て、物寂しそうな暮らしぶりであった。

源氏の君はまず麗景殿《れいけいでん》女御に挨拶《あいさつ》をして、花散里がいる西側の部屋の妻戸《つまど》に、夜が更けてから立ち寄ると、月の光が朧に射し込んで、源氏の君の実に優艶《ゆうえん》な振舞が限りなく見事に見えた。花散里は気《き》後《おく》れがするものの、端《はし》近くで外を眺《なが》めていた最中で、引っ込んだりはせず、穏やかに源氏の君を迎え入れる様は、大変好感が持て、水鶏《くいな》がすぐ近くで鳴いたので、花散里は詠歌する。

水鶏だにおどろかさずはいかにして
荒れたる宿に月を入れまし

水鶏でも戸を叩《たた》いて知らせてくれなかったら、この荒れた家にどうして月の光であるあなたを、お迎えできたでしょうか、という嬉しい驚きで、実に優しく小声で言ったので、源氏の君は「これだからどんな方でも、見捨て難い世の中だ。だからこそ、私も苦労が尽きない」と思って、返歌した。

おしなべてたたく水鶏におどろかば
うわの空なる月もこそ入《い》れ

どの家の戸も叩く水鶏の鳴き声で、いちいち門を開けていたら、変な男もはいって来ます、という冗談で、「それが気がかりです」と、口では言ってみたが、花散里は浮気心などが疑われる性分ではなく、長年源氏の君の帰京を心待ちして過ごしてきた事も、源氏の君は殊勝《しゅしょう》だと思う。

須磨《すま》退去に際して、花散里に「空を眺めて嘆かないように」と約束した折の事を話すと、花散里は「どうしてあの時、これ以上の辛さはないと悲しく嘆いたのでしょうか。辛いわたくしの身には、あなたが帰京された今も、嘆きは変わりません」と応じる様子も、おっとりとして可憐《かれん》であった。源氏の君は例によって、どこから出て来る言葉だろうか、あれこれと尽きる事なく語らって慰めた。

こうした訪問のついでにも、源氏の君はあの五節《ごせち》の君の事も忘れられず、もう一度逢いたいと願ってはいても、実に難事で、人目に隠れての再会は不可能であった。五節としても源氏の君への思慕は絶えないため、親の大宰大弐《だざいのだいに》はあれこれ思案して縁談を勧めたりするが、当人は男との縁付きは断念していた。

源氏の君は格式張らない邸を、二条院の東に造って、花散里や五節のような人を住まわせ、この先思うように大切に育てるべき子供でも生まれたら、その後見役《うしろみ》にでもと考える。この二条東院の造作は、二条院よりも却《かえ》って見所が多い。風流心に富んだ受領《ずりよう》たちを選んで、各自に割り振って、工事を急がせた。

一方で源氏の君は、朧月夜《おぼろづきよ》の尚侍《ないしのかみ》を今でも諦められず、『古今和歌集』に、**こりずまにまたもなき名は立ちぬべし　人にくからぬ世にし住まえば**、とある通り、懲《こ》りもせずに、昔のように胸の内を伝える事もあるものの、朧月夜はかつての辛い出来事に懲りていて、以前のように相手をしてくれない。源氏の君は、帰京した今の方が不自由で、朧月夜との仲を物足りなく思った。

朱雀院《すざくいん》は、譲位のあとは穏やかな心地のまま、折々につけて風流な管絃《かんげん》の遊びを催し、満足げな暮らしぶりであり、女御や更衣《こうい》はみんな在位中同様に仕えている。東宮の母の承香殿女御《しょうきょうでん》だけが、特に寵愛が深いというわけではなく、朧月夜の尚侍への寵愛の方が勝っていたものの、自分の子が東宮になるという素晴らしい幸運に恵まれ、朱雀院を離れて、東宮の側に付き添っていた。

一方、内大臣になった源氏の君の宿直所《とのいどころ》は、昔、母の更衣が住んだ桐壺の淑景舎《しげいしゃ》であり、その南隣りにある梨壺《なしつぼ》に東宮がいるので、隣同士のよしみで、どんな事でも話し合って、東宮の後見役にもなっていた。

藤壺宮は出家しているため、改めて皇太后になるべきでもないので、太上《だいじょう》天皇に準じて御封《みふ》を貰《もら》い、院司《いんじ》たちも任命されて、その様もおごそかで立派であり、仏道の勤めや、功徳《くどく》のある仏事を日々の仕事とした。これまで長年世間を気にして宮中への出入りも難しく、今上帝にも会えない嘆きで心が沈んでいたものの、今は思い通りに参内《さんだい》し、退出するのも自由になっている。

弘徽殿大后が、憂きものはこの世だと嘆くのを、源氏の大臣は、弘徽殿大后が恥じいりたくなるほど丁重に仕え、厚意を示すので、かえって大后はみじめさを味わい、世間でもその当てつけは度が過ぎているのではないか、と噂《うわさ》した。

源氏の君は、藤壺宮の兄で、紫の上の父でもある兵部卿宮《ひょうぶきょうのみや》の振舞が、長い間薄情で、ひたすら世間の評判のみを気にしていたのを、情けないと思って、昔のように親しくしていない。世間一般の人々については、あまねく配慮を怠《おこた》らないものの、この兵部卿宮家に対しては、源氏の君が逆に冷やかな仕打ちを時折するのを、藤壺宮は不本意で残念に思っていた。今や政《まつりごと》は二つに分けて、源氏の君と岳父《がくふ》の太政大臣の意のままになっていた。

かつての頭中将《とうのちゅうじょう》の権《ごん》中納言は、姫君をその年の八月に、今上帝に入内《じゅだい》させて、祖父の太政大臣が自ら立ち働いて、入内の儀式は申し分なかった。兵部卿宮も自分の娘の中《なか》の君を入内させようと思って、そのつもりで大切に育てて、その評判は高いものの、源氏の君はその中の君が、他の姫君より優れているとは思えず、どうするか決めかねていた。

その秋、源氏の君は住吉参詣《すみよしさんけい》を決め、須磨で祈願した事の願解《がんほど》きをするのが目的なので、盛大な出立となり、世間でも大騒ぎして、上達部《かんだちめ》や殿上人《てんじょうびと》が我も我もと供をした。折しもその頃、明石の君も毎年恒例の住吉詣《もう》でをしていたのだが、去年と今年、懐妊と出産のために中止していたのを、今年はその詫《わ》びを兼ねて思い立ち、舟で参詣した。

　舟が岸に着く頃、境内《けいだい》の方を見やると、大声を出しながら参詣する人々が、渚《なぎさ》に満ちており、立派な奉納《ほうのう》の宝物を持っている行列が続き、楽人《がくにん》も十人程が衣装を揃えて、顔立ちのいい者が選ばれていた。明石の君の供人《ともびと》が「一体どなたのお詣《まい》りでしょうか」と尋ねると、「源氏の内大臣殿が願解きのためにいらしている。それを知らぬ人もいたとは」と、物の数にもはいらないような下衆《げす》までが、高々と笑う。

　明石の君は仰天《ぎょうてん》して、月日はいくらでもあったのに、よりによって同日の参詣になり、源氏の君の勢いの良さを遠望する破目《はめ》になって、我が身の程が情けなく思われた。姫君が生まれた今、源氏の君とは離れられない宿世になったとはいえ、こうしてつまらない身分の者までが、源氏の君に仕えるのを光栄だと思っているのに、自分が前世でいかなる罪を負った身だったとしても、源氏の君の事を常に気にかけていたにもかかわらず、こうした世評高い参詣をも知らずに、のこのこ出かけて来たのかと、悲しくなり、人知れず涙を流した。

　松原の深緑《ふかみどり》の中に、花や紅葉《もみじ》をしごき散らしたように、上達部や殿上人の袍《ほう》の紫や緋《ひ》の濃淡《のうたん》が無数に点在し、六位の中でも蔵人《くろうど》は、常用が許されている青味がかった黄緑色の袍がくっきりと見える。昔賀茂《かも》の端垣《みずがき》を恨んだ右近将監《うこんのぞう》も、今は衛門府の三等官である靫負《ゆげい》の尉《じょう》になり、ものものしい随身《ずいじん》を引率する蔵人になっていた。

　あの良清《よしきよ》も同様に衛門府の佐《すけ》になっており、誰よりも得意げな様子で、派手な赤色の袍を着た姿は、誠に美しく、すべて以前に見た人々が、打って変わって華やかに、何の屈託《くったく》もなさそうに、あちこちに見える。若い上達部や殿上人が、我も我もと競うようにして馬や鞍《くら》まで飾り立てているのは、素晴らしい見物だと、田舎人の明石の君の一行は思った。

明石の君は、源氏の君の牛車を遠くから眺めると、逆に心が乱れて、恋しい姿を見る気力も失《う》せてしまう。源氏の君は河原《かわら》の左大臣　源　融《みなもとのとおる》公の先例にならい、童随身《わらわずいじん》を勅許《ちょっきょ》によって賜《たま》わっていて、童随身たちは美しい装束《しょうぞく》を着て、髪を左右に分けた角髪《みずら》を結い、上を薄く下を濃くした紫の裾《すそ》濃《ご》の元結《もとゆ》いも若々しく優美で、背丈と容姿も整って、愛らしい恰好《かっこう》をしており、十人すべてが特に今めいていた。

葵《あおい》の上腹の若君の夕霧《ゆうぎり》を、限りなく大事に扱い、夕霧が乗る馬に付き添う馬副童《うまぞいわらわ》たちも、みんな衣装を揃え、他とは装束が区別されていた。その様子は遥か遠くからでも素晴らしく見え、明石の君は姫君が物の数にもはいらない様子でいるのが、誠に悲しく、御社《みやしろ》に向かって一層心をこめて祈願をした。

摂津守《せっつのかみ》が参上して、通常の大臣の参詣時よりは、格段に盛大な饗応《きょうおう》をしたようで、明石の君は自分の参詣をみじめに感じて、「あのような豪華な奉納に交じって、人数にもはいらない自分が、ほんの少しの奉納をしても、神もそれを見て人並には数えて下さらないでしょう。ここで明石に戻るのも中途半端なので、今日は難波《なにわ》に舟を停《と》めて、お祓《はら》いをしてもらいましょう」と言って、舟を出させた。

源氏の君は、明石の君の事を全く知らないまま、夜通し様々の神事をさせ、誠に神から喜ばれそうな事はすべてやり尽くし、これまでの祈願に対する願解きに加えて、前例がない程に、歌舞《かぶ》管絃の遊びを、賑《にぎ》やかに奉納しながら夜を明かした。

須磨と明石で苦労を共にした惟光《これみつ》は、心の内で住吉の神の加護《かご》をしみじみと素晴らしいと思い、源氏の君が少し社殿から出た際に、側に参上して詠歌した。

住吉の松こそものは悲しけれ
神世《かみよ》のことをかけて思えば

住吉の松を見ると、悲しい思い出が迫ってきます、昔の須磨と明石への放浪が甦《よみがえ》ってくるので、という感慨で、「松」に先（ま）づが掛けられ、源氏の君もなるほどと納得して返歌する。

荒らかりし浪のまよいに住吉の
神をばかけて忘れやはする

荒れ狂った須磨での嵐の中で、さ迷いながらも、住吉の神に誓った事は、決して忘れませんという再確認で、「本当に霊験《れいげん》あらたかでした」と言うのも、実に素晴らしい。

惟光が、あの明石の君一行の舟が、この盛大な催しに気圧《けお》されて、立ち去った旨《むね》を言上《ごんじょう》する。源氏の君は知らなかった事を情けなく感じたが、住吉の神の導きによる巡り会いだったと思い起こし、なおざりにはできずに、「少しだけでも便りをして、慰めてやりたい。近くまで来て帰る破目になり、辛かったろう」と思いながら、住吉神社を出る。

あちこちを見物逍遥《しょうよう》し、難波でのお祓いは、天皇の、罪穢《けが》れを負わせた人形を七か所の川瀬に流す七瀬《ななせ》の祓いに準じて、おごそかに勤め上げ、堀江《ほりえ》の辺りも見て、『後撰和歌集』の、わびぬれば今

はに同じ難波なる　身をつくしても逢わんとぞ思う、を念頭に、「何としても逢いたい」と口ずさんだ。それを、牛車の側にいた惟光が聞き、そうした用もあろうかと、いつものように懐《ふところ》に持っていた柄の短い筆を、牛車を停めた所で差し出す。源氏の君は風流な心遣いだと思って、畳紙《たとうし》に歌を書きつけた。

みをつくし恋《こ》うるしるしにここまでも
　めぐりあいける縁《えに》は深しな

身を尽くしてあなたを恋する証拠に、この難波でもまた巡り会いました、それ程私たち二人の前世からの、縁は深いのです、という思いやりで、「みをつくし」と澪標（みおつくし）、「縁」に江にを掛けていて、惟光に渡した。先方の事情をよく知っている下人《しもびと》に持たせて、届けさせると、源氏の君の一行が駒を並べて通過するのを見て、動揺するばかりだった明石の君も、ほんのひと言ながら、源氏の君の手紙がかたじけなくも嬉しく、涙しつつ返歌した。

数ならでなにわのこともかいなきに
　などみをつくし思いそめけん

人数にもはいらない、どれ程の生きる甲斐《かい》もない私ですのに、どうして命を懸《か》けて、あなたを思慕《しぼ》するようになったのでしょうか、という追慕《ついぼ》で、「なにわのこと」に何の事と難波を、「かい」に効

（かい）と貝をかけていて、難波の田蓑《たみの》の島で禊《みそ》ぎをする際に用いる木綿《ゆう》に付けて、歌を贈った。

日も暮れていき、『古今和歌集』に、**難波潟潮満ち来らしあま衣　田蓑の島に鶴《たづ》鳴きわたる**、とあるように夕潮が満ち、入江の鶴も声を惜しまずに鳴く頃となり、しみじみと物悲しくなる時でもあるので、源氏の君は人目も憚らずに、明石の君に逢いたいと思い、詠歌した。

**露けさの昔に似たる旅衣**
**田蓑の島の名には隠れず**

今こうして涙で袖を濡らすのは、昔の須磨・明石の頃と似ていて、田蓑の島というのに、蓑とは名ばかりで、身を隠しようもなく、涙雨に漏れています、という思慕で、やはり『古今和歌集』の、**雨により田蓑の島を今日ゆけど　名には隠れぬものにぞありける**、を引歌にしていた。

帰途、気の向くままに、逍遥や管絃の遊びを賑やかに楽しんだものの、源氏の君は明石の君の事が気になって、どうしているだろうかと思いやる。遊女たちが集まって来ると、上達部の中でも、若く風流好きの者はみんな、目を釘付けにしているようであるが、源氏の君は「どうだろうか。面白い事も情趣も相手次第だろう。並ひと通りの色恋沙汰でさえ、軽々しい者には、心を惹《ひ》かれる事もない」と思い、遊女たちが得意げに、媚態《びたい》を作っているのも気に入らなかった。

明石の君は、源氏の君の一行をやり過ごし、翌日、日柄も悪くなかったので、幣帛《みてぐら》を奉納し、身分相応の願解きをすませたものの、却って物思いが深くなり、日々情けない身の上を嘆いていた。今頃は源氏の君の一行も京に帰着する頃だろうと思っていると、間もなく源氏の君の使者が来て、近々都に迎えたい旨の伝言を伝えると、明石の君は、「本当に頼もしいくらい、わたしを人並に数えておられるのだ。しかしこの明石を離れると、拠《よ》り所もなく中途半端ではないか」と思い悩む。

明石入道もすぐに上京させるのは実に心配であり、かといってこうして明石に埋もれて過ごすのも甲斐なく、却ってこれまでの長い暮らしよりも、悩みは尽きず、万事が気がかりで、決心をつけにくい旨を言上した。

ちょうどこの頃、斎宮《さいぐう》も帝の譲位と共に交代したので、母の六条御息所《ろくじょうのみやすどころ》も帰京した。その後、源氏の君が昔と変わらず、何事につけても見舞をし、比類ない程の情けを尽くしているものの、御息所は、「昔でさえ冷淡だった源氏の君の心だ。今更また同じ苦しみは味わいたくない」と、源氏の君への思慕を断ち切っているため、源氏の君としても、特に訪問はしなかった。

ここで強引に御息所の心を動かしたところで、自分の方がどう心変わりするのかわからない上に、関係を修復するような出歩きも、身分柄不自由になっているので、無理強《むりじ》いもできかねた。その一方で、娘である前斎宮が今はどんなにか美しく大人びているだろうかと、この目で確かめたくもあった。

御息所は今は、六条にある旧邸を実に見事に修理して手入れもしていて、上品かつ優雅に暮らしていた。品格と趣のある生活ぶりは昔と変わらず、優れた女房も多く、風流人の集まる場所として、ひっそりと心が慰められる様子で日々を送っていた。

そのうちに、急に重病になり、何となく心細く感じ、仏教の道からははずれる神道《しんとう》の斎宮という罪深い伊勢《いせ》に、六年も身を置いていた事が恐ろしくなり、尼になった。

源氏の内大臣は御息所の出家を聞いて、好き心ではなく、やはりそうした風流な面での話し相手だと思っていたので、こうして尼になった事が残念であり、驚きつつ訪問した。御息所は、自分の枕元近くに源氏の君の席を設けて、自らは脇息《きようそく》にもたれて返事をする様子が、すっかり弱っている感じがし、源氏の君は自分の変わらない好意を、これきり見てもらえなくなるのが残念で、ひどく涙を流す。

御息所も、これほどまでに自分を思っていてくれた事を、万事につけてしみじみと思い起こしながら、娘の前斎宮の今後について、「わたくしの亡きあと、前斎宮が心細くもひとり残されます。どうか何かの折には必ず、人数の中に入れてお世話下さい。他に世話を頼める人もなく、全く以て気の毒な境遇です。無力なわたくしとて、あと少し命の続く間は、前斎宮が物事の善悪をわきまえるまでは、世話をしてやろうと思っておりました」と言って、消え入るようにして泣いた。

源氏の君が、「このようなお言葉がなくても、前斎宮をお見捨てなどは致しません。ましてや今からは、心の及ぶ限り、何事につけても後見するつもりでおります。決してご心配なさらないように」と言上すると、御息所は「それが難しい事なのです。本当に頼みにできる父親のような、世話を任せられる人がいても、女親と離れた娘は、大変悲しい目に遭《あ》うようです。ましてや、あなたの思い人のような扱い方になれば、苦々《にがにが》しい事が起こって、他の方から疎《うと》まれもしましょう。嫌な勘繰りではありますが、決してそのような好色がかった世話は、考えないで下さい。

辛い我が身を例にしても、女は思いがけない事で、苦しみを重ねるものです。、前斎宮には、どうかそのような方面とは関わりのないお世話を、なさって下さい」と釘をさす。

源氏の君は耳の痛い事をびしびし言われるものだと思いつつも、「この年頃は万事分別がついております。それなのに昔の好き心が残っているようにおっしゃるのは心外です。ま、ここは自然と、おわかりになるでしょう」と応じた。

外は暗くなり、室内には大殿油《おおとのあぶら》の灯火《ともしび》がかすかに物を透《す》かして見えるため、源氏の君はもしかしたら、前斎宮の姿を見る事ができるかもしれないと思い、几帳《きちょう》のほころびから覗《のぞ》くと、ほの暗い灯火の下で、御息所が髪を美しく、背の辺りで尼削ぎしていて、物に寄りかかって坐っている姿が、絵に描いたように誠に美しい。

帳台の東側に臥《ふ》しているのが前斎宮だろうか、几帳が無防備に引き寄せられた隙間《すきま》から、目を凝《こ》らして見ると、前斎宮は頬杖《ほおづえ》をついて、大変物悲しく感じているようで、一瞥《いちべつ》しただけでも、実に可愛いらしい様子が見える。髪の肩へのかかり具合や、頭の形、上品で気高《けだか》い雰囲気、はつらつとした可憐さも確かめられ、心惹かれてもっと見たくなったものの、御息所があれ程口を酸っぱくして言ったのを思い出して、我慢した。

御息所は、「大層苦しくなってきました。申し訳ないので、ここは早くお帰り下さい」と言って、女房に助けられて横になる。

源氏の君は、「側近くに見舞に参上した印として、多少なりとも病が軽くなれば、嬉しく存じたのに残念です。どんな具合なのでしょうか」と言って、覗き込もうとするため、御息所は「大変恐ろしい程に、病み衰えております。病がこのように、もはや最期《さいご》と思われる折に、ちょうどお越しいただいたのは、本当に浅くはない因縁でしょう。胸の内を多少は申し上げたので、もはやお忘れにはなるまいと、頼もしく思っております」と女房を介して伝える。

源氏の君は、「こうした遺言を承《うけたまわ》る人の中に、私を入れていただいたのは光栄です。故桐壺院の皇子皇女《おうじこうじょ》は多くおられますが、私に親しく睦《むつ》まじくして下さる方は、ほとんどいません。桐壺院は前斎宮を同じ皇女としてお考えでした。私もその遺志をついで、そのつもりでお世話をさせていただきます。私自身、少しは一人前の大人らしい齢《よわい》になりながら、世話をする娘もいません。それが不満でしたので、好都合です」と言上して帰途につき、その後も、見舞を、以前よりは頻繁《ひんぱん》に届けた。

御息所は七、八日経って亡くなり、源氏の君はあっけない気がして、この世が実にはかなく、何となく心細くなる。内裏へも行かず、あれこれと法事の指図《さしず》をすると、前斎宮には他に頼れる人も特になく、以前の斎宮寮の役人で、今もかろうじて仕えている者が、やっと諸事を仕切った。

源氏の君も自ら弔問《ちょうもん》に訪れ、前斎宮に挨拶《あいさつ》を伝えると、前斎宮は、「今は何も考えられない有様です」と、女別当《にょべっとう》を通して答える。源氏の君は、「亡き母君に私から申し上げ、また母君が私に遺言された事もございます。これからは心隔てがないように考えて下されば、嬉しく存じます」と言って、女房たちを呼び出し、なすべき用事を言いつけるのも、実に頼もしい感じがして、長年の薄情な扱いが償《つぐな》われるように見えた。葬儀は実におごそかで盛大にし、自分の家人《けにん》や女房たちも数知れず奉仕させた。

源氏の君は物思いに沈みつつ、御息所を偲《しの》んで精進潔斎《しょうじんけっさい》をして、御簾を下ろして成仏《じょうぶつ》の勤めをし、絶えず、前斎宮へ見舞を贈ると、前斎宮も心鎮めて、乳母《めのと》から代筆の返事では失礼だと諫《いさ》められ、気遅れしながらも直筆《じきひつ》の文をしたためた。

雪や霙《みぞれ》の乱れ降る日、源氏の君は、「あのもの寂しい館《やかた》で前斎宮はどんなにか心細いだろう」と思い、文を使いに届けさせ、「今の空模様を、どのようにご覧になっておられますか」と記して和歌も添える。

降り乱れ隙《ひま》なき空に亡き人の
天翔《あまかけ》るらん宿ぞかなしき

雪や霙が降り続く空に、亡き母君の魂が空を翔て、あなたを案じていると思うと、その邸の様子が悲しく思われます、という弔辞《ちようじ》で、曇りを帯びたような空色の紙に、若い前斎宮の目に留まるように心をこめて書かれ、眩しい程であった。

前斎宮は返事をしにくそうだったが、女房たちからまたも「代筆では失礼です」と注意されて、やはり喪中用の香を薫《た》き染《し》めた鈍色《にびいろ》の紙に、濃淡をつけて返歌した。

消えがてにふるぞかなしきかきくらし
わが身それとも思おえぬ世に

雪や霙が消えずに降る如く、わたしはこの世から消える事もできず、自分が自分とも思えずに泣き暮らしています、という悲嘆で、「ふる」に降る、「身それ」に霙が掛けられ、遠慮深げな筆遣いは、おっとりとしていて、能書《のうしよ》ではないものの、愛らしく上品な手筋に見えた。

斎宮が伊勢に下《くだ》った時から、このまま放っては置けないと、源氏の君は思っていたが、今は思うままにどのようにも言い寄る事ができると考える一方で、亡き御息所が実に心配げに、遺言を残したのを思い出す。

「実に気の毒ではある。亡き御息所が気にしていたのも道理で、世間でも、好色めいた事をすれば、とやかく邪推《じゃすい》するに違いない。ここは世間の予想とは裏腹に、心清くして世話をしよう。今はまだ十一歳の今上帝が、もう少し分別《ふんべつ》がつく年齢になれば、この前斎宮を入内させて、自分にはそうした娘もいないので、大切に世話をしてやろう」と考えた。

源氏の君は実に誠実に、丁重《ていちょう》な弔問をし、しかるべき時は訪問し、「勿体《もったい》ない事ですが、私を亡き母君のゆかりの者とお考え下さい。よそよそしくない扱いをして下されば、本望《ほんもう》に存じます」と言上するものの、前斎宮は無闇と恥ずかしがりやの内気な性格で、かすかにでも声を聞かれるのは、全く思いも寄らぬ事と考えていた。

前斎宮付きの女房たちも、こうした性分を困っており、源氏の君は「前斎宮の周囲には、女別当や内侍《ないし》などの女房の他、皇室の血を引く王孫《おうそん》などで、心遣いの優れた女房も多かろう。私が密《ひそ》かに考えている今上帝への入内も、前斎宮は誰にも劣る事などなかろう。ついては、どうにかしてはっきりと顔を見たいものだ」と思うのも、心安い親心とは言えず、我が心もまだ定め難いので、前斎宮入内の企《くわだ》ては、誰にも漏らさない。

御息所の法事の世話を格別に立派に行うので、ありがたい心映えを、御息所邸に仕える人々も喜んでいた。

空しく過ぎる月日に、前斎宮は実に寂しく心細さばかりが募る。仕えている女房たちも少しずつ離れて行き、邸は下京《しもぎょう》の京極《きょうごく》付近なので、人家も少なく、山寺の日没の鐘の音が届くと、『拾遺和歌集』の、**山寺の入相《いりあい》の鐘の声ごとに　今日も暮れぬと聞くぞ悲しき**、と同様に、前斎宮は声を上げて泣く事の多い日々を過ごした。

同じ親といっても、前斎宮は片時も母の御息所の側を離れずに暮らしていて、斎宮になった時も、親が付き添って伊勢に下向するのは前例のない事なのに、無理に母君を誘って下ったくらいなので、死出《しで》の道に供をできなかったのを、涙の乾く時もなく、嘆いていた。

前斎宮に仕える人々は、身分の高い人も低い者も多く、源氏の君が「乳母《めのと》たちでも、勝手に振舞ってはなりません」と、親代わりになって命じるので、大臣の大変立派な様子に、不都合な事が耳にはいってはならじと、乳母も女房も口にしたり思ったりして、前斎宮へのちょっとした懸想《けそう》も仲介はしなかった。

一方、朱雀院は、前斎宮が伊勢下向をした日の、大極殿《だいごくでん》でのおごそかな儀式の際に、不吉なまでに美しく見えた前斎宮の顔立ちが忘れられず、心に留めていたせいで、「こちらにお越しになって、妹の前斎院や姉様の女宮たちがおられるのと同じようにして、お暮らし下さい」と、御息所にも勧めていた。

朱雀院には、東宮の母后の承香殿女御《しょうきょうでんにょうご》や朧月夜《おぼろづきよ》の尚侍《ないしのかみ》などの、ちゃんとした高貴な身分の后がいるのに対して、前斎宮が入内するなら多くの後見もないので、御息所は心配になり、その上、朱雀院が病《やまい》がちであるのも恐ろしく、前斎宮の悩みがいよいよ増すだろうと懸念《けねん》して、辞退して過ごしていた矢先に、御息所が没した。この先、前斎宮の世話は誰がするのだろうかと、女房たちは憂慮《ゆうりょ》していたところに、朱雀院から正式に丁重なお申し出があった。

源氏の大臣はこれを聞いて、「朱雀院からそうしたご意向が示されたのに、それに反して今上帝が横取りすれば、畏《おそ》れ多い事になる」と思う反面、前斎宮が誠に可憐なので、ここで手放すのは無念であり、今上帝の母后である藤壺宮に相談に行く。

「こうした朱雀院の申し出に悩んでおります。母である亡き御息所は実に慎重で、思慮深い人でした。なのに私の軽々しい好き心のために、悪《あ》しき浮名《うきな》を流させてしまいました。その結果、私を薄情な男だと思ったままで、逝《い》ってしまったのです。本当に気の毒だと思っています。

生前に私への恨みを果たさないまま、亡くなったのですが、臨終《りんじゅう》の際には、この前斎宮の今後について遺言をされたのです。私をそうした頼りになる者と信じて、万事を心に残さず、打ち明けて下さったものと存じます。最後には私を認めて下さったのだと思うと、堪え難い気がします。

私は世間一般の事でも、気の毒な事はそのまま放って置けない性分です。御息所の亡き後、どうにかして生前の恨みを忘れる程の事をしてやりたいと、願っています。今上帝はあの通り大人らしくなられましたが、まだ十一歳と幼い年齢です。そこで多少なりとも分別のある人が側にいて仕えるのもいいかと思います。どうか、よしなにお決めになって下さい」と言上する。

藤壺宮は、「よくぞ、そこまで考えて下さいました。朱雀院におかれては、畏れ多くも気の毒な結果にはなりましょうが、御息所の遺言を口実にして、知らなかったふりをして、入内させたらいいでしょう。朱雀院は今は仏道の勤めに熱心で、このような前斎宮の入内には執心《しゅうしん》もなく、あなた様が今上帝への入内を決めても、深くはお気になさらないでしょう」と応じる。

源氏の君は「それではまず、母后が今上帝への入内を望まれ、その妃の内に前斎宮も数えられている事に致しましょう。それを受けて、私が前斎宮に入内の口添えをするだけという段取りにします。とここまで前斎宮入内については、私なりに熟慮して、私の胸の内もすべてお話し申し上げました。とはいっても、世間では何と言われるかが、気がかりでございます」と言上しつつ、「後日、本当に知らなかったふりをして、前斎宮を二条院に移してしまおう」と考えた。

紫の上に対しても源氏の君は、「こうした経緯で、前斎宮を今上帝に入内させます。話し相手として過ごすのに、前斎宮は二十歳、あなたはひとつ年上なので、いい間柄になります」と、教え諭《さと》したので、紫の上は嬉しいと思って、前斎宮の移住の準備をした。

他方で藤壺宮は、兄の兵部卿宮が自分の姫君を、早く今上帝に入内させたい意向で、その養育に大騒ぎしているため、源氏の内大臣と兵部卿宮の仲が不和《ふわ》となり、源氏の君がどんな扱い方をするのか、心を痛める。また一方で、権《ごん》中納言の姫君は既《すで》に今上帝に入内して弘徽殿女御《こきでんのにょうご》になっていて、権威付けのために太政大臣の養女として、大切に世話をされており、年齢も十二歳なので今上帝もよい遊び相手と思う。

藤壺宮は、「兵部卿宮が入内を考えている中の君も、同じ年頃なので、どうしても雛遊《ひいなあそ》びの感じがします。ここで大人びた前斎宮が入内して、世話役になるのは、大変嬉しい事です」と、源氏の君に伝え、前斎宮入内の意向を今上帝にも言上する。

源氏の内大臣が万事に配慮が行き届き、政の補佐役は言うに及ばず、日々の今上帝への細やかな気遣いに、しみじみとした優しさが溢《あふ》れているのを、藤壺宮は頼もしく感じつつ、自分は病がちで、参内しても安心してゆっくり帝の側に留まる事も困難なので、少し年上で帝の側に仕える世話役は必須ではあった。

# 第二十三章　求婚者

この「澪標《みおつくし》」の帖《じょう》を書き終えて、どこかほっとする。「須磨《すま》」「明石《あかし》」と続いためまぐるしい動きを、「澪標」の帖で鎮《しず》められたのが理由だろう。もはや光源氏の色好みの忙《せわ》しなさには、これからつきあわなくていいような気がする。

「これで光源氏も重々しさを身につけたね。三十歳になる前だろう」

さっそく読み終えた母君が、そう言ってくれたのも嬉《うれ》しかった。これから先が、本当の光源氏の人生になるのかもしれなかった。

「ほっとしたのは、いつももやもやした思いで気になっていた御息所《みやすどころ》との間柄だよ」

母君がどうしても言いたいという顔で続ける。「御息所は何と言っても、光源氏に恋の手ほどきをしてくれた人だからね。どんな経緯《いきさつ》でそうなったかは、書かれていないので、想像するしかない。それなのに、光源氏が成長するにつれて、日陰に追いやられてしまった。だからこそ、生霊《いきりょう》として夕顔《がお》に取り憑《つ》き、車争いで辱《はずかし》めを受けてからは、葵《あおい》の上まで取り殺す。そんな御息所の遺言であれば、光源氏としても守らざるを得ない。疎略《そりやく》に扱えば、それこそ、今度は死霊《しりよう》に何をされるかわかったものではないからね」

母君が見事に裁断《さいだん》を下した。

「だから、わたしはその娘の前斎宮《さいぐう》が好きになりそうです」

賢子《かたこ》の手を引いて話に加わった妹の雅子《まさこ》が言う。「だって、教養深い御息所に育てられ、伊勢《いせ》に六年も下《くだ》っている。神に仕《つか》える身として、御息所のような激しさはないでしょう。可愛《かわい》らしくて可憐《かれん》で、やはり相当な教養の持主のはずです」

「そうなると、この先は、今上帝《きんじようてい》よりずっと大人の前斎宮と、権中納言《ごんのちゆうなごん》の娘のまだ幼い弘徽殿《こきでんの》女御《にようご》の力比べが楽しみだね。両手に花とはいえ、どちらが寵愛《ちようあい》されるか」

母君が先が楽しみというように、微笑む。

「わたしは前斎宮の方に味方します」

笑いながら妹の雅子が言う。「本当はどうなのですか」

訊《き》かれてもわかるはずはない。

「さあ、それはお楽しみ」

そう答えて、賢子を文机《ふづくえ》に向かわせ、手習いをさせる。母と一緒にいられる文机が、賢子は好きなようだった。

藤原宣孝《のぶたか》殿の死後、一年間の喪《も》を終えたあと、更に一年ほどして懸想文《けそうぶみ》が届けられたのには驚かされた。どうやら父君の差し金のようであり、母君の勧めもあって、その男、藤原保昌《やすまさ》殿が通うようになった。

保昌殿は、最初の夫、平 維敏《たいらのただとし》殿の物静かさと、亡くなった宣孝殿の如才《じょさい》なさを合わせ持っており、その上、屈強《くつきょう》な体軀《たいく》は武人としても通用するくらいだった。

「保昌殿は四十六歳、一年前に正妻を亡くされている。側女《そばめ》などがいるとは、ついぞ聞いていない。年齢の割に出世が遅れているのは、父君の暴力沙汰《ざた》、そして弟の保輔《やすすけ》殿の強奪事件のせいで、本人のせいではなかろう。血筋も決して劣ってはいない。母君は、かの醍醐《だいご》天皇の孫にあたる方だ」

父君の言葉は、保昌殿との縁結びを強く促《うなが》していた。どうやら父君は、道長《みちなが》様の土御門殿《つちみかどどの》に出入りするようになって、保昌殿の知遇《ちぐう》を得たらしい。

「香子《かおるこ》ももう三十一。宣孝殿の喪もとっくに明けた今、ずっとひとり身で過ごすわけにはいくまい。後見《うしろみ》を持つのは心強い」

母君は暗に、自分たちがいなくなったあとの懸念《けねん》を口にした。確かに末弟の定暹《じょうせん》は出家《しゅっけ》し、惟規《のぶのり》と惟通《これみち》はまだ蔵人《くろうど》にもなっていない。妹の雅子には幸い、正妻に迎えたいとの縁談が持ち込まれている。

そうなれば、この堤第《つつみだい》で、まだ幼い賢子を抱えてのうのうと生きていくのには、必ず支障《さわり》が出る。いずれ、母子ともに路頭に迷うときが来るのだ。

そう考えると、齢《よわい》が離れているとはいえ、保昌殿から懸想されたのは幸いなのかもしれなかった。

堤第に通われるようになった保昌殿は、弟の惟規が笛をよくすると知って、笛を持参され、二人で合奏をし、時折、そこに惟通も琵琶《びわ》の音を加えたりもした。

大男である保昌殿が笛を口に当てると、どこか釣合が取れず、笛が小さく見えてしまう。しかしその音《ね》は強く、琵琶の音もかき消してしまうほどだった。
秋の満月が庭を照らした夜、輿《きょう》に乗った母君が箏《そう》の琴《こと》を出して、合奏に加わった。久方ぶりに堤第に賑《にぎ》やかさが戻ったようだった。保昌殿からせがまれて、和琴《わごん》を持ち出し、母君と二人で弾《ひ》き出すと、庭の虫までも声高く鳴きはじめた。
すると父君までがすっくと立って、催馬楽《さいばら》の「真金吹《まがねふく》」を謡い出した。

〽真金吹く吉備《きび》の中山《なかやま》
帯《おび》にせる　なよや　さいしなや
らいしなや　さいしなや
帯にせる
帯にせる　はれ
帯にせる細谷川《ほそたにがわ》の音の清《さや》けさや
らいしなや　さいしなや
音のさや
音のさやけさや

一曲が終わると、保昌殿も加わり、今度は二人で「美濃山《みのやま》」を謡い出した。

〽美濃山に

繁《しんじ》に生いたる玉柏《たまかしわ》
豊明節会《とよのあかり》に
会うが楽しさや
会うが楽しさや

保昌殿の磊落《らいらく》さと、屈託《くったく》のなさは、身に降りかかった災難の裏返しのようだった。身の不幸を嘆いてばかりでは生きて行くのも辛《つら》い。ひと皮むけて、あの人となりになったのだ。

まだ明るいうちに通って来たときなど、賢子を抱き上げて、階《きざはし》から庭に下り、そのまま走り回る好事心《こうずしん》も持ち合わせていた。今まで誰もそんなことをしてやったことがないので、賢子ははしゃいで喜び、顔を合わせるたびにせがんだ。

しかしそんな通いも二年と続かなかった。突然、国司《こくし》として肥後《ひご》に下ることになった。もとより受領《ずりょう》になるのは保昌殿の願いではあったものの、肥後と言えば、大宰府《だざいふ》のその先だ。心ならずの赴任《ふにん》で、保昌殿の落胆《らくたん》ぶりは、傍目《はため》にも気の毒だった。そこに共に下ろうとまでは、保昌殿は口にされなかった。別れは暗黙の了解になった。

浅からぬ思いを寄せていただけに、保昌殿の下向《げこう》は身に沁《し》みた。思い返せば、縁があった殿方《とのがた》のいずれとも、短い逢瀬《おうせ》だった。三度も重なれば、もうこれは前世の宿縁《しゅくえん》と言っていい。

保昌殿が去ったあとの堤第は、また元の静けさに戻った。わずかずつしか進まなかった筆が、再び動き出し、一気呵成《いっきかせい》になった。

第十五の帖名は、かねてから「蓬生《よもぎう》」にする心づもりにしていた。これには、杜甫《とほ》の詩に蓬を歌った詩句があったからだ。

蓬生非無根　　蓬生《しよう》じて根無きに非《あら》ざるも
漂蕩随高風　　漂蕩《ひょうとう》として高風に随《したが》う
天寒落万里　　天寒くして万里に落ち
不復帰本業　　復《ま》た本業に帰らず
客子念故宅　　客子故宅を念《おも》う
三年門巷空　　三年門巷空《むな》し

通常、蓬といえば荒地に根を下ろして生え続けるのに、杜甫は風に吹き飛ばされ、玉になって転がって行く様を描いていた。風に転がるたびに蓬の玉は大きくなり、二度と元の場所には戻らないのだ。
同様の漢詩には曹植《そうち》の作があった。杜甫はむしろこの詩に想を得たはずだった。

転蓬離本根　　転蓬本根を離れ
飄颻随長風　　飄颻《ひょうよう》として長風に随う

「蓬生」の帖で書きたいのは、風に転がる蓬とは逆に、生じた土地に根を張り、びくともしない蓬だった。

そうした蓬の生える荒れた邸《やしき》を描くのにも、漢詩の中にいくつか引用できるものがあった。ひとつは、白楽天《はくらくてん》の「凶宅《きようたく》」の中の一節だ。

房廊相対空　　房廊《ぼうろう》相対して空し
梟鳴松桂枝　　梟《ふくろう》は鳴く松桂《しようけい》の枝
狐蔵蘭菊叢　　狐は蔵《かく》る蘭菊《らんぎく》の叢《くさむら》

梟や狐の不気味《ぶきみ》な姿は、荒れた邸にふさわしい。
もうひとつ、そんな荒宅《こうたく》でも、行き来するうちに草の中に小径《こみち》ができ、漢詩によく詠《よ》まれている。
陶淵明《とうえんめい》の「帰去来辞《ききよらいのじ》」の中の語句は、

僮僕歓迎　　僮僕《どうぼく》歓《よろこ》び迎え
稚子候門　　稚子《ちし》門に候《ま》つ
三径就荒　　三径荒に就《つ》けども
松菊猶存　　松菊《しようきく》猶《な》お存す

で、白楽天の長い詩の中にも、同趣の詩句がある。

薙草通三径　　草を薙《な》ぎて三径を通し

開田占一功　　田を開きて一功を占む

これらを典拠にしたのが、菅原道真公《すがわらのみちざね》の漢詩「哭田詩伯」で、師であるとともに、兵父《がくふ》でもあった島田忠臣《しまだのただおみ》殿の死を悼《いた》んでいる。

哭田詩伯　　田詩伯《でんしはく》を哭《こく》す
哭如考妣苦餐茶　　哭すること考妣《こうひ》の如くして茶《にがな》を餐《く》うより苦《にが》し
長断生涯燥湿倶　　長く断つ生涯燥湿《そうしつ》を倶《とも》にすることを
縦不傷君傷我道　　縦《たと》い君を傷まずとも我が道を傷み
非唯哭死哭遺孤　　唯死を哭するのみに非ず遺孤《いこ》を哭す
万金声価難灰滅　　万金の声価は灰滅《かいめつ》すること難けれども
三径貧居任草蕪　　三径の貧居《ひんきょ》は草蕪《かぶら》に任すらん
自是春風秋月下　　是より春風秋月の下《もと》
詩人名在実応無　　詩人の名は在れども実は無かるべし

この中の「三径の貧居は草蕪に任すらん」は白楽天に通じる。

他方で、庭に人の手が加えられず、植栽が生《お》い繁《しげ》るままになっている風景も、漢詩の中に例を見出せる。ひとつは王維《おうい》の詩「春賀遂員外薬園に過る」の中の一節だ。

水穿磐石透　　水は盤石に穿《うが》ちて透《とお》り
藤繫古松生　　藤は古松に繫《かか》りて生ず

もうひとつ、韓偓《かんあく》の「草書の屛風」の中にも似たような詩句がある。

怪石奔秋澗　　怪石は秋澗《しゅうかん》に奔《はし》り
寒藤挂古松　　寒藤は古松に挂《か》く

このように大きな老松に、藤がからみつく庭の有様《ありさま》こそは、荒れた屋敷に似つかわしい。
かつて、ふとした折に光源氏と契《ちぎ》りを持った末摘花《すえつむはな》が、貧窮《ひんきゅう》の中で暮らしている邸は、まさしくそうでなければならなかった。

源氏の君が、『古今《こきん》和歌集』にある在原行平《ありわらのゆきひら》の歌、わくらばにとう人あらば須磨《すま》の浦に　藻塩《もしお》たれつつわぶと答えよ、とあるように、須磨の地で藻塩垂れつつ謫居《たつきょ》している間、都でも様々に思い嘆いている人は多かった。
中でも身の拠《よ》り所がある人は、源氏の君へのひと方ならぬ思慕《しぼ》に苦しめられたとはいえ、例えば二条院の紫の上は穏《おだ》やかな生活であり、源氏の君の旅先での暮らしが苦しくならないように、文《ふみ》を通わせ、官位を退《しりぞ》いてからの仮の衣装も、『古今和歌集』に、いまさらになに生いいずらん竹の子の　憂《う》き節《ふし》しげき世とは知らずや、とあるように、この世の辛い折節《おりふし》に、その時々に応じて調《ととの》えるので、それで心を慰《なぐさ》める事ができた一方で、生半可《なまはんか》な形で源氏の君と契りを結び、その数の中にはいっているとは人にも知られず、立ち別れたままで、その後の様子を案じている人々で、密《ひそ》かに心を痛めている女君《おんなぎみ》たちは多かった。

常陸宮《ひたちのみや》の姫君の末摘花は、父の親王《みこ》が亡くなって以来、特に面倒を見てくれる人もない身の上になり、実に心細い有様だったが、思いもかけず、源氏の君が通い始めた。絶大な威勢を誇る源氏の君としては、わずかばかりの情けではあったものの、待ち受けている末摘花としては、日頃が貧しい暮らしだったので、大空の星を手元の盥《たらい》の水に映して見る如《ごと》く、全く手の届かない物が手近に届いたような、身に余る心地がするままに、過ごしていた。

そのうちに、あのような世を騒がす須磨退去が突発したため、源氏の君としては万事が辛く、嘆き乱れる中で、特に深くは契らなかった女君たちの事は忘れたも同然の有様で、遠くに去ってしまい、わざわざ安否《あんぴ》を尋《たず》ねる事もなかった。末摘花としては、そうやってつれなく源氏の君が都を去ったあと、しばらくは泣きながら過ごし、歳月が経つにつれ、哀れで寂しい有様になってしまった。

古参の女房《にょうぼう》たちは「全く以《もっ》て不運な運命でした。思いがけず神仏が現れたような源氏の君の心遣いに、こうした事も身寄のない女君には起こるものだ、それにしても滅多にない事だと見ていました。しかし今はこうなってしまい、世の中にはよくあるとはいえ、他に頼れる人もいない今の境遇《きょうぐう》は、悲しいものです」と、呟《つぶや》き嘆く。

貧しい生活に慣れていたかつての数年は、言っても甲斐《かい》もない寂しさに平気でいられたのに、少しばかり世間並の生活を味わったあとでは、とても我慢ができなくなってしまう。多少なりともまともな女房たちは、源氏の君が通って来ていたが、その後は次々に出て行き、中には死んだ女房もいて、月日が経つにつれて、身分の上下を問わず、人数は少なくなっていた。

当初から荒廃していた邸は、今まさに白楽天の「凶宅」に「梟《ふくろう》は鳴く松桂《しょうけい》の枝　狐は蔵《かく》る蘭菊《らんぎく》の叢《くさむら》」の如く、一段と狐の住み処《か》になって薄気味悪い。人気《ひとけ》のない木立《こだち》で鳴く梟の声を朝夕に聞き慣らし、人がいる気配で、今まで姿を隠していた木霊《こだま》のような、怪しい霊物の類《たぐい》が、所を得て、少しずつ姿形を現し、実に物侘《ものさび》しい事ばかりが次々に起こった。

ごくわずかに残って仕えている女房は、「ここまで至っては、もう仕方がありません。例の受領が、趣《おもむき》のある家の造作を好んでおり、この邸の木立を気に入っております。手放してくれまいかと、知人を通して意向を尋ねております。どうかそうなさって、ここまで恐ろしくない住まいに移って下さい。このままでは、ここに留《とど》まって仕えている女房も、本当に我慢できかねます」と言上《ごんじょう》する。

末摘花は「とんでもありません。世間体《せけんてい》というものがあります。わたくしが生きている間に、昔の名残《なごり》を消し去る事はできかねます。ここまで荒れ果ててはいますが、親の面影《おもかげ》が留まっている心地がする昔からの住み処だと思うと、心が慰められます」と、泣きながら、売却など一顧《いっこ》だにしない。

調度品《ちょうどひん》も使い馴《な》らし、昔風で立派なのを、中途半端に骨董《こっとう》趣味をたしなむ人が欲しがり、「亡き宮がわざわざ誰彼《たれかれ》に注文して造らせた逸品《いっぴん》」だと尋ね聞いて、売却の意向はないか、どうせ貧しいので売ってくれるだろうと侮《あなど》って言って来る。例によって女房たちは「どうしようもありません。手放すのも世の常です」と言って、末摘花の目を盗んで売り捌《さば》き、当座の生活の糧《かて》にしていた。

それを、末摘花は厳しく注意して「父宮が使えと言って、注文して造らせたのです。そんな調度を、軽々しい者たちの家の飾りにはさせません。亡き父宮の考えに背《そむ》くのは罰当《ばちあ》たりです」と言って、売り捌くなどという事はしなかった。

ちょっとした事でも心配して、訪問してくれるような人もない末摘花の身辺である。唯一、実兄の禅師《ぜんじ》の君が、時折、京に来るついでに訪問してくれてはいた。

とはいえ、その禅師も世に稀《まれ》な古めかしい人で、同じ法師であっても、世間とは交わらず、生計《たつき》の立てようがない浮世離れした聖《ひじり》で、繁茂《はんも》した草や蓬でさえ、取り除くものだとは思わないため、浅茅《あさじ》が庭面を覆《おお》い尽くし、繁《しげ》った蓬は軒を争って生え上がり、葎《むぐら》がからんで東西の門を閉ざしていた。それは頼みにはなるものの、崩れかけている囲いの垣を、馬や牛が踏み馴らして道ができ、春夏には、放し飼いをする牧童《うしわらべ》がいて失礼千万だった。

八月、野分《のわき》がすさまじかったその年には、渡り廊下も倒壊し、雑舎《ぞうしゃ》などの粗雑《そざつ》な板葺《いたぶき》の家屋は、骨組のみがわずかに残り、下仕《しもづか》えの者も逃げて行き、炊事《すいじ》の煙も絶えて、不憫《ふびん》で辛い事が多かった。盗人《ぬすっと》のような狼藉者《ろうぜきもの》でも、ひと目見て荒廃の極《きわ》みにあると見限り、この邸を不用の物として通り過ぎ、近寄らない程であった。

草もひどく伸び放題の庭になってはいたものの、さすがに寝殿《しんでん》の中だけは、かつてのままであるとはいえ、艶《つや》やかになるまで磨き上げる人はなく、塵《ちり》は積もっていても、乱雑ではない住まいの中で、末摘花は日々を過ごしていた。

通常、とりとめもない古歌《ふるうた》や物語のような、遊び事で、退屈さを紛らしてこうした暮らしを慰めるのだが、末摘花はそうした事にも鈍感《どんかん》で、またそこまで風流心はなくても、格別急ぐ用件がない折は、心が通じる人と文通をし、若い人は木草《きくさ》の興趣《きょうしゅ》に心を慰めるのだが、末摘花は父宮が大事に養育した心得を受け継いで、世の中を油断のならないものと考えて、たまさかやりとりの必要がある方にも、全く近づかない。いたく古ぼけてしまった厨子《ずし》を開いて、唐守《からもり》や藐姑射《はこや》の刀自《とじ》、かぐや姫の物語を絵にした物を、時々眺《なが》めてはもてあそんでいた。

古歌は秀歌を選んで詞書《ことばがき》や詠み手の名が記されたものを、読んでわかってこそ楽しいものであり、上質の紙屋紙《かみやがみ》や厚くてけばだった陸奥国紙《みちのくにがみ》に、目新しくもない古い歌を収めた歌書などは、興醒《きょうざ》めなのにもかかわらず、末摘花はひどく物思いに沈んでいる折々には、それを読む。目下《もっか》、はやっているらしい女の読経《どきょう》や勤行《ごんぎょう》は、とても気が引けて、誰から見られているわけでもないのに、数珠《じゅず》も手近に引き寄せず、古風そのものの暮らしぶりだった。

侍従《じじゅう》という乳母子《めのとご》のみが、長年離れ去りもせずに、従者として仕えていたが、時に参仕《さんし》していた斎院《さいいん》が亡くなり、実に耐え難い生活苦に陥っていた。

この頃、末摘花の母である北の方の妹で、落ちぶれて受領の北の方になったのがいて、娘たちを大事に育てており、並ひと通りと言うべき程度の若い女房たちも、全く知らない所よりは、親たちも通っていたせいで気安く、そこに時々出向くが、この末摘花は人に馴染《なじ》まないきつい性格なので、親しく行き来しない。そのため、叔母《おば》は「受領の妻に成り下がったわたしを、面汚《つらよご》しと思って蔑《さげす》んでおられる。そんな女君なので、姪《めい》として心配ではあるものの、つきあいなどしません」と、どことなく憎らしげな話を侍従に言い聞かせながらも、時々は文を送っていた。

元来そうした受領のような並の身分の者は、却《かえ》って身分の高い人の真似《まね》をして気取り、上流ぶっているのが多いとはいえ、この叔母は高貴な家柄ながらも、こうして落ちぶれる宿命《しゅくめい》だったのか、性格にどこか下品な面があった。自分はこうして受領に嫁いで零落《れいらく》し、軽蔑《けいべつ》もされてきたのが、何とかこんな宮家の衰運《すいうん》の果てに、この女君を自分の娘たちの従者にしたい。確かに女君はものの考え方に、古臭い点はあるものの、娘たちにとっては願ってもない補佐役だと思って、「時にこちらにお越しになりませんか。琴の音《ね》を聴きたい者がおります」と言上した。

この侍従も常々促すのにもかかわらず、末摘花は叔母と張り合う心根でなく、ただひたすら引っ込み思案のため、言われた通りに親しくしないので、叔母は憎らしく思っていた。

そうこうしているうちに、この叔母の夫が大宰大弐《だざいのだいに》になり、娘たちをしかるべき形でうまく結婚させて、大宰府に下向する段取りになったのに、叔母はなおも女君を誘おうとする魂胆《こんたん》から、「今から遠い所に下りますが、あなたの心細い境遇が気になります。常々訪問していたわけではありませんが、近くに住んでいる安心感はありました。今後がどうなるか心配なので」と言うものの、全然承引《しょういん》しないため、叔母は、「何とも憎らしく、思い上がりも甚《はなは》だしい。こんな藪原《やぶはら》のような廃《すた》れた邸に何年も住んでいる者を、あの源氏の大将が大切に思っておられるはずなどなかろう」と、怨《うら》み呪《のろ》った。

そのうち、源氏の君が世の中に赦《ゆる》されて、人々が「都に帰って来られる」と、天下の慶事《けいじ》として騒ぎ立て、我先に何とかして忠誠心を示して、認めてもらおうと競い合う男女を見て、源氏の君は身分の上下にかかわらず、豹変《ひょうへん》する人の本性《ほんしょう》をしみじみと様々に思い知る。慌《あわ》ただしい日々を過ごす中で、源氏の君は末摘花を思い出す様子も見えないまま、月日が経った。

末摘花は、「今はもうわたしとの間柄も終わりだ。数年の間、源氏の君の不遇《ふぐう》な境遇を思い、悲しく辛いだろうと同情していたものの、『万葉集』の古歌に、**石ばしる垂水《たるみ》のうえの早蕨《さわらび》の　萌《も》え出《い》づる春になりにけるかも**、とある如く、いずれ萌え出づる春にお逢いできればと、ずっと祈ってきた。

人の数にもはいらないような連中までもが、源氏の君の昇進を喜んでいるのも、他人事《ひとごと》として聞くしかない我が有様だ。

源氏の君が都を去った折の辛さは、あの『古今和歌集』の歌、**世の中は昔よりやは憂かりけん　わが身ひとつのためになれるか**、とあるように、我が身に起こった事として悲しんだ。しかし今となれば、あの折の二人の仲は甲斐ないものであった」と、心が砕《くだ》けるばかりに悲嘆にくれ、人知れず声を上げて泣いた。

大弐の北の方は、「それ見た事か、まったくこうも頼みにする所さえなく、見苦しい有様の者を、数のうちに入れて下さる方など、おられるはずはない。仏や聖《ひじり》は、罪業《ざいごう》の軽い者をよく導いて下さると聞いている。こんなみじめな身の上でありながら、高見《たかみ》から世の中を見下《みくだ》している。父宮や母上がまだ在世中のままに、振舞っている自惚心《うぬぼれごころ》が可哀想《かわいそう》ではある」と、益々愚かな心だと思う。

そして、「やはりここは決心なさいませ。『古今和歌集』に、**世の憂き目見えぬ山路《やまじ》に入らんには思う人こそほだしなりけれ**、とあるように、この世が辛い折は、見えない山路を尋ねるものでしょう。田舎《いなか》暮らしは恐ろしいと思われるかもしれませんが、決して軽々しい扱いは致しません」と、誠に言葉巧《たく》みに言う。

すっかり気が滅入っている女房たちは、「叔母君がおっしゃるようにしたほうがいいのに。もはや良くなる事もなさそうな身の上を、どう考えて、こうも頑《かたく》なになっておられるのか」と、責めながら呟いていた。

乳母子の侍従も、大弐の甥《おい》にあたるらしい人と親しい仲になり、その人を都に留めるのは難しく、不本意ながら下向する事になり、「都にお残しするのは、誠に心苦しい限りなので」と言って、末摘花に下向を促す。

　十年前の源氏の君との出会いから、離れたまま久しくなっているにもかかわらず、末摘花はまだ望みを捨て切れず、心の内で、「こんな状態ではあっても、こうして月日を送っているうちに、思い起こされる事があるかもしれない。あの時、しみじみと情け深い約束をされたあと、我が身は物寂しい境遇になってしまい、忘れ去られている。しかし、風の便りにでも、わたくしのこんな悲しい様子を聞きつけなさると、必ずや訪ねて下さるはずだ」と、ここ数年来思い続けていた。

　邸内すべてが以前よりも数段見苦しく荒廃しているものの、自分の依怙《いこ》地さから、ちょっとした調度品も手放さず、意志を強く持って我慢しながら、過ごしていた。だが、さすがに声を上げて泣く事が多く、一層思い沈んでいる様子は、あたかも山人《やまびと》が赤い木の実ひとつを顔にくっつけて大事にしているように、赤い鼻がなおも赤くなり、たいていの人が見咎《みとが》めても当然で、横から見ると、赤い鼻がだらりと垂《た》れているように見えた。

　冬になっていくままに、女君は益々すがりつくあてどもなく、悲しげに物思いに沈んでいた頃、源氏の君の二条院では、故桐壺《きりつぼ》院の追善《ついぜん》供養《くよう》の法華《ほっけ》八講《はっこう》を、世の中が揺れんばかりに盛大に催《もよお》され、特に僧侶に関しては、並の者は招かず、学問に優れて仏道修行にも専念し、敬《うやま》われている者のみを選《よ》りすぐったため、末摘花の兄である禅師の君も、二条院に参上する。

　帰りしなに妹邸に立ち寄り、「このような次第で、源氏の権大納言《ごんだいなごん》殿の御八講に参じておりました。誠に勿体《もったい》なくも、生ける極楽浄土の趣に劣らず、論議鑚仰《ろんぎさんぎょう》の法会《ほうえ》と共に舞楽《ぶがく》もあり、興趣《きょうしゅ》の限りが尽くされておりました。源氏の君は仏菩薩《ほとけぼさつ》の変化《へんげ》の身であられます。どうして今の劫濁《こうじょく》、煩悩《ぼんのう》濁、衆生《しゅじょう》濁、見《けん》濁、命《みょう》濁という五濁《ごじょく》の深い世に、お生まれになったのでしょうか」と言って、言葉少なにそのまま帰って行った。

　これも世間の人とは一風変わった兄妹の間柄であり、ありきたりの世間話さえもしないので、末摘花は一方で、これ程までに不運な我が身を、悲しく不安なままで放置するとは、何とまあ恨《うら》めしい仏菩薩だと思う。なるほどこれは叔母が言った通りに、もう捨てられてしまったのだという思いが強まった頃、叔母の大弐の北の方が突然来訪した。

　普段はさして親しくはしていないのに、誘って大宰府へ出立させようと企《くわだ》て、着せる装束《しょうぞく》も新調して、上等な牛車《ぎっしゃ》に乗り、顔つきや態度も自信満々で、何の不満もないような物腰で、案内もなしにやって来た。門を開けさせると、邸内はみっともないくらいに荒れ果て、門の左右の扉も傾いてしまっているため、供人《ともびと》の男たちは助け合って、かろうじて開ける。「どこにあるのか。こんな荒廃した宿にも、必ずや踏み馴らしてできた三つの径《みち》があると言うが」と探り歩き、ようやく南面の格子《こうし》を上げてある部屋近くに牛車を寄せた。

　末摘花はどうしてよいかわからなくなったものの、あきれる程に煤《すす》けている几帳《きちょう》を前にさし出して、乳母子の侍従が出て来た。容貌《ようぼう》はすっかり衰え、この何年かで実に痩《や》せ衰えてはいたが、やはりどこかさっぱりした趣は残しており、畏《おそ》れ多いものの、末摘花と取り替えてしまったほうがいいように思われた。

　叔母は「出立する段になって、気の毒なあなたを見捨てるわけにはいかないと思ったのですが、侍従を迎えに来ました。嫌な女だと思われて、わたしを遠ざけ、ほんの少しでも我が家にはお越しになりませんでした。あなたが下向を厭《いと》うのであれば、せめて侍従だけでもお許し下さい。どうしてこのまま、みじめな暮らしをなさっておられるのでしょうか」と言う。

普通であれば泣き出しそうな対面ではあるものの、叔母は道中の愉《たの》しさに思いが傾いているので、実に心地良さそうである。「故宮《こみや》がまだ在世《ざいせ》の頃、わたしを面汚しだと思われ、次第に疎遠《そえん》になってしまいました。しかしあなたに対しては、長年の間疎略に思った事はありません。しかしあなたは自分は高貴な身分だと胸を張り、そこに源氏の大将が通われ出すという好運に恵まれました。それで畏れ多く、親しくするのも憚《はばか》られるままに日を過ごしておりました。

ところが源氏の君の来訪が途絶えて、定めない世になってしまい、人の数にもはいらない我が身の方が却って気楽だと思っておりました。かつては、手の届かないところにおられると拝見していたあなたが、今は悲しくも寂しい境遇になっています。それが気の毒で、近くに住んでいる間は、たとえご無沙汰《ぶさた》していても、安心して大丈夫だと感じておりました。しかし、こう遠くに旅立ってしまう段になると、あとが心配で、心が痛みます」と、説得に努める。

末摘花は心を開いて返事をせず、単に「とても嬉しい事ですが、世間では通用しないわたくしですので、どうして同行できましょうか。ここでこのまま朽《く》ち果てようと思っております」とのみ答えた。

叔母は「確かに、そう思うのも当然かもしれません。しかし、せっかく生きているのに、死人同然に、こんなに薄気味悪い邸に住む者はおりません。仮にあの源氏の大将がここを入念に造り変えられるような場合があれば、一変して玉の台《うてな》にもなりましょう。そうであれば頼もしいはずですが、今のところ源氏の君は、あの式部《しきぶ》卿宮《きょうのみや》の子女以外には、心を分けている人はいないようです。

源氏の君は昔から好色の性向があり、軽々しく通った様々な所は、みんな思いが離れておいでのようです。ましてや、こうも貧相《ひんそう》で、藪原に過ごしている人を、ひたすら心清く自分を頼ってくれているのを殊勝《しゅしょう》だと思って、再訪される事など、全く考えにくいです」と言い諭《さと》すと、末摘花は確かにその通りだと思って、悲しくなり、気落ちしたまま泣き崩れる。

とはいえ、出立に心が動きそうもないので、叔母はとうとう説得ができず、「それでは、せめて侍従だけでも帯同《たいどう》します」と、日が暮れて急《せ》かれるため、侍従も気忙《きぜわ》しいままに、泣きながら、「では、とり急ぎ今日は、このようにお誘いなさるので、見送るつもりで同行致します。叔母君が言われる事も道理であり、また、あなた様が思い悩まれるのも当然です。その双方の板挟みになって苦しむ、わたしも辛いものがあります」と、末摘花にそっと言上した。

末摘花は、乳母子までが自分を見捨てて行くのが恨めしくも悲しいものの、思い留まらせるすべもなく、いよいよ声を上げて泣くのが精一杯である。形見として贈るための、自分の身につけて馴染んでいた衣も、汚れてしまっているので、長年仕えてくれたのをねぎらう品もない。自分の髪が落ちていたのを取り集めて、鬘《かつら》にした九尺程にも長く、美しいのを、趣のある箱に入れ、常陸宮家伝来の薫衣香《くのえこう》の誠に香ばしいのを、一壺添えて下賜《かし》し、詠歌した。

絶ゆまじき筋を頼みし玉かずら
　思いのほかにかけ離れぬる

乳母子だから絶えるはずのない筋として、頼ってきた玉鬘《たまかずら》のあなたが、思いがけなくも離れて行ってしまいます、という悲嘆で、旅立に際してよく贈られた「玉鬘」は、ここでは侍従を指し、「かけ」には影を重ねていた。「亡くなった乳母が、言い置かれた事もあったので、価値のないわたくしであっても、ずっと最後まで側にいてくれるものと思っていました。捨てられるのも道理ですが、この先誰にわたくしを任せるのかと、恨めしい限りです」と言って、激しく泣く。

侍従も貰《もら》い泣きして、物も言えないまま、「乳母だった母の遺言は、今更申し上げるまでもありません。長年の忍び難い世の辛さを、耐えに耐えた挙句《あげく》、こうやって思いがけない旅路に誘われて、遠く遥かにさ迷い出る結果になりました」と言って返歌した。

玉かづら絶えてもやまじ行く道の
手向《たむ》けの神もかけて誓わん

玉鬘が絶えてしまうと、あなたは思っておられるようですが、わたしは決してこのままで終わるのではなく、必ずや戻って参ります、この事を手向けの神の道祖神《どうそじん》に誓います、という慰めで、「しかし命ばかりはどうなるのかわかりません」と言い添える。

叔母が「どうしたのですか。暗くなってしまいます」とぶつぶつ文句を言うので、上《うわ》の空の心のまま、牛車に乗り、引き出され、何度も振り返るしかなかった。

長年、嘆きながらも離れ去る事のなかった侍従がこうして旅立ったのが、実に心細く、他の所では役立ちそうもない老女房でさえも、「侍従が去って行くのも道理です。どうしてこんな邸に留まっておられましょう。わたしたちも、もはや我慢の限界です」と言う。各自が縁故《えんこ》を思い出して、ここに留まる気がなさそうなのを、末摘花はきまりが悪い思いで聞いていた。

十一月になり、雪や霰《あられ》が降りがちで、他では消える間があるのに、末摘花の邸では、朝日や夕日を遮《さえぎ》る蓬や葎の陰に、雪が深く積もって、『古今和歌集』に、**消え果つる時しなければ越路《こしじ》なる白山《しらやま》の名は雪にぞありける**、とあるように、越の白山《はくさん》が思い浮かべられる雪の中なので、出入りする下人《しもびと》もおらず、姫君はぼんやりと物思いに沈んでいた。とりとめのない話をして慰め、泣き笑いで紛らす人とていない有様で、夜になっても、埃《ほこり》っぽい御帳《みちよう》の内での独り寝は寂しく、もの悲しい思いで夜を過ごした。

一方の二条院では、やっと再会を果たした紫の上に、源氏の君は一段と情愛を深める有様で、それほど大切に思っていない所々を、わざわざ訪問する事はなく、ましてや末摘花に関しては、まだ健在だろうといった程度には、思い起こす折もあるものの、訪問する意思もさしてないままに、時が経ち、年も改まった。

四月になって、花散里を思い出して、二条院の西の対に住む紫の上にちょっと挨拶《あいさつ》をしてから、邸を出ると、数日来降り続いていた名残の雨が、まだ少しぱらついていて、趣のある月が射し出て、源氏の君はかつての外歩きを思い出す。

優艶《ゆうえん》な夕月夜《ゆうづくよ》に、道中で様々な事を思い浮かべつつ、元の面影《おもかげ》もないくらいに荒れ果てた家で、木立が繁って森のようになっている所を通り過ぎると、大きな松に藤がからんで咲き、月の光を浴びてしなやかに揺れ、風と共に匂ってくるのがそこはかとない香《かおり》で、橘《たちばな》とはまた異なる趣があるので、牛車から身を乗り出した。柳もすごくしだれて、築地《ついじ》も邪魔にならずに乱れ垂れ下がっており、前にも見たような気がする木立だと思っていると、何とそこは常陸宮邸だったので、心揺さぶられるままに、牛車を停《と》めさせる。

例によって惟光《これみつ》がこうした忍び歩きには、ぴったりと寄り添っているので、呼びつけ、「ここは常陸宮邸ではないだろうか」と問う。惟光は「そうでございます」と答えたので、「ここにいた人は、まだぼんやりと物思いに沈んでいるだろうか。訪ねるべきですが、わざわざそうするのも大袈裟《おおげさ》です。通りがかったついでに、中にはいって挨拶をしてみて下さい。相手をよく見定めてから声をかけなさい。人違いだったら、馬鹿を見ます」と言いつけた。

末摘花の方では、一段と物思いが深まる頃合で、寂しげにしていたところ、昼寝の夢に父の故宮が出て来たので、目覚めてからその名残が悲しくなる。雨が漏《も》って濡《ぬ》れている廂《ひさし》を拭《ふ》かせて、御座《おまし》をきちんと整えさせ、いつもとは違って、人並に風流な心地になって詠歌した。

亡き人を恋《こ》うる袂《たもと》のひまなきに
　荒れたる軒のしずくさえ添う

亡き父君を恋い慕《した》う涙ゆえ、袂の乾く暇《いとま》もないのに、荒れ果てた軒の雫《しずく》までもが加わって袂は余計濡れてしまう、という嘆きで、胸の塞《ふさ》がる思いでいるところへ、惟光が邸内にはいり込んで、あちこち巡《めぐ》って、人の声のする所を窺《うかが》ってみても、人の気配もしない。「やっぱりそうだ。以前からこの傍《そば》を通る道すがら、覗《のぞ》き込んではみたが、人の住んでいる様子はなかった」と思って、源氏の君の待つ所に戻ろうとした瞬間、月が明るく射し出たので、よく目を凝《こ》らすと、格子が二間《ま》程上げられて、簾《すだれ》が動く気配がした。

やっと人を見つけたと思い、恐ろしい気はするけれども、近寄って咳払《せきばら》いをすると、かなり老いた声で、ひどく咳込みながら、「そこにいるのは誰ですか。どちら様でしょう」と問う。惟光は「侍従の君という人に会わせていただきとうございます」と言うと、「その人は今は、よそに行っておられます。ですが、侍従と思ってさしつかえない女房はおります」と応じる声は、実に年取ってはいるけれども、聞いた事のある老女房だとわかった。

邸内では、思いも寄らず、狩衣《かりぎぬ》姿の男が忍びやかにおり、物腰も穏やかなので、そういう姿をもう随分《ずいぶん》前から見なくなっていた目には、「もしかしたら狐が人に化《ば》けたのではないか」と思われるものの、男はさらに近寄って、「しっかり承《うけたまわ》りとうございます。女君が以前通りの変わらない身の上でしたら、源氏の君の訪問される意思も、変わらずにおられます。今宵《こよい》も、行き過ぎる事ができずに、留まっておられます。どう申し上げればよいでしょうか。安心して、ありのままにお答え下さい」と言う。

女房たちは苦笑しながら「変わられる身の上であれば、こうした浅茅《あさじ》が原から出て行かれたでしょう。周囲を見ても、おわかりのはずです。年老いたわたしの心として、こんな邸はなかろうと思いつつ、女君の、世にも例がない程の暮らしぶりを、拝見しながら過ごして参りました」と、少しずつ話し出す。問わず語りにもなってしまいそうな気配がし、そうなると煩《わずら》わしいので、「よくわかりました。まずはかくかくしかじかと、源氏の君に言上しましょう」と惟光は言い置いて、源氏の君の許《もと》に戻った。

源氏の君は「どうしてこんなに長くかかったのですか。どうでしたか。ともかく昔の面影もない蓬のはびこり方です」と言うので、「これこれの次第で、捜し当てました。侍従の叔母で、少将《しょうしょう》と言っていた老人が、変わらない声でいます」と言って、邸内の様子を報告する。源氏の君は大層心揺さぶられて、こんな草繁《くさしげ》き中で、どういう思いで過ごしているのだろう、今までどうして訪問しなかったのか、と自分の無情さを思い知らされた。

「どうしたらいいのだろうか。こんな忍び歩きも難しいし、こうしたついでてないと、立ち寄れそうもありません。末摘花が昔と同じ有様ならば、なるほどそうだと感じられる人柄です」と言いつつも、すぐに邸内にはいるのは、やはり遠慮される。

情趣ある文でも送りたいところではあるものの、かつて会った折に、返事がひどく遅れたのが、今も変わらないのであれば、使者が長く待たされるのも可哀想なので、思い留まった。惟光も「全く以て、踏み分けもできないくらいの蓬の露っぽさです。露を少し払った上で、邸内にはいられるのがよろしいでしょう」と言上すると、源氏の君が独詠する。

尋ねてもわれこそとわめ道もなく
　深き蓬のもとの心を

自分が捜して訪ねてみよう、道もなく深い蓬に覆われたそこにある、昔通りの心を、という決心で、「もと」に蓬のもとと、元の心を重ねていて、ひとりごちながら牛車から降りたので、惟光は御《お》前《まえ》の露を馬の鞭《むち》で払いながら、邸内に案内する。

催馬楽《さいばら》の「東屋《あずまや》」に「東屋の真屋《まや》のあまりの　その雨そそぎ　我立ち濡れぬ」そのものに、雨の雫がやはり秋の時雨《しぐれ》めいて降りかかるため、「傘がありあます。本当に木立の下露は雨以上でございます」と言上したが、その通りに指貫《さしぬき》の裾はひどく濡れてしまっているようであった。昔でさえも、あるかないかわからなかったような中門《ちゅうもん》は、まして今では形もなくなり、はいる様も誠にぶざまではあったが、他に見ている人とてなく、安心だった。

末摘花は、来訪を知って、やはりいつかきっと見えるはずという思いが叶《かな》って、本当に嬉しい反面、大層みっともない姿であるから恥ずかしくて、対面するのも全く気が引ける。あの大弐の北の方から貰った衣装は気に入らずに見向きもしなかったのだが、この老女房たちが香の唐櫃《からびつ》に入れていたのが、実に良い香りがしているので、これに着替えるように言われて、仕方なく身につけ、あの煤けた几帳を引き寄せた。

源氏の君は部屋にはいって、「長年訪問しなかったものの、心だけは変わらず、思いやっておりました。しかしあなたの方からの便りは一切なく、恨めしいと思って、あなたの心を試していたのです。『古今和歌集』に、**我が庵《いお》は三輪《みわ》の山もと恋しくは　とぶらい来ませ杉立てる門《かど》**、とあるように、三輪の杉ならぬ邸の木立が目立って、あなたとの根競《こんくら》べに負けて訪ねて来た次第です」と言って、几帳の帷子《かたびら》を少し払う。末摘花は例によって本当に恥ずかしがり、すぐには返事もできず、しかし源氏の君がわざわざ草を踏み分けて来てくれた心が浅くはないので、ほんのわずかに小声で応じる。

源氏の君は「こうした草深い所で、過ごされた年月の不憫《ふびん》さは、尋常ではありません。自分自身が心変わりはしない性質《たち》なので、あなたの心の内がどうなのかわからないまま、露を分けて参上した事を、どうお考えでしょうか。長年の怠《おこた》りは、世によくある事としてお許し下さるでしょう。今後は、あなたの心に添わない事でもすれば、約束に背《そむ》く罪を負いましょう」と、さほど深く思っていない事も、いかにも情愛が深いように言い寄った。

そのまま泊まるのも、邸の有様からして、目を背けたくなるような状態なので、言葉巧みに言いなして、退出しようとし、『後撰和歌集』に、ひきて植えし人はむべこそ老いにけれ　松の木高くなりにけるかな、とあるような、自分が引いてきて植えた松ではないけれど、松の木が高くなる如く、待つ歳月がしみじみと感じられ、夢のような我が身の変化も痛感させられて、源氏の君は詠歌する。

藤波のうち過ぎがたく見えつるは
まつこそ宿のしるしなりけれ

藤波が通り難く見えたのは、その藤をからみつかせている松の木が、待っている宿の目印だったからです、という感慨で、「松《まつ》」には待つを掛け、「数えてみると、大変歳月が積もったようです。都では変わってしまった事が多いのも、様々に思い知らされます。かつて遣唐副使《けんとうふくし》として渡唐《ととう》しなかった小野篁《おののたかむら》が、隠岐《おき》に流されて詠んだ歌、思いきやひなのわかれに衰えて　あまの縄たきいさりせんとは、そのものでした。

そのうち鄙《ひな》の別れに衰えたと歌われているような話を、ねんごろに聞かせましょう。あなたの方でも、何年も過ごした春秋の暮らしは、私以外の誰に訴えられましょう。そんな風に心隔てなく思われるのも、考えてみると不思議ではありますま」と言うと、ようやく末摘花も返歌する。

年を経てまつしるしなきわが宿を
花のたよりに過ぎぬばかりか

何年も時を過ごして待っていた甲斐もなかった我が宿を、藤の花を見るついでに、通り過ぎられたのでしょうか、という切り返しで、やはり「松《まつ》」と待つが掛けられ、そっと身じろぎする気配や袖の香りからして、「昔よりは大人びておられるようだ」と源氏の君は思った。

月が沈もうとする頃合になって、西の妻戸《つまど》が開いているため、視界を遮る渡殿《わたどの》のような建物もなく、軒先さえも跡形もないので、誠に華やかに月光が射し込む。あちらこちらがよく見え、昔と変わらない室内の調度が、『古今和歌集』の、**君しのぶ草にやつるるふるさとは　松虫の音ぞ悲しかりける**、のように、忍ぶ草によって荒れ果てている外側よりは、風雅《ふうが》に見えるので、昔物語にあったように、貧窮《ひんきゅう》のため塔も壊して売ってしまった女人《にょにん》を思い合わせて、末摘花もその女人と同様に年を経て来ているのが、可哀想に思えた。

ひたすら遠慮している様子が、それでもやはり上品で奥床《おくゆか》しく、そうした美点を忘れずに大切にしようと思っていたにもかかわらず、自分が長年辛酸《しんさん》をなめて、遠ざかっていた間に、末摘花からは薄情だと思われてしまったのだと、いたわしくなる。訪問しようと思っていたあの花散里も、特に今風に華やかではない人で、源氏の君から見ても、この末摘花との違いはなく、そうなると末摘花の欠点の多くも気にならなくなった。

賀茂《かも》の祭や斎院《さいいん》の御禊《ごけい》などの準備のために、人が献上した品々が多数あるので、源氏の君はしかるべき方々に下賜《かし》し、中でもこの末摘花には細《こま》やかな気配りをして、親しい人に命じたり、邸を修理するための下男を遣わして、蓬を払わせ、外構えが見苦しいので、板塀《いたべい》を造らせて改修させた。

「こういう女君を源氏の君が捜し出し訪問された」という世評が立つと、我が身のためには面目《めんぼく》ないので、訪問はせずに、手紙に「いずれ二条院近くに邸を造らせます。そこに移る事になりましょう。今から適当な童女を捜して、仕《つか》えさせておくようにして下さい」と、従者についても配慮して世話をする。こんなに見苦しい蓬の宿に住んでいる身にとっては勿体なく、女房たちも空を仰いで、源氏の君の邸の方角に向かって喜びを伝えた。

源氏の君は何げない慰み事でも、通り一遍《いっぺん》の普通の女君や評判には耳目《じもく》を動かさず、世間で多少なりとも評価され、心に留まる特徴のある方を捜し求める事をみんな知っていたので、こうも予想とは異なり、何事につけ普通でさえない方を、ひとかどの女として厚遇《こうぐう》しているのは、どんな心づもりなのだろうか、これも前世からの宿世《しゅくせ》だろうか、と人々は評した。

もはやこれまでと、末摘花を見限って、様々に競い合うようにして散って行った上下《うえしも》の人々の中には、我も我もと争うようにして参上する者もいる。末摘花のように、おっとりとして、内気さも度を越した人には、気軽に仕えていたのに、取るに足らない受領の家に仕えてみると、慣れない事ばかりで居心地も悪いため、またぞろ計算高く、末摘花邸に立ち戻って来る。

源氏の君は、昔にも勝《まさ》る威勢が加わり、あれやこれやと配慮も身につけられ、末摘花への細やかな気遣いのお蔭もあり、故常陸宮邸には生気《せいき》が漲《みなぎ》り、邸内には人の出入りが目立つようになった。木草も以前は荒れ果てて見苦しかったのを、遣水《やりみず》に積もった塵芥《ちりあくた》を取り除き、前栽《せんざい》の根元もきれいに手入れしたので、格別に源氏の君の信望もない下家司《しもけいし》でも、源氏の君に親しく仕えたいと思っている者は、末摘花がこれ程までに源氏の君に気に入られているのを見越して、末摘花の機嫌を取っては、媚《こ》びへつらっていた。

二年ばかり、末摘花はこの古い宮邸でのんびりと暮らしてから、東院という所に移った。源氏の君が対面する機会は、実際にはなかなかないものの、二条院からは近い領地内の東院なので、ついでに訪問する折には、ちょっと覗いて声をかけるため、そんなに軽視するような振舞にはならなかった。

あの大宰府に下った大弐の北の方が、何かの折に上京して末摘花の境遇の変わりように驚愕《きょうがく》した様子や、やはり北の方に同行して下ったあの侍従が、末摘花の好運を嬉しく思う反面、もう少し辛抱《しんぼう》できなかった我が身の浅慮《せんりょ》を恥じている様子などを、もう少し問わず語りに書き記したいものの、何とも頭痛がし、厄介《やっかい》で、さして気乗りもしないため、そのうち思い出しては話をするつもりでおります。

# 第二十四章　再出仕《さいしゅっし》

　この「蓬生《よもぎう》」の帖《じょう》を書き終えて、どこかほっとする。あれほどまでに「末摘花《すえつむはな》」の帖で、その醜《しゅう》貌《ぼう》をとことん描いたのは、あとになって後悔しきりだった。人品《じんぴん》というものは、醜貌によって台無しになるわけでもない。醜貌に勝《まさ》る人となりの美しさを、この「蓬生」の帖で描き得たような気がする。


　末摘花を取り立てた光源氏の美点も、この「蓬生」の帖での振舞いによって、さらに光り輝くようになったはずである。好色で浮気者の光源氏ではあっても、縁と宿運《しゅくうん》は大切にする人なのだ。

「このいけすかない大弐《だいに》の北の方の驚きぶりを、もっと書いてもよかったのに」

　書いたばかりの「蓬生」の帖を読んだ母君の感想が、それだった。「乳母子《めのとご》の侍従《じじゅう》も、これからは心を改めて、末摘花に仕《つか》えるのではないのかね」

「さあ、そこまでは考えていません。いずれにしても、末摘花は二条東院に迎え入れられたのですから、そこで侍従も終生仕えるはずです」

そう答えるのがやっとだった。

実を言うと、この「蓬生」の帖を書いている間、ずっと頭を悩ましたのは、彰子《あきこ》中宮《ちゅうぐう》様への出仕の促しだった。何とも進退窮《きわ》まっていた。

これは今をときめく道長《みちなが》様のお勧めだから、受諾《じゅだく》すれば必ずや恩恵《おんけい》が伴う。父君にしても弟たちにしても恩顧《おんこ》に与《あずか》るだろう。ひと言で言えば、この堤第《つつみだい》に日が射し始めるのだ。

しかし今度の出仕は、若いときの具平親王《ともひらしんのう》邸への出仕とは全く異なる。具平親王は村上《むらかみ》天皇の皇子《おうじ》といっても、政《まつりごと》の中枢《ちゅうすう》にはおられない。年上の女房《にょうぼう》たちも、こちらの若さゆえ、優しく面倒を見てくれた。陰で泣くようなこともなかった。

しかし中宮様付きの女房となると、全く重みが違う。道長様との対面もあるだろう。ましてや既《すで》に側《そば》に仕えている女房たちは、すべて上臈《じょうろう》に違いない。受領《ずりょう》の娘とは身分からして天と地の違いだ。下臈《げろう》女房として侮《あなど》られるのは必至《ひっし》だろう。そして自分の齢《よわい》も三十半ば、若くて高貴、上品で美しい女房たちの中では、あたかも末摘花のような嘲笑《ちょうしょう》を受けるに違いない。

しかし一方で、これは誰にも言えないものの、中宮様の側近くに侍《はべ》ることは、内裏《だいり》の様子を詳《つまび》らかに知る好機にはなる。源氏の物語を書き進めるにあたって、これは有益そのものだ。

自分自身の都合を優先させるのか、それとも堤第の繁栄と源氏の物語を第一義にするのか、天秤《てんびん》にかける日々が続いた。

今はもはや、自分の好みを前に押し出すべきではないという結論に達しつつある。たとえ上臈女房たちから嫌われ、蔑《さげす》まれようと、大切なのは今書いている源氏の物語だろう。出仕によって、物語がより豊かになるのは間違いない。そこに堤第の再興が付随《ふずい》すれば、もう何も不満はない。

迷っている間、道長様から父君への出仕慫慂は絶えなかった。

「言葉を濁すのも、この頃は気が引ける」

父君も頭を抱えた。「この間はつい、只今《ただいま》は物語を書くのに没頭《ぼっとう》しており、一段落したら、また考えが変わるやもしれません、と申し上げておいた」

「一段落したら、ですか」

思わず言ってしまう。一段落などあるはずはない。源氏の物語は、言うなれば今始まったばかりなのだ。

「香子《かおるこ》、出仕は気苦労もあるだろうけど、物語を書き続けるのには、そこでの見聞《けんぶん》が役立つかもしれないよ」

脇から言ってくれた母君の指摘は、図星だった。

「確かに、そうかもしれない」

父君も頷《うなず》く。

堤第を見回すと、あの末摘花の姫君が住むような荒れた邸《やしき》ではないものの、欄干《らんかん》や階《きざはし》、軒端《のきば》に朽《く》ちかかっている箇所もある。父上が受領を務めていた越前《えちぜん》から戻って五年が経つ。越前で蓄えた財物もそろそろ底を突きかけているはずだった。

「帝《みかど》は、内裏とは実に相性《あいしょう》がお悪いようだ」

話題を変えるように、父君が言う。「昨年の十一月、内裏がまた焼亡《しょうぼう》した。七年前と五年前にも焼けているから、これで三度目だ。彰子中宮様は、亡き定子《さだこ》様の子である敦康《あつやす》親王と、内裏で暮らし始められた矢先だった。昨年の火事で東三条院内裏に移られた。今年になって一条院内裏に移られたと聞いている」

「彰子様は今いくつになられますか」

気になるので訊《き》いた。

「十九歳だ。しかしまだ帝との間に皇子はない。これが道長様の頭痛の種になっている。親王が生まれれば、もはや天下は道長様のものと言ってよい」

「そうなったとき、今の敦康親王はどうなりますか」

尋《たず》ねたのは母君で、父君が声を低くして答える。

「それは邪魔でしかない」

母君以下、息をのむようにしてみんなが黙ったので、父君が続けた。「七年前に敦康親王が生まれた翌年に、定子皇后が媄《び》子内親王《しないしんのう》を出産した後に亡くなられたことは、前に話したな。母の代理は、定子様の同母妹である御匣殿《みくしげどの》が務められていた。その方もほどなく没されたので、母代わりは彰子中宮になった」

「前の妃《きさき》の皇子をお世話するのは、すんなりとできるものではないでしょうね」

訊いたのは弟の惟規《のぶのり》だった。

「彰子様も幼かったので、弟の面倒を見るような喜びがあったのではないかな。その辺りは、道長様の思惑とは全く違うようだ。今では、よく可愛《かわい》がっておられるらしい」

「そうなると、帝と彰子中宮様、敦康親王が今住んでおられるのは、一条院なのですね」

仮に出仕するとなれば、自分が赴《おもむ》く場所はそこになるはずだった。

「そう。一条院が内裏代わりになっている。内裏のように広くはないものの、紫宸殿《ししんでん》や清涼殿《せいりょうでん》などが設けられている。彰子様と敦康親王がおられるのは、その東北の対《たい》で、道長様もそこによく出入りされているそうだ」

本当の内裏よりも、小ぶりな内裏のほうが身の丈《たけ》にあっているような気がする。それはかつて具平親王の千種殿《ちぐさどの》で経験ずみだった。

もうひとつ、心が動かされたのは彰子中宮様だった。先妻の幼子《おさなご》を、我が子のようにして慈《いつく》しんでいるお姿は、胸を打つ。それは若き中宮の純粋さ、邪心《じゃしん》のなさを示しているのではなかろうか。そんな中宮様であれば、仕えていいような気がした。

「道長様は何としても我が娘を、立派な中宮にしたいと願われている。才媛《さいえん》で美貌《びぼう》の定子皇后を、帝が心底慕《した》われていただけに、彰子様にはそれを超える存在になってもらいたいのだろう。しかし、ひとりでそうなるのは難しい。何といっても、お付きの女房たちの力を借りなければならない」

父君がさりげなく口にする真意は、すんなり腑《ふ》に落ちる。彰子様が入内《じゅだい》したのは、わずか十二歳のときではなかったか。それまでは、道長様の邸で育てられたのだろうが、様々なことを学ばれるには、若過ぎたはずだ。学びに適した年齢はそれ以後なのに、入内して女御《にょうご》となり、ついで中宮となって、今に至っている。その間の大切な七年間をどう過ごされたのだろうか。

「年末には、出仕するのもやぶさかではありません」

とうとう口にしていた。その瞬間、これで自分の人生が変わるのだと思った。

「そうか」

父君が深く頷く。その脇で母君が目を赤くしていた。

「賢子《かたこ》はわたしが見ますから」

妹の雅子《まさこ》が傍《かたわ》らから言う。

「ありがとう」

まだ七歳の我が子を連れての出仕などありえない。妹も間もなく三十歳になる。幸い、二年前から通って来るようになった殿方《とのがた》もいる。正妻として迎え入れられれば、この堤第を去らなければならない。

「わたしもいるので、そこは心配ない」

母君も言ってくれた。

「出仕すると、一体どのような位《くらい》になるのでしょうか」

訊いたのは惟通《これみち》だった。惟規は三年ほど前に兵部丞《ひょうぶのじょう》に任じられていた。しかし惟通にはまだ位階はない。気になるのは当然だろう。

「中宮に仕える女官《にょかん》たちが所属するのは内侍司《ないしのつかさ》だ。その下に内侍《ないしのかみ》、典侍《ないしのすけ》、掌侍《ないしのじょう》、命婦《みょうぶ》、女蔵人《にょくろうど》、女孺《にょじゅ》がいる」

「女官にも蔵人がいるのですか」

驚いたように惟通が訊く。

「それは下働きとして欠かせない」

「そうなると、姉君はそのうちのどれになるのでしょうか」

今度は惟規が訊く。

「道長様から請《こ》われての出仕だから、女蔵人や女孺であるはずはない。おそらく命婦だろう。尚侍や典侍は、もともと身分の高い女人《にょにん》が就《つ》くので、常人《つねびと》はその地位には就けない」

「すると、その命婦の位は何でしょうか」

惟通が訊き直す。

「従五位下《じゅごいのげ》に相当する」

父君の返答に、いささか驚く。亡き宣孝《のぶたか》殿が、大宰少弐《だざいのしょうに》兼筑前守《ちくぜんのかみ》として下向《げこう》した際の位は、従五位上《じょう》だったはずだ。

「出仕しているうちに昇進して掌侍になれば、従五位上になる。これは国守《こくしゅ》と同じだ」

父君が畳みかけるように言う。果たしてそれは、あの宣孝殿と同じ位階だ。

「そうなると当然、禁色《きんじき》も許されて、殿上人《てんじょうびと》しか許されていない色の表着《うわぎ》も着てよい。もちろん、位がついているので、それに伴う位田《いでん》や位禄《いろく》、季禄《きろく》、月料《げつりょう》、節禄《せちろく》、その時々の禄賜《ろくし》も下される」

「姉君、それはいいですね」

弟二人が目を輝かせて言い、妹も羨望《せんぼう》の目を向ける。ひとり母君が、安堵《あんど》したように目に袖を当てているのを見て、これでよかったのだと思う。堤第の暮らし向きに、最も心を痛めていたのは母君に違いなかった。

「それでは香子、出仕の件はもう道長様に伝えても構わないね」

父君が訊いた。

「もう少し待って下さい」

思わず口にしていた。「源氏の物語を、もう一帖書き終わってからにしたいと思います」

「それはいつ頃になるだろうか」

「秋から冬にかけて出来上がるはずです」

次の「関屋《せきや》」の帖は、そう長くはならないはずだ。どんなに遅くとも、年内には完成する。

「わかった。来春、いよいよ香子が中宮様の女官になる」

父君が晴れがましく言った。

そのとき境遇が一変すると思うと、「関屋」の帖を書き進める筆にも力がはいった。


空蟬《うつせみ》の夫で伊予介《いよのすけ》といった人は、桐壺《きりつぼ》院が崩御《ほうぎょ》した翌年、大国の常陸国《ひたちのくに》の介《すけ》となって下向したので、遠くから見ると梢《こずえ》が帚《ほうき》のようで、近づくと見えなくなる信濃《しなのの》国の木、帚木《ははきぎ》のような空蟬も、妻として常陸介に伴われて下《くだ》った。

源氏の君の須磨《すま》の地での暮らしを、遠国《おんごく》で聞いて、人知れず心を痛めないわけでもなかったが、文《ふみ》を送る手立てさえなく、『古今《こきん》和歌集』に、**甲斐《かい》が嶺《ね》を嶺こし山こし吹く風を　人にもがもやことづてやらん**、とあるように、筑波山《つくばさん》を越えて吹く風に、便りを託すのも無事に届くか心配で、少しの伝言さえもないままに年月が重なる。期限もなかった旅の住まいから源氏の君が帰京した翌年の秋に、常陸介は任期を終えて帰京したのだった。

ちょうど一行が逢坂《おうさか》の関に入る日に、源氏の君は石山寺《いしやまでら》に願解《がんほど》きのために参詣《さんけい》した。京からはあの空蟬の継子《ままこ》で紀伊守《きのかみ》といった子供たちや、迎えの人々が、「源氏の殿がこうやって参詣されている」と知らせてくれたので、そうなれば道中が混み合うに違いなく、また夜明け方急いで来たものの、女車《おんなぐるま》が多くて、道一杯にゆっくり揺れながら来たため、日も高くなってしまった。

打出《うちいで》の浜に着いた時、「源氏の殿は粟田山《あわたやま》を越えられた」と言って、源氏の君の前駆《さき》の人々が道も譲り切れないうちにやって来て道が混雑した。常陸介一行は逢坂の関山《せきやま》でみんな下車して、あちこちにある杉の木の陰に牛車《ぎっしゃ》を引き入れ、木陰に隠れて坐って、源氏の君の一行を先に通らせようとする。

牛車の一部は後《おく》れさせ、一部は先に行かせたが、それでも一族の数は大変なもので、牛車十両くらいから、袖口やその襲《かさ》ねの色合が下簾《したすだれ》の下から漏《も》れ出していた。それが田舎《いなか》じみておらず、興趣豊《きょうしゅ》かなので、源氏の君は斎宮《さいぐう》の伊勢《いせ》下向か何かの折の物見車《ものみぐるま》を思い出す。源氏の君がこのように晴れ晴れしい姿を見せるのは久々の事で、付き随《したが》う多くの前駆の者たちは、みんな常陸介の女車に注目していた。

九月の末であり、紅葉《もみじ》は色とりどりで、霜枯《しもが》れの草が、一面まだらに趣よく見えている中で、関屋の館から一斉に姿を現した旅装束《たびしょうぞく》は、位階によって色が様々の狩襖《かりあお》で、それに似合った刺繍《ししゅう》や絞《しぼ》り染めが施《ほどこ》されていた。それぞれに情趣豊かで、源氏の君は自分の牛車の簾を下ろして、空蟬の実弟で昔は小君《こぎみ》、今は右衛門佐《うえもんのすけ》であるのを呼び寄せて、「こうして今日、あなたの姉君のお迎えに、わざわざ私が逢坂の関まで参上したのです。姉君もこれを無視はできますまい」と言う。

胸の内では何かとしみじみ思い起こされる事が多いけれど、通り一遍《いっぺん》の言葉ではつまらなく、空蟬の方でも人知れず昔の事は忘れていないので、再び感無量《かんむりょう》になり独詠《どくえい》する。

行くと来《く》とせきとめがたき涙をや
絶えぬ清水《しみず》と人は見るらん

行く時も帰る時も、塞《せ》きとめがたいわたしの涙を、あなたは絶えず流れるこの関の清水と見るでしょう、という諦念《ていねん》で、「せき」に塞きと関が掛けられ、この切ない心の内は、源氏の君にはわかってもらえないと思うと、実にやるせなかった。

源氏の君が石山寺詣《もう》でから帰る迎えに、右衛門佐が参上し、過日行き過ぎてしまった失礼の段を詫《わ》びた。その昔、童《わらわ》として親しく可愛がっていて、従五位下の任官をしてやり、その恩恵を受けていたのに、思いも寄らない世の騒ぎがあった頃、世間の評判を気にして、源氏の君の須磨下りには従わず、義兄の常陸介に従って常陸に下った。源氏の君はそれを気にして、数年来、許せないと思っていたものの、顔色には出さず、昔通りとはいかないまでも、やはり親しい家人《いえびと》の中には数えていた。

紀伊守と言った者も今は大国の河内守《かわちのかみ》になり、その実弟で空蟬のもうひとりの継子である右近将監《うこんのぞう》は、須磨下りに同行したため、任を解かれた者である。今は須磨まで来てくれた者を、源氏の君は格別に重用《ちようよう》しているので、それを誰もが注目し、どうしてあの時、時流に従ったのかと、右衛門佐は後悔していた。

源氏の君は右衛門佐を呼び寄せて、空蟬に手紙を届けるように命じると、右衛門佐は、あれから十二年も経つので、忘れてもいいはずなのに、よくも心長く思っておられるものだと感心しながら、文を預かった。

先日は、あなたとの縁《えにし》の深さを、身に沁《し》みて思い知らされました。とはいえ、あなたはどう感じていたのでしょうか。関守《せきもり》のようだったあなたの夫が実に羨《うらや》ましく、癪《しやく》にさわりました。

わくらばに行きあう道を頼みしも
なおかいなしや潮ならぬ海

偶然に行き合った近江路《おうみじ》なので、逢う道だと期待したのですが、やはり甲斐のない事でした、貝のいる潮海ではありませんので、という無念さで、「行きあ（逢）う道」に近江路を掛け、「かい」にも貝を掛け、下敷は『後撰和歌集』の、潮満たぬ海と聞けばや世とともに　海松布《みるめ》なくして年の経ぬらん、である。源氏の君は右衛門佐に「長年の途絶えに、文を送るのもぎこちなくなっています。しかし心の内では常に、あなたへの思慕《しぼ》は今現在の事のように思われます。それをあなたは、好き心として益々憎んでおられるのでしょうか」という内容の手紙であった。

右衛門佐は恐縮しながら、空蟬の許《もと》に持参し、「やはりここは返事を出して下さい。昔よりは、いささか疎遠《そえん》に思っておられるのが当然なのに、そうではなく、変わらない恋心は実に勿体《もったい》ない事です。それに気まぐれに応じるのは無用かもしれませんが、きっぱりと拒絶するわけにもいきません。女の身としては、源氏の君の誘いに負けて、返事をしても非難される事はありますまい」と言う。

空蟬は今では実に恥ずかしく、万事にきまり悪い感じがするものの、源氏の君の素晴らしい言葉に、心を動かされ返歌した。

逢坂の関やいかなる関なれば
繁《しげ》きなげきの中を分くらん

逢う坂という逢坂の関はどのような関なのでしょうか、繁茂《はんも》する木々をかき分けて、またもや嘆きの中に入り込むのでしょうか、という嬉《うれ》しさの混じる嘆きで、なげきの「き」に木を掛けて、「本当に夢のような出来事でした」と書き添えた。

心惹《こころひ》かれる情愛も辛《つら》さも忘れられない人と、源氏の君が胸に思っているので、折々に文を送って、空蟬の心を揺さぶり続けているうちに、この常陸介が老いの積もりのために、病《やまい》がちになる。心細い余り、先妻の子供たちに、空蟬について遺言して、「万事、この方の心に添うように努めて、私が生きていた時と同様に仕えなさい」と、明け暮れ言う。

空蟬が自分の辛い宿世《すくせ》のために、この夫にさえも先立たれ、これからどのようにさ迷い惑《まど》うのだろうかと、思い嘆いているのを見て、常陸介は、「命には限りがあるものの、それを惜《お》しんで留《とど》める方法もない。何とかして、この人のために残して置く魂が欲しい。我が子たちの心は、どうなるのかわからないのだから」と、気がかりになり、悲しい事になるのを案じていたが、その願い叶《かな》わないまま亡くなってしまった。

しばらくは、先妻の子たちは父の常陸介の遺言を守って、心遣いはしてくれるものの、表面は親切に見えても、空蟬にとっては辛い事が多く、こうした事も世の道理であり、我が身ひとつの辛い事として嘆き明かしていた。

先妻の子の河内守のみが昔から義母《はは》への好き心があって、いささかの好意を示し、「父君が真剣に言い残された事ですので、私が取るに足らない者としても、疎《うと》ましく思わないで下さい」と、追従《ついしょう》して近寄る。

実にあきれた下心《したごころ》が見えるので、空蟬は「辛い宿世を背負った身で、こんなに生き留まっているのも情けない。挙句《あげく》の果てに、継子から言い寄られて醜聞《しゅうぶん》が立てば、もう終わりだ」と、人知れず考えて、人には何にも知らせず、尼になってしまった。空蟬に仕えていた女房たちは驚愕《きょうがく》して、思い嘆き、河内守も誠に辛く、「私を嫌ったからだろう。残りの命もまだ多いのに、この先どうやって過ごされるのだろうか」と思い、世の人はそれをいらぬお世話だと言っているようだ。

◇　◇

ここで、短い「関屋」の帖を擱筆《かくひつ》した。もう少し長く書き継ぐ方策もあろうが、呆気《あっけ》ない結末のほうが、空蟬の潔《いさぎよ》さにふさわしい気がした。このまま娑婆《しゃば》世界で生き長らえたとしても、光源氏との逢瀬《おうせ》は稀《まれ》のはずで、頼りにはできない。かといって継子と情を交わすことなどできない。残された道はひとつ、出家《しゅっけ》だった。

とはいえ出家の身ではあっても、生活の糧《かて》はいる。女人にとって寺院にはいるのは難しく、そこは光源氏が手を貸してくれるはずだ。末摘花《すえつむはな》と同じく、二条東院に引き取って、そこで仏道に専念させるに違いない。

この年は秋が短く、十月になると早くも雪に見舞われた。そんな雪の日でも、妹の雅子の許には例の受領の子息が通って来てくれていた。妹のほうでも、その殿方を心から頼りにしているようで、父君と母君も安堵《あんど》している。

ある日、妹が改まった面持《おもも》ちで部屋にはいってきた。

「あの方、姉君が物語を書いておられるのを、どこかで聞きつけたようです」

「どこからそういうことを」

「同腹の姉にあたる方が、どこかの上達部《かんだちめ》の屋敷に出仕していて、北の方から聞かれたそうです」

「そんなところにまで」

驚いたものの、源氏の物語を道長様が知っているのであれば、それが周辺に伝わっているのも不思議ではない。いや、逆に周辺に広がっていたものが、道長様の耳にはいったとも考えられる。

「それで、あの方が読みたいと言われるので貸していいでしょうか」

「そなたの思い人が読みたいのを、嫌《いや》だとは言えません」

苦笑しながら答える。

「それなら、手元にあるのを貸します」

妹が嬉しそうに言う。

「書き上げたばかりの『蓬生《よもぎう》』と『関屋』の帖も書写するといい。これであれば、その殿方が初めて読まれることになる」

「母君もまだそれは書き写していないのですか」

「今度は雅子が先でいい」

「いえ、また二人で書写します。その前に今まで浄書《じょうしょ》したものも、あの方に貸します」

妹は、渡した二帖分を大事そうに抱えて出て行った。

十一月半ば、前夜にその殿方が妹の雅子の許に通って来たらしく、朝餉《あさがれい》の際に、妹から「蓬生」と「関屋」の帖を返却された。

「わたしは、あの末摘花の女君のような、依怙地《いこじ》で浮世離れしている人も好きです」

妹が言う。「あんな時代後れのやり方で、光源氏をどこまでも慕《した》っているのが胸を打ちます。そしてそんな女君を、光源氏が見捨てないのも、素敵です。だからこそ、様々な女たちから好かれたのでしょう」

「そうかもしれないね」

もっともだと思いつつも、気のない返事をする。

「姉君は自分で書いていて、そう思わないのですか」

「そんなものは成行《なりゆ》きだから、考えてできるものではありません」

「そうですか」

妹が驚く。「では、あの空蟬の出家も成行きですか」

「たぶん、そう」

正直に答えると、妹が笑い出す。

「でも、空蟬も好きです。光源氏を慕う自分の心を大事にするには、あんなふうに出家するしかなかったのです。出家の身で、この先ずっと、源氏の君の行く末を見守るのではないでしょうか。その身の引き方が、違った意味で素敵です。母君はどうでしょうか」

それまでじっと聞いていた母君に、妹が話しかける。

「二人とも心に残る生き方だね。共通しているのは、身の程を知っているということだろうね。謀《はか》りごとなどせずに、自分の心に従って身を処している。逆に謀りごとを巡《めぐ》らせて損をしたのが、大弐《だいに》の妻となった末摘花の叔母《おば》だ。謀りごとというのは、得てして実を結ばない。あの物語を読んだ人は、ずっと末摘花のことを覚えているよ。泣きはらすと、長く垂れた鼻が一層醜くなる女君であっても」

「そこはまだ読ませてもらってはいないぞ」

横合いから父君が言う。

「浄書しておきましたから、後ほど持参しましょう」

母君が笑いながら答えた。この場に惟規と惟通がいれば、きっと読みたいとねだるはずだった。幸い二人は出家した定暹《じょうせん》を訪ねて、北山《きたやま》に行って留守だった。

「ずっと前に正敏《まさとし》殿に貸していたものが、ようやく戻って来ました」

妹が言う。通って来ている殿方の名が正敏だとは初めて知った。

「長かったね」

「紫の物語を何冊も、侍女《じじょ》たちに書き写させたからでしょう。自分はこれからゆっくり読むのだと言っておられました」

「紫の物語とは、よく言ったものだね」

母君が感心する。

「聞くところによると、どうやらそんなふうにも呼ばれているようだ」

答えたのは父君だった。「光源氏が大切にしている紫の上に由来《ゆらい》するのだろう。確か、五番目の帖名も『若紫《わかむらさき》』になっていたし」

書いた物語に自分では題名などつけてはいない。便宜《べんぎ》上、源氏の物語と、父母君や妹には言ってきたつもりだ。読んだ人が紫の物語と言い慣らしているなら、それはそれでありがたかった。

師走《しわす》にはいって再び雪の日が続いた。降り積もる雪を眺《なが》めていると、内裏への出仕が重く胸にのしかかる。このまま堤第にいて、娘の世話をしつつ、物語を書き継ぐのが一番の幸せであり、身の丈《たけ》に合っている気がしてくる。

とはいえ、この堤第を維持していくには、先立つものがいる。考えてみれば、これまで持った夫とは、三人とも縁が続かず、堤第の支えにはならなかった。堤第の中で、自分の身は居候《いそうろう》に等しかったのだ。

出仕して心配になるのは、七歳の賢子《かたこ》だ。幸い妹と母君が朝から晩まで面倒を見てくれている。母君もまだ元気であり、妹も正敏殿の北の方として婿邸の方には迎え入れられていない。それに出仕しても、折々につけて、里に帰ることもできるはずだ。大方の心は決まっていた。

道長様から正式に出仕の促《うなが》しが届いたのは、師走の半ばであり、牛車の迎えの日取りは十二月二十九日と決められた。おそらく、元旦の儀式には顔を出すようにという思惑《おもわく》があるのに違いない。もはや引き延ばしは不可能だった。


その日、春間近だというのに、朝から雪が散らついていた。正装をし、文箱《ふばこ》のみを持って待っていると、昼過ぎになって、一両の牛車が門をはいって来た。牛童《うしわらわ》が二人もいて、随身《ずいじん》のような殿方も三人従っている。真新しい糸毛車《いとげのくるま》で、黒塗りの車輪と轅《ながえ》に、緑地に山吹《やまぶき》色の花模様の屋形《やかた》が、よく調和していた。

父君と母君、弟二人、妹と娘の賢子、それに侍女や家僕《かぼく》たちに見送られて、踏み台の榻《しじ》に足を乗せたとき、胸塞《むねふさ》がれた。晴れがましさなどない。住み慣れた堤第との永遠の別れのような気がした。

門を出て、糸毛車に揺られている間も、胸は塞がったままで、傍らに置いた文箱に手をやり、自分は一体何をしているのだろうと、惚《ほう》け心になる。これからどこに行くのかも定かではない。父君の話では、去年に内裏は焼けたというので、再建はまだだろう。そうなると、いつか父君が言ったように一条院がまだ内裏の代わりになっているはずだ。

物見《ものみ》を開けて外を見ると、空は鈍色《にびいろ》で、雪がまだ散らついている。幸い道筋には雪は積もっていない。方々の屋根はうっすらと雪に覆《おお》われていた。どうやら牛車は、一条大路を真直ぐ西に進んでいた。

その後、糸毛車は道を南に曲がり、大きな邸の外門《がいもん》をはいり、さらに東の中門《ちゅうもん》をくぐった。築地《ついじ》も欠けた所などなく、瓦《かわら》で葺《ふ》かれている。

牛車が停《と》まったので、居住まいを正す。ここがどこかを問うのも気が引ける。本当の内裏でないのは確かだった。

階《きざはし》を上がった所に、いかにも彰子中宮様付きの女房と思われる人が待っていた。

「ご案内します。これはわたしが持ちましょう」

同年齢くらいと思われるものの、言葉遣いは、あの具平親王《ともひらしんのう》の北の方の延子《のぶこ》様に似ていた。華やかな衣装《いしょう》に、自分の古びた文箱がいかにも貧相で、気が引ける。今さら取り返すわけにもいかない。呆然《ぼうぜん》としていたので、拒《こば》めなかったのだ。

磨き上げられた簀子《すのこ》をしずしずと歩く。いつの間にか、文箱はもうひとりの侍女に手渡され、その人が後ろからついて来る。案内の女房よりは身分が低いのだろう。

渡廊《わたろう》に入った所で、ようやく気を取り直し、左側に広がる中庭を眺めることができた。

木立の枝に雪がまだ残り、低い植栽も雪が消えやらず、緑と白の対比が鮮やかだった。遣水《やりみず》の音が、かすかに聞こえる。師走だというのに、しかもこの邸にはおびただしい人がいるはずなのに、不気味なほどの静けさだ。いよいよもって身が引き締まる。逃げ出したくなるのを抑えて、前を行く人についていく。

別の対《たい》にはいり、簀子を右に曲がり、さらに左に曲がる。片廂《かたびさし》から廂の間《ま》に上がり、そこで控えた。すぐに目の前の襖障子《ふすましょうじ》が開いた。

「来てくれましたか」

少し赤ら顔で太り肉《じし》の殿方が笑っておられた。この方が道長様か。威圧するような目ではなく、愛敬《あいきょう》のあるところが、どこか宣孝殿に似ていると思った。何か答えようと思うものの言葉が出ない。

「本来の女叙位《おんなじょい》は正月八日だが、そなたには特別の計らいをして、除目《じもく》はすませている。今日からは、ここで過ごしてもらう」

どんな除目かはわからない。しかし父君が教えてくれた辺りの位階だろう。

「ありがとうございます」

深々と頭を下げる。そのくらいの挨拶《あいさつ》しかできないのが情けない。

「少し待ちなさい。中宮を呼んで来る」

いよいよ身近に仕える人との対面だと思うと、体が凍りつく。またしても逃げ出したくなる。衣《きぬ》ずれの音がして、几帳《きちょう》が動き、まず年増《としま》の女房が二人出て来て、後ろに控えた。そのあとに姿を見せられたのが彰子中宮様だった。

うら若く、小柄であり、道長様とあまり似ていない。

「そなたが藤式部《とうしきぶ》ですね」

控え目なお声が届く。「はい」と答えて頭を下げる。自分がここでは藤式部と呼ばれているのだと思い知る。父君がかつて式部丞《しきぶのじょう》の官職にあり、漢詩を書く際、「藤為時《とういじ》」としていたからだろう。

「よくぞ参ってくれました。何かと煩《わずら》わしいことばかりでしょうが、そこは古今《ここん》の女房たちが心を寄せて導いてくれるはずです」

お若いのに、新参者の戸惑いがわかる方だと思うと、硬《かた》くなっていた体と心がほぐれる。しかし返事はまたしても、「はい」だけになってしまった。

それから先の日々は、目が回る慌《あわ》ただしさと忙しさで明け暮れた。まず驚かされたのは、中宮様に仕える女房の多さだった。しかも自分では名乗らないので、他の女房が言い掛けるのを聞いて、そうだと知る他はない。初日に階で迎えてくれた同じ年かさの女房は弁《べん》の内侍《ないし》、年増の女房が赤染衛門《あかぞめえもん》、もうひとりは宮《みや》の内侍だった。

道長様と中宮様がおられるのは、仮の内裏として使われている一条院の東北対《たい》だった。その対の東にある長い片廂に、女房たちの局《つぼね》があった。

互いの局の境は衝立《ついたて》障子のみで仕切られ、息苦しいほどの狭さで、堤第の自室とは大違いだ。南隣にいるのが弁の内侍で、北隣が小少将《こしょうしょう》と呼ばれる気のおけない女房だった。

具平親王の邸に仕えていたときも、似たような局に住んでいたとはいえ、右も左もわからない若さゆえに堪《た》えられたのだろう。あれからもう二十年近くは経つ。辛抱《しんぼう》強さにも限度があった。

すぐに年が明けて、重要な行事が引きも切らず行われた。元日の四方拝《しほうはい》、朝賀《ちょうが》と小朝拝《こちょうはい》、さらに元日節会《がんじつのせちえ》、二日の朝覲行幸《ちょうきんぎょうこう》、二宮大饗《にぐうのたいきょう》、大臣大饗《だいじんのたいきょう》、そして臨時客と、早朝から夜遅くまで動かなければならなかった。

それらの行事のすべてが初めてで、小少将の君や弁の内侍の君、他の女房の指示で、うろうろするばかりだった。夜になっても、慣れない床《とこ》で眠れず、まどろんだかと思うと、翌朝、暗いうちに起こされた。

七日の叙位と白馬節会《あおうまのせちえ》が終わったところで、里下りを申し出た。取り次いでくれた弁の内侍の君も、無理もないと思ったのだろう、何の反対もせず、すぐに道長様から呼ばれた。

「そうだろうな。慣れない身では、てんてこ舞いの忙しさだったに違いない。里で何日か休むとよい」

道長様は、あくまで笑顔を崩さずに言ってくださった。「そなたに頼みたいのは、行事をこなすことではない。是非《ぜひ》なく、中宮の侍読《じどく》を務めてもらいたい」

「侍読でございますか」

聞き直す。中宮様に学問を進講《しんこう》する役とは、これまた難事に違いない。

「中宮は早くして入内し、漢籍も大して学んでいない。和歌とて、誰かに教えを受けたこともない。このままでは先が思いやられる。そこを、そなたに頼みたいのだ」

明確なご返事はせず、ただ頭を下げただけだった。そのあと中宮様の許に行き、しばしの里下りを願った。中宮様は驚かれたようだったが、すぐに納得される。十日ほど日の宮仕えで、疲労がはっきりと顔に出ていたのだろう。

「体を休めたら、なるべく早く戻って来るように。首を長くして待っております」

このお言葉にもご返事はせずに、神妙《しんみょう》に目を伏せたのみだった。

局に置いていた文箱を持って、牛車の待つ所まで歩くとき、溜息《ためいき》が出た。来たときと同じ糸毛車が待機していたのは、すぐ近くの階で、そこからは中門を通らずに外門から出られる。誰も見送る女房はいない。みんなそれぞれに、明日の女叙位を控えて大童《おおわらわ》なのに違いなかった。

牛と牛車にはまだ正月の飾りつけがなされている。こちらはそれとは反対の喪中《もちゅう》の気分だった。牛車に乗り込んだとき、背負わされた荷の重さにようやく気がついた。

# 第二十五章　里居《さとい》

出仕《しゅっし》早々に里帰りして来たのを、父君も母君も咎《とが》めだてはしなかった。溜息《ためいき》ばかりつくのを見て、妹の雅子《まさこ》が「大変だったのですね」と言ってくれ、思わず涙をこぼしてしまった。

十日にも満たない宮仕《みやづか》えだったのに、堤第《つつみだい》を見る目がすっかり変わってしまっていた。邸《やしき》のすべてが薄暗く、煤《すす》けて見えた。庭の植栽も、程々には手入れがされているのに、荒野のように感じられてしまう。あれほど馴染《なじ》んでいた我が堤第なのに、どこか我が家でないような気分で落ち着かない。

心を落ち着けようとして、筆を執《と》っても、気がつくと一行すら書いていなかった。

慌《あわ》ただしかった一条院内裏《だいり》の日々を思い浮かべて、ようやく歌にした。

身の憂《う》さは心のうちにしたいきて
いま九重《ここのえ》ぞ思い乱るる

つくづく感じるのは、この我が身の辛《つら》さであり、宮中を思いやって心は千々《ちぢ》に乱れる。かといって、このままずっと里居は続けられるはずもない。

正月十日の立春《りつしゅん》に、あの弁《べん》の内侍《ないし》の君から文《ふみ》が届いた。中宮《ちゅうぐう》様が春の歌を所望《しょもう》されているという。無視するわけにはいかず、その場で歌を書いて使いを帰らせた。

**み吉野《よしの》は春のけしきに霞《かす》めども**
**結ぼほれたる雪の下草《したくさ》**

世の中は春になり霞《かすみ》も立っておりますが、雪の下草のわたくしは、解けずにまだ凍ったままでおります。「み吉野」には御代（みよ）を掛けたつもりだった。立春とはいえ、寒い日が続いている。

十五日の夕餉《ゆうがれい》のときに、父君から思いがけない知らせを聞いた。

「惟規《のぶのり》が兵部丞《ひょうぶのじょう》から蔵人《くろうど》に任じられた。多分に道長《みちなが》様のご推挙によるものだ」

「姉君ありがとうございます」

惟規が言う。

「道長様にしてみればやはり、香子《かおるこ》の出仕がありがたかったのだろうね」

母君が言い添える。

「意のままに、人事が行えるほど、道長様のお力は絶大なのですね」

妹も感激している。

「この慶事《けいじ》も、姉君に早く戻って来て欲しいという促《うなが》しかもしれません」

惟通《これみち》が言って、父君からたしなめられた。

この時期の弟の惟規の叙位《じょい》が偶然であるはずはない。道長様のご配慮なのは確実だ。またひとつ荷が重くなった気がした。しかし、いつかは一条院内裏に戻らねばならない。それがいつになるかは、自分ながらわからない。中宮様に書き贈った歌のように、結んだ氷が解け出す頃が目安だった。

それまでの日々を、今は物語の先を書き進めながら過ごそうと思い定めた。


前斎宮《ぜんさいぐう》の今上帝《きんじょうてい》への入内《じゅだい》について、藤壺宮《ふじつぼのみや》は熱心に催促《さいそく》するものの、前斎宮を細々《こまごま》と世話をしてくれるような後見役《うしろみ》はおらず、それが懸念《けねん》されていた。源氏の内大臣《ないだいじん》はこれが前斎宮を迎えたいと思っておられる先帝の朱雀院《すざくいん》の耳にはいるのを心配して、二条院に迎えるのは今回は思い止《とど》まり、そ知らぬ顔で振舞い、その一方で、大方の準備については責任を持って、親のように世話をしていた。

前斎宮の今上帝への入内を、朱雀院は大変残念に思い、外聞《がいぶん》を気にして手紙を送るのは途絶えていたが、入内当日になって、えも言われない装束《しょうぞく》の数々、御櫛《みぐし》の箱、髪結《かみゆい》の道具箱、香壺《こうご》の箱の品々は、並大抵ではない見事なものを、様々の薫物《たきもの》や薫衣香《くのえこう》も、他に例がない程の、百歩離れた遠くを過ぎても匂う程の品を、丁重《ていちょう》に取り揃えた。これらを源氏の大臣も見るはずだと、かねてから心積りしていたのか、格別に意匠《いしょう》が凝《こ》らされてもいた。

源氏の君もちょうど、六条御息所《ろくじょうのみやすどころ》邸に来ていた折で、「朱雀院から、このような贈物がございました」と言って、前斎宮付きの女房の女別当《にょべっとう》が見せたので、源氏の君が目をやると、限りなく精巧《せいこう》で美しく、珍しい作りである。御櫛の箱の片方で、飾り櫛を入れた箱には、飾り糸で作った造花の心《こころ》葉《ば》が付けられ、和歌が添えられていた。

　　わかれ路にそえし小櫛《おぐし》をかごとにて
　　　はるけき中と神やいさめし

伊勢下向《いせげこう》への別れの櫛の儀式で、都の方に赴《おもむ》くなと言って、添えた小櫛を理由にして、遠く離れた二人の仲だと、神が諌《いさ》めたのでしょう、という無念で、源氏の君はこれを読んで、様々の思いにかられる。

朱雀院に対して申し訳なく、いたわしく、自分の性分《しょうぶん》として、ままならぬ恋につい執心《しゅうしん》してしまう我が身を反省しつつ、あの伊勢下向の際に、朱雀院が斎宮に心を寄せられ、こうして斎宮が務めを果たして帰京して、朱雀院の意向がいよいよ叶《かな》う時に、このように今上帝への入内が生じたのを、どう思われているだろうか、帝位を去って物静かな境遇《きょうぐう》で、世の中を恨《うら》めしく感じられるだろうか、これが自分であれば腹が立つだろうなと考え続ける。

おいたわしい限りで、どうしてこのような強引な事を思いついて、朱雀院を心苦しくも悩ませてしまうのか、自分もかつては朱雀院を恨めしいと思っていたものの、一方では心優しい方であるのに、と思い乱れて、しばし物思いに沈んだ。

源氏の君は、「このご返事はどうされますか。また歌に添えられた手紙は、どのような内容でしょうか」と言ってみたものの、女別当は都合が悪いと思って、手紙は差し出さない。

前斎宮は気分が優《すぐ》れない様子で、ご返事を書くのもためらいがちなので、女房たちは、「ご返事されないのは、愛想がなく、畏《おそ》れ多い事です」と促《うなが》す。前斎宮が躊躇《ちゅうちょ》しているのを、源氏の君が聞いて、「それは全くあるまじき事です。形だけでもご返事して下さい」と言上《ごんじょう》しても、前斎宮は全く気が引けた状態であった。

昔を思い出してみると、朱雀院は実に若々しく高貴で、ひどく泣かれた姿を、不思議な心地で見守った幼い頃の感情を、たった今の事のように思い起こされ、亡き母の御息所の様子も次々と悲しく思い出されて、前斎宮は返歌のみ付した。

別るとてはるかにいいし一言も
かえりてものは今ぞかなしき

これが別れだと、ずっと昔に言われたひと言が、帰京した今、却《かえ》って悲しく思われます、という訣《けつ》別《べつ》の悲しみで、「かえりて」に帰りてと却りてを掛け、使者への贈物は身分に応じて与え、源氏の大臣はこの返事を見たいと思ったものの、訊《き》く事ができなかった。

朱雀院の容姿は、女人《にょにん》として見たいくらい美しく、前斎宮の容姿もそれに不釣合《ふつりあい》ではなく、年齢も朱雀院は三十四歳、前斎宮は二十二歳で似つかわしいのに対して、今上帝はまだ十三歳と幼く、釣合が取れないのを、前斎宮は人知れず不愉快だと感じているのではないかと、源氏の君は余計な事まで気を回して、胸を痛めた。

とはいえ、今日の今日になって取りやめることもできないので、様々の事をしかるべく指図《さしず》して、信頼している参議《さんぎ》兼修理大夫《しゅりのだいぶ》の宰相《さいしょう》に、詳細に世話すべき内容を話したあと、内裏に参上する。出しゃばった親代わりと思われないように、源氏の君は朱雀院に遠慮して、挨拶《あいさつ》だけのように見せた。良い女房を以前から多く持っていた前斎宮邸なので、今まで里帰りがちだった女房も参集して、邸内は誠にこれ以上ない程の整いようであり、源氏の君は、ああ、六条御息所が生きておれば、どんなにかやり甲斐《がい》のある事と思って世話したはずだと、昔の御息所の気質を思い出した。人としては捨て難い実に惜《お》しい人だった、あそこまでの人はそうざらにはいなかった、教養と情趣《じょうしゅ》の面では何と言っても秀逸《しゅういつ》だった、と源氏の君は折につけて思っていた。

内裏には藤壺宮も参上していた。今上帝は新たに並一通りでない人が入内すると聞いて、実に可愛《かわい》らしく心遣いをしていて、その有様《ありさま》は年齢よりも大層大人びていて、母である藤壺宮も、「このように、こちらが恥ずかしくなるような素敵な方が入内するのですから、よく心配りをしてお逢い下さい」と言上する。

帝《みかど》は人知れず、こうした大人の女と逢うのは気後《きおく》れがすると思っていたところ、前斎宮は、夜も大変更《ふ》けてから参内《さんだい》した。その様子は実に慎《つつ》ましげで、おっとりとして、ほっそりとはかなげなので、本当に素晴らしいと帝は思った。

帝は先に入内していた弘徽殿女御《こきでんのにょうご》には、既《すで》に馴染《なじ》んでいて、慕《した》わしくもいとおしく、親しみやすいと感じていたが、この前斎宮は人柄も実に控え目で、こちらが気後れする程な上に、源氏の内大臣の扱いも丁重《ていちょう》で恭《うやうや》しいので、これは軽々しく扱えないと思う。

夜の寝所《しんじょ》への伺候《しこう》は前斎宮の許へも弘徽殿の女御の許へも等しく訪れるものの、幼い者同士の親密な遊びのために、昼に訪問するのは弘徽殿女御の方が多くなっていて、この女御の父である権中納言は、娘が将来立后《りっこう》するのを狙っていたが、前斎宮がこのように入内して、娘と競い合うようにして仕《つか》えるのを、あれこれと安からず思っていた。

朱雀院は、あの櫛《くし》の箱への前斎宮の返歌を読んで、まだ未練を断ち切れないでいると、ちょうど、源氏の大臣が参上したので、細《こま》やかな話をした。その際、前斎宮が伊勢に下向した折の事を、以前にも話したのに再び言い出したものの、前斎宮をそこまで慕う心があった事までは、源氏の君には打ち明けない。当の源氏の大臣も、こうした朱雀院のご執心を聞き知っているという顔はせず、ただ朱雀院が前斎宮の入内をどのように思っておられるのかを知りたくて、何かと前斎宮の話題を口にする。

朱雀院が心を動かされているのが、並大抵ではないように感じられるので、誠においたわしいと思う反面、朱雀院がこうして感動されている前斎宮の美しさとはどのようなものか、源氏の君は確かめたくなった。これまでその姿を全く実見した事がないのが残念で、前斎宮は実に重々しいご様子で、万が一にでも幼くも不用意な振舞をされれば、自《おの》ずから一瞥《いちべつ》できる折もあろうが、奥床《おくゆか》しさが格別であり、見られないまま、本当に美しい方だろうと頭の中で思い描いた。

このように、女御になった前斎宮と弘徽殿女御が割り込む余地もない程に仕えているので、兵部卿《ひようぶきようのみや》宮は我が娘を入内させる事を思い立つ事もできない。帝がもう少し大人びればそうは言っても見捨てられないだろうと、時機《じき》到来を待って過ごしているうちに、帝の、斎宮女御と弘徽殿女御への寵愛《ちようあい》はそれぞれに深くなっていて、様々な面でこの二方は競い合っていた。

帝は様々な事柄の中でも、特に絵を面白いと思っておられて、好きこそ物の上手《じようず》なれど、類《たぐい》がない程、上手に絵を描く。一方で斎宮女御も実にうまく描くため、今では帝の心はこの斎宮女御の方に移って、その局《つぼね》の梅壺《うめつぼ》にしきりに行っては、二人で絵を描き合って、心を通わせた。

若い殿上人《てんじょうびと》たちの中でも、絵を学ぶ者を気に入って取り立てておられ、ましてや斎宮女御のような美しい人が、趣《おもむき》豊かにありきたりではなく、気の向くままに描き、優艶《ゆうえん》な姿で物に寄りかかり、筆を休ませている様の美しさに心を奪われ、頻繁《ひんぱん》に訪問して、以前よりは寵愛が増している。

それを、権中納言は耳にして、どこまでも負けず嫌いの今風な性質なので、自分が他人《ひと》に劣るはずはない、と心を奮《ふる》い立たせて、絵の匠《たくみ》たちを呼び寄せ、厳重に口止めをして、比類《ひるい》なく立派な絵の数々を、二つとない見事な紙に描かせては、収集した。

権中納言は「物語絵こそ、その内容がわかって、見所があります」と言って、面白く風情《ふぜい》のある物語のみを選んで、絵を描かせ、通常の十二月の風物や行事を描く絵も、目新しい感じにして、詞書《ことばがき》を書き連ねて、今上帝にお見せする。特に興趣《きょうしゅ》豊かに描かれているので、帝は斎宮女御方でもその絵を見せようと思われるものの、権中納言は気軽には取り出さず、厳重に隠して、帝が斎宮女御の方に持って行かないようにしていた。

源氏の大臣はそれを聞いて、「やはり、権中納言の子供っぽい性質は、昔のままです」と言って苦笑し、「無理に隠して、気安く帝にはお見せせずに悩ますのは、実にあきれたやり口です。私の所に沢山《たくさん》ある古い絵を、帝に差し上げましょう」と奏上《そうじょう》して、厨子《ずし》をいくつも開かせる。紫の上と一緒に、なるべく今風なのを選び出して揃《そろ》え、「長恨歌《ちょうごんか》」や王昭君《おうしょうくん》などのような絵は、趣が深く心打たれるとはいえ、帝との悲恋を描いているので、入内したばかりの斎宮女御には憚《はばか》られ、今回は差し上げまいと、選外にした。

須磨《すま》と明石《あかし》で描いた日記の箱も取り出し、これを紫の上にも見せる。当時の事情を余り知らず、今回初めて目にする人でも、多少とも、ものの情理がわかる人であれば、落涙《らくるい》をこらえられない程に趣があり、ましてあの頃が忘れ難く、当時の思いも寄らない辛酸《しんさん》が、胸中から消えない源氏の君と紫の上には、改めて当時が悲しく思い出された。紫の上は、今までこれを見せてくれなかった事への恨みを、源氏の君に言上する。

ひとりいて嘆きしよりは海人《あま》のすむ
　方をかくてぞ見るべかりける

都にひとり留《とど》まって嘆いていましたが、それよりは、絵のような海人の住む所へ、わたくしも一緒に行って見とうございました、という悔恨《かいこん》で、「方」に潟（かた）と画（かた）、「見る」に海松（みる）を掛け、「そうすれば、あなたの帰りを待つ心細さは慰《なぐさ》められたでしょうに」と言うので、源氏の君は、実にいとおしいと思って返歌する。

うきめ見しそのおりよりも今日はまた
　過ぎにしかたに返る涙か

辛かったあの時よりも、今日改めて絵を見て、より一層涙が溢《あふ》れてくる、という胸中で、「うき目《め》」は浮き布（め）、「かた」に潟が掛けられ、「返る涙」は返す波を響かせていた。これらの絵は、藤壺宮だけにはお見せしたいと思い、欠点のないものを須磨と明石から一帖ずつ、やはり浦々の景色が細やかに描かれているのを選んでいるうちに、あの明石の君が住んでいる所はどうなっているのだろうと、思いやらない時はなかった。

権中納言は、源氏の大臣がこのように数々の絵を収集していると聞いて、より熱を入れて、軸や巻物の表に張る布帛《ふはく》や紙、紐《ひも》などの装飾を、立派なものにする。

三月の十日頃の空もうららかで、人の心ものびやかに、風情のある時節である。宮中でも、様々な節会《せちえ》もひと区切りついた折なので、このような絵の収集に、弘徽殿女御と斎宮女御の双方で熱中しながら暮らしており、どうせなら帝が楽しまれるようにと、源氏の君は配慮して、特に入念に集めて献上する事を思いつき、多種多様の絵が集められた。

物語絵は繊細で親しみやすさが、他の種類よりも優れていて、その中でも梅壺の斎宮女御の方では、昔物語で有名で由緒《ゆいしょ》あるものばかりが集められた。逆に弘徽殿女御の方では、その頃世間で評判の趣あるものばかりを選んで描かせているため、ちょっと見た目の華やかさは、こちらの方が格段に優れ、帝付きの女房たちも、「これはどうだろう、あちらはどうかしら」と評し合うのを日常にしているようだった。

藤壺宮も参内しておられたので集められた絵を目にして、絵だけは捨て難く思うご趣味なので、仏への勤行《ごんぎょう》も怠《おこた》って見入られ、帝付きの女房たちが各自思い思いに絵を評するのを聞いて、左方《さほう》と右《う》方《ほう》に女房たちを二分する。左方の梅壺斎宮女御には、平典侍《へいないしのすけ》、侍従《じじゅう》の内侍、少将の命婦《みょうぶ》、右方の弘徽殿女御の方には、大弐《だいに》の典侍、中将の命婦、兵衛《ひょうえ》の命婦を選び、各自がそれぞれに教養のある物知りなので、思い思いに論じる様を、藤壺宮は興味深く聞かれて、まず手初めに、物語の元祖である「竹取の翁《おきな》の物語」と、最近の物語の「宇津保《うつほ》の俊蔭《としかげ》の物語」を比べて、その優劣を論評させた。

左方の女房たちは「なよ竹の節々《よよ》のように、世々《よよ》を重ねた古物語です。面白い節《ふし》はないのですが、かぐや姫がこの世の濁りにも穢《けが》れずに、遥かに高い誇りを持って、天に昇った宿運にも感動します。とはいえ、神代《かみよ》の事のようですから、浅慮《せんりよ》な女の目ではその良さがわからないでしょう」と言う。

右方の女房は「かぐや姫が昇ったという天は、言われる通り、目の届かない所ですから、誰にもわかりません。人間界の運命については、竹の中に生まれているので、素姓《すじよう》は卑《いや》しい人のようです。翁の家の中は明るく照らしたようですが、宮中の畏れ多い帝の光と並んで、その后《きさき》にはなり得ませんでした。

阿倍《あべ》のおおしが、千金《せんきん》を投じて、かぐや姫から命じられた火鼠《ひねずみ》の皮衣《かわぎぬ》を買った思いも、かぐや姫の前で皮衣が燃えるのと一緒に燃えてしまったのも、呆気《あつけ》ないくらいです。くらもちの御子《みこ》が、かぐや姫から蓬萊《ほうらい》の玉の枝を命じられて、職人に贋物《にせもの》を作らせますが、もともと真の蓬萊に至るのは無理な話です。それがわかっていながら、贋物を作らせ、自分自身の玉の枝にも疵《きず》をつけたのは、いただけません」と反論したこの絵は、醍醐《だいご》天皇の絵師である巨勢相覧《こせのおうみ》が描き、字は紀貫之《きのつらゆき》が書いたものである。官製の紙屋紙《かみやがみ》に、唐《から》の織物の薄い綺《き》で裏打ちされ、赤紫の表紙《ひようし》、紫檀《したん》の軸というありふれた装丁だった。

続けて右方は『宇津保物語』を評して、「俊蔭は激しい波風に翻弄《ほんろう》され、見知らぬ波斯国《はしこく》に漂着しておりますそれでも初めの目的も叶って、最後は中国の朝廷で、我が国でも、稀有《けう》な才能が広く評価され、名声を残しました。そうした古人《こじん》の心意気を述べているのに加えて、絵の様も唐土《もろこし》と日本《ひのもと》を取り合わせていて、その趣の良さは並ぶものがありません」と賞賛する。絵は村上《むらかみ》天皇の頃の常則《つねのり》、字は三蹟《さんせき》のひとり小野道風《おののとうふう》なので、今風で美しく、目にも眩《まぶ》しい程であり、これに対する左方からの反論はなかった。

次に『伊勢《いせ》物語』に『正三位《しょうさんみ》物語』を対比させて、論争させると、やはり勝負はつけ難い。これも右方の『正三位物語』の方が風情が派手で、宮中辺りの描写を始めとして、最近の世相を描いた点では、趣があって見所もあるので、左方の平典侍が歌で反論する。

**伊勢の海の深き心をたどらず**
**古《ふ》りにしあとと波や消つべき**

『伊勢物語』の深い趣を辿《たど》らずに、古めかしい物語として波間に消し去っていいものでしょうか、という憤慨《ふんがい》で、「世にありふれた恋物語を、あれこれ飾り立てた話の後塵《こうじん》を拝して、業平《なりひら》の名誉を汚《けが》していいのでしょうか」と言ったものの、右方を論破するには至らず、右方の典侍が『正三位物語』を称えて返歌した。

**雲の上に思いのぼれるこころには**
**千尋《ちひろ》の底もはるかにぞ見る**

雲の上である宮中に昇った正三位の高い志《こころざし》に比べると、『伊勢物語』は遥か海の底のように低く見えます、という痛烈な反論で、『古今和歌六帖』の、**伊勢の海のちひろの底も限りあれば　深き心**を何にたとえん、を下敷にしており、これを受けて藤壺宮は、「正三位の兵衛《ひょうえ》の大君の志の高さは、誠に捨て難いものの、在五《ざいご》中将の業平の名を汚す事はできないでしょう」と言って、詠歌《えいか》する。

みるめこそうらぶりぬらめ年経《へ》にし
伊勢をの海人の名をや沈めん

見た目こそ、うらぶれて古びてしまっているでしょうが、『伊勢物語』の名は沈められません、という弁護で、「みるめ」と海松布（みるめ）、「うら」には心（うら）と浦が掛けられていた。

こうした女房たちの論議で、騒がしく言い争い、ひと巻《まき》の勝負に言葉を尽くしても、言い尽くせない。ただ浅はかな若い女房たちは、死ぬ程この絵合《えあわせ》を見たがっているにもかかわらず、帝付きの女房も、藤壺宮付きの女房も、ほんの一瞥さえもできないように、厳しく秘匿《ひとく》していた。

源氏の大臣が参内した折に、こうした多種多様に論争している有様を、興味深く思って、「どうせなら、帝の前でこの勝負に結着をつけましょう」と口にするまでになった。源氏の君はこういう事もあろうかと、かねてから思っていて、所有物の中でも格別のものは選んで残していたが、あの須磨と明石の二巻《ふたまき》も手元に残すようにしていると、権中納言も負けてはおられないと思う。

近頃の風潮として、こうした趣のある紙に描かれた絵を集めるのが世のはやりになっていて、源氏の君が、「今更改めて描くのは趣旨に反します。所有しているもので競《きそ》いましょう」と言うのに対して、権中納言は密《ひそ》かに画人を招いて、苦心して秘密の部屋を造って描かせる。朱雀院もこのような御前での絵合を耳にして、斎宮女御のいる梅壺にいくつもの絵を提供された。

それらの絵は、一年のうちの節会《せちえ》の様々な面白くて興ある場面を、昔の名人がそれぞれ描いたものに、延喜《えんぎ》の醍醐帝が自ら詞書を加えられた品や、朱雀院の在位中の行事を絵師に描かせた絵巻であった。
その中には、前斎宮が伊勢下向をした日の、大極殿《だいごくでん》での儀式を、朱雀院はしみじみと心に沁《し》みて覚えていたので、絵師にどのように描くべきか指示をして、それを巨勢公茂《こせきんもち》が担当して実に見事に仕上げさせた作品が含まれていた。それを美しく透かし彫りした沈《じん》の箱に、同じく優美な造花の心葉《こころば》を添えた一品は、誠に今めいている。
朱雀院から梅壺への伝言はただ口上《こうじょう》のみで、朱雀院への殿上《てんじょう》を許されている左近《さこん》中将を、使者として差し向け、例の大極殿の階《きざはし》に御輿《こし》を寄せている神々《こうごう》しい絵に、朱雀院の和歌が付されていた。

身こそかく標《しめ》のほかなれそのかみの
　心のうちをわすれしもせず

私の身こそ、この絵に描かれている如《ごと》く、注連《しめ》の外にいたのと同じく、今も宮中の外にいますが、あの当時の心の内はまだ忘れてはいません、という思慕《しぼ》で、「かみ」にはその上（かみ）と神、さらに櫛を挿《さ》した前斎宮の髪が掛けられ、斎宮が伊勢に下った時の自分と、前斎宮が入内した今、内裏の外にいる自分とを重ねていた。斎宮女御としては返事をしないのは誠に畏《おそ》れ多いので、心苦しく思いつつも返歌した。

しめのうちは昔にあらぬ心地して
　神代《かみよ》の事もいまぞ恋しき

注連の内である宮中は、在位されていた昔と変わってしまった心地がして、神に仕えていた昔が、今は恋しく感じられます、という懐古《かいこ》で、今、梅壺にいる自分と、昔、伊勢にいた自分を対比させており、縹色《はなだいろ》の唐《から》の紙に包んで差し上げ、使者への禄《ろく》も実に立派であった。

朱雀院はこの歌を読んで、深々と感じ入り、在位の頃を取り戻したい気がするとともに、前斎宮を入内させた源氏の大臣を恨めしく思われたようであり、これも、過去に源氏の君を須磨に退居させた報《むく》いかもしれなかった。

この朱雀院の絵は、母である弘徽殿大后《おおきさき》から伝わって、妹の娘である弘徽殿女御の方にも、多く進呈されていて、朧月夜《おぼろづきよ》の尚侍《かん》の君も、絵の趣味は人より優れていて、弘徽殿女御の叔母《おば》として、趣豊かに仕立て収集していた。

絵合の日はその日と定め、急なようだけれども、風趣ある様に簡単な準備をして、左方と右方の数多くの絵を御前に運ぶ。清涼殿《せいりょうでん》西側にある女房たちの詰所の台盤所《だいばんどころ》に帝の御座所《おましどころ》を設け、女房たちは北と南に分かれて席に着く。殿上人は後涼殿《こうりょうでん》の簀子《すのこ》に控え、各自贔屓《ひいき》をする方を、心の内で応援していた。

左方は紫檀《したん》の箱を、蘇芳《すおう》の木に花模様を刻んだ華足《けそく》に載せ、台の上の敷物は紫地の唐の錦《にしき》で、その上にかける打敷《うちしき》は葡萄染《えびぞめ》の唐の薄い綺《き》であった。調度品を運ぶ女童《めのわらわ》は六人いて、表は白で裏が花色の桜襲《さくらがさね》の汗衫《かざみ》を着ており、その内側に着る袙《あこめ》は、表が紅色がかった薄紫、裏が萌黄《もえぎ》色の藤紫の織物で、姿と心準備も並々でないように見える。

右方は、沈《じん》の箱に浅香《せんこう》の下机、打敷は青地の高麗《こま》の錦、机の脚を結ぶ足結いの組紐や華足の趣も今風である。女童たちは、表が白で裏が青の柳 襲《やなぎがさね》の汗衫を着、袙は表が薄朽葉《うすくちば》色で裏が黄の山吹襲を身に着けていた。

童みんなで御前に絵の箱を担いで来て据え、帝付きの女房たちは、南側の左方にいる者は赤、北側にいる右方にいる者は青の配色で、それぞれ装束《しょうぞく》の色を分けていた。

帝のお招きで、源氏の内大臣と権中納言が参内する。この日は源氏の君の異母弟である帥宮《そちのみや》も参内し、実に多趣味で、中でも絵には目がなく、源氏の君が密かに勧めたのだろうか、表立っての招きではなく、殿上にいたところに帝のお言葉掛けによって、御前に招かれた。今回の絵合の判者を務めたものの、実に見事に技の限りを尽くした絵ばかりで、優劣の判定には困難を極めた。

朱雀院が梅壺の斎宮女御に贈った例の四季折々の絵は、昔の名人たちが趣のある様々の題材を選んで、流麗な筆遣いで自在に描いてあり、喩《たと》えようもなく見事ではあるが、紙絵なので紙幅《しふく》に限りがあり、山水の豊かな興趣を描き尽くせない面があった。右方の、ただ筆先の巧みさや、絵師の意向によって飾り立てた、深味に欠ける今様の絵も、昔の絵には劣らず、華やかで、面白さの点では勝《まさ》っており、多くの論争も今日は、左右双方に納得させられる点が多い。

藤壺宮も清涼殿の朝餉《あさがれい》の間《ま》の障子《しょうじ》を開けて、それをご覧になっていた。やはり絵へのご造詣《ぞうけい》も深いのだと思うと、源氏の大臣も大変光栄に思い、帥宮の判定がどっちつかずの際には、時折、源氏の大臣が口を挟み、その様子も素晴らしく、それでも勝負はつかないまま、夜を迎えた。

最後の一番になって、左方の斎宮女御側から、あの須磨の絵日記が出された。権中納言は胸騒ぎがした。自分の方でも慎重に、最後に出す絵としては、格別に優れた作品を選び抜いてはいたものの、絵の名手でもある源氏の君が須磨で心を澄ませて描いた絵の数々は、喩えようもなく素晴らしい。判者の師宮以下、おしなべて涙をこらえられない。

その頃の事を心苦しくも悲しいと、参会している誰もが想像していたよりも、源氏の君の悲しい侘《わ》び住まいと心の内が眼前の事のように見え、須磨の風景、都人には思いもつかない浦や磯のたたずまいが、漏らすところなく描かれていた。草書《そうしょ》に仮名を加えて日々が語られ、胸を打つ歌までも添えられて、きちんとした詳しい日記ではないものの、他の巻も見たくなる出来映えである。

誰もが、他の様々な絵に向いていた関心は、すべてこの源氏の君の絵日記に移ってしまい、胸を打つ趣があり、とうとうこの絵によって、左方の勝ちになった。

夜明けが近くなって、酒宴に移り、感慨深い心地のまま、盃《さかずき》を傾けつつ、昔の話になり、源氏の大臣は、「幼い頃から、漢学に力を入れていましたが、多少なりとも学識がついたと見えるでしょうか。父の故桐壺院は成果が出ていないと思われたのか、こう言われたのです。『漢学は重視されているとはいえ、学問に秀《ひい》でても、寿命と幸運がもたらされるとはいえない。高貴に生まれたあなたは、漢学ばかりに没頭しなくてもよい。そうでなくとも、他人に劣る事はないのだから、無理して漢学に深入りしないように』と。その代わりにと、他の様々な事を教えてくれました。

どの方面でも不充分で取柄《とりえ》もないなか、絵だけは、役にも立たないと思いつつ、上手になりたいと念じておりました。思いがけず山に住む身になり、四方《よも》の興趣ある海景色を見て、ついつい筆を走らせたのです。これによって、京にいては想像もできなかった風景を、納得のいくまで味わえました。

とはいえ筆力には限界があり、思い通りにはいきません。今回のような機会がなければ、お目にかける事もできないので、こうした物好きな絵合を催《もよお》したのです。後世の評判はどうなりましょうか」と師宮に言った。

帥宮は、「何の分野でも、まずはやる気が大切で、そのあとはそれぞれの師匠について学べば、その内容の深い浅いは別として、自ずから何らかの結果が出ます。しかし書画と碁《ご》だけは、生来の才がものを言うようです。充分な修業を経なくても、相応《そうおう》に書画をし、碁を打つ者がいます。

故桐壺院の前にも、多くの親王《みこ》も内親王《ないしんのう》もいて、それぞれに才があり、習わせられました。その中であなたは、とりわけ熱心に学ばれ、詩文の才能は言うまでもなく、まずは琴《きん》をものにされました。これが第一の才能で、さらに横笛、琵琶《びわ》、箏《そう》の琴を次々と習われたと、故桐壺院から伺っております。

絵に関しては、余技に過ぎないだろうと思っておりましたが、なんのなんの、あのように素晴らしくお描きになり、昔の名のある絵師たちも恥じて逃げ出すほどの腕前です。心の底から感じ入りました」と、言葉も乱しながら言う。酔い泣きだろうか、故桐壺院の事を口にされたので、みんな涙を流してしまった。

ちょうど二十日過ぎの月が出て、こちら側は影になってはいるものの、空全体がほのかに明るく、帝は書《ふみ》の司《つかさ》から琴を出させ、権中納言に和琴《わごん》を弾《ひ》くように命じる。権中納言の和琴も相当の腕前であり、帥宮は箏の琴、源氏の大臣は琴、琵琶は少将の命婦《みょうぶ》が受け持ち、拍子《ひょうし》板で拍子を取る役目は、殿上人の中から心得た者が選ばれた。

夜が明けていくにつれて、花の色と人の顔がはっきりとしてきて、鳥もさえずり出し、心地のいい朝になる。参加した者への禄は、若い帝に代わって藤壺宮が用意しており、判者だった帥宮には、さらに御衣《おんぞ》も加えて与えられた。

絵合が終わってから、人々の関心事はこの源氏の君の絵日記に集まり、源氏の君は、「この浦々の巻は、藤壺宮の手元に置いて下さい」と言上する。宮は絵日記の残りの巻も見たいと思うものの、源氏の君は「近いうちに順番に」と答えるのみで、帝が満足されているのも源氏の君にとっては嬉しかった。

こうした些細《ささい》な事であっても、源氏の君がこのように梅壺の斎宮女御を後見《うしろみ》しているため、権中納言は、世間では弘徽殿女御が斎宮女御に圧倒されているのではないかと懸念しているのが不快であった。とはいっても、帝の心はもともと弘徽殿女御に馴染んでいるので、これまで通り細やかに寵愛されている様子を、人知れず知っているため、頼もしく思い、いくら何でも斎宮女御に負けるような事はあるまいと思った。

節日《せちにち》に群臣を宮中に集めて、帝が臨席して催す宴会の節会は、この帝の御代《みよ》から始まったと、後世の人々が言い伝える新しい例を加えようと、源氏の大臣は考える。私事であるこうしたちょっとした遊び事でも、目新しい趣向で催しているので、文字通り、盛《さか》りの御代になった。

源氏の君は、それでも人生を無常と考えて、帝がもう少し大人びた頃合を見て、やはり出家《しゅっけ》しようと深く念じているようであった。

昔の例を見聞きすると、若くして高位高官に昇り、世の人から抜きん出て秀でた人は、長寿を保てないものであり、今の御代では、「私の官位も世評も身に余る程になってしまった。今までの三十一年の人生で、途中で須磨で落ちぶれて落魄《らくはく》した嘆きの代わりとして、今まで生き長らえている。この先も繁栄が続けば、やはり命が心配になる。ここは静かに引き籠《こも》り、後生《ごしょう》の勤行《ごんぎょう》をし、さらに寿命を延ばしたい」と思う。

山里ののどかな土地を買い求めて、御堂《みどう》を造らせ、仏像や経典の制作も同時にさせているようであったが、まだ幼少の子供二人を思うように育ててみたいと考えてもいて、すぐに出家するのは困難であるはずなので、誠はどのような心中なのか、実に測り難かった。

◇　◇

　この「絵合」の帖によって、光源氏の流謫《るたく》地での生活が如何《いか》なるものであったかが、身近な親しい人々すべてに共有された。この点で、須磨と明石での苦難は報われたと言っていい。

　末尾の方で記した光源氏の一抹《いちまつ》の不安は、いくつかの漢書によって導かれている。尋常《じんじょう》ならざる官位の昇進や学才の優秀さは、薄幸や短命をもたらすという考えである。

『易経《えききょう》』には、「日中《ひちゅう》すれば則《すなわ》ち傾き　月満ちれば則ち欠く」、あるいは「鬼神《きじん》は盈《えい》を害して謙《けん》に福《さいわい》し　人道は盈を悪《にく》みて謙を好む」とある。神人《しんじん》すべてに於《おい》て、謙が尊ばれ、満ち足りた盈はいずれは害されるのだ。従って天地神人は当初から盈満《えいまん》を忌《い》み嫌うのだ。

『顔氏家訓《がんしかくん》』にも「天地鬼神の道　皆満盈《まんえい》を悪《にく》む　謙虚冲損して以《もっ》て害を免《まぬか》るべし」とある。光源氏の、一途《いちず》に栄華に向かう躊躇《ためらい》の根はここにある。

　そしてこの絵合せの場面を描くのに参考にしたのは、四十年ほど前の村上天皇の御代に実施された、天徳内裏《てんとくだいり》歌合せだった。その仮名《かな》日記を読むと、清涼殿と渡殿《わたどの》で通じている後涼殿の簀子に、殿上人がいたことがわかる。帝の御座《ござ》を挟んで南が左方、北が右方だった事実も明記されていた。

　出仕したのは一条院内裏だったので、本当の内裏については、詳しいことは知らない。その意味で、堤第《つつみだい》の文庫にある仮名日記の写本が、どれほど役に立ったことか。曽祖父《そうそふ》君、祖父君、父君と続く、堤第の書物収集のお蔭だった。

この帖を書き終えても、いずれは一条院内裏に出仕しなければならないと思うと、胸塞《むねふさ》がれた。出仕を断るのは、弟の惟規が蔵人《くろうど》に任じられた今、もはや不可能だった。恩を仇《あだ》で返すに等しく、父君と母君を失望させる。ここは意を決して戻るしかなかった。
彰子《あきこ》中宮様の女房たちがどんな様子なのか気になって、弁《べん》の内侍《ないし》の君に歌を贈った。

閉じたりし岩間の氷うち解けば
　緒絶《おだ》えの水も影見えじやは

凍っている岩間の水こそは宮中であり、春になってその氷が解けたなら、あなたの導きによって、途絶えている水がまた流れ出せるように思います、という胸の内を伝えた。
弁の内侍の君からの返歌は、さすがに当意即妙《とういそくみょう》だった。

深山辺《みやまべ》の花吹きまがう谷風に
　結びし水も解けざらめやは

「深山辺の花」とは、彰子中宮様に仕える女房たちの意だろう。そこに吹きまがう谷風は、女房たちの個性を様々に吹き乱れ咲かせる暖かい風のことだ。そこには中宮様の愛も匂っている。その中宮様の慈《いつく》しみによって、凍っていた氷も解けないことはない、それが今の宮中の有様です、という厚情《こうじょう》溢れる返事になっていた。

思い起こされるのは、初対面のときの中宮様のいささか冷たい対応で、笑顔で迎えてくれた道長様と比べれば、大きな落差があった。しかしあれは、中宮様の人見知り、あるいは容易に他人《ひと》に胸の内を見せない性質《たち》のせいとも考えられる。親子でありながらも、人となりが全く違うのだ。

一方で、その中宮様の侍読《じどく》を務めて欲しいという、道長様の言葉も、重しのように心の底に沈んでいた。きら星の如く女房が居並ぶなかで、新参者が侍読の任を負えば、どういう波風が立つのか、想像に難くはない。

道長様の推挙だとしても、その波風に自分が耐えられるはずはなかった。しかもそうした道長様の後押しが、妬《ねた》みに油を注《そそ》ぐ懸念もある。考えれば考えるほど、出仕の決意がまたしても揺らぐ。

新しく蔵人に任じられた惟規《のぶのり》は、意気揚々《いきようよう》として、毎日一条院内裏の蔵人所に通っている。この頃では宿直《とのい》もしているようで、堤第に帰って来ない日もある。蔵人としては大先達《だいせんだつ》である父君から、諸事の心構えを教わっているようだった。

蔵人だから、当然ながら帝に接する機会もある。あの一条院内裏で、帝がおられるのはやはり北《きた》の対《たい》であり、そこが清涼殿とみなされていた。

「どうやら帝は病弱と見受けられます」

夕餉《ゆうがれい》の席で惟規がぽつりと言った。「持病は特にないようですが、熱を出されたり、腹下《はらくだ》しがあったり、しばしば歯痛にも悩まされておられるようです」

そうした情報を知り得るのも、蔵人ならではで、惟規はいささか得意げだ。

「そうすると、香子《かおるこ》がまた一条院内裏に戻れば、そなたたち二人が互いに顔を合わすこともあるのだね」

母君が訊いたのを、たしなめたのは父君だった。

「一条院といっても、この堤第の何倍もの広さがある。それに、香子が仕えるのは中宮様、惟規が伺候《しこう》するのは帝だ。全く別物と考えてよい。中宮様がおられるのは、どこの対《たい》だろうか」

父君が顔を向ける。

「東北の対です。帝のおられる北の対とは渡殿で結ばれ、中宮様の女房がそこを渡るのは、夜に中宮様が帝に呼ばれるときくらいです」

そんなとき、中宮付きの女房はその夜、御殿脇の局《つぼね》か何かで、ひと夜を明かさねばならない。それは中宮様の信《しん》の篤《あつ》い古参女房の役目だった。

惟規の将来は、この蔵人を出発点として、本人の努力によって開けていく。順調であれば、いずれ弟の惟通《これみち》にも、その役が回ってくることも期待できる。

もうひとつの心配事は、娘の賢子《かたこ》の行く末だ。まだ八歳でありながら、仮名の読み書きができ、妹や母君が与える『万葉集』や『古今和歌集《こきんわかしゅう》』の断片を読み上げては、書き写していた。最近は父君から勧められて、真仮名《まがな》も一字一字覚え出していた。反故《ほご》に大書した稚拙《ちせつ》な文字を持って来て、「これはなんでしょう」と問いかける姿は、実に微笑《ほほえ》ましい。

「それは天《てん》です」

答えてやると、こっくり頷《うなず》き、また文机《ふづくえ》で別の文字を書いて、見せに来る。

「それは下《した》」

「ちがう。下《か》」

首を振った賢子が文机に戻って、天を書いた紙を持って来て、上下に並べた。

「本当ね、天下《てんか》」

大仰《おおぎよう》に褒《ほ》めてやると、満足そうに文机に戻り、懸命に筆を執り出す。脇からそっと眺《なが》めると、『万葉集』の万葉仮名を、小声で読みつつ綴《つづ》っていた。

この調子で育ってくれれば、この子の未来も開けてくれるに違いない。しかしそれは、この堤第の生業《なりわい》が続いていることが前提だった。そのためにも、いつか一条院内裏に戻らねばならない。しかし、躊躇《ためらい》は深まるばかりだった。

一方で、源氏の物語が先を急か《せ》せている。自分で書き出した物語が、ここまで来ると、ひとつの生き物と化して、「先を書いてくれ」と叫んでいた。出仕前に、ともかく次の帖も書き上げよう。その過程で、心は固まるはずだ。


源氏の君は二条院の東院を造営して、花散里《はなちるさと》をそこに移らせ、西の対や渡殿にかけて、政所《まんどころ》や家司《けいし》などをしかるべく置く。東の対はあの明石《あかし》の君用にと思い決め、北の対は特に広く造って、かりそめにでも情けをかけて、将来を約束し、頼りにしている女房たちが、集まり住めるように、局をひとつひとつ区切り、どれも見所があるように心配りをする。寝殿《しんでん》は誰にも割り当てずに、自分が時折渡った時の御座所《おましどころ》にして、それにふさわしい調度類も調えた。

明石にも絶えず手紙を出し、この期に及んでは是非《ぜひ》とも上京するとよいと促すものの、明石の君はやはり我が身の程を思い知っていた。この上ない高貴な身分の人々でさえ、源氏の君は情が薄くなっても見捨ててしまわないので、冷やかな態度に、却って物思いが優《まさ》っていると聞いているので、ましてや自分がいかに情けをかけてもらっていても、それらの人々と立ち交われようか、出て行けば幼い娘の評判を落とす原因になり、人数にもはいらない我が身の程がはっきりするはずで、京で暮らすとしたら時折源氏の君が訪れる時を待つばかりで、世間の物笑いになって、どれほどのみじめさを味わうだろうかと、思い乱れる。

その一方で、かといって姫君がこんな所に生まれて、源氏の君に無視されるのも誠に可哀想《かわいそう》であり、無下《むげ》に断る事もできない。父の明石入道《にゅうどう》も母君も、この悩みをもっともだと思って嘆くので、いよいよ進退窮《しんたいきわ》まっていた。

昔、母君の祖父で中務《なかつかさ》の宮という人の所領が、京の大堰川《おおいがわ》の辺りにあり、宮の没後はしっかりと相続する人もなく、長年荒れ放題であったのを、明石入道は思い出して、中務の宮の存命中から代々、宿守《やどもり》のようにしてそこを管理している人を呼び寄せて相談し、「世俗を捨てて、このように明石の住まいに沈潜《ちんせん》しておりますが、年老いてから思いがけない事が生じました。新しく都に住居を求める破目《はめ》になり、いきなり眩しいくらいの人々の中にはいっても、気後《きおく》れがします。田舎《いなか》じみた娘の心も揺らぐでしょうから、まずは古くから持っている所を訪ねて、そこに住まわせようと考えたのです。入用な物はすべて用意します。ひと通り修理をして、形だけでも人が住めるようにしてもらえませんか」と頼んだ。

すると宿守は、「この何年も、所有する人もおらず、見苦しい藪《やぶ》のように成り果てております。私自身は下屋《しもや》を修理して住んでいますが、この春頃から造成中の、内大臣殿の御堂《みどう》が近くにあるため、あの辺りがとても騒がしくなっております。荘厳《そうごん》な御堂がいくつも建ち、多くの人が造営に携《たずさ》わっているようです。静かな所を望まれるとしたら、あそこは適当ではございません」と言う。

明石入道が、「いや、それと言うのも、これはその内大臣殿のご配慮を多少頼りにしての計画です。追い追い、室内の整備はいたしましょう。まずは急いで、大まかに外回りをきれいにして下さい」と命じると、宿守は「あそこは私が所有する所ではありませんが、伝領する人もないので、静かな所に馴れ親しみ、長年ひっそりと暮らしております。故中務の宮所有の荘園《しょうえん》は、荒れ放題でございました。それを中務の宮の子息の故民部大輔《みんぶのたいふ》様に申し上げたところ、許可が出たので、しかるべき耕作料を納めて、自分の土地として耕作しております」と、その田畠《たはた》で採れた物の貯《たくわ》えを気にして、髭面《ひげづら》の不細工《ぶさいく》な顔で、鼻を赤くして口を尖《と》がらせる。

明石入道は「そんな田畠は、私の与《あずか》り知らぬ事です。これまで通りに耕作して構いません。地券はここにあります。一切世の中を捨てた身なので、長年放置しておりました。これも近いうちに詳細に取り決めをしましょう」と、源氏の内大臣との繋《つな》がりを匂わせて言うので、宿守は言葉に逆らえば面倒な事になると思う。明石入道から様々な物品を数多く受け取って、急いで大堰の邸を修築した。

源氏の君は、明石入道がこのように考えているとは知らず、上京を躊躇している理由もわからず、幼い娘があんな所で何の栄《は》えもなく暮らしているのを、今後、人が言い伝えるようになると、更に一段と外聞《がいぶん》が悪くなると、懸念していた。

すると、明石入道はすっかり大堰邸を造作し終えてから、「これこれの所を思い出しまして」と言上した。源氏の君は、明石の君が人中に出て行くのを苦慮《くりょ》していたのは、大堰で暮らす計画があったからだと得心し、明石の君も明石入道も、行き届いた配慮をしてくれたと思った。

惟光朝臣《これみつあそん》は、例の忍んでの外出には、いつも仕えている家臣なので、源氏の君は惟光を大堰邸に派遺して、しかるべく、あちこちと必要な事を用意させた。帰って来た惟光が、「あの辺りは風情があって、明石の浜辺に似ている面がありますと言上するので、明石の君の住居としては不適当ではないと思う。

造営している御堂は、大覚寺《だいかくじ》の南にあたり、滝殿《たきどの》の趣は大覚寺に劣らず、風趣《ふうしゅ》豊かである。他方の大堰邸は川に面して、えもいわれぬ松陰《まつかげ》に、何の趣向もなく建てられた寝殿の質素なたたずまいも、自ずから山里の風情があり、源氏の君は室内の装飾に多少の手を加えた。

源氏の君は親しい家来の数人を、非常に内密に明石に派遣する。明石の君としては逃《のが》れ難くなり、もはや今となってはと思うと、長年過ごした明石の浦を離れるのも辛く、明石入道が心細くもひとり残るのだと考えると、心は乱れ、万事に悲しい。

どうしてかくも悩みが尽きない我が身なのだろうと、源氏の君の情けとは無関係の人たちが、羨《うらや》ましく思え、両親も、数年来、寝ても覚めても熱望していた志が叶った事は、誠に嬉しいけれども、今後は互いに顔を合わせる事なく過ごすと思うと、堪えられない程に悲しく、夜も昼も途方に暮れる。口から出るのは同じ事ばかりで、明石入道は「これからは、この姫君を拝見するのも難しくなるのか」と言う以外にない。

母君も心底悩んで、「これまで何年間も、夫とは同じ庵《いおり》にも住まなかった。離れて暮らしていたので、娘が上京する今、一体誰のためにこの地に留まる必要があろうか。とはいえ、さほど情愛のない軽々しい間柄であっても、相手を見馴《みな》れてしまったあとに、別れる辛さは通り一遍《いっぺん》のものではない。古歌《ふるうた》に、**みなれ木のみなれそなれてはなれなば**　こいしからんや恋しからじや、とある通りだ。

夫の常ならぬ坊主頭や、偏屈《へんくつ》なものの考え方は頼りなくても、それはそれで、この明石の地こそは、この世の最後を送るべき住《す》み処《か》だと考え、いつか命の果てるまでは、絶対に離れまいと思ってきた。それをここに至って急に、離れ離れになるのも心細い。若い女房たちで、これまで気を塞ぎながら過ごしてきた人は、上京が嬉しかろう。しかし見捨て難いこの浜の景色は、もはや再び帰って見る事はできまい」と思いつつ、寄せる波に涙を添えて、袖は濡れがちだった。

ちょうど秋の頃合なので、ものの哀れさを幾重《いくえ》にも重ねた心地がして、出立の日の暁《あかつき》に、秋風が涼しく、虫の音も様々に聞こえる折、明石の君が海の方を見やっていると、父の入道は夜半から朝までの後夜《ごや》の前から起きて、鼻をすすりながら勤行をしている。不吉な言葉を口にしないように慎《つつし》んではいるものの、誰もが悲しみをこらえきれない。

一方、幼い姫君は誠に可愛らしく、夜光るという玉のような有様なので、入道は自分の袖から外へは出さないようにしていたため、入道に馴染んで放そうとしない幼な心が不憫《ふびん》であった。忌々《いまいま》しいまでに人とは異なる出家の身を無念に思いつつ、今後は瞬時も姫君を見ないで、どうやって過ごして行こうかと、涙を隠せず、別れの詠歌をする。

ゆくさきをはるかに祈る別れ路《じ》に
絶えぬは老いの涙なりけり

行く先を遥かに祈るこの別れにあたって、こらえきれないのは老いの涙です、という悲嘆で、「ゆくさき」には旅の行く先と姫君の行く先が掛けられ、「誠に縁起《えんぎ》でもない」と言いつつ、涙を押し拭《ぬぐ》って隠すと、つれあいの尼君が返歌をした。

もろともに都は出《い》できこのたびや
ひとり野中のみちにまどわん

あなたと一緒に都を出て来て、このたびの上京の旅では、わたしはひとりで、野中の道に迷ってしまうでしょう、という慨嘆《がいたん》で、「このたび」にはこの旅とこの度が掛けられ、古歌の、古道《ふるみち》にわれやまどわんいにしえの　野中の道はしげりあいにけり、を下敷にしていて、泣く姿も道理であった。これまで入道と契《ちぎ》り交わして積み重ねた歳月の長さを思えば、こうして源氏の君の娘への情愛を頼みにして、一度は捨て去った都に帰って行くのも、考えてみると、全く頼りない事ではある。明石の君も歌を詠《よ》む。

いきてまたあい見んことをいつとてか
かぎりもしらぬ世をば頼まん

都に行って、生きて再会できるのがいつと思いながら、命の限りもわからないこの世を、頼みにできるでしょうか、という悲哀《ひあい》で、「行《い》き」に生きが掛けられ、明石の君は、「せめて都まで見送りに来て下さい」と入道に懇願する。入道は、何やかやと同行できない理由を口にしつつ、旅の道中の事もひどく気がかりな様子である。
「この世を捨てようと思い始めた頃に、こうして田舎の国に下《くだ》りました。これもひたすらひとり娘のためでした。

というのも国守《こくしゅ》になれば、財力にものを言わせて、思い通りに明け暮れの養育ができると考えたからです。それが都を出た理由でしたが、我が身の拙劣《せつれつ》な分際《ぶんざい》を思い知らされる事がたびたびでした。とはいえここで改めて都に帰っても、旧受領《ずりょう》の貧しい生活が待っているのみで、蓬《よもぎ》と葎《むぐら》に覆《おお》われた陋屋《ろうおく》を元に戻す事はできません。こうして公私にわたって、大臣であった親の亡き影を辱《はずかし》めてしまって、申し訳なさで一杯です。都を出て下向したのが、そのまま世を捨てる門出《かどで》だったと、世間でも周知の事になりました。その後の出家については、自分でもよく思い切ったと考えています。

しかし、あなたが少しずつ成長して、物事の分別がついてくるに従い、こんな田舎にいては、せっかくの美しい錦を闇夜に隠しているようなものだと悩み出したのです。子を思う心の闇は、『後撰和歌集』に、**人の親の心は闇にあらねども　子を思う道にまどいぬるかな**、とある如く、晴れる時もなく、嘆き続けてきました。嘆きながらも、神仏に祈願《きがん》して、こんな拙《つたな》い私の身の上に引かれて、卑《いや》しい山人《やまびと》の庵のような所で、共に最後まで暮らす事はあるまいと、ひたすらそれのみを頼りにしていたのです。

すると、思いもよらない嬉しい事が、次々と生じるようになりました。とはいえ、元国守という我が身分と、先方の身分の不釣合《ふつりあい》を、あれこれと悲しく思い嘆く破目になったのです。そこに姫君が生まれて、その宿世《すくせ》は揺るぎないように思えます。それがこうした渚《なぎさ》で月日を過ごすのは、全く以《もっ》て勿《もっ》体《たい》ない事です。

姫君の前世《ぜんせ》の因縁《いんねん》は格別のように見えるため、これから行く末を拝見できなくなる心の惑《まど》いは、鎮《しず》め難いものがあります。とはいっても、私の心は永久にこの世を捨てています。それに対してあなた方は、この世を照らすに違いない光がはっきりしています。ほんのしばしの間、このような山賤《やまがつ》の心を乱すような、前世からの因縁であったようです。

別れの辛さについては、天人《てんにん》がみじめな地獄道《じごくどう》、餓鬼《がき》道、畜生《ちくしよう》道という三悪道に落ちるという天人五衰《てんにんごすい》の苦しみに倣《なら》って、今日を限りとして、永遠の別れです。この私の命が尽きたと聞いたとしても、死後の葬送や仏事は考えないで下さい。『古今和歌集』に、**世の中にさらぬ別れのなくもがな千代もとなげく人の子のため**、とあるように、避けられない別れに、心を動かさないで下さい」と言い放った。

そうは言うものの、「火葬の煙となる夕べまで、姫君の御事《おんこと》をこそ、六時の勤行にも未練がましく祈願してしまいそうです」と言って、初めて涙で顔を歪《ゆが》めた。

牛車を、何両も連ねるのも大仰で、また半分ずつ陸路と海路に分けるのも煩《わずら》わしく、都から遣わされた供人《ともびと》たちも、ひたすら隠れるように忍んでいるので、ここは舟で内密に上京する事に決められた。

朝になって舟を出し、『古今和歌集』に、**ほのぼのと明石の浦の朝霧に　島隠れゆく舟をしぞ思う**、とあるように、浦の朝霧の中を、一行の舟が次第に遠ざかって行くと、実に物悲しくなり、明石入道はこの先澄んだ心でいられそうもなく、茫然自失《ぼうぜんじしつ》して眺めながら佇《たたず》む。一方の舟の中では、長い年月を経たあとに、今更都に帰るのも、やはり物思いは尽きず、尼君は泣きながら歌を詠む。

かの岸に心よりにしあま舟の
そむきしかたにこぎかえるかな

彼岸《かのきし》に心を寄せていた海人舟《あまぶね》のわたしは、背《そむ》いて捨てた方の都へと漕《こ》ぎ帰っている、という慨嘆で、「あま」と尼が掛けられ、「かの岸」は明石の地を指し、続いて明石の君も詠歌した。

いくかえりゆきかう秋をすぐしつつ
　うき木にのりてわれかえるらん

幾度も巡り来る秋をこの地で過ごし、浮き木のような舟に乗って、わたしは都に帰っていくようだ、という別離の情で、いかだである「うき」木に浮きと憂きを掛け、その昔、漢《かん》の武帝《ぶてい》の命令で、張騫《ちょうけん》がいかだに乗って、天の川の源を訪ねて都に戻って来たという故事を念頭に置いていた。

追い風に乗って、予定通りの日に都にはいり、人目につかないようにして、道中の旅装も軽くしていたのだった。

着いた大堰《おおい》の家は趣深く造られ、長年見慣れた明石の海辺にも似ていて、異郷に来たとは思われず、尼君は昔の事が思い出されて感慨深かった。建て増しされた廊《ろう》も興趣に富み、庭の遣水《やりみず》の流れも風情があり、部屋の手入れは十分行き届いてはいないものの、住み続けているうちに、整えられるはずである。源氏の君は親しい家司《けいし》に命じて、一行の到着を迎える準備をさせ、いつか自分も訪れるつもりでいるうちに、日数が経った。

明石の君は物思いが続き、捨てて来た明石の住居が恋しく思い出され、何もする事がないので、あの源氏の君の形見の琴《きん》の琴《こと》を掻《か》き鳴らす。折しも秋の寂しさも加わり、少し離れた所にくつろいで、少し弾くと、思いがけず松風が琴の音と響き合って鳴り渡り、尼君は物悲しそうに脇息《きょうそく》に寄り臥《ふ》していたが、琴の音に身を起こして歌を詠む。

身をかえてひとりかえれる山里に
　聞きしに似たる松風ぞ吹く

尼に身を変えて、夫と離れてひとり帰ってきた山里で、明石で聞いた音に似た松風が吹いている、という懐旧《かいきゅう》の情で、明石の君が弾く琴を松風に喩《たと》えており、明石の君も返歌する。

ふる里に見しよのともを恋《こ》いわびて
　さえずることを誰かわくらん

この大堰で古里の明石の友を恋しがり、爪弾《つまび》くわたしの拙《つたな》い琴を、聞き分けてくれるのは母君だけです、という母君への思いやりで、「こと」に言が掛けられていた。

こうして明石の君がもの寂しい心地のまま明かし暮らしている頃、源氏の内大臣は以前にも増して心が落ち着かないので、人目を憚《はばか》り続けるわけにもいかず、大堰を訪問しようとするものの、紫の上には事の子細《しさい》をはっきり伝えていなかったので、例の如《ごと》く、他から耳にはいる事もあろうかと考えて、挨拶に参じて、「桂《かつら》の院に、見るべき用事ができました。どういうわけか、心積もりとは裏腹に日数が経ってしまいました。訪問する約束をした人までも、あの辺《へん》近くに来て、待っているそうで、気の毒です。嵯峨野《さがの》の御堂にも、飾りつけのすんでいない仏像の供養《くよう》もしなければなりません。二、三日は留守にします」と言う。

紫の上は、桂の院というのをにわかに造らせていると聞くと、そこにあの女君《おんなぎみ》を据《す》えるという事だろうかと考えて、何とも不愉快で、「『後撰和歌集』に、**ももしきは斧《おの》の柄《え》くたす山なれや　入りにし人のおとずれもせず**、とあるように、斧の柄が朽《く》ち果てて、新しくする程の長い期間でしょうか。今の私には、ひと昔前のような浮気心もない。世間でもそう言っているのに」と思い、あれこれと紫の余りに待ち遠しいです」と、納得がいかない様子であった。源氏の君は「いつもの気難しい心だ。今上の機嫌をとっているうちに、日も高くなった。

源氏の君はひっそりと、前駆《さき》には事情に疎《うと》い者は加えず、用心深く大堰に向かい、黄昏時《たそがれどき》に着く。かつて明石で狩衣《かりぎぬ》に身をやつしていた折でさえも、世に類《たぐい》がない心地がしていたのに、ましてや今、しかるべく入念に仕立てた直衣《のうし》を着た姿は、世にまたとない程艶《あで》やかで、眩しいくらいに素晴らしかった。

明石の君の塞いでいた心の闇も晴れるようで、源氏の君は久しぶりなので感慨深く、三歳になる姫君を目にして、どうして通り一遍に思われようか、今まで離れて暮らした年月までもが、おぞましいと思う程に後悔《こうかい》する。故葵《あおい》の上腹の若君が十歳になるのを、可愛らしいと、世間の人が騒ぎ立てるのは、やはり人は時勢に従うものなので、内大臣の子として人が見てそう言うのであり、一方のこの姫君は、美しき人となるのは確かであった。何げなく微笑んだ姫君の無邪気な顔が、まるで匂うように美しいので、とてもいとおしいと源氏の君は思う。

姫君の乳母《めのと》は、明石に下って行った頃はやつれていた容貌《ようぼう》が、今は二年以上の年を重ねて円熟の美しさを加え、この数か月の話を、馴れた感じで言上する。源氏の君はあのような塩屋《しおや》の近くで過ごした苦労を思いやって、言葉をかけたあと、明石の君に「ここも大層人里離れています。やはり前から勧めている二条東院に移ったらどうでしょう」と言う。

明石の君は、「上京して来たばかりで、都にも馴れておりません。もう少し過ぎてから」と言上するのも道理で、ひと晩中、源氏の君は種々の約束をする一方で、睦《むつ》まじく語りかけて、夜を明かした。

源氏の君は、邸内の修理すべき箇所を、大堰の地の宿守や、新たに加えた家司に下命《かめい》する。源氏の君が桂の院に来ていると聞いて、近くの荘園の人々で前以《もっ》て桂の院に参集していた者たちも、みんな源氏の君を訪《たず》ねて大堰に参集して来たので、前栽《せんざい》が折れて倒れているのは手入れさせる。

「あちらこちらの立て石も、みんな転がって散らばっています。これを風情あるように手を入れれば、見所も増します。とは言っても、こんな所を殊更《ことさら》整備したところで、甲斐がないように思えます。どうせ末長く住むのではないので、離れる時には未練が残ります。私もあの時は辛かった」と、以前に明石を去った時の事も話した。泣いたり笑ったりして、打ち解けている源氏の君の様子は、とても素晴らしく、尼君はそれを覗《のぞ》き見して、老いも忘れ、物思いに塞がる胸も晴れる心地がして、つい笑《え》みが漏れた。

東の渡殿《わたどの》の下から出ている遣水の趣を手入れさせる際、源氏の君が誠に優艶《ゆうえん》な袿《うちき》姿でくつろいでいるのを尼君が見て、実に見事で嬉しいと思って眺めていると、源氏の君は閼伽《あか》の具があるのを見て、気がつく。

「尼君はこちらにおられましたか。こんなだらしのない姿で申し訳ありません」と言って、直衣を取り寄せて着替え、尼君の側の几帳《きちょう》近くに寄って、「非の打ち所もないように育てられた姫君を見て、これもあなたの勤行の賜物《たまもの》と、しみじみ思いました。俗世への執心を捨てて安らかに暮らしておられた住まいを捨て、都という俗世に戻って来られたご決心には、頭が下がります。またあの地には入道が残られており、どれほどあなた方を心配しておられるだろうと、様々に胸が痛みます」と、実に優しい言葉をかける。

すると尼君は「いったん捨てたこの世ですが、今更に立ち帰り、思い乱れておりました。それを推《お》し量《はか》っていただき、我が命が長く続いたのも無駄ではなかったと、思い知らされます」と言って、つい泣き出し、「明石の荒磯《あらいそ》の陰で、心苦しく思っていました二葉《ふたば》の松の姫君も、今は頼もしい生《お》い先と、言祝《ことほ》いでおります。しかしながら、出自の浅い根ざしゆえに、これから先どうなられるのだろうかと、何かにつけて心配しております」と言上する様子には、奥床しさが感じられる。

源氏の君は、中務宮《なかつかさのみや》がここに住んでおられた当時の有様《ありさま》を、尼君に語らせていると、修理された遣水の音の響きが、あたかも恨み言を言いたげに聞こえるので、尼君が詠歌する。

すみなれし人はかへりてたどれども
清水《しみず》はやどのあるじ顔なる

かつて住み慣れていたわたしが帰って来ても、昔の事はうろ覚えなのに、邸の清水は、この宿の主《あるじ》のように音を立てています、という懐旧《かいきゅう》の情で、「かえりて」に帰りてが掛けられ、さりげなく控え目に言う様子は、雅《みやび》やかな感じがしていいと、源氏の君は思い、返歌する。

　いさらいははやくのことも忘れじを
　　もとのあるじや面《おも》がわりせる

　遣水は昔の事も忘れてはいないはずで、主人顔するのは、元の主が出家して様子が変わったからでしょう、という感慨であった。源氏の君が嘆息しながら眺めやって、立ち去る姿や気品は、この世に比類がないと、尼君は感に堪《た》えなかった。

　源氏の君は嵯峨野《さがの》の御堂に赴いて、毎月十四日の普賢講《ふげんこう》、十五日の阿弥陀念仏《あみだねんぶつ》、晦日《つごもり》の釈迦《しゃか》の念仏三昧《ざんまい》は言うに及ばず、それに加えて行う事も定め、堂の飾りや仏具についても、役割分担を決めて命じ、月がまだ明るいうちに大堰に戻った。

　源氏の君がかつての明石の夜の出来事を思い出している時に、明石の君は例の琴《きん》を差し出した。源氏の君はそこはかとなく物思いに沈んでいた最中だったので、感興《かんきょう》に堪えられず、琴を掻き鳴らす。まだ音の調子も変わらないため、記憶が甦《よみがえ》って、あの時の事が今の事であるかのように感じられて詠歌する。

　契りしに変わらぬことのしらべにて
　　絶えぬ心のほどは知りきや

かつて誓った言葉のように、変わらない琴の調子によって、私の絶える事のないあなたへの真心の程は、おわかりになったでしょうか、という確認で、「琴《こと》」に言を掛けていて、明石の君も返歌する。

変らじと契りしことをたのみにて
松のひびきに音《ね》をそえしかな

変わらないという約束を頼みにして、待っていたわたしは、涙ながらに松風の響きに琴の音を添えておりました、という胸中《きょうちゅう》の吐露《とろ》で、「松」に待つを掛け、「ひびき」に琴の音、「音」に泣く音の意を匂わせて、優雅に詠み交わす様子も、源氏の君とは不釣合ではなく、明石の君の身分からすれば誉《ほま》れな事だった。

この上なく成長してきた姫君の容貌や振舞は、とても思い捨てる事もできない様子であり、姫君を可愛らしいと思って見つめずにはおられない。さてこれから先どうしたものか、このまま日陰者《ひかげもの》として育つのは気の毒であり惜《お》しいので、二条院に移して、心のゆく限り世話をすれば、将来の評判も傷がつくまいと思うものの、また明石の君が悲しがるのも痛々しく、口に出しても言えないまま、涙ぐんで姫君を見る。

姫君は幼《おさ》な心《ごころ》にも多少恥ずかしがっていたのが、少しずつ馴れてきて、声を上げて笑ったりして、なついてくるのを見ると、一層可愛さが増してくる。姫君を抱きかかえる源氏の君の様子も、見る甲斐充分に素晴らしく、姫君の宿運もこれ以上のものはないように見えた。

翌日は京に帰らねばならないので、少し寝過ごしてから、すぐにもここを出立しなければならない折に、桂の院に人々が多く集まり、この大堰にも事情を知った殿上人が大勢参上していた。

装束を着替えた源氏の君は、「これでは大変体裁《ていさい》が悪いです。やかましく見咎《みとが》められるような隠れ家でもないのに」と言いつつ、外の騒々しさに引かれるようにして出立する。あとに残る明石の君と姫君の事が気がかりなので、さりげなく人目につかぬようにして立ち止まると、戸口には乳母が姫君を抱いていて、中から差し出した。

源氏の君は感慨深そうに姫君を撫《な》で、「これから先、この子を見ないで過ごすのは、とても辛い。今更言ってもおこがましいが、どうしたものか。古歌に、里遠みいかにせよとかかくのみは　しばしも見ねば恋しかるらん、とある通り、ここは遠い」と言うと、乳母は「数年来、明石のように遥かに遠い地にいた頃は、諦《あきら》めがついておりました。しかしこうして近くに来て、今からの扱いがはっきりしないようでしたら、胸が痛みます」と言上する。

姫君は手を差し出して、源氏の君が立っている方向に行こうとするので、源氏の君は膝をついて、「我ながら妙に、物思いの絶えない身です。ほんのしばしの別れでも苦しいのです。この子の母君はどこにおられるのか。どうして一緒に出て来て、別れを惜しんでは下さらないのだろう。そうしたら心も慰められるのに」と言うと、乳母は微笑んで中に入り、明石の君に源氏の君はこのように言われておりますと伝える。

明石の君は源氏の君と再会して、却って思い乱れて、横になっており、すぐには起き上がれなかった。それを勿体ぶった態度だと、源氏の君は思い、女房たちも余りに待たせては失礼だと急かすので、明石の君はしぶしぶといざって出てきた。

几帳に半分身を隠しているその横顔は、実にしっとりとして品があり、物柔らかな感じは、皇女《こうじょ》と呼んでも遜色《そんしょく》はなく、源氏の君は几帳の帷子《かたびら》を引きやって、細やかに語らい合うため、ほんのしばらく、振り返って顔を合わせる。明石の君は心の乱れを抑えながら、最後には見送りする。

源氏の君の姿は言いようもなく、今が盛りといった容姿で、以前は大層細身で、身の丈《たけ》が高かったのが、今は少しそれに見合う程に恰幅《かっぷく》がよくなり、こうでこそ威厳《いげん》もあろうかと思われた。指貫《さしぬき》の裾に至るまで、美しく魅力たっぷりに見えるのも、明石の君の欲目だろうか。

あの伊予介《いよのすけ》の子で、解任されていた蔵人も、今では還任《げんにん》され、左右衛門府《さえもんのふ》の靫負《ゆげい》の尉《じょう》も兼任して、今年従五位下に叙《じょ》されていた。以前とは違って得意げに、源氏の君の御佩刀《みはかし》を取りに来て、ある女房の人影を見つけ、「かつてお世話になった事は忘れておりません。畏《おそ》れ多くて挨拶もできかねる中、あの明石の浦風を思い出させるような、今朝《けさ》の大堰での寝覚めでしたが、伺うきっかけさえございませんでした」と、意中をほのめかす。

女房は「幾重にも雲に覆われたこの山里は、古歌に、**白雲の八重たつ山の峰にだに　住めば住まる世にこそありけれ**、とあるような所です。それでここは、『古今和歌集』に、**ほのぼのと明石の浦の朝霧に　島隠れゆく舟をしぞ思う**、とあるように明石の浦にも劣りません。ですので、同じく『古今和歌集』に、**誰をかも知る人にせん高砂《たかさご》の　松も昔の友ならなくに**、とある如く、途方に暮れておりました。そこに忘れない人もおられると知り、頼もしく存じます」と言う。

靫負の尉は「とんでもない。自分も明石では侘《わび》しい思いをしたのに」と思い、気取った女房に興《きょう》醒《ざ》めして、「それでは近いうちに」と切り口上を述べて、源氏の君の方に戻った。

その源氏の君が威儀《いぎ》を整えて、堂々と牛車の方まで歩く間、前駆《さき》の者は大声で前を追い払い、牛車の後方席には頭中将と兵衛督《ひょうえのかみ》を乗せる。

「とても軽率な隠れ家を見つけられたのが悔《く》やまれる」と源氏の君が困惑顔でいると、頭中将たちは「昨夜の月夜には、残念ながらお供するのに遅れてしまいました。それで今朝は霧の中を分け入って参上した次第です。山の紅葉《もみじ》の錦は、まだ盛りの前でしたのに、野辺の草花の色はちょうど盛りでございました。某《なにがし》の朝臣《あそん》が小鷹《こたか》狩りに時間を取られて、こちらに参上するのが遅れていましたが、どうなりました事か」と言い、今日は京に戻らず、やはり桂の院にと思い、そちらに向かった。

出迎えた殿上人たちを急に接待する事になり、桂の院はその準備に大童《おおわらわ》になり、桂川の鵜飼《うかい》たちを呼んだところ、その口上《こうじょう》は、あの明石の浦の海人《あま》のわけのわからぬ話し方を思い出させた。野に留まって狩りをしだした公達《きんだち》は、獲物の小鳥をしるし程度に結びつけた荻《おぎ》の枝を、手土産《てみやげ》にしてやって来た。

酒杯が何度も順に回り、川辺の散歩も危なっかしいので、酔いに紛れて、その日は一日中桂の院に滞在して、おのおのが絶句を作って披露《ひろう》し、月が華やかに出て来る頃に、盛大な管絃《かんげん》の宴《うたげ》が始まり、実に優雅である。

弾き物は琵琶《びわ》と和琴《わごん》くらいしかないものの、笛は上手な者ばかりが揃い、その場の雰囲気に合わせて調子よく吹き立てていると、川風が笛に合わせて吹き加わり、興が乗って来る。

月が高々と上がり、あらゆる物が澄んで見える夜が、少し更けてくる頃に、殿上人が四、五人連れ立って参上した。

内裏清涼殿《だいりせいりょうでん》の御前に伺候《しこう》していた時、管絃の宴が話題になり、帝が「源氏の内大臣は、今日は六日間の宮中の物忌《ものいみ》が明ける日なので、必ず参上されるはずです。しかしまだ姿が見えません。どうしてでしょう」と尋《たず》ねられたため、「あの桂の院に滞在しておられます」と奉上すると、それでは文を送ろうという事になって、使者には蔵人の弁《べん》が立てられたのであり、御製《ぎょせい》の和歌が添えられていた。

月のすむ川のおちなる里なれば
　桂のかげはのどけかるらん

あなたが住んでいるという所は、澄んだ月を川面《かわも》に映す桂川の川向こうの遠い地で、桂の山荘で月の光を楽しんで、のんびりとされているでしょう、という羨望《せんぼう》で、「すむ」に澄むと住むを掛け、「月」には桂の木が生えるという中国の伝承を踏まえ、『古今和歌集』の、**久方の月の桂も秋はなおもみじすればや照りまさるらん**、を響かせており、「羨ましい事です」と言葉が添えられていた。

源氏の君は参上しなかったお詫びの文を用意したものの、この桂の地は宮中の催しよりも、場所柄寂しさが格別なので、楽《がく》の音《ね》も趣深く、さらに酔いが加わる。

桂の院には使者や殿上人に授ける褒美《ほうび》の品もないので、大堰に「何か適当なものはありませんか」と使いを送ると、明石の君がとり急ぎ手許にある物を、衣装箱二荷《ふたかけ》にして差し出した。使者の蔵人の弁はすぐに帰参しなければならないというので、女房装束を被《かず》け、返歌を託した。

久《ひさ》かたの光に近き名のみして
　あさゆう霧も晴れぬ山里

桂の地が月の光に近いというのは、名ばかりで、朝夕霧も晴れない山里です、という謙遜《けんそん》で、『古今和歌集』の、久かたの中に生いたる里なれば　光をのみぞ頼むべらなん、を下敷にし、帝がここに行幸《ぎょうこう》されるなら、霧も晴れるでしょうという願いを込め、実際にその歌を朗誦《ろうしょう》しているうちに、かつて明石から見た淡路《あわじ》島を思い出す。

凡河内躬恒《おうしこうちのみつね》が、淡路にてあわとはるかに見し月の　近きこよいは所からかも、と不思議がって詠んだ歌を口にしたので、感極まって酔い泣きする向きもあり、源氏の君は詠歌する。

めぐり来て手にとるばかりさやけきや
淡路の島のあわと見し月

都に戻った私の目の前に巡って来て、手に取るばかりにくっきりと見える今夜の月は、かつて淡路島を前に遥か遠くに見た月と同じだろうか、という帰京の実感で、頭中将が唱和する。

うき雲にしばしまがいし月かげの
すみはつるよぞのどけかるべき

浮き雲にしばらく隠れていた月の光が、再び澄み渡った今夜のように、あなたが都に返り咲いた今の世は、誠に平和です、という言祝《ことほぎ》で、「浮《う》き雲」に憂き雲、「澄《す》み」に住み、「夜《よ》」と世を掛け、年配者の左大弁《さだいべん》は、故桐壺院の御代にも親しく伺候《しこう》していた人であり、同じく唱和した。

雲の上のすみかをすててよわの月
いずれの谷にかげ隠しけん

雲上の住み処《か》である宮中を捨てて、夜の月である亡き桐壺院は、一体どこの谷に光を隠されたのだろう、という追憶《ついおく》であり、その他にもいくつもの唱和歌があったが、ここでは省略する。

親しい間柄での打ち解けた静かな話も、少し乱れて雑談になる。千年も見聞きしていたいような源氏の君の様子であり、まさに紫の上が口にした斧《おの》の柄《え》も朽ちてしまう程の、長い時間が経ちそうなので、「いくら何でも今日は早々に」と言って、急いで帰途につく事にする。

禄の装束をそれぞれの身分に応じて被《かず》けると、それを肩にかけて霧の絶え間に立ち交じっている人たちの姿が、前栽の花と見違える程、色の具合が特に美しい。近衛府《このえづかさ》の高名《こうみょう》な舎人《とねり》で、神楽《かぐら》に長じている者も、せっかく伺候しているので、このままお開きにするのは物足りなく、神楽歌の「其駒《そのこま》」を賑《にぎ》やかに謡《うた》う。

〽その駒ぞ　や　我に　我に草乞う
草は取り飼わん　水は取り
草は取り飼わんや

その朗詠《ろうえい》の禄として、脱いで与える衣のとりどりの色合いは、秋の紅葉の錦を風が吹いて覆ったかのように見えた。

こうして大騒ぎをして帰って行く響きを、大堰では遥か遠くから聞いていていて、明石の君も名残惜《なごり》しくて寂しく物思いに耽《ふけ》る。源氏の君は明石の君への後朝《きぬぎぬ》の文も送っていないので、気がかりではあった。

二条院に帰着すると、しばらくの間、休みながら、紫の上に山里の話をしてやり、「出がけに言っていた外泊の日数を、超えてしまい申し訳ありません。例の好き者たちが訪ねて来て、強《し》いて引き留めたので、負けてしまいました。今朝は気分が悪いです」と言って、御帳台《みちようだい》に入る。紫の上はいつもの通り、機嫌が悪いが、それには気がつかないふりをし、「あなたとは比べものにならない身分の女と、自分を比較するのは、見当はずれです。自分は自分と思っていて下さい」と諭《さと》した。

夕暮れ時に、源氏の君が帝へのお詫びと報告の挨拶のため内裏に参上する際、こっそりと急いでしたためる文は、大堰の女宛のようで、傍目《はため》にも丁寧《ていねい》に書いてある。こそこそと言い含めた使者を大堰に遣わすのを見た紫の上付きの女房たちは、辛い仕打ちだと憎らしく思う。

その夜は内裏で宿直《とのい》をすべきだったが、機嫌がよくない紫の上をなだめ続けて、夜も更けてから退出すると、ちょうど先刻遣わした使者が返事を持って参上した。あからさまには隠されず、そのまま見ると、どことといって紫の上の気分を害する内容ではないので、「これはこっそり破棄《はき》して下さい。面倒です。こんな物が人目につくのも、今では似合わない年になりました」と言う。

脇息《きようそく》に寄りかかってはいるものの、心中では実にしみじみと明石の君が恋しく思いやられるので、灯火《ともしび》をぼんやり眺めたまま沈然《ちんぜん》とする。手紙は広げられたままそこにあるが、紫の上は見る様子も窺《うかが》われず、源氏の君は「その見て見ぬふりの目が困るのです」と言って微笑すると、それが魅力たっぷりではあった。

源氏の君は紫の上にそっと体を寄せて、「実はあの方に愛くるしい女児が生まれ、これも浅からぬ因縁に思います。かといって、その子を表立って我が子として育てると、支障《さわり》が出るため、思い悩んでいるところです。その子をどうしたものか、どうか一緒に考えて下さい。どうでしょうか、その姫君をあなたが育ててはくれませんか。今は蛭《ひる》の子の三歳であどけなく、見捨てるわけにはいきません。袴着《はかまぎ》も何とか目立たないようにしてやらねばならず、不愉快でしょうが、あなたの手で腰結《こしゆい》をしていただけないでしょうか」と言う。

紫の上は「わたくしが嫉妬《しっと》をするだろうと、心外《しんがい》な方に考えているあなたこそ、心に隔てを感じてしまいます。そんなあなたの他人行儀を、強いて気づかないようにするのも無邪気に過ぎると思って、すねていたのです。幼い女の子にとって、わたくしは相手としてふさわしいはずです。その年齢だと、どんなにか可愛らしいでしょう」と答えて、少し笑みを浮かべ、元々子供を無性《むしょう》に可愛がる性分《しょうぶん》なので、手元に引き取って抱いて世話したいと言う。

源氏の君は安堵《あんど》したものの、明石の君をどうしたものか、姫君を迎え取るにしても、それは容易ではないと、思い悩む。大堰を訪ねるのは内大臣という要職の手前、とても難しく、嵯峨野の御堂造営に関する法事を口実にして、月に二度程の通いはあるようで、あの牽牛《けんぎゅう》と織女《しょくじょ》の年に一度の逢瀬《おうせ》よりはましなので、明石の君はこれ以上の契りは及びもつかない事だとは思うものの、やはり悩ましさが絶える事はなかった。

# 第二十六章　八重桜《やえざくら》

この「松風《まつかぜ》」の帖《じよう》の末尾は、自分ながら不首尾《ふしゆび》だったと悔《く》やまれる。しかしこれ以上、筆を尽くしても、光源氏から愛人の子を養育してはくれまいかと、頼まれたときの、紫の上の煩悶《はんもん》の子細《しさい》は書けない気がした。

愛人がたかが元受領《ずりよう》の娘だとしても、光源氏唯一《ゆいいつ》の娘を産んだのだ。それに反して自分には子がない。この先も生まれないかもしれない。とすれば、光源氏の要望を潔《いさぎよ》く受け入れて、我が子として育てれば、光源氏の心もこちらに惹《ひ》きつけられる。しかも自分は子供好きだから、養育はむしろ楽しみになる。

そしてまた、娘を引き取ることで、大堰《おおい》の女君《おんなぎみ》に対する嫉妬心《しつとしん》も多少は減じるに違いない。自分の性分《しようぶん》として、気になるのがこの根深い嫉妬で、どう手なずけても、意のままにはならない。これが幼い頃から光源氏に頼り切って生きて来た心の反動でもあった。頼らざるを得ないので、嫉妬は埋火《うずみび》のようにいつも心の内でくすぶる。これが、紫の上は嫌だった。

しかし、大堰の女君にしてみれば、我が子を奪われて、どういう苦しみを味わうのだろうか。生木《なまき》を裂くようにして幼い娘を奪った養母を心から憎むだろう。これは道理だ。

せめてその償《つぐな》いは、幼子《おさなご》を本当の我が子として、慈《いつく》しみ育ててやることではないだろうか。そうすれば実母の恨《うら》みも多少は和《やわ》らぐに違いない。

紫の上の心中は、だいたいこのようなものであったはずで、筆の及ばなかった部分は、読み手がそのように汲《く》み取ってくれればいい。


「絵合《えあわせ》」と「松風」の二帖を書いている間も、終始気がかりだったのは、やはり堤第《つつみだい》の行く末だった。幸い弟の惟規《のぶのり》は蔵人《くろうど》として召されたものの、惟通《これみち》は依然として無官のままだ。父君も越前《えちぜん》から帰って以来、散位《さんい》が六年も続いている。末弟の定暹が早々と出家《しゅっけ》を決めたのは、あるいはこうした家の事情を、予感していたのかもしれなかった。

妹の雅子《まさこ》には、まだ時折、例の殿方が通って来る。それは月に二度ほどで、ちょうど光源氏が大堰の明石《あかし》の君に通って来る頻度《ひんど》と似たようなものだ。かといって妹は、あの『蜻蛉日記《かげろう》』の作者のように、兼家《かねいえ》様の夜離《よが》れを恨んでいる風ではない。兼家様ほどには通う女は多くないとはいえ、あの殿方にも他に通う所があるはずで、妹はそれを当然だと思っているのだろう。

残念なことに、妹にはまだ妊娠《にんしん》の気配はない。子でもできれば、通って来る殿方の心構えも変わるはずだった。身籠《みご》らない自分を気にする様子もなく、妹は賢子《かたこ》を我が子のように可愛《かわい》がってくれている。もっぱら教えているのは歌で、『古今《こきん》和歌集』を口移しで繰り返し、朗唱《ろうしょう》させていた。

母君にとっても、賢子は唯一の孫であり、暇を見つけては和琴《わごん》を教えている。その音色《ねいろ》も、聴いていて少しずつ耳に快くなってきていた。

真仮名《まがな》を教えているのは惟通で、『万葉集』を前にして、万葉仮名を書き取らせている。時にはそこに父君までも加わって、『蒙求《もうぎゅう》』の一節を朗誦させたりもする。

そんな寄ってたかっての手習いを、賢子が嫌がっていないのが不思議だった。生まれつき聡明《そうめい》なのは確かだろう。父君はそれを母に似ていると言うが、むしろ父譲りだろう。あの宣孝《のぶたか》殿は軽々しい面があったとしても、器用で、何にでも興味を持ってものする才人だった。

いつもはしゃいで笑う賢子を見ていると、我が子というよりも、宣孝殿の子だという気がしてくる。宣孝殿の明るさが、そっくり賢子に受け継がれ、それがこの古くて暗い先祖代々の堤第を照らしていた。

しかしそんな賢子についても、将来を考えると暗澹《あんたん》としてくる。賢子はいうなれば、受領の子でもあり、また孫でもある。妹の許《もと》に通って来る殿方が受領であるように、賢子もいずれそうした境遇になるのは間違いない。それは、その他大勢の中に埋もれてしまうことを意味していた。なぜなら、この京の都には受領が満ち満ちているのだ。

受領は、何代か前まで遡《さかのぼ》ると、ほとんどが高貴な先祖に行き着く。父君の父方の祖父は中納言《ちゅうなごん》であり、母方の祖父は右大臣《うだいじん》を務めた。亡き母の祖父も中納言であり、曽祖父《そうそふ》は参議《さんぎ》だった。あの宣孝殿にしても、父は権中納言《ごんのちゅうなごん》、曽祖父は右大臣だったはずだ。

いわば、京に満ちている受領や大夫《たいふ》と呼ばれる人々は、貴人の零落《れいらく》した子孫の姿だと言ってよい。そうやって、いったん落魄《らくはく》した身分に沈むと、もうそこに留《とど》まるしかない。受領としてどこかに任官されるのを、垂涎《すいぜん》しつつ待ち受けるのが定めだった。そしてその子女も、その範囲内か、それ以下で一生を終えなければならない。

受領の娘として、そこから抜け出す唯一の道が、高貴な方々への出仕《しゅっし》だと言える。かつて具平親《ともひらしん》王邸《のう》に出仕し、また中宮《ちゅうぐう》様に出仕したように、それは栄誉《えいよ》の道に違いない。つまり一家の浮沈《ふちん》は、男よりも子女にかかっているのだ。賢子も、あるいはその道を選び取るのかもしれない。狷介《けんかい》な我が身と違って、陽気な賢子ならば、その道は決して嫌ではなかろう。

今、母君と妹が「絵合」と「松風」の帖を書写している。それが終わると、例によって父君が道長《みちなが》様に贈るはずだ。それに異を唱える気などない。書き上げたものは、もはや我が手を離れたも同然で、我関せずなのだ。それは里居《さとい》を続ける不義理を、詫《わ》びる方便とも言えた。

いずれは再出仕しなければならない。ずるずると里居を続けていられないのは明らかだった。そんな折、弁《べん》の内侍《ないし》の君からまた歌が届いた。

憂《う》きことを思い乱れて青柳《あおやぎ》の
いと久しくもなりにけるかな

出仕を憂《うれ》えて思い乱れているうち、柳が芽吹く頃になりましたが、と詠《えい》じたあと、「いつこちらに参りますか」と書かれていた。

弁の内侍の君の心遣《こころづか》いはありがたいものの、重い腰はおいそれとは上がらず、次のように返歌した。

つれづれと長雨《ながめ》ふる日は青柳の
　いとど憂き世に乱れてぞ経《ふ》る

長雨を眺めていても、憂き世に心を乱す日々は変わりません、という胸中を伝え、あらずもがなと思いつつ、次の歌も書き添えた。

わりなしや人こそ人と言わざらめ
　みずから身をや思い捨つべき

人を人と思わない言い方をされてはいても、自分から我が身を見捨てられるはずはありません、という本心を述べたつもりだった。

思い返せば、去年の暮れに出仕したとき、文箱《ふばこ》のみを抱えていたのを、偉ぶっていると陰口を言った老女房がいた。受領の娘ごときが何という思い上がりを、というのが上臈《じょうろう》の老女房の底意だったろう。

しかしそれくらいの侮蔑《ぶべつ》なら、最初から覚悟はしていたので、堪えられないことはなかった。堪忍《かんにん》袋《ぶくろ》の緒《お》が切れたのは、「あばた面《づら》のくせに」と言った女房がいたことだ。これは若いときから気にしていた我が身の哀れさだった。幸い堤第では誰ひとりそれを口にせず、維敏《ただとし》殿も宣孝殿も保昌《やすまさ》殿も、それには一切触れることはなかった。

このあばた面は、命と引き替えに天から授かったのだと、我が身を慰《なぐさ》めて、神仏を恨んだことさえなかった。しかし一条院内裏でそれを耳にしたとき、もはやここにはおられないと心に決め、正月の行事が一段落して、逃げるようにして退散したのだ。

再び出仕するとすれば、「受領の娘のくせに」というやっかみと、「あばた面」という悪口を覚悟しなければならない。

考えてみると、受領の娘であばた面は、事実を曲げた物言いではない。我が身そのものであるのは明白だし、今までそうやって生きてきている。陰口であれ、面と向かってであれ、そう指摘されれば、その通りですと応じるしかない。それでどうかしましたか、と面と向かって言い返さずとも、胸の内で反問すればいいだけだ。これは我が身の憂さであり、生きている限り避けて通ることはできない。命尽きるまで、背負って行くべき負荷だろう。

思い起こすと、物語の中に末摘花《すえつむはな》という醜女《しこめ》を登場させたのも、醜《みにく》い顔で生きなければならない女の心意気を示すためだった。末摘花の赤くて垂れた鼻を、面と向かって悪く言う者はいなかったかもしれない。寛容《かんよう》で高貴な家の生まれだったからだ。しかし父君の常陸宮《ひたちのみや》も母君も、そして乳母《めのと》とて、末摘花の醜さに気づき、将来を懸念《けねん》したろう。

そして本人も、物心ついて鏡を見たとき、決して美しい顔でないのに気がついたはずだ。そのみじめさは、成長するにつれて深くなっていったに違いない。とはいっても、顔の取替えはきかない。赤く垂れた鼻のままで生き続けるしか、やりようはなかったのだ。

そして天は、醜さと引換えに、美しく長い髪をその人に与えた。光源氏の訪れも、天の配慮だったとも考えられる。

ふと、末摘花ならこんなときどうするのだろうかと考えてみる。出仕は我が身の定めだと悟って、赤鼻のまま内裏に赴《おもむ》くだろう。醜い顔を理由にして、出仕の慫慂《しょうよう》を断るような人ではない。

ここまで考えて決心がつく。自分が創り上げた、物語中の人物に助けられたような気がした。

その日、再び中宮様の許に戻る旨《むね》を父君と母君に告げたとき、父君は何度も頷《うなず》き、母君は涙ぐんだ。惟規は当直でその場にいなかったものの、惟通も喜色《きしょく》を隠さない。姉が出仕を続けていれば、兄に続いていずれ自分も蔵人になる道が開けるからだ。

「これまで通り、賢子はわたしが見ます」

妹が言ってくれたとき、内裏でのどんな試練にも堪えるべきだと思った。堤第の未来がこの両肩にかかっているのなら、浴びせられる屈辱《くつじょく》こそを、日々の糧《かて》にしなければならない。

月が改まってはならないと思い、三月の末に堤第の牛車《ぎっしゃ》に揺られて一条院内裏に赴いた。宮中の美しい網代車《あじろぐるま》と比べると、同じ網代車でも格段に見劣りがする。しかしこれこそが受領の娘にふさわしかった。

東門《とうもん》で名を告げるとしばらく待たされ、ようやく中にはいることができた。ほぼ三か月ぶりの宮中だった。階《きざはし》の近くまで牛車を寄せると、知らせが行ったのか、出迎えてくれたのは小少将《こしょうしょう》の君だった。

「心待ちにしていました。隣の局《つぼね》にあなたがいないのは寂しい限りでした」

目を赤くして言うのには心打たれた。小少将の君とは局が隣合せで、明るく振舞いながらも控えめな態度に親しみを感じていたのだ。

「みんな喜んでいます」

そう言われても、はなから信じる気にはならない。用心するようにして、格子《こうし》の上がった簀子《すのこ》を歩く。手には何も持っていなかった。去年の暮れに、文箱のみを手にして初出仕したのを、「才をひけらかして」と陰口を叩《たた》かれたからだ。身ひとつの再出仕を選び取っていた。

東　庇《ひがしびさし》では、顔見知りの女房《にょうぼう》が五、六人笑顔で迎えてくれた。笑顔で応じようとしても、顔が強張《こわば》ってしまい、声も掠《かす》れる。それでも、深々と頭を下げて、長い不在を詫びた。

「中宮様が待っておられます」

大納言の君から言われて、後をついて行く。御簾《みす》の前までいざり出ると、中宮様がお姿を見せた。低頭《ていとう》して「長い里居をどうかお許し下さい」と、やっとの思いで口にする。

「待ち侘《わ》びていました」

それが中宮様の第一声だった。「初出仕なのに、とても忙しい思いをさせました。ゆっくり休養ができたでしょうか」

「はい、それはもう」

心から答える。中宮様が女房の間の陰口を知っておられるはずはない。

「そなたが里居の間に書いた物語、道長殿に届いている模様です。いずれわたくしも読ませてもらいます」

「畏《おそ》れ多いことでございます」

そう答えるしかない。里居をしているのに物語を書き継ぐなど、本来なら不遜《ふそん》なことに違いない。

「どうか、里居でなくとも、宮中でも書き続けてくれると、わたくしも嬉《うれ》しく思います」

「いえ、とんでもございません」

慌《あわ》てて首を振る。

「遠慮するには及びません。道長殿も望んでおります」

優しく言われたものの、それはそれでまた別な荷物を負わされた気がした。ご返事を濁して退去する他はなかった。

小少将の君に案内されて東庇に戻る。小少将の君と弁の内侍の君の間にあった局は、以前のままだった。しかし置かれていた文机《ふづくえ》の上に、美しい文箱と料紙《りょうし》が載っている。

「これは中宮様からの贈物です」

小少将の君が言う。よく見ると、脇に立つ灯台《とうだい》も新しい物に取り替えられていた。ここで心ゆくまで書いてよい、いや書けという配慮だろう。しかし素直には喜べない。呆然《ぼうぜん》としていると、弁の内侍の君と大納言の君が姿を見せた。

「また何かとお世話をかけます」

二人に挨拶《あいさつ》すると懐《なつか》しさが込み上げてきた。この二人と小少将の君、そしてもうひとり宰相《さいしょう》の君とだけは、心が通わせられる気がしていたのだ。

「待っていましたよ」

大納言の君がにっこりと笑う。中宮の従姉《いとこ》という高貴な身分ではあるものの、それをひけらかす様子は全くなかった。再会に感激したのか、ふっくらとした白い肌がほのかに赤みを帯びた。

「よかった。これでようやく春が来たよう」

弁の内侍の君も言い添える。

「道長様も、ちょうどこの東北の対《たい》に下がっておられる。参内《さんだい》した旨をお伝えしておいたほうがいいかもしれません」

大納言の君から言われて、後をついていく。中廂にはいった奥の、左側の部屋が在所《ざいしょ》になっていた。

「藤式部《とうしきぶ》が出仕して参りました」

大納言の君の声で、御簾の中から「おう」という応答がした。几帳《きちょう》の外に控えていると、「帰って来てくれたか」と言いつつ、道長様が御簾からお姿を見せた。

「里居が長かったのう。慣れない出仕で、さぞかし気苦労が多かったのだろう。これからは、ここを里邸《りてい》だと思って、くつろぐように」

笑顔が眩《まぶ》しいほどで、「はい」と頭を下げるしかなかった。ふと惟規の任官を思い出し、お礼を述べようかと思ったものの、それは口にすべきではなかった。

「何か不都合なことでも生じれば、この大納言の君に相談するように。ひとり胸に秘めておいてはいかん」

道長様がおっしゃると、大納言の君が二度三度頷いた。「それから、そなたが里邸で書いた源氏の物語の続きは、為時《ためとき》殿から届けられている。読む前に、まずは藤原公任《きんとう》に書写させている」

公任様と言えば、当代きっての才人で、能書《のうしょ》でも名が知れ渡っている。そんな殿方《とのがた》が物語を書き写すなど、畏れ多さを通り越していた。

「そのあとは、書をよくする女房を選んで、筆写させるつもりだ。ところで、あの源氏の君、須磨《すま》に流されたあと、どうなっている」

道長様はまだ、「須磨」の帖までくらいしか読んでおられないのに違いない。

「無事赦免《しゃめん》されて帰京しております」

率直に答える。

「そうだろうな、そうでなくては面白くない。いや、先が楽しみだ」

ひとり悦《えつ》に入《い》っている、道長様の前から退出するとき、何となく気が晴れた心地がした。

「確かに、ここが里邸だと思うと楽になります」

局に戻りつつ、大納言の君がしみじみとした口調で言う。その美しい顔と長い髪、優しい人柄は、女としてすべてを備えていると思われるのに、やはり出仕するに際しては、逡巡《しゅんじゅん》と苦悩があったのだろう。

その夜は、両隣の小少将の君と弁の内侍の君が局に押しかけて来て、灯火《ともしび》を囲んでの身の上話になった。嬉しい気遣いだった。

小少将の君も高貴な身分で、父方の祖父は左大臣《さだいじん》、母君は中宮の祖母の妹だった。本来なら出仕するような身分ではないのに、そうなってしまったのは、父君がわずか二十三歳で出家してしまったからだ。いったん伯父《おじ》君の養女になって、某殿方《ぼう》が通って来るようになったものの、行き違いが多かったらしい。実姉は早く関白道兼《かんぱくみちかね》様の妻になっていたものの、これまた早逝《そうせい》したために、後見《うしろみ》もなくなった。それが出仕のきっかけになったようだ。

この小少将の君も気品があって、美しさは大納言の君に勝《まさ》るとも劣らない。いつも明るく振舞う裏にどこか憂いが感じられるのも、なめてきた辛酸《しんさん》のゆえかもしれなかった。

大納言の君や小少将の君と違って、弁の内侍の君は父君が道長様の家司《けいし》であり、加賀守《かがのかみ》も務めたという。言うなれば受領の娘で、裏表のない気さくさも、そこから来ているのに違いなかった。

夜も更《ふ》ける頃、話し声を聞きつけてか、弁の内侍の君の隣の局にいる宰相の君が顔を見せた。狭い局なので四人が身を寄せて、座を作ってやる。

この人こそは、若い頃に何度も読んだ『蜻蛉日記』の作者の孫だった。父の道綱《みちつな》様と道長様が異母兄弟なので、中宮の従姉という高貴な身分とはいえ、実の母君の身分が低かったのだろう、若いときに宮仕《みやづか》えに出ていた。仕えたのは中宮の母君、つまり道長様の妻である倫子《みちこ》様だった。それだけ古参《こさん》女房なので、みんなが一目《いちもく》おいていたにもかかわらず、一切偉ぶったところがなかった。

「あなたが戻って来てくれて嬉しい。ここには四十人近い女房がいるので、中には当然、口さがない人も交じっている。これは仕方ありません。人は様々だから。でもわたしたちは、いつも藤式部の君の味方です」

真顔《まがお》で言ってくれたので、つい涙が出そうになる。「中宮様も、これで歌詠《よ》みが二人揃《そろ》ったと喜んでおられた。もうひとりは、あなたが里に下る直前に出仕して来た伊勢大輔《いせのたゆう》」

「あの方は本物の歌人です」

自分は歌詠みではないので、正直に言った。

「いえいえ、あなたの物語の中の歌は、とても並の歌詠みではできません。物語の要所要所にちりばめられた歌を、わたしは十回以上朗読します。すると、その歌を詠んだ人物になった心地がして、情景までも浮かんできます」

そう言って宰相の君は、歌を口ずさむ。**月影の宿れる袖はせばくとも　とめても見ばや飽かぬ光を。**

花散里《はなちるさと》が、須磨に下《くだ》る光源氏に対して詠んだ歌だった。宰相の君が褒《ほ》めるほどの歌でもない。

「源氏の君の返歌も、またしみじみと胸に迫ります」

宰相の君は居住《いず》まいを正して、また朗詠《ろうえい》する。行きめぐりつひにすむべき月影の　しばし曇らん空なながめそ。

何げない歌なのに、宰相の君が暗唱しているのに驚く。気恥ずかしくなるほどだった。

「あなたの歌には、物語があるのです」

それは当然だ。物語の中の歌だから、そうなるしかない。

「そしてわたしは、この麗景殿女御《れいけいでんのにょうご》の妹の花散里が好きなのです。源氏の君は若い頃から、この人と情を結んでいるでしょう。交情が長いのに、花散里は出しゃばるところがない。影のように、そっと控えています」

宰相の君が言って、自分で頷く。「あの物語に出てくる女たちには、わたしたちも、みんなそれぞれに贔屓《ひいき》があるはずです。大納言の君はどうでしょうか」

問われた大納言の君は少し考えたあと、嬉しそうに答える。

「いろいろ好きですけど、ひとり挙げろと言われれば、藤壺宮《ふじつぼのみや》でしょうか。あの過《あやま》ちはよくわかります。でもそのあとの毅然《きぜん》とした態度は立派としか言いようがありません。弁の内侍の君はどうでしょう」

「わたしは空蟬《うつせみ》。源氏の君を慕《した》ってはいるものの、最後まで貞節《ていせつ》を尽くすところがいい。小少将の君は」

「わたしの贔屓はあの可愛らしい紫の上でしょうか。これからどういう人になっていくのか、考えるだけで楽しい。でも、源氏の君の最愛の人ではあるけれども、どこか苦労の多い人生が待っている気がします」

「それはそうね」

大納言の君が頷く。

「何だか、雨夜《あまよ》の品定《しなさだ》めみたいになってきた」

宰相の君が言って、みんなで大笑いになる。

「物語の中の今上帝《きんじょうてい》は朱雀帝《すざくてい》で、いずれは源氏の君の子が、世継《よつぎ》になるのでしょう。そのとき、真相は明かされるのかしら。それともその世継の帝は、自分が不義の子とは知らないまま世を統《す》べるのかしら」

小少将の君が訊《き》く。どうやら、朱雀帝が譲位《じょうい》して冷泉帝《れいぜいてい》に替わる「澪標《みおつくし》」の帖は、まだ読んでいないようだった。

「いえ、知らないままでは、いかないはずです」

正直に答える。

「そうすると、その帝《みかど》は大きな悩みを抱えることになりますね」

宰相の君が言う。

「その悩みは源氏の君も同じです」

大納言の君が困った顔をする。「どうなっていくのかしら」

答えを求めるように顔を向けられた。

「さあ、今は何ともわかりません」

「物語の作者がわからないとは」

弁の内侍の君があきれたように言う。「それだと読む側がわかるはずはありません」

「書いているうちに、いずれわかるときが来ると思います」

そう答えるしかない。

「中宮様以下、みんな楽しみにしています。わたしたちは藤式部の君の盛り立て役です」

大納言の君のひと言で、四方山話《よもやまばなし》は切り上げになった。

ひとり横になりながら、胸を撫《な》でおろす。あの四人がいてくれる限り、ここに留まれるような気がした。


四月になってすぐ、奈良の興福寺《こうふくじ》の僧都《そうず》が八重桜《やえざくら》を一条院内裏に持参した。これは恒例《こうれい》の行事らしく、例年は三月なのに、今年はいつまでも寒くて四月になったという。

その前日、中宮様から呼ばれてその取り入れ役を言いつけられた。

「取り入れ役は、いつも古参の女房がしていました。今年は新参《しんざん》の者にしてもらいます」

何が何だかわからないまま、桜の枝を受け取るくらいなら大したことはないと思い、「はい」とご返事した。

ところが夕刻になって、顔を見せたのが道長様だった。

「藤式部が今年の取り入れ役に決まったと、中宮から聞きました。取り入れ役といっても、ただではすまない。返礼として歌を詠まなければならない」

「え、歌でございますか」

「そなたなら、雑作《ぞうさ》なかろう。楽しみにしている」

唖然《あぜん》としているのを尻目に、道長様は背を向けて渡殿《わたどの》の方に行ってしまわれる。

困って大納言の君に確かめると、取り入れ役は大役らしかった。

「そう。今年は新参の女房がするというのが、中宮様のご意向ですね。それは、みんな大喜びです。毎年誰が命じられるか、冷や冷やしているのが弥生《やよい》三月です。なにしろ中宮様、道長様以下の上達部《かんだちめ》や公達《きんだち》が居並ぶ前で、詠歌するのですから、並大抵の気苦労ではありません。光栄どころか、苦渋《くじゅう》ここに極まれりですよ」

聞いているうちに、血の気《け》が引く心地がした。歌を詠むのなら何とかやりおおせようが、上達部や公達の前に身をさらすのは、火に飛び込むのと同じだ。せっかく出仕して来た意志も砕ける。

「中宮様は、新参者が務めよとおっしゃいました。一番の新参女房は伊勢大輔の君なので、伊勢の君に詠んでもらうのが本筋です。その旨を中宮様にお伝えして下さいませんか。伊勢の君にはわたしから言っておきます」

「なるほど、それは名案。伊勢大輔の君なら平気でやってのけるでしょう。わかりました」

大納言の君があっさり納得する。その足で伊勢大輔の君の局に行き、手短《てみじか》に説明する。

「その役は、新参者がするのですね。その場で八重桜にちなむ歌を詠じるとなれば」

伊勢大輔の君は少し考えてから自信たっぷりに頷く。「何とかなります」

さすが名立《なだ》ての歌詠みだと感じ入りつつ、胸を撫でおろした。

これで安心と思って局に下がっていると、いつも夜更《よふ》けまで中宮様の近くに侍《はべ》っている小少将の君が顔を出した。中宮様がお呼びだと言う。さては、伊勢大輔の君に大役を押しつけたのがご不満なのかと、叱責《しっせき》を覚悟して御前に行く。

「取り入れ役は伊勢大輔に決まったとか。適役でしょう。それならば、藤式部にひとつ頼みごとがあります」

「はい、何なりとお申しつけ下さい」

晴れがましいこと以外なら何でもやれる気がした。

「女房の歌のあと、中宮が返歌する習わしになっています。それを藤式部に代作してもらいたいのです。伊勢大輔の朗詠のあと、返歌を書きつけて、この小少将に手渡せばすみます」

それはそれで大役だ。中宮様の代詠など畏れ多い。生まれて初めてだ。しかしこれも辞退してしまえば、中宮様もご不満だろう。代詠となれば顔を見せなくていい。

「かしこまりました」

決心して頭を下げ、「光栄でございます」と言い添えた。

翌日、東北の対はすべての格子が上げられ、簀子や南廂と西廂、渡廊までぎっしりと人で埋まった。母屋《もや》の一部の障子《しょうじ》もはずされて、御簾と屏風《びょうぶ》、几帳で隔てられるだけになった。

南階《きざはし》から昇って来た僧都は、恭《うやうや》しく桜の枝を掲げていた。受け取ったのは弁の内侍の君で、母屋の中に置かれた花瓶にそれを活《い》ける。

几帳の陰から伊勢大輔の君がゆっくりといざり出て来る。上気した様子は微塵《みじん》もなく、むしろ晴れがましい表情だ。懐《ふところ》から紙を取り出したものの、それは見ずに、僧都の方に顔を向けて歌を詠んだ。話すときの声とは全く違う甲高《かんだか》い声だった。

いにしえの奈良の都の八重桜
今日九重《ここのえ》ににおいぬるかな

何の技巧も凝《こ》らさない素直な歌に拍子抜《ひょうしぬ》けしたものの、返歌するにはそのほうが好都合《こうつごう》だ。小少将の君の横で小筆を紙に走らせる。伊勢大輔の君が復誦《ふくしょう》する間に、紙を小少将の君に手渡した。小少将の君はそっとその場を離れて、中宮様の前にいざり寄った。一連の動きは几帳の陰になって上達部や公達からは見えない。

伊勢大輔の君が下がると、しばらく間があって、御簾の中から中宮様の澄んだ声が響いてきた。一座が静まり返ったなかで、声は薫風《くんぷう》のように廂や簀子を越えて、前庭にまでも広がるかに思えた。

九重ににおうを見れば桜狩り
　重ねて来たる春の盛りか

工夫したとすれば、中宮様のお歌だから気高《けだか》く詠んだ点だろう。もう春は過ぎたと思っていたのに、八重桜が届いてまた春が訪れたように感じるという趣向《しゅこう》だった。

几帳の隙間《すきま》からは、母屋の端に坐る道長様の顔が見えた。伊勢大輔の君の詠歌のときも満足顔だったが、中宮様の歌のときは真剣に聞き入り、さらに晴れやかな表情に変わった。

このあと公達や上達部たちは、東の対に移動して酒宴が開かれたようだった。その騒々しい声は夕暮れまで続いた。

「中宮様も大変喜んでおられました」

小少将の君が隣の局から声をかけてくれた。こんな影のような役なら、いつでも引き受けられると思った。

その夜は、上達部や公達が帰る牛車の音を聞きながら、眠りについた。

翌朝は思いがけず早く目覚めた。小少将の君も弁の内侍の君もまだ寝ている。起こさないように音をたてず、灯火を点じ、文机に向かった。


冬になるにつれ、大堰《おおい》の住まいは心細さが増して、明石の君は落ち着かない心地のまま日々を暮らしていた。

源氏の君は、「やはり、このままここで暮らしてはいけないでしょう。私の邸《やしき》の近くの二条東院に移りなさい」と勧めるけれども、「そうなると、あちらに移っても『後撰和歌集』に、**宿かえて待つにも見えずなりぬれば　つらき所の多くもあるかな**、と同じく、様々に恨《うら》めしく、源氏の君のつれなさに、どこまで自分が耐えられるかを試すようなもの。『古今和歌集』に、**ありぬやと心みがてらあい見ねば　たわぶれにくきまでぞ恋しき**、とあるのと同様になってしまう」と、明石の君は思い悩む。

源氏の君は、「それならば、この姫君だけでも二条院に移しましょう。このまま田舎《いなか》に留まっていてはよくありません。私にも考えるところがあるので、勿体《もったい》ないと思うのです。西の対《たい》に住む紫の上も、この件については聞き知って、会いたがっています。しばらく世話をさせて、袴着《はかまぎ》の式も、人に知らせず内密ではなく、ちゃんとしてやりたいのです」と、真心を込めて慫慂《しょうよう》する。

明石の君としてはそんな考えだろうと、前から思っていたので、一層胸がつぶれる思いがし、「今更姫君を高貴な身分として扱っても、世間はいずれ、身分の低い母の子だと噂《うわさ》するようになるだろう。そうすれば取り繕《つくろ》うのも難事になるに違いない」と思って、姫君を手離すのを躊躇《ちゅうちょ》するのも道理である。

さらに源氏の君は、「養女にすると継子《ままこ》扱いにされるのではと、心配なのかもしれません。しかし紫の上とは一緒になって何年も経つのに子がなく、寂しく過ごしています。今の帝に入内《じゅだい》した前斎宮《さいぐう》も、もう二十二歳になりますが、一歳年上の紫の上が無理して世話をしているほどです。まして姫君は幼いので、きっと可愛がってくれます」と、紫の上の優しい性分を語って聞かせる。

明石の君は、「なるほど好色で名高かった源氏の君が、どれほど優秀な方のところに落ち着かれるのかと、人の噂を聞いてはいた。それが今は浮気心が跡形《あとかた》もなく鎮まったのは、紫の上との前世《ぜんせ》からの因縁《いんねん》が深かったのだろう。またその人柄も、大勢の中でも抜きん出ていたからだろう」と推量され、「取るに足りない自分のような者が、肩を並べられるような身でもないのに、のこのこあちらに移れば、やはりその方とて、不快に思われるに違いない。身分の低い我が身はどうなろうと同じ事だが、生い先が長い姫君の身の上も、結局のところ、あの紫の上の心次第。となれば、源氏の君の言われる通り、このように物心のつかないうちに、あちらにお任せしようか」と思う。

その一方で、「姫君を手放すと、これはこれで心配になる。自分としても何の慰めもなくなってしまい、どうやって日々を暮らそう。姫君がいなくなれば、源氏の君の訪問のきっかけさえなくなってしまう」と、あれこれと思い乱れ、我が身の憂さが痛切に感じられた。

尼君は思慮深い人であり、「悩んでも甲斐《かい》がありません。姫君をお世話できないのは、本当に胸が痛むに違いありません。しかし結局は、これが姫君のためには幸せなのだと、それだけを考えましょう。源氏の君は浅い心でおっしゃられてはいないでしょう。ここはその心を頼って、姫君を差し上げなさい。

母方の身分によって、帝の親王もそれぞれ身分の差があるようです。源氏の内大臣が、世に二人とない立派な方であるのに、臣下《しんか》に留まっているのには理由があります。母君の父が大納言だったので、女御《にょうご》となれず、ひとつ下の更衣《こうい》で、源氏の君はその更衣腹なのです。ましてや、わたしたちのような並の身分の者は、それとは比べものになりません。また親王や大臣の娘君腹の子であっても、その母君が正妻であれば安心です。ところが身分の劣った妻の腹に生まれると、世間も軽く見ます。父親の扱い方も自《おの》ずと異なります。

ましてやこの姫君は、源氏の君の高貴な女君に姫君が生まれれば、もはや目立たなくなってしまいます。その身分相応《そうおう》に、ひとかどの父親に大事に養育された姫君こそが、軽々しく扱われない要因になるのです。例えば姫君の袴着の儀式についても、いかに心をこめて行ったところで、こんな深山《みやま》隠れの大堰でやっては何の見栄《みば》えもありません。ここはもう源氏の大臣にお任せして、お世話していただく様子を見守るしかありません」と教え諭《さと》した。

有識《ゆうそく》の人々の判断も、更に陰陽師《おんみょうじ》に占わせても、「やはり移ったほうが賢明《けんめい》でしょう」とのみ言うので、明石の君は気弱になってしまい、源氏の君も、移そうとする意向は固いものの、明石の君の心中が思いやられて、強くも言えない。ただ「袴着についてはどうしましょうか」とだけ訊くと、明石の君は「万事につけ甲斐のない我が身の傍《そば》に姫君を置いても、おっしゃる通り、将来も気の毒な事になろうかと存じます。とはいえ、姫君と一緒にわたしがそちらに行ったら、どんなにか物笑いの種になりましょう」と答える。

源氏の君は益々不憫《ふびん》に思いつつ、引き取りの日取りを選ばせ、忍んで移す準備を指図《さしず》し、明石の君の方でも、姫君を手放すのは本当に辛いものの、姫君のためを第一義に考えてこらえ、「姫君に付き添って行く乳母《めのと》のあなたとまで、別れなければならないのも辛いです。日々の悩みや、所在なさも、二人で語らい合って慰めるのが常でした。それがいよいよいなくなり、大変心細いです」と泣く。

乳母は「これもしかるべき縁なのでしょうか。思いがけず、源氏の君の命令で、明石まで下《くだ》り、初めてお目にかかって以来、これまでの三年間、本当に心遣いをしていただきました。それは決して忘れず、また恋しくも思われますので、この先、ご縁がなくなる事は、よもやございますまい。いずれは再びご一緒するのを心頼みにしております。とはいえ、しばらくの間でも、お側を離れ、先方で思いもかけない奉公《ほうこう》を致すのは不安でたまりません」と、泣き泣き日を過ごすうちに、十二月になった。

雪や霰《あられ》の日が多く、心細さも募《つの》り、「明石でも、また大堰でも不安な日々を送り、今また姫君を手放さなければならない。何ともあれこれにつけて物思いの深い我が身の上なのだろう」と、明石の君は溜息《ためいき》をつきながら、いつも以上に姫君の髪を撫で、整えてやりながらじっと見つめる。

雪が空をかき暗くして降り積もった翌朝、来《こ》し方や行く末の事が、際限なく思い続けられ、いつもは縁近くまで出る事はないのに、庭の池の水際《みぎわ》に張った氷に目をやる。白い衣の萎《な》えたのを何枚も着重ねて、ぼんやりと物思いに耽《ふけ》っている姿は、髪形や後ろ姿など、この上なく高貴な皇女《こうじょ》であっても、このくらいではなかろうと、女房たちは見ていて、明石の君は、「この先、こんな日は、いつも以上に心細さが増すに違いない」と、痛々しく嘆息して、乳母に歌を贈る。

雪深み深山《みやま》の道は晴れずとも
なおふみ通え跡絶えずして

雪が深くて、深山の道に晴れ間がなくても、やはり踏み通い、文を送って下さい、途絶える事なく、という懇願《こんがん》で、「ふみ」に文と踏みが掛けられていて、乳母も泣きながら返歌する。

雪間なき吉野《よしの》の山を尋ねても
心の通うあと絶えめやは

雪の晴れ間もない吉野の山中を捜しても、心を通わせる跡が途絶える事はありません、という慰めで、『古今和歌集』の、**唐土《もろこし》の吉野の山にこもるとも　遅れんと思う我ならなくに**、を踏まえていた。

この雪が少し解けた時、源氏の君が訪れたので、明石の君はいつもなら心待ちにしているのに、このたびは姫君の引き取りだと思うと、胸もつぶれる。これも誰のせいでもなく、自ら招いた事であり、「姫君を渡すのも、ここはわたしの一存だろう。引き渡すのを断ったら、無理にとはおっしゃるまい。しかし、そうしたらつまらない事をしてしまったと、思うだろう」と考え、今更我《が》を通すのも軽率極まる事なので、強《し》いて思い直す。

源氏の君は、姫君が実に可愛らしい姿で前に坐っているのを見て、「決しておろそかにはできない、この明石の君との宿縁《しゆくえん》だ」と思い、姫君はこの春から伸ばし始めた髪が、肩の下程度の尼削《あまそ》ぎのようになって、ゆらゆらと見事で、顔立ちや目元の匂うような美しさは、今更言うまでもない。これから他人《ひと》の子として、遠くから見なければならない明石の君の心の惑《まど》いを思うと、とても心苦しく、繰り返し話をして夜を明かした。
明石の君は、「せめてわたしのような、取るに足らない身の程とは違うやり方で、姫君を養育して下さるのなら、本望《ほんもう》でございます」と言上《ごんじょう》するものの、こらえ切れずに泣く様子には、源氏の君も心打たれた。
姫君は無邪気《むじやき》に牛車に早く乗りたがり、牛車を寄せてある所まで、明石の君が抱いて出て来ると、片言のとても愛らしい声で母君の袖を摑《つか》み、「早く乗って」と引っ張るのも大層悲しく思われて、明石の君はたまらず詠歌する。

末遠き二葉《ふたば》の松に引き別れ
いつか木高《こだか》きかげを見るべき

行く末長い二葉の松のような幼い子と別れて、いつまた大きく成長した姿を見るだろうか、という悲哀《ひあい》で、最後まで言い切れずに、ひどく泣くので、源氏の君も、「もっともな事だ。どんなに辛かろう」と思って歌を詠む。

生《お》いそめし根も深ければ武隈《たけくま》の
松に小松の千代《ちよ》を並べん

生い初《そ》めた根ざしも深いのだから、二本ある武隈の松があなたと私であり、それに姫君である小松を並べて、行く末をどこまでも見届けましょう、という慰撫《いぶ》で、「ここは心穏《おだ》やかにして、行く行くはこの子と共に末長く」と慰める。

明石の君も、「いつかは姫君と一緒に暮らせるだろう」と、心を落ち着けるものの、やはりこらえ切れず、乳母の少将という品の良い女房だけが、御佩刀《みはかし》や、幼児のお守りの人形の天児《あまがつ》を持って同乗し、供の牛車には見映えのする女房や女童《めのわらわ》たちを乗せて、お供をさせた。

源氏の君は道すがら、あとに残った明石の君の辛い心を、「どんなにか苦しかろう。これで自分は罪を得るのではないか」と思いつつ、暗くなってから二条院に到着する。牛車を寄せたとたん、華やかな周囲の雰囲気《ふんいき》が異なって感じられ、大堰から来た女房たちは、ここでは気遣いながら勤めるのではないかと心配していたが、寝殿《しんでん》の西面《にしおもて》に特別の部屋を用意し、小さな道具類を可愛らしく揃え、乳母の部屋は、西の渡殿《わたどの》の北側の局があてがわれた。

姫君は途中で眠っていて、抱き下ろされても泣かず、紫の上の所でお菓子を食べたりしていたが、少しずつ周囲を見回して、母君を捜し求めて、可愛らしく泣きべそをかくので、乳母を呼んで、気を紛《まぎ》らわさせる。

源氏の君は、「大堰に残った明石の君の寂しさは以前にも増して、火が消えたようだろう」と、思いやると可哀想《かわいそう》であった。紫の上の方では、明けても暮れても、思い通りに大切に姫君の世話をしている様子は、いかにも満足そうで、源氏の君は、「身分には申し分ない子供が、紫の上に生まれないのは残念至極だ」と思う。

姫君は、しばらく見知っている人たちを求めて泣いてはいたものの、元来が素直で純真な性質《たち》なので、紫の上に実によくなついて慕《した》うため、紫の上も本当に可愛らしいものを手に入れたと思い、熱心に抱いてはあやして、遊んでやる。乳母も自然に紫の上の側近くに仕えるのに馴れ、またこれとは別に源氏の君は、身分の高い人でよく乳が出る方を乳母として仕えさせた。

袴着の儀式は、さして特別に準備したというわけではないものの、その有様《ありさま》は格別で、室内の調《ちょう》度《ど》の飾り付けも、雛遊《ひいなあそ》びに似た雰囲気があって愛らしく、参上した客人《まろうど》たちも、日頃から人の出入りの多い二条院なので、特に目立つ事もなかった。ただ姫君が襷《たすき》を引き結んでいる胸元には、一層の可愛らしさが加わっていた。

一方、大堰ではどこまでも姫君が恋しく、明石の君は姫君を渡してしまった自分の過ちを、今まで以上に嘆いていた。尼君もあんなに言い諭したものの、涙もろくなっている反面、こうして姫君が大切にされている様子を聞くのは嬉しく、かといってこちらから姫君にしてやれる事などあるはずはなく、姫君付きの女房たちにのみ、乳母を始めとして、世にまたとない色合の衣装を正月用に準備して、二条院に贈る。

源氏の君は、姫君がいなくなったので、明石の君のところへの足も遠のいている、やはり思った通りだと心配しているのが不憫で、年の内に忍んで来訪した。以前にも増して寂しくなった住まいで、日頃から大切に育てていた姫君とも別れてしまい、どんなにか嘆いているだろうと心苦しく、手紙は絶えず送り続け、紫の上も、今では特に源氏の君を恨みもせず、可愛い姫君に免じて、許す気分になっていた。

年が改まり、うららかな空に、何の憂《うれ》いもない二条院の様子は、いよいよめでたさが加わり、ぴかぴかに磨き上げた装い新たな邸には、人々が参集する。年配の人は七日の叙位《じょい》の儀のお礼参りや、参賀《さんが》の人々を引き連れているし、年若い人たちは何という事もなく、ただ満足そうであり、それに次いで身分の低い人々も、心中には悩みを抱えていても、表面上は誇らしく振舞っていた。

二条東院の西の対にいる花散里も、暮らしぶりはゆったりとして整い、仕える女房たちや女童などの物腰も礼儀正しく、万事に心を配りながら過ごしている。二条院のすぐ近くに住んでいる利点は格別で、源氏の君はのんびりと暇な折に急に来て話し込む日も多く、かといって、夜に泊まりに来る事はなかった。

花散里のおっとりした穏やかな性質上、源氏の君の夜の訪れがないのも、自分の宿運《しゅくうん》はこの程度だろうと自覚していて、何の心配もせず、おおらかに生活している。源氏の君は、時節に応じた衣装や調度なども、二条院の紫の上と遜色《そんしょく》がないように扱い、軽んじないので、人々も紫の上の所と同じように参上して仕え、取り仕切る別当《べっとう》以下も、勤めを怠《おこた》らず、乱れたところなどなく、感じよく仕えていた。

源氏の君は大堰の山里の寂しさを、常に思いやって、公私にわたる多忙さが途切れた頃に、訪問を思い立つ。常よりは念入りに化粧して、表は白で裏が蘇芳《すおう》の桜襲《さくらがさね》の直衣《のうし》に、何とも見事な袙《あこめ》を着重ね、香を薫《た》き染《し》めた装束《しょうぞく》を身につけ、紫の上に外出の挨拶をする姿が、余す所なく射し込む夕日に、実に美しく映えるのを見て、紫の上は心穏やかならず見送りに出る。

姫君はあどけなく源氏の君の指貫《さしぬき》の裾にまつわりつき、後を慕って追ううちに御簾の外まで出そうになった。源氏の君は立ち止まって、何と可愛いのだろうと思い、なだめながら、「明日には帰ります」と言いつつ、催馬楽《さいばら》の「桜人《さくらびと》」の一節を口にする。

〽さくら人《びと》其《そ》の舟止《ちぢ》め
嶋津田《しまつだ》を十町《とまち》作れる
見て帰り来んや　そよや
明日《あす》帰り来んや　そよや
言《こと》をこそ明日とも言わめ
遠方《おちかた》に妻《つま》さる夫《せな》なれば
明日もさね来《こ》じや　そよや
明日もさね来じや　そよや

渡殿に行く戸口に待っていた紫の上は、女房の中将の君を通じて、源氏の君に歌を詠み伝えた。

舟とむるおちかた人のなくはこそ
　あす帰り来んせなと待ちみめ

あなたという舟を引きとめる遠方の例のお方がいないのなら、明日帰ってくる夫と思い、待っていましょうが、という嫉妬《しっと》で、催馬楽の「桜人」にある「舟」を源氏の君、「おちかた（遠方）の人」に明石の君を擬《ぎ》していて、大層物馴《ものな》れた感じで言うと、源氏の君は実にあでやかな微笑を浮かべて返歌した。

行きてみてあすもさね来ん中々に
　　おちかた人は心おくとも

先方に行ってみて、明日は必ず帰りましょう、短い訪れで、あの方の気分が損《そこ》なわれようとも、という慰めであり、やはり「桜人」の「明日もさね来じや」を反対に「あすもさね来ん」を詠《うた》い入れていた。

何の事かわからず無邪気にはしゃぐ姫君を見て、紫の上も遠方の明石の君を許す気になり、「こんなに可愛い我が子を手離して、あの方もさぞかし心を痛めているに違いない」と同情さえも感じる。見守りつつ、姫君を抱き、戯《たわむ》れに乳の出ない美しい乳房を姫君に与えている姿は、なんともあでやかで、仕える女房たちも、「これが実子であればいいのに」「本当にそうです」と残念がった。

大堰の明石の君の暮らしぶりは、ゆったりとして、心遣いも行き届き、家の有様も普通と異なって珍しく、明石の君も逢うたびに、高貴な身分の人とひけをとらぬ上品さを身につけ、容貌《ようぼう》や立振舞も洗練されてきていた。源氏の君は、「ただ世間によくある、受領の娘という程度の者で、特に取り沙汰される事もないのだったら、自分と明石の君の縁組もないわけでもなかろう。しかし世にも稀《まれ》なあの偏屈者《へんくつもの》の父親の評判は困りものだ。明石の君の人柄はこれで充分なのに」と思い、短い逢瀬《おうせ》にいつも心残りがする。

すぐに帰るのも辛く、古歌《ふるうた》の、**世の中は夢の渡りの浮橋《うきはし》か　うち渡りつつものをこそ思え**、を詠じて、溜息をつき、箏の琴《こと》があるのを引き寄せる。あの明石で夜更けに聞いた音色《ねいろ》も常に記憶にあるため、明石の君に琵琶《びわ》を無理に勧めると、筝に合わせて少し弾《ひ》いてくれた。「どうしてこれ程までの技量を身につけたのだろう」と思わないではおられず、姫君の様子を細々《こまごま》と語って聞かせながら過ごした。

ここはかくも寂しい所ではあっても、こうして泊まる時が時折あり、ちょっとした菓子や強飯《こわいい》くらいは口にする事もあり、近くの嵯峨野《さがの》の御堂《みどう》や、桂《かつら》の院に外出するのに紛らしては立ち寄り、一途《いちず》に明石の君に溺《おぼ》れる事はないものの、寵愛《ちょうあい》は格別に見えた。明石の君の方でもこうした源氏の君の心の内を理解して、源氏の君に出過ぎていると思われるような事はしない。また自分をひどく卑下《ひげ》する事もなく、意向に従うようにしていて、安心できる。

源氏の君は特に高貴な女君《おんなぎみ》の所でさえ、これほどまでにはくつろがず、澄まして上品な振舞に終始しているという噂を耳にして、明石の君は、「側近くに仕えていると却《かえ》って見慣れてしまい、人から軽く見られてしまうだろう。やはりこうして遠くに住んで、時々わざわざの訪れを待つほうが、自分にふさわしいのだ」と思っているようであった。

明石でも、入道《にゅうどう》は、永劫《えいごう》の別れとは言ったものの気になり、源氏の君の意向や、大堰の暮らしぶりを知りたくて、不安にならないように京へ使者を送って報告を聞いており、胸がつぶれる思いをしたり、光栄で名誉な事だと嬉しく思ったりもした。

その頃、太政大臣《だいじょうだいじん》が死去し、世の重鎮《じゅうちん》だった人なので、今上帝《きんじょうてい》も嘆き、かつて左大臣を辞して隠居《いんきょ》していた時も、天下の大騒ぎだったので、今回は尚更《なおさら》に悲しいと思う人は多かった。源氏の内大臣も実に口惜《くちお》しく、万事の政《まつりごと》を太政大臣に押しつけていたからこそ、自分は暇があったのに、これからは心細く、多忙になるだろうと、思い嘆く。

帝は十四歳の割には大層大人らしく成長していて、治政については心配はないものの、自分以外には後見役《うしろみ》となるべき人もないので、「誰に後を任せれば、静かに出家したいという願いが叶《かな》うだろうか」と思うと、源氏の君は心残りで残念であった。葬儀《そうぎ》については、子息の権中納言《ごんちゅうなごん》以下、孫の夕霧《ゆうぎり》他、権中納言の多くの子供たち以上に、心をこめて弔問《ちょうもん》を取り扱った。

その年は世の中が騒がしく、疫病《えきびょう》や天変地異《てんぺんちい》が頻回《ひんかい》に起こり、内裏《だいり》にも神仏のお告げが続いて、穏やかでなく、日食や月食、流れ星も見え、雲の流れも凶兆を示していて、世間の人が驚く声が多かった。天文博士や陰陽寮《おんみょうりょう》の頭《かみ》などが吉凶を占い、前例のない不気味《ぶきみ》極まる世の中になった事を、内裏に奏上《そうじょう》すると、ひとり源氏の内大臣だけが、心中に気がかりな事があり、思い当たる節《ふし》があった。

この春から病床にあった藤壺宮は、三月にはいって重病になり、帝は母宮を見舞うために行幸《ぎょうこう》し、かつて父宮の桐壺院に死別した時は幼く、分別も充分でなかったので悲しみは深くなかったが、今回の心痛は傍目《はため》にも明らかであった。

藤壺宮も悲しく、「今年は三十七の厄年《やくどし》でもあり、死はもう逃《のが》れられないと思っておりました。それでも、たいそうな病状ではありませんでしたので、したり顔で、我が死を悟っていると噂されては、たまりません。死後の安寧を願っての功徳《くどく》の営《いとな》みを普段通りにしていたのもそのためです。帝の御前に参って、昔物語でもしようと思っていましたが、気分のいい時が少なく、果たせないまま打ち過ぎてしまいました」と、実に弱々しく言上する姿は、まだ若くて女盛りである。

帝は惜しくも悲しいと思い、「精進潔斎《しょうじんけっさい》をすべき御年齢なのに、病《やまい》がちでおられるのを案じておりました」と、ひどく心配し、つい最近になってから加持祈禱《かじきとう》を様々に実施する。源氏の君も、この数か月はいつもの病だと思って油断していたのを反省した。帝はもっと見舞っていたいのも山々なれど、別約があるので長居《ながい》はできないため、程なく還幸《かんこう》せざるを得ず、悲しみが募った。

帝を見送った藤壺宮は、苦しみつつ何も言えず、心の内で思い巡《めぐ》らす。宿世《しゆくせ》に恵まれたお蔭で、この世の栄華も極めたその裏で、苦しみも人一倍であり、自分が密通の子であるとは、帝が夢にも思っていない事こそが気がかりであり、死んだあとまでも悔《く》いとして残るに違いなかった。

源氏の君は、太政大臣に続いて、藤壺宮までも亡くなる事態を嘆くしかなかった。藤壺宮への人知れない思慕《しぼ》の念が増す中で、よろず祈禱を怠《おこた》らず、ここ数年、藤壺宮を慕う心を封印したままになっているのに胸塞《むねふさ》がれる。

もう一度、病床近くへ参上し、几帳の側で仕える女房たちに容態《ようだい》を尋ねると、側近の者だけが詳しく、「仏前でのお勤めを、少しの間も怠らない日々を続けられ、今は疲れ切っておられます。この頃は、みかんさえも口にはいらず、病は深くなるばかりです。回復の望みもなさそうです」と、こぞって嘆く。

藤壺宮が、「故桐壺院の遺言通り、帝の後見を源氏の君が務めておられるのは、ありがたく感じております。その感謝の念を申し上げる機会を待ち受けておりましたが、こんな事になってしまい、何とも無念です」と、女房に言う声が、几帳を通してほのかに聞こえてきて、源氏の君は何も答えられず、涙を催《もよお》しそうになる。

女房たちの手前、こんな気弱な様子を見せたくはなく、こらえながら、我が身にとってかけがえのない存在だった藤壺宮を、慕って悲しむ心は抑え難いものの、人の命は、人の手では引き留められないので、「浅はかな身ではございますが、帝の後見だけは務めるべきと心得て参りました。しかし先に太政大臣が亡くなって、世の中が浮き足立っているこんな折、あなた様が逝《い》くような事があれば、私とて、もう余命はないような気がします」と言上しているうちに、藤壺宮は、灯火《ともしび》が消えるように息を引き取った。

悲嘆にくれながらも、源氏の君はしみじみと故人の人となりを思い返すと、高貴な身分だったのに気配りができ、すべての人に慈愛《じあい》を注がれて、世の中には権勢をひけらかして顰蹙《ひんしゅく》を買う例は数えるに暇《いとま》がない程なのに、故人は微塵《みじん》もそんな面がなく、人々が苦しむような事は制止する。自らの功徳のために、寺を造ったり、造仏をしたり、納経《のうきょう》の法会《ほうえ》なども盛大に行ったりする例は、昔からあるものの、こと故人に限ると、一切そのような華々しさは好まれず、父である先帝から受け継いだ財や俸給《ほうきゅう》、地租《ちそ》からの収入の大半を、供養《くよう》のために寄進《きしん》していた。

本当に心のこもった事ばかりをしていたので、何の分別もない山臥《やまぶし》までが死を惜しみ、葬儀に際しても、世の中のすべての人が心から故人を悼《いた》み、殿上人はすべて黒一色の喪服になったため、春の暮れも暗くなった。

源氏の君は、二条院に咲く花を眺めているうちに、かつて南殿《なでん》での桜の宴《うたげ》で、藤壺中宮の御前で「春鶯囀《しゅんのうてん》」を舞ったのを思い起こし、『古今和歌集』の、**深草の野辺の桜し心あらば　今年ばかりは墨染《すみぞめ》に咲け**、をひとり口ずさむ。

余りに沈んでいると、例の秘事を人が感づく恐れがあるので、念誦堂《ねんじゅどう》に籠《こも》り、泣き暮らし、夕日に山際《やまぎわ》の樹々が美しく映え、鈍色《にびいろ》の雲が薄くたなびいている光景も、いつもなら目にも入れなかったのに、心に沁《し》みてきて詠歌する。

## 入り日さす峰にたなびく薄雲は
## もの思う袖に色やまがえる

夕日のさす峰にたなびいている薄雲も薄墨《うすずみ》色であり、私の沈んだ喪服の袖に似せているのだ、という哀傷《あいしょう》だった。

故藤壺宮の四十九日《なななぬか》の法要も過ぎ、帝は心細く感じたのか、母宮の頃から代々、祈禱僧として仕えてきている僧都を頼りにしていて、この人は重要な勅願《ちょくがん》も多く立て、世にも賢人と評判の高い僧ではあるものの既《すで》に七十歳にもなり、今後は自らのための勤行《ごんぎょう》に励むべく、山に籠っていたのだが、藤壺宮の病気快癒《かいゆ》祈願のために、下山していたのを、帝は身近に留めていた。

源氏の大臣も、今後とも元のように参内して、帝の護持僧《ごじそう》として仕えるように勧めたので、「この齢《よわい》では、夜もすがら勤めるのは堪え難いのですが、帝の仰せもあり、昔からの恩に報いるためにも」と、老僧は承諾する。

ある夜明け前に、人は近くにおらず、宿直《とのい》の者も退去した頃、老僧は咳払《せきばら》いをしつつ、世事について帝にあれこれ奏上《そうじょう》する中で、「これは実に申し上げにくく、口にすれば罰を受ける事にもなりましょうが、帝が知らないままでおられますと、天の目が恐ろしいものになるように思われます。私ひとり心に秘めたまま命が尽きても、これは何の益にもなりません。仏も、そんな態度を心汚いと責められるでしょう」と申し上げて、あとは口をつぐむ。

帝は何事かと驚きつつも、「法師は聖《ひじり》とはいっても、邪心と嫉《そね》みが深いものだ」と思いながら先を促《うなが》し、「幼い頃から、あなたとは心を隔てる事はなかったのに、あなたのほうには何か隠し事があるのですか」と訊く。
「とんでもございません。仏が戒《いまし》めて秘めてこられた真言《しんごん》の深い道でさえも、隠す事なくお伝えしてきました。まして帝に隠すような事はございません。しかしこれは、過去と将来に関わる一大事であり、亡き桐壺院と故藤壺宮、そして今は世の政を担《にな》っている源氏の大臣のためでもございます。いずれこの事実は、世の中に漏《も》れ出るようになりましょう。老いの身にとっては、この秘密を漏らして禍《わざわい》を蒙《こうむ》るとしても、何の悔いもございません。仏と天の神のお告げがあったので、ここで申し上げる次第でございます。

実は帝を懐妊《かいにん》された時から、藤壺宮が深く悩まれた事がございまして、祈禱を申しつけられたのです。子細《しさい》は拙僧《せっそう》にもよくわからなかったのですが、源氏の君が思いもよらぬ罪で流謫《るたく》された折、いよいよ恐れを抱かれて、一層の祈禱を頼まれたのでございます。源氏の君もそれを聞き、さらなる祈りをと、仰せられました。こうして帝が位《くらい》にお就きになるまで、祈禱を続けたのです。その時承《うけたまわ》った事の次第とは」と、声を潜《ひそ》めて老僧が詳しく語り出すにつれ、帝は思いもよらぬ事実に圧倒され、千々《ちぢ》に心が乱れていく。

帝がものも言えず沈黙したままなので、老僧は真相を打ち明けたのが機嫌を損ねたのだと思い、そっと退出しようとしたのを、帝はおしとどめ、「この秘事を知らずにいたら、来世《らいせ》までの罪になっていました。今まで胸にしまっていたのは、却って水臭いものです。そなた以外に、この件を知って他に漏らすような者はいるのだろうか」と尋ねる。

「拙僧と、故藤壺宮の女房だった王命婦《おうみょうぶ》のみです。これが却って恐ろしいのでございます。天変地異で、今の世の中が騒然としているのも、このためかと存じます。帝が幼い頃は何事の咎《とが》めもなかったのでしょうが、今こうして万事をわきまえる年頃になられたので、戒めをしているのかと存じます。これがいかなる罪によるものかと、帝がご存知ないのは一層恐ろしく、こうして事実を申し上げた次第です」と老僧は奏上して涙を流し、夜がすっかり明けたので退出した。

帝は夢にも思わなかった真相を知り、様々に思い悩み、故桐壺院がこの秘密を知っていたかどうかも気がかりであり、源氏の大臣が自分の臣下として仕えているのも、父子の道にはずれ、申し訳なく、思い巡らしても悩みは尽きない。日が高くなっても寝所《しんじょ》から出る心地はしないまま、臥《ふ》せっていたのを聞きつけた源氏の君が、驚いて御前に参上すると、その姿を見て、帝は涙に暮れるばかりであった。

源氏の君は亡き母である藤壺宮を思い出しての涙なのだと、ひとり合点《がてん》しながら、この日ちょうど、故桐壺院の弟である桃園式部卿《ももぞのしきぶきょう》宮が亡くなったので、その旨を帝に奏上する。いよいよ世の中は騒がしくなったと、帝の憂《うれ》いは深まり、こうした時なので、源氏の君は二条院に帰る事もできず、帝の側にじっと付き添っていた。

帝はつい、しみじみとした話のついでに、「もう私の命も長くないような気がします。心細くも、世に不吉な事が続いて騒然としています。亡き母宮が心配するだろうと思って、今まで帝位に留まっていましたが、譲位《じょうい》して心安らかに過ごそうと思いますが」と相談する。

源氏の君はいささか驚いて、「それはいけません。世の変事は、政が歪《ゆが》んでいるせいとばかりは言えません。優れた御代《みよ》にも、凶事は生じるものです。聖代の帝の世にも、乱れた出来事が起こる例は、唐土《もろこし》にもあります。我が国でも同様です。太政大臣や式部卿宮の死去は、世の摂理《せつり》で、嘆くには及びません」と、種々の例を引いて奏上した。

服喪中の帝は、通常よりも黒い装束に身を包んでおり、源氏の君と瓜《うり》二つであった。常日頃から鏡を見ては、自分が源氏の君と似ていると感じていたとはいえ、真相を知った今、しみじみと源氏の大臣の顔を見つめながら、出生の秘密を老僧から聞かされた事を直接伝えたいと思いつつ、さすがに言い出せず、ただ差障《さしさわ》りのない話を、いつもよりは心をこめて続ける。

こうした帝のかしこまった様子を見て、源氏の君は内心で首をかしげながらも、秘事が露《あらわ》になったのだとは、夢にも考えなかった。

帝は王命婦に詳しく聞いてみたい一方、それを口にすれば、母宮が秘めていた事を自分が知っているとわかってしまうため、それは避けたい。他方で、源氏の大臣にこれをほのめかして、こうした事例があるか否《いな》かを問うてみたいと思っても、その機会を捉《とら》えるのが難しいので、自分で書物を渉猟《しょうりょう》するしかなく、多くの書籍を読む。

唐土には公然であれ、秘事であれ、王の血統が乱れている例にこと欠かずに、逆に日本にはそういう例が書かれていないのは、そうした秘事が後世に伝わっていないだけなのかもしれなかった。とはいえ、一代のみの源氏が納言《なごん》や大臣になったあと、親王に復し、さらに帝位に就いた例は、数多くあり、これに準ずれば、人柄に優れて賢明な源氏の大臣に、帝位を譲ってしまおうか、と考え悩む。秋の除目《じもく》を前にして、源氏の内大臣を太政大臣に昇格させる意向を固め、公卿《くぎょう》の詮議《せんぎ》で内定するついでに、源氏の君に対して譲位の意向を漏らした。

聞いた源氏の君は目も上げられず、恐縮しながらも、譲位など、以《もっ》ての外《ほか》である事を奏上しつつ、「故桐壺院でさえ、多くの親王たちの中でこの私に特に目をかけながらも、帝位を譲ろうとはされませんでした。今更何ゆえに、故院の遺志に背《そむ》いて帝の位に昇れましょうか。遺言の通り、公《おおやけ》に仕える身でおりとうございます。今少し齢が重なれば、心安らかな勤行ひと筋に生きたいと思っております」という、いつも通りの源氏の君の言葉に、帝もこれ以上は強弁できなかった。

　太政大臣への昇進は決まったものの、源氏の君は自らの意向で内大臣に留まり、位のみ二位《にい》から一《いち》位《い》になり、牛車のまま大《だい》内裏の門を出入りできる勅許は得た。牛車で参内する源氏の君の姿を見た帝は、父にそういう事をさせるのが心苦しく、今度は親王《みこ》になったらどうかと勧めたが、源氏の君は固《こ》辞《じ》して、「目下《もっか》、国の政の後見をする者がいません。権中納言が大納言になって、右大将を兼ねています。それがもう一段昇進して大臣になれば、すべてを譲って余生を静かに送りたいのです」と言う。

　とはいえ、このように帝がにわかに思い悩んでいるのは、もしかすると藤壺宮との秘事が耳に入ったのかもしれないと気がついた源氏の君は、一体誰がこの秘密を漏らして奏上したのか、と思いを巡らすと、ひとりしかいない。その王命婦は、故藤壺宮の出家に従って自らも出家していたが、今は御《み》匣殿《くしげどの》の長《おさ》となって部屋を貰《もら》っていたので、呼び寄せて「帝の出生の秘密を、何かの折に漏らして奏上した事はないだろうか」と問いただす。

「滅相もございません。故藤壺宮は、これが帝の耳にはいるのを避けておられました。一方で、帝が事情を知らないのは罪深い事ではないかと、嘆いてもおられました」と言上したので、故藤壺宮がこの秘密を保持すべく、細かい配慮をしていた様子を、源氏の君は限りなく恋しく思った。

　故御息所《みやすどころ》の娘で前斎宮《さいぐう》だった斎宮女御は、源氏の君と故藤壺宮の見立《みたて》通り、年下の帝のよき世話役であり、帝の寵愛も格別になり、心配りや容姿も申し分なかった。源氏の君も大切なお方として、かしずいていたが、秋になり、斎宮女御は二条院に里下《さとさが》りした。

寝殿の調度も輝くばかりに整えて、源氏の君は今はすっかり父親役を務め果たしており、秋の雨が静かに降り、庭の前栽《せんざい》も色とりどりに咲き乱れ、露しげくなっている折、源氏の君は亡き藤壺宮や御息所を思い起こす。つい涙を誘われ、袖を濡《ぬ》らしつつ、斎宮女御のいる寝殿に赴《おもむ》く。濃い鈍色の直衣《のうし》姿なのは、天変地異と大切な人の死を悼んで、そのまま精進していたからであり、手にしていた数珠《じゅず》を袖口に入れ、女御の御簾の内にはいった。

几帳を隔てて、直接、女御に向かい、「前栽の花は、ことごとく花開いております。凶事続きで大変な年なのに、時をわきまえて、心地よさそうに咲いております」と、柱に寄りかかって言上する源氏の君の姿を、夕映えが美しく照らし出す。更に、故御息所の思い出や、野宮《ののみや》に立ち寄って帰り難かった曙《あかつき》の事に言及すると、女御は少し涙ぐまれた様子で、物腰のあでやかさが、几帳を通して感じとられた。

これまで斎宮女御の顔を見た事がないだけに、源氏の君はひと目見たい思いにかられ、「過去を振り返ってみますと、穏便《おんびん》に過ごせたはずなのに、好色のために心苦しい事ばかり重ねて参りました。その中に、二つだけ胸の内にくすぶっている事がございます。ひとつは、あなたの母君の御息所です。思いつめているうちに逝去《せいきょ》されたのは、一生続く私の嘆きです。とはいえ、こうしてあなたに仕えさせていただいているのは、心安らぐ糧《かて》になっています。しかしあの御息所の恨みは、あの火葬の時の煙同様、くすぶっているような気がします。もうひとつは」と言いかけて、口をつぐむ。

この場で故藤壺宮の事を話すべきではないと思い、「一時期、流謫の身に沈んでいた折、縁を結んだ方々の事を思い悩んでいました。しかし京に戻ってからは、ひとつずつ事が片付きました。これまで不自由な思いをさせて来た方は、二条東院に安らかに移り住んでいます。お互い心を通わせて、隔てのない仲になりました。

こうして今は帝の後見をする役目をしていますが、この喜びは上辺《うわべ》のみであり、女君への執心がくすぶっています。あなたに対しても、心をこめて後見をしている事は、わかっていただけるでしょう。こんな私を不憫だとお思い下さい」と、遠回しの恋慕の告白に対して、斎宮女御は戸惑うばかりで返す言葉もなく、「やはり、そうでございますか」と応じるだけだった。

源氏の君は落胆しつつ、話題を変え、「今は、この世にある間は心安らかに過ごし、来世のための勤行も寺に籠ってしようと思っています。とはいえ、娘を帝に入内《じゅだい》させる願いだけは持っております。その娘もまだ幼く、この先は長いので、どうかあなた様が帝の子を授《さず》かり、わが一門の栄《さか》えを招いて、私の死後はこの姫君の入内に尽力《じんりょく》していただきたいのです」と言うと、斎宮女御の返事はかすかではあるものの、「わかりました」という反応であった。

安堵《あんど》した源氏の君は、日暮れまで側に侍って、しめやかに言上しながら、「こうした一門の栄えとは別に、一年の移り変わる様子、例えば花紅葉《もみじ》や空の景色などは、心ゆくまで味わいたいと思っております。春の花が咲く庭と、秋の野の気配のどちらがよいか、様々な論がありましたが、どちらかに軍配が上がる結果にはなっていません。唐土においては春の花の錦を尊重しているようです。わが国の和歌では、**春はただ花のひとえに咲くばかり　物のあわれは秋ぞまされる**、という古歌の通り、秋を尊んでおります。

一方で紀貫之《きのつらゆき》が、**春秋《はるあき》に思い乱れて分きかねつ　時につけつつ移る心は**、と詠んだように、やはり時々の魅力があって、目移りがします。ちょうど『後撰和歌集』にある、**花鳥《はなとり》の色をも音《ね》をもいたず**

らに　ものうかる身は過ぐすのみなり、の通りで、優劣はつけ難く、こうした次第なので、せめて邸の垣根の内にも、ある部分には春の花が咲く木々を植え、また別の所には秋の草を移し、そこに聞く人もいない野辺の虫も住まわせて、人に見せようと考えています。あなた様は、春と秋のいずれの季節に、心を寄せておられましょうか」と訊かれても、斎宮女御は返事に窮《きゅう》する。

しかし黙っていたのでは作法に背《そむ》くので、口を開いて、「わたくしごときが答えるのも気恥ずかしいのですが、『古今和歌集』の、いつとても恋しからずはあらねども　秋の夕べはあかしかりけり、の通り、母君が秋の露のように亡くなったのが偲《しの》ばれる、秋の夕暮れが心に沁みます」と、あくまでも控え目に答えたので、思わず源氏の君は詠歌する。

君もさはあわれをかわせ人知れず
　わが身に染むる秋の夕風《ゆうかぜ》

あなたも私と同じく秋の夕べに魅《み》せられるのであれば、しみじみと私とも心を通わせてください、人知れず我が身に秋の夕風が沁みます、という求愛であり、「こらえ難い折もあります」と言うので、斎宮女御は返歌をするどころか、返事さえもできない様子である。

源氏の君としてはこの機会に、胸の内に秘めておかれず、恨みがましい事が数々あって、今にも斎宮女御への無礼な行為に及びそうであるとはいえ、斎宮女御が本当に嫌だと思っているのは間違いなく、自らの心に照らしても、年甲斐《としがい》のない狼藉《ろうぜき》だと反省して、溜息をつく。その様子が、重々しく艶《あで》やかなので、斎宮女御は厭《いと》わしく思い、そっと少しずつ奥に入ってしまった。

「情けない程、嫌われてしまいました。本当に思慮深い人は、こんな厚かましい事はしないでしょう。仕方ありません。どうかこれからは憎まないで下さい。憎まれると恨めしくなります」と言い置いて、源氏の君は退出する。

しっとりとした匂いが残っていて、それさえも斎宮女御は嫌な気がするので、女房たちは格子を下ろして、「この敷物にも移り香が残ってしまいました。どうしようもありません。源氏の君にはすべてが備わっていて、古歌に、**梅が香を桜の花ににおわせて　柳が枝に咲かせてしかな**、とあるように、何ひとつ欠点がないので、この先が危惧《きぐ》されます」と言い合った。

源氏の君は、そのまま紫の上がいる西の対に赴いたものの、すぐにははいらず、端近くに横になり、遠くの軒先に灯籠《とうろう》を掛けさせ、女房たちを呼んで四方山《よもやま》話をさせる。

「こうした理不尽な恋に胸が一杯になる癖がまだあったのだ」と、自分の心の底にくすぶる道ならぬ恋心に気がついて唖然《あぜん》とし、「これは誠に不似合いだ。これよりもずっと昔の好色さには、恐ろしく罪深い事が付随《ふずい》していた。しかしそれは若さゆえの過《あやま》ちとして神仏も許して下さっただろう」と、心を鎮《しず》めて、やはり自分は恋の道に関しては、危げなく思慮深くなったものよ、と自覚した。

一方の斎宮女御は、秋の趣深さをあたかも知り尽くしたように答えたのが恥ずかしく、自分でも何となく後ろめたく、気分まで沈んでしまっていた。

源氏の君は厚かましくも素知《そし》らぬふりをして、いつもよりも父親ぶって万事に振舞ったあと、西の対の紫の上の許《もと》で、「斎宮女御は秋がお好きなようです。それに対して、あなたは春の曙《あけぼの》に、心を深く惹《ひ》かれていて、これも至極当然です。ついては、四季折々の木や草の花を賞《め》でる、何かうっとりするような遊びをしたいものです」と言う。

そして、「公私にわたって何かと多忙な私の身には、不似合いかもしれませんが、何とか仏道への帰依《きえ》を実現したいと思っています。しかしそうなると、あなたが寂しく思うのではと、それが気がかりです」と、繰り返し言った。

他方で、大堰《おおい》に住む明石の君はどうしているだろうかと、絶えず思い遣るけれど、身分の高さから自由には振舞えず、出かけるのは難しい。「私との仲に失望して辛いと悩んでいるようだが、そこまで思い煩《わずら》う事もなかろう。気軽に都に出て来て、妻妾《さいしょう》たちに交じって軽薄《けいはく》な暮らしはすまいと、考えているようでもある。しかしそれこそ身の程知らずだろう」と思うものの、いとおしくなって、いつもの嵯峨野の御堂での念仏会《ねんぶつえ》を口実にして出向いた。

明石の君にとって住み馴れるに従い、暮らしには困らないものの、寂しさは如何《いかん》ともし難い日々になっていて、訪れた源氏の君を見るにつけ、明石での思いがけない契《ちぎ》りや、姫君を得た事が、重々しく胸に迫り、素直に喜ぶ気にはなれない。

源氏の君はそれをなだめつつ、深い木立の間から漏れる鵜飼舟《うかいぶね》の篝火《かがりび》を見やると、その光は遣水《やりみず》に飛び交う蛍《ほたる》のようでもあり、「こうした川辺の生活に馴れていなければ、もの珍しく感じるでしょうね」と言うと、明石の君は和歌で応じた。

いざりせし影忘られぬ篝火は
　身のうき舟や慕《した》いきにけん

明石の浦を思い起こさせる漁火《いさりび》が見えるのは、身の憂さを運ぶ浮き舟が、ここまで我が身を追って来たのでしょうか、という感傷であり、「浮《う》き舟」と憂きを掛け、「辛い思いは、明石もここも変わりません」と言上する。

源氏の君は「『古今和歌六帖』に、うたかたも思えばかなし世の中を　たれ憂きものと知らせそめけん、とあるように、誰が世の中は憂きものと、あなたに教えたのでしょう」と言って返歌する。

あさからぬ下《した》の思いを知らねばや
なお篝火の影はさわげる

恋《こ》い慕う私の胸の内を知らないから、揺れて定まらない篝火のように、心が騒ぐのではありませんか、という愛惜《あいせき》で、言外に、私を信じていいのです、との思いを響かせて、『古今和歌集』の、篝火の影となる身のわびしきは　なかれて下に燃ゆるなりけり、を下敷にしていた。

この時期は静かに物思う頃なので、様々な仏事に心を寄せつつ、いつもより多くの日数を大堰で過ごすせいか、多少なりとも明石の君の物思いも紛れたようだった。

# 第二十七章　賀茂祭《かものまつり》

「薄雲《うすぐも》」の帖《じょう》は、思ったよりも筆が進み、三、四日で書き上げた。この帖こそは帝《みかど》の出生の秘密が明らかにされる、物語の転換点だった。

事実を知らされた帝の動転ぶりは、書いていて気の毒に思えるほどだった。これまで身近に仕《つか》えていた臣下《しんか》の光源氏《ひかるげんじ》が実父だと知って、帝はどういう反応をするのか、書いてみるまではわからなかった。動揺の余り、実父の光源氏に告白し、手を取り合って親子の名乗りをすることなど、帝の身ではできない。そうすれば、世の中はさらに物騒がしくなるはずだった。

ここはひとり、秘密を胸の内に封印《ふういん》するしかない。しかし、それは世を欺《あざむ》くに等しい。逃《のが》れる唯一《ゆいいつ》の道は退位だろうが、まだ即位して間もない、しかも、帝の異変に気づいた光源氏が、譲位《じょうい》をきつく戒《いまし》めるので、不可能だ。

実母である藤壺宮《ふじつぼのみや》は亡くなり、これから先、帝はこの秘密を生涯背負っていかなければならない。そんな重い運命を背負わせた書き手としては、帝に申し訳なかった。

実際、親子と知りつつ親子の名乗りができない苦しさとは、どういうものなのか。容易に想像できないものの、ここは帝の苦悩を詳《つまび》らかに書くしかないような気がした。これこそ帝に対する罪滅ぼし、懺悔《ざんげ》でもあった。

一方の光源氏は、帝のただならぬ様子から、あるいは秘事が知れたのかと感じざるを得ない。王《おう》命婦《みようぶ》に問いただしても、首を振るばかりだった。

胸の内に秘め続けるしかすべのない帝と、疑惑を持ち続ける光源氏は、双方とも異常事態を、宙ぶらりんのまま、堪《た》えていくしかないのだ。

そんな書き手の戸惑《とまど》いをよそに、この帖を書写し終えた小少将《こしようしよう》の君の言葉は、思いがけず嬉《うれ》しかった。

「藤壺宮も、とうとう亡くなりました。その折の光源氏の歌は、切々と胸を打ちます。**入り日さす峰にたなびく薄雲は　もの思う袖に色やまがえる**」

小少将の君がもうその和歌を諳《そらん》じているのに、まず驚いた。光源氏は西の空に景雲《けいうん》を見て、藤壺宮が阿弥陀《あみだ》に迎えられたと直感したのだ。

「光源氏が夕顔を失った際の歌にも、雲がありました。**見し人の煙を雲とながむれば　夕べの空もむつましきかな**」

小少将の君は、またもや歌をすらすらと口にする。余りに昔に書いた箇所なので、作者とてうろ覚えだ。

「それから、葵《あおい》の上と死別したときの歌、覚えているでしょう」

訊《き》かれて虚を衝《つ》かれる。全く失念しているので、顔を赤くして首を振る。

「のぼりぬる煙はそれと分かねども　なべて雲居《くもい》のあわれなるかな」

小少将の君は微笑《びしょう》しながら、さらりと詠歌《えいか》した。「だからこれから先も、雲を見るたび、三人の死を思い起こします。これまで雲を眺《なが》めても、何とも思わなかったのが不思議です。出来の悪い頭が、多少なりとも良くなりました。感謝します」

と言われて何と答えていいかわからず、「ありがとうございます」とだけ口にした。

この年の賀茂祭は四月十九日だった。その前日、彰子《あきこ》中宮《ちゅうぐう》様に呼ばれた。

「今回の祭の使《つかい》は、少将の頼宗《よりむね》になりました。その折、桜の挿頭《かざし》を授けますが、その葉に返礼の歌を書かねばなりません。その役をあなたに頼みたいのです」

そんなしきたりがあるとは、迂闊《うかつ》にも知らなかった。答えかねている様子を見て、中宮様がつけ加えられる。

「葵祭の行粧《ぎょうそう》には、中宮使の他にも、東宮《とうぐう》使や馬寮《めりょう》使、近衛《このえ》使、内蔵《くら》使などが遣わされます。そのなかで、東宮使と中宮使は特に重要な役割を担《にな》っています。今回の中宮使の頼宗は、わたくしの異母弟でもあり、将来が見込まれています」

そうした使の労をねぎらう歌であれば、ないがしろにできない。断るすべもなく、「かしこまりました」と言上《ごんじょう》して退出した。

局《つぼね》に戻ってから、文机《ふづくえ》に向かう。賀茂祭を前にした賀茂川御禊《ごけい》については、つとに「葵」の帖で詳細に描いていた。

新斎院《さいいん》には、帝の妹の女三《おんなさん》の宮《みや》が卜定《ぼくじょう》され、宣旨《せんじ》があって大将である光源氏も出仕《しゅっし》した。一条大《おお》路《じ》は物見車《ものみぐるま》で一杯になり、大路の両側に設けられた桟敷《さじき》も見物客で身動きできなかった。六条御《ろくじょうのみ》息所《やすどころ》も忍びつつ牛車《ぎっしゃ》で見物に来ていたところ、そこに葵の上の牛車が割り込み、遠くに押しやられてしまう。衆人環視《しゅうじんかんし》の中で大恥をかかされた御息所は、恨《うら》みを抱《いだ》き、これが産後の葵の上に取り憑《つ》くのだ。かつて東宮の妃《きさき》であり、世に名高い美女であった御息所としては、この屈辱は堪え難かった。しかし、このとき馬上にあった光源氏は、葵の上の牛車には気づいたものの、御息所の窮地《きゅうち》は見逃していた。

そしていよいよ祭の当日、光源氏は紫の上と牛車に同乗して出かける。華やかに飾られた牛車は衆目《しゅうもく》を集めたものの、他の牛車が立ち並んでいて前に進めない。そんな物見車の中に、ひと際《きわ》派手な袖口を出している女車《おんなぐるま》があり、檜扇《ひおうぎ》と共に和歌が差し出された。その主が老女房《にょうぼう》の源典侍《げんないしのすけ》だった。そのときの歌は挿頭にする葵と逢う日が掛けられ、「**はかなしや人のかざせるあうひゆゑ　神のゆるしの今日を待ちける**」で、これは不思議と記憶にあった。

その挿頭に添える歌を詠むなど、あの車争いの場面を堤第《つつみだい》で書いていたときには、夢想だにしなかった。これこそが、我が身の境遇《きょうぐう》の変化を如実《にょじつ》に物語っていた。

祭の日、姿を見せた藤原頼宗様はまだ若く、十五、六歳と思われた。御簾《みす》の中にいる彰子中宮様から、桜の散り残った枝を受け取ったのは、小少将の君だった。それをさらに几帳《きちょう》の陰で手に受け、細筆で葉に歌を書きつける。小さいので難渋《なんじゅう》はしたものの、何とか書き終え、同じものを紙にも書いて枝に結びつけた。その様子を並居《なみい》る女房たちがじっと見ている。あとで、どんな歌を詠《よ》んだのか、さんざん訊かれるはずだった。

小少将の君が枝をかかげ、几帳から出て階《きざはし》まで寄ると、頼宗様が階を数段昇って挿してもらう。わずかそれだけの儀式ではあった。

中宮使が去ったあと、どういう歌を贈ったのかと彰子中宮様に問われ、紙に書いて差し出した。中宮様が女房たちの前で、それを詠み上げる。

**神世《かみよ》にはありもやしけん山桜**
**今日のかざしに折れるためしは**

葵祭で梅が残っているのは珍しく、神の代《よ》にはそうした例もあったに違いないと、今の世を言祝《ことほ》ぐ歌に仕立てていた。中宮様からは労をねぎらわれ、あの歌詠み上手の伊勢大輔《いせのたゆう》の君からは、「わたしにはあのような神々《こうごう》しい歌は詠めません」と真顔《まがお》で言われた。

この日の使者は、近衛使が藤原実成《さねなり》殿、内蔵《くら》使が藤原能信《よしのぶ》殿、東宮使は高階業遠《たかしなのなりとお》殿、馬寮《めりょう》使は藤原通任《みちとう》殿であったと、あとで聞いた。

四月半ばを過ぎても寒冷の日は続き、局では文机の脇に置く灯火《ともしび》の火が恋しく思われた。


賀茂神社に奉仕していた斎院の朝顔《あさがお》の姫君は、この年の夏に薨去《こうきょ》した式部卿宮《しきぶきょうのみや》の服喪《ふくも》のために、斎院を辞した。源氏の内大臣《ないだいじん》は、例によって思い始めた恋心は諦《あきら》めない性分《しょうぶん》のため、見舞の手紙を絶え間なく送り、朝顔の姫君は以前の煩《わずら》わしさを思って、気を許さずに、返事もしない。その仕打を、源氏の君は実に残念だと思う。

九月になり、朝顔の姫君が桃園宮邸《ももぞの》に引越した旨《むね》を耳にして、故式部卿宮の妹である女五の宮がそこに住まっているので、その見舞にかこつけて源氏の君は参上《さんじょう》する。故桐壺院《きりつぼ》がこの宮たちを特に大切にしていたため、源氏の君は今でも親しく、いろいろとつきあいを保っていた。寝殿《しんでん》の西面《にしおもて》に朝顔の姫君、東面に女五の宮が住んでいて、父宮の死去からそんなに長くないのに、邸は荒れ果てた様子がし、寂しげで暗い感じがした。

女五の宮は源氏の君と対面して話をすると、大変年を取った雰囲気があり、何度も咳《せき》込む。兄弟姉妹のうちの一番の年長者で、この女五の宮の姉にあたる、故太政大臣《だいじょう》の北の方は、申し分ない位《くらい》に就《つ》き、いつも若々しい様子なのに、女五の宮の方は全く反対で、声が太く、無骨《ぶこつ》な物腰であり、それも人柄とはいえた。

「九年前に桐壺院が亡くなられて以来、万事が心細く感じられました。年を取るにつれて、ひどく涙がちに過ごしていたところ、兄の式部卿宮までが、わたくしを残して逝《い》かれました。それで今、あるかないかのように細々《ほそぼそ》と生き残っております。そんな折に、こうして立ち寄ってお見舞い下さり、憂《うれ》いも忘れてしまいそうな気が致します」と女五の宮が言う。

源氏の君は畏《おそ》れ多くも、ひどく年を取られたと思うものの、かしこまって「桐壺院が崩《かく》れられたあと、万事につけ、同じ世の中のようにも思えません。私も思いもかけない罪を負いまして、見知らぬ世界を彷徨《ほうこう》しておりましたが、幸いにも、朝廷からは数の中に入れてもらえました。それはそれでまた忙しくて暇《いとま》もなく、長い間ご無沙汰《ぶさた》しており、昔の話を申し上げたり、伺ったりもしておりませんでした。それをずっと気にしておりました」と言上《ごんじよう》する。

女五の宮も、「誠に情けない事でございます。亡き桐壺院にしても、あなた様にしても、いつどうなるかわからない世の中を見させていただいております。この長生きを恨めしく思う事も多くございます。とはいえ、あなた様がこうして世間に戻られたのは嬉《うれ》しく、あの須磨《すま》と明石《あかし》での何年間を途中まで見て、薨《みまか》っていたとしたら、本当に残念だったろうと、思っております」と、声を震わせながら、「今は大層高貴に美しく成長なさいました。まだ子供だった頃、初めてお会いし、この世にこんな光り輝くような子が、よくも生まれたものだと、驚かされました。

余りに立派なので、時々お目にかかるたび、不吉には感じていたのです。今上帝《きんじようてい》があなた様にとても似ていると、人々は申しておりますが、そうとはいえ、あなた様に比べれば劣っておられるだろうと推測しております」と、長々と語る。

源氏の君は、こうして面と向かって相手を褒《ほ》めるのは面白いと思い、「山賊《やまがつ》になってひどく落ちぶれていた数年のあとは、この上なく醜《みにく》くなっております。帝の容貌《ようぼう》は、昔の世にも比肩《ひけん》する人はないくらいだとみております。劣っているというのは的《まと》はずれのご推測でございます」と言う。

女五の宮は「こうやって時折お会いできれば、この非常識に長い寿命が、益々延びる事でございましょう。今日は、老いも忘れ、この憂《う》き世の嘆きもみんな消え去った心地でおります」と言ってまた泣き、「姉である三の宮の身の上は羨《うらや》ましい限りです。あなた様がその女婿《むすめむこ》になるという縁が加わって、仲良くされているのを羨んでおります。亡くなられた式部卿宮も、娘の朝顔の姫君をあなた様に縁付ければよかったと、時折、後悔されておりました」と言う。

源氏の君は少し耳に留めて、「そのようにしてずっとお仕えしていたら、今頃は思い通りになっていたでしょう。みんなあの時、私を遠ざけようとなさったのです」と、恨めしげに朝顔の姫君への思慕《しぼ》をほのめかした。

朝顔の姫君がいる寝殿西面の庭を見やると、枯れ枯れになった前栽《せんざい》の風情《ふぜい》が、いつもとは異なって感じられる。姫君がのどかに物思いに耽《ふけ》っているに違いない様子と、その顔立ちに興味を惹《ひ》かれ、慕《した》わしくて、こらえきれなくなり、「こうして参上した機会を逃して帰れば、薄情だと思われそうなので、あちらへも見舞に伺います」と言って、そのまま簀子《すのこ》を通って赴《おもむ》く。

暗くなる時刻ではあるものの、喪中の鈍色《にびいろ》の御簾越しに、黒い几帳《きちょう》が透けて見えるのも趣《おもむき》があり、薫香《くんこう》をのせた風が優美に吹き寄せて、情趣はこの上ない。

南廂《ひさし》に通されると、宮中女官《にょかん》の宣旨《せんじ》が応対に出て、挨拶《あいさつ》を取次ぐので、源氏の君は、「こんな御簾の外という扱いでは、今更のように年若くなった気がします。神さびる程に長い歳月を重ね、官人としての功労と同じく、あなた様を慕い続けた骨折りに免じて、今後はきっと部屋の中にはいるのも許して下さるかと、信じておりました」と、不満顔ではあった。

朝顔の姫君は「過ぎた昔の事は、みんな夢のような心地がします。今は夢から覚めて、何が何だかわからなくなっております。おっしゃった長い年月の功労とやらも、これからゆっくり見定めたく思います」と、宣旨を通して答えたので、源氏の君もそれを聞いて、なるほど定めのない世の中だと思い続けられ、歌を詠じた。

人知れず神のゆるしを待ちし間《ま》に
ここらつれなき世を過ぐすかな

人に知られないように、賀茂の神の許しを待っていた間に、こんなにもあなたが冷たくする世の中を過ごして来ました、という感慨《かんがい》であり、朝顔の姫君の斎院在任の八年間、恋情《れんじょう》をこらえて来た胸の内を訴える。

「今後は何の禁制を口実にして、私を拒《こば》みなさるのでしょうか。世の中全般に厄介《やっかい》な事柄があって以来、あれこれと物思いを重ねて参りました。その苦労の一端でも、お話しできればと存じます」と、熱心に言い募《つの》る様子は、心映《こころば》えが昔よりももう少し、優美な感じが備わっていた。その魅力は桁《けた》はずれであり、若々しさは地位に不釣合なくらいで、朝顔の姫君が返歌する。

**なべて世のあわればかりをとうからに**
**誓いしことと神やいさめん**

なべて世の中の悲哀《ひあい》を、あなたに問うのみで、これ以上の心寄せは賀茂の神が禁じられるはずです、という拒絶で、源氏の君が「何とも情けない言葉です。その昔の罪はみんな科戸《しなと》の風に伴わせて、祓《はら》ってしまいました」と言上する物腰は魅力に溢《あふ》れていた。

宣旨が「罪を祓ったとおっしゃるその禊《みそ》ぎに対して、神はどのような反応を示されましたか」と、『伊勢物語』の、**恋せじと御手洗河《みたらしがわ》にせしみそぎ　神はうけずもなりにけるかな**、を下敷にして、からかい気味《ぎみ》に応じると、それさえも朝顔の姫君はいたたまれない気がしていた。

元来、色恋には疎《うと》い性分《しょうぶん》なので、それが年を経《へ》るにつれて内向きになり、返事もできずにいるのを女房たちは困り顔でいる。源氏の君は、「弔問《ちょうもん》がどこか色めいた話になってしまいました」と言い、深々と嘆いて立ち上がり、「年を取りますと、厚かましくなってしまいます。世にも稀《まれ》なやつれた姿を、せめて古歌《ふるうた》に、**君が門今ぞ過ぎゆく出《い》でて見よ　恋する人のなれる姿を**、とあるように、少しくらいは感じていただけたでしょうか」と言って、出て行った。

その後の残り香《が》も素晴らしく、女房たちはそれを褒めつつみんなで語り合う。ちょうど空も趣のある頃合で、木の葉が散る音を聞きながら、朝顔の姫君は、斎院時代の源氏の君との感慨深い文《ふみ》のやりとりを新たに思い起こして、折々の情趣《じょうしゅ》豊かな、心配りの深かったその人柄を偲《しの》んだ。

満たされない心地のままに帰った源氏の君は、尚更《なおさら》、夜も目覚めがちになり、物思いを続け、早朝に格子《こうし》を上げさせて、朝霧を眺めて感慨に耽っていると、枯れた花々の中に、朝顔があちこちに這《は》い上がって、ささやかに咲いていていた。色艶《いろつや》の特に移ろってしまったのを折らせて、それに「冷たさがはっきりした扱い方に、体裁《ていさい》が悪い思いを致しました。私の後ろ姿をどう見られたのか、忌々《いまいま》しい気が致します」と文を書いて、歌を添えた。

見しおりのつゆ忘られぬ朝顔の
　花の盛りは過ぎやしぬらん

昔見た時の事が寸時も忘れられない、あなたの朝の顔、その朝顔のようなあなたの美しさは、極みを過ぎつつあるのでしょうか、という挑発で、「長年の積もる思いも、可哀想《かわいそう》だと、いくらでもわかっていただけると、一方では期待しています」と書き添えた。

いかにも大人びた態度の文面に、返事をしないでいれば、源氏の君を不快にさせ、物知らずと思われるに違いなく、女房たちが硯《すずり》を用意して勧めるので、朝顔の姫君も返歌する。

秋果てて霧の籬《まがき》にむすぼおれ
　あるかなきかにうつる朝顔

秋が去り、霧のかかった垣根にからまってまといつき、生きているのか枯れているのかもわからない朝顔、それがわたくしです、という諦念《ていねん》で、「あなた様のいかにもふさわしい喩《たと》え通り、涙が露に濡れがちでございます」と言い添えられていた。

何の趣もないものの、どんな心地がするのか、源氏の君は文を手放さずにじっと見入ると、喪中にふさわしい青鈍《あおにび》の紙に、上品でたおやかな墨の付き具合は、却《かえ》って趣深い。

こうした文のやりとりは、その人の身分や書き方を素直に物語に書くと、その当座は難がないように見えても、後世になれば却って事実と違って伝わる懸念《けねん》もあるため、書き手が小賢《こざか》しくごまかして書いているうちに、不明瞭《ふめいりょう》な部分が生じてしまった。

源氏の君は、昔に立ち戻って、今更若者のような恋文を書くのも、似つかわしくないと思う一方で、やはり昔から特に毛嫌いし続けている風でもない朝顔の姫君の様子からして、このまま不満を残しつつ時が過ぎるのは惜《お》しい気がして、耐え難いので、ここぞとばかり昔に戻って真剣に手紙を送る。

二条院の東の対《たい》にひとり離れて過ごしつつ、朝顔の姫君付きの宣旨を呼び迎えて様子を訊くと、「桃園宮邸で姫君に仕える女房たちの中で、それ程の身分でない男にも身を任せやすい者は、間違いでも起こしかねないくらい、あなた様を褒めそやしております。しかし朝顔の姫君はあの当時から、あなた様に心を寄せる気などありませんでした。

今はましてや、姫君もあなた様も、恋とは無縁な年頃であり、声望もございます。ちょっとした季節の木や草に付けたあなた様の手紙の返事でも、折々に応じて書けば、世間から軽はずみだと取沙汰《とりざた》されないかと、人の噂《うわさ》を気にされております。打ち解けなさりそうもない姫君のご様子です」と言上するので、源氏の君は、昔のままの頑《かたく》なな朝顔の姫君の心構えを、通り一遍《いっぺん》の者とは違って立派だとは思いながらも、忌々しさを感じた。

世の中に噂が広まり、「源氏の大臣が前斎院に熱心に言い寄られているそうだ。女五の宮も、それを悪くない縁組だと考えておられるとか。似合いのお二人だろう」と、人々が言っているのを、紫の上は人伝《ひとづ》てに耳にし、しばらくは「いくら何でもそういう事であれば、隠し立てはされないはず」と思う。

とはいえ、さっそく注意して観察してみると、源氏の君の様子は常と違って情けなくも、そわそわと落ち着かないので、紫の上は、「本気でその気になっている事を、さりげなく、冗談めかして言っておられた」と思い起こし、「姫君はわたしと同じ皇族の血筋であられる。世評も格別で、昔から高貴の方と評判になっている。それであちらへ心が移ってしまうと、こっちはみっともない結果になろう。

年来の寵愛《ちょうあい》については、これまでわたくしと肩を並べる人もないのに慣れていた。それが今になって、人に押し負かされるとは」と、密《ひそ》かに心を痛めつつ、「ここで、ぷっつりと心寄せが途絶え、赤の他人として扱う事は、まさかなさるまい。ただ、何の後見《うしろみ》もないわたくしに、長年よくして下さった気安さから、軽々しい接し方にはなるかもしれない」と、様々に思い乱れる。

それほどの身分でない女君《おんなぎみ》についてはは、ちょっとした恨み事を紫の上は正直に口にするのだが、今回は本当に情けなく感じて、顔色にも出さずにいた。

一方の源氏の君は縁側近くで物思いに耽り、宮中での宿泊の日が頻繁《ひんぱん》になり、まるでお役目のようにせっせと手紙を書いているので、紫の上は、「なるほど、確かに人の噂の通りだ。せめて素振《そぶ》りだけでも、ほのめかして下さればいいのに」と、ひたすら疎《うと》ましくなった。

とある夕方、故藤壺宮の諒闇《りょうあん》のため神事その他も中止になって、源氏の君は気が抜けて寂しく、やる事もないので、いつものように女五の宮の許に親しく参上する。雪がちらついて、なまめかしい黄昏時《たそがれ》、着馴れて柔らかくなった衣装《いしょう》に、一段と深く香を薫《た》き染《し》め、入念に身づくろいをし、日暮れを待っている姿には、どんな女でも靡《なび》いてしまいそうな気配があった。

それでもやはり外出の際には紫の上に対して、「女五の宮の具合がよろしくないようなので、見舞に行って来ます」と、膝をついて言うと、紫の上はこっちを見ないで、四歳になる明石の姫君をあやして気づかない風を装っている。

その横顔が普通でないので、「妙にご機嫌斜めのこの頃です。とはいえ、私には何の罪もありません。古歌に、**須磨の海人《あま》の塩焼き衣馴れゆけば　うとくのみこそなりまさりけれ、**とあるように、塩焼衣を着馴れて、見映えがしないと思われると困るので、しょっちゅう会わないようにしているのです。それをあなたは曲解《きょっかい》しているのではないですか」と言う。

紫の上は、「馴れ親しむと、その分飽きられてしまい、本当に争い事が多くなります。ちょうど古歌に、**馴れゆくは憂き世なればや須磨の海人の　塩焼き衣間遠なるらん**、とある通りです」と答えて、向こう向きに横になっている。そのまま見捨てて出かけていく道中が、気が重くなりそうだったものの、女五の宮には既《すで》に連絡ずみだったので、外出を決める。

こんなすれ違いもあった夫婦の仲なのに、今までは仲を疑わずに無邪気に過ごしてきたものだと、紫の上は思い続けて横になっていた。源氏の君の喪中ゆえの鈍色の装いが、同じ暗い色でも色合が違って、その重ねの具合が却って艶《あで》やかで、それが雪の光に映えて、一層優艶《ゆうえん》に見える姿を見送った紫の上は、これから本当に益々心が離れていくとしたら、どんなになるのだろうかと、堪えられない心地がしていた。

一方の源氏の君は前駆《さき》の人々を目立たないようにしており、「内裏《だいり》以外への外出は、何となく気が重い齢《よわい》になってしまいました。桃園邸の女五の宮が心細い境遇にあったのは、数年来、式部卿宮にお世話を任せていました。しかしその没後は、どうか宜《よろ》しくと私を頼みにされています。それも当然で、気の毒ですから」と、源氏の君は女房たちにも言い訳をする。

女房たちは「さあ、本当でしょうか。好色な浮気心が、昔と変わらないのが惜しい。何か軽々しい事が、必ずや起こるに違いない」と、呟《つぶや》き合った。

桃園邸では、北側の出入りの多い門からはいるのは、身分柄軽々し過ぎるので、西側にある仰々《ぎょうぎょう》しい門からはいって、供人を中に入れて、女五の宮に挨拶を言上させると、まさかこんな雪が降る日に、来訪はなかろうと思っていたため、驚いて門を開けるように伝える。門番が寒そうに慌《あわ》てて出て来る。

すぐには開けられず、他の下男《げなん》もいないようで、ひとりでがたがた音を立て、「錠《じょう》がひどく錆《さ》びて開きません」と嘆くのを聞いて、源氏の君は気の毒に思う。

「式部卿の死去は昨日今日と思っているうちに、三年も経ったように感じる。これが世の中なのだ。こんな事実を見知っていながら、かりそめの現世を思い捨てられず、木や草の色に心を奪われてしまっている」と、しみじみと思いつつ詠歌する。

いつの間に蓬《よもぎ》がもとと結ぼおれ
　雪ふる里と荒れし垣根ぞ

いつの間にか蓬がからまるように生《お》い繁《しげ》り、雪が降って垣根も古びてしまった邸である事か、という感慨であり、「ふ（降）る」と古を掛けている。

門番が長い時間かけてようやく門を開けたので、中にはいった。

女五の宮の在所で、いつものように話をしていると、ついとりとめのない昔話から始めて、長々と口にされるので、源氏の君も聞き飽きて眠たくなる。女五の宮も欠伸《あくび》をして、「宵《よい》のうちから眠たくなって、もうお話ししたい事も申し上げられません」と言うと程なく、鼾《いびき》というのか、聞いた事もない音がし出した。

これは幸いと源氏の君が立って行こうとすると、もうひとり、年寄りじみた咳《せき》をしながら近付いてきて、「畏れ多くも、わたしの事は、お聞き及びかと、頼みにしておりますけれども、この世に生きている人の数には、入れていただけない身なので、ご挨拶申し上げます。亡き桐壺院は、わたしをおばあ様と呼んで、笑っておられました」と、名乗り出たので、源氏の君は思い出した。

あの好色な老女房で源典侍《げんないしのすけ》といった人は、尼になり、女五の宮の弟子になって、仏道の修行をしているとは仄聞《そくぶん》していたものの、今まで捜しもしないでいて、生きているとは全く知らなかったため、あきれ果てる。「桐壺院在世の時代の事は、みんな昔話になっていっております。そうした遥か昔を思い出すのも、心細い心地がします。何とも嬉しい声を聞かせてもらいました。聖徳太子の歌に、**しなてるや片岡山に飯《いい》に飢えて　臥《ふ》せる旅人あわれ親なし**、とあるように、孤児となって病《やまい》に臥せる私を、世話して下さい」と源典侍は言って、物に寄りかかっていると、益々昔を思い起こす。

あの当時と同じ色っぽさを見せて、老いて歯が抜けてすぼまった口元が思いやられる声は、さすがに舌足らずではあるものの、それでも気の利《き》いた事を言おうと思って、「古歌に、**身を憂しと言いこしほどに今はまた　人の上ともなげくべきかな**、とあるように、老いはわたしの疵《きず》と言ってきた間に、あなた様も年を取られました」と声を掛けるのも生意気に感じられ、今急に老いがやって来たように言うので、苦笑せずにはおられない。

一方でこの老女の不憫《ふびん》さには同情して、「この源典侍が盛りの頃に、桐壺院の寵愛を競っていた女《にょう》御《ご》や更衣《こうい》たちは、ある人は亡くなり、ある方は生きる甲斐《かい》もなく、はかない身の上に沈んでおられるようだ。三十七歳で亡くなった藤壺宮は、何とも短い命だった。

嘆かわしいとのみ思われるこの世で、年齢からして先が短いような、心構えも浅はかで、頼りない感じの人が、こうして生き残って、のんびり勤行《ごんぎょう》もして来たというのは、やはり、万事が無常の世の中だ」と思う。なんとなく、感慨深そうにしている姿を見て、源氏の君が自分に心を寄せているのだと勘違いして、心をときめかして若々しく振舞って歌を詠みかけた。

年経《ふ》れどこの契《ちぎ》りこそ忘られね
　親の親とか言いしひと言

何年経っても、あなたとの契りは忘れられません。親の親である祖母と言われた故桐壺院のひと言があります、という誘惑であり、「この」には子のが掛けられ、『拾遺和歌集』の、親の親と思わましかば問いてまし　我が子の子にはあらぬなるべし、を下敷にしていた。源氏の君は疎《うと》ましくなって返歌する。

身をかえて後も待ち見よこの世にて
　親を忘るるためしありやと

生まれ変わって後生《ごしょう》でも待っていて下さい、この世で親を忘れる子の例があるかどうかを、という皮肉で、やはり「この」に子のを響かせ、「頼もしい縁です。近いうちにゆっくり話をしましょう」と言い置いて、立ち上がった。

朝顔の姫君が住む寝殿西側の部屋では、格子を下ろしているものの、源氏の君を嫌っているように思われかねないので、一《ひと》、二間《ふたま》は下ろさないままでいた。月の光が射し始めて、うっすらと積もった雪が照り映え、春や秋の月よりも却って趣のある夜景色になる。

先刻の老女の心のときめきも、老いらくの恋として、世間ではよくない例にされているのを思い出し、源氏の君はおかしく感じつつ、朝顔の姫君に対しては、今宵は大変真剣に言い寄って、「ひと言だけでも、私が嫌だと、人を介《かい》せずにおっしゃられるのでしたら、諦めるきっかけに致します」と、熱心に訴えた。

それにもかかわらず、朝顔の姫君は「昔、自分も源氏の君も若く、恋が許された頃には、亡き父宮が二人の縁組を期待されていた。しかしそれはあってはならない、気が引ける事として、そのままにしていた。それをこんな世の末になって、盛りも過ぎ、似つかわしくない齢の今、ひと声と言っても、本当に気後《きおく》れがする」と思い、全く動揺しない心構えなので、源氏の君は、全く以《もっ》て薄情な方だと思う。

それでも姫君は、源氏の君をそっけなく突き放すのではなく、人を介しての返事はするので、源氏の君はいら立つしかなく、夜がすっかり更《ふ》けゆくにつれて、風の音が激しく、心の底から寂しくなり、上品に涙を押さえながら詠歌した。

つれなさを昔に懲《こ》りぬ心こそ
　人のつらきに添えてつらけれ

つれないあなたの心に、昔から懲りない私の心が恨めしく、冷やかなあなたも恨めしく感じられます、という恨み言で、「古歌に、恋しさも心づからのわざなれば　置き所なくもてぞわずらう、とあるように、この恨めしさも、どうにも抑え難い恋心からなのです」と、自嘲《じちょう》して言う。女房たちが

「本当に気の毒です」と急《せ》かすので、姫君も返歌する。

あらためて何かは見えん人のうえに
かかりと聞きし心がわりを

どうしてこれまでとは違った心をお見せできましょう、他の人はそういう心変わりがあると聞いておりますが、という頑《かたく》なな決心で、「昔と違う事には慣れておりません」と返事をした。

もはや何を言っても甲斐はなく、心の底からの恨み言を口にして退出するのも、青臭い若造のような気がするので、「こうして世間の物笑いの種になってしまいそうな醜態《しゅうたい》を、ゆめゆめ他人にはどうか漏《も》らさないで下さい。『古今《こきん》和歌六帖』に、**犬上《いぬかみ》や鳥籠《とこ》の山なるいさら川　いさと答えて我が名漏らすな**、とあるように、我が名漏らすな、と言うのも、馴れ馴れし過ぎでしょうか」と言って、仲介役の宣旨に一途《いちず》にひそひそと話し続けている。

どのような内容なのか、他の女房たちも「ああ勿体《もったい》ない事です。どうして頑固《がんこ》に拒まれるのでしょうか。軽々しく強引な事などされない源氏の君のご様子なのに、気の毒です」と言う。

なるほど、女房たちが言うように、源氏の君の人柄は好感が持て、情愛も深い事はわかっているものの、「こちらが情理を知っている面を見せても、せいぜい世間の人々が源氏の君を褒めそやすのと、同列に思われるのではなかろうか。

また一方、こちらの軽々しい心の内も、きっとお見通しに違いない。こちらが気後れする程、立派な方だから」と思うと、「やはりここは慕わしく思っているような情愛を示しても、何の益もない。

色恋以外の手紙には、ご無沙汰にならない程度に絶えず返事をしよう。人を介しての返事も、失礼にならない程度で過ごして行こう。長年仏から離れ、斎院として、神に仕えた罪障《ざいしょう》が、消えるくらいに勤行に励もう」と、決心する。

そして、「急にこうした交わりを遠ざけ顔になるのも、逆に今風の割り切り方だと、人には見えたり聞こえたりして、噂になりかねない」と、世間の口やかましさを充分知っていたので、仕える女房たちにも気を許さず、注意を怠らないで、勤行に専念した。

姫君の兄弟の公達《きんだち》は多くいるものの、同腹ではないので、疎遠《そえん》であり、邸の中がひっそりと物寂しくなるにつれ、源氏の君のような立派な人が、熱心に心を寄せてくれるので、女房たちは心をひとつにして、源氏の君の好意に期待していた。

源氏の大臣は、朝顔の姫君に必ずしも思い焦《こ》がれているわけでもないが、薄情な仕打ちが気に入らないので、負けて引き下がるのも残念であり、一方では自分の人柄は、世に声望もあり、物事の道理も深くわきまえ、世間の人情があれこれと違うのも、耳に留めていた。多くの経験を重ねるにつれ、昔よりは随分《ずいぶん》と深みのある人間になっていると思っていて、今回の今更の浮気も世間の非難を気にして、「このまま空《むな》しい恋で終わっては、いよいよ人の物笑いになる。どうしたものか」と、心が動く。

この間ずっと、二条院西の対の紫の上への通いは途絶していたので、紫の上は、『古今和歌集』の、**ありぬやとこころみがてらあい見ねば　たわぶれにくきまでぞ恋しき**、とある如《ごと》く、このまま冗談ではすまされない心地がして、じっとこらえてはいるものの、やはり涙のこぼれない時はなかった。

源氏の君は、「妙に普段とは違ったあなたの様子ですが、どうしてでしょう」と言いつつ、紫の上の髪をかき上げて、可愛《かわい》いと思っている姿は、絵に描いてやりたいような睦《むつ》まじさで、「藤壺宮が亡くなったあと、今上帝《きんじょうてい》が実にこの世を寂しく思っておられるようです。それが気の毒でもあり、太政大臣もいなくなって、帝の後見《うしろみ》もおりません。いきおい私は政務に忙しく、あなたにも構っておれなくなっていました。

それを恨むのはもっともで、申し訳なく思います。しかし今まではそうでも、これからは心をのどかにしてのんびり過ごして下さい。多少大人びていても、まだ深い思いやりまでは至っていません。それで私の心の内がわからないのかもしれませんが、そこがまたいとおしいのです」と言い、涙で固まって丸くなっている髪を直してやる。

紫の上は益々背中を向けるばかりで、ものも言わないので、「本当に子供っぽいですよ。こんな事を誰が教えたのでしょうか」と、古歌の、偽りを誰ならわして限りなき　我がまことをも疑わすらん、を引きながら、無常のこの世の中で、ここまで心隔てをされるのは情けないと、紫の上との仲を気にして、「前斎院に、他愛もない文を差し上げるのを、誤解されてはいませんか。それは的はずれです。ま、そこは自然におわかりになるでしょう。

あの方は昔から、よそよそしい人柄です。心寂しい折々には、懸想文《けそうぶみ》などを冗談めかして差し上げ、困らせておりました。それでも先方からは、退屈しておられるのか、時たまの返事がございました。とはいえ、これは真面目《まじめ》なやりとりではないので、こうこうですと細《こま》かく、あなたは不満を訴える事でもありますまい。一切心配な事はないのだと、どうか思い直して下さい」と、一日がかりでなだめすかした。

雪が厚く降り積もっている上に、今もちらついていて、幹や葉は見えなくても、雪の積もり方で松と竹の趣の違いがわかる夕暮れに、源氏の君の姿は一段と輝いて見え、「四季折々の風情については、『拾遺和歌集』に、春秋に思い乱れて分きかねつ　時につけつつうつる心は、とあるように、人の心を動かす花や紅葉《もみじ》の盛りが称揚《しようよう》されています。

しかし冬の夜の澄んだ月の光に、雪が照り映《は》えている空こそが、色はなくても不思議と身に沁《し》みます。この世以外の事まで、次から次へと思い起こされて、趣も哀れさも同時に限りなく迫って来ます。冬の月は面白くもないと言い残した人の気が知れません」と言って、御簾を巻き上げさせる。

月は隈《くま》なく照り輝いて、辺り一面が白く照らされ、雪の重さに耐えかねている前栽が痛々しく、遣《や》り水《みず》は実に忍び泣くような音を立てて流れ、池の氷も何とも言いようもない程に寒々としているので、源氏の君は女童《めのわらわ》たちを庭に下ろして、雪玉作りをさせた。

それぞれの可愛らしい姿や髪の形が月に映えて美しく、物馴れた大きな女童たちは、様々な色の衵《あこめ》を着て、袴《はかま》の帯がゆるやかに締められて優美な上に、衵の裾よりも長く伸びた黒髪の先が、雪の白さで際立《きわだ》って見える。小さい子は喜んで駆け回り、顔を隠すための扇《おうぎ》を落として、無邪気に雪転がしに興じているのも面白く、もっと転がして大きくしようとして動かせなくなり、困り果てている。他の女童たちは東端の簀子に坐って、じれったそうに笑っている。

源氏の君はその光景を見やりながら、「一年前、藤壺宮が御前で雪の山を作られたのを思い出します。もう世間では物珍しくなくなりましたが、それでも尚《なお》、目新しい趣向を凝《こ》らされていました。折々につけて、亡くなられたのが本当に残念で、名残惜《なごりお》しく感じられます。大変よそよそしく振舞っておられたので、何から何までを日頃から目にしていたというわけではありません。

とはいえ、宮中で人々と交わっておられた頃、私を心安い相手だと思っておられたので、こちらもあちらを頼りにして、何につけても、折につけて隠さず申し上げていました。

洗練された才気は表立っては、お見せになられませんでしたが、相談のし甲斐があって、ささやかな事でも申し分なくして下さいました。世間に比肩《ひけん》できる方などおらず、品格と教養が深く身についている点で、立派なお方でした。

あなたは何といっても、藤壺宮の姪《めい》で、格別の違いはないように思います。しかし、少々気が強い点が藤壺宮よりは勝《まさ》っていて、それが困りものです。それに対して朝顔の姫君の心映えは、また少し違っているように見え、寂しい時にはなんとなく文を交わしていいます。私としては、気を遣わないでいいという方では、この朝顔の姫君のみが残っておられます」と言う。

紫の上が、「尚侍《ないしのかみ》こそ、才気があって奥床《おくゆか》しい点では、どなたよりも優《すぐ》れておられます。軽々しい事はなさらない性格なのに、どうしてあなたとの間に奇妙な事が起こったのでしょう」と言うので、源氏の君は、「確かにその通りです。優雅で容貌が優れている女君の例としては、当然挙げられるべき人です。そう思うと、可哀想で悔やまれる事が多いです。

ましてや軽々しい好色男であれば、年を重ねるに従い、悔やまれる事が多くあるはずです。人よりは随分と落ち着き払っている私ですら、悔やんでいるのですから」と述懐《じゅっかい》して、尚侍の君の一件に対して、少し落涙《らくるい》した。

さらに源氏の君は続けて、「人の数にもはいらないと、あなたが軽蔑《けいべつ》している山里の人は、身分には似合わない程に、物事の道理をわきまえているようです。とはいえ、身分の高い方とは異なる扱いをするべき人なので、気位《きぐらい》が高い面は気に掛けないようにしています。取るにたらない身分の女とは、まだ出逢っていませんからわかりませんが。

女というもの、他より抜きん出ている人は滅多にいない世の中です。二条東院の西の対《たい》に住んでいる花散里《はなちるさと》という方は、本当に昔通りにおっとりとした心構えです。あんな風には、とてもできません。誠実な点では心遣いの優れた人だと認めて、世話をしています。以来、私との仲はずっと遠慮がちで、今でも相変わらず、別れられずに、深い情愛を感じています」と、昔や今の話を語り合っているうちに、夜が更けて行き、月はいよいよ澄み渡り、静かに趣が深いので、紫の上が詠歌する。

**氷閉じ石間《いしま》の水はゆきなやみ**
**空すむ月の影ぞ流るる**

氷が張って岩間の水は流れにくくなってはいるものの、空に澄む月の光は西へと流れて行く、という叙景《じょけい》に託した心情であり、「滞《とどこお》る岩間の水」に自分、「流れ行く月の影」に源氏の君を喩《たと》えていて、「行《ゆ》き」に生き、「すむ」に住む、「流るる」に泣かるる、「空」に虚言（そらごと）がそれぞれ掛けられ、白楽天《はくらくてん》の「琵琶行《びわこう》」の一節「幽咽《ゆうえつ》する泉の流れは氷のしたに難《なや》む」を下敷にしていた。

紫の上は外の方を見やって、少し顔を傾けている。その様子は比類《ひるい》なく可憐《かれん》で、髪の形や顔立ちが慕い続けた亡き藤壺宮の面影《おもかげ》と、通じるようにふと感じられて、素晴らしい。少々朝顔の姫君に分けていた愛情も、きっと紫の上の方に傾くはずであり、鴛鴦《おし》が鳴いているので、源氏の君も詠歌する。

**かきつめて昔恋しき雪もよに**

あわれを添うる鴛鴦の浮寝《うきね》か

あれもこれもとひとつにまとめて、昔の事が恋しく思われる雪模様の中、一層感慨深さを添える鴛鴦の悲痛な声だ、という藤壺宮への追慕《ついぼ》であり、「浮寝」に憂（う）き音（ね）を掛けていた。

寝所《しんじょ》にはいっても、藤壺宮の事を思いつつ横になっていると、夢ともなくかすかに、その姿が枕元に立った。ひどく恨んでいる様子で、「決して漏らしはしないと言っておられたのに、紫の上にわたくしの話をして、浮いた噂が知れ渡ってしまいました。身の置き所がなくて、苦しい思いをしています。恨めしい限りです」と言う。

答えようとした時に、何かに襲われそうな気がし、隣に寝ていた紫の上の「一体どうされたのですか」という言葉に、目が覚めてしまう。それが残念で、胸騒ぎもする。我慢していると涙も流れ出て、今もひどく袖を濡らしている。紫の上はどういう事なのか奇妙に思うものの、源氏の君はじっと臥したまま心の内で独詠《どくえい》する。

とけて寝ぬ寝覚《ねざ》めさびしき冬の夜に
　結ぼおれつる夢の短さ

打ち解けて寝る事もできず、寝覚めて寂しい冬の夜に、はかなく結んだ夢の何と短かったのだろう、という無念だった。

却って眠れずに悲しくなり、朝早く起きて、藤壺宮への追善供養《ついぜんくよう》だとは言わずに、諸々《もろもろ》の寺に誦《ず》経《きょう》をさせる。

「夢の中で、苦しい目に遭《あ》わせると恨みなさったのも、きっとそう思っておられるからだろう。勤行をされて、すべての罪障を軽くされたようだったが、あの一件のみだけは、現世の穢《けが》れとして、充分な功徳《くどく》を得られなかったのだ」と、物の道理をあれこれと深く考え詰めると、ひどく悲しくなり、「知る人もない冥界《めいかい》におられるのだろうか、何としてでも見舞に参上して、その罪を代わって受けたいものだ」と、つくづくと考える。

「藤壺宮のために、何にしろ、特別な事をすると、世間の人が必ずや不審に思って、気にするだろう。今上帝も疑心暗鬼《ぎしんあんき》になられて、さてはと気がつかれるのではないか」と心配して阿弥陀仏《あみだぶつ》を心に留めて、祈って、どうせなら一蓮托生《いちれんたくしょう》の願いを込めようと思って、独詠する。

亡き人をしたう心にまかせても
かげ見ぬみつの瀬にやまどわん

亡き人を慕う心に任せて、冥界に赴いても、その姿は見えない三途《さんず》の川の瀬で、途方に暮れるだろう、という未練の思慕であり、「みつの瀬」に水の瀬を掛け、思い続けるのも辛くやり切れなかった。

◇　◇

書き上げた「朝顔」の帖は、毎夜のように几帳の隙間《すきま》から覗《のぞ》いていた小少将の君が、奪うように持って行き、三晩続けて書写したようだった。

どんな感想を言われても、小少将の君の言葉だから、冷静に耳を傾けようと心には決めていた。それだけに開口一番、「面白かった」と笑顔で言われたときは嬉しかった。

「でも、この朝顔の姫君は、頑固過ぎるのではないでしょうか」

小少将の君は少しばかり眉《まゆ》をひそめる。その表情には茶目っ気があって、好きだった。

「やはり、そうですか」

「いいえ、藤式部の君が書いたのですから、これはこれでいいのですが……朝顔の姫君は、もう少し自分の身の上を考えてもいいのではないでしょうか。光源氏と同じ年頃なのに、後見する人はいないのですから、この姫君の身の固さが信じられないのです」

小少将の君がそう言うのもわからなくもなかった。祖父が左大臣であったにもかかわらず、蔵人《くろうどの》権《ごんの》左少弁《さしょうべん》だった父君が早々に出家したため家は没落、その後はどうやら不本意な男の出入りがあったと聞いている。

「とはいっても、この前斎院の姫君の頑なさは、こう考えれば理解できます」

小少将の君が自分で頷《うなず》きながら言い継ぐ。「前斎院だけあって、もうこのままひとり身を通そうと決心しているのです。すべての男を自分の身から遠ざけてしまえば、憂いなどありません。きっとそうです。しかし、それは八年間も賀茂の神に仕えた前斎院だからできることで、並の女にはできません。いくら桃園宮邸が荒れ果てているとはいえ、このまま朽ち果てるはずはないでしょう。前斎院として、宮中からの何がしかの援助は、生涯にわたって続くでしょう。その矜持《きょうじ》は、それはそれで尊敬できます」

「なるほど」

「なるほど、だなんて、藤式部の君はそこまでわかって書いたのではないのですか」

「そんな細かいことまではわかりません」

正直に答えると、小少将の君は「そんな無責任な」と言い、二人とも顔を見合わせて笑った。

「でも、そうかもしれません。そんな細かい点まで考えて書くと、きっと前に進めないはずです。ともかく今夜までに筆写を終えます。大納言の君から、まだかまだかと急かされているのです。わたしとしては、少しばかり意地悪をしてじらしているのです」

小気味《こきみ》よさそうに笑って続ける。「とはいっても、あの方は中宮様付きの女房の中では第一の能書《のうしょ》だから、筆写を終えたら、すぐに中宮様のところに持参されるはずです。中宮様も今か今かと待っておられるようで、昨日ご対面したとき、書写は進んでいますか、と訊かれたのです。はい、とお答えしつつ、中宮様までもじらす結果になっていると、忸怩《じくじ》たるものがありました」

小少将の君は言いながら、少し頰《ほお》を赤くした。

大納言の君が、わざわざ局まで来たのは、二日後の夜だった。

「朝顔の姫君の帖、書き写して、中宮様にお渡ししました」

「え、もうですか」

さすがに能書ならではの速さで、舌を巻く。

「それで、ふと疑問を感じたのですけど」

大納言の君が声を潜《ひそ》めたので、耳を傾ける。「この朝顔の斎院は、斎院に任じられる前に、光源氏と契《ちぎ》りはあったのでしょうか」

余りに単刀直入《たんとうちょくにゅう》の問いに、うろたえる。

「そこは何とも。情交があったような気もしますし、なかったようにも思います。何しろ昔のことですので」

つっかえながら答えると、大納言の君がくすくすと笑う。

「そうですか。作者でもはっきりしないのですね」

大納言の君が頷く。「はっきりしないといえば、光源氏と藤壺宮との最初の契り、そして六条御息所との昔の馴初《なれそ》めも、ぼんやりしたままです。もしかしたら、朝顔の斎院との出会いも含めて、まだ若い頃の光源氏の恋を描いた帖があるのではないでしょうか」

真剣な目で訊かれて、返事に詰まる。図星だった。あるにはあったのだ。

「はい、ありました」

正直に答える。「でも破棄《はき》しました」

「破り棄《す》てたのですか」

訊かれて、黙って頷く。破り捨てはしなかった。燃やしたのだ。

「惜しいことを」

大納言の君が真顔で残念がる。「出来が良くなかったからでしょうか」

またしても頷く。それもあるが、書き上げたあと、こんな冒頭の物語は、ぼかすに限ると思ったからだ。詳細に描けば、六条御息所にも藤壺宮にも申し訳ない気がした。朝顔の姫君にしてもしかりだ。そこは、読む人の想像に任せたほうがよいと、心に決めたのだ。

「藤式部の君の筆で、出来が良くないというのは、ありえないのに。残念です。でも、中宮様からその点について尋ねられたら、初めからなかったとお答えしましょう。中宮様をも残念がらせるのは申し訳ないですから」

「ありがとうございます」

思わず頭を下げていた。

藤壺宮も、六条御息所も亡くなってしまった。せめて朝顔の姫君だけは、早逝《そうせい》させずに、最後まで物語の中で長生きさせよう。大納言の君が局から出て行くのを見送りながら、そう思った。

本書は書き下ろし作品です。

本文中、現在は不適切と思われる表現がありますが、差別的な意図を持って書かれたものではないこと、また作品が歴史的時代を舞台としていることなどを鑑み、原文のまま掲載したことをお断りいたします。

装丁——芦澤泰偉
装画——大竹彩奈

〈著者略歴〉
**帚木蓬生**（ははきぎ　ほうせい）
1947年、福岡県生まれ。医学博士。精神科医。東京大学文学部仏文科卒業後、TBSに勤務。2年で退職し、九州大学医学部に学ぶ。93年に『三たびの海峡』で吉川英治文学新人賞、95年に『閉鎖病棟』で山本周五郎賞、97年に『逃亡』で柴田錬三郎賞、2010年に『水神』で新田次郎文学賞、11年に『ソルハ』で小学館児童出版文化賞、12年に『蠅の帝国』『蛍の航跡』の「軍医たちの黙示録」二部作で日本医療小説大賞、13年に『日御子』で歴史時代作家クラブ賞作品賞、18年に『守教』で吉川英治文学賞および中山義秀文学賞を受賞。著書に、『国銅』『風花病棟』『天に星 地に花』『受難』『悲素』『襲来』『沙林』『花散る里の病棟』等の小説のほか、新書、選書、児童書などにも多くの著作がある。

香《かおる》子《こ》（二）
紫式部物語

2024年2月9日　第1版第1刷発行

著　者　帚木蓬生
発行者　永田貴之
発行所　株式会社PHP研究所
東京本部　〒135-8137　江東区豊洲5-6-52
文化事業部　☎03-3520-9620（編集）
普及部　☎03-3520-9630（販売）
京都本部　〒601-8411　京都市南区西九条北ノ内町11
PHP INTERFACE　https://www.php.co.jp/

組　版　朝日メディアインターナショナル株式会社
印刷所
製本所　図書印刷株式会社

　ISBN978-4-569-85452-6

PHP文芸文庫

# 月と日の后《きさき》（上・下）

冲方 丁 著

内気な少女は、いかにして〝平安のゴッドマザー〟となったのか。藤原道長の娘・彰子の人生をドラマチックに描く著者渾身の歴史小説。

PHPの本

# 風と雅の帝

荒山 徹 著

歴代から外された北朝初代・光厳天皇。南北朝時代、地獄を二度見ながらも、「天皇の在り方」を求め続けたその生涯を描く力作長編。

定価 本体二、三〇〇円（税別）